Mae'r llyfr hwn yn eiddo i:

Tara Catrin Jones

Anrheg ar achlysur:

Nadolig 2011

Gyda dymuniadau gorau oddi wrth:

Yncl Eurfryn ac Anti Sian

Dyddiad:

25/12/2011

Cyhoeddwyd yn wreiddiol o dan y teitl The Barnabas Children's Bible gan Bible Reading Fellowship, Abingdon 2007

Argraffiad Cymraeg cyntaf: © Cyhoeddiadau'r Gair 2011

Hawlfraint y Beibl a chydargraffiad wedi'i drefnu gan © Anno Domini Publishing, Tring, Herts HP23 5AH
Testun gwreiddiol: Rhona Davies © 2007
Darluniau: Marcin Piwowarski © 2007

Addasiad Cymraeg; Huw John Hughes
Golygydd Testun: Rhian Eluned Tomos
Golygydd Cyffredinol: Aled Davies
Cysodi: Eurig Roberts

Dyfyniadau: Y Beibl Cymraeg Newydd Diwygiedig, gyda diolch i Gymdeithas y Beibl
Argraffwyd a rhwymwyd yn Singapore

Rhif ISBN: 978 1859946941

Cyhoeddwyd gyda chymorth ariannol Cyngor Llyfrau Cymru, a dymunwn gydnabod yn ddiolchgar gymorth Adran Olygyddol y Cyngor

Cyhoeddwyd gan:
Cyhoeddiadau'r Gair, Ael y Bryn, Chwilog, Pwllheli, Gwynedd LL53 6SH
www.ysgolsul.com

BEIBL LLIW
STORI DUW

Rhona Davies

Darluniwyd gan

Marcin Piwowarski

Addasiad Cymraeg gan

Huw John Hughes

Cynnwys

1 Yn y dechrau 12
2 Y byd perffaith 12
3 Da a drwg 13
4 Adda ac Efa'n cael eu hanfon i ffwrdd 14
5 Cain ac Abel 15
6 Arch Noa 16
7 Y dilyw mawr 17
8 Yr enfys 17
9 Tŵr Babel 18
10 Taith Tera 19
11 Y wlad a oedd wedi'i haddo 20
12 Dewis Lot 20
13 Addewid Duw 21
14 Morwyn Sarai 22
15 Abraham yn croesawu dieithriaid 23
16 Abraham yn gweddïo dros Sodom 24
17 Angylion yn achub 25
18 Sara'n cael mab 27
19 Duw yn profi Abraham 28
20 Dŵr ar gyfer deg camel 28
21 Gwraig i Isaac 29
22 Esau a Jacob 30
23 Bendith Isaac 31
24 Breuddwyd Jacob 32
25 Jacob yn syrthio mewn cariad 33
26 Jacob yn rhedeg i ffwrdd 34
27 Jacob yn ymgodymu gyda Duw 35
28 Ffrindiau a brodyr 36
29 Rachel yn marw 37
30 Mab arbennig Jacob 37
31 Ei werthu fel caethwas 38
32 Breuddwydio yn y carchar 39
33 Breuddwydion rhyfedd Pharo 40
34 Newyn yng ngwlad Canaan 40
35 Simeon yn wystl 42
36 Jacob yn gadael i Benjamin fynd i'r Aifft 43
37 Gwledd Joseff 44
38 Y cwpan arian 44
39 Mab coll Jacob 45
40 Jacob yn marw yn yr Aifft 46
41 Caethweision yn yr Aifft 47
42 Miriam a'r dywysoges 48
43 Moses yn lladd caethwas 48
44 Yr angel yn y berth yn llosgi 49
45 Moses yn bryderus 50
46 Brics heb wellt 51
47 Plâu yr Aifft 52
48 Y pla olaf 53
49 Pharo yn rhyddhau'r bobl 53
50 Croesi'r Môr Coch 54
51 Mae Duw yn fawr 55
52 Crwydro yn yr anialwch 55
53 Dŵr o'r graig 56
54 Y frwydr yn erbyn yr Amaleciaid 57
55 Duw yn siarad ar fynydd Sinai 57
56 Y deg gorchymyn 58
57 Lle arbennig i Dduw 59
58 Y llo aur 59
59 Moses yn torri'r ddwy lechen 60
60 Moses yn gofyn i Dduw dosturio 61
61 Hollt yn y graig 62
62 Cwmwl presenoldeb Duw 63
63 Miriam ac Aaron yn grwgnach 63
64 Ysbiwyr yn y wlad 64
65 Deugain mlynedd yn yr anialwch 65
66 Moses yn taro'r graig 66
67 Marwolaeth Aaron 67

68 Y sarff bres 67
69 Dwy frwydr, dwy fuddugoliaeth 68
70 Asyn Balaam 69
71 Bendith Balaam 70
72 Cenedl sanctaidd 71
73 Dewis Josua fel olynydd i Moses 72
74 Rahab a'r ysbiwyr 72
75 Croesi afon Iorddonen 74
76 Buddugoliaeth yn Jericho 74
77 Dwyn aur ac arian 75
78 Buddugoliaeth yn ninas Ai 76
79 Dysgu cyd-fyw 77
80 Yr haul yn aros yn ei unfan 77
81 Y frwydr am wlad Canaan 78
82 Deuddeg llwyth Israel 79
83 Rhodd i Caleb 79
84 Josua'n ffarwelio 80
85 Y bobl yn anghofio gorchmynion Duw 81
86 Nai Caleb yn achub y dydd 82
87 Ehud, y barnwr llaw chwith 82
88 Debora a Barac 83
89 Lladd â hoelen pabell 84
90 Teithwyr ar gamelod 85
91 Gideon, yr arwr anfoddog 86
92 Gideon a'r cnu dafad 86
93 Byddin fechan Gideon 88
94 Brwydro gyda'r nos 88
95 Abimelech yn lladd ei frodyr 89
96 Abimelech yn cael ei gosbi 90
97 Addewid ffôl Jefftha 91
98 Geni Samson 92
99 Pos Samson 92
100 Samson yn dial 93
101 Delila'n bradychu Samson 94
102 Samson yn gorchfygu ei elynion 95
103 Teulu Elimelech yn ymfudo i Moab 96
104 Ruth yn gweithio yn y caeau 97
105 Ruth a Boas 98
106 Ŵyr Naomi 99
107 Tristwch Hanna 99
108 Hanna'n cadw at ei gair 100
109 Duw yn siarad yn ystod oriau'r nos 100
110 Marwolaeth Eli 102
111 Cist Duw yn nheml Dagon 103
112 Samuel yn arwain pobl Dduw 103
113 Y bobl eisiau brenin 104
114 Brenin cyntaf Israel 104
115 Saul, y brenin rhyfelgar 106
116 Jonathan yn ymladd yn erbyn y Philistiaid 106
117 Mab ieuengaf Jesse 108
118 Hwyliau drwg ar y brenin 109
119 Cân y bugail 109
120 Sialens y cawr 110
121 Saul, y brenin cenfigennus 112
122 Rhybudd Jonathan 112
123 Dafydd yn ffoi 113
124 Dafydd yn arbed bywyd Saul 114
125 Doethineb Abigail 115
126 Dafydd yn ymosod liw nos 116
127 Brwydr olaf Saul 117
128 Dafydd, brenin Jwda 118
129 Rhyfel rhwng Israel a Jwda 118
130 Abner yn cael ei ladd 119
131 Llofruddio Isboseth 120
132 Concro Jerwsalem 120
133 Dafydd yn dawnsio 121

134 Neges Nathan i Dafydd 122
135 Y Duw sy'n gwybod y cwbl 123
136 Dafydd yn garedig wrth fab Jonathan 124
137 Dafydd yn torri gorchmynion Duw 124
138 Ureia'n marw yn y frwydr 125
139 Neges Nathan 126
140 Dafydd yn drist 127
141 Bradychu Dafydd 128
142 Husai yn twyllo Absalom 128
143 Marwolaeth Absalom 130
144 Dafydd yn cadw at ei air 131
145 Dyddiau olaf Dafydd 132
146 Dymuniad Adoneia 132
147 Rhodd Duw i Solomon 133
148 Doethineb Solomon 134
149 Doethineb ar gyfer teuluoedd 135
150 Doethineb ar gyfer ffrindiau 136
151 Doethineb ar gyfer bywyd 137
152 Teml i Dduw 137
153 Gweddi Solomon 138
154 Ymweliad brenhines Sheba 139
155 Cyfoeth a chryfder Solomon 140
156 Torri'r addewid 141
157 Y deyrnas yn cael ei rhannu 142
158 Y Brenin Jeroboam yn anufuddhau 143
159 Rhybudd dychrynllyd 144
160 Rhyfel a cholli'r dydd 145
161 Ahab, y brenin drwg 145
162 Elias yn dod â newydd drwg 146
163 Digon o fara ac olew 147
164 Elias yn achub bywyd bachgen bach 147
165 Tair blynedd o sychder 148
166 Ymryson ar y mynydd 149
167 Yr unig wir Dduw 150
168 Jesebel yn bygwth 151
169 Daeargryn, tân a sibrwd 151
170 Proffwyd newydd i Dduw 153
171 Cynllwyn y Frenhines Jesebel 153
172 Marwolaeth brenin drwg 154
173 Cymryd Elias i'r nefoedd 155
174 Duw yn anfon dŵr yn yr anialwch 156
175 Dyled y weddw 157
176 Rhodd o blentyn 158
177 Gwyrth mab y wraig o Sunem 159
178 Morwyn Naaman 159
179 Naaman yn cael ei wella 160
180 Eneinio Jehu yn frenin 161

181 Diwedd erchyll y Frenhines Jesebel 162
182 Jehu yn twyllo 163
183 Nain ddrwg 163
184 Joas yn atgyweirio'r deml 164
185 Marwolaeth Eliseus 165
186 Jona'n rhedeg i ffwrdd 165
187 Storm enbyd 166
188 Dyn yn y môr! 167
189 Y Duw sy'n maddau 167
190 Dicter Jona 168
191 Duw'r tlodion 169
192 Y gŵr ffyddlon 170
193 Addewid o heddwch 170
194 Gweledigaeth y proffwyd Eseia 171
195 Y brenin sydd i ddod 172
196 Yr Asyriaid yn gorchfygu'r Israeliaid 172
197 Heseceia'n ymddiried yn Nuw 173
198 Cysgod y cloc haul 174
199 Neges o obaith 175
200 Cariad Duw tuag at ei bobl 176
201 Cynllun Duw i helpu ei bobl 177
202 Cosb Manasse, Brenin Jwda 177
203 Tristwch y Brenin Joseia 178
204 Negesydd arbennig Duw 179
205 Pobl wrthryfelgar 180
206 Clai'r crochenydd 180
207 Jeremeia'n prynu cae 182
208 Y geiriau yn y tân 182
209 Y Babiloniaid yn cymryd carcharorion 183
210 Jeremeia yn y carchar 184
211 Yng ngwaelod y ffynnon 185
212 Cwymp Jerwsalem 186
213 Y caethion ym Mabilon 187
214 Breuddwyd Nebuchadnesar 188
215 Dangos y dirgelwch 189
216 Y ddelw aur 190
217 Y ffwrnais dân 190
218 Gwallgofrwydd y brenin 192
219 Yr ysgrifen ar y mur 192
220 Cynllwyn yn erbyn Daniel 194
221 Daniel a'r llewod 194
222 Gweledigaeth o Dduw 195
223 Ufudd-dod Eseciel 196
224 Esgyrn sychion 197
225 Dychwelyd i Jerwsalem 198
226 Dechrau ailadeiladu 199
227 Esther yn dod yn frenhines 200
228 Cynllwyn yn erbyn y Brenin Ahasferus 200
229 Esther yn gweddïo am arweiniad 202
230 Duw yn ateb gweddi 202
231 Marwolaeth ar y crocbren 204
232 Amynedd Job 204
233 Duw yn ateb Job 206
234 Esra'n dod yn ôl i Jerwsalem 207

235 Gweddi Nehemeia 208
236 Ailgodi muriau'r ddinas 209
237 Nehemeia a'r tlodion 210
238 Esra'n darllen cyfraith Duw i'r bobl 211
239 Canu caneuon newydd 211
240 Paratoi'r ffordd 212
241 Yr angel yn y deml 214
242 Gabriel yn ymweld unwaith eto 214
243 Dau fabi arbennig 215
244 Sachareias yn ailddechrau siarad 216
245 Joseff y saer 217
246 Cyfri'r bobl 218
247 Y geni ym Methlehem 218
248 Y bugeiliaid yn clywed y newyddion da 218
249 Dyfodiad mab Duw 220
250 Y doethion o'r dwyrain 220
251 Aur, thus a myrr 221
252 Y daith i'r Aifft 222
253 Ar goll yn Jerwsalem 222
254 Ioan Fedyddiwr 223
255 Bedyddio Iesu 224
256 Iesu'n cael ei brofi 224
257 Y pedwar pysgotwr 226
258 Y gwin gorau 226
259 Y newydd da 228
260 Y dyn ar y fatras 228
261 Mathew yn ymuno â Iesu 230
262 Byw bywyd yn ôl dymuniad Duw 231
263 Sut i weddïo 231
264 Peidiwch â phoeni 232
265 Stori'r ddau dŷ 233
266 Iesu a'r swyddog Rhufeinig 234
267 Unig fab y wraig weddw 235
268 Y ffermwr yn hau'r had 236
269 Cyfrinachau teyrnas Duw 237
270 Y storm ar Lyn Galilea 238
271 Ymweld eto â Chapernaum 239
272 Ymweliad dirgel 240
273 Y wraig â phum gŵr 241
274 Gwaith Ioan yn dirwyn i ben 242
275 Pum torth a dau bysgodyn bach 243
276 Cerdded ar y dŵr 244
277 Y dyn byddar 245
278 Ar y mynydd 246
279 Samariad caredig 247
280 Mair a Martha 247
281 Y bugail da 248
282 Y tad cariadus 249
283 Y dyn oedd â phopeth ganddo 250
284 Y gwahangleifion 251
285 Bywyd ar ôl marwolaeth 252
286 Saith deg, saith o weithiau 253
287 Y gweddïau y mae Duw yn eu clywed 254
288 Iesu'n bendithio'r plant 254
289 Y gŵr ifanc cyfoethog 255
290 Y meistr hael 256
291 Bartimeus ddall 257
292 Y casglwr trethi yn dringo'r goeden 258
293 Diwedd y byd 259
294 Y farn olaf 260

295 Persawr drudfawr 261
296 Iesu'n mynd i Jerwsalem 262
297 Ogof lladron 263
298 Y gorchymyn mwyaf un 263
299 Y rhodd fwyaf 264
300 Y cynllwyn i ladd Iesu 264
301 Paratoi gwledd y Pasg 264
302 Iesu, y gwas 265
303 Y bradychwr 266
304 Ei ffrindiau'n cysgu 267
305 Iesu'n cael ei arestio 267
306 Bore drannoeth 268
307 Rhyddhau llofrudd 269
308 Brenin yr Iddewon 270
309 Lle'r Benglog 270
310 Dilynwyr cudd 272
311 Y bedd gwag 272
312 Y daith i Emaus 273
313 Y tu ôl i ddrysau caeëdig 274
314 Thomas yn amau ei ffrindiau 275
315 Pysgota ar Lyn Galilea 275
316 Gwaith i Pedr 276
317 Iesu'n mynd at Dduw 277
318 Y disgybl newydd 278
319 Nerth yr Ysbryd Glân 278
320 Y dyn cloff wrth borth y deml 279
321 Pedr ac Ioan yn y carchar 280
322 Cyngor gan Gamaliel 281
323 Lladd Steffan 282
324 Saul, y gelyn 284
325 Angel yn anfon Philip 284
326 Saul, y dyn gwahanol 285
327 Bywyd newydd 286
328 Ffoi dros nos 286
329 Aeneas a Tabitha 287
330 Angel yng Nghesarea 288
331 Neges ar ben y to 289
332 Duw yn bendithio'r holl bobl 290
333 Marwolaeth a charchar 290
334 Y daith i Ynys Cyprus 291
335 Ymosodiad creulon 292
336 Y cyngor yn Jerwsalem 293
337 Yn rhydd i garu 294
338 Paul yn bedyddio Lydia 294
339 Dweud ffortiwn 295
340 Daeargryn nerthol 296
341 Y Duw nad oes neb yn ei adnabod 297
342 Gwneuthurwyr pebyll 298
343 Paul yn mynd i Effesus 298
344 Rhannau o un corff 299
345 Ystyr cariad 301
346 Paul yn dioddef 301
347 Cariad Duw 302
348 Gwyrth yn Nhroas 302
349 Perygl yn Jerwsalem 303
350 Cynnwrf yn y ddinas 304
351 Cynllwyn i ladd Paul 305
352 Yr achos yn erbyn Paul 305
353 Y llongddrylliad 306
354 Gwyrthiau ar ynys Melita 307
355 Carcharor yn Rhufain 308
356 Arfwisg Duw 309
357 Ffrindiau Duw 309
358 Y caethwas Onesimus 310
359 Byw fel Iesu 310
360 Diwedd amser 311
361 Iesu, y prif offeiriad 312
362 Caru ein gilydd 312
363 Gweledigaeth Ioan 313
364 Dangos Duw 314
365 Nefoedd newydd a daear newydd 315

1 Yn y dechrau

Yn y dechrau, doedd yna ddim byd o gwbl. Roedd y cyfan yn dywyll a gwag.

'Bydded goleuni!' meddai Duw. Ac ar unwaith, roedd pobman yn olau. Roedd Duw wrth ei fodd. Rhannodd Duw'r goleuni i wneud dydd a nos.

Gwnaeth Duw yr awyr, a'i wahanu oddi wrth y dyfroedd islaw.

Casglodd y dyfroedd at ei gilydd i wneud moroedd a chreu tir sych.

Genesis 1:1–2:3

Yn y dechreuad creodd Duw y nefoedd a'r ddaear.
Genesis 1:1

'Bydded i'r ddaear dyfu planhigion a choed yn llawn o hadau a ffrwythau,' meddai Duw.

Yna tyfodd pob math o blanhigion i lenwi'r tir sych – coedydd tal, a llwyni'n tyfu olewydd, orenau, mes a chnau castan. Wrth edrych ar bopeth roedd wedi'i greu, roedd Duw yn hapus.

'Bydded goleuni yn y dydd, a goleuadau yn awyr y nos,' meddai Duw. 'Bydded i'r goleuni wahaniaethu rhwng gwahanol amserau, dyddiau, misoedd, tymhorau a blynyddoedd.' Felly, daeth haul disglair i oleuo'r dydd a lleuad arian i oleuo'r nos. Llanwodd Duw y tywyllwch â chlystyrau o sêr, a gwelodd fod y cwbl yn dda.

'Mae'n rhaid llenwi'r dyfroedd â phob math o greaduriaid, a llenwi'r awyr â phob math o adar a phryfed er mwyn iddyn nhw fagu a chynyddu,' meddai. Daeth pob math o bysgod a chreaduriaid i nofio yn y moroedd, a llanwyd yr awyr â gwahanol liwiau, siapiau a synau. Roedd yna forfilod a cheffylau môr, eryrod a thylluanod, mwyalchod a drywod, gwenyn a glöynnod hardd.

'Bydded i bob math o greaduriaid symud ar y tir,' meddai Duw. Felly, ymddangosodd defaid a geifr, eliffantod a jiraffod, llewod, teigrod a cheirw gosgeiddig.

Edrychodd Duw ar bob dim roedd wedi'i greu, a gwelodd fod y cwbl yn dda.

Yna creodd Duw ddyn a dynes. Roedden nhw'n gyfrifol, gyda Duw, am y byd i gyd. Eu gwaith oedd gofalu am y tir a'i drin yn dda er mwyn tyfu digonedd o fwyd. Roedd Duw yn caru'r bobl roedd wedi'u creu, a gwelodd fod popeth yn dda. Yna gorffwysodd Duw.

2 Y byd perffaith

Rhoddodd Duw ardd brydferth i Adda ac Efa fyw ynddi. Roedd yr ardd yn llawn o blanhigion a choed a digon o ffrwythau i'w bwyta. Llifai afon drwyddi, i roi dŵr, a gofalai Adda ac Efa am yr holl blanhigion.

Roedd Adda ac Efa'n gwmni da i'w gilydd, yn rhannu'r gwaith rhyngddyn nhw ac yn byw'n hapus gyda'i gilydd. Rhoddodd Adda enw ar bob un o'r creaduriaid roedd Duw wedi'u creu.

Dywedodd Duw wrth y ddau y gallen nhw fwyta popeth oedd yn tyfu yn yr ardd, popeth heblaw am y ffrwythau oedd yn tyfu ar un goeden yng nghanol yr ardd. Roedd ffrwyth y goeden honno'n dangos y gwahaniaeth rhwng da a drwg.

Genesis 2:4-25

Cei fwyta'n rhydd o bob coeden yn yr ardd, ond ni chei fwyta o bren gwybodaeth da a drwg.
Genesis 2:16b-17a

3 Da a drwg

Y neidr oedd un o'r creaduriaid oedd yn byw yn yr ardd.

Daeth y neidr at Efa a'i themtio.

'Ydi Duw wedi dweud wrthyt ti am beidio â bwyta ffrwythau oddi ar unrhyw un o'r coed sy'n tyfu yn yr ardd?' gofynnodd.

'Dywedodd Duw y byddai'n iawn i ni fwyta ffrwyth unrhyw goeden heblaw'r un yng nghanol yr ardd,' atebodd Efa. 'Os byddwn ni'n bwyta o'r goeden honno, byddwn ni'n marw.'

'Na, wnewch chi ddim marw,' meddai'r neidr. 'Dydi Duw ddim eisiau i chi fwyta o'r goeden honno oherwydd, os gwnewch chi, fe fyddwch chi wedyn yn gwybod beth ydi da a drwg, yn union fel y mae Duw'n gwybod.'

Edrychodd Efa ar y goeden. Roedd y ffrwyth yn edrych yn flasus iawn, a meddyliodd am eiriau'r neidr. Cymerodd beth o'r ffrwyth a dechrau'i fwyta. Yna rhoddodd y ffrwyth i Adda a dechreuodd yntau fwyta.

GENESIS 3:1-7

A phan ddeallodd y wraig fod y pren yn dda i fwyta ohono, a'i fod yn deg i'r golwg ac yn bren i'w ddymuno i beri doethineb, cymerodd o'i ffrwyth a'i fwyta, a'i roi hefyd i'w gŵr oedd gyda hi, a bwytaodd yntau.
Genesis 3:6

Yn syth ar ôl iddyn nhw fwyta'r ffrwyth, sylweddolodd y ddau beth oedden nhw wedi'i wneud. Roedden nhw wedi bod yn anufudd i Dduw ond roedd hi'n rhy hwyr. Teimlai'r ddau yn euog, a phan glywson nhw Duw yn dod i mewn i'r ardd aeth y ddau i guddio yng nghanol y coed.

4 Adda ac Efa'n cael eu hanfon i ffwrdd

Galwodd Duw ar Adda.

'Lle rwyt ti?' gofynnodd Duw.

'Roedd arna i ofn, felly es i guddio,' atebodd Adda.

'Wyt ti wedi bwyta ffrwyth y goeden oedd yn tyfu yng nghanol yr ardd?' gofynnodd Duw.

'Nid fi wnaeth,' meddai Adda. 'Efa roddodd y ffrwyth i mi i'w fwyta.'

'Beth wyt ti wedi'i wneud?' gofynnodd Duw i Efa.

'Nid fy mai i oedd o,' dywedodd Efa. 'Fe gefais fy nhwyllo gan y neidr a dechreuais fwyta'r ffrwyth.'

Teimlai Duw yn drist iawn. Trodd at y neidr a dweud wrthi y byddai'n ymlusgo ar ei bol ar hyd y ddaear am byth. Trodd at Efa a dweud wrthi y byddai'n dioddef poenau wrth roi genedigaeth i'w phlant. Dywedodd wrth Adda y byddai drain ac ysgall yn tagu'r cnydau roedd o'n eu tyfu yn yr ardd.

Penderfynodd Duw anfon Adda ac Efa o'r ardd oedd wedi'i darparu ar eu cyfer. Roedden nhw wedi dewis bod yn anufudd. Roedd y ddau bellach yn gwybod y gwahaniaeth rhwng beth oedd yn dda a beth oedd yn ddrwg. Bydden nhw'n gwybod, hefyd, beth oedd ystyr poen a marwolaeth. Doedd dim modd i'r ddau fod yn ffrindiau i Dduw byth eto.

Genesis 3:8-24

Gosododd gerwbiaid i'r dwyrain o ardd Eden, a chleddyf fflamllyd yn chwyrlïo, i warchod y ffordd at bren y bywyd.
Genesis 3:24

5 Cain ac Abel

Ymhen amser ganwyd mab i Efa. Cain oedd ei enw. Yna ganwyd plentyn arall iddi, mab o'r enw Abel.

Tyfodd y meibion i fyny i fod yn ffermwyr. Roedd y ddau'n gwybod eu bod yn dibynnu'n llwyr ar Dduw i roi haul a glaw i fedi'r cynhaeaf ac i helpu'r anifeiliaid roi genedigaeth i ŵyn a geifr bach iach. Cain oedd yn hau'r had a thyfu'r cnydau, ac Abel yn gofalu am y defaid a'r geifr.

Un diwrnod, casglodd Cain rai o'r cnydau'n offrwm o ddiolch i Dduw am y cynhaeaf, a daeth Abel â'i oen bach cyntaf yn rhodd.

Edrychodd Duw ar y rhoddion ac ar y ddau frawd hefyd. Roedd yn gwybod bod Abel wedi dod â'i roddion am ei fod yn caru Duw o ddifri ac yn sylweddoli bod popeth da yn dod oddi wrth Dduw. Ond roedd Duw yn gwybod, hefyd, bod Cain wedi dod â'i roddion am ei fod yn credu bod disgwyl iddo wneud ac nid am ei fod yn caru Duw. Roedd Duw yn hapus gyda'r hyn wnaeth Abel, ond wedi'i siomi gyda Cain. Roedd Cain yn gwybod hynny'n dda.

Teimlai Cain yn genfigennus.

'Pam wyt ti'n flin, Cain?' gofynnodd Duw. 'Wrth wneud yr hyn sy'n iawn, fe gei di dy dderbyn. Ond gwylia, mae'n rhaid i ti geisio rheoli dy dymer ddrwg, neu bydd yn dy ddinistrio'n llwyr.'

Gwyddai Cain fod Duw yn llygad ei le, ond doedd o ddim yn barod i wrando. Dim ond un peth oedd ar ei feddwl, sef sut y gallai ddial ar ei frawd.

Gofynnodd Cain i Abel fynd am dro i'r caeau gydag ef. Roedd yn bwriadu aros am gyfle i ladd ei frawd, a dyna ddigwyddodd.

Genesis 4:1-16

Yna dywedodd yr Arglwydd wrth Cain, "Ble mae dy frawd Abel?" Meddai yntau, "Ni wn i. Ai fi yw ceidwad fy mrawd?"
Genesis 4:9

Yn nes ymlaen, gofynnodd Duw i Cain ble roedd ei frawd.
'Sut y gwn i?' gofynnodd Cain yn gelwyddog. 'Ai fy ngwaith i ydi gofalu amdano?'

'Mi wnes i dy rybuddio di am dy dymer ddrwg,' meddai Duw. 'Nawr, mae marwolaeth dy frawd ar dy gydwybod. Fe fyddi di'n gwybod sut beth ydi teimlo'n euog am wneud drwg.'

Ond bu Duw yn dda wrth Adda ac Efa. Rhoddodd fab arall iddyn nhw, Seth, am fod Cain wedi lladd ei frawd, ac yna cafodd y ddau ragor o feibion a merched.

6 Arch Noa

Genesis 6

Yr wyt i fynd â dau o bob math o'r holl greaduriaid byw i mewn i'r arch i'w cadw'n fyw gyda thi, sef gwryw a benyw. Genesis 6:19

Aeth blynyddoedd lawer heibio, ac roedd y ddaear yn llawn o bobl. Ychydig iawn ohonyn nhw oedd yn adnabod Duw, ac roedden nhw'n gwneud fel y mynnon nhw – dwyn oddi ar bobl eraill, dim ond meddwl amdanynt eu hunain, a difetha'r byd prydferth roedd Duw wedi'i greu. Gwyddai Duw fod y byd i gyd yn ddrwg, ac yn llawn o bobl farus, cwerylgar a chreulon. Penderfynodd Duw lanhau'r byd i gyd a dechrau o'r dechrau.

Roedd yna un dyn oedd yn cofio am Dduw. Ei enw oedd Noa. Roedd ganddo wraig a thri o feibion, Sem, Cham a Jaffeth.

'Noa,' meddai Duw un diwrnod. 'Rydw i am roi terfyn ar yr holl ddrwg sydd yn y byd. Adeilada arch o bren – llong fawr fydd yn arnofio ar wyneb y llifogydd

y bydda i'n eu hanfon i lanhau'r byd. Fe gei di gyfarwyddiadau manwl beth i'w wneud a byddi di, dy deulu a dau o bob math o holl greaduriaid y ddaear yn ddiogel yn yr arch.'

Dywedodd Duw wrth Noa sut i adeiladu'r arch. Dywedodd beth fyddai hyd yr arch, faint o loriau i'w rhoi ynddi, a lle i roi'r drws. Dywedodd wrtho am selio'r arch â thar i'w chadw'n sych a diddos, ac yna ei llenwi â phob math o fwydydd.

Dechreuodd Noa adeiladu'r arch ar safle filltiroedd lawer o'r môr. Bu wrthi am flynyddoedd. Roedd y bobl o'i gwmpas yn ei wylio ac yn meddwl ei fod yn dechrau drysu.

7 Y Dilyw mawr

Genesis 7-8

O'r diwedd roedd yr arch yn barod.

Dywedodd Duw wrth Noa am gasglu dau o bob math o greaduriaid oedd yn byw ar y ddaear, saith pâr o bob math o adar, a saith pâr o bob math o anifeiliaid fyddai'n cael eu defnyddio i offrymu. Daeth yr anifeiliaid at Noa, yn union fel petaen nhw'n gwybod beth oedd cynlluniau Duw, a cherddodd pob un i mewn i'r arch. Caeodd Duw y drysau i gyd.

Tu allan, dechreuodd fwrw glaw. Tywalltodd y glaw ddydd ar ôl dydd nes llenwi'r nentydd a'r afonydd. Gorlifodd y torlannau a llifodd y dŵr i bob rhan o'r ddaear. Diflannodd y tir sych.

Dinistriodd y llifogydd bopeth byw oedd ar y ddaear. Ond roedd yr arch, a adeiladwyd gan Noa ar gais Duw, yn arnofio ar wyneb y dyfroedd. Roedd Noa, ei wraig a'i deulu, a'r holl greaduriaid yn ddiogel y tu mewn.

Yn y chwe chanfed flwyddyn o oes Noa, yn yr ail fis, ar yr ail ddydd ar bymtheg o'r mis, y diwrnod hwnnw rhwygwyd holl ffynhonnau'r dyfnder mawr ac agorwyd ffenestri'r nefoedd, fel y bu'n glawio ar y ddaear am ddeugain diwrnod a deugain nos.
Genesis 7:11-12

8 Yr enfys

Yng nghrombil yr arch roedd Noa, ei wraig a'i feibion yn brysur yn edrych ar ôl yr anifeiliaid ac yn eu bwydo. Aeth dyddiau heibio. Aeth wythnosau heibio, a'r glaw yn dal i bistyllio.

Ond, un diwrnod, peidiodd y glaw. Arnofiai'r arch yn hamddenol ar wyneb y dyfroedd.

Yn araf, araf, dechreuodd y dŵr ostwng. Glaniodd yr arch ar fynyddoedd Ararat. Aeth wythnosau heibio a daeth copaon y mynyddoedd i'r golwg.

Gafaelodd Noa mewn cigfran a'i gollwng yn rhydd o'r arch. Cododd yr aderyn i'r awyr ond doedd unman iddi lanio. Bu'n hedfan yn ôl a blaen yn chwilio am fwyd.

GENESIS 9

Pan fydd y bwa yn y cwmwl, byddaf yn edrych arno ac yn cofio'r cyfamod tragwyddol rhwng Duw a phob creadur byw o bob math ar y ddaear.
Genesis 9:16

Arhosodd Noa am ychydig cyn gollwng colomen o'r arch i weld a oedd y tir yn dechrau sychu. Ond roedd pob man o'r golwg dan y dŵr. Daeth y golomen yn ôl i'r arch.

Ymhen saith niwrnod, anfonodd Noa y golomen allan eto. Y tro hwn, daeth yn ei hôl â deilen olewydd yn ei phig. Roedd Noa'n gwybod felly bod y dyfroedd yn gostwng.

Aeth saith niwrnod arall heibio, ac anfonodd Noa y golomen allan am y trydydd tro. Ond y tro hwn ddaeth y golomen ddim yn ôl, felly roedd Noa'n gwybod ei bod wedi cael lle i glwydo. Ond arhosodd Noa i Dduw ddweud wrtho ei bod hi'n amser i adael yr arch.

Yna daeth pob un allan o'r arch. Noa, ei deulu, a'r holl greaduriaid oedd wedi cael eu cadw'n ddiogel rhag y llifogydd.

Gwyliodd Noa'r creaduriaid yn mynd yn ôl i'w cynefin. Adeiladodd allor a diolchodd i Dduw am gadw pawb yn ddiogel.

'Wna i byth anfon dilyw i ddinistrio'r byd eto,' meddai Duw. 'Rydw i wedi rhoi enfys yn yr awyr, yn arwydd o'm addewid.'

9 Tŵr Babel

Cafodd plant Noa blant eu hunain. Dechreuodd eu teuluoedd hwythau gael rhagor o blant, a chynyddodd y bobl ar hyd a lled y ddaear.

Un o ddisgynyddion Cham oedd Nimrod. Roedd yn heliwr o fri ac yn gyfrifol am sefydlu dinas Ninefe. Bryd hynny roedd pawb yn siarad yr un iaith. Dechreuodd pobl adeiladu dinasoedd, nid â cherrig ond â brics oedd wedi'u crasu yn yr haul poeth. Penderfynodd criw o bobl adeiladu tŵr. Roedd yn ymestyn yn uchel i'r awyr er mwyn i bawb weld eu bod nhw'n bobl arbennig.

Gwyliai Duw'r bobl yn adeiladu'r tŵr. Yn fuan, trodd y bobl eu cefnau ar Dduw fel yn y dyddiau cyn i Noa adeiladu'r arch. Credai'r bobl eu bod yn bwysig ac yn nerthol ac nad oedd arnyn nhw angen Duw.

Penderfynodd Duw y byddai'n cymysgu eu hiaith; bellach doedden nhw ddim yn deall ei gilydd yn siarad.

Penderfynwyd rhoi'r gorau i adeiladu'r tŵr a dechreuodd y bobl ddod at ei gilydd i ffurfio grwpiau newydd o bobl oedd yn rhannu'r un iaith.

Yna gwasgarodd Duw y bobl ar hyd a lled y ddaear.

Genesis 11:1-9

... yno y cymysgodd yr Arglwydd iaith yr holl fyd, a gwasgarodd yr Arglwydd hwy oddi yno dros wyneb yr holl ddaear.
Genesis 11:9

10 Taith Tera

Un o ddisgynyddion Shem oedd Tera. Roedd ganddo dri mab, Abram, Nachor a Haran. Doedd Tera ddim yn addoli Duw, ond fel llawer o'r bobl o'i gwmpas roedd yn addoli duw'r lleuad.

Cafodd Haran, mab Tera, fab o'r enw Lot ac yn fuan wedyn bu farw Haran.

Priododd Nachor â Milca a rhoi wyrion a wyresau i Tera.

Sarai oedd gwraig Abram, ond er eu bod nhw'n awyddus iawn i gael teulu, doedd ganddyn nhw ddim plant.

Roedden nhw i gyd yn byw yn ninas lewyrchus Ur y Caldeaid ond, un diwrnod, penderfynodd Tera symud oddi yno.

Aeth Tera ag Abram a Sarai, a'i ŵyr Lot, gydag o ond gadawodd Nachor a'i deulu ar ôl. Roedden nhw'n bwriadu teithio i wlad Canaan, ond ar y ffordd arhosodd y teulu a chodi cartref yn Haran. Arhosodd Tera yn Haran, ac yno y

Genesis 11:26-32

Cymerodd Tera ei fab Abram, a'i ŵyr Lot fab Haran, a Sarai ei ferch-yng-nghyfraith, gwraig ei fab Abram; ac aethant allan gyda'i gilydd o Ur y Caldeaid i fynd i wlad Canaan, a daethant i Haran a thrigo yno.
Genesis 11:31

bu farw flynyddoedd lawer yn ddiweddarach, heb erioed roi'i droed yng ngwlad Canaan.

11 Y wlad a oedd wedi'i haddo

Genesis 12:1-9

Dywedodd yr Arglwydd wrth Abram, "Dos o'th wlad, ac oddi wrth dy dylwyth a'th deulu, i'r wlad a ddangosaf i ti."
Genesis 12:1

Hyd yn oed cyn i'w dad adael Haran, roedd Duw wedi dewis Abram. Pan oedd Abram yn byw yn ninas Ur, dywedodd Duw wrtho mai ef fyddai'n arwain y bobl i wlad Canaan. Yno byddai Duw yn creu cenedl fawr, un a fyddai ar wahân i'r cenhedloedd eraill, a'u gwneud yn bobl fyddai'n ei garu ac yn byw yn ôl ei ddymuniad.

'Mae'n rhaid i ti adael y lle hwn,' meddai Duw wrth Abram. 'Mi fydda i'n dangos i ti ble i fynd. Rydw i am wneud dy deulu'n bobl arbennig i mi.'

Gan fod Tara bellach wedi marw, dilynodd Abram gyfarwyddiadau Duw. Casglodd ei eiddo a pharatoi ei weision, ac aeth â'i wraig Sarai a'i nai Lot gydag o.

Teithiodd pawb fel un teulu, gan godi eu pebyll a symud yn eu blaenau nes cyrraedd gwlad Canaan. Yna siaradodd Duw ag Abram eto.

'Dyma'r wlad rydw i wedi'i haddo i ti a'th deulu,' meddai.

Adeiladodd Abram allor a diolchodd i Dduw. Er fod pobl eraill yn byw yng ngwlad Canaan, roedd Abram yn credu bod Duw yn ei arwain.

12 Dewis Lot

Genesis 13

Yna symudodd Abram ei babell a mynd i fyw wrth dderw Mamre, sydd yn Hebron; ac adeiladodd allor yno i'r Arglwydd.
Genesis 13:18

Fel roedd y blynyddoedd yn mynd heibio, bu raid i Abram a Lot symud i fyw mewn gwahanol rannau o'r wlad. Roedd gan y ddau lawer o ddefaid a geifr, ychen a chamelod, a nifer o weision a phebyll.

Roedden nhw bellach yn ddynion cyfoethog, ond doedd dim digon o ddŵr yn y wlad ar gyfer pawb. Dechreuodd y gweision gweryla ymhlith ei gilydd.

'Does dim angen i ni ddadlau,' meddai Abram wrth Lot. 'Ni biau'r wlad i gyd. Felly dewisa di lle rwyt ti am fyw, ac mi symudaf innau a'r teulu i ardal arall.'

Edrychodd Lot o'i gwmpas, a gweld dyffryn gwyrdd a ffrwythlon yn lledu o'i flaen. Roedd digonedd o ddŵr yno. Roedd yn lle delfrydol i fyw!

'Mi hoffwn i fyw yn nyffryn yr Iorddonen,' meddai Lot.

Dewisodd Abram a Lot fynd eu ffyrdd eu hunain. Cododd Lot ei bebyll ar

gyrion dinas Sodom.

Arhosodd Abram yng ngwlad Canaan.

'Dydw i ddim wedi anghofio fy addewid,' meddai Duw wrth Abram ar ôl i Lot ffarwelio ag o. 'Mae'r wlad yma'n perthyn i ti. Bydd gen ti gymaint o ddisgynyddion fel na fydd neb yn gallu'u cyfri. Mi fyddan nhw fel llwch y ddaear sy'n hedfan yn y gwynt. Dos, nawr, i edrych ar y wlad rydw i wedi'i haddo i ti.'

Symudodd Abram ei bebyll yn nes at goed mawr Mamre yn Hebron. Cododd allor yno i ddiolch i Dduw am bopeth roedd Duw wedi'i roi iddo.

13 Addewid Duw

Erbyn hyn, roedd Abram yn byw yn y wlad roedd Duw wedi'i rhoi iddo. Doedd dim prinder bwyd a diod, ond roedd rhywbeth ar goll. Roedd Duw wedi addo rhoi plant iddo, ond roedd Sarai ac yntau'n mynd i oed ac yn ddi-blant.

Roedd Duw yn gwybod yn iawn beth oedd dymuniad Abram.

Genesis 15

'Paid ag ofni, Abram,' meddai Duw. 'Byddaf i'n dy amddiffyn di. Byddaf yn bopeth i ti.'

Credodd Abram yn yr Arglwydd a chyfrifodd yntau hyn yn gyfiawnder iddo. *Genesis 15:6*

Rhoddodd Abram ei ffydd yn ei Dduw. Dywedodd wrtho am bopeth oedd yn ei boeni.

'O Arglwydd,' meddai Abram, 'sut fedri di roi popeth i mi a gwneud fy nheulu'n fawr a ninnau'n dal heb blant? Bydd Eleaser, fy ngwas, yn etifeddu'r cyfan sy gen i.'

'Na fydd wir,' meddai Duw, 'Fe gei di fab – bydd yn blentyn i ti ym mhob ffordd.' Meddai Duw wedyn, 'Edrycha i fyny i awyr y nos a chyfri'r sêr. Dyna faint o ddisgynyddion fydd gen ti.'

Edrychodd Abram, a chredu popeth roedd Duw wedi'i ddweud wrtho.

Ar fachlud haul, syrthiodd Abram i drwmgwsg. Mewn breuddwyd, dangosodd Duw iddo beth fyddai'n digwydd yn y dyfodol.

'Fe gei di ddisgynyddion, ond fe fyddan nhw'n byw fel dieithriaid mewn gwlad dramor. Fe fyddan nhw'n byw fel gweision ac yn cael eu cam-drin am bedwar can mlynedd. Ond fe fyddaf i'n cosbi'r genedl sy'n eu cadw'n gaeth ac fe wnaf yn sicr eu bod yn gyfoethog iawn yn gadael y wlad honno. Wedyn, fe fyddan nhw'n dod yn ôl i'r wlad hon, a nhw fydd piau'r wlad i gyd. Fe fyddi di, Abram, yn byw yn hen iawn ac yn marw'n dawel. Dyna fy addewid i ti.'

14 Morwyn Sarai

Bu Abram a'i wraig yn byw yng ngwlad Canaan am ddeng mlynedd. Er bod Sarai'n gwybod beth oedd addewid Duw, eto i gyd roedd hi'n dal yn ddi-blant.

Penderfynodd Sarai ddilyn hen arferiad fyddai'n rhoi plentyn i Abram. Daeth â Hagar, ei morwyn Eifftaidd, ato.

'Cymera Hagar yn wraig i ti,' meddai Sarai wrtho. 'Efallai y bydd yn rhoi genedigaeth i'n mab.'

Cytunodd Abram a chymerodd Hagar yn wraig iddo. Cyn bo hir roedd Hagar yn feichiog. Gan ei bod yn disgwyl plentyn Abram, roedd yn awyddus i Sarai ei thrin â pharch, ac nid fel morwyn. Dechreuodd Hagar gasáu Sarai gan nad oedd hi'n gallu cael plant.

'Dy fai di ydi hyn i gyd,' cwynai Sarai'n annheg wrth ei gŵr. 'Mae Hagar yn fy nghasáu i. Beth wna i?'

Genesis 16

'Dy forwyn di ydi Hagar,' atebodd Abram. 'Gwna fel rwyt ti'n weld orau.'

Felly dechreuodd Sarai gam-drin Hagar. Gan ei bod yn teimlo mor anhapus, rhedodd Hagar i ffwrdd a'u gadael.

Ac esgorodd Hagar ar fab i Abram; ac enwodd Abram y mab a anwyd i Hagar yn Ismael. Yr oedd Abram yn wyth deg a chwech oed pan anwyd iddo Ismael o Hagar.
Genesis 16:15-16

Pan welodd ffynnon yn yr anialwch, arhosodd yno i gael diod o ddŵr. Gwelodd angel o'i blaen a gofynnodd o ble roedd hi wedi dod ac i ble roedd hi'n mynd.

Ar ôl clywed stori Hagar, dywedodd yr angel wrthi, 'Mae'n rhaid i ti fynd yn ôl at Sarai. Mae Duw wedi gweld pa mor drist wyt ti, ond bydd dy fab yn un arbennig. Ei enw fydd Ismael a bydd ganddo lawer o ddisgynyddion.'

Roedd Hagar wedi'i rhyfeddu. 'Rydw i'n gwybod yn awr bod Duw yn gweld popeth!' meddai. Aeth yn ôl at Sarai, ac yn fuan wedyn, cafodd Ismael ei eni.

15 Abraham yn croesawu dieithriaid

Tyfodd Ismael yn fachgen cryf ac roedd gan Abram feddwl y byd ohono. Pan oedd Ismael yn dair ar ddeg oed, siaradodd Duw gydag Abram unwaith yn rhagor.

'Dydw i ddim wedi anghofio f'addewid i ti,' meddai. 'Rhyw ddydd, fe fyddi di'n ddyn arbennig iawn. Ac fel arwydd o hyn bydd raid i bob dyn yn dy deulu, a'r holl ddynion sy'n weision i ti, gael eu henwaedu. Byddi di a Sarai hefyd yn cael enwau newydd, sef Abraham a Sara, ac ymhen y flwyddyn bydd Sara'n esgor ar fab o'r enw Isaac.'

Cafodd Abraham a'r dynion eraill i gyd eu henwaedu, yn union fel y dywedodd Duw.

Ymhen amser, pan oedd Abraham yn gorffwyso y tu allan i'w babell yng ngwres y dydd, gwelodd dri gŵr dieithr yn dod tuag ato. Yn ôl yr arfer, aeth atyn nhw i'w croesawu.

'Dowch i orffwyso,' meddai Abraham. 'Fe ddof â dŵr i olchi'ch traed a rhywbeth i chi ei fwyta.'

Genesis 17:1–18:15

'A oes dim yn rhy anodd i'r Arglwydd? Dof yn ôl atat ar yr amser penodedig, yn nhymor y gwanwyn, a chaiff Sara fab.'
Genesis 18:14

Derbyniodd y dynion ei groeso'n llawen, a dewisodd Abraham y llo gorau i'w ladd a'i rostio ar gyfer yr ymwelwyr. Eisteddodd y tri i fwyta, tra oedd Abraham yn sefyll ychydig bellter i ffwrdd o dan y goeden.

'Ble mae dy wraig Sara?' gofynnodd y tri i Abraham.

Gwyddai Abraham ar unwaith ei fod ym mhresenoldeb Duw

'Dacw hi yn y babell,' atebodd Abraham.

'Erbyn yr adeg hon y flwyddyn nesaf, fe fydd gan Sara fab.'

Roedd Sara'n gwrando'n astud ar eu sgwrs. Edrychodd ar ei chroen crebachlyd a'i bysedd cam a dechreuodd chwerthin wrthi'i hun.

'Am syniad twp! Y fi'n cael babi yn fy oed i!' meddyliodd wrthi'i hun.

Ond roedd Duw yn gwybod beth oedd yn mynd trwy'i meddwl.

'Does dim byd y tu hwnt i allu Duw,' meddai un o'r dynion dieithr. 'A'r tro nesaf y gwelaf di, byddi wedi rhoi genedigaeth i fab.'

16 Abraham yn gweddïo dros Sodom

Ffarweliodd y dynion ag Abraham a symud ymlaen tuag at ddinasoedd Sodom a Gomora.

'Mae'r bobl sy'n byw yn y dinasoedd hynny wedi cefnu arna i,' meddai Duw wrth Abraham. 'Mae pawb yn gwybod eu bod mor ddrwg fel na ellir gadael iddyn nhw fyw. Byddaf yn ymweld â nhw i weld a ydi'r hyn a glywaf yn wir. Os felly, bydd raid dinistrio'r ddinas.'

Edrychodd Abraham ar ddinas Sodom a meddwl am y bobl oedd yn byw yn y ddinas. Roedd ei nai, Lot, a'i deulu'n dal i fyw yno.

'Beth petait ti'n dod o hyd i hanner cant o ddynion da yno?' gofynnodd

Abraham i Dduw. 'Siawns na fyddet ti yn dinistrio'r ddinas wedyn.'

'Na fyddwn,' oedd ateb Duw. 'Os dof o hyd i hanner cant o ddynion da yn y ddinas, yna byddaf yn sicr o'i harbed.'

'Beth petait ti'n dod o hyd i ddeugain a phump o ddynion da?' gofynnodd Abraham.

'Yna fyddwn i ddim yn dinistrio'r ddinas,' oedd ateb Duw.

'Deugain?' llediodd Abraham.

'Fyddwn i ddim yn dinistrio'r ddinas,' meddai Duw.

Anadlodd Abraham yn ddwfn. 'Paid â bod yn ddig wrtha i,' meddai. 'Ond beth am dri deg o ddynion da?'

'Byddwn yn arbed y ddinas,' addawodd Duw.

'Beth am ugain?' gofynnodd Abraham gan ddal ei anadl.

Addawodd Duw arbed y bobl oedd yn byw yn Sodom.

'Beth os nad oes ond deg o ddynion da yn y ddinas?' gofynnodd Abraham.

'Er lles y deg dyn da, fyddwn i ddim yn dinistrio'r ddinas,' meddai Duw'n bendant.

Genesis 18:16-33

'Os ceir hanner cant o rai cyfiawn yn y ddinas, a wyt yn wir am ei dinistrio a pheidio ag arbed y lle er mwyn yr hanner cant cyfiawn sydd yno?'
Genesis 18:24

17 Angylion yn achub

Eisteddai Lot wrth y porth oedd yn arwain i ddinas Sodom pan ddaeth dau ddyn ato; angylion oedden nhw, wedi'u hanfon gan Dduw. Safodd ar ei draed i'w croesawu a chynnig llety iddyn nhw, fel y gwnaeth Abraham yn gynharach.

'Fe arhoswn ni dros nos yn sgwâr y ddinas,' meddai'r ddau wrth Lot.

Ond roedd Lot yn poeni amdanyn nhw.

'Dowch chi i aros gyda mi,' meddai'n daer. 'Byddwn wrth fy modd.'

Yn y diwedd, penderfynodd yr angylion aros yng nghartref Lot lle cawsant bryd o fwyd a chroeso cynnes.

Tu allan i'r tŷ roedd tyrfa fawr o bobl yn ymgasglu a dynion o bob oed yn rhwystro unrhyw un rhag gadael y tŷ. Clywid dyrnu ar y drysau, a lleisiau croch yn mynnu bod Lot yn anfon y dynion allan o'r tŷ.

'Rydyn ni'n gwybod bod dau ddyn yn aros yn y tŷ,' gwaeddodd y dyrfa. 'Allan â nhw!'

Mentrodd Lot allan o'i gartref a cheisio tawelu'r dyrfa.

'Mae'r dynion yma'n westeion i mi,' meddai Lot. 'Y fi sy'n gofalu amdanyn nhw, a chewch ddim gwneud niwed iddyn nhw.'

Trodd y dyrfa'n wyllt a threisgar.

GENESIS 19:1-29

Ond yr oedd gwraig Lot wedi edrych yn ei hôl, a throdd yn golofn halen.
Genesis 19:26

'Dwyt ti ddim yn un ohonon ni,' medden nhw gan weiddi ar Lot. 'Does dim ots gennym ni os mai ti fydd yn marw gyntaf.'

Gafaelodd y ddau angel yn Lot a'i lusgo i mewn i'r tŷ o afael y dyrfa gan daro'r dynion oedd wrth ddrws y tŷ yn ddall. Rhoddodd hyn gyfle i Lot a'i deulu ddianc.

Tra oedd y bobl yn y dorf yn baglu dros ei gilydd, rhybuddiwyd Lot gan yr angylion i adael ar frys.

'Dos ar unwaith!' meddai'r angylion. 'Dos â dy wraig, dy blant a'r teulu i gyd y munud yma. Mae Duw wedi ein hanfon ni i farnu'r ddinas, ac erbyn y bore bydd wedi'i dinistrio'n llwyr.'

Aeth Lot i rybuddio'r ddau ddyn oedd yn mynd i briodi'i ferched, ond chwarddodd y ddau ar ei ben.

Cafodd Lot, ei wraig a'i ferched eu harwain gan yr angylion at gyrion y ddinas.

'Rhedwch am eich bywydau,' gorchmynnodd yr angylion. 'Peidiwch ag aros nes cyrraedd y mynyddoedd. A pheidiwch ag edrych yn ôl!'

Ond roedd Lot yn poeni na allaen nhw fynd yn ddigon cyflym. Ymbiliodd ar yr angylion. 'Gadewch i ni fynd i dref Soar a dim pellach,' meddai.

Cytunodd yr angylion na fyddai'r dref honno'n cael ei dinistrio.

Erbyn iddyn nhw gyrraedd Soar roedd yr haul wedi codi.

Yna dinistriodd Duw ddinasoedd Sodom a Gomora trwy anfon brwmstan a thân. Ond anghofiodd gwraig Lot rybudd yr angylion. Edrychodd yn ôl i weld beth oedd yn digwydd a chafodd ei gorchuddio â'r brwmstan.

Pan ddeffrodd Abraham yn y bore edrychodd i lawr y dyffryn. Doedd dim i'w weld ond mwg trwchus. Gwyddai Abraham, felly, fod llai na deg o bobl dda ar ôl yn ninas Sodom.

18 Sara'n cael mab

'Pwy fuasai'n meddwl y byddai Abraham a minnau, yn ein henaint, yn rhoi genedigaeth i fab,' meddai Sara wrth fagu Isaac.

Roedd Duw wedi cadw'i addewid. Roedd Sara wedi beichiogi ac wedi rhoi genedigaeth i fab o'r enw Isaac. O'r diwedd, roedd hi wrth ei bodd.

Wrth i Isaac dyfu'n fachgen, dechreuodd Ismael, mab Hagar, dynnu arno. Roedd Sara'n genfigennus, gan ofni y byddai Ismael yn dwyn etifeddiaeth Isaac.

Genesis 21:1-21

Rhoes Abraham i'r mab a anwyd iddo o Sara yr enw Isaac.
Genesis 21:3

'Mae'n rhaid i ti anfon Hagar a'i mab oddi yma,' meddai Sara. 'Ddaw dim lles i Isaac os bydd y ddau'n aros yma gyda ni.'

Ond roedd Ismael hefyd yn fab i Abraham. Fedrai Abraham mo'i anfon i ffwrdd.

Siaradodd Duw gydag Abraham.

'Gwna'r hyn mae Sara'n ofyn, Abraham. Edrychaf i ar ôl Hagar a'i mab. Byddi di'n cael dy fendithio drwy Isaac, a bydd dy deulu'n cynyddu.'

Rhoddodd Abraham fwyd a diod i Hagar, ac i ffwrdd â nhw i anialwch Beerseba.

Yn fuan, doedd dim dŵr yfed ar ôl a dechreuodd Hagar boeni y byddai'r ddau'n marw o syched. Rhoddodd Ismael i eistedd dan gysgod llwyni a cherdded ymhell oddi wrtho rhag iddi orfod ei weld yn dioddef.

Clywodd Duw sŵn Ismael yn crio. Siaradodd angel gyda Hagar.

'Paid ag ofni,' meddai. 'Mae Duw yn gwybod am dy broblemau. Dos i nôl Ismael, a charia 'mlaen ar dy daith. Rydw i wedi addo y bydd Ismael yn tyfu i weld ei deulu'n cynyddu.'

Yn fuan, gwelodd Hagar ffynnon a rhoddodd ddiod o ddŵr i'w phlentyn.

Edrychodd Duw ar ôl Ismael wrth iddo dyfu i fyny. Daeth yn saethwr bwa medrus a phriododd â merch o'r Aifft.

19 Duw yn profi Abraham

Pan oedd Isaac wedi tyfu i fyny, clywodd Abraham lais Duw yn galw.

'Abraham,' meddai Duw wrtho. 'Dos ag Isaac dy fab i fynydd ym Moreia. Rydw i am i ti aberthu dy fab gwerthfawr i mi.'

Genesis 22:1-19

'Bendithiaf di yn fawr, ac amlhau dy ddisgynyddion yn ddirfawr, fel sêr y nefoedd ac fel y tywod ar lan y môr.'
Genesis 22:17a

Roedd Abraham wedi'i syfrdanu. Curai ei galon yn galed. Roedd Duw wedi bod yn ffyddlon iddo. Roedd wedi cadw'i addewidion. Ond aberthu'i fab, ei annwyl fab Isaac?

Torrodd goed i gynnau tân, yna aeth ag Isaac a'i weision ar daith tridiau i ganol y mynyddoedd. Am ran olaf y daith, cerddodd gydag Isaac yn unig.

'Nhad,' meddai Isaac, ar ôl iddyn nhw gerdded am ychydig heb ddweud gair wrth ei gilydd. 'Mae gennym ni goed yn barod ar gyfer yr aberth, ond ble mae'r oen i'w aberthu?'

'Bydd Duw yn darparu oen,' meddai Abraham yn drist.

Cododd Abraham allor o gerrig a rhoi'r coed arni. Rhwymodd ddwylo'i fab Isaac a'i osod ar yr allor, ar ben y coed. Wrth iddo godi'r gyllell i drywanu'i fab annwyl, clywodd lais Duw yn galw arno.

'Paid!' meddai Duw. 'Rwyt wedi dangos i mi faint rwyt ti'n fy ngharu. Fe fyddaf yn dy fendithio di a bydd gen ti lawer o ddisgynyddion.'

Yna gwelodd Abraham hwrdd wedi'i ddal gerfydd ei gyrn yn y llwyni. Roedd Duw wedi darparu aberth, ac roedd Isaac ei fab yn ddiogel unwaith eto.

20 Dŵr ar gyfer deg camel

Bu farw Sara a heneiddiodd Abraham. Roedd yn awyddus i'w fab gael gwraig er mwyn iddo weld ei wyrion a'i wyresau cyn iddo farw.

Gofynnodd i un o'i weision fynd ar daith i chwilio am wraig addas i'w fab.

'Dos i chwilio am wraig i Isaac fy mab,' meddai Abraham. 'Rydw i am iddo briodi gwraig o blith ein pobl ni.'

Casglodd y gwas ddeg o gamelod ac anrhegion gwerthfawr, a chychwyn ar daith ar draws yr anialwch i'r pentref lle roedd brawd Abraham yn byw.

Cyrhaeddodd y ffynnon wrth i'r haul fachlud. Fel roedd y gwragedd yn dod i nôl dŵr, gorchmynnodd y camelod i blygu ar eu gliniau. Yna syrthiodd yntau ar ei liniau i weddïo.

'O Arglwydd Dduw fy meistr Abraham,' meddai, 'helpa fi heddiw i chwilio am wraig i Isaac. Gad iddi fod y ferch gyntaf sy'n cynnig dŵr o'r ffynnon a'i roi

Genesis 24:1-23

'Y ferch y dywedaf wrthi, 'Gostwng dy stên, er mwyn i mi gael yfed', a hithau'n ateb, 'Yf, ac mi rof ddiod i'th gamelod hefyd', bydded mai honno fydd yr un a ddarperaist i'th was Isaac.'
Genesis 24:14a

i mi a'r holl gamelod.'

Cyn iddo orffen gweddïo, daeth Rebeca, gor-nith Abraham, at y ffynnon â'i hystên ddŵr ar ei hysgwydd. Aeth y gwas ati gan ofyn iddi am ddiod o ddŵr. Rhoddodd hithau ddŵr i'r gwas a chynnig nôl dŵr i'r deg camel hefyd. Gwyliai'r gwas hi'n mynd yn ôl a blaen i'r ffynnon i nôl dŵr dro ar ôl tro.

'Bydd hon yn wraig dda i Isaac,' meddai'r gwas wrtho'i hun.

21 Gwraig i Isaac

Gofynnodd y gwas i Rebeca pwy oedd hi, ac ar yr un gwynt gofynnodd a gâi aros dros nos gyda'i theulu.

Pan ddywedodd Rebeca wrtho, roedd y gwas yn sicr fod Duw wedi'i arwain at y ffynnon a'i fod wedi dewis hon yn wraig i Isaac.

Derbyniodd Rebeca ei anrhegion o fodrwy aur a dwy freichled aur. Rhuthrodd hithau adref i ddweud wrth ei theulu am y dyn wrth y ffynnon. Daeth ei brawd Laban i'w groesawu a'i wahodd i aros gyda nhw.

Daeth gweision i fwydo'r camelod a chafodd y gwas bryd o fwyd. Ond cyn bwyta roedd yn awyddus i egluro'i neges ac i ddweud pam ei fod yno. Soniodd am ddymuniad Abraham i chwilio am wraig i'w fab, Isaac, o blith ei bobl ei hun. Soniodd hefyd am ei weddi ger y ffynnon, ac fel roedd Duw wedi ateb ei weddi trwy anfon Rebeca.

GENESIS 24:22-67

Yna daeth Isaac â Rebeca i mewn i babell ei fam Sara, a'i chymryd yn wraig iddo. Carodd Isaac Rebeca, ac felly cafodd gysur ar ôl marw ei fam. *Genesis 24:67*

Roedd y teulu wrth eu bodd. Dyma oedd dymuniad Duw, a rhaid oedd ufuddhau iddo. Rhannodd y gwas yr anrhegion rhwng aelodau'r teulu. Gofynnodd y teulu i Rebeca a oedd hi'n hapus i fynd yn ôl gyda'r gwas.

Y diwrnod canlynol, teithiodd Rebeca a'r gwas yn ôl at Abraham.

Gwelodd Isaac nhw'n dod ac aeth i'w cyfarfod. Pan glywodd y stori roedd yn hapus. Priododd Isaac a Rebeca am eu bod yn caru'i gilydd.

22 Esau a Jacob

Roedd Isaac yn ddeugain oed pan briododd â Rebeca, ac roedd yn awyddus i roi wyrion a wyresau i'w dad, Abraham. Ond aeth blynyddoedd heibio, heb sôn am blant.

Gweddïodd Isaac ar Dduw gan ofyn iddo roi plant iddo ef a'i wraig. Atebodd Duw ei weddi, a rhoddodd Rebeca enedigaeth i efeilliaid. Dywedodd Duw wrth Rebeca y byddai'r ddau blentyn yn dod yn arweinwyr dwy wlad – ac y byddai'r plentyn hynaf yn gwasanaethu'r plentyn iau.

GENESIS 25:19-34

Yna rhoddodd Jacob fara a chawl ffacbys i Esau; bwytaodd ac yfodd, ac yna codi a mynd ymaith. Fel hyn y diystyrodd Esau ei enedigaeth-fraint. *Genesis 25:34*

Ganwyd y ddau fachgen o fewn munudau i'w gilydd. Roedd y mab cyntaf wedi'i orchuddio â blew coch. Galwyd y mab hwn yn Esau. Pan aned yr ail fab, roedd yn gafael yn sawdl ei frawd, a galwyd ef yn Jacob.

Roedd Esau a Jacob yn wahanol iawn i'w gilydd ac, yn fuan, daeth yn amlwg mai Esau oedd ffefryn ei dad. Tyfodd Esau i fod yn heliwr medrus, oedd wrth ei fodd yn crwydro yn yr awyr agored. Ffefryn Rebeca oedd Jacob, y mab ieuengaf, bachgen oedd yn hapus yn aros yn agos at ei gartref.

Un diwrnod daeth Esau yn ôl o daith hela yn teimlo'n flinedig ac eisiau bwyd. Roedd ei frawd wrthi'n coginio cawl ffacbys trwchus, a gofynnodd Esau am beth ohono.

'Hmm . . . mae arogl bendigedig ar y cawl yna,' meddai wrth ei frawd. 'Ga i beth ohono?'

Gwelodd Jacob ei gyfle ac meddai wrth ei frawd, 'Os rhoddi di dy etifeddiaeth i mi fe gei di'r cawl.'

'Os na cha i bryd o fwyd y munud yma, mi fydda i farw,' meddai Esau. 'Mae croeso i ti gael fy etifeddiaeth i gyd!'

Mwynhaodd Esau y cawl a'r bara. Doedd ei etifeddiaeth, fel y mab hynaf, yn golygu dim iddo.

23 Bendith Isaac

Wrth i Isaac heneiddio, dechreuodd golli'i olwg. Teimlai'n fregus ac yn hen a sylweddolai nad oedd ganddo lawer o amser ar ôl.

Un diwrnod galwodd ar ei fab hynaf, Esau.

'Dos allan i hela a gwna bryd o fwyd blasus i mi,' meddai wrth Esau, 'ac yna fe wna i dy fendithio.'

Ufuddhaodd Esau i'w dad ac aeth â'i fwa saeth i hela. Roedd blynyddoedd wedi mynd heibio er pan werthodd Esau ei etifeddiaeth am fowlenaid o gawl, ac roedd wedi anghofio'n llwyr amdano.

Ond doedd Rebeca ddim wedi anghofio. Clustfeiniodd ar sgwrs ei gŵr. Roedd yn awyddus i Jacob dderbyn bendith arbennig Isaac.

Genesis 27:1-45

Dywedodd yntau 'Tyrd â'r helfa ataf, fy mab, imi gael bwyta a'th fendithio.'
Genesis 27:25a

'Dos i ladd dwy afr a thyrd â nhw ataf i,' meddai wrth Jacob. 'Fe wna i eu coginio ar gyfer dy dad, a bydd ef yn dy fendithio di yn lle dy frawd.'

Ond teimlai Jacob yn ansicr. Er fod Isaac yn ddall, eto i gyd doedd o ddim yn wirion.

'Ond mae croen Esau'n flewog,' meddai Jacob. 'Efallai nad ydi fy nhad yn gweld yn dda, ond bydd yn sicr o wybod y gwahaniaeth rhyngon ni. Dydw i ddim yn arogli fel Esau, a phan fydd fy nhad yn cyffwrdd ynof fi, fe fydd yn gwybod nad Esau ydw i.'

Roedd Rebeca eisoes wedi meddwl am hynny. Gwisgodd Jacob yn nillad Esau a chlymu croen gafr am ei freichiau a'i wegil. Paratôdd bryd o fwyd yn union fel yr oedd Isaac yn ei hoffi, ac anfonodd Jacob ato i dderbyn bendith gan ei dad.

'Mi fuost ti'n sydyn iawn yn paratoi'r bwyd yma, fy mab,' meddai Isaac.

'Fe wnaeth Duw fy mendithio a'm helpu i lwyddo,' meddai Jacob yn gelwyddog.

Cyffyrddodd Isaac â'i fab ac arogli ei ddillad.

'Ai Esau wyt ti mewn gwirionedd?' gofynnodd iddo. 'Mae dy lais yn wahanol, ac eto rwyt ti'n teimlo ac arogli'n union fel Esau.'

'Ie, Esau ydw i,' atebodd Jacob yn dwyllodrus.

Felly bendithiodd Isaac ei fab ieuengaf yn hytrach nag Esau ei fab hynaf.

Pan gyrhaeddodd Esau'n ôl o'r helfa a gweld ei fod wedi cael ei dwyllo, roedd ei dad ac yntau'n ddig. Ond roedd hi'n rhy hwyr. Roedd y fendith wedi'i rhoi. Felly roedd Esau'n casáu ei frawd ac yn aros i'w dad farw er mwyn iddo gael cyfle i ladd ei frawd.

Cafodd Rebeca wybod am gynllun Esau, ac awgrymodd wrth ei gŵr y byddai'n well i Jacob fynd i fyw at ei brawd, Laban, a chwilio am wraig o blith ei phobl hi, yn union fel roedd ef wedi'i wneud.

Felly anfonodd Isaac ei fab Jacob at Laban, ac roedd Rebeca'n gwybod y byddai'n ddiogel yno.

24 Breuddwyd Jacob

Genesis 28:10-22

Breuddwydiodd ei fod yn gweld ysgol wedi ei gosod ar y ddaear, a'i phen yn cyrraedd i'r nefoedd, ac angylion Duw yn dringo a disgyn ar hyd-ddi.
Genesis 28:12

Cychwynnodd Jacob ar ei daith i Haran i fyw gyda'i ewythr Laban.

Wrth iddi nosi, gorweddodd i lawr a gosod carreg o dan ei ben fel gobennydd. Breuddwydiodd Jacob am ysgol hir yn ymestyn yr holl ffordd o'r ddaear i fyny i'r nefoedd ac angylion yn mynd i fyny ac i lawr ar ei hyd. Ar ben yr ysgol, roedd Duw yn sefyll.

'Y fi ydi'r Arglwydd, Duw Isaac dy dad a Duw Abraham dy daid,' meddai Duw. 'Rwy'n addo rhoi'r tir rwyt ti'n gorwedd arno i ti a'th ddisgynyddion. Byddaf yn gwylio drosot ti am byth.'

Pan ddeffrodd Jacob, roedd yn gwybod ei fod wedi gweld Duw a theimlai'n ofnus iawn. Cododd y garreg oedd o dan ei ben a'i gosod yn y ddaear fel colofn i nodi'r fan arbennig lle roedd wedi cyfarfod â Duw.

'Os wyt ti'n barod i ofalu amdanaf fel yr addewaist, byddaf yn ufudd i ti a'th ddilyn am weddill fy mywyd,' meddai Jacob.

Aeth ymlaen ar ei daith nes cyrraedd cartref ei ewythr a'i deulu.

25 Jacob yn syrthio mewn cariad

Gwelodd Jacob griw o fugeiliaid, yn sefyll gyda'u defaid o gwmpas ffynnon. Aeth atyn nhw a gofyn o ble'r oedden nhw'n dod.

'O Haran,' oedd yr ateb.

Roedd Jacob wrth ei fodd. Yno roedd ei ewythr yn byw.

'Ydych chi'n adnabod Laban?' gofynnodd yn obeithiol.

'Ydyn,' medden nhw. 'Mae merch Laban, Rachel, yn sefyll draw fan acw,' meddai'r bugeiliaid.

Genesis 29:1-20

Edrychodd Jacob i gyfeiriad y ferch wrth iddi arwain y defaid tuag at y ffynnon. Aeth Jacob ati a rhoi dŵr i'w defaid. Cusanodd hi a dweud wrthi ei fod yn gefnder iddi. Roedd Rachel wrth ei bodd a rhedodd i ddweud wrth ei thad.

Felly gweithiodd Jacob saith mlynedd am Rachel ac yr oeddent fel ychydig ddyddiau yn ei olwg am ei fod yn ei charu.
Genesis 29:20

Brysiodd Laban allan i gyfarch ei nai a'i groesawu ar ei aelwyd fel aelod o'r teulu.

Aeth mis heibio, a gofynnodd Laban faint o gyflog y dylai ei dalu i Jacob am weithio iddo.

'Dywed faint o arian wyt ti eisiau,' meddai.

Meddyliodd Jacob yn galed. Dim ond am gyfnod byr y bu gyda'i ewythr ond roedd wedi syrthio mewn cariad gyda Rachel, merch ieuengaf Laban.

'Os byddi di'n fodlon i mi briodi Rachel, fe weithiaf i ti am saith mlynedd,' meddai wrth ei ewythr.

Cytunodd Laban. Gweithiodd Jacob yn galed gan wybod y byddai, rhyw ddydd, yn cael priodi Rachel.

Pan ddaeth y saith mlynedd i ben, trefnodd Laban wledd fawr i ddathlu priodas Rachel a Jacob. Ond roedd Laban yn bwriadu twyllo Jacob. Yn ôl arferiad y wlad, y ferch hynaf ddylai briodi gyntaf. Felly, ar ddydd y briodas, gwisgodd Lea, merch hynaf Laban, y wisg briodas a gorchuddio'i hwyneb. Yn hytrach na phriodi Rachel, felly, daeth Jacob yn ŵr i Lea.

Pan sylweddololodd Jacob beth oedd wedi digwydd roedd hi'n rhy hwyr.

'Pam wnest ti fy nhwyllo i?' gofynnodd Jacob yn ddig. Rachel oedd ei gariad, nid Lea.

'Mae'n arferiad yn ein gwlad ni i'r ferch hynaf briodi gyntaf,' meddai Laban wrtho. 'Ond fe gei di briodi Rachel nawr hefyd os wyt ti'n barod i weithio i mi am saith mlynedd arall.'

Cytunodd Jacob am ei fod yn caru Rachel yn fawr iawn.

26 Jacob yn rhedeg i ffwrdd

Gwelodd Duw nad oedd Jacob yn caru Lea, felly rhoddodd blant iddi i'w caru, chwe mab ac un ferch o'r enw Dina.

Gan nad oedd gan Rachel blant, gofynnodd i Jacob roi plant iddi trwy gymryd ei morwyn yn wraig iddo, a ganed Dan a Nafftali.

Rhoddodd Lea hefyd ei morwyn i Jacob, a ganed Gad ac Aser.

Genesis 29:31–31:21

A gwelodd Jacob nad oedd agwedd Laban ato fel y bu o'r blaen. *Genesis 31:2*

O'r diwedd, rhoddodd Rachel enedigaeth i'w phlentyn ei hun. Roedd hi a Jacob wedi gwirioni. Enw'r plentyn oedd Joseff, a daeth yn ffefryn ei dad, Jacob.

Bu Jacob yn byw gyda Laban am ugain mlynedd, yna dywedodd Duw wrtho ei bod hi'n bryd iddo fynd yn ôl i wlad ei dad.

'Paid â mynd,' ymbiliodd Laban. 'Mae Duw wedi fy mendithio i oherwydd dy fod ti yma.'

'Arhosaf ar un amod,' meddai Jacob. 'Hoffwn gael defaid brith a broc, neu eifr o'th braidd di er mwyn i mi gael magu fy mhraidd fy hun.'

Cytunodd Laban, ond heb yn wybod i Jacob aeth â phob gafr frith a broc oddi yno fel bod yn rhaid i Jacob aros am gyfnod hirach.

Aeth Jacob ati i gynyddu'i braidd, yn ddefaid a geifr, a chan fod Duw yn bendithio popeth roedd Jacob yn ei wneud, yn fuan iawn roedd yn berchen ar anifeiliaid cryfion, yn frith a broc.

Erbyn hyn, doedd Laban ddim yn awyddus i gael Jacob yn rhan o'i deulu a theimlai Jacob yn anghysurus. Dechreuodd y ddau dwyllo'i gilydd, a doedd yr un o'r ddau'n ymddiried yn ei gilydd. Roedd yn bryd iddyn nhw wahanu.

Dywedodd Jacob wrth ei wragedd a'i blant eu bod yn mynd ar daith hir, ond ni ddywedodd air wrth Laban eu bod yn mynd.

27 Jacob yn ymgodymu gyda Duw

Cychwynnodd Jacob ar y daith gyda merched Laban, ei wyrion a'i wyresau, a'i ddefaid a'i eifr. Bellach roedd yn ŵr cyfoethog. Roedd Duw wedi cadw'i addewid iddo.

Roedd Jacob wedi gadael ei gartref yn wreiddiol am ei fod wedi cam-drin ei efaill. Erbyn hyn, roedd yn bryd iddo fynd yn ôl adref i ymddiheuro.

Anfonodd Jacob ei wragedd o'i flaen, ar eu camelod. Eisteddai ef ar ei ben ei hun ar lan afon Jabboc.

Genesis 32:22-32

Yn sydyn daeth dyn ato a dechrau ymgodymu â Jacob. Drwy gydol y nos bu'r ddau'n ymdaflu â'i gilydd - a'r naill yn ceisio trechu'r llall. Trawodd y dyn glun Jacob a'i datgysylltu. Roedd mewn poen annioddefol, ond daliodd i ymladd.

Yna dywedodd, 'Ni'th elwir Jacob mwyach, ond Israel, oherwydd yr wyt wedi ymdrechu â Duw a dynion ac wedi gorchfygu.'
Genesis 32:28

Yna dechreuodd yr awyr newid lliw wrth i'r wawr dorri.

'Gollwng fi,' meddai'r dyn. 'Mae'n dechrau gwawrio.'

'Na!' meddai Jacob. 'Mae'n rhaid i ti fy mendithio cyn i mi dy ryddhau.'

'Beth ydi dy enw?' gofynnodd y dyn.

'Jacob!' meddai yntau.

'O hyn ymlaen dy enw di fydd Israel,' meddai'r dyn, 'oherwydd rwyt ti wedi ymdrechu yn erbyn Duw, ac wedi gorchfygu.'

Herciodd Jacob oddi yno, gan sylweddoli bod Duw wedi'i roi ar brawf. Bu'n ymgodymu ag angel a anfonwyd gan Dduw. Gwyddai fod gan Dduw waith arbennig ar ei gyfer.

28 Ffrindiau a brodyr

Genesis 33; 35:1-15

A gosododd Jacob golofn, sef colofn garreg, yn y lle y llefarodd wrtho... enwodd Jacob y lle y llefarodd Duw wrtho, Bethel.
Genesis 35:14a a 15

Teimlai Jacob yn bryderus. Roedd eisoes wedi anfon negeswyr o'i flaen gydag anrhegion i'w rhoi i'w efaill – defaid a geifr, asynnod a chamelod.

Gweddïodd Jacob ar Dduw.

'Dywedaist wrtha i am fynd yn ôl adref,' meddai Jacob. 'Addewaist edrych ar fy ôl i!'

Daeth Esau, ei frawd, i'w gyfarfod, gan ddod â phedwar cant o ddynion gydag o. Roedd Jacob yn ofni bod Esau yn bwriadu ei ladd.

Rhannodd Jacob ei deulu a'i anifeiliaid yn grwpiau bach. Os byddai Esau'n ymosod ar un grŵp, yna byddai'r gweddill yn gallu dianc o'i afael.

Cerddodd Jacob ymlaen i gyfarfod â'i frawd, ac ymgrymodd o'i flaen. Ond doedd Esau ddim wedi dod i ymladd. Cofleidiodd ei frawd a'i gusanu. Wylodd y ddau. Roedd Esau wedi maddau i Jacob. Doedd o ddim yn gas nac yn

genfigennus tuag at ei frawd.

Cyflwynodd Jacob ei deulu i Esau, a daeth y ddau frawd yn ffrindiau unwaith eto.

Teithiodd Jacob i Fethel, ac yno bu'n byw gyda'i deulu. Cododd allor yno i Dduw, i ddiolch am ei gadw'n ddiogel ac am roi cymaint iddo. Rhoddodd Duw enw arall i Jacob, sef Israel, ac addawodd y byddai ei ddisgynyddion, yr Israeliaid, mor niferus â gronynnau o dywod yn yr anialwch.

29 Rachel yn marw

Cododd Jacob ei bebyll unwaith eto a symud tuag at Fethlehem. Yn ystod y cyfnod hwn roedd Rachel, y wraig roedd yn ei charu fwyaf, yn disgwyl ei hail blentyn unrhyw ddiwrnod.

Genesis 35:16-26

Yna bu farw Rachel, a chladdwyd hi ar y ffordd i Effrath, hynny yw Bethlehem.
Genesis 35:19

Ar y daith, esgorodd Rachel ar fab o'r enw Benjamin. Ond roedd hi'n wan ac yn fregus, ac yn fuan ar ôl i'r baban gael ei eni bu farw Rachel.

Claddwyd Rachel ger tref Bethlehem. Teithiodd Jacob i wlad Mamre, ger Hebron, lle roedd Abraham ac Isaac wedi ymgartrefu.

Ymhen ychydig amser bu farw Isaac hefyd, wedi cyrraedd oedran teg, a chladdwyd ef gan ei feibion Esau a Jacob.

30 Mab arbennig Jacob

Erbyn hyn, roedd gan Jacob ddeuddeg mab. Joseff oedd y ffefryn ac roedd yntau'n gwybod hynny.

Pan oedd yn ddwy ar bymtheg oed, aeth Joseff i helpu'i frodyr i warchod praidd ei dad. Ond byddai'n gwylio'i frodyr a gwrando ar eu sgwrs ac yna'n cario straeon amdanynt i'w dad.

Rhoddodd Jacob gôt arbennig i Joseff, un â llewys hir. Pan welodd y brodyr y wisg, roedd yn amlwg fod Jacob yn caru Joseff yn fwy na'r un ohonyn nhw. Roedden nhw'n ei gasáu.

Un noson, cafodd Joseff freuddwyd ryfedd iawn a dywedodd yr hanes wrth ei frodyr y bore wedyn.

'Gwrandewch ar hyn,' meddai wrth ei frodyr. 'Neithiwr breuddwydiais ein bod ni i gyd yn rhwymo ysgubau ŷd. Safodd f'ysgub i yn syth ac ymgrymodd eich ysgubau chi o flaen f'un i.'

Wrth glywed hyn, roedd ei frodyr yn fyw blin fyth.

'Wyt ti'n bwriadu bod yn feistr arnon ni?' gofynnodd y brodyr iddo.

Genesis 37:1-11

Yr oedd Israel yn caru Joseff yn fwy na'i holl blant, gan mai mab ei henaint ydoedd: a gwnaeth wisg laes iddo. Genesis 37:3-4

Cafodd Joseff freuddwyd arall. Y tro hwn, dywedodd yr hanes wrth ei dad hefyd.

'Cefais freuddwyd ryfedd arall,' meddai. 'Breuddwydiais fod yr haul, y lleuad ac un ar ddeg o sêr yn ymgrymu i mi!'

Dywedodd Jacob wrtho am beidio â dangos ei hun.

'Wyt ti'n meddwl o ddifri y bydd dy fam a minnau yn ogystal â'th frodyr yn ymgrymu i ti?' gofynnodd ei dad iddo.

Roedd ei frodyr yn ei gasáu. Ond roedd ei dad yn ceisio dyfalu beth oedd ystyr y breuddwydion.

31 Ei werthu fel caethwas

Ar ôl i'r brodyr fynd â'r defaid i bori, anfonwyd Joseff i weld sut roedden nhw'n dod ymlaen.

Cerddodd Joseff filltiroedd ar draws yr anialdir nes dod o hyd iddyn nhw ger hen ddinas Dothan. Gwelodd y brodyr ef yn dod tuag atyn nhw, yn gwisgo'i gôt arbennig.

'Dyma'r breuddwydiwr yn dod,' medden nhw wrth ei gilydd. Erbyn i Joseff ddod yn agos atyn nhw, roedd y brodyr wedi penderfynu ei ladd.

Er nad oedd Reuben yn rhy hoff o'i frawd ieuengaf, doedd o ddim yn fodlon bod yn rhan o'r cynllwyn i'w ladd.

Genesis 37:12-36

Yna, pan ddaeth marchnatwyr o Midian heibio, codasant Joseff o'r pydew, a'i werthu i'r Ismaeliaid am ugain sicl o arian. Aethant hwythau â Joseff i'r Aifft. Genesis 37:28

'Peidiwch â'i ladd,' meddai Reuben. 'Beth am ei daflu i mewn i'r ffynnon wag yma?'

Pan gyrhaeddodd Joseff, tynnodd y brodyr ei gôt oddi amdano a'i daflu i mewn i'r ffynnon. Tra oedden nhw'n cael tamaid i'w fwyta daeth criw o fasnachwyr o wlad Midian heibio. Roedden nhw'n teithio i'r Aifft yn cario perlysiau.

'Beth am i ni werthu Joseff i'r Ismaeliaid?' awgrymodd Jwda.

Felly tynnwyd Joseff o'r ffynnon a chafodd ei werthu am ugain darn o arian. Aeth masnachwyr ag o i'r Aifft am bris caethwas. Penederfynodd y brodyr ladd gafr a throchi côt Joseff yn y gwaed. Aethon nhw adref at eu tad a dangos y gôt arbennig iddo.

'Gwisg fy mab ydi hon,' meddai Jacob. 'Mae'n rhaid bod rhyw anifail gwyllt wedi'i larpio a'i ladd.' Bu Jacob yn galaru am amser hir iawn.

32 Breuddwydio yn y carchar

Cafodd Joseff ei gludo i'r Aifft a'i werthu i Potiffar, un o swyddogion Pharo.

Ond gweithiodd Joseff yn ddiwyd yng nghartref Potiffar, ac oherwydd hynny bendithiodd Duw Potiffar a'i deulu. Yn fuan, roedd Potiffar yn ymddiried yn llwyr ynddo a chafodd Joseff ei benodi'n brif was.

Tyfodd Joseff yn ŵr cryf, golygus. Roedd gan wraig Potiffar feddwl y byd ohono ond cadwodd Joseff draw oddi wrthi. Roedd hi mor flin nes dweud celwydd a mynnu bod Joseff wedi ymosod arni. Gwylltiodd Potiffar pan glywodd hyn a thaflodd Joseff i'r carchar.

Unwaith eto, gweithiodd Joseff yn galed er bod pethau'n anodd iawn iddo. Roedd Duw'n ei gynnal, ac yn y man gwnaed Joseff yn gyfrifol am y carcharorion eraill.

Yn fuan, roedd Joseff yn gyfrifol am was personol Pharo a'i bobydd. Pan gafodd y ddau ohonyn nhw freuddwyd ryfedd, dywedodd Joseff wrthyn nhw y gallai Duw egluro'r breuddwydion. Newydd drwg iawn oedd ganddo i'r pobydd – ymhen dim fe'i lladdwyd gan Pharo. Ond roedd ganddo newydd gwell i'r

Genesis 39–46

... am fod yr Arglwydd gydag ef ac yn ei lwyddo ym mha beth bynnag y byddai'n ei wneud.
Genesis 39:23b

gwas personol. Yn fuan, cafodd ei ryddhau o'r carchar, fel roedd Joseff wedi'i rag-weld.

Ond pan gafodd y gwas personol ei ryddhau o'r carchar, buan iawn yr anghofiodd y cyfan am Joseff.

33 Breuddwydion rhyfedd Pharo

Aeth dwy flynedd heibio ac roedd Joseff yn dal yn y carchar.

Yna cafodd Pharo freuddwydion rhyfedd a chythryblus. Doedd neb yn gallu eu hegluro, ond gwyddai Pharo fod negeseuon arbennig ynddyn nhw.

Cofiodd gwas personol Pharo am allu Joseff i ddehongli breuddwydion.

'Mae yna ddyn yn y carchar fydd yn gallu dy helpu di,' meddai wrth Pharo. A dywedodd beth oedd wedi digwydd pan oedd ef a'r pobydd wedi cael breuddwydion rhyfedd.

Anfonodd Pharo am Joseff a dweud wrtho am ei freuddwydion.

'Yn y freuddwyd gyntaf, gwelais saith o wartheg tenau'n bwyta saith o wartheg tew,' meddai Pharo. 'Yn yr ail freuddwyd, gwelais saith o dywysennau tenau'n llyncu saith o dywysennau tew.'

'Yr un ystyr sydd i'r ddwy freuddwyd,' meddai Joseff. 'Mae Duw yn eich rhybuddio y bydd saith mlynedd o gynhaeaf da yn cael eu dilyn gan saith mlynedd o gynhaeaf gwael. Os caiff y grawn ei storio'n ofalus yn ystod y blynyddoedd da, bydd digonedd o fwyd ar gyfer pawb.'

Roedd Pharo'n gwybod yn iawn pwy fyddai'n ei helpu i ofalu am y grawn. Gofynnodd i Joseff ofalu am holl wlad yr Aifft. Rhoddodd fodrwy ar ei fys a chadwyn aur o gwmpas ei wddf. Teithiai o gwmpas y wlad yng ngherbyd Pharo, wedi'i wisgo mewn dillad brenhinol. Byddai pawb yn ymgrymu o'i flaen.
Deg ar hugain oed oedd Joseff pan ddechreuodd ei freuddwydion ddod yn wir.

34 Newyn yng ngwlad Canaan

Dros y saith mlynedd nesaf roedd pob cynhaeaf yn dda a llwyddodd Joseff i gadw digonedd o fwyd wrth gefn. Ond wrth i'r blynyddoedd fynd heibio, methodd un cynhaeaf ar ôl y llall yn yr Aifft a'r gwledydd cyfagos.

Agorodd Joseff y stordai, a gwerthu'r grawn i bobl yr Aifft. Roedd digonedd o fwyd i gynnal pawb drwy'r blynyddoedd caled.

GENESIS 41:1-43

Yna dywedodd Joseff wrth Pharo, 'Un ystyr sydd i freuddwyd Pharo; y mae Duw wedi mynegi i Pharo yr hyn y mae am ei wneud.
Genesis 41:25

Yng ngwlad Canaan, clywodd Jacob fod digonedd o ŷd i'w gael yn yr Aifft a bod pobl yn mynd yno i brynu bwyd. Anfonodd ddeg o'i feibion yno ond cadwodd ei fab ieuengaf, Benjamin, adref gydag ef.

Pan gyrhaeddodd y brodyr, fe aethon nhw'n syth i weld arolygwr yr Aifft ac ymgrymu o'i flaen. Erbyn hyn, roedd blynyddoedd lawer wedi mynd heibio er pan werthon nhw eu brawd Joseff yn gaethwas. Doedden nhw ddim yn disgwyl ei weld yn yr Aifft. Yn sicr, doedden nhw ddim yn disgwyl gweld mai ef oedd arolygwr y wlad. Doedd yr un ohonyn nhw wedi sylweddoli mai Joseff oedd y dyn oedd yn sefyll o'u blaenau.

Er hynny, roedd Joseff yn gwybod yn syth mai ei frodyr oedd yn penlinio o'i flaen. Ni siaradodd â nhw yn iaith yr Israeliaid, rhag iddyn nhw ei adnabod, ond yn hytrach, defnyddiodd gyfieithydd.

GENESIS 41:47–42:17

A chasglodd yntau yr holl fwyd a gaed yng ngwlad yr Aifft yn ystod y saith mlynedd, a chrynhoi ymborth yn y dinasoedd. Casglodd i bob dinas fwyd y meysydd o'i hamgylch.
Genesis 41:48

'Ai ysbiwyr ydych chi?' gofynnodd.

'Nage, Syr,' oedd yr ateb. 'Brodyr ydyn ni, o wlad Canaan. Mae ein brawd ieuengaf wedi aros adref. Rydyn ni'n llwgu ac wedi dod yma i brynu bwyd.'

'Dydw i ddim yn eich credu chi!' meddai Joseff. 'Rhaid i chi brofi pwy ydych chi trwy ddod â'ch brawd ieuengaf yma i mi ei weld.'

Cafodd y brodyr eu carcharu i roi amser iddyn nhw feddwl am yr hyn a ddywedodd yr arolygwr wrthyn nhw.

35 Simeon yn wystl

Ymhen tridiau, cafodd y brodyr eu rhyddhau o'r carchar.

'Ewch adref,' meddai Joseff wrthyn nhw, 'ond er mwyn profi nad ysbiwyr ydych chi, mae'n rhaid i chi adael un brawd yma a dod â mab ieuengaf eich tad ataf.'

Dechreuodd y brodyr drafod ymhlith ei gilydd.

'Ein bai ni ydi hyn i gyd,' medden nhw wrth ei gilydd. 'Plediodd Joseff gyda ni i arbed ei fywyd, ond doedden ni ddim yn barod i wrando arno. Rydyn ni wedi gwneud rhywbeth drwg a nawr rydyn ni'n cael ein cosbi.'

Doedden nhw ddim yn sylweddoli bod Joseff wedi deall eu sgwrs. Dechreuodd grio wrth feddwl am yr holl flynyddoedd a wastraffwyd.

GENESIS 42:18–43:2A

Penderfynodd Joseff garcharu Simeon, un o'r brodyr. Gwerthodd ŷd i'w frodyr a'u hanfon adref, gan roi arian pob un yn ôl yn ei sach, yn ogystal â bwyd ar gyfer eu taith.

A dywedodd eu tab Jacob wrthynt, 'Yr ydych yn fy ngwneud yn ddi-blant; bu farw Joseff, nid yw Simeon yma, ac yr ydych am ddwyn Benjamin ymaith. Y mae pob peth yn fy erbyn.'
Genesis 42:36

Y noson honno, wrth fwydo'r anifeiliaid, gwelodd y brodyr fod yr arian a roddwyd i dalu am yr ŷd bellach yn y sachau. Roedden nhw'n ofnus.

Beth oedd ystyr hyn? Beth fyddai'n digwydd iddyn nhw nawr?

Ar ôl cyrraedd adref, dywedodd y brodyr yr hanes i gyd wrth eu tad, Jacob, gan egluro fod yn rhaid iddyn nhw fynd â Benjamin yn ôl gyda nhw. Fel arall, byddai Simeon yn marw yn y carchar.

Ysgydwodd Jacob ei ben yn drist.

'Unwaith roedd gen i ddeuddeg o feibion,' meddai. 'Aeth Joseff ar goll flynyddoedd lawer yn ôl, a dyma fi wedi colli Simeon nawr. Benjamin ydi'r unig un ar ôl o feibion Rachel. Fedra i ddim gadael iddo fynd. Os bydd rhywbeth yn digwydd i Benjamin bydda i'n torri nghalon.'

Felly arhosodd Benjamin adref gyda'i dad. Llwyddodd y teulu i oroesi'r newyn trwy fwyta'r ŷd a ddaeth y brodyr yn ôl gyda nhw o wlad yr Aifft nes bod dim ohono ar ôl.

36 Jacob yn gadael i Benjamin fynd i'r Aifft

'Mae'n rhaid i chi fynd yn ôl i'r Aifft,' meddai Jacob wrth ei feibion. 'Fel arall, mi fyddwn ni i gyd yn marw o newyn.'

Doedd Jwda, un o'r brodyr, ddim yn barod i fynd heb Benjamin.

GENESIS 43:2B-16

'Mae'r arolygwr wedi'n rhybuddio ni,' meddai wrth ei dad. 'Mi fyddi'n colli dy feibion i gyd os nad ydyn ni'n barod i fentro. Mae'r dewis yn glir. Mynd â Benjamin gyda ni, neu farw o newyn.'

Felly cymerodd y dynion yr anrheg a dwbl yr arian, a Benjamin gyda hwy, ac aethant ar eu taith i lawr i'r Aifft, a sefyll gerbron Joseff.
Genesis 43:15

Felly, trefnodd Jacob fod y brodyr yn mynd â digon o arian gyda nhw i brynu ŷd ac i ad-dalu'r arian oedd wedi'i roi yn eu sachau. Meddai, 'Ewch ag anrhegion hefyd, ffrwythau gorau'r wlad, mêl, perlysiau, cnau ac almonau i'w rhoi i arolygwr yr Aifft.'

Yna, rhoddodd Jacob ganiatâd i'w fab ieuengaf, cannwyll ei lygaid, fynd gyda'i frodyr i'r Aifft.

37 Gwledd Joseff

Ar ôl cyrraedd yr Aifft aeth y brodyr, yn cynnwys Benjamin, yn syth i weld arolygwr y wlad. Eglurwyd i swyddog Joseff eu bod wedi dod o hyd i'r arian yn y sachau a'u bod yn awyddus i'w dalu'n ôl.

Genesis 43:17-34

Cododd yntau ei olwg a gweld ei frawd Benjamin ... Yna brysiodd Joseff a chwilio am le i wylo oherwydd cyffrowyd ei deimladau o achos ei frawd.
Genesis 43:29a a 30

'Peidiwch ag ofni,' meddai'r swyddog. 'Mae eich Duw yn gofalu amdanoch. Cefais fy nhalu am yr ŷd a werthais i chi. Fe wnaeth Duw yn sicr fod gennych arian i fynd yn ôl i'ch gwlad.'

Rhyddhawyd Simeon o'r carchar, a chafodd y brodyr wledd yn nhŷ Joseff. Rhoddwyd yr anrhegion iddo, ond doedd yr un ohonyn nhw wedi sylweddoli mai Joseff, eu brawd, oedd y dyn hael a charedig oedd yn sefyll o'u blaenau.

Holodd Joseff am eu tad ac yna, pan welodd Benjamin, aeth allan i'w ystafell i wylo. Pan eisteddodd y brodyr wrth fwrdd y wledd, gofalodd Joseff fod Benjamin yn cael mwy o fwyd a diod na'r lleill. Doedd y brodyr ddim yn deall pam eu bod nhw mor lwcus.

38 Y cwpan arian

Pan ddaeth yr amser i fynd adref at eu tad, mynnodd Joseff fod y swyddog yn llenwi'r sachau i'r ymylon ac yn rhoi'r arian yn ôl ymhob sach. Gofynnodd Joseff i'w swyddog roi ei gwpan arian bersonol yn sach Benjamin.

Wrth i'r brodyr adael y ddinas, gorchmynnodd Joseff i'w ddynion fynd ar eu holau a'u cyhuddo o ddwyn y cwpan arian.

Genesis 44

Chwiliodd yntau, gan ddechrau gyda'r hynaf a gorffen gyda'r ieuengaf, a chafwyd y cwpan yn sach Benjamin.
Genesis 44:12

Cafodd y brodyr fraw wrth glywed y cyhuddiad yn eu herbyn, gan addo na fydden nhw byth wedi dwyn oddi ar rywun oedd wedi eu trin mor dda. Roedden nhw mor sicr o'u pethau nes dweud, os byddai rhywun yn cael ei ddal â'r cwpan yn ei feddiant, yna byddai'r brawd hwnnw'n marw, a'r gweddill yn barod i fod yn gaethweision yn yr Aifft.

Dechreuwyd chwilio'r sachau gan ddechrau gyda'r brawd hynaf. Pan ddaeth y cwpan i'r golwg yn sach Benjamin, rhwygodd y brodyr eu dillad yn eu gofid. Aethon nhw'n ôl at Joseff a dechreuodd Jwda bledio'u hachos.

'Paid â gwneud unrhyw niwed i Benjamin,' plediodd Jwda. 'Os caiff ei arbed, rydyn ni i gyd yn barod i ddod yn gaethweision i ti.'

'Fydd dim angen i hynny ddigwydd,' meddai Joseff. 'Fe gewch chi fynd yn ôl at eich tad, ond bydd Benjamin yn aros yma'n gaethwas i mi.'

Yna gofynnodd Jwda am gael gair gyda Joseff ar ei ben ei hun. Eglurodd y

byddai'i dad yn torri'i galon os na fyddai Benjamin yn mynd yn ôl ato. Roedd Jwda'n fodlon cymryd ei le fel caethwas, er lles ei dad oedrannus.

39 Mab coll Jacob

Gorchmynnodd Joseff i'w weision ei adael ar ei ben ei hun i roi cyfle iddo siarad gyda'i frodyr. Dechreuodd wylo'n uchel dros y tŷ, fel bod pawb yn ei glywed.

'Joseff, eich brawd, ydw i,' meddai. 'Chi oedd yn gyfrifol am fy ngwerthu fel caethwas. Er i chi ddymuno pethau drwg i mi, mae Duw wedi gofalu amdanaf. Bydd y newyn yn para am bum mlynedd arall, ond gwnaeth Duw yn sicr fy mod i yma yn yr Aifft, ym mhalas Pharo, fel bod modd arbed eich bywydau.

'Rhaid i chi fynd yn ôl at fy nhad. Dywedwch wrtho fy mod yn arolygwr ar holl wlad yr Aifft a'i bod yn hollol ddiogel iddo ddod draw yma. Fe gewch chi, eich teuluoedd, a'ch holl anifeiliaid, fyw yng ngwlad Gosen. Bydd digonedd o fwyd i chi yno yn ystod blynyddoedd y newyn.'

Genesis 45:1–46:27

Yna meddai Joseff wrth ei frodyr, 'Dewch yn nes ataf.' Wedi iddynt nesáu, dywedodd, 'Myfi yw eich brawd Joseff, a werthwyd gennych i'r Aifft.'
Genesis 45:4

Cofleidiodd y brodyr ei gilydd yn hapus. Roedd Duw wedi eu bendithio y tu hwnt i bob disgwyl.

Anfonodd Joseff ei frodyr yn ôl at Jacob a phob un ohonyn nhw wedi'u dilladu'n foethus. Rhoddwyd wagenni iddyn nhw i gario'u holl nwyddau'n ôl i'r Aifft. Ei neges olaf iddyn nhw cyn cychwyn ar eu taith oedd,

'Peidiwch â dadlau gyda'ch gilydd ar y ffordd!'

Pan glywodd Jacob eu hanes, roedd yn methu credu'r peth. Roedd ei fab Joseff yn dal yn fyw! Cytunodd i adael gwlad Canaan ac aeth â'i blant a'i wyrion a'i wyresau gydag ef i fyw yn yr Aifft.

40 Jacob yn marw yn yr Aifft

Teithiodd Joseff i wlad Gosen i gyfarfod â'i dad, Jacob. Wylodd y ddau wrth gofleidio'i gilydd am amser maith. Roedd y ddau mor falch o weld ei gilydd eto.

Yno, yng ngwlad Gosen, y bu Jacob fyw weddill ei fywyd, ef a'i wyrion a'i wyresau a'i orwyrion a'i orwyresau. Bu yno am ddwy flynedd ar bymtheg. Pan

ddaeth yn amser iddo farw, gwnaeth i Joseff addo y byddai'n cael ei gladdu yng ngwlad ei deulu a'i hynafiaid, ac nid yn yr Aifft.

Erbyn hyn roedd Joseff wedi priodi a chanddo ddau fab: Manasse ac Effraim. Daeth Joseff â'r bechgyn draw i weld ei dad cyn iddo farw.

'Do'n i ddim yn credu y byddwn i'n dy weld di byth eto,' meddai Jacob wrth Joseff. 'A dyma fi'n cael gweld dy ddau fab hefyd. Bydd Duw gyda chi i gyd. Bydd yn mynd â chi'n ôl i'r wlad yr addawodd ei rhoi i'm taid, Abraham, i'm tad Isaac, ac i minnau. Bydd Duw yn eich bendithio.'

Bendithiodd Jacob bob un o'i feibion, yna bu farw. Wylodd Joseff yn hidl, ac yna trefnodd i gorff ei dad gael ei eneinio, yn null yr Eifftwyr. Gyda chaniatâd Pharo, aeth â chorff ei dad yn ôl i wlad Canaan i'w gladdu.

Genesis 46:28–50:14

A gwnaeth ei feibion i Jacob fel yr oedd wedi gorchymyn iddynt: oherwydd daeth ei feibion ag ef i wlad Canaan a'i gladdu ym maes Machpela, i'r dwyrain o Mamre, yn yr ogof a brynodd Abraham gyda'r maes gan Effron yr Hethiad i gael hawl bedd.
Genesis 50:12-13

41 Caethweision yn yr Aifft

Cafodd Joseff fyw i weld ei or-or-wyrion a'i or-or-wyresau. Cyn iddo farw, dywedodd wrth ei frodyr y byddai Duw'n eu harwain yn ôl i Wlad yr Addewid. Pan fu Joseff farw, eneiniwyd ei gorff a chladdwyd ef yn yr Aifft.

Aeth blynyddoedd heibio, ac roedd llawer o ddisgynyddion Joseff yn byw yn yr Aifft. Daeth amser pan ddechreuodd y Pharo newydd ofni'r Israeliaid oedd yn byw yn y wlad.

'Mae yna ormod o Israeliaid yn byw yma,' meddai. 'Mi fyddan nhw'n ymuno â'n gelynion ac yn ein trechu ni. Mae'n rhaid i ni eu trin nhw fel caethweision, a'u gorfodi i adeiladu dinasoedd newydd i ni.'

Felly dechreuodd yr Eifftiaid ormesu'r Israeliaid. Gorfodwyd nhw i weithio'n galed a chawsant eu cam-drin. Ond daliai'r Israeliaid i gynyddu mewn nifer ac roedd Duw'n eu bendithio.

Gorchmynnodd Pharo i'r bydwragedd ladd pob bachgen a aned i wraig Israelaidd, ond gwrthododd y bydwragedd ufuddhau iddo. Dywedwyd wrtho fod y gwragedd yn gryf, a'u bod wedi rhoi genedigaeth cyn i'r bydwragedd gyrraedd i'w helpu. Bendithiodd Duw fydwragedd yr Aifft. Ond roedd gan Pharo gynllwyn arall. Rhoddodd orchymyn fod bechgyn bach i gael eu taflu i'r afon Neil a'u boddi.

Exodus 1

Ond po fwyaf y caent eu gorthrymu, mwyaf yn y byd yr oeddent yn amlhau ac yn cynyddu; a daeth yr Eifftiaid i'w hofni.
Exodus 1:12

42 Miriam a'r dywysoges

Exodus 2:1-10

Ond gan na allai ei guddio'n hwy, cymerodd gawell wedi ei wneud o lafrwyn a'i ddwbio â chlai a phyg; rhoddodd y plentyn ynddo a'i osod ymysg yr hesg ar lan y Neil.
Exodus 2:3

Rhoddodd gwraig o Israel enedigaeth i fachgen bach. Doedd hi ddim am adael i'r Eifftiaid ddwyn ei babi a'i luchio i'r afon, felly cuddiodd ef nes ei fod yn dri mis oed.

Yna, pan oedd wedi tyfu'n rhy fawr i'w guddio, rhoddodd ei mab mewn cawell. Rhoddodd dar dros y cawell i'w gadw'n sych, a'i guddio yn yr hesg ar lan afon Neil.

Pan ddaeth merch Pharo heibio i ymdrochi yn nŵr yr afon, clywodd sŵn babi'n crio a theimlai drueni drosto.

'Wyt ti am i mi fynd i chwilio am rywun i fagu'r babi?' gofynnodd Miriam, oedd yn sefyll yno'n gwylio.

'Syniad da,' meddai'r dywysoges. 'Rydw i am gadw'r babi a'i alw'n Moses.'

Aeth Miriam i chwilio am ei mam.

'Gofala am y babi hwn nes y bydd yn ddigon hen i fyw gyda mi,' meddai'r dywysoges wrthi. Aeth mam Miriam â'i mab bach gyda hi, a gofalodd yn dyner amdano.

43 Moses yn lladd caethwas

Exodus 2:11-15a

Atebodd yntau, 'Pwy a'th benododd di yn bennaeth ac yn farnwr arnom? A wyt am fy lladd i fel y lleddaist yr Eifftiwr?' Daeth ofn ar Moses o sylweddoli fod y peth yn hysbys.
Exodus 2:14

Tyfodd Moses yn fachgen cryf ac iach. Roedd yn byw gyda'r Eifftiaid, a gwelodd sut roedden nhw'n trin ei bobl ei hun.

Un diwrnod, safodd i wylio'r Israeliaid yn gweithio'n galed yng ngwres crasboeth yr haul. Gwelodd y creithiau ar eu cyrff, oedd yn dangos eu bod nhw'n cael eu curo. Gwelodd y chwys yn diferu oddi ar eu hwynebau. Yna gwelodd Moses Eifftiwr yn ymosod ar un o'i bobl ei hun.

Roedd Moses wedi gweld digon.

Gan edrych o'i gwmpas rhag ofn bod rhywun yn gwylio, gafaelodd yn yr Eifftiwr a'i ladd. Claddodd ei gorff yn y tywod.

Y diwrnod canlynol, gwelodd Moses ddau Israeliad yn ymosod ar ei gilydd.

'Pam ydych chi'n gwneud niwed i'ch gilydd?' gofynnodd iddyn nhw.

'Pa wahaniaeth ydi hynny i ti?' atebodd un o'r dynion. 'Wyt ti'n mynd i'm lladd i fel y gwnest ti ladd yr Eifftiwr?'

Roedd Moses wedi cael braw. Sylweddolodd fod rhywun wedi'i weld yn lladd yr Eifftiwr. Byddai'r hanes amdano'n sicr o gyrraedd clustiau Pharo. Penderfynodd adael y wlad cyn i Pharo gael cyfle i'w ladd. Rhedodd i ffwrdd i wlad Midian.

44 Yr angel yn y berth yn llosgi

Gwnaeth Moses gartref iddo'i hun ym Midian. Priododd â Seffora, un o saith o ferched Jethro'r offeiriad, a chawsant fab o'r enw Gersom.

Tra oedd Moses yn yr anialwch yn Horeb yn bugeilio defaid Jethro, gwelodd rywbeth rhyfedd iawn. Roedd perth yn llosgi, ond doedd y fflamau ddim yn ei difa. Aeth Moses at y berth i weld beth oedd yn digwydd.

'Moses! Moses!' galwodd llais arno o'r fflamau.

'Dyma fi,' meddai Moses.

'Tyn dy esgidiau oddi am dy draed,' gorchmynnodd y llais o ganol y fflamau. 'Rwyt ti'n sefyll ar dir sanctaidd.'

Exodus 2:15b–3:12

Yno ymddangosodd angel yr Arglwydd iddo mewn fflam dân o ganol perth. Edrychodd yntau a gweld y berth ar dân ond heb ei difa.
Exodus 3:2

Cuddiodd Moses ei wyneb mewn braw.

'Y fi ydi Duw Abraham, Duw Isaac a Duw Jacob. Mae fy mhobl, yr Israeliaid, yn dioddef fel caethweision yng ngwlad yr Aifft. Mae'n rhaid i mi

eu gollwng yn rhydd iddyn nhw gael byw yn y wlad rydw i wedi'i haddo iddyn nhw. Dos at Pharo, a thyrd â fy mhobl allan o wlad yr Aifft.'

Roedd Moses wedi'i syfrdanu.

'Ond fedra i ddim mynd at Pharo,' atebodd Moses. 'Wnaiff o ddim gwrando arna i.'

'Mi fydda i gyda thi,' oedd ateb Duw.

45 Moses yn bryderus

Roedd Moses yn bryderus. Doedd o ddim eisiau bod yn arweinydd ar yr Israeliaid.

'Fydd y bobl ddim yn gwrando arna i,' meddai. 'Beth alla i ddweud wrthyn nhw?'

'Dywed wrthyn nhw fod Duw Abraham, Duw Isaac a Duw Jacob wedi dy anfon di i'w harwain allan o'u caethiwed yng ngwlad yr Aifft.

Exodus 3:13 4:18

Dywedodd Duw wrth Moses, 'Ydwyf yr hyn ydwyf. ... Dywed hyn wrth bobl Israel, Yr Arglwydd, Duw eich tadau, Duw Abraham, Duw Isaac a Duw Jacob sydd wedi fy anfon atoch.' Dyma fydd fy enw am byth ac fel hyn y cofir amdanaf gan bob cenhedlaeth.
Exodus 3:14-15

'Cymer dy wialen a'i thaflu ar y llawr,' gorchmynnodd Duw.

Taflodd Moses ei wialen ar lawr, ac ar amrantiad, trodd y wialen yn neidr. Rhedodd Moses oddi wrthi.

'Cod hi gerfydd ei chynffon,' meddai Duw.

Wrth i Moses ei chodi, trodd y neidr yn wialen unwaith eto.

'Rho dy law tu mewn i'th fantell,' meddai Duw.

Ufuddhaodd Moses. Pan dynnodd ei law allan roedd yn wyn o afiechyd y croen, y gwahanglwyf. Rhoddodd hi'n ôl ar unwaith, a phan dynnodd hi allan eilwaith roedd ei law yn holliach.

'Sonia wrthyn nhw am y pethau hyn,' meddai Duw, 'ac fe fyddan nhw'n gwybod pwy wyt ti. Os ydyn nhw'n dal i amau, cymer ddŵr o afon Neil. Wrth i ti ei dywallt ar y ddaear bydd yn troi'n waed.'

Meddyliodd Moses am un rhwystr arall.

'Dydw i ddim yn un da am siarad,' meddai. 'Rydw i'n ei chael hi'n anodd i siarad gyda phobl. Mae'n well i ti chwilio am rywun arall.'

'Fi sydd wedi dy greu di. Rydw i'n gwybod y cyfan amdanat ti. Mi fydda i'n dy helpu bob amser. Caiff dy frawd Aaron fynd gyda thi. Bydd yn gallu siarad ar dy ran. Cymer dy wialen. Bydd ei hangen arnat i brofi fy mod i wedi dy alw i wneud fy ngwaith.'

Aeth Moses yn ôl at ei dad-yng-nghyfraith a dechrau paratoi ar gyfer ei daith yn ôl i'r Aifft.

46 Brics heb wellt

Dywedodd Duw wrth Aaron, 'Dos i'r anialwch i gyfarfod â Moses, dy frawd.' Eglurodd Moses wrtho bopeth roedd Duw wedi'i ddweud wrtho. Yna aeth y ddau, Moses ac Aaron, i ddweud wrth y bobl bod Duw wedi clywed eu cri am help. Gwnaeth y ddau yr arwyddion i ddangos bod Duw wedi'u hanfon, ac o dipyn i beth daeth y bobl i gredu bod Duw wedi anfon Moses i'w helpu.

Aeth y ddau i weld Pharo.

'Rydyn ni wedi dod â neges oddi wrth Dduw, Duw Israel: "Gad fy mhobl yn rhydd er mwyn iddyn nhw allu f'addoli,"' meddai'r ddau.

Exodus 4:27-31; 5:1–6:8

'Dydw i ddim yn adnabod eich Duw chi,' meddai Pharo, 'a dydw i ddim yn barod i ryddhau'r Israeliaid. Caethweision ydyn nhw, ac mae gen i waith ar eu cyfer. Na, fedra i ddim gadael iddyn nhw fynd!'

Yna aeth Moses ac Aaron at Pharo a dweud, "Fel hyn y dywed yr Arglwydd, Duw Israel: 'Gollwng fy mhobl yn rhydd er mwyn iddynt gadw gŵyl i mi yn yr anialwch.'"
Exodus 5:1

Ar ôl i Moses ac Aaron adael, rhoddodd Pharo orchymyn i'w swyddogion. 'Gwnewch i'r Israeliaid gasglu'r gwellt eu hunain i wneud brics, a'u gorfodi i weithio'n galetach er mwyn cynhyrchu'r un faint o frics ag arfer. Pobl ddiog ydyn nhw,' rhuodd Pharo.

'Sut gallwn ni wneud yr un faint o frics heb wellt?' llefodd yr Israeliaid.

'Pobl ddiog ydych chi,' meddai Pharo. 'Gweithiwch yn galetach!'

Aeth rhai o'r Israeliaid yn ôl at Moses ac Aaron a dechrau cwyno. 'Eich bai chi ydi hyn i gyd. Chi sydd wedi gwneud i Pharo ein casáu ni.'

Trodd Moses i weddïo ar Dduw.

'Pam wnest ti adael i mi achosi'r fath helynt?' gofynnodd Moses.

'Fy mhobl i ydyn nhw,' meddai Duw. 'Mi fydda i'n gofalu amdanyn nhw.'

47 Plâu yr Aifft

Exodus 7–10

'Bydd yr Eifftiaid yn gwybod mai myfi yw'r Arglwydd pan estynnaf fy llaw yn erbyn yr Aifft.'
Exodus 7:5a

Aeth Moses ac Aaron i weld Pharo unwaith eto.

'Mae Duw Israel yn dweud: "Rhyddha'r bobl er mwyn iddyn nhw gael f'addoli i,"' meddai'r brodyr.

Unwaith eto, gwrthododd Pharo eu gollwng yn rhydd.

Siaradodd Duw gyda Moses.

'Dywed wrth Aaron am ymestyn ei wialen,' meddai.

Ymestynnodd Aaron ei wialen, a throdd dŵr yr Aifft yn waed. Bu farw'r holl bysgod yn afon Neil, a llanwyd y wlad ag arogl drewllyd.

Aeth Moses ac Aaron i weld Pharo unwaith eto.

'Mae Duw Israel yn dweud: "Gad i'r bobl fynd yn rhydd,"' meddai'r ddau. 'Os nad wyt ti'n barod i wrando, bydd Duw'n anfon pla o lyffantod.'

Unwaith eto, gwrthododd Pharo ryddhau'r bobl.

Ymestynnodd Aaron ei wialen, a llanwyd yr Aifft â phob math o lyffantod. Addawodd Pharo ryddhau'r bobl ar yr amod bod Duw yn difa'r llyffantod.

Gweddïodd Moses ar Dduw a diflannodd y llyffantod. Newidiodd Pharo'i

feddwl unwaith eto a gwrthod rhyddhau'r bobl.

Saith gwaith eto y gofynnodd Moses ac Aaron i Pharo ryddhau'r bobl. Pan wrthododd Pharo, anfonodd Duw saith pla o lau, pryfed a locustiaid; bu farw pob anifail yn yr Aifft, a gorchuddiwyd cyrff y bobl â briwiau dolurus. Chwipiwyd y ddaear gan stormydd cenllysg, a hyrddiwyd y wlad i gyd i dywyllwch dudew.

Ar ôl pob pla cytunai Pharo i ryddhau'r bobl, ond ar ôl i'r plâu ddiflannu roedd Pharo'n newid ei feddwl unwaith eto.

48 Y pla olaf

Exodus 11

'Rydw i am roi un rhybudd terfynol i Pharo,' meddai Duw wrth Moses. 'Os bydd yn gwrthod gwrando y tro hwn bydd pob Eifftiwr, gan gynnwys Pharo'i hun, yn falch o'ch gweld yn gadael y wlad.'

'... a bydd farw pob cyntafanedig yng ngwlad yr Aifft, o gyntafanedig Pharo, sy'n eistedd ar ei orsedd, hyd gyntafanedig y forwyn sydd wrth y felin, a chyntafanedig pob anifail hefyd.'
Exodus 11:5

Dywedodd Duw wrth Moses y byddai pob cyntafanedig o bob creadur byw yn marw, gan gynnwys mab Pharo'i hun, ond y byddai'n gofalu am ei bobl ei hun a'u cadw'n ddiogel. Rhoddodd gyfarwyddiadau manwl i Moses eu dilyn.

Rhybuddiwyd Pharo, ond unwaith eto gwrthododd wrando. Doedd o ddim am roi caniatâd i'r Israeliaid adael yr Aifft.

Y noson honno taenodd pob teulu Israelaidd waed oen ar fframiau drysau'u tai, fel arwydd i'r angel marwolaeth fynd heibio'r tai hyn. Rhaid oedd paratoi pryd arbennig o fwyd – cig oen wedi'i rostio, bara croyw a llysiau chwerw – a'i fwyta ar frys, gyda'u gwisgoedd wedi'u lapio amdanynt, sandalau am eu traed, a gwialen yn eu llaw.

'Bydd hon yn noson i'w chofio am byth,' meddai Moses wrth y bobl. 'Rhaid i ni sôn wrth ein hwyrion a'n hwyresau am bopeth a ddigwyddodd ar y noson arbennig hon.'

Y noson honno, ar ôl hanner nos, lladdwyd pob plentyn cyntafanedig drwy holl wlad yr Aifft. Roedd sŵn wylo'r Eifftiaid i'w glywed drwy'r wlad i gyd.

49 Pharo yn rhyddhau'r bobl

Galwodd Pharo ar Moses ac Aaron a dweud wrthyn nhw am fynd.

'Ewch â'ch gwartheg a'ch defaid i'ch canlyn a gadael y wlad yma!' gwaeddodd Pharo.

Exodus 12:31-42

Bu'r Israeliaid yn byw yn yr Aifft am bedwar cant tri deg o flynyddoedd. Ar ddiwedd y pedwar cant tri deg o flynyddoedd, i'r diwrnod, aeth holl luoedd yr Arglwydd allan o wlad yr Aifft.
Exodus 12:40-41

Rhoddodd yr Eifftiaid aur ac arian i'r Israeliaid – y cwbl y gofynnwyd amdano.

Yna dywedodd Moses wrth y bobl y byddai Duw'n eu harwain i wlad Canaan.

Yn ystod oriau'r dydd, ymddangosodd Duw fel colofn niwl yn arwain y bobl, ac ar ôl iddi nosi roedd Duw fel colofn o dân. Arweiniodd Duw ei bobl, nid trwy wlad y Philistiaid ond yn hytrach ar hyd ffordd yr anialwch i gyfeiriad y Môr Coch.

50 Croesi'r Môr Coch

Exodus 14:5-28

Gwnaeth y môr yn sychdir, a holltwyd y dyfroedd. Aeth yr Israeliaid trwy ganol y môr ar dir sych, ac yr oedd y dyfroedd fel mur ar y naill ochr a'r llall.
Exodus 14:21b-22

Yn fuan, roedd Pharo yn difaru ei fod wedi gadael i'r caethweision fynd o'r Aifft. Penderfynodd fynd ar eu holau a'u hebrwng yn ôl.

Casglodd ynghyd chwe chant o'i gerbydau rhyfel gorau a phob cerbyd arall yn yr Aifft; casglodd geffylau a marchogion ac aeth ar ôl yr Israeliaid. Pan welodd yr Israeliaid fyddin Pharo'n agosáu, roedden nhw'n ofnus iawn.

'Pam wnest ti ddod â ni yma i farw? Doedd yna ddim beddau yn yr Aifft?' gofynnodd y bobl i Moses.

Ond safodd Moses yn gadarn, gan wybod y byddai Duw'n achub ei bobl.

Cododd y golofn niwl a symud rhwng y bobl a byddin Pharo nes bod y milwyr wedi drysu'n lân.

Estynnodd Moses ei law dros y Môr Coch, ac anfonodd Duw wynt cryf i chwythu drwy'r nos. Chwythodd y gwynt donnau'r môr i un ochr a llwyddodd pobl Israel i gerdded yn ddiogel i'r ochr arall.

Daeth yr Eifftiaid ar eu holau. Estynnodd Moses ei law unwaith eto o'r ochr arall, a llifodd y dŵr yn ôl gan foddi milwyr Pharo. Bu farw pob un o fyddin yr Aifft, ond roedd pobl Israel i gyd yn ddiogel ar yr ochr arall.

51 Mae Duw yn fawr

Exodus 15:1-21

Yna cymerodd Miriam y broffwydes, chwaer Aaron, dympan yn ei llaw, ac aeth yr holl wragedd allan ar ei hôl a dawnsio gyda thympanau.
Exodus 15:20

Pan welodd Moses a'i bobl beth oedd wedi digwydd i'r Eifftiaid, roedden nhw'n awyddus i ganmol Duw a'i addoli. Roedd o wedi eu hachub rhag gorfod wynebu blynyddoedd o ddioddef. Felly arweiniodd Moses y bobl i ganu cân o fawl i Dduw.

'Mae ein Duw ni yn fawr ac yn nerthol!
Taflodd geffylau a marchogion i ddyfroedd y môr.
Mae ein Duw ni yn gryf a chadarn.
Daeth i'n hachub o law'r gelyn.
Daeth i'n helpu, yn ôl ei addewid.
Mae'n ein caru, ac yn barod i'n harwain.'

Yna gafaelodd Miriam, chwaer Moses, mewn tambwrîn gan ddechrau ei chwarae a dawnsio yr un pryd. Ymunodd y merched eraill gyda hi i ganu cân i Dduw.

'Canwch gân i Dduw,' meddai Miriam. 'Ein Duw ni ydi'r gorau yn y byd!'

52 Crwydro yn yr anialwch

Arweiniodd Moses yr Israeliaid o gyffiniau'r Môr Coch tua'r anialwch. Fe fuon nhw'n teithio am dri diwrnod yng ngwres tanbaid yr haul heb ddod o hyd i ddiferyn o ddŵr. O'r diwedd, daethon nhw o hyd i ddŵr, ond roedd yn rhy chwerw i'w yfed.

Dechreuodd y bobl gwyno. Gweddïodd Moses ar Dduw.

'Tafla'r darn acw o bren i mewn i'r dŵr,' meddai Duw.

Ufuddhaodd Moses, a throdd y dŵr chwerw'n glir fel grisial.

Ar ôl gorffwys am ychydig, cerddodd pawb ymlaen drwy'r anialwch, ond buan iawn roedden nhw'n grwgnach a chwyno unwaith eto.

EXODUS 15:22–16:5

Yna arweiniodd Moses yr Israeliaid oddi wrth y Môr Coch, ac aethant ymaith i anialwch Sur; buont yn teithio'r anialwch am dridiau heb gael dŵr.
Exodus 15:22

'Biti na fydden ni wedi marw yn ein gwelyau yn yr Aifft!' meddai'r bobl wrth Moses. 'O leiaf doedden ni ddim yn newynu yn y wlad honno.'

Clywodd Duw y bobl yn cwyno.

'Yn y bore,' meddai, 'byddaf yn gwneud i fara syrthio fel glaw o'r awyr. Gyda'r nos byddaf yn rhoi soflieir i chi gael bwyta'u cig. Rhaid i bawb gasglu digon ar gyfer un diwrnod; ar y diwrnod cyn y Saboth, rhaid i chi gasglu dwywaith cymaint er mwyn gallu gorffwyso ar y Saboth.'

Digwyddodd y pethau hyn yn union fel y dywedodd Duw. 'Manna' oedd enw'r bobl ar y bara. Edrychai fel haenen denau o lwydrew ar wyneb y ddaear, ac roedd yn blasu'n felys fel mêl. Bu Duw'n gofalu am ei bobl ar hyd y daith yn yr anialwch trwy eu bwydo â'r manna.

53 Dŵr o'r graig

EXODUS 17:1-7

... a gwersyllu yn Reffidim; ond nid oedd yno ddŵr i'w yfed. Felly dechreuodd y bobl ymryson â Moses, a dweud, "Rho inni ddŵr i'w yfed." Ond dywedodd Moses wrthynt, "Pam yr ydych yn ymryson â mi ac yn herio'r Arglwydd?"
Exodus 17:1b-2

Roedd yr Israeliaid yn dal i grwydro drwy'r anialwch, gan godi eu pebyll yma ac acw wrth i Dduw eu harwain ymlaen.

Cyn pen dim, dyma nhw'n dechrau cwyno unwaith eto. Roedd y dŵr yfed yn brin.

'Mae'n rhaid i ni gael dŵr,' cwynodd pawb wrth Moses.

Felly galwodd Moses ar Dduw i'w helpu. Gwyddai fod y bobl yn teimlo'n gas tuag ato. Roedden nhw'n barod i'w ladd os na fydden nhw'n cael dŵr i'w yfed.

Atebwyd gweddi Moses. Dywedodd Duw wrth Moses am fynd â chriw o'r bobl at graig yn Horeb. Os byddai'n taro'r graig â'i wialen, fe fyddai dŵr yn dod ohoni – digon ar gyfer pawb.

Gwnaeth Moses fel y dywedodd Duw wrtho. Llifodd y dŵr o'r graig. Roedd digonedd o ddŵr ar gyfer pob un ohonyn nhw.

54 Y frwydr yn erbyn yr Amaleciaid

Pan gyrhaeddodd yr Israeliaid yn Reffidim, dechreuodd byddin yr Amaleciaid ymosod arnyn nhw. Yn rhan yma o'r anialwch roedd Amalec a'i lwyth yn gwersylla, ac roedden nhw'n awyddus i ymladd. Doedd gan Moses ddim dewis ond brwydro yn eu herbyn.

Exodus 17:8-16

Pan godai Moses ei law, byddai Israel yn trechu; a phan ostyngai ei law, byddai Amalec yn trechu.
Exodus 17:11

Dywedodd Moses wrth Josua, 'Dewisa dy filwyr i ymladd yn erbyn Amalec.'

Y diwrnod canlynol aeth Moses, ei frawd Aaron, a Hur i fyny i ben y bryn. Cododd Moses ei wialen uwchben y dynion oedd yn brwydro a safodd yno i wylio'r frwydr. Pan fyddai Moses yn dal ei wialen i fyny'n uchel, brwydrai gwŷr Josua'n galed, ond pan fyddai'n gostwng ei wialen, yr Amaleciaid oedd y cryfaf.

Daeth Aaron a Hur o hyd i garreg fawr lle gallai Moses orffwys. Safai'r ddau o bobtu iddo gan gynnal ei freichiau er mwyn iddo allu dal y wialen yn uchel hyd fachlud haul. Felly y gorchfygwyd byddin Amalec.

Cododd Moses allor i Dduw i ddiolch iddo am eu gwarchod o law'r gelyn. Enw'r allor oedd 'Duw yw fy maner' gan fod Duw wedi helpu Moses i godi'i wialen i fyny i'r entrychion.

55 Duw yn siarad ar Fynydd Sinai

Ar ôl dau fis o grwydro'r anialwch, gwersyllodd yr Israeliaid wrth droed Mynydd Sinai.

Dringodd Moses i fyny'r mynydd a chlywodd lais Duw yn dweud wrtho beth i'w ddweud wrth ei bobl.

'Rydw i wedi eich achub o grafangau'r Eifftiaid, a'ch arwain yn ddiogel ar draws y Môr Coch. Nawr rydw i am wneud adduned: chi fydd fy mhobl arbennig i, ond mae'n rhaid i chi fod yn barod i ufuddhau a chadw'ch rhan chi o'r fargen.'

Exodus 19:1-25

Yr oedd Mynydd Sinai yn fwg i gyd, oherwydd i'r Arglwydd ddod i lawr arno mewn tân; yr oedd y mwg yn codi fel mwg ffwrn, a'r mynydd i gyd yn cryno drwyddo.
Exodus 19:18

Dywedodd Moses wrth y bobl beth oedd neges Duw, ac addawodd pob un ohonyn nhw ufuddhau.

Dywedodd Duw y byddai'n ymddangos i Moses ar y mynydd ar ôl iddyn nhw glywed y corn hwrdd yn cael ei seinio. Yn y cyfamser, roedd disgwyl i'r bobl baratoi eu hunain a chadw draw oddi wrth y mynydd.

Dridiau'n ddiweddarach cafwyd storm o fellt a tharanau, a daeth cwmwl tew i orchuddio'r mynydd. Wrth i sŵn y corn hwrdd gryfhau, arweiniodd Moses y bobl at droed y mynydd. Ymddangosodd tân a mwg, ysgydwodd y ddaear a seiniodd y corn hwrdd yn gryfach ac yn gryfach. Roedd yr Israeliaid yn crynu gan ofn.

Ymddangosodd Duw ar gopa'r mynydd ac aeth Moses i'w gyfarfod.

56 Y deg gorchymyn

Rhoddodd Duw orchmynion i'w bobl eu cadw. Ysgrifennwyd y gorchmynion ar ddwy lechen, yn ei lawysgrifen ei hun.

Exodus 20:1-17

Llefarodd Duw yr holl eiriau hyn, a dweud: "Myfi yw'r Arglwydd dy Dduw, a'th arweiniodd allan o wlad yr Aifft, o dŷ caethiwed. Na chymer dduwiau eraill ar wahân i mi."
Exodus 20:1-3

'Myfi ydi'r Arglwydd eich Duw sydd wedi'ch arwain o'r Aifft lle roeddech yn gaethweision. Peidiwch ag addoli dim na neb arall ond fi.'

'Peidiwch â gwneud delwau sy'n debyg i unrhyw beth yn yr awyr, ar y ddaear nac yn y moroedd. Peidiwch â phlygu o flaen delwau a'u haddoli.'

'Peidiwch â chamddefnyddio fy enw. Y fi ydi'r Arglwydd eich Duw. Cadwch fy enw'n sanctaidd.'

'Cofiwch mai fi piau'r Saboth. Mae gennych chwe diwrnod i wneud eich gwaith, ond fi piau'r seithfed dydd o bob wythnos. Peidiwch â gweithio ar y diwrnod hwnnw. Mae'n ddydd sanctaidd.'

'Dylech barchu'ch tad a'ch mam, ac os gwnewch hynny byddwch fyw am amser hir yn y wlad y byddaf yn ei rhoi i chi.'

'Peidiwch â lladd.'

'Byddwch yn ffyddlon i'ch gŵr neu'ch gwraig.'

'Peidiwch â dwyn.'

'Peidiwch â dweud celwyddau am bobl eraill.'

'Peidiwch â rhoi'ch bryd ar eiddo pobl eraill. Peidiwch â rhoi'ch bryd ar dŷ, gwraig, gŵr, caethweision, ych, asyn nac unrhyw beth arall sy'n perthyn i bobl eraill.'

57 Lle arbennig i Dduw

Rhoddodd Duw orchmynion i Moses ynghylch nid yn unig sut y dylai pobl fyw, ond hefyd dywedodd wrtho sut yr oedd am i'r bobl ei addoli.

Dywedodd Duw fod yn rhaid iddyn nhw godi pabell arbennig, neu dabernacl. Rhaid i'r tabernacl gynnwys llenni wedi'u gwneud o ddefnydd glas, porffor a choch. Dylid gwneud allor o bren acasia, a'r holl gelfi, rhawiau, cawgiau, ffyrch a phadellau o bres.

Roedd angen lamp aur â chwe changen iddi, a'r cwpanau ym mhob un ar ffurf blodau almwn. Dylai'r bwrdd gael ei addurno ag aur.

Exodus 25–30

Rhoddodd Duw hefyd gyfarwyddiadau ar sut i ddilladu'r offeiriaid. Yn ogystal â dillad o liain cain roedden nhw hefyd i wisgo dwyfronneg wedi'i haddurno â phob math o emau prydferth – deuddeg ohonyn nhw i gyd – a phob gem yn cynrychioli un o ddeuddeg llwyth pobl Israel.

"Byddaf yn preswylio ymhlith pobl Israel, a byddaf yn Dduw iddynt. Yna byddant yn gwybod mai myfi yw'r Arglwydd eu Duw, a ddaeth â hwy allan o wlad yr Aifft er mwyn i mi breswylio yn eu plith; myfi yw'r Arglwydd eu Duw."
Exodus 29:45-46

'Rydw i wedi dewis Besalel ac Oholiab i wneud y gwaith,' meddai Duw wrth Moses. 'Dewisais Besalel yn arbennig am ei fod yn medru gweithio gyda gwahanol ddefnyddiau. Byddaf yn helpu'r crefftwyr i gyd i ddefnyddio'u doniau.'

Ar ôl i Dduw orffen siarad â Moses, rhoddodd y ddwy lechen iddo a chariodd Moses nhw i lawr o'r mynydd.

58 Y llo aur

Bu Moses yn siarad â Duw ar Fynydd Sinai am bedwar deg diwrnod a phedwar deg noson.

Ar y dechrau, roedd y bobl yn aros amdano, yn eiddgar i glywed beth oedd gan Moses i'w ddweud. Ond wrth i'r amser fynd heibio, dechreuodd y bobl anesmwytho.

'Ble mae Moses wedi mynd?' gofynnodd rhai wrth Aaron, ei frawd. 'Efallai fod rhywbeth wedi digwydd iddo. Fedrwn ni ddim aros dim mwy. Gwna dduwiau i ni er mwyn i ni eu gweld a'u cyffwrdd.'

Exodus 32:1-14

Pan welodd y bobl fod Moses yn oedi dod i lawr o'r mynydd, daethant ynghyd at Aaron a dweud wrtho, "Cod, gwna inni dduwiau i fynd o'n blaen, oherwydd ni wyddom beth a ddigwyddodd i'r Moses hwn a ddaeth â ni i fyny o wlad yr Aifft."
Exodus 32:1

Roedd Aaron yn gwybod yn iawn beth i'w wneud. Yn ystod eu hamser yn gaethweision i Pharo yn yr Aifft, roedd y bobl wedi addoli pob math o ddelwau aur. Dywedodd Aaron wrthyn nhw am gasglu eu tlysau aur a'u rhoi iddo. Toddodd yr aur, ac allan ohono cerfiodd siâp un o dduwiau'r Aifft – llo aur.

Roedd y bobl ar ben eu digon. Diolchodd y bobl i'r llo aur am eu harwain o'r Aifft, ond gwyddai Aaron fod hyn yn groes i orchymyn Duw. Cododd allor a dweud wrth y bobl, 'Yfory byddwn ni'n cynnal gŵyl i Dduw.'

Yn y cyfamser, gwelodd Duw fod y bobl wedi creu'r llo aur.

'Dos yn ôl at y bobl,' meddai Duw wrth Moses. 'Maen nhw eisoes wedi anghofio fy mod wedi'u harwain o'r Aifft. Maen nhw wedi creu delw aur i'w haddoli.'

59 Moses yn torri'r ddwy lechen

Brysiodd Moses i lawr o fynydd Sinai, yn cario'r ddwy lechen, llechi'r deg gorchymyn.

Roedd Josua'n disgwyl amdano. Clywodd y ddau sŵn byddarol y bobl o'u cwmpas.

'Mae'r bobl yn gweiddi! Efallai fod rhywun yn ymosod arnyn nhw?'

'Na, nid sŵn brwydro ydi hwn,' atebodd Moses. 'Sŵn canu a dawnsio ydi o. Mae'r bobl yn cael parti mawr.'

Exodus 32:15-35

Pan ddaeth yn agos at y gwersyll, a gweld y llo a'r dawnsio, gwylltiodd Moses, a thaflu'r llechau o'i ddwylo a'u torri'n deilchion wrth droed y mynydd.
Exodus 32:19

Edrychodd Moses o'i gwmpas a gweld y bobl yn dawnsio o gwmpas y llo aur. Gwyddai'n syth eu bod wedi torri gorchymyn Duw. Taflodd Moses y llechi ar y llawr wrth droed y mynydd a'u malu'n deilchion.

Yna dinistriodd Moses y llo aur ac aeth ar ei union i chwilio am ei frawd, Aaron.

'Pam wnest ti adael i hyn ddigwydd?' holodd Moses yn flin.

'Dyna oedd dymuniad y bobl. Wnes i ddim byd ond ufuddhau iddyn nhw,' meddai Aaron.

'Bydd Duw'n sicr o gosbi'r rheiny sydd wedi torri'i orchmynion,' meddai Moses. Yna trodd at y bobl.

'Pwy sydd o blaid Duw?' gofynnodd. 'Pawb sy'n dal i garu Duw, dowch yma ataf fi.'

Daeth llawer o'r bobl i sefyll ato, ond gwrthododd llawer mwy.

'Bydd Duw'n bendithio pawb sydd wedi sefyll yn gadarn ac sydd wedi'i addoli. Ond bydd yn cosbi'r gweddill. Af i siarad â Duw a gofyn am ei dosturi.'

Ond ysgubodd pla arall drwy'r wlad, a bu farw llawer iawn am eu bod wedi anufuddhau ac addoli'r llo aur.

60 Moses yn gofyn i Dduw dosturio

Exodus 33:1-3, 7-16

Atebodd yntau, "Byddaf fi fy hun gyda thi, a rhoddaf iti orffwysfa."
Exodus 33:14

Erbyn hyn roedd Duw'n flin iawn gyda'r Israeliaid.

'Fe wnes addewid i Abraham, Isaac a Jacob, addewid na fedra i mo'i dorri,' meddai Duw. 'Addewais y byddai eu disgynyddion yn cael byw yn y wlad roeddwn wedi'i haddo iddyn nhw. Ewch oddi yma, ac ewch â'r bobl gyda chi i Wlad yr Addewid. Ond oherwydd iddynt fod yn anufudd, fydda i ddim yn dod gyda chi.'

Pan glywodd y bobl hyn, roedd pawb yn edifar. Roedden nhw am i Dduw aros gyda nhw.

Arferai Moses godi pabell arbennig ychydig bellter oddi wrth y gweddill. Byddai Josua, ei brif swyddog, yn sefyll y tu allan i'r babell. Pan fyddai Moses yn siarad gyda Duw, byddai'n mynd i mewn i'r babell a chodai colofn o niwl i orchuddio'r fynedfa. Tu mewn i'r babell siaradai Duw gyda Moses, yn union fel dau ffrind arbennig yn sgwrsio gyda'i gilydd.

Arhosai'r Israeliaid yn nrysau eu pebyll yn gwylio ac yn gweddïo ar Dduw nes y byddai Moses yn dod yn ôl i'r gwersyll.

Nawr, siaradodd Moses gyda Duw ar ran y bobl i gyd.

'Os wyt ti'n hapus gyda mi, O Dduw, wnei di fy helpu i ddeall dy ffordd di? Helpa fi i wneud fy ngorau bob amser. Rwyt ti wedi ein galw'n bobl arbennig i ti. Ond os nad wyt ti'n barod i ddod gyda ni, sut y gwyddon ni ein bod yn wahanol i bobl eraill? Rydyn ni dy angen di. Os gweli di'n dda, paid â'n hanfon ar ein pen ein hunain i Wlad yr Addewid.'

61 Hollt yn y graig

Exodus 33:17–34:8

"... a phan fydd fy ngogoniant yn mynd heibio, fe'th roddaf mewn hollt yn y graig a'th orchuddio â'm llaw nes imi fynd heibio."
Exodus 33:22

Gwelodd Duw fod Moses yn barod i ufuddhau er lles y bobl.

'Mi wnaf beth bynnag wyt ti eisiau,' meddai. 'Rydw i'n caru fy mhobl. Rydw i'n dy garu di, ac yn dy adnabod. Dangos i mi sut y galla i dy adnabod yn well,' meddai Moses yn ddewr.

'All neb weld fy wyneb a byw,' meddai Duw. 'Dos i sefyll ar y mynydd pan fydda i'n mynd heibio. Mae'n rhaid i ti sefyll yn yr hollt sydd yn y graig, a byddaf yn dy orchuddio â'm llaw i'th warchod. Ond chei di ddim gweld fy wyneb.'

Dywedodd Duw wrth Moses am ddod ar ei ben ei hun i fyny'r mynydd y bore wedyn, gan ddod â dwy lechen newydd.

Safodd Moses yn yr hollt yn y graig. Daeth Duw heibio, yn ôl ei addewid. Dechreuodd siarad gyda Moses.

'Duw ydw i. Rydw i'n ffyddlon ac yn dosturiol. Rydw i'n caru'r bobl ac yn awyddus iawn i faddau iddyn nhw.'

Syrthiodd Moses ar ei liniau ac addoli Duw.

'Rydw i am wneud cytundeb arbennig gyda chi,' meddai Duw. 'Fe wna i eich arwain i'r wlad roeddwn wedi'i haddo i Abraham a'i ddisgynyddion. Ond os byddwch yn anufudd, byddaf yn eich cosbi.'

Ysgrifennodd Duw y gorchmynion ar y ddwy lechen newydd, a rhoddodd orchmynion eraill i Moses fyddai'n helpu'r bobl i ufuddhau iddo. Daeth Moses i lawr o'r mynydd.

Pan welodd y bobl Moses, roedd arnyn nhw ofn mynd yn agos ato gan fod ei wyneb yn disgleirio ar ôl iddo fod ym mhresenoldeb Duw.

62 Cwmwl presenoldeb Duw

Dywedodd Moses wrth y bobl fod yn rhaid iddyn nhw godi pabell arbennig i Dduw.

'Mae angen i ni wneud cist arbennig, bwrdd, allor a chanhwyllbren. Bydd dillad arbennig ar gyfer yr offeiriaid. Rhowch beth bynnag sydd gennych a'u cysegru i Dduw,' meddai Moses.

Exodus 39:32–40:38

Yna gorchuddiodd cwmwl babell y cyfarfod, ac yr oedd gogoniant yr Arglwydd yn llenwi'r tabernacl.
Exodus 40:34

Daeth y bobl â'u holl gyfoeth, aur, arian, pres a thlysau gwerthfawr gyda nhw. Bu'r gwragedd yn brysur yn nyddu dillad o flew y geifr. Fe ddaethon nhw â'r sbeisys gorau a'r olew puraf o'r olewydd. Buon nhw'n gweithio am chwe niwrnod o'r wythnos a gorffwyso ar y seithfed dydd yn ôl gorchymyn Duw.

Ar ôl iddyn nhw orffen paratoi popeth ar gyfer y babell, rhoddwyd enw newydd arni sef Pabell y Cyfarfod. Roedd Moses wrth ei fodd. Rhoddwyd dwy lechen y gorchmynion yn y gist arbennig, Cist Duw, a rhoddwyd hon yn rhan fwyaf sanctaidd y Babell, oedd â llen i'w gwahanu oddi wrth y gweddill.

Bu Aaron a'i feibion yn paratoi eu hunain i fod yn offeiriaid i Dduw. Fe fuon nhw'n ymolchi a gwisgo'r dillad arbennig roedd Duw wedi'u cynllunio ar eu cyfer.

Gan ddefnyddio rhagor o lenni, cododd Moses gyntedd o gwmpas y Babell. Gorchuddiwyd y babell â chwmwl, ond doedd Moses ddim yn gallu mynd i mewn iddi am fod presenoldeb Duw yn ei llenwi.

Arhosodd Duw gyda'r Israeliaid yn union fel roedd wedi'i addo. Pan gododd y cwmwl, roedd yn bryd i'r bobl symud ymlaen gyda Duw yn eu harwain.

63 Miriam ac Aaron yn grwgnach

Teithiodd yr Israeliaid am amser hir drwy'r anialwch. Ble bynnag y byddai'r cwmwl yn aros, yno roedden nhw'n codi'u pebyll. Pan godai'r cwmwl, fe fydden nhw'n ailgychwyn ar eu taith tua Gwlad yr Addewid.

Ond taith anodd iawn oedd hi. Dechreuodd pobl gwyno am galedi'r daith ac am y bwyd. Daeth hiraeth drostyn nhw am yr Aifft lle roedd digonedd o gig a melonau melys a chiwcymbrau. Roedd Moses yn cael y bai am bopeth.

Numeri 12

Yr oedd gan Miriam ac Aaron gŵyn yn erbyn Moses ... Yr oedd Moses yn ddyn gostyngedig iawn, yn fwy felly na neb ar wyneb y ddaear.
Numeri 12:1a a 3

Roedd hyd yn oed Miriam ac Aaron yn cwyno, a dechreuon nhw hel straeon am wraig Moses a lladd ar eu brawd.

'Pam fod Moses yn ddyn mor arbennig?' gofynnon nhw. 'Pam nad ydi Duw yn siarad drwyddon ni?'

Clywodd Duw eu cwynion.

'Gwrandewch yn astud arna i,' meddai Duw. 'Rydw i wedi siarad gyda Moses, wyneb yn wyneb, ac mae e'n ffyddlon i mi. Pwy ydych chi i herio Moses?'

Pan gododd cwmwl presenoldeb Duw, gwelodd Miriam fod ei chroen wedi'i orchuddio â'r gwahanglwyf, afiechyd y croen.

'Wnei di faddau i ni, O Dduw?' llefodd Aaron wrth ei frawd. 'Paid â gadael i Miriam ddioddef fel hyn.'

Galwodd Moses ar Dduw i iacháu Miriam.

'Mae'n rhaid iddi aros y tu allan i'r gwersyll am saith niwrnod,' meddai Duw. 'Yna caiff ddod yn ôl.'

Bu'r bobl yn aros. Doedden nhw ddim yn bwriadu ailgychwyn ar eu taith nes bod Miriam yn dod yn ôl i'r gwersyll.

64 Ysbiwyr yn y wlad

Pan oedd yr Israeliaid bron â chyrraedd gwlad Canaan, gofynnodd Duw i Moses anfon un dyn o bob un o'r deuddeg llwyth i archwilio Gwlad yr Addewid.

Anfonodd Moses ddynion allan gyda chyfarwyddyd manwl i holi sut bobl oedd yn byw yno. Dywedodd wrthyn nhw am weld sut ddinasoedd oedd yn y wlad a pha mor ffrwythlon oedd y tir.

Ar ôl deugain niwrnod, daeth y dynion yn eu holau. Cariai dau ohonyn nhw gangen drom yn llawn clystyrau o rawnwin blasus. Roedd ganddyn nhw hefyd lwyth o ffigys a phomgranadau.

Galwodd Moses y bobl at ei gilydd i wrando ar adroddiadau'r ysbiwyr.

'Mae'r tir yn ffrwythlon,' meddai'r ysbiwyr. 'Mae'n lle ardderchog i fyw. Edrychwch ar yr holl ffrwythau yma.'

Ond doedd popeth ddim yn berffaith.

'Gwelsom ddynion cryf, cymaint â chewri, yn byw mewn dinasoedd a muriau o'u cwmpas,' rhybuddiodd deg o'r ysbiwyr. 'Maen nhw'n rhy gryf i ni ymosod arnyn nhw, a ninnau'n rhy wan i geisio dwyn y wlad oddi arnyn nhw.'

Teimlai'r Israeliaid yn ddigalon. Dechreuodd rhai gwyno. Wylodd rhai o'r lleill.

'Dewch i ni ddewis arweinydd arall,' medden nhw, 'a mynd yn ôl i'r Aifft.'

Penliniodd Moses ac Aaron o'u blaenau. Ymunodd Josua a Caleb, y ddau ysbïwr arall, gyda nhw.

'Mae Duw wedi addo gwlad arbennig i ni. Gallwn ymddiried ynddo i'n helpu.'

Ond doedd yr Israeliaid ddim yn barod i dderbyn eu gair. Penderfynodd rhai eu llabyddio i farwolaeth. Yna, ymddangosodd presenoldeb Duw wrth Babell y Cyfarfod.

'Am ba hyd fyddwch chi'n gwrthod ymddiried ynof i?' gofynnodd Duw. 'Bydd y rhai sydd wedi amau fy neges yn crwydro'r anialwch am ddeugain mlynedd. Dim ond eu plant fydd yn cael mynd i mewn i wlad Canaan. Dim ond Caleb a Josua fydd yn cael byw yng Ngwlad yr Addewid.'

NUMERI 13

Dywedodd yr Arglwydd wrth Moses, "Anfon ddynion i ysbïo Canaan, y wlad yr wyf yn ei rhoi i bobl Israel; yr wyt i anfon pennaeth o bob un o lwythau eu hynafiaid."
Numeri 13:1-2

65 Deugain mlynedd yn yr anialwch

Pan glywodd yr Israeliaid beth oedd neges Duw, roedden nhw'n eithriadol o drist.

'Mae'n rhaid i ni wneud yr hyn mae Duw'n ei ddymuno,' medden nhw. 'Fe awn ni i ymladd yn erbyn y bobl sy'n byw yn y wlad er mwyn gwneud ein cartref yng ngwlad Canaan.'

Numeri 14:39-45

"Peidiwch â mynd i fyny rhag i'ch gelynion eich difa, oherwydd nid yw'r Arglwydd gyda chwi. Y mae'r Amaleciaid a'r Canaaneaid o'ch blaen, a byddwch yn syrthio trwy fin y cleddyf; ni fydd yr Arglwydd gyda chwi, am eich bod wedi cefnu arno."
Numeri 14:42-43

'Mae'n rhy hwyr erbyn hyn!' meddai Moses. 'Fedrwch chi ddim mynd i mewn i'r wlad yn ddiogel heb help Duw. Fe wnaeth e addewid, ond gwrthododd pawb wrando arno. Os ewch i mewn i'r wlad, mi fydd ar ben arnoch chi. Fydd Duw ddim yn dod gyda chi.'

Penderfynodd Moses aros yn y gwersyll. Arhosodd yno i warchod Cist Duw, oedd hefyd yn cael ei galw'n Arch y Cyfamod.

Ond doedd yr Israeliaid ddim yn barod i wrando arno. Fe aethon nhw i fyny i'r mynydd-dir. Ymsododd yr Amaleciaid a'r Canaaneaid arnyn nhw yno a'u trechu.

Yna symudodd yr Israeliaid o ffiniau gwlad Canaan a throi i gyfeiriad yr anialwch. Am ddeugain mlynedd fe fuon nhw'n crwydro yn yr anialwch, yn bwyta'r manna roedd Duw wedi'i baratoi ar eu cyfer.

66 Moses yn taro'r graig

Bywyd anodd oedd bywyd yn yr anialwch. Erbyn hyn roedd yr Israeliaid wedi bod yn byw yn yr anialwch am ddeugain mlynedd ac roedd llawer o'r rhai fu'n byw yn yr Aifft bellach wedi marw. Cyrhaeddodd eu disgynyddion Cades, ac yno y bu farw Miriam. Unwaith eto bu'n rhaid wynebu problem cael digon o ddŵr i'w yfed, a chododd cenhedlaeth newydd o Israeliaid oedd yn amau gofal Duw drostyn nhw.

Numeri 20:1-13

Yna cododd Moses ei law, ac wedi iddo daro'r graig ddwywaith â'i wialen, daeth llawer o ddŵr allan, a chafodd y gynulleidfa a'u hanifeiliaid yfed ohono.
Numeri 20:11

'Pam ydych chi wedi dod â ni i'r lle yma?' medden nhw gan gwyno wrth Moses ac Aaron. 'Dyma le ofnadwy. Rydyn ni'n sychedu, a does dim dŵr i'w yfed.'

Cefnodd Moses ac Aaron ar y bobl a mynd i Babell y Cyfarfod.

'Gafaela yn dy wialen,' meddai Duw wrth Moses, 'a galwa'r bobl at ei gilydd iddyn nhw gael gweld beth fedra i wneud. Y tro hwn, dim ond i ti siarad gyda'r graig, fe fydd dŵr yn llifo.'

Gafaelodd Moses yn ei wialen a daeth â'r bobl at ei gilydd i'w wylio, ond y tro hwn roedd Moses yn ddig. Roedd wedi clywed eu tadau'n cwyno, ac yn awr roedd eu plant hefyd yn cwyno. Yn hytrach nag ufuddhau i Dduw, cododd Moses ei wialen i'r awyr a tharo'r graig ddwy waith.

Y munud hwnnw, llifodd dŵr o'r graig a chafodd pawb ddigon i'w yfed.

Ond doedd Duw ddim yn hapus gyda Moses nac Aaron.

'Wnest ti ddim gwrando arna i,' meddai Duw. 'Felly, cewch chi ddim arwain fy mhobl i mewn i Wlad yr Addewid.'

67 Marwolaeth Aaron

Numeri 20:14-29

Wrth i'r Israeliaid agosáu at wlad Edom, anfonwyd negeswyr i ofyn am ganiatâd i fynd drwy'r wlad.

'Chewch chi ddim mynd y ffordd yma,' rhybuddiodd pobl gwlad Edom hwy. 'Os dewch chi, byddwn yn ymosod yn chwyrn arnoch.'

Gofynnodd yr Israeliaid eto, ond daeth byddin fawr o wlad Edom a throi pobl Dduw yn ôl o ffiniau'r wlad.

Yn lle hynny, daeth y bobl at fynydd Hor. Dywedodd Duw wrth Moses am anfon Aaron a'i fab Eleasar i gopa'r mynydd.

'Mae'n bryd i Aaron drosglwyddo'i waith fel offeiriad i'w fab Eleasar, cyn iddo farw,' meddai Duw. Felly cafodd Eleasar ei wisgo yn nillad ei dad, Aaron.

Yn fuan wedyn, bu farw Aaron. Am ddeg diwrnod ar hugain bu'r bobl yn galaru.

Yna daeth Moses ac Eleasar i lawr o ben y mynydd, a phan sylweddolodd yr holl gynulleidfa fod Aaron wedi marw, wylodd holl dŷ Israel amdano am ddeg diwrnod ar hugain.

Numeri 20:29

68 Y sarff bres

Gan nad oedd pobl Dduw yn gallu mynd trwy wlad Edom, bu'n rhaid iddyn nhw gerdded o amgylch y wlad ar eu ffordd tua'r Môr Coch.

NUMERI 21:4-9

Felly gwnaeth Moses sarff bres, a'i gosod ar bolyn, a phan fyddai rhywun yn cael ei frathu gan sarff, byddai'n edrych ar y sarff bres, ac yn byw.
Numeri 21:9

Unwaith eto dechreuodd pobl gwyno am y prinder dŵr i ddechrau, ac yna am y bara roedd Duw wedi'i roi iddyn nhw. Clywodd Duw eu cwynion ac anfonodd nadroedd gwenwynig i lithro drwy'r gwersyll a'u brathu.

Sylweddolodd yr Israeliaid fod Duw yn ddig gyda nhw.

'Rydyn ni wedi cefnu ar Dduw,' medden nhw wrth Moses. 'Roedden ni ar fai yn cwyno fel hyn. Mae Duw wedi'n hachub ni oddi wrth ein gelynion. Gofynna i Dduw gael gwared â'r nadroedd gwenwynig yma.'

Gweddïodd Moses.

'Gwna sarff bres a'i gosod ar bolyn,' meddai Duw. 'Mae'n rhaid i bawb sydd wedi'u brathu edrych ar y sarff ar y polyn, yna mi fyddan nhw'n holliach.'

Ufuddhaodd Moses. Cafodd pob un a edrychodd ar y neidr ei wella.

69 DWY FRWYDR, DWY FUDDUGOLIAETH

Pan ddaeth yr Israeliaid i wlad Moab, gofynnwyd i Sihon, brenin yr Amoriaid, am ganiatâd i fynd trwy'r wlad mewn heddwch. Roedd Sihon eisoes wedi ymladd dros y rhan yma o'r wlad a'i chymryd oddi ar y Moabiaid. Gwrthododd adael i'r Israeliaid fynd drwyddi.

Daeth Sihon a'i holl fyddin i'r anialwch i warchod y wlad. Bu brwydro ffyrnig, ac ymosododd yr Israeliaid yn ddewr. O dipyn i beth ymosodwyd ar y dinasoedd a choncrwyd Sihon a'i fyddin, a gwnaeth yr Israeliaid eu cartref yng ngwlad Moab.

Yna arweiniodd Moses y bobl tua Basan, ger gogledd Môr Galilea. Daeth Og, brenin Basan, a'i fyddin i ymosod ar yr Israeliaid. Doedd o ddim am gael yr Israeliaid ar ei dir.

'Paid â bod ofn,' meddai Duw wrth Moses. 'Byddi'n gorchfygu Og a'i filwyr.'

Brwydrodd Moses a'i bobl yn erbyn byddin Og, ac ennill.

Cymerodd yr Israeliaid feddiant o'r wlad, gan wersylla ar wastadedd Moab ger afon Iorddonen. Yr ochr draw i'r afon roedd muriau dinas Jericho.

NUMERI 21:21-35

Anfonodd Moses rai i ysbïo Jaser cyn meddiannu eu pentrefi, a gyrru allan yr Amoriaid a oedd yno.
Numeri 21:32

70 Asyn Balaam

Roeddi Balac, brenin Moab, yn gwybod beth oedd wedi digwydd i'r Brenin Sihon a'r Brenin Og. Gwelodd yr holl Israeliaid a dechreuodd ofni am ei wlad a'i bobl ei hun.

'Anfona neges at Balaam, y dewin,' gorchmynnodd. 'Dywed wrtho am felltithio'r Israeliaid er mwyn i mi allu eu gorchfygu. Cei addo faint fynni o arian iddo am ei waith.'

Siaradodd Duw â Balaam a'i rybuddio i beidio â gwrando ar negeswyr Balac.

'Paid â melltithio'r bobl hyn,' meddai Duw. 'Fy mhobl i ydyn nhw, ac rydw i wedi eu bendithio.'

Clywodd Balaam neges Duw, ond er hynny, penderfynodd fynd i weld Balac. Fore drannoeth aeth ar gefn ei asyn a chychwyn ar ei daith.

Roedd Duw'n ddig iawn gyda Balaam. Anfonodd angel â chleddyf yn ei law i sefyll ar draws ei lwybr. Er na welodd Balaam yr angel, fe welodd yr asyn ef. Trodd yr asyn oddi ar y ffordd ac i'r cae. Dechreuodd Balaam ei guro'n ddidrugaredd.

Aeth Balaam yn ei flaen. Safodd yr angel unwaith eto ar lwybr rhwng dwy winllan. Pwysodd yr asyn yn erbyn y wal gan wasgu troed Balaam. Curodd Balaam yr asyn unwaith eto.

Yna safodd yr angel mewn lle mor gyfyng fel nad oedd modd troi i'r dde na'r chwith. Gorweddodd yr asyn, a dechreuodd Balaam ei guro eto. Rhoddodd Duw y gallu i'r asyn siarad.

'Pam wyt ti'n fy nghuro i?' gofynnodd yr asyn i Balaam. 'Roedd gen i reswm da dros aros ac oedi.'

Yn sydyn, gwelodd Balaam yr angel yn sefyll o'i flaen.

NUMERI 22

Yna agorodd yr Arglwydd enau'r asen, a pheri iddi ddweud wrth Balaam, "Beth a wneuthum iti, dy fod wedi fy nharo deirgwaith?"
Numeri 22:28

'Pam wnest ti guro'r asyn?' gofynnodd yr angel. 'Mae'r asyn wedi achub dy fywyd. Nawr, gwranda ar yr hyn mae Duw eisiau i ti ei wneud. Dos at Balac, a rhoi neges Duw iddo.'

71 Bendith Balaam

Gofynnodd Balaam i'r Brenin Balac godi saith allor. Dywedodd wrtho am aberthu saith tarw a saith hwrdd ar yr allorau.

Yna cerddodd Balaam i ben y bryncyn i wrando ar neges Duw. Dywedodd Duw wrtho beth i'w ddweud, ac aeth Balaam â'r neges at y Brenin Balac.

Numeri 23 – 24

Rhoddodd yr Arglwydd air yng ngenau Balaam, a dweud, "Dos yn ôl at Balac, a llefara hyn wrtho."
Numeri 23:5

'Rwyt ti wedi dod â mi yma i felltithio teulu Jacob, meibion Israel. Ond sut y galla i felltithio'r rhai mae Duw yn eu caru? O'm cwmpas ym mhob man rydw i'n gweld pobl sy'n wahanol i bobl eraill. Maen nhw'n bobl dda, ac rydw i'n gobeithio y byddaf i farw fel y byddan nhw'n marw.'

Gwylltiodd Balac.

'Rydw i wedi dy alw yma i felltithio'r bobl, nid i'w canmol!' meddai.

'Dim ond y geiriau mae Duw yn eu rhoi i mi y gallaf i eu dweud,' atebodd Balaam.

Unwaith eto paratôdd Balac saith allor, ac unwaith eto dywedodd Duw wrtho beth i'w ddweud.

'Dydi Duw ddim yn dweud celwydd. Mae Duw yn cadw at ei air. Duw arweiniodd y bobl allan o'r Aifft, a bydd yn eu gwarchod ac yn eu bendithio,' meddai Balaam.

Am y trydydd tro cododd Balac saith allor, ac am y trydydd tro dywedodd Balaam wrtho beth oedd neges Duw i'w bobl.

'Mae Duw wedi arwain ei bobl o gaethiwed yn yr Aifft, a bydd yn eu bendithio â gwlad yn llawn o bethau da. Bydd Duw yn rhoi nerth iddyn nhw frwydro yn erbyn eu gelynion ac ni all neb eu gwrthsefyll.'

Erbyn hyn roedd Balac yn gynddeiriog! Anfonodd Balaam oddi yno heb roi ceiniog iddo am ei waith. Cyn mynd, rhoddodd Balaam rybudd iddo.

'Fuasai'r holl arian yn y byd ddim yn fy rhwystro rhag ailadrodd geiriau Duw. Ond mae Duw wedi fy rhybuddio y daw'r dydd pan fydd un hynod o gryf yn codi o blith pobl Israel; bydd yn ymosod ar dy bobl di ac yn ennill.'

72 Cenedl sanctaidd

Ar ôl treulio'r holl flynyddoedd yn yr anialwch, roedd yr Israeliaid yn gwersylla ar ffiniau Gwlad yr Addewid. Roedd yn bryd i Moses eu hatgoffa o'r holl bethau roedd Duw wedi eu gwneud ers y dyddiau hynny pan adawodd eu hynafiaid yr Aifft.

Deuteronomium 30

Yr wyf yn galw'r nef a'r ddaear yn dystion yn dy erbyn heddiw, imi roi'r dewis iti rhwng bywyd ac angau, rhwng bendith a melltith. Dewis dithau fywyd, er mwyn iti fyw, tydi a'th ddisgynyddion.
Deuteronomium 30:19

Rhybuddiodd Moses nhw i fyw yn ôl dymuniad Duw, a chadw'r deg gorchymyn. Dywedodd fod Duw am iddyn nhw fod yn bobl arbennig iddo, gan ofalu am ei gilydd a bod yn hael a charedig.

'Pan ewch i mewn i Ganaan,' meddai Moses, 'mae'n rhaid i chi helpu'r tlodion yn eich plith. Rhannwch bopeth sydd gennych, ac os byddwch yn rhoi neu fenthyg arian, ymhen saith mlynedd bydd y ddyled yn cael ei dileu. Ni ddylai neb yn eich plith ddioddef anghyfiawnder. Byddwch yn garedig wrth eich gilydd, a bydd Duw yn eich bendithio.'

'Rhyw ddydd byddwch yn genedl bwysig a chaiff eich gelynion eu dinistrio,' meddai Moses. 'Cewch gynaeafau llewyrchus, a digonedd o ddŵr; bendithir chi â llawer o blant. Bydd gwledydd eraill yn eich gwylio, ac yn gweld bod Duw wedi'ch bendithio. Ond,' rhybuddiodd Moses, 'bydd Duw yn eich gwneud yn genedl arbennig ar yr amod eich bod yn ei garu ac yn byw yn ôl ei orchmynion. Mae wedi gosod bywyd neu farwolaeth o'ch blaen. Dewiswch fywyd, a byddwch fyw am amser hir yn y wlad y mae Duw wedi'i haddo i chi.'

73 Dewis Josua fel olynydd i Moses

Erbyn hyn roedd Moses yn hen ŵr. Roedd wedi gwasanaethu Duw ac wedi arwain ei bobl drwy'r anialwch am flynyddoedd lawer. Roedd ei frawd Aaron a'i chwaer Miriam wedi marw ers sawl blwyddyn.

Siaradodd Moses â'i bobl am y tro olaf.

Deuteronomium 31

Bydd yr Arglwydd yn mynd o'th flaen, a bydd ef gyda thi: ni fydd yn dy adael nac yn cefnu arnat. Paid ag ofni na dychryn.
Deuteronomium 31:8

'Rydw i'n 120 oed a fedra i mo'ch arwain chi ddim mwy. Mae Duw wedi dweud wrthyf na fydda i'n croesi afon Iorddonen i Wlad yr Addewid. Bydd Duw ei hun yn eich arwain ac yn rhoi pob dim mae wedi'i addo i chi. Byddwch yn gryf ac yn ddewr. Bydd Duw gyda chi bob cam o'r daith, a fyddwch chi byth ar eich pen eich hunain.'

Gofynnodd Moses i Josua ddod ato, a rhoddodd ei ddwylo arno yng ngŵydd y bobl.

'Bydd yn gryf a dewr. Mae Duw wedi dy ddewis di i arwain y bobl i Wlad yr Addewid. Rhaid i ti fynd yno a rhannu'r wlad rhyngddyn nhw.'

Bendithiodd Moses y bobl, yna dringodd i gopa mynydd Nebo. Yno, dangosodd Duw iddo yr holl diroedd yr oedd wedi'u haddo i bobl Israel.

'Dyma'r wlad yr addewais ei rhoi i ddisgynyddion Abraham, Isaac a Jacob,' meddai Duw.

Edrychodd Moses ar y wlad. Bellach roedd yn barod i farw. Bu farw yng ngwlad Moab a chafodd ei gladdu yno.

Bu'r Israeliaid yn galaru ar ei ôl. Roedden nhw'n gwybod bod Moses wedi siarad wyneb yn wyneb â Duw. Gwnaeth bethau rhyfeddol iawn, a bu'n gyfrifol am rannu neges Duw gyda'r bobl.

Daeth ysbryd Duw at Josua. Roedd yn ŵr doeth ac ufudd, a gwrandawai'r Israeliaid arno.

74 Rahab a'r ysbiwyr

Paratôdd Josua i fynd i mewn i Ganaan trwy anfon ysbiwyr i ddinas Jericho ar lan arall afon Iorddonen.

Aeth y ddau ysbïwr yn ddirgel i siarad â gwraig o'r enw Rahab oedd yn byw mewn tŷ ar furiau'r ddinas. Ond clywodd brenin Jericho fod dau ysbïwr yn nhŷ Rahab, ac anfonodd neges i ddweud wrthi am eu trosglwyddo i'r awdurdodau.

Cuddiodd Rahab y ddau o dan y planhigion llin oedd yn sychu ar do'r tŷ. Yna anfonodd air at y brenin i ddweud bod yr ysbiwyr eisoes wedi mynd oddi yno, drwy glwyd y ddinas.

Josua 2:1-21

"Am hynny. Tyngwch i mi yn enw'r Arglwydd, am i mi wneud caredigrwydd â chwi, y gwnewch chwithau'r un modd â'm teulu i."
Josua 2:12

Gwyliai Rahab wrth i filwyr y brenin fynd ar ôl y ddau. Pan oedd yn ddiogel i wneud hynny, aeth at y ddau ddyn a tharo bargen gyda nhw.

'Mae fy mhobl i gyd yn gwybod bod eich Duw chi wedi agor y Môr Coch a'ch achub o grafangau'r Eifftiaid. Rydyn ni'n gwybod bod Duw gyda chi yn awr a bydd yn rhoi dinas Jericho i chi. Rydyn ni'n bryderus oherwydd fod Duw yn gefn i chi. Wnewch chi addo y byddwch yn fy helpu i a'm teulu pan fydd eich pobl yn dod i mewn i'r ddinas?'

Cytunodd yr ysbiwyr. Pan fyddai'r Israeliaid yn ymosod ar y ddinas, byddai angen iddi ollwng rhaff coch o ffenestr ei thŷ a gofalu bod ei theulu i gyd mewn un ystafell. Dihangodd yr ysbiwyr drwy'r ffenestr ac i lawr muriau'r ddinas, gan fynd i guddio yn y bryniau.

Josua 3:1–4:18

... a thraed yr offeiriaid oedd yn cludo'r arch yn cyffwrdd ag ymyl y dŵr, cronnodd y dyfroedd oedd yn llifo i lawr oddi uchod, a chodi'n un pentwr ymhell iawn i ffwrdd yn Adam, y dref sydd gerllaw Sarethan. Darfu'n llwyr am y dyfroedd oedd yn llifo i lawr tua Môr yr Araba, y Môr Marw, a chroesodd yr holl bobl gyferbyn â Jericho. Tra oedd Israel gyfan yn croesi ar dir sych, safodd yr offeiriaid oedd yn cludo arch cyfamod yr Arglwydd yn drefnus ar sychdir yng nghanol yr Iorddonen, hyd nes i'r holl genedl orffen croesi'r afon.
Josua 3:15b-17

75 Croesi Afon Iorddonen

Dywedodd yr ysbiwyr wrth Josua fod pobl Jericho yn ofni'r Israeliaid. Roedd Duw wedi mynd o'u blaenau i gymryd meddiant o'r ddinas.

Nawr, roedd yn rhaid i Josua a'r Israeliaid groesi afon Iorddonen.

'Heddiw, bydd pawb yn gwybod fy mod gyda chi, yn union fel roeddwn i gyda Moses,' meddai Duw. Dywedodd wrth Josua sut y byddai'n arwain ei bobl dros yr afon.

Ar orchymyn Josua, cariodd yr offeiriaid Gist Duw ar draws yr afon a'r bobl yn eu dilyn. Ar unwaith, peidiodd llif yr afon. Arhosodd yr offeiriaid yng nghanol yr afon a chroesodd yr Israeliaid, yn ddynion, merched a phlant yn ddiogel i'r ochr arall.

'Dewisa un dyn o bob un o'r deuddeg llwyth,' meddai Duw wrth Josua. 'Dywed wrthyn nhw am fynd ag un garreg yr un, o ganol gwely'r afon, a'u gosod lle bynnag y byddwch yn gwersylla heno. Yna fe fydd eich plant a'ch wyrion yn gwybod fy mod wedi'ch helpu i groesi'n ddiogel.'

Ar ôl i bawb groesi'r afon cerddodd yr offeiriaid, yn cario Cist Duw, i'r ochr arall hefyd. Yna llifodd yr afon unwaith eto.

Ar ôl clywed yr hanes doedd yr un wlad yn barod i ymosod ar yr Israeliaid. Clywodd pawb yng ngwlad Canaan beth oedd Duw wedi'i wneud.

Josua 5:13–6:27

Bloeddiodd y bobl pan seiniodd yr utgyrn; ac wedi i'r fyddin glywed sain yr utgyrn, a bloeddio â bloedd uchel, syrthiodd y mur i lawr ac aeth y fyddin i fyny am y ddinas, bob un ar ei gyfer, a'i chipio.
Josua 6:20

76 Buddugoliaeth yn Jericho

Gwersyllodd Josua gyda'i bobl ar gyrion Jericho, gan ddathlu gŵyl y bara croyw ac aros am neges gan Dduw.

Ymddangosodd dyn yn cario cleddyf yn ei law o flaen Josua. Gwyddai Josua ei fod wedi'i anfon gan Dduw, a phenliniodd o'i flaen.

'Pennaeth byddin Duw ydw i,' meddai'r dyn. 'Dyma sy'n raid i ti ei wneud. Rhaid i saith offeiriad arwain y bobl mewn gorymdaith o gwmpas muriau Jericho. Am chwe niwrnod rhaid i'r offeiriaid gerdded o flaen Cist Duw, gyda phob un yn cario utgorn. Ar y seithfed dydd rhaid iddyn nhw orymdeithio saith gwaith o amgylch muriau'r ddinas gan chwythu eu hutgyrn. Ar y chwythiad hir, rho arwydd i'r bobl weiddi'n uchel. Yna bydd muriau'r ddinas yn dymchwel.'

Safai Josua a'i bobl o flaen pyrth y ddinas a phob porth wedi'i gloi. Am chwe niwrnod bu'r bobl yn gorymdeithio o gwmpas y ddinas. Ar y seithfed diwrnod, ar ganiad hir yr utgorn, gwaeddodd y bobl yn uchel. Chwalodd muriau'r ddinas, a dymchwel.

Gorymdeithiodd yr Israeliaid i mewn i'r ddinas. Roedd Duw wedi sicrhau buddugoliaeth iddyn nhw. Daeth yr ysbiwyr o hyd i Rahab a'i theulu, a'u cadw'n ddiogel, yn ôl eu haddewid.

77 Dwyn aur ac arian

'Pan fyddwch yn gorymdeithio i Jericho, cofiwch beidio â chymryd dim i chi eich hunain!' meddai Josua wrth ei filwyr. 'Duw biau popeth.'

Ond gwelodd Achan fantell hardd, ac ychydig o aur ac arian, a chuddiodd y cyfan o dan ei babell.

Yna anfonodd Josua dair mil o filwyr i Ai i baratoi ar gyfer y frwydr. Yn ôl yr ysbiwyr a anfonwyd i'r ddinas, doedd dim angen y fyddin gyfan i'w choncro. Ond nid felly y bu. Concrwyd yr Israeliaid a lladdwyd tri deg chwech o filwyr yn Ai.

Gweddïodd Josua ar Dduw.

'Pam wnest ti adael i ni gael ein gorchfygu, o Dduw? Roedden ni'n ymddiried ynot ti i'n helpu ni.'

'Mae rhywun wedi bod yn anufudd i mi,' atebodd Duw. 'Mae rhywun wedi

Josua 7

Bu'r Israeliaid yn anffyddlon ynglŷn â'r diofryd; cymerwyd rhan ohono gan Achan fab Carmi, fab Sabdi, fab Sera o lwyth Jwda, a digiodd yr Arglwydd wrth yr Israeliaid.
Josua 7:1

dwyn o ddinas Jericho a chadw'r cyfoeth iddo'i hun. Mae rhywun wedi dweud celwydd.'

Galwodd Josua y bobl at ei gilydd. Cafodd Achan ei gyhuddo a gofynnodd Josua iddo, 'Beth wyt ti wedi'i wneud? Mae llawer o filwyr wedi marw o dy achos di. Paid â chelu dim.'

Syrthiodd Achan ar ei fai a chyfaddef y cwbl wrth Josua. Anfonwyd dynion i gasglu'r pethau roedd wedi'u dwyn. Cafodd Achan ei ladd oherwydd iddo fod yn anufudd.

78 Buddugoliaeth yn ninas Ai

Dywedodd Duw wrth Josua ei bod yn bryd ymosod ar ddinas Ai.

'Paid ag anobeithio,' meddai Duw wrtho. 'Y tro yma byddi'n ennill y frwydr.'

Josua 8

Duwedodd yr Arglwydd wrth Josua, "Paid ag ofni nac arswydo."
Josua 8:1a

Dewisodd Josua ei filwyr yn ofalus.

'Rhaid i'ch hanner chi deithio dros nos a chuddio yr ochr arall i'r ddinas,' meddai. 'Yn y bore, bydd y gweddill ohonon ni'n ymosod ar byrth y ddinas. Bydd Brenin Ai yn ein hymlid, a byddwn yn arwain ei fyddin allan o'r ddinas. Dyna'n cyfle ni i fynd i mewn i'r ddinas a'i choncro, pan na fydd neb yn ei hamddiffyn.'

Nesaodd Josua a'i filwyr at y ddinas. Arweiniodd y brenin ei filwyr allan o'r ddinas i ymosod ar yr Israeliaid fel o'r blaen. Yna aethant ar eu holau cyn belled â'r anialwch.

Dywedodd Duw wrth Josua am anfon gweddill ei filwyr i mewn i'r ddinas. Dyna ddigwyddodd, a llosgwyd y ddinas yn ulw.

Pan welodd yr Israeliaid y mwg yn codi o'r ddinas, troesant yn ôl i ymosod ar fyddin; bellach roedden nhw wedi'u hamgylchynu gan yr Israeliaid.

Anfonwyd byddin Ai i'r anialwch. Roedd Duw wedi arwain yr Israeliaid i fuddugoliaeth.

79 Dysgu cyd-fyw

Wrth i Josua arwain ei filwyr ymhellach i mewn i wlad Canaan, dechreuodd brenhinoedd y gwledydd oddi amgylch bryderu.

Josua 9

Penderfynodd pobl Gibeon nad oedden nhw am frwydro a cholli. Gwell oedd ganddyn nhw fod yn ffrindiau gyda'r Israeliaid. Felly dyma nhw'n gwisgo hen ddillad carpiog a llwytho'u hasynnod â hen gostrelau gwin crebachlyd a bara oedd wedi sychu a llwydo, er mwyn twyllo'r Israeliaid.

Pan glywodd trigolion Gibeon yr hyn yr oedd Josua wedi ei wneud i Jericho ac Ai, dyma hwythau'n gweithredu'n gyfrwys. Aethant a darparu bwyd, a llwytho'u hasynnod â hen sachau, a hen wingrwyn tyllog wedi eu trwsio.
Josua 9:3-4

'Rydyn ni wedi teithio'n bell,' medden nhw'n gelwyddog. 'Bydden ni'n hoffi bod yn ffrindiau gyda chi.'

Penderfynodd Josua a'i arweinwyr beidio â gofyn i Dduw am gyngor, felly lluniwyd cytundeb heddwch gyda'r Gibeoniaid. Ond pan sylweddolon nhw mai eu gelynion oedd y rhain, a'u bod yn byw yng Nghanaan, roedden nhw'n ddig iawn.

'Wnawn ni ddim am torri'n haddewid,' meddai Josua wrthynt, 'ond yn awr mae'n rhaid i chi weithio i ni, yn torri coed a chario dŵr.'

'Mae eich Duw chi'n Dduw Mawr,' meddai'r Gibeoniaid wrth Josua. 'Rydyn ni'n gwybod ei fod wedi addo'r wlad hon i chi a dinistrio pawb arall sy'n byw yma. Rydyn ni'n barod i gyd-fyw a chydweithio yn hytrach na marw.'

80 Yr haul yn aros yn ei unfan

Josua 10:1-15

Clywodd Adonisedec, brenin Jerwsalem, fod y Gibeoniaid wedi gwneud cytundeb gyda Josua.

Ni fu diwrnod fel hwnnw na chynt nac wedyn, a'r Arglwydd yn gwrando ar lais meidrolyn; yn wir, yr Arglwydd oedd yn ymladd dros Israel.
Josua 10:14

Dechreuodd ofni. Beth pe bai Josua'n dechrau ymosod ar Jerwsalem? Felly ymunodd â phedwar brenin arall yng ngwlad Canaan.

'Dewch gyda mi i ymosod ar Gibeon,' meddai.

Pan ddechreuwyd brwydro, anfonodd y Gibeoniaid am help.

'Josua! Tyrd i'n helpu ar unwaith! Mae brenhinoedd yr Amoriaid yn barod i'n lladd! Dewch i'n helpu. Caethweision ydyn ni i chi. Helpwch ni!'

Gweddïodd Josua ar Dduw.

'Peidiwch ag ofni. Mi fydda i'n eich helpu i orchfygu'r Amoriaid,' meddai.

Felly gorymdeithiodd milwyr Josua ac ymosod yn ddirybudd ar yr Amoriaid. Fel roedd byddinoedd y gelyn yn dianc, disgynnodd cawodydd trymion o genllysg ar y milwyr i gyd, a'u lladd.

Yna, ar ganol dydd, gweddïodd Josua.

'Paid â gadael i'r haul fachlud heno nes i ni gael buddugoliaeth!' meddai.

Atebwyd ei weddi. Cyn machlud haul, llwyddodd Josua i orchfygu'r gelyn.

81 Y frwydr am wlad Canaan

Wrth i Josua arwain yr Israeliaid tua'r gogledd, gwyliai Jabin, brenin Hasor, bob symudiad.

Josua 11:1-20

'Dewch i ni ymosod ar yr Israeliaid,' meddai wrth ei gynghreiriaid. Aethant ati i gasglu ynghyd byddin enfawr o wŷr a cheffylau a mynd allan i wynebu'r Israeliaid.

Goresgynnodd Josua bob un o ddinasoedd y brenhinoedd hyn yn ogystal â'u brenhinoedd.
Josua 11:12a

Pan welodd Josua fyddinoedd y gelyn yn agosáu, teimlai'n ofnus iawn.

'Paid â bod ofn,' meddai Duw wrth Josua. 'Erbyn yr amser yma yfory byddi wedi'u gorchfygu.'

Gwyddai Josua fod Duw o'i blaid. Wrth ddyfroedd Merom ymosododd Josua'n ddirybudd ar y gelyn. Ymosododd ar eu ceffylau a llosgi'r cerbydau rhyfel a llwyddo i'w gorchfygu.

Arweiniodd Josua yr Israeliaid i fuddugoliaeth dros dri deg un o frenhinoedd. Nawr gallai'r bobl fwynhau byw yn y wlad roedd Duw wedi'i haddo iddyn nhw.

82 Deuddeg llwyth Israel

Josua 13–21

"Rhanna di'r etifeddiaeth i Israel fel y gorchmynnais iti. Rhanna'n awr y wlad hon yn etifeddiaeth i'r naw llwyth ac i hanner llwyth Manasse."
Josua 13:6b-7

O'r diwedd, roedd y wlad o fewn eu cyrraedd. Tasg olaf Josua oedd rhannu'r wlad rhwng pob un o ddeuddeg llwyth Israel.

Roedd Jacob wedi cael deuddeg o feibion. Gan mai offeiriaid oedd meibion Lefi, doedden nhw ddim yn cael rhan o'r wlad. Roedd y tir oedd wedi'i fwriadu ar gyfer Joseff wedi'i rannu rhwng ei ddau fab. Dyna sut y rhannwyd y wlad yn ddeuddeg rhanbarth cyfartal.

O'r diwedd, gallai'r bobl roi'r gorau i grwydro, a derbyn eu hetifeddiaeth, eu cartref newydd.

'Peidiwch ag anghofio'r hyn mae Duw wedi'i wneud,' atgoffodd Josua nhw. 'Cofiwch ei garu a chadw'i orchmynion ac ni fydd Duw byth yn anghofio'r addewidion a wnaeth i chi. Byddwch yn byw'n hapus yn y wlad newydd, ond cofiwch beidio â phriodi pobl sy'n byw ar ffiniau'r wlad nac addoli'u duwiau. Yr Arglwydd yw ein Duw ni. Mae wedi gwneud cytundeb gyda ni, fel y gwnaeth gydag Abraham, Isaac a Jacob.'

83 Rhodd i Caleb

Josua 14:6-15

Bendithiodd Josua ef a rhoddodd Hebron yn etifeddiaeth i Caleb fab Jeffunne.
Josua 14:13

Roedd blynyddoedd lawer wedi mynd heibio ers yr amser pan anfonodd Moses y ddau ysbïwr Josua a Caleb i wlad Canaan. Dim ond y ddau ohonyn nhw gafodd weld y dydd pan symudodd y bobl i mewn i'r wlad newydd. Yn wir, dim ond y nhw oedd yn credu y byddai Duw yn cadw at ei air. Roedd Josua a Caleb wedi gweld Duw yn eu helpu i orchfygu'u gelynion. Nawr roedd yn hen bryd i Caleb dderbyn y wobr roedd Moses wedi'i haddo.

'Rhyw bedwar deg pump o flynyddoedd yn ôl, addawodd Moses y byddwn yn cael rhan o'r wlad i'w rhoi i'm plant,' meddai Caleb wrth Josua. 'Nawr rydw i'n wyth deg pump oed ac mae Duw wedi fy nghadw'n heini ac iach. Os gweli di'n dda, hoffwn gael mynydd-dir Hebron. Rwy'n sylweddoli nad yw'r bobl sy'n byw yno'n bobl gyfeillgar, ond rydw i'n dal yn gryf ac iach a bydd Duw yn gofalu amdanaf.'

Bendithiodd Josua ei hen ffrind, Caleb. Gwyddai ei fod yn caru Duw ac yn ymddiried ynddo. Cytunodd i roi'r tir o gwmpas Hebron yn rhodd arbennig i Caleb.

84 Josua'n ffarwelio

Josua 23–24

"Ond byddaf fi a'm teulu yn gwasanaethu'r Arglwydd!"
Josua 24:15b

O'r diwedd daeth heddwch i wlad Canaan.

Bu Josua fyw i fod yn gant a deg oed. Pan sylweddolodd ei fod ar fin marw, galwodd arweinwyr y bobl ato i ffarwelio â nhw.

'Rydw i'n hen ŵr erbyn hyn a byddaf farw'n fuan,' meddai. 'Rydych chi wedi gweld drosoch eich hun fel mae Duw wedi bod yn garedig wrthych chi, gan

gadw at ei air a'ch arwain i wlad Canaan. Rhaid i chi fod yn gadarn a chadw gorchmynion Duw. Cadwch eich hunain ar wahân i'r gwledydd eraill o'ch cwmpas, a chofiwch garu Duw â'ch holl galon.'

Daeth Josua â'r bobl at ei gilydd i wrando ar neges arall oddi wrth Dduw.

'Cofiwch mai fi, yr Arglwydd Dduw, a arweiniodd Abraham allan o wlad oedd yn addoli duwiau eraill. Fe ddois ag ef i Ganaan a rhoi Isaac iddo. Rhoddais ddau fab i Isaac, sef Esau a Jacob. Pan aeth teulu Jacob i'r Aifft, anfonais Moses ac Aaron i'w harwain allan o gaethiwed. Yna fe ddois â chi dros afon Iorddonen a'ch helpu i orchfygu'r Amoriaid a'r bobl eraill oedd yn byw yng ngwlad Canaan. O hyn ymlaen, chi biau'r wlad hon.'

Dywedodd Josua wrth y bobl am gadw draw oddi wrth dduwiau eraill.

'Dewiswch heddiw pa dduw i ymddiried ynddo a'i addoli. Byddaf i a'r teulu'n addoli Duw,' meddai.

Penderfynodd pawb addoli Duw ac ufuddhau iddo. Cododd Josua garreg fawr a'i gosod dan goeden dderw yn Sichem.

'Bydd y garreg hon yma am byth, i'ch atgoffa o'ch addewid i addoli a gwasanaethu Duw,' meddai.

Bu farw Josua a chladdwyd ef. Bu farw Eleaser, yr offeiriad, mab Aaron ac fe'i claddwyd yntau. Daethpwyd ag esgyrn Joseff o'r Aifft a'u claddu yn Sichem.

85 Y BOBL YN ANGHOFIO GORCHMYNION DUW

BARNWYR 3:7-8

Buan iawn y bu farw'r genhedlaeth o Israeliaid oedd yn caru Duw. Anghofiodd eu plant hefyd bopeth a ddysgwyd iddyn nhw. Dewison nhw beidio â dilyn deddfau Duw a dechreuwyd addoli duwiau'r bobl oedd o'u hamgylch.

Gwnaeth yr Israeliaid yr hyn oedd ddrwg yng ngolwg yr Arglwydd, ac anghofio'r Arglwydd eu Duw ac addoli'r duwiau Baal ac Asera.
Barnwyr 3:7

Dros y blynyddoedd, priododd yr Israeliaid â phobl y gwledydd o'u cwmpas. Doedden nhw ddim bellach yn bobl Dduw. Roedden nhw'n addoli Baal ac Asera – y duwiau y credai'r Canaaneaid oedd yn rhoi glaw iddyn nhw i dyfu'u cnydau, a theuluoedd mawr i gario eu henwau.

Roedd yr Israeliaid yn byw mewn ffordd oedd yn digio Duw, ac anghofiwyd am yr addewidion a wnaed gan eu cyndadau.

Heb help Duw, daeth gelynion i ymosod ar y wlad a'u gorchfygu. Gorchfygwyd hwy gan Cushan-risathaim, brenin Aram, a bu'r Israeliaid yn ei wasanaethu am wyth mlynedd.

Bellach doedd yr Israeliaid ddim yn rhydd. Dechreuodd pawb alw ar Dduw i ofyn am help.

86 Nai Caleb yn achub y dydd

Barnwyr 3:9-14

Yna gwaeddodd yr Israeliaid ar yr Arglwydd, a chododd yr Arglwydd achubwr i'r Israeliaid, sef Othniel fab Cenas, brawd iau Caleb, ac fe'u gwaredodd.
Barnwyr 3:9

Roedd Duw yn caru ei bobl; wnaeth o ddim eu hanghofio'n llwyr.

Daeth Duw ag Othniel, nai Caleb, i arwain y bobl. Bu Duw'n ei gynnal, a daeth Othniel yn ei dro i arwain y bobl yn ôl at Dduw.

Gyda help Duw, brwydrodd Othniel a'i filwyr yn erbyn y Brenin Cushan-risathaim a llwyddodd i orchfygu Brenin Aram. Yn dilyn y brwydro roedd gwlad Canaan yn lle heddychlon unwaith eto.

Am ddeugain mlynedd, arweiniodd Othniel yr Israeliaid, ond ar ôl iddo farw trodd y bobl yn ôl i'w hen ffyrdd. Anwybyddwyd gorchmynion Duw a gwnaeth y bobl bethau drwg oedd yn digio Duw.

Gwnaeth Eglon, brenin Moab, gytundeb gyda byddinoedd yr Ammoniaid a'r Amaleciaid, gelynion yr Israeliaid. Casglodd Eglon fyddin ato ac aeth i mewn i Jericho, Dinas y Palmwydd.

Unwaith eto trechwyd yr Israeliaid, ac am ddeunaw mlynedd Eglon oedd eu brenin.

Yna, fel yn y gorffennol, galwyd am help Duw.

87 Ehud, y barnwr llaw chwith

Barnwyr 3:15-30

Darostyngwyd y Moabiaid y diwrnod hwnnw dan law Israel, a chafodd y wlad lonydd am bedwar ugain mlynedd.
Barnwyr 3:30

Clywodd Duw weddïau ei bobl ac anfonodd Ehud, o lwyth Benjamin, i'w helpu.

Pan ofynnodd y Brenin Eglon am rodd gan yr Israeliaid, dewiswyd Ehud i fynd â'r rhodd iddo.

Dyn llaw chwith oedd Ehud, a gwnaeth gleddyf miniog, hir i'w glymu ar ei glun dde, o dan ei ddillad.

Penliniodd Ehud o flaen y brenin a rhoi'r anrhegion iddo. Dywedodd wrth ei weision am fynd allan o'r ystafell. Yna sibrydodd wrth y brenin, 'Mae gen i neges gyfrinachol i chi, eich mawrhydi.'

Pan glywodd Eglon hyn roedd yn glustiau i gyd ac anfonodd ei weision o'r neilltu. Gwahoddwyd Ehud i ymuno ag o yn yr ystafell yn nho ei balas haf. Ond doedd gan y brenin ddim syniad fod gan Ehud gleddyf o dan ei ddillad.

Cerddodd Ehud tuag at y brenin oedd yn ddyn mawr, tew.

'Mae gen i neges i ti oddi wrth Dduw,' meddai. Ar hynny gafaelodd Ehud yn y cleddyf, ei suddo i fol Eglon a'i ladd. Aeth allan o'r ystafell ar flaenau'i draed, gan gloi'r drysau ar ei ôl.

Pan gyrhaeddodd Ehud y mynydd-dir, chwythodd ei utgorn. Rhuthrodd yr Israeliaid i lawr y bryniau.

'Dilynwch fi!' meddai Ehud. 'Mae Duw wedi'n helpu ni i orchfygu brenin Moab.'

Teyrnasodd Israel dros bobl Moab, a bu heddwch yn y wlad am wyth deg o flynyddoedd.

88 Debora a Barac

Barnwyr 4:1-10

Bu farw Ehud, a dechreuodd yr Israeliaid unwaith eto fod yn anufudd i Dduw. Yn fuan, caniataodd Duw i un o frenhinoedd gwlad Canaan godi yn erbyn yr Israeliaid a'u trechu.

Roedd gan y Brenin Jabin fyddin gref a ffyrnig, dan arweiniad gŵr o'r enw Sisera. Gyda'u naw cant o gerbydau haearn, bu'r milwyr yn gormesu'r Israeliaid am gyfnod o ugain mlynedd. Dioddefodd yr Israeliaid yn arw a dechreuodd pobl alw ar Dduw.

Proffwydes o'r enw Debora, gwraig Lapidoth oedd yn barnu Israel yr adeg honno.
Barnwyr 4:4

Debora, gwraig Lapidoth, oedd arweinydd Israel ar y pryd. Proffwydes oedd hi, yn gwasanaethu Duw. Arferai eistedd dan balmwydden, a byddai'r bobl yn tyrru ati i gael atebion doeth i'w problemau.

Siaradodd Duw gyda Debora am y Brenin Jabin. Anfonodd hi am ryfelwr o'r enw Barac.

Dywedodd wrtho, 'Mae gen i neges i ti oddi wrth Dduw. Mae'n rhaid i ti gasglu deng mil o filwyr a gorymdeitho i fynydd Tabor. Bydd Duw yn denu Sisera a byddin y Brenin Jabin tuag at afon Cison. Cânt eu dal yn gaeth yno ac fe elli di eu gorchfygu.'

Ond roedd ofn ar Barac.

'Fedra i ddim gwneud hyn ar fy mhen fy hun,' meddai. 'Mae'n rhaid i ti ddod gyda mi.'

Siomwyd Debora gan ymateb Barac, ond yn y diwedd cytunodd.

'Cofia hyn,' rhybuddiodd Debora ef, 'gan nad wyt ti wedi dilyn cyfarwyddiadau Duw, bydd gwraig yn ennill y frwydr yn erbyn Sisera.'

89 Lladd â hoelen pabell

Pan glywodd Sisera fod Barac yn bwriadu arwain ymosodiad, casglodd ei fyddin o naw cant o gerbydau rhyfel ar lan afon Cison, ac aros yno.

Aeth Barac a'i filwyr i fyny mynydd Tabor, gan ei fod yn teimlo'n ddiogel yno.

'I'r gad!' bloeddiodd Debora ar Barac. 'Dyma mae Duw am i ni ei wneud.

Heddiw byddwn yn gorchfygu ein gelynion.'

Cychwynnodd byddin Barac i lawr o'r mynydd ac ymosod ar fyddin Sisera â'u cleddyfau. Ond anfonodd Duw storm fawr; gorlifodd yr afon a suddodd y cerbydau rhyfel yn y mwd.

Neidiodd Sisera allan o'i gerbyd rhyfel a rhedeg nerth ei draed. Gwyddai na allai ennill y frwydr, felly aeth yn ei flaen at bebyll gŵr o'r enw Heber.

'Mi fydda i'n ddiogel yma,' meddyliodd Sisera. 'Mae Heber a'r Brenin Jabin yn ffrindiau.'

Barnwyr 4:11–5:31

Gwelodd Jael, gwraig Heber, Sisera'n dod. Roedd hi'n ei adnabod. 'Paid â bod ofn,' meddai wrtho. 'Fe fyddi'n ddiogel yn y babell yma.' Aeth Sisera i mewn a gofyn am lymaid i'w yfed. Rhoddodd Jael ddiod o lefrith iddo a'i guddio dan gwrlid.

Yna dywedodd Debora wrth Barac, "Dos! Oherwydd dyma'r dydd y bydd yr Arglwydd yn rhoi Sisera yn dy law. Onid yw'r Arglwydd wedi mynd o'th flaen?"
Barnwyr 4:14a

'Wnei di gadw golwg?' plediodd gyda hi. 'Os daw rhywun heibio i chwilio amdanaf, paid â dweud mod i yma.' Roedd wedi blino'n lân a syrthiodd i gysgu.

Gwrthododd Jael wrando. Roedd hi ar ochr Duw. Cydiodd mewn morthwyl a mynd yn ddistaw at Sisera. Trawodd hoelen pabell i mewn i'w ben, a bu farw.

Rhuthrodd Barac trwy wersyll Heber yn chwilio am Sisera.

'Tyrd,' meddai Jael, 'mi ddangosaf y dyn i ti.'

Gwelodd Barac gorff ei elyn, wedi'i ladd gan wraig, yn union fel y proffwydodd Debora. Ni allai'r Brenin Jabin daro'n ôl.

'Rhaid i ni ganmol Duw!' canodd Debora a Barac. 'Mae wedi goresgyn ein gelynion.'

90 Teithwyr ar gamelod

Bu heddwch yn y wlad am ddeugain mlynedd arall, ond buan iawn yr anghofiodd y bobl am gymwynasau Duw. Aethant yn ôl at eu harferion drwg, a gadawodd Duw i'r Midianiaid ymosod arnyn nhw.

Barnwyr 6:1-10

Cuddiai'r Israeliaid yn y mynyddoedd, ac roedd arnyn nhw ofn aros yn y tir agored. Arhosai'r Midianiaid i'r Israeliaid dyfu eu cnydau, yna fe fydden nhw'n dod ar gefn eu camelod, difetha'r tir a dwyn eu cynnyrch. O ganlyniad i hyn roedd yr Israeliaid yn wan o newyn ac yn ofni am eu bywydau. Fe fuon nhw'n byw fel hyn am saith mlynedd.

Wedi iddynt alw ar yr Arglwydd o achos Midian, anfonodd yr Arglwydd broffwyd at yr Israeliaid.
Barnwyr 6:7-8a

Pan alwodd yr Israeliaid ar Dduw i'w helpu, anfonodd broffwyd atyn nhw.

'Rydyn ni wedi anufuddhau i Dduw,' rhybuddiodd ef y bobl. 'Dyna pam mae ein gelynion yn ymosod arnon ni.'

91 Gideon, yr arwr anfoddog

Pan oedd Gideon, fab Joas, yn dyrnu gwenith yn y dirgel, rhag ofn i'r Midianiaid ei weld, daeth angel i eistedd o dan goeden dderw a'i wylio.

'Mae'r Arglwydd yn gefn i ti, ŵr dewr,' meddai'r angel wrth Gideon.

'Os ydi hynny'n wir, pam ydyn ni mewn cymaint o helynt?' gofynnodd Gideon. 'Arweiniodd Duw ein cyndadau o wlad yr Aifft, ddim ond i'n gweld ni'n marw yma yng ngwlad Midian.'

'Fe allet ti newid pethau,' meddai'r angel. 'Mae Duw am i ti achub Israel o grafangau'r Midianiaid.'

'Ond pam y byddai Duw'n fy anfon i? Dydw i'n neb. Dwi'n aelod o'r llwyth lleiaf, a fi ydi'r gwannaf o'r cyfan.'

'Byddi'n llwyddo oherwydd fy mod i gyda ti,' meddai'r angel. 'Gyda'n gilydd gallwn godi Israel ar ei thraed unwaith eto.'

Roedd Gideon wedi rhyfeddu. 'Rho arwydd i mi,' meddai wrth yr angel. 'Profa nad breuddwyd ydi hyn i gyd.'

Rhuthrodd Gideon adref a daeth yn ôl gyda bwyd yn offrwm.

'Rho'r bwyd ar y graig,' meddai'r angel.

Barnwyr 6:11-23

Ufuddhaodd Gideon, a chyffyrddodd yr angel â'r bwyd gyda'i wialen. Cododd tân o'r graig, llosgwyd y bwyd a diflannodd yr angel.

Gwyddai Gideon ei fod yng nghwmni angel Duw a dechreuodd ofni.

'Does gen ti ddim i'w ofni, Gideon. Fyddi di ddim yn marw.'

Atebodd yntau, "Ond, syr, sut y gwaredaf fi Israel?"
Barnwyr 6:15a

92 Gideon a'r cnu dafad

Y noson honno, dywedodd Duw wrth Gideon am ddinistrio allor Baal a phren Asera oedd yn perthyn i'w dad. Yn eu lle roedd Gideon i godi allor i'r Duw byw.

Gwnaeth hyn yn y dirgel, yn ystod oriau'r nos; ond ar doriad gwawr, pan welodd dynion y ddinas beth oedd wedi digwydd, fe aethon nhw i chwilio am Gideon.

'Tyrd â fo yma i ni,' meddai'r bobl wrth Joas, tad Gideon. 'Mae'n rhaid i dy fab farw.'

'Ar ochr pwy ydych chi?' gofynnodd Joas. 'Os ydi Baal yn dduw go iawn, bydd yn sicr o allu'i amddiffyn ei hun.'

Aeth y dynion i ffwrdd.

Ymunodd y Midianiaid a'r Amaleciaid i ffurfio un fyddin fawr. Ar ôl croesi'r Iorddonen, dyma nhw'n codi gwersyll yn y dyffryn.

Llanwyd Gideon â nerth Duw. Chwythodd ei utgorn a galwodd yr Israeliaid ato o bob llwyth.

Barnwyr 6:25-40

Gweddïodd Gideon ar Dduw am help.

'Mae'n rhaid i mi fod yn sicr dy fod eisiau i mi helpu'r Israeliaid,' meddai Gideon. 'Heno, rhoddaf gnu o wlân ar y llawr. Yn y bore, os bydd y cnu yn wlyb a'r tir o'i gwmpas yn sych, byddaf yn gwybod dy fod am i mi arwain Israel.'

Ond meddai Gideon wrth Dduw, "Paid â digio wrthyf os gofynnaf un peth arall: yr wyf am wneud un prawf arall â'r cnu: bydded y cnu'n unig yn sych, a gwlith ar y llawr i gyd."
Barnwyr 6:39

Yn y bore, gwasgodd Gideon y cnu gwlân. Roedd yn wlyb, ond roedd y tir o'i gwmpas yn sych.

'Paid â bod yn ddig gyda mi, Arglwydd, ond mae'n rhaid i mi fod yn sicr. Rhoddaf y cnu gwlân ar lawr unwaith eto, ond y tro hwn rhaid i'r ddaear fod yn wlyb a'r cnu gwlân yn sych.'

Yn y bore, roedd gwlith ar y ddaear ond roedd y cnu gwlân yn sych. Roedd Duw wedi ateb gweddi Gideon.

93 Byddin fechan Gideon

Barnwyr 7:1-8

Dywedodd yr Arglwydd wrth Gideon, "Trwy'r tri chant sy'n llepian y byddaf yn eich achub, ac yn rhoi Midian yn dy law; caiff pawb arall fynd adref."
Barnwyr 7:7

Daeth byddin Israel at ei gilydd a chodi gwersyll.

'Mae gen ti ormod o filwyr,' meddai Duw wrth Gideon. 'Pan fydd y frwydr wedi'i hennill, efallai y byddan nhw'n dechrau ymfalchïo yn eu cryfder eu hunain. Dyweda wrth bawb sy'n ofnus am fynd adref.'

Y diwrnod hwnnw, aeth dau ddeg dau o filoedd o bobl adref. Dim ond deng mil oedd ar ôl.

'Mae gen ti ormod o filwyr eto,' meddai Duw wrth Gideon. 'Gofynna i'r dynion fynd i lawr at yr afon i yfed.'

Penliniodd rhai o'r dynion i yfed tra oedd eraill yn sefyll ar eu traed yn llepian y dŵr o'u dwylo, fel cŵn.

'Byddaf yn defnyddio'r dynion oedd yn llepian y dŵr o'u dwylo,' meddai Duw. 'Anfona'r gweddill adref.'

Ufuddhaodd Gideon. Bellach, byddin fechan o ddim ond tri chant o wŷr oedd ganddo i ymosod ar y Midianiaid.

94 Brwydro gyda'r nos

'Mae'r amser wedi dod!' meddai Duw wrth Gideon yn ystod oriau'r nos. 'Dyma dy gyfle i orchfygu'r gelyn! Ond yn gyntaf dos i wersyll y gelyn a gwrando ar yr

hyn sy'n cael ei ddweud. Ar ôl hynny, byddi'n barod i frwydro.'

Aeth Gideon a'i was draw yn ddistaw i wrando. Roedd degau o filoedd o filwyr yno. Roedd mwy o gamelod yno na'r gronynnau tywod ar lan y môr. Dim ond tri chant o ddynion oedd gan Gideon.

Clywodd Gideon un o'r dynion yn dweud, 'Rydw i wedi cael breuddwyd od! Gwelais dorth anferth o fara haidd yn rholio trwy'r gwersyll a dymchwel y babell.'

'Rydw i'n gwybod yn iawn beth ydi'r ystyr,' meddai un arall. 'Mae Duw ar ochr Gideon. Maen nhw'n sicr o ennill y frwydr.'

Diolchodd Gideon i Dduw, ac aeth yn ôl i'r gwersyll.

'Dewch, mae Duw eisoes wedi ennill y frwydr i ni!' meddai wrthyn nhw.

Barnwyr 7:9-25

Rhannodd Gideon y dynion yn dri grŵp. Rhoddodd utgorn i bob un, a phiser gwag a ffagl y tu mewn. Yn y tywyllwch, amgylchynodd yr Israeliaid wersyll y gelyn. Ar arwydd Gideon, chwythwyd yr utgyrn a drylliwyd y piserau.

Ac yr oeddent yn gweiddi, "Cleddyf yr Arglwydd a Gideon!"
Barnwyr 7:20b

'I'r Arglwydd ac i Gideon!' gwaeddodd pawb.

Dychrynodd y Midianiaid a'r Amaleciaid am eu bywydau, gan faglu ar draws ei gilydd yn y tywyllwch. Roedden nhw'n lladd eu dynion eu hunain â chleddyfau. Rhedodd y rhai oedd ar ôl i'r bryniau o gwmpas.

Digwyddodd popeth yn union fel y dywedodd Duw. Unwaith eto, roedd Duw wedi achub yr Israeliaid.

95 Abimelech yn lladd ei frodyr

Daeth y bobl at Gideon a gofyn iddo lywodraethu drostyn nhw.

'Bydd Duw'n gofalu amdanoch. Fyddwch chi ddim angen neb arall,' meddai. 'Fydda i na'r un o'm meibion yn eich llywodraethu.' Ond roedd gan un o feibion Gideon syniad arall.

Roedd Gideon wedi priodi â nifer o wragedd a chael llawer o blant. Un o'i feibion oedd Abimelech, mab un o forynion Gideon. Ar ôl marwolaeth Gideon, aeth Abimelech i dŷ ei fam yn Sichem i sgwrsio â'i berthnasau.

Barnwyr 9:1-25

'Dewiswch fi'n arweinydd. Peidiwch â gadael i'r un o'm hanner brodyr lywodraethu drosoch,' meddai.

Aeth i dŷ ei dad yn Offra, a lladd ar yr un maen bob un o'i frodyr, sef deng mab a thrigain Jerwbbaal.
Barnwyr 9:5a

Cytunodd perthnasau Abimelech a llogodd griw o ddynion i'w ddilyn. Aeth i dref enedigol ei dad a lladd pob un o'i hanner-brodyr. Llwyddodd un ohonyn nhw, Jotham, i ddianc. Aeth Abimelech yn ei ôl i Sichem a choronwyd ef yn frenin.

Pan glywodd Jotham hyn, aeth i Sichem a dringo i gopa Mynydd Garisim.

'Cofiwch y cyfan a wnaeth fy nhad i chi,' meddai. 'Nawr, ystyriwch beth ydych chi wedi'i wneud i'w deulu!'

Teyrnasodd Abimelech am dair blynedd, ond gwelodd Duw ei weithredoedd drwg.

96 Abimelech yn cael ei gosbi

Daeth dyn o'r enw Gaal i Sichem. Cyn pen dim roedd nifer o bobl wedi dod yn gefnogwyr iddo.

'Beth sydd mor arbennig am Abimelech?' gofynnodd Gaal. 'Os byddech chi'n

fy nilyn i, gallem yn hawdd orchfygu Abimelech a'i fyddin.'

Cythruddwyd Sebul, llywodraethwr Sichem, pan glywodd Gaal yn ymffrostio fel hyn.

Barnwyr 9:26–57

'Mae Gaal yn dechrau codi helynt,' meddai, i rybuddio Abimelech. 'Ymosodwch arno ar doriad gwawr, a'i ladd ef a'i bobl.'

... taflodd rhyw wraig faen melin i lawr ar ben Abimelech a dryllio'i benglog.
Barnwyr 9:53

Pan oedd Abimelech ar fin cyrraedd Sichem aeth Sebul at Gaal.

'Felly rwyt ti'n credu y gelli di ddinistrio byddin Abimelech,' crechwenodd. 'Wel dyma dy gyfle!'

Bu Gaal a phobl Sichem yn brwydro'n hir yn erbyn Abimelech, ond cawsant eu herlid o'r ddinas.

Y diwrnod canlynol, ymosododd Abimelech eto ar Sichem. Y tro hwn, cuddiodd y bobl mewn cell danddaearol yn y deml. Torrodd Abimelech ganghennau o goed, eu gosod ar y gell a chynnau tân. Llosgwyd pob un ohonyn nhw i farwolaeth.

Gorymdeithiodd Abimelech yn ei flaen i Thebes. Rhedodd y bobl o'u tai a chloi eu hunain mewn tŵr cadarn yng nghanol y dref. Paratôdd Abimelech i'w llosgi, fel y gwnaeth yn y deml, ond y tro hwn gwelodd un o'r gwragedd beth oedd yn digwydd. Taflodd faen melin trwm at Abimelech; glaniodd hwnnw ar ei ben a thorri'i benglog.

'Tynna dy gleddyf i'm lladd,' ymbiliodd Abimelech ar un o'i weision. 'Paid â gadael i neb ddweud mai gwraig laddodd fi.'

Ufuddhaodd y gwas. Pan welodd yr Israeliaid beth oedd wedi digwydd, aethant allan o'r ddinas. Roedd Duw wedi cosbi Abimelech am ei ddrygioni.

97 Addewid ffôl Jefftha

Roedd yr Israeliaid yn dal i fod yn anufudd i Dduw, ac roedd byddin yr Ammoniaid yn dal i'w gormesu.

Aeth rhai o brif ddynion Gilead at Jefftha, oedd yn rhyfelwr mawr, a gofyn iddo eu harwain.

'Os bydd Duw yn fy helpu i orchfygu'r Ammoniaid, fydda i'n dal i fod yn arweinydd arnoch?' gofynnodd Jefftha.

'Wrth gwrs,' oedd eu hateb.

Barnwyr 11:4-40

I ddechrau, anfonodd Jefftha neges heddychlon at frenin yr Ammoniaid.

'Pam rydych chi'n ymosod arnon ni?' gofynnodd. 'Beth wnaethon ni i haeddu hyn?'

'Pan ddaethoch o'r Aifft fe gymeroch chi fy ngwlad,' atebodd y brenin. Gwyddai Jefftha nad oedd hyn yn wir.

... bod merched Israel yn mynd allan bob blwyddyn i alaru am ferch Jefftha o Gilead am bedwar diwrnod yn y flwyddyn.
Barnwyr 11:40

'Wnaethon ni ddim cymryd eich gwlad, dim ond y gwledydd hynny oedd wedi gwrthod gadael i ni groesi'n ddiogel ar ein ffordd o'r Aifft. Yna fe gymeron ni'r wlad roedd Duw wedi'i haddo i ni. Bellach rydyn ni wedi byw yma am gannoedd o flynyddoedd: os oedd gennych chi unrhyw hawl ar y wlad, pam ymosod yn awr?' gofynnodd.

Wrth weld bod Ammon yn ei anwybyddu, gwyddai Jefftha fod Duw yn ei arwain i frwydr.

'Fe wna i daro bargen â thi', meddai Jefftha'n ffôl wrth Dduw. 'Os gelli di fy helpu i orchfygu'r gelyn, rwy'n fodlon aberthu'r peth cyntaf a welaf ar ôl dychwelyd adref!'

Arweiniodd Jefftha'r Israeliaid i fuddugoliaeth, yna aeth adref. Y peth cyntaf a welodd oedd ei unig ferch yn dawnsio. Pan welodd hi, cofiodd am ei adduned i Dduw. Rhwygodd ei ddillad a dechrau wylo. Gwyddai'n iawn ei fod wedi gwneud adduned i Dduw, ac na allai ei thorri.

98 Geni Samson

Ar ôl marwolaeth Jefftha, trodd y bobl yn ôl i'w hen ffyrdd. Y tro hwn, ymosododd y Philistiaid arnynt, ac am bedwar deg o flynyddoedd fe fuon nhw'n llywodraethu dros yr Israeliaid.

Barnwyr 13:1-25

Wedi i'r wraig eni mab, galwodd ef Samson; tyfodd y bachgen dan fendith yr Arglwydd. *Barnwyr 13:24*

Yn y cyfnod hwn, anfonodd Duw angel at wraig oedd heb blant; gwraig i ddyn o'r enw Manoa.

'Gwn nad oes gen ti blant,' meddai'r angel, 'ond bydd Duw'n rhoi mab i ti. Bydd yn achub yr Israeliaid rhag y Philistiaid. Cofia beidio ag yfed gwin cyn iddo gael ei eni, a phan fydd wedi'i eni gad i'w wallt dyfu'n hir, fel arwydd ei fod wedi'i gyflwyno i Dduw.'

Rhyfeddodd y wraig pan glywodd y neges ac aeth i ddweud wrth ei gŵr. Gweddïodd Manoa ar Dduw i anfon angel ato i wneud yn sicr eu bod wedi deall y neges yn iawn. Ymddangosodd yr angel unwaith eto, gan ailadrodd ei neges. Sylweddolodd Manoa fod Duw wedi'u bendithio i wneud gwaith arbennig.

Ychydig fisoedd wedyn, rhoddodd y wraig enedigaeth i fab a'i alw'n Samson. Bendithiodd Duw y plentyn, a'i baratoi ar gyfer y gwaith oedd o'i flaen.

99 Pos Samson

Ar ôl i Samson dyfu'n ddyn, roedd yn awyddus i briodi merch o blith y Philistiaid.

Doedd ei rieni ddim yn hapus. Pam na allai briodi un o ferched ei bobl ei hun? Ond roedd y briodas yn rhan o gynllun Duw.

Aeth y rhieni i ffwrdd i baratoi ar gyfer y briodas a dilynodd Samson nhw. Pan oedd yn cerdded trwy winllan, rhedodd llew ifanc tuag ato yn barod i

ymosod. Rhoddodd Duw nerth arbennig i Samson a lladdodd y llew â'i ddwylo noeth. Ni soniodd Samson air am hyn wrth neb.

Ymhen ychydig amser wedyn, aeth Samson yn ôl i'r winllan. Roedd haid o wenyn wedi nythu yn ysgerbwd y llew, a'r nyth yn llawn o fêl. Felly, yn ystod y wledd briodas, gosododd Samson bos i'w westeion Philistaidd.

'O'r bwytäwr, daeth bwyd; o'r un cryf, daeth rhywbeth melys. Os llwyddwch i roi ateb i mi ymhen saith diwrnod, rhoddaf wobr i chi. Os na fedrwch, yna bydd raid i chi roi gwobr i mi.'

Doedd gan y Philistiaid ddim syniad sut i ateb y pos, ond doedden nhw chwaith ddim yn barod i roi gwobr i Samson. Yn hytrach, troesant yn erbyn gwraig Samson a'i gorfodi i roi'r ateb iddyn nhw. Dechreuodd hithau wylo a mynnu fod Samson yn rhoi'r ateb iddi. Yn y diwedd, penderfynodd Samson ddweud wrthi, a dywedodd hithau wrth ei phobl.

Rhoddodd y Philistiaid yr ateb i Samson.

'Beth sy'n felysach na mêl? Beth sy'n gryfach na llew?' medden nhw wrtho.

Gwyddai Samson ei fod wedi'i dwyllo. Roedd yn ddig iawn ac yn benderfynol o ddial.

Barnwyr 14:1-20

Dywedasant wrtho, "Mynega dy bos, inni ei glywed." A dywedodd wrthynt: "O'r bwytawr, fe ddaeth bwyd, ac o'r cryf fe ddaeth melystra." Am dridiau buont yn methu ateb y pos.

Barnwyr 14:14

100 Samson yn dial

Aeth Samson adref o'r wledd briodas gyda'r wobr roedd wedi'i haddo i'r Philistiaid. Yn fuan wedyn, aeth yn ôl i dŷ ei dad. Tybiodd ei dad-yng-nghyfraith nad oedd eisiau ei ferch yn wraig, felly rhoddodd hi yn wraig i ddyn arall.

Pan ddaeth Samson adref i weld ei wraig, gwelodd ei bod bellach yn wraig i rywun arall. Yn ei wylltineb, ymosododd ar y Philistiaid.

Aeth allan a dal tri chant o lwynogod a'u clymu gynffon wrth gynffon mewn parau. Clymodd ffagl dân i bob pâr o gynffonnau gan ollwng y llwynogod yn rhydd yn y caeau ŷd.

BARNWYR 15:1-20

Buan iawn y daeth y Philistiaid i chwilio amdano. Anfonwyd dynion o Jwda i'w ddal.

Bu Samson yn farnwr ar Israel am ugain mlynedd yng nghyfnod y Philistiaid.
Barnwyr 15:20

Gadawodd Samson i'r dynion ei glymu, ond pan ddaeth y Philistiaid tuag ato rhoddodd Duw nerth aruthrol iddo. Torrodd Samson yn rhydd o'r rhaffau fel petaen nhw'n fenyn. Yna defnyddiodd asgwrn gên asyn, a hwnnw heb sychu, i ymladd. Lladdodd fil o ddynion.

Syrthiodd ar ei liniau gan grefu am ddiod o ddŵr. Gweddïodd ar Dduw i roi diod iddo, a holltodd Duw y tir. Cododd ffynnon o ddŵr o'r ddaear a chafodd ddigon i'w yfed.

Am ugain mlynedd bu Samson yn arwain yr Israeliaid yn erbyn y Philistiaid.

101 DELILA'N BRADYCHU SAMSON

Aeth amser heibio, ac er bod y Philistiaid yn dal i gasáu Samson doedden nhw ddim yn gallu gwneud unrhyw beth gan fod Duw wedi rhoi nerth arbennig iddo.

Syrthiodd Samson mewn cariad â gwraig o'r enw Delila. Bachodd y Philistiaid ar eu cyfle. Medden nhw wrth Delila, 'Os galli di ddarganfod cyfrinach nerth Samson, mi wnawn ni roi gwobr i ti.'

Roedd Delila'n benderfynol o ddarganfod y gyfrinach.

'Dywed i mi,' sibrydodd wrth Samson un noson, 'beth ydi cyfrinach dy gryfder di?'

Dywedodd Samson wrthi, 'Rhwyma fi gyda saith llinyn bwa saeth newydd a byddaf cyn wanned â dyn cyffredin.'

Daeth y Philistiaid â saith llinyn bwa saeth iddi, a thra oedden nhw'n cuddio yn yr ystafell, rhwymodd hi Samson â'r llinynnau.

'Mae'r Philistiaid yma!' gwaeddodd Delila. Cododd Samson ar ei draed a thorrodd y llinynnau â nerth ei freichiau.

BARNWYR 16:1-22

Ar ôl hyn, syrthiodd mewn cariad â dynes yn nyffryn Sorec, o'r enw Delila.
Barnwyr 16:4

'Mi wnest ti ddweud celwydd wrthyf i,' meddai Delila ymhen amser wedyn. 'Beth ydi'r gyfrinach? Dangosa i mi dy fod ti'n ymddiried ynof fi.'

'Mae angen rhaffau newydd,' meddai. 'Yna byddaf cyn wanned â dynion cyffredin.'

Gwnaeth Delila yr un peth eto, ond rhwygodd Samson y rhaffau fel petaen nhw'n ddarnau o edau.

'Nydda saith cudyn o'm gwallt ar y dröell a bydd fy nerth yn diflannu,' meddai wrth Delila pan ofynnodd y drydedd waith. Y tro hwn torrodd y dröell.

Bob dydd, daliai Delila i swnian ar Samson.

Erbyn hyn, roedd Samson wedi cael hen ddigon ac meddai, 'Dydw i erioed wedi cael torri fy ngwallt. Os bydd rhywun yn eillio fy mhen, byddaf yn colli fy nerth i gyd.'

Suodd Delila ef i gysgu, yna galwodd ar ddyn i eillio saith cudyn o'i ben. Diflannodd nerth Samson yn llwyr. Daliodd y Philistiaid ef, ei ddallu a'i garcharu. Ni allai ymladd yn ôl, oherwydd bod ei nerth wedi diflannu.

102 Samson yn gorchfygu ei elynion

O'r diwedd, roedd Samson wedi'i ddal a'r Philistiaid wrth eu boddau. Paratowyd dathliad i ddiolch i'w duw Dagon am eu helpu.

'Beth am gael Samson i'n diddori?' llefodd y bobl.

Felly daethpwyd â Samson allan o'r carchar i ddifyrru'r bobl. Roedd arweinwyr y Philistiaid yno i gyd. Llanwyd y deml â sŵn chwerthin pobl o bob oed, gan gynnwys tair mil oedd yn sefyll ar do'r adeilad. Doedd neb wedi sylwi bod gwallt Samson wedi dechrau tyfu eto.

Roedd Samson yn ddall erbyn hyn. Gofynnodd i'r gwas oedd yn ei arwain fynd ag ef i sefyll rhwng colofnau'r deml.

BARNWYR 16:23-31

Yna lledodd Samson ei freichiau.

Yna dywedodd, "Bydded i minnau farw gyda'r Philistiaid!" *Barnwyr 16:30a*

'Cofia amdanaf, O Arglwydd Dduw,' gwaeddodd Samson, 'a rho i mi nerth unwaith eto. Cosba'r Philistiaid a gad i mi farw, fel rydw i wedi byw, yn dinistrio gelynion y bobl.'

Gwthiodd Samson yn erbyn y colofnau â'i holl nerth. Atebodd Duw ei weddi, a rhoi ei nerth yn ôl iddo. Dymchwelodd y colofnau, gan dynnu muriau'r deml a tho'r adeilad i lawr.

Roedd Samson wedi chwalu'r deml a lladd miloedd o Philistiaid ynddi. Bu yntau farw hefyd, ond trwy ei farwolaeth lladdodd fwy o'i elynion nag a wnaeth yn ystod ei fywyd.

103 Teulu Elimelech yn ymfudo i Moab

Yng nghyfnod y barnwyr, daeth newyn i wlad Israel.

Penderfynodd Elimelech, ei wraig Naomi, a'i feibion Mahlon a Chilion, adael y wlad o gwmpas Bethlehem a mynd i wlad Moab i chwilio am fwyd.

Bu farw Elimelech yng ngwlad Moab. Priododd y ddau fab â merched o'r wlad honno, ac yno y buon nhw am ryw ddeng mlynedd. Ond yna bu farw'r meibion hefyd, a gadawyd y tair merch ar eu pennau eu hunain.

Clywodd Naomi fod y newyn yn Israel wedi dod i ben. Doedd dim rheswm iddi aros yng ngwlad Moab, felly penderfynodd fynd yn ôl i'w chartref, ger tref Bethlehem.

'Arhoswch chi yma, ac ewch yn ôl at eich teuluoedd,' meddai Naomi wrth weddwon ei dau fab. 'Af innau'n ôl i fy ngwlad fy hun.'

Ond doedd y ddwy wraig ifanc, Ruth ac Orpa, ddim yn fodlon gadael Naomi.

'Does gen i ddim byd i'w roi i chi,' protestiodd Naomi. 'Hyd yn oed petawn i'n priodi eto, rydw i'n rhy hen i roi gŵyr i chi. Byddai'n well i chi aros yma yng ngwlad Moab.'

Felly aeth Orpa'n ôl at ei theulu, ond arhosodd Ruth gyda'i mam-yng-nghyfraith.

'Paid â dweud wrtha i am fynd!' ymbiliodd ar Naomi. 'Wna i byth dy adael di. Mi ddo i'n ôl gyda thi i dy wlad dy hun. Dy wlad di fydd fy ngwlad i. Dy bobl di fydd fy mhobl i. Dy Dduw di fydd fy Nuw i. Mi af i gyda thi i ble bynnag y byddi di'n mynd, a marw lle bynnag y byddi di'n marw.'

Gwelodd Naomi fod Ruth yn benderfynol o'i dilyn. Teithiodd y ddwy'n ôl i Fethlehem, gan gyrraedd yno ar ddechrau'r cynhaeaf barlys.

RUTH 1:1-18

Ond meddai Ruth, "Paid â'm hannog i'th adael, na throi'n ôl oddi wrthyt, oherwydd i ble bynnag yr ei di, fe af finnau; ac ym mhle bynnag y byddi di'n aros, fe arhosaf finnau; dy bobl di fydd fy mhobl i, a'th Dduw di fy Nuw innau."
Ruth 1:16

104 Ruth yn gweithio yn y caeau

Gan nad oedd neb i'w cynnal, roedd Naomi a Ruth yn brin o arian i brynu bwyd.

'Rydw i am fynd i gasglu'r grawn sydd ar ôl ar ochrau'r caeau,' meddai Ruth wrth Naomi.

Cafodd Ruth ei bendithio gan Dduw a dechreuodd gasglu grawn yng nghaeau Boas, perthynas i Elimelech. Bu'n gweithio'n ddiwyd. Gofynnodd Boas i'w weithwyr pwy oedd y ferch oedd yn casglu'r grawn.

'Merch-yng-nghyfraith Naomi,' atebodd un o'r dynion. 'Daeth yma o wlad Moab i ofalu am ei mam-yng-nghyfraith er bod ei gŵr wedi marw.

Aeth Boas i gael gair gyda Ruth.

'Fe gei di aros i gasglu'r grawn ar ochrau'r caeau,' meddai Boas, 'ac mae croeso i ti gael diod o ddŵr pan fyddi'n sychedig.'

'Pam wyt ti mor hael gyda fi?' gofynnodd Ruth.

'Clywais dy fod wedi bod yn garedig iawn gyda Naomi,' atebodd. 'Rwyt ti wedi dod i ofyn am help gan Dduw Naomi. Bydd Duw'n gofalu amdanat ti am fod mor garedig wrthi.'

RUTH 2:1-23

Felly fe aeth i'r caeau i loffa ar ôl y medelwyr, a digwyddodd iddi ddewis y rhandir oedd yn perthyn i Boas.
Ruth 2:3a

Rhoddodd Boas fwyd i Ruth, a digon iddi fynd adref i Naomi. Roedd digonedd o farlys dros ben. Cafodd Naomi fraw pan welodd gymaint roedd hi wedi'i gasglu.

'Lle buost ti?' gofynnodd. 'Mae rhywun yn amlwg wedi bod yn garedig iawn.'

Soniodd Ruth wrthi am garedigrwydd perchennog y tir. 'Boas ydi'i enw,' meddai.

'Mae'n perthyn i ni,' atebodd Naomi mewn syndod. 'Mae'n rhaid i ti fynd i'w gaeau i gasglu mwy o rawn eto yfory.'

105 Ruth a Boas

Ruth 3:1-18

"Yn awr fy merch, paid ag ofni; fe wnaf iti bopeth yr wyt yn ei ddweud."
Ruth 3:11a

Gweithiodd Ruth ar dir Boas hyd ddiwedd tymor y cynhaeaf. Cafodd Naomi a hithau ddigon i'w fwyta. Ar ddiwedd y cyfnod, bu Naomi yn trafod ei dyfodol gyda Ruth.

'Mae'n rhaid i mi chwilio am gartref gwell i ti,' meddai. 'Mae Boas wedi bod yn garedig iawn, ac rydyn ni hefyd yn perthyn iddo. Yn ôl ein traddodiad, os ydi dyn yn marw gan adael gwraig ifanc, yna mae'n rhaid i berthynas iddo briodi'r wraig a gofalu amdani hi a'i theulu.'

'Beth sydd raid i mi'i wneud, felly?' gofynnodd Ruth. 'Dyweda wrtha i.'

Dilynodd Ruth gyfarwyddiadau Naomi. Aeth i'r llawr dyrnu lle roedd Boas wedi bod yn dathlu diwedd tymor y cynhaeaf. Gorweddodd wrth ei draed ac aros. Pan ddeffrodd Boas yn ystod y nos, cafodd fraw.

'Pwy sydd yna?' gofynnodd.

Dywedodd Ruth wrtho pam roedd hi yno.

'Mi wna i i ofalu amdanat,' meddai Boas yn garedig. 'Ond mae yna berthynas arall y dylet ti ofyn iddo yn gyntaf. Os bydd o'n fodlon, yna mi fydda i'n barod i ofalu amdanat ti a Naomi.'

Pan aeth Ruth adref, dywedodd y cwbl wrth Naomi. Arhosodd y ddwy gyda'i gilydd.

106 Ŵyr Naomi

Aeth Boas i borth y dref a dod o hyd i berthynas Naomi. Yng ngŵydd arweinwyr y bobl, gofynnodd Boas iddo a oedd o eisiau prynu tir Elimelech, priodi Ruth a magu plant i'w gŵr Mahlon, oedd wedi marw. Penderfynodd y dyn na allai wneud hyn a chynigiodd y cyfan i Boas.

Ruth 4

Priododd Boas a Ruth, a bu Duw yn dda wrth y ddau. Ymhen ychydig amser roedd Naomi wrth ei bodd yn byw gyda Boas a Ruth. Yn fwy na dim, roedd wedi gwirioni pan ddaeth cyfle i ofalu am ei ŵyr bach cyntaf.

Wedi i Boas gymryd Ruth yn wraig iddo, aeth i mewn ati a pharodd yr Arglwydd iddi feichiogi, ac esgorodd ar fab.
Ruth 4:13

'Cymerwyd popeth oddi arna i, ond rhoddodd Duw Ruth i mi. Nawr, mae gen i Obed, fy ŵyr bach, i ofalu amdano. Mae Duw wedi bod yn garedig wrtha i.'

Tyfodd Obed yn ŵr ifanc a chafodd fab o'r enw Jesse. Roedd gan Jesse wyth o feibion, a'r ieuengaf ohonynt oedd Dafydd.

107 Tristwch Hanna

Bob blwyddyn byddai Elcana a'i ddwy wraig, Hanna a Peninna, yn mynd i Seilo i addoli a gwneud aberth arbennig i Dduw.

Roedd gan Peninna nifer o blant. Roedd Hanna'n hiraethu am gael ei phlentyn ei hun, a byddai Peninna'n tynnu arni a'i gwawdio. Byddai hithau'n wylo cymaint fel nad oedd hi'n gallu bwyta.

Un flwyddyn, aeth Hanna i addoli Duw ac agorodd ei chalon iddo.

'O Arglwydd Dduw,' meddai yn ei gweddi, 'os galli di ateb fy ngweddi a rhoi mab i mi, rydw i'n addo y bydd yn blentyn i ti. Bydd yn ufuddhau i ti ar hyd ei fywyd. Os gweli di'n dda wnei di fy helpu?'

1 Samuel 1:1-20

... ac ymhen amser geni mab a'i alw'n Samuel, oherwydd: "Gan yr Arglwydd y gofynnais amdano."
1 Samuel 1:20b

Pan welodd Eli yr offeiriad fod gwefusau Hanna'n symud ond heb wneud unrhyw sŵn, meddyliodd ei bod wedi bod yn yfed a rhoddodd gerydd iddi. Ond pan ddywedodd Hanna wrtho am ei thristwch a'i bod wedi gofyn i Dduw ei helpu, bu Eli'n garedig wrthi.

'Gobeithio y bydd Duw'n ateb dy weddi,' meddai Eli.

Aeth Hanna'n ôl adref ac atebodd Duw ei gweddi. Ymhen ychydig amser roedd yn disgwyl plentyn. Rhoddodd enedigaeth i fab a'i alw'n Samuel.

108 Hanna'n cadw at ei gair

Gofalodd Hanna'n dyner iawn am Samuel, ei mab bach, am sawl blwyddyn, ac roedd hi'n ei garu'n fawr. Ond yna, aeth ag ef i Seilo i addoli Duw ac aeth i weld Eli'r offeiriad.

'Wyt ti'n cofio'r wraig anhapus honno ddaeth yma i ofyn i Dduw roi mab iddi? gofynnodd i Eli. 'Y fi ydi'r wraig honno. Rydw i bellach uwchben fy nigon. Mae Duw wedi bod yn dda gyda mi, ac mae'n rhaid i mi gadw at fy addewid. Bydd raid i'm mab, Samuel, fyw yma yn y deml a dysgu sut i wasanaethu Duw.'

Bob blwyddyn wedi hynny, byddai Hanna'n mynd i weld Samuel yn y deml, gan ddod â gwisg newydd iddo, wedi'i gwneud â'i llaw ei hun.

1 Samuel 1:21 – 2:11

"Yr wyf finnau'n ei fenthyg i'r Arglwydd am ei oes. Un wedi ei fenthyg i'r Arglwydd yw."
1 Samuel 1:28a

Gofynnodd Eli i Dduw fod yn garedig wrth Hanna a rhoi mwy o blant iddi. Ganwyd iddi dri o feibion a dwy ferch.

Roedd gan Eli ddau o feibion, sef Hoffni a Phineas. Roedden nhw bellach yn ddynion ac yn offeiriaid fel Eli, eu tad. Dau frawd hunanol iawn oedd Hoffni a Phineas a doedden nhw ddim yn barod i ufuddhau i Dduw.

Teimlai Eli yn drist iawn wrth weld sut roedd ei feibion yn ymddwyn. Dywedodd y byddai Duw, rhyw ddydd, yn ddig iawn wrthyn nhw. Ond doedd y meibion yn gwrando dim ar eu tad. Daeth Samuel yn gynorthwy-ydd i Eli. Gwyliodd Duw Samuel yn tyfu, a bu'n dda wrtho.

109 Duw yn siarad yn ystod oriau'r nos

Wrth i Eli heneiddio, roedd ei olwg yn gwanhau. Roedd yn dibynnu llawer ar Samuel i'w helpu.

Un noson, pan oedd y ganhwyllbren aur dal yn olau, a phawb arall yn cysgu, galwodd Duw ar Samuel.

'Samuel! Samuel!' galwodd Duw.

Pan glywodd y llais, deffrodd Samuel. Doedd o ddim yn gwybod llais pwy oedd yn galw arno. Aeth yn syth at Eli.

'Dyma fi,' meddai Samuel. 'Ti oedd yn galw arna i?'

'Na, wnes i ddim galw arnat ti,' meddai Eli. 'Dos yn ôl i gysgu!'

1 Samuel 3

Cyn pen dim, clywodd Samuel y llais yn galw eto.

'Samuel! Samuel!' galwodd Duw.

A dywedodd Samuel, "Llefara, canys y mae dy was yn gwrando."
1 Samuel 3:10b

Cododd ac aeth at Eli unwaith eto.

'Na, wnes i ddim galw arnat ti,' meddai Eli. 'Dos yn ôl i'r gwely.'

Clywodd Samuel y llais am y trydydd tro.

Aeth at Eli eto, a'r tro hwn sylweddolodd Eli pwy oedd yn galw ar Samuel.

'Duw sy'n galw arnat ti,' meddai Eli. 'Dos yn ôl i'r gwely, ac os bydd y llais yn galw eto mae'n rhaid i ti ateb fel hyn. "Llefara, mae dy was yn gwrando."'

Galwodd Duw ar Samuel unwaith eto, ac atebodd Samuel. Dywedodd Duw wrtho beth oedd ei gynlluniau ar gyfer ei bobl a meibion Eli.

O'r diwrnod hwnnw, bu Duw'n siarad yn aml gyda Samuel a dysgodd yntau wrando ar lais Duw. Dysgodd hefyd sut i ufuddhau i Dduw.

Gwelodd Eli a'r bobl fod Duw yn cynnal Samuel, a bod Samuel yn siarad ag awdurdod Duw. Samuel oedd y proffwyd roedd Duw wedi'i anfon i helpu'i bobl.

110 Marwolaeth Eli

1 Samuel 4:1-22

"... a bu lladdfa fawr ymysg y bobl hefyd; y mae dy ddau fab, Hoffni a Phinees wedi marw, ac arch Duw wedi ei chymryd."
1 Samuel 4:17b

Pan aeth yr Israeliaid i ryfel yn erbyn y Philistiaid, a cholli'r frwydr, fe aethon nhw'n ôl i'r gwersyll gan fynd â Chist Duw gyda nhw.

Aeth meibion Eli, Hoffni a Phineas, gyda'r Gist. Roedden nhw'n credu os byddai'r Gist yn eu meddiant yna byddai Duw, hefyd, gyda nhw.

Gwelodd y Philistiaid fod y Gist yn gwneud i filwyr Israel deimlo'n ddewr. Dechreuodd y Philistiaid ofni. Dyma'r bobl roedd Duw wedi'u harwain yn ddiogel o'r Aifft.

Bu'r ddwy ochr yn brwydro'n galed. Ond er fod y Gist yno, ni fu Duw o unrhyw help i'r Israeliaid y diwrnod hwnnw. Bu farw Hoffni a Phineas ynghyd â thri deg mil o filwyr. Cipiodd y Philistiaid Gist Duw a mynd â hi gyda nhw.

Rhedodd gŵr ifanc o faes y frwydr i ddweud wrth yr Israeliaid beth oedd wedi digwydd, ac roedd pawb yn teimlo'n ofnus iawn.

Eisteddai Eli wrth y porth yn aros. Roedd bron yn ddall ac yn fregus iawn.

'Beth sydd wedi digwydd?' gofynnodd Eli. 'Dywedwch y cyfan wrtha i.'

'Mae ein pobl wedi dianc rhag y gelyn, ac rydyn ni wedi colli llawer o ddynion yn y frwydr heddiw. Mae dy ddau fab wedi'u lladd ac mae'r Philistiaid wedi dwyn Cist Duw.'

Pan glywodd Eli fod y Philistiaid wedi dwyn Cist Duw, syrthiodd yn farw yn y fan a'r lle. Roedd ei ferch-yng-nghyfraith, gwraig Phineas, yn disgwyl plentyn ar y pryd. Pan glywodd y newyddion am farwolaeth Eli, yn ei dychryn rhoddodd enedigaeth i fab. Galwodd ef yn Ichabod, gan ei bod yn credu bod Duw wedi gadael ei bobl.

111 Cist Duw yn nheml Dagon

Aeth y Philistiaid â Chist Duw i Asdod a'i gosod wrth ymyl delw, Dagon, eu duw nhw yn y deml.

Y diwrnod canlynol, pan aeth y bobl i'r deml i addoli, roedd delw'r duw Dagon wedi syrthio ar ei wyneb o flaen y Gist. Codwyd y ddelw, ond erbyn y bore roedd wedi syrthio eto. Y tro hwn roedd pen a dwylo'r ddelw wedi disgyn i ffwrdd.

Daeth pla dros dir Asdod, a dechreuodd llygod mawr boeni'r bobl. Dioddefodd y bobl yn arw, a bu'n rhaid symud Cist Duw o'r deml. Ar ôl ei symud i Gath, daeth pla arall i aflonyddu'r bobl oedd yn byw yno. A phan symudwyd Cist Duw i Ecron, digwyddodd yr un peth eto.

'Ewch â'r Gist yn ddigon pell i ffwrdd,' gwaeddai'r bobl. 'Ewch â hi'n ôl i'r Israeliaid, neu mi fyddwn ni i gyd yn marw.'

Rhoddwyd Cist Duw, gydag anrhegion o aur, ar gert yn cael ei dynnu gan ddwy fuwch.

1 Samuel 5:1–6:15

'Os bydd y ddwy fuwch yn mynd yn syth i wlad yr Israeliaid, yna byddwn yn gwybod mai Duw sydd wedi anfon y plâu yma,' medden nhw.

Aeth y cert i gyfeiriad gwlad yr Israeliaid.

Roedd yr Israeliaid wrth eu bodd yn gweld Cist Duw yn dod yn ôl. Cafodd y ddwy fuwch oedd yn tynnu'r cert eu haberthu, yna dechreuodd y bobl addoli Duw.

Wedi i'r Philistiaid gipio arch Duw, dygwyd hi o Ebeneser i Asdod; yno dygodd y Philistiaid hi i deml Dagon, a'i gosod wrth ochr Dagon.
1 Samuel 5:1-2

112 Samuel yn arwain pobl Dduw

Ar ôl marwolaeth Eli yr offeiriad, arhosodd Samuel i weld pryd fyddai'r bobl yn galw ar Dduw unwaith eto. Pan welodd fod y bobl yn edifar am eu bod wedi dilyn duwiau eraill a'u bod yn barod unwaith eto i ddilyn ffordd Duw, galwodd bawb at ei gilydd.

1 Samuel 7:2-15

Yr oedd llaw'r Arglwydd yn erbyn y Philistiaid holl ddyddiau Samuel.
1 Samuel 7:13b

'Os ydych chi'n barod i droi at Dduw, a'i garu â'ch holl galon, yna mae'n rhaid i chi ddinistrio'r holl ddelwau ac addo addoli Duw yn unig,' meddai Samuel. 'Yna daw'r dydd y bydd Duw yn anfon y Philistiaid i ffwrdd.'

Dinistriodd y bobl yr holl ddelwau o Baal ac Astaroth, a dechrau addoli Duw unwaith yn rhagor.

Dywedodd Samuel y byddai'n gweddïo drostyn nhw.

'Rydyn ni wedi pechu, Dduw. Rydyn ni'n ymddiheuro. Wnei di faddau i ni? Bydd yn Dduw i ni, fel roeddet ti i'n tadau o'n blaenau ni.'

Pan ddechreuodd y Philistiaid ymosod ar yr Israeliaid ym Mispa, roedd y bobl yn ofnus iawn. Daliodd Samuel ati i i weddïo ar Dduw ac aberthu.

Gwrandawodd Duw ar weddïau ei bobl. Anfonodd daranau i ddrysu'r Philistiaid, gan roi cyfle i'r Israeliaid ymosod ar y gelyn ac ennill y dydd.

Gosododd Samuel garreg yn y ddaear a galw'r lle yn Ebeneser i gofio bod Duw wedi helpu'i bobl yn y lle hwnnw.

O'r amser hwnnw, penodwyd Samuel yn arweinydd Israel a bu'n farnwr doeth ar ei bobl.

113 Y bobl eisiau brenin

1 Samuel 8:1-20

Gofidiodd Samuel eu bod yn dweud "Rho inni frenin i'n barnu", a gweddïodd Samuel ar yr Arglwydd.
1 Samuel 8:6

Bu Samuel fyw i fod yn hen ŵr, ac er fod ganddo ddau fab doedden nhw ddim yn barod i wrando nac ufuddhau i Dduw, yn union fel y gwnaeth meibion Eli.

'Mae'n rhaid i ni gael brenin fel sydd gan y gwledydd eraill,' gwaeddai arweinwyr Israel wrth iddynt sefyll o flaen Samuel. 'Rwyt ti'n hen, a does yr un dyn da ar gael i'th ddilyn.'

Teimlai Samuel yn drist, ac yn ddig gyda'r bobl. Gweddïodd ar Dduw.

'Mae'n rhaid i ti wrando ar y bobl,' meddai Duw. 'Nid dy wrthod di yn unig maen nhw, ond fy ngwrthod innau hefyd. Does yr un brenin all eu helpu. Maen nhw'n ystyfnig fel eu cyndeidiau o'u blaenau. Gallant gael brenin, ond fe ddaw ag anhapusrwydd mawr iddyn nhw.'

Rhybuddiodd Samuel y bobl, ond doedd neb yn barod i wrando arno.

114 Brenin cyntaf Israel

Roedd gan ddyn o'r enw Cis fab o'r enw Saul. Gŵr ifanc, tal a golygus oedd Saul.

Roedd asynnod Cis wedi mynd ar goll yn y mynydd-dir.

'Dos ag un o'r gweision i chwilio am yr asynnod,' meddai Cis wrth ei fab.

I ddechrau, buon nhw'n chwilio yn y bryniau o gwmpas eu cartref. Yna, gan na allen nhw weld yr asynnod, aethon nhw ymhellach i chwilio amdanyn nhw.

'Mae'n well i ni fynd yn ôl adref,' meddai Saul wrth ei was rai dyddiau'n ddiweddarach. 'Bydd fy nhad wedi hen anghofio am ei asynnod, ac yn poeni am ei fab yn lle hynny!' meddai.

Ond roedd y gwas wedi clywed bod Samuel yn yr ardal.

'Mae un o ddynion Duw yma. Efallai y gallwn ei holi am yr asynnod?'

Cyn troi am adref, cytunodd Saul fynd i ofyn i Samuel.

1 Samuel 9:1–10:1

Roedd Duw eisoes wedi dweud wrth Samuel ei fod wedi dewis y dyn fyddai'n dod yn frenin ar Israel. Pan gerddodd Saul tuag at Samuel, gwyddai Samuel ar ei union mai'r dyn hwn roedd Duw wedi'i ddewis.

'Rydyn ni'n chwilio am broffwyd Duw,' meddai Saul. 'Fedrwch chi'n harwain ni ato?'

'Dyma fi,' meddai Samuel. 'Tyrd i gael pryd o fwyd gyda mi. Yfory, bydd gen i neges bwysig i ti. Paid â phoeni am yr asynnod. Maen nhw'n ddiogel.'

Y diwrnod canlynol, paratôdd Saul a'i was i deithio'n ôl gyda'r asynnod. Dywedodd Samuel wrth Saul am adael i'w was fynd hebddo.

Pan oedd y ddau ar eu pennau eu hunain, cymerodd Samuel olew ac eneinio Saul, brenin cyntaf Israel.

Cymerodd Samuel ffiol o olew a'i dywallt dros ei ben, a'i gusanu a dweud, "Onid yw'r Arglwydd yn d'eneinio'n dywysog ar ei bobl Israel, ac onid ti fydd yn rheoli pobl yr Arglwydd ac yn eu gwaredu o law eu gelynion oddi amgylch?"
1 Samuel 10:1a

'Bydd Duw yn dy newid ac yn rhoi nerth i ti fod yn frenin ar Israel. Paid â bod ofn, mae Duw gyda thi.'

115 Saul, y brenin rhyfelgar

1 Samuel 10–11

Dywedodd Samuel, "A welwch chwi'r un a ddewisodd yr Arglwydd? Yn wir nid oes neb o'r holl bobl yn debyg iddo." Bloeddiodd yr holl bobl a dweud, "Hir oes i'r brenin!"
1 Samuel 10:24

Dychwelodd Saul a'r asynnod at ei deulu, ond ni soniodd air wrth neb am gynlluniau Duw ar ei gyfer.

Yna galwodd Samuel yr holl bobl at ei gilydd.

'Rydych wedi gwrthod y Duw a arweiniodd eich cyndadau o'r Aifft,' meddai. 'Yn hytrach, rydych wedi cael dewis brenin i deyrnasu drosoch. Nawr, dewch i weld pwy mae Duw wedi'i ddewis yn frenin.'

Dechreuodd Samuel restru llwythau Israel nes y dewiswyd Benjamin. Aeth drwy'r teuluoedd nes dewis teulu Cis, ac yna Saul ei fab. Roedd Saul yn ddyn cryf, tal a golygus.

'Hir oes i'r brenin!' gwaeddodd y bobl pan gyhoeddodd Samuel enw'r brenin newydd.

Yn y cyfamser, ymosododd yr Ammoniaid ar Jabes, un o ddinasoedd yr Israeliaid. Roedd pobl Jabes yn awyddus i fod yn ffrindiau gyda'r Ammoniaid.

'Byddwn yn ffrindiau ar un amod,' cytunodd yr Ammoniaid. 'A'r amod honno ydi ein bod ni'n dallu llygad de pob un o'ch pobl.'

Dychrynodd yr Israeliaid pan glywson nhw hyn. Ond rhoddodd Duw nerth arbennig i Saul arwain ei bobl. Galwodd ei bobl ato, a heb rybudd ymosodwyd ar yr Ammoniaid a'u gorchfygu.

Cyfarchodd y bobl Saul fel eu brenin rhyfelgar. Roedd wedi eu helpu i ennill y frwydr, a'u gwneud yn ddewr. Cafodd yr Israeliaid eu dymuniad: brenin, fel y gwledydd eraill o'u cwmpas.

116 Jonathan yn ymladd yn erbyn y Philistiaid

Rhoddodd Duw reolau i Samuel er mwyn iddo helpu Saul i fod yn frenin da. Ar y cychwyn, gwrandawodd Saul, a gwnaeth yn ôl dymuniad Duw, ond yn fuan dechreuodd Saul anghofio am Dduw.

'Rwyt ti wedi bod yn anufudd i Dduw,' meddai Samuel wrtho. 'Bydd Duw yn sicr o chwilio am rywun arall i fod yn frenin, dyn fydd yn gwrando ac yn ufuddhau iddo.'

Un diwrnod, pan oedd y Brenin Saul a'i fyddin yn paratoi i ymladd yn erbyn y Philistiaid, gadawodd Jonathan, mab Saul, y criw heb yn wybod i neb. Aeth â'i was, ei gludwr arfau, gydag e.

'Tyrd i ni gael gweld beth mae'r Philistiaid yn ei gynllunio,' meddai Jonathan wrth ei was. 'Gall Duw ein defnyddio ni'n dau os mai dyna'i ddymuniad.'

1 Samuel 13:13–14:23

Dywedodd Jonathan wrth ei gludydd arfau, "Tyrd i fyny ar f'ôl i, oherwydd y mae'r Arglwydd wedi eu rhoi yn llaw Israel".
1 Samuel 14:12b

Dringodd y ddau i fyny'r mynyddoedd serth a chreigiog.

'Gadawn i'r gelyn ein gweld ni,' meddai Jonathan wrth ei was. 'Os byddan nhw'n dweud, "Rydyn ni'n dod ar eich ôl chi," fe arhoswn yma. Ond os byddan nhw'n dweud, "Dewch i fyny atom," byddwn yn gwybod bod Duw'n barod i'n helpu i'w gorchfygu.'

Pan welodd y Philistiaid Jonathan, dyma nhw'n ei herio i frwydro yn eu herbyn. Roedd Jonathan yn gwybod yn syth beth oedd cynllun Duw, a dringodd dros y creigiau serth gyda'i was yn ei ddilyn. Syrthiodd byddin y Philistiaid yn ôl fesul un wrth i Jonathan nesáu. Yn fuan, roedd Jonathan a'i gludydd arfau wedi lladd llawer o'i elynion. Dechreuodd y ddaear grynu gan godi ofn mawr ar fyddin y Philistiaid. Roedden nhw wedi drysu'n lân, a dechreuodd eu milwyr ladd ei gilydd â'u cleddyfau eu hunain.

Enillodd yr Israeliaid y frwydr, a daeth Jonathan yn arwr.

117 Mab ieuengaf Jesse

Roedd Saul yn dal ati i wneud fel y mynnai, a doedd hyn ddim yn plesio Duw.

Meddai Samuel wrtho, 'Mae Duw am i ti fod yn ufudd, nid aberthu ar allorau. Mae Duw wedi fy rhybuddio, gan dy fod wedi gwrthod gwrando arno, yna mae'n dy wrthod di fel brenin.'

1 Samuel 15:1–16:13

Yr oedd yn edifar gan yr Arglwydd ei fod wedi gwneud Saul yn frenin ar Israel.
1 Samuel 15:35b

Teimlai Samuel yn drist iawn fod Saul yn gwrthod ufuddhau i orchmynion Duw. Cadwodd draw oddi wrtho am gyfnod i aros i glywed beth fyddai Duw'n ei wneud nesaf.

'Llanwa dy gorn ag olew,' meddai Duw. 'Rydw i wedi dewis y dyn fydd yn dilyn Saul fel brenin. Dos i Fethlehem a rho wahoddiad i ŵr o'r enw Jesse i fwyta gyda thi.'

Felly aeth Samuel i Fethlehem a threfnu gwledd fawr i'r holl bobl.

Pan welodd Samuel fab hynaf Jesse, credai mai hwn oedd dewis Duw. Ond dywedodd Duw, 'Na nid hwn ydi'r un, Samuel. Rwyt ti'n edrych ar y dyn o'r tu allan, ond rydw i'n gweld beth sydd yn ei galon.'

Yna gwelodd Samuel ail fab Jesse. Ond nid hwn oedd dewis Duw, chwaith.

Ar ôl i Samuel gyfarfod â saith o feibion Jesse, doedd yr un ohonyn wedi'u dewis gan Dduw. Gofynnodd i Jesse a oedd ganddo ragor o feibion.

'Mae fy mab ieuengaf yn gofalu am y defaid,' atebodd Jesse.

Anfonwyd am Dafydd a daeth yntau i'r wledd.

Pan welodd Samuel ef, dywedodd Duw wrtho mai hwn fyddai'r brenin i ddilyn Saul. Tywalltodd Samuel olew o'r corn ar gorff Dafydd i'w eneinio yng ngŵydd ei deulu. O'r dydd hwnnw ymlaen, bu Duw yn gefn ac yn gymorth i Dafydd.

118 Hwyliau drwg ar y brenin

Unwaith y daeth bendith Duw ar Saul i ben, cafodd Saul gyfnodau anodd o iselder ysbryd a thymer wael. Roedd ei feddwl yn llawn o feddyliau rhyfedd a drwg.

'Beth am i ni chwilio am rywun sy'n gallu chwarae miwsig tawel i'th helpu?' cynigiodd ei weision.

1 Samuel 16:14-23

Cytunodd Saul, gan ofyn iddyn nhw ddod o hyd i rywun.

'Mae un o feibion Jesse'n delynor da,' awgrymodd un o'r gweision. 'Mae e hefyd yn ddyn ifanc sy'n caru Duw.'

Pryd bynnag y byddai'r ysbryd drwg yn blino Saul, byddai Dafydd yn cymryd ei delyn ac yn ei chanu.
1 Samuel 16:23a

Anfonodd y Brenin Saul negesydd at Jesse i ofyn am help ei fab. Llwythodd Jesse asyn bychan â digon o fara, gwin a gafr ifanc, ac aeth â'i fab, Dafydd, i weld y brenin.

Pan fyddai Saul yn anhapus, byddai Dafydd yn canu'r delyn iddo. Daeth Saul yn hoff iawn o Dafydd, a daeth yn gludydd arfau iddo. Anfonodd Saul at Jesse i ofyn iddo a gâi Dafydd aros gydag o.

119 Cân y bugail

Byddai Dafydd wrth ei fodd yn cyfansoddi caneuon a'u canu gyda'r delyn.

'Ti, Arglwydd, yw fy mugail. Fydda i byth eisiau dim.
Rwyt ti'n gadael i mi orffwys yng nghanol y glaswellt.
Rwyt ti'n fy arwain at afonydd o ddŵr grisial,
ac yn fy llonyddu.

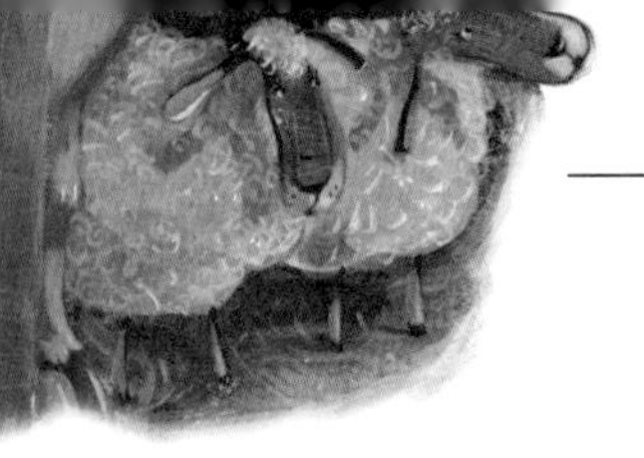

Ti sy'n fy arwain ar hyd y ffyrdd cywir,
gan na fedri di wneud dim ond yr hyn sy'n iawn.
Efallai y bydda i'n cerdded trwy ddyffrynnoedd tywyll,
ond fydd gen i ddim ofn.
Rwyt ti'n gofalu amdanaf bob cam o'r daith,
yn union fel mae'r bugail yn gofalu am ei ddefaid.
Rwyt ti'n fy nhrin fel y person pwysicaf yn y wledd,
yn enwedig pan fydd fy ngelynion yn gwylio pob symudiad.
Rwyt ti'n llenwi fy nghwpan i'r ymylon.
Mae dy garedigrwydd a'th gariad o'm cwmpas drwy'r amser,
bob dydd o'm bywyd,
a byddaf fyw am byth yn dy dŷ di, O Dduw.'

Salm 23

Yr Arglwydd yw fy mugail, ni bydd eisiau arnaf.
Salm 23:1

120 Sialens y cawr

Roedd byddin Israel wedi casglu at ei gilydd ar un ochr i'r bryn, ac ar yr ochr arall roedd byddin y Philistiaid. Yn y dyffryn islaw, safai un o arwyr y Philistiaid, cawr o ddyn o'r enw Goliath.

Gwisgai helmed efydd ar ei ben, ac roedd ei gorff wedi'i orchuddio â gwisg efydd. Am ei goesau cadarn roedd coesarnau pres, a chariai waywffon efydd ar ei gefn. Ddydd ar ôl dydd byddai Goliath yn cerdded yn ôl a blaen o flaen byddin Israel gan weiddi arnyn nhw i ddewis rhywun i ymladd yn ei erbyn.

Roedd byddin Israel yn ei ofni'n fawr. Doedd neb yn barod i fentro ymladd yn erbyn y cawr.

Un diwrnod, daeth Dafydd heibio i wersyll yr Israeliaid gyda bwyd i'r milwyr. Gwelodd Goliath yn cerdded yn ôl a blaen gan weiddi'n groch. Sylwodd nad oedd unrhyw un yn barod i'w wynebu.

'Pa hawl sydd gan y Philistiad hwn i herio byddin Israel?' gofynnodd Dafydd. 'Mae Duw o'n plaid ni.'

Pan glywodd y Brenin Saul fod Dafydd wedi dod at y milwyr, anfonodd negesydd ato.

'Does dim rhaid i mi ofni'r cawr yma,' meddai Dafydd. 'Rydw i'n barod i frwydro yn ei erbyn.'

'Mae'r cawr yn ymladdwr proffesiynol,' meddai'r Brenin Saul. 'Llanc o fugail wyt ti.'

'Y fi sy'n gofalu am ddefaid fy nhad,' atebodd Dafydd, 'a phan fydd llew neu arth yn ymosod ar ddafad, rhaid i mi ei hachub o afael yr anifail rheibus. Os gall Duw fy achub o bawennau'r llew a'r arth, bydd yn sicr o'm hachub o grafangau'r cawr mawr, Goliath.'

1 Samuel 17:1-50

Felly trechodd Dafydd y Philistiad â ffon dafl a charreg, a'i daro'n farw, heb fod ganddo gleddyf.
1 Samuel 17:50

Gwisgodd Dafydd wisg ryfel y brenin, ond roedd yn rhy fawr a rhy drwm iddo. Felly, gafaelodd Dafydd yn ei ffon dafl a dewis pum carreg fechan o'r nant gerllaw.

Pan welodd yr ymladdwr Dafydd, dechreuodd chwerthin dros y lle. Galwodd Dafydd arno.

'Mae gen ti gleddyf, gwaywffon a phicell ond mae Duw gyda mi! Heddiw bydd y byd i gyd yn gwybod bod yna Dduw yn Israel sy'n gallu helpu'i bobl.'

Gosododd Dafydd un o'r cerrig yn ei ffon dafl a'i hyrddio. Saethodd y garreg drwy'r awyr a tharo'r Philistiad yn ei dalcen. Syrthiodd ar ei wyneb i'r llawr a bloeddiodd byddin yr Israeliaid mewn llawenydd. Roedd prif arwr y gelyn yn farw, a gweddill y fyddin wedi ffoi nerth eu traed.

121 Saul, y brenin cenfigennus

Ar ôl i Dafydd ladd Goliath, daeth yn ffrindiau da gyda Jonathan, mab y Brenin Saul, a phriododd ag un o ferched Saul.

Rhoddodd Saul dasgau arbennig i Dafydd eu gwneud, a bu Duw yn gefn iddo. Rhoddwyd swydd o awdurdod iddo ym myddin Saul, a daeth yn ŵr poblogaidd iawn. Roedd gan bawb feddwl y byd ohono.

1 Samuel 18:1-16

Cafodd Saul ofn rhag Dafydd oherwydd fod yr Arglwydd wedi troi o'i blaid ef ac yn erbyn Saul.
1 Samuel 18:12

Roedd Saul yn cadw llygaid barcud arno. Teimlai'n genfigennus iawn ohono gan fod Dafydd yn bopeth y dylai brenin fod. Un diwrnod, pan oedd Dafydd yn canu'r delyn, cynddeiriogwyd Saul gymaint fel yr hyrddiodd ei waywffon tuag ato. Methodd, ac ni chafodd Dafydd niwed, ond bwriad Saul oedd ei ladd.

Anfonodd Dafydd i ffwrdd gan na allai ddioddef ei gael yn agos ato. Gwelai Saul fod Duw'n bendithio Dafydd bob tro y byddai'n arwain yr Israeliaid i frwydro yn erbyn y Philistiaid.

122 Rhybudd Jonathan

Un diwrnod, aeth Jonathan i weld ei ffrind Dafydd.

'Dafydd, mae'n rhaid i ti guddio,' rhybuddiodd Jonathan ef. 'Mae fy nhad yn mynd i dy ladd. Dwyt ti ddim yn ddiogel yma. Mi ga i air gydag o i geisio'i berswadio nad wyt ti'n mynd i wneud unrhyw niwed iddo.'

1 Samuel 18:1-4; 19:1-10; 20

Ac meddai Jonathan wrth Ddafydd, "Dos mewn heddwch; yr ydym ein dau wedi tyngu yn enw'r Arglwydd y bydd yr Arglwydd yn dyst rhyngom ni a rhwng ein disgynyddion am byth."
1 Samuel 20:42a

Gwrandawodd y Brenin Saul ar Jonathan ac addawodd beidio â lladd Dafydd. Ond, unwaith eto, pan gafodd gyfle hyrddiodd ei waywffon tuag ato. Llwyddodd Dafydd i ddianc am yr eildro.

'Fedra i ddim deall pam mae dy dad eisiau fy lladd i,' meddai Dafydd. 'Sut y galla i ymddiried ynddo a bod yn ddiogel?'

'Mae'n dweud y cyfan wrtha i,' meddai Jonathan, 'a ti ydi fy ffrind gorau. Wna i ddim gadael iddo wneud unrhyw ddrwg i ti. Bydd yn disgwyl dy weld yng ngwledd Gŵyl y Lleuad Newydd. Os bydd yn ddiogel i ti ddod, anfonaf arwydd i ti. Ond os bydd dy fywyd mewn peryg, byddaf yn gadael i ti wybod.'

Daeth pawb i'r ŵyl, pawb ond Dafydd. Gofynnodd y Brenin Saul i'w fab lle roedd Dafydd. Dechreuodd Jonathan wneud esgusodion, a gwylltiodd Saul.

'Pa fath o fab wyt ti, yn ochri gyda gelyn i mi? Rydw i'n gwybod dy fod yn ei amddiffyn. Dos i nôl Dafydd yma i mi gael ei ladd.'

Aeth Jonathan i'r caeau ac anelodd ychydig o saethau. Anfonodd fachgen i'w cyrchu gan roi arwydd i Dafydd. Gwyddai Dafydd fod ei fywyd mewn perygl a bod Jonathan yn ei rybuddio i ddianc am ei fywyd.

123 Dafydd yn ffoi

Dim ond un lle y gallai Dafydd feddwl amdano i guddio oddi wrth y Brenin Saul. Aeth at yr offeiriaid oedd yn byw yn Nob.

'Rydw i yma ar neges gyfrinachol oddi wrth y brenin,' meddai Dafydd. 'Gadewais ar frys a does gen i ddim arfau. Mae'n rhaid i mi gael bwyd, a chleddyf neu waywffon os yn bosibl.'

Dim ond torth o fara arbennig ar gyfer yr addoliad oedd gan Ahimelech, ond rhoddodd hi i Dafydd. Yr unig arf yno oedd cleddyf Goliath. Cymerodd Dafydd y cleddyf a dianc.

Roedd prif fugail Saul, Doeg, yno'r diwrnod hwnnw. Aeth yn syth at Saul gan ddweud wrtho bod Dafydd wedi ffoi, gyda help yr offeiriad.

1 Samuel 21–22

'Bydd yr offeiriaid i gyd yn cael eu lladd am helpu Dafydd i ddianc,' meddai Saul yn ei ddicter.

Dihangodd Dafydd oddi yno i ogof Adulam.
1 Samuel 22:1a

Doedd gwŷr Saul ddim yn barod i niweidio'r offeiriaid, ond lladdodd Doeg nid yn unig Ahimelech a'r offeiriaid eraill, ond pawb oedd yn byw yn nhref Nob. Dim ond un dyn lwyddodd i ddianc, sef Abiathar, mab Ahimelech.

Ffodd Abiathar a daeth o hyd i Dafydd a'r gwŷr. Pan glywodd Dafydd beth oedd wedi digwydd, a bod cymaint o bobl wedi'u lladd, teimlai'n drist iawn.

'Fy mai i ydi hyn i gyd,' meddai wrth Abiathar. 'Rhaid i ti aros yma. Fe wnaf yn siŵr dy fod yn ddiogel.'

124 Dafydd yn arbed bywyd Saul

1 Samuel 24

... a dywedwyd wrthyf am dy ladd, ond trugarheais wrthyt a dweud, 'Nid estynnaf fy llaw yn erbyn f'arglwydd, oherwydd eneiniog yr Arglwydd yw.'
1 Samuel 24:10b

Yn eu blaenau yr aeth Dafydd a'i wŷr er mwyn osgoi'r Brenin Saul. Pan glywodd Dafydd fod y Philistiaid yn ymosod ar dref Ceila, gweddïodd ar Dduw gan ofyn am ei gyngor.

'Dos i warchod y dref,' meddai Duw. 'Mae arnyn nhw angen dy help i ymosod ar y gelyn.'

Felly brwydrodd Dafydd a'i wŷr yn erbyn y Philistiaid, a'u concro, a thrwy hynny arbed bywydau pobl Ceila. Pan glywodd Saul am y fuddugoliaeth, daeth â thair mil o filwyr i chwilio am Dafydd.

Roedd Dafydd yn gwersylla ym mryniau En-gedi pan ddaeth Saul i chwilio amdano. Edrychodd Saul i mewn i geg yr ogof lle roedd milwyr Dafydd yn cuddio ond wnaeth o ddim sylweddoli eu bod nhw yno, yn nwfn yn nhywyllwch yr ogof.

'Edrych,' meddai un o'r milwyr yn ddistaw wrth Dafydd. 'Mae Duw wedi rhoi cyfle i ti ladd dy elyn!'

Yn ddistaw bach, sleifiodd Dafydd y tu ôl i Saul a thorri darn o'i wisg heb iddo sylwi. Ond doedd o ddim yn barod i ladd y dyn roedd Duw wedi'i godi'n frenin. Arhosodd i Saul adael yr ogof ac aeth ar ei ôl, gan alw arno.

'Y Brenin Saul,' galwodd Dafydd a phenlinio o'i flaen. 'Dyma ddarn o'th wisg. Nawr wyt ti'n fy ngharu i? Dydw i ddim wedi gwneud unrhyw niwed i ti, a dydw i ddim yn mynd i dy ladd.'

Pan glywodd lais Dafydd, dechreuodd Saul wylo.

'Rwyt ti wedi bod yn garedig iawn, a minnau wedi gwneud llawer o ddrwg i ti. Dydw i ddim yn haeddu hyn! Bydd Duw yn dy godi'n frenin ar fy ôl i. Ond wnei di addo un peth – na fyddi'n lladd fy nheulu?'

Addawodd Dafydd ac aeth Saul yn ôl adref. Ond daliodd Dafydd i guddio oddi wrth y Brenin Saul.

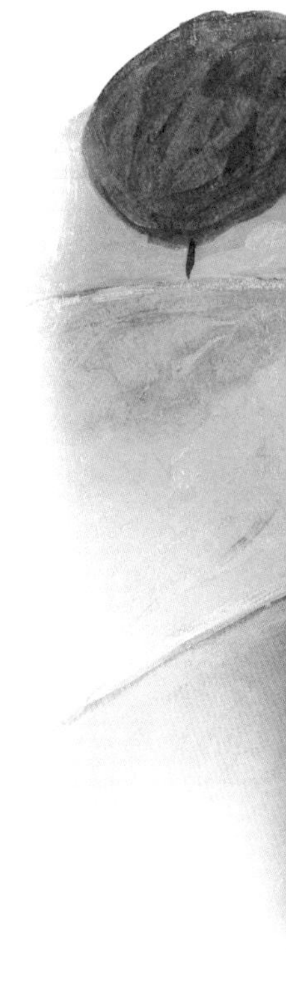

125 Doethineb Abigail

Bu farw'r proffwyd Samuel, a chladdwyd ef yn Rama. Chafodd o ddim byw i weld Dafydd yn dod yn frenin. Yn oes Samuel, roedd Dafydd a'i filwyr yn cuddio rhag y Brenin Saul ac yn byw'n wyllt yn y bryniau.

Am gyfnod fe fuon nhw'n gwarchod bugeiliaid ffŵl o ddyn cyfoethog o'r enw Nabal. Pan ddaeth y cyfnod cneifio a gwledda i ben, anfonodd Dafydd ei wŷr at Nabal i ofyn am ychydig o fwyd.

Dyn anghwrtais oedd Nabal, ac ni welai unrhyw reswm dros fod yn garedig wrth Dafydd a'i ddynion. Rhoddodd bryd o dafod i'r dynion, a'u hanfon oddi yno'n waglaw.

Roedd Dafydd yn ddig. Dywedodd wrth ei filwyr am arfogi eu hunain yn barod i frwydro.

Aeth morwyn i ddweud wrth wraig Nabal, Abigail, pa mor anghwrtais fu ei gŵr. Gwraig brydferth a doeth oedd Abigail, a gwyddai fod Nabal wedi gwneud drwg mawr i'w deulu.

Paratôdd Abigail wledd i filwyr Dafydd – bara a gwin, cig oen rhôst, digonedd o rawn, cacennau o resinau a ffigys. Heb ddweud gair wrth ei gŵr, aeth ar gefn asyn i chwilio am Dafydd yn y mynyddoedd.

1 Samuel 25

'Wnei di faddau i Nabal, fy ngŵr, am fod mor anghwrtais?' gofynnodd i Dafydd. 'Paid â bod yn gas gyda ni, ond yn hytrach, derbynia'r rhoddion yma o fwydydd. Rydyn ni'n gwybod bod Duw yn dy gynnal ac yn dy warchod rhag dy elynion. Felly, os gweli di'n dda, paid ag ymosod ar ein teulu ni.'

Dywedodd Dafydd wrth Abigail, "Bendigedig fyddo'r Arglwydd, Duw Israel, am iddo dy anfon di heddiw i'm cyfarfod."
1 Samuel 25:32

Derbyniodd Dafydd y rhoddion, a diolchodd i Dduw am ei rwystro rhag lladd teulu Nabal.

'Diolch,' meddai wrth Abigail. 'Taith ddiogel i ti'n ôl.'

Pan gyrhaeddodd Abigail adref, roedd Nabal yn feddw. Bore drannoeth, dywedodd wrtho beth roedd hi wedi'i wneud. Yn fuan wedyn, cymerwyd Nabal yn wael a bu farw.

Wnaeth Dafydd ddim anghofio cymwynas Abigail. Pan glywodd fod ei gŵr wedi marw, gofynnodd iddi ei briodi.

126 Dafydd yn ymosod liw nos

Unwaith eto, aeth Saul â thair mil o filwyr i chwilio am Dafydd.

Gwyliai ysbiwyr Dafydd wrth i'r brenin a'i filwyr godi gwersyll. Safai milwyr Saul o'i gwmpas gydag Abner, capten ei fyddin, yn sefyll wrth ei ochr.

'Pwy sy'n mynd i ddod gyda mi i weld Saul?' gofynnodd Dafydd i'w ffrindiau.

'Mi ddof i,' cynigiodd Abisai.

1 Samuel 26

Dywedodd Abisai wrth Ddafydd, "Y mae'r Arglwydd wedi rhoi dy elyn heddiw yn dy law." 1 Samuel 26:8a

Yn ystod oriau'r nos, aeth y ddau yn ddistaw bach at wersyll Saul lle roedd pob milwr yn cysgu'n drwm. Wrth ymyl pen y brenin gorweddai'i waywffon â'i blaen yn y ddaear. Wrth ei ochr roedd ystên o ddŵr.

'Dyma'n cyfle ni i ladd Saul,' sibrydodd Abisai wrth Dafydd. 'Mae Duw wedi rhoi ei fywyd yn ein dwylo ni.'

'Na,' meddai Dafydd. 'Paid â chyffwrdd ynddo. Mae Duw wedi'i ddewis yn frenin.'

Dywedodd Dafydd wrth Abisai am gymryd y waywffon a'r ystên o ddŵr ac aeth y ddau o'r gwersyll ar flaenau'u traed.

'Dywed rywbeth, Abner!' gwaeddodd Dafydd pan oedd yn ddigon pell i ffwrdd. 'Dwyt ti ddim wedi gwarchod y brenin.

Lle mae'r waywffon a'r ystên o ddŵr?'

Gwyddai Saul llais pwy oedd yn galw, a sylweddolodd beth oedd wedi digwydd. Gwyddai fod Dafydd wedi arbed ei fywyd unwaith eto.

'Bydded i Dduw dy fendithio am beidio â'm lladd,' meddai'r brenin.

Gofynnodd Dafydd iddyn nhw anfon dyn i nôl gwaywffon y brenin.

127 Brwydr olaf Saul

Roedd Dafydd yn gwybod y byddai'r Brenin Saul yn chwilio amdano eto'n fuan.

Casglodd chwe chant o filwyr o'i gwmpas a ffoi i wlad y Philistiaid. Gwyddai'r Brenin Achis, brenin y Philistiaid, fod Saul a Dafydd yn elynion. Gadawodd i Dafydd aros yn ei wlad. Gwell o lawer gan Achis oedd cael Dafydd yn ffrind yn hytrach nag yn elyn.

Yn y cyfamser, paratôdd Saul ei filwyr yn barod i ryfela. Byddai wedi hoffi cael cyngor Samuel, ond roedd Samuel wedi marw. Felly gwisgodd Saul guddwisg amdano a mynd i Endor i chwilio am wraig oedd yn honni ei bod yn gallu siarad â'r meirw.

1 Samuel 28–29

Ond, pan welodd Saul wersyll y Philistiaid, cododd ofn a dychryn mawr yn ei galon.
1 Samuel 28:5

'Mae'n rhaid i mi siarad â Samuel,' meddai wrth y wraig.

'Rwyt ti'n gwybod nad ydi'r Brenin Saul yn caniatáu i neb siarad â'r meirw,' meddai'r wraig wrtho. 'Mae hynny yn erbyn cyfraith Duw.'

Sicrhaodd Saul hi y byddai'n ddiogel, a galwodd hithau ar Samuel. Ond pan welodd hi'r proffwyd marw, gwyddai ar ei hunion pwy oedd yn sefyll o'i blaen – neb llai na'r Brenin Saul ei hun.

'Beth ddywedodd Samuel?' gofynnodd Saul i'r wraig. 'Paid â bod ofn. Ddaw dim niwed i ti.'

Ond doedd gan Samuel ddim newyddion da o gwbl i Saul.

'Pam wyt ti'n galw arna i?' gofynnodd Samuel. 'Rwyt ti wedi gwneud popeth y dywedodd Duw wrthyt am beidio â'u gwneud. Mae Duw wedi cefnu arnat ti. Yfory, bydd y Philistiaid yn dy drechu a byddi di a'th feibion yn marw yn y frwydr.'

Casglodd y Brenin Achis ei fyddin i frwydro yn erbyn yr Israeliaid. Dywedodd wrth Dafydd y byddai'n rhaid iddo frwydro gydag o yn erbyn ei bobl ei hun, ond doedd arweinwyr y Philistiaid ddim yn hapus pan glywson nhw hyn. Doedden nhw ddim yn awyddus i gael Dafydd ar eu hochr nhw.

Felly, pan goncrwyd yr Israeliaid gan y Philistiaid y diwrnod canlynol, doedd

Dafydd ddim yno i weld ei ffrind, Jonathan, yn cael ei ladd. Welodd o chwaith mo'r Brenin Saul yn syrthio ar ei gleddyf ei hun yn hytrach na chael ei ladd gan y Philistiaid.

Roedd brenin cyntaf Israel wedi marw.

128 Dafydd, brenin Jwda

Ar ôl marwolaeth Saul, roedd Dafydd yn awyddus i fynd yn ôl i'w wlad ei hun.

Gofynnodd Dafydd i Dduw, 'A ddylwn i fynd yn ôl i Jwda?'

2 Samuel 2:1-9

'Dylet,' meddai Duw. 'Dos i dref Hebron.'

Wedi hyn ymofynnodd Dafydd â'r Arglwydd a gofyn, "A af i fyny i un o drefi Jwda?"
2 Samuel 2:1a

Felly cymerodd Dafydd ei ddwy wraig, ei filwyr a'u teuluoedd, gan symud i fyw yn Hebron. Daeth dynion o lwythau'r de yn Jwda i Hebron gan groesawu Dafydd a'i orseddu'n frenin.

Tua'r un adeg roedd Abner, capten byddin Saul, wedi gorseddu mab Saul, Isboseth, yn frenin ar ran ogleddol y wlad. Doedden nhw ddim yn barod i dderbyn Dafydd yn frenin. Felly rhannwyd y wlad; roedd llwythau'r gogledd yn Israel a llwythau'r de yn Jwda.

129 Rhyfel rhwng Israel a Jwda

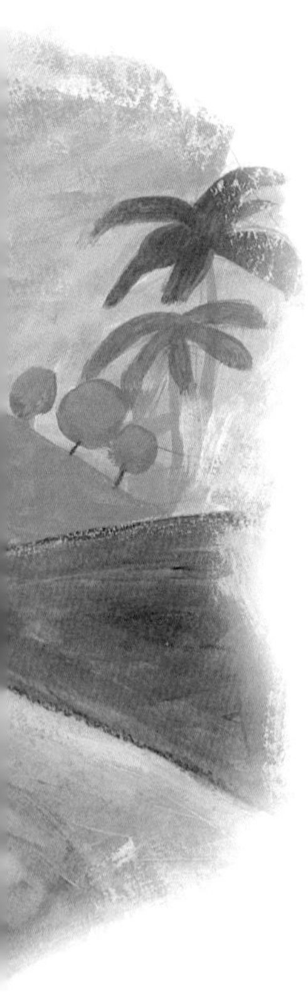

Eisteddai byddin Dafydd, dan arweiniad Joab eu capten, ar lan pwll Gibeon. Ar yr ochr arall roedd byddin Isboseth, dan arweiniad Abner.

'Beth am i ni ddewis dwsin o lanciau i ymladd?' meddai Abner. 'Pa ochr bynnag fydd yn brwydro orau fydd yn ennill.'

Bu brwydro ffyrnig rhwng y ddwy ochr, a lladdwyd y milwyr i gyd. Doedd yna ddim enillydd. Yna, dechreuodd y ddwy ochr frwydro'n ffyrnig. Roedd milwyr Dafydd yn gryfach, a choncrwyd byddin Isboseth.

Ffodd Abner am ei fywyd ac Asahel, brawd Joab, wrth ei sodlau.

Ceisiodd Abner ymresymu gydag Asahel.

'Paid â 'nilyn i!' gwaeddodd Abner. 'Dydw i ddim eisiau gorfod dy ladd.'

Ond doedd Asahel ddim yn barod i wrando, felly lladdodd Abner ef â'i waywffon.

Gwnaeth Abner ei orau i drefnu cytundeb gyda Joab. Ar fachlud haul, galwodd Abner ar Joab o ben y mynydd.

2 SAMUEL 2:12-32

Yna gwaeddodd Abner ar Joab a dweud, "A yw'r cleddyf i ddifa am byth? Oni wyddost mai chwerw fydd diwedd hyn?"
2 Samuel 2:26a

'Fe ddylen ni fod ar yr un ochr,' meddai Abner. 'Mae'r brwydro yma'n wallgof. Dowch i ni roi'r gorau iddi ar unwaith.'

Felly cytunodd Joab i roi terfyn ar y brwydro, ond wnaeth o ddim anghofio'r ffaith fod Abner wedi lladd ei frawd.

130 ABNER YN CAEL EI LADD

Wrth i'r blynyddoedd fynd heibio, priododd Dafydd â rhagor o wragedd, a chafodd chwech o blant. Roedd gan bob un o'r plant fam wahanol.

Daliai byddinoedd Jwda ac Israel i frwydro, ond byddin Dafydd oedd y gryfaf o'r cyfan. Penderfynodd Abner ymuno â byddin Dafydd gan fod y brenin Isboseth wedi tramgwyddo yn ei erbyn.

2 SAMUEL 3:1-39

Yr oedd Joab a'i frawd Abisai wedi llofruddio Abner oherwydd iddo ef ladd eu brawd Asahel yn y frwydr yn Gibeon.

2 Samuel 3:30

Pan glywodd Joab fod y Brenin Dafydd wedi dod i gytundeb gydag Abner, aeth yn gandryll. Pan gafodd gyfle i fod ar ei ben ei hun gydag Abner, lladdodd ef am ei fod wedi lladd ei frawd.

Pan glywodd Dafydd sut y bu farw Abner, teimlai'n drist iawn. Roedd Abner wedi bod yn filwr dewr. Galarodd Dafydd amdano yng ngŵydd y bobl er mwyn dangos iddyn nhw nad oedd o'n gyfrifol am ei farwolaeth.

131 Llofruddio Isboseth

Pan glywodd Isboseth fod Abner wedi'i ladd, teimlai'n ofnus iawn. Yn wir, roedd pobl Israel i gyd yn byw mewn ofn.

Yna, un diwrnod, pan oedd Isboseth yn gorffwyso rhag haul crasboeth y prynhawn, daeth dau ymwelydd ato. Fe aethon nhw'n ddistaw bach i mewn i dŷ Isboseth a'i gael yn gorwedd ar ei wely. Aethant ati i drywanu Isboseth i farwolaeth a thorri'i ben i ffwrdd. Gan feddwl y byddai hyn yn plesio'r Brenin Dafydd, dyma nhw'n mynd â'i ben yn syth at y brenin yn Hebron.

2 Samuel 4

Daethant â phen Isboseth at Ddafydd i Hebron, a dweud wrth y brenin, "Dyma ben Isboseth, mab Saul, dy elyn oedd yn ceisio dy fywyd."
2 Samuel 4:8a

'Dyma ben dy elyn oedd yn ceisio dy ladd,' meddai'r dynion.

Doedd Dafydd ddim yn gallu credu eu bod wedi gwneud y fath beth.

'Rydych chi wedi lladd dyn diniwed pan oedd yn cysgu yn ei wely!' meddai Dafydd. 'Rhaid eich cosbi!'

Rhoddodd Dafydd orchymyn i ladd y ddau ddyn yn syth, ond trefnodd i gladdu pen Isboseth ym medd Abner.

132 Concro Jerwsalem

Pan glywodd y bobl fod Isboseth wedi marw, daeth pawb at ei gilydd i Hebron.

'Flynyddoedd yn ôl roedden ni'n un genedl, yn ymladd gyda'n gilydd yn erbyn ein gelynion,' meddai'r bobl wrth Dafydd. 'Addawodd Duw y byddet ti'n gofalu amdanom, fel mae bugail yn gofalu am ei ddefaid. Rydyn ni'n awyddus i'th gael yn frenin arnon ni.'

Felly, pan oedd Dafydd yn ddeg ar hugain oed, cafodd ei orseddu'n frenin ar holl wlad Israel.

Casglodd ei fyddin at ei gilydd a gorymdeithio tua dinas gaerog Jerwsalem. Dinas wedi'i chodi ar fryncyn oedd Jerwsalem, ac roedd y Jebusiaid, un o lwythau Canaan, yn byw ynddi.

2 Samuel 5:1-12

Deng mlwydd ar hugain oed oedd Dafydd pan ddaeth yn frenin, a theyrnasodd am ddeugain mlynedd.
2 Samuel 5:4

'Does gen ti ddim gobaith o'n concro ni. All hyd yn oed Dafydd, y brenin, mo'n concro ni,' gwaeddodd y Jebusiaid.

Ond daeth Dafydd o hyd i'r twnnel oedd yn cario dŵr o'r ffynnon i'r ddinas.

Yn ddiarwybod i'r Jebusiaid, aeth i mewn i'r ddinas trwy'r twnnel ac ymosod arnyn nhw, gan gipio dinas Jerwsalem.

O hynny ymlaen Jerwsalem oedd canolfan y Brenin Dafydd, a châi'r ddinas ei galw'n Ddinas Dafydd.

133 Dafydd yn dawnsio

Gan fod Dafydd erbyn hyn yn frenin ac yn byw yn Jerwsalem, ei ddymuniad oedd dod â Chist Duw yno, yn arwydd fod Duw gyda'i bobl. Rhoddwyd y Gist ar gert newydd a'i chario'n ofalus ar hyd y ffordd.

Yn sydyn, baglodd un o'r ychen oedd yn tynnu'r cert. Gafaelodd Ussa yn y Gist rhag iddi ddisgyn, a'r eiliad honno syrthiodd yn farw.

Gwylltiodd Dafydd. Gwyddai fod y Gist yn sanctaidd ac roedd y cyfarwyddiadau'n glir nad oedd neb i gyffwrdd â'r Gist. Ond credai Dafydd mai Duw oedd wedi taro Ussa'n farw ac nad oedd hynny'n deg.

'Fedra i ddim dod â'r Gist yn ôl i Jerwsalem nawr,' meddai Dafydd. 'Mae'r diwrnod wedi'i ddifetha.'

2 Samuel 6

... fe aeth Dafydd a chymryd arch Duw yn llawen o dŷ Obed-edom i Ddinas Dafydd.
2 Samuel 6:12b

Gadawodd Dafydd y Gist yn nhŷ Obed-edom.

Dri mis yn ddiweddarach, clywodd Dafydd fod Duw wedi bendithio Obed-edom am ei fod wedi gwarchod y Gist. Gwyddai Dafydd fod yn rhaid iddo ddod â Chist Duw'n ôl i Jerwsalem er mwyn i Dduw gynnal y genedl i gyd.

Daeth pawb at ei gilydd i weld y Gist yn cael ei chario i mewn i Jerwsalem. Fe fuon nhw'n canu caneuon i Dduw, a dathlodd Dafydd trwy ymuno â'r bobl i ganu a dawnsio.

Gwelodd Michal, gwraig Dafydd, ei gŵr yn dawnsio ar y stryd.

'Mae'n gwneud ffŵl ohono'i hun!' meddai wrthi'i hun.

Pan ddaeth y dathliadau i ben aeth Michal i gael gair gyda'i gŵr.

'Welais i ti heddiw, yn dawnsio gyda'r bobl! Nid dyna'r ffordd mae brenin i fod i ymddwyn!'

'Does dim ots beth wyt ti'n feddwl ohono i,' meddai Dafydd wrth ei wraig. 'Roeddwn i'n hapus ac yn dawnsio i foli Duw. Dewisodd Duw fi i fod yn frenin yn hytrach na'th dad, Saul, oherwydd bod Duw yn gwybod beth oedd yn fy nghalon.'

134 Neges Nathan i Dafydd

Cododd Dafydd balas o goed cedrwydd yn Jerwsalem. Roedd ei elynion yn gwybod yn iawn bod Duw yn cynnal Dafydd, a mwynhaodd Israel gyfnod o heddwch.

2 Samuel 7

"Y mae'r Arglwydd yn dy hysbysu mai ef, yr Arglwydd, fydd yn gwneud tŷ i ti."
2 Samuel 7:11b

Un diwrnod, siaradodd Duw am y Gist wrth Nathan, y proffwyd.

'Dydi o ddim yn iawn mod i'n byw yn y palas a'r Gist yn y babell,' meddai Dafydd. 'Rydw i am godi teml i Dduw yn y ddinas.'

Y noson honno siaradodd Duw â'r proffwyd Nathan.

'Dydw i ddim eisiau i Dafydd godi teml i mi,' meddai Duw. 'Rydw i wedi bod yn ddigon hapus yn symud o le i le gyda'r bobl. Fy nghynllun ar gyfer

Dafydd ydi gweld Israel yn datblygu'n genedl fawr. Byddaf yn ei wneud yn frenin cadarn a byddaf yn gefn iddo bob cam o'r daith. Ar ôl Dafydd daw un o'i feibion yn frenin. Byddaf yn ei garu yntau hefyd, a chaiff godi teml i mi. Bydd disgynyddion Dafydd yn frenhinoedd am amser maith.'

Dywedodd Nathan wrth Dafydd y cwbl roedd Duw wedi'i ddweud wrtho. Roedd Dafydd wedi rhyfeddu at y cynlluniau oedd gan Dduw ar ei gyfer, a theimlai'n wylaidd iawn.

'Does gen i ddim syniad pam rwyt ti wedi fy newis ac wedi gofalu mor dda amdanaf,' meddai Dafydd, 'na pham rwyt ti wedi sôn wrthyf am dy gynlluniau. Ond rydw i yn gwybod dy fod yn Dduw mawr ac yn cadw dy addewidion bob amser.'

135 Y Duw sy'n gwybod y cwbl

Ysgrifennodd Dafydd y gân hon fel gweddi i Dduw:

'Rwyt ti, O Dduw, wedi edrych yn ddwfn i'm calon ac rwyt ti'n gwybod popeth amdanaf. Rwyt ti'n gwybod pa bryd y byddaf yn gorffwyso a pha bryd y byddaf yn gweithio ac rwyt ti'n gwybod y cwbl sydd ar fy meddwl.

'Rwyt ti'n gweld pob dim rydw i'n wneud a lle bynnag rydw i'n mynd. Cyn i mi ddweud gair rwyt ti'n gwybod beth sydd ar fy meddwl. Mae dy fraich gadarn yn f'amddiffyn ar bob ochr.

'Dydw i ddim yn deall y peth. Mae gwybodaeth fel hyn y tu hwnt i mi. I ble y galla i fynd i'th osgoi di?

'Pe bawn i'n dringo i'r nefoedd, byddet ti yno. Pe bawn i'n syrthio i fyd y meirwon byddet yno hefyd.

'Petai gen i adenydd fel toriad gwawr ac yn gallu hedfan ar draws y moroedd, byddai dy freichiau cadarn yn cau amdanaf a'm gwarchod.

Salm 139

"Arglwydd, yr wyt wedi fy chwilio a'm hadnabod."
Salm 139:1

'Neu petawn i'n dweud, "Cuddiaf yn y tywyllwch hyd nes y daw'r nos i gau amdanaf." Rwyt ti'n gweld yn y tywyllwch gan fod goleuni'r dydd a thywyllwch y nos yr un fath i ti.

'Ti wnaeth fy nghreu yng nghorff fy mam, a chanmolaf di am y ffordd ryfeddol rwyt ti wedi fy nghreu. Mae pob dim rwyt ti'n wneud yn ardderchog.

'Does dim ynof i nad wyt ti'n gwybod amdano. Cefais fy nghreu yn y dirgel yng ngwaelodion y ddaear, ond â'th lygaid dy hun fe welaist fy nghorff yn cael ei ffurfio. Hyd yn oed cyn i mi gael fy ngeni, roeddet ti wedi ysgrifennu'r cwbl amdanaf yn dy lyfr.

'Mae dy feddyliau di ymhell y tu hwnt i'm deall i. Maen nhw'n llawer mwy nag y gallwn fyth ddychmygu. Rydw i'n ceisio cyfri dy feddyliau, ond maen nhw'n fwy niferus na'r gronynnau tywod ar y traeth. A phan fyddaf yn deffro, dyna lle rwyt ti wrth fy ymyl.

'Edrycha'n ddwfn i mewn i'm calon, O Dduw, a chwilia am bopeth sydd yn fy meddwl. Paid â gadael i mi ddilyn llwybrau drwg, ond arwain fi ar hyd y ffordd gywir.'

136 Dafydd yn garedig wrth fab Jonathan

2 Samuel 9

Yna gofynnodd y brenin, "A oes unrhyw un ar ôl o deulu Saul imi wneud caredigrwydd ag ef yn enw Duw?"
2 Samuel 9:3a

Roedd Dafydd yn aml yn meddwl am ei ffrind gorau, Jonathan, gafodd ei ladd wrth frwydro.

'Tybed oes yna rai o deulu Saul yn dal yn fyw heddiw?' gofynnodd Dafydd un diwrnod. 'Hoffwn ddangos caredigrwydd tuag at un o'i berthnasau er mwyn Jonathan, fy ffrind.'

'Mae yna un, Meffiboseth,' meddai Siba wrth y brenin. 'Un o feibion Jonathan. Cafodd ddamwain pan oedd yn bump oed, ac mae o'n gloff.'

'Fe hoffwn ei helpu,' meddai Dafydd. 'Tyrd ag ef yma.'

Pan gyrhaeddodd Meffiboseth, penliniodd yn bryderus o flaen y brenin.

'Does dim angen i ti fod ag ofn,' meddai'r brenin wrtho. 'Dy dad oedd fy ffrind gorau. Addewais ofalu am ei deulu. Tyrd i fyw ataf i'r palas, ac fe gei di'r tir oedd yn perthyn i deulu dy dad.'

Ni allai Meffiboseth gredu'i glustiau pan glywodd fod y Brenin Dafydd wedi cadw at ei addewid a'i fod yn barod i ofalu amdano. Bu'n byw yn Jerwsalem, ac o hynny ymlaen cafodd ei drin fel aelod llawn o deulu'r Brenin Dafydd.

2 Samuel 11:1-5

137 Dafydd yn torri gorchmynion Duw

Un prynhawn yr oedd Dafydd wedi codi o'i wely ac yn cerdded ar do'r palas. Oddi yno gwelodd wraig yn ymolchi, a hithau'n un brydferth iawn.
2 Samuel 11:2

Un noson, yn ystod y gwanwyn, pan oedd byddin Israel i ffwrdd yn ymladd, aeth y Brenin Dafydd i fyny ar do'r palas.

Wrth edrych dros y ddinas, gwelodd wraig yn ymolchi yng nghyntedd un o'r tai islaw. Wyddai hi ddim fod neb yn ei gwylio. Roedd hi'n wraig brydferth iawn. Gofynnodd y brenin i un o'i weision pwy oedd hi.

'Bathseba ydi hi,' meddai'r gwas, 'gwraig Ureia.'

Un o filwyr Dafydd oedd Ureia, ond ar y pryd doedd Dafydd yn poeni dim ei bod hi'n wraig iddo.

'Tyrd â Bathseba yma,' meddai'r brenin. Bu'r ddau yn caru.

Ymhen ychydig amser anfonodd Bathseba neges at y brenin. 'Rydw i'n disgwyl plentyn. Ti ydi'r tad,' meddai wrtho.

138 Ureia'n marw yn y frwydr

Pan glywodd Dafydd y newydd am Bathseba dechreuodd bryderu. Meddyliodd am gynllun i geisio cuddio'r drwg a wnaeth. Anfonodd neges at Joab ar faes y frwydr, gan ofyn iddo anfon Ureia adref.

2 Samuel 11:6-27

Daeth Ureia'n ôl i Jerwsalem, a holodd Dafydd ef ynghylch y brwydro yn erbyn yr Ammoniaid.

Pan glywodd gwraig Ureia fod ei gŵr wedi marw, galarodd am ei phriod ... Ond yr oedd yr hyn a wnaeth Dafydd yn ddrwg yng ngolwg yr Arglwydd.
2 Samuel 11:26, 27b

Dywedodd Dafydd wrtho am fynd adref i ymlacio a threulio ychydig o amser gyda'i wraig. Ond doedd Ureia ddim yn awyddus i fynd adref.

'Sut y galla i fwynhau fy hun tra bod y milwyr eraill yn brwydro?' gofynnodd. 'Dydi hyn ddim yn iawn.'

Gan deimlo'n drist, gadawodd Dafydd iddo fynd yn ôl i faes y frwydr. Gofynnodd iddo fynd â llythyr at Joab.

'Gwna'n siŵr fod Ureia'n brwydro gyda'r milwyr yn y rheng flaen,' meddai'r llythyr. 'Yna gadewch e'n ddiamddiffyn er mwyn iddo gael ei ladd.'

Gadawyd Ureia i ymladd ymhlith milwyr y rheng flaen, a lladdwyd ef a

llawer iawn o filwyr eraill. Anfonwyd negesydd at y Brenin Dafydd i ddweud bod rhai o'i filwyr wedi'u lladd, ac Ureia yn eu plith.

Teimlodd Dafydd gryn ryddhad. Nawr, gallai guddio'r drwg a wnaeth.

Bu Bathseba'n hiraethu am ei gŵr. Yna daeth Dafydd â hi i'r palas a phriodwyd y ddau.

Ymhen amser rhoddodd Bathseba enedigaeth i fab. Ond roedd Duw'n gwybod beth oedd wedi digwydd. Gwyddai am ddichell Dafydd, a'r cynllun i ladd Ureia, ac roedd yn ddig iawn.

139 Neges Nathan

Anfonodd Duw neges at Dafydd drwy'r proffwyd Nathan.

'Roedd dau ddyn yn byw mewn rhyw dref, un yn gyfoethog a'r llall yn dlawd,' meddai Nathan. 'Roedd gan y dyn cyfoethog lawer o ddefaid ac ychen, ond dim ond un oen bach oedd gan y dyn tlawd.

'Un diwrnod daeth gŵr dieithr i aros gyda'r dyn cyfoethog. Yn hytrach na lladd un o'i ŵyn ei hun, aeth y dyn cyfoethog i ddwyn oen bach y dyn tlawd a'i rostio.'

Gwylltiodd Dafydd pan glywodd hyn.

'Dyna beth ofnadwy i'w wneud,' meddai Dafydd. 'Rhaid cosbi'r dyn cyfoethog!'

2 Samuel 12

Dywedodd Nathan wrth Ddafydd, "Ti yw'r dyn."
2 Samuel 12:7a

'Ond ti ydi'r dyn cyfoethog,' meddai Nathan. 'Dyma neges Duw i ti. Mae Duw wedi rhoi llawer i ti, dy wneud yn frenin ar y bobl a'th arbed rhag casineb Saul. Rhoddodd wragedd a phlant i ti. Eto i gyd, fe gymeraist wraig dyn arall, a gwneud yn siŵr fod ei gŵr yn cael ei ladd. Mae Duw'n ddig ac mae'n rhaid dy gosbi.'

Rhoddodd Dafydd ei ben yn ei ddwylo gan wybod bod popeth a ddywedodd Nathan yn hollol wir.

'Mae'n wir ddrwg gen i,' meddai Dafydd. 'Rydw i wedi pechu yn erbyn Duw.'

'Mae Duw yn maddau i ti,' meddai Nathan. 'Ond fe fydd raid i ti wynebu'r drwg rwyt ti wedi'i wneud.'

Ymhen ychydig amser wedyn cymerwyd mab Bathseba'n wael, ac am wythnos gyfan bu Dafydd yn gweddïo ar Dduw. Ond, er hynny, marw wnaeth y bachgen bach. Ceisiodd Dafydd gysuro'i wraig. Ymhen amser, rhoddodd Bathseba enedigaeth i fab arall a'i enwi'n Solomon.

140 Dafydd yn drist

Ar ôl i Nathan ddod draw i'w weld, gweddïodd Dafydd ar Dduw:
'Bydd drugarog, wrthyf O Dduw.
Mae dy gariad tuag ataf yn fawr.
Golcha fi'n lân o'm holl ddrygioni a gad i mi deimlo dy faddeuant.
Rydw i'n gwybod mod i wedi gwneud pethau drwg.
Fedra i ddim anghofio'r drygioni. Mae'n wir ddrwg gen i.
Rydw i'n gwybod hefyd dy fod yn Dduw sanctaidd
ac rydw i wedi pechu yn dy erbyn di.
Rydw i wedi cefnu arnat ti.
Golcha fi'n lân, O Dduw annwyl,
a chrea galon lân ynof.
Maddau i mi, a phaid â dal dig yn fy erbyn.
Rydw i'n gwybod nad wyt ti eisiau clywed geiriau gwag
na sôn am y drwg rydw i wedi'i wneud.
Rwyt ti eisiau gwybod fy mod i'n edifar
ac na wna i bechu byth eto.
Gwna fy nghalon yn bur,
a helpa fi i wneud yr hyn sy'n iawn.
Helpa fi i deimlo'r llawenydd sydd i'w gael wrth dy garu di
fel y gall eraill hefyd ddysgu dy garu a'th adnabod.'

Salm 51

Crea galon lân ynof,
O Dduw, rho ysbryd
newydd cadarn ynof.
Salm 51:10

141 Bradychu Dafydd

Roedd gan Dafydd nifer o feibion, ond gan eu bod o wahanol famau, roedd y bechgyn yn aml yn genfigennus o'i gilydd.

2 Samuel 13–15

Syrthiodd Amnon, mab hynaf Dafydd, mewn cariad â Tamar, ei hanner-chwaer. Pan glywodd brawd Tamar, Absalom, ei bod wedi cysgu'r nos gydag Amnon, teimlai'n ddig iawn a dechreuodd gasáu Amnon. Trefnodd i Amnon gael ei ladd.

Daeth rhywun a dweud wrth Ddafydd fod bryd pobl Israel ar Absalom.
2 Samuel 15:13

Pan glywodd Dafydd beth oedd wedi digwydd i'w fab hynaf, torrodd ei galon. Gadawodd Absalom y wlad ar unwaith a chuddio oddi wrth ei dad. Ond roedd gan Dafydd feddwl y byd o'i feibion. Roedd yn colli Amnon oherwydd ei fod wedi marw, ac er ei fod yn teimlo'n gas tuag at Absalom roedd yn ei golli yntau hefyd.

Gwelodd Joab pa mor drist oedd Dafydd. Ar ôl blynyddoedd lawer, perswadiodd Dafydd i adael i Absalom ddod adref.

Gŵr cyhyrog, golygus a phoblogaidd oedd Absalom. Roedd hefyd yn uchelgeisiol iawn. Breuddwydiai am fod yn frenin ryw ddydd. Symudodd i Hebron a chasglodd griw o ddynion ato.

Yn fuan, daeth negesydd at Dafydd yn Jerwsalem.

'Mae Absalom wedi cael ei orseddu'n frenin yn Hebron,' meddai'r negesydd.

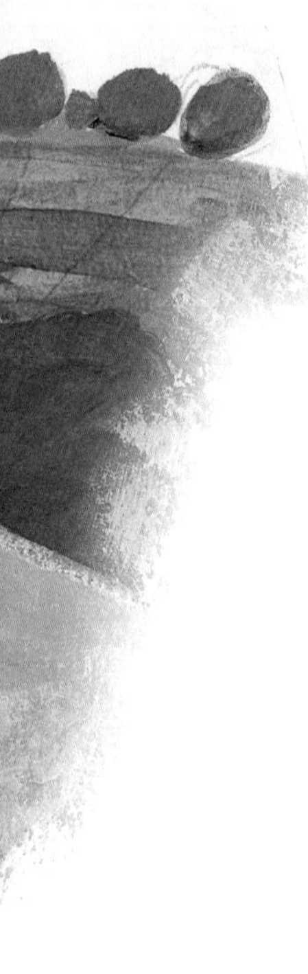

'Felly mae'n rhaid i ni ddianc ar unwaith,' meddai Dafydd wrth ei ddynion. 'Wnaiff Absalom ddim gadael i unrhyw beth sefyll yn ei ffordd. Bydd yn sicr o'n lladd ni i gyd.'

Felly aeth Dafydd a'i ffrindiau o'r ddinas. Ond pan glywodd fod Ahitoffel wedi ymuno ag Absalom, wylodd Dafydd yn hidl. Roedd wedi cael ei fradychu gan ei fab a'i brif gynghorwr.

'O Dduw,' gweddïodd Dafydd. 'Os gweli di'n dda, gwna i Ahitoffel roi cyngor gwael i Absalom.'

Trodd Dafydd at Husai, 'Mae'n rhaid i ti fynd yn ôl i Jerwsalem a chymryd arnat dy fod am ymuno ag Absalom. Byddi'n gallu ei gynghori yn erbyn unrhyw gynlluniau fydd gan Ahitoffel.'

142 Husai yn twyllo Absalom

Pan gyrhaeddodd Absalom Jerwsalem, daeth Husai i'w gyfarfod.

'Hir oes i'r brenin!' meddai Husai.

Roedd Absalom yn amheus.

'Pam wyt ti yma?' gofynnodd. 'Ai dyma sut wyt ti'n gwasanaethu dy ffrind, fy nhad Dafydd?'

'Rydw i'n barod i wasanaethu'r dyn mae Duw, a'r bobl, wedi'i ddewis yn frenin,' atebodd Husai. 'Rydw i'n barod i'th wasanaethu di fel y gwnes i wasanaethu dy dad yn y gorffennol.'

2 Samuel 16:15–17:23

Dywedodd Absalom a'r holl Israeliaid "Y mae cyngor Husai yr Arciad yn well na chyngor Ahitoffel."
2 Samuel 17:14a

Trodd Absalom at Ahitoffel a gofyn beth ddylai e ei wneud nesaf.

'Gad i mi ddewis deuddeg mil o filwyr i ymosod ar Dafydd heno,' meddai Ahitoffel. 'Bydd Dafydd a'i ddynion wedi hen flino. Tasg hawdd iawn fydd dal Dafydd, yna gallaf arwain ei filwyr yn ôl i Jerwsalem, a bydd heddwch yn y wlad.'

Roedd yn gynllun da, ond roedd Absalom yn ansicr. Gofynnodd i Husai, 'Beth wyt ti'n feddwl o'r syniad?'

Meddyliodd Husai am funud. 'Dydi Ahitoffel ddim wedi rhoi cyngor da i ti,' meddai. 'Bydd Dafydd yn gwybod dy fod yn awyddus i'w ddal. Mae'n sicr o fynd i guddio. Arhosa am ychydig amser cyn mynd ar ei ôl, ond gwna'n siŵr mai ti dy hun fydd yn arwain y fyddin.'

Roedd Absalom yn hoffi cynllun Husai. Anfonodd Husai neges ddirgel at Dafydd i'w rybuddio.

Pan glywodd Ahitoffel nad oedd Absalom wedi derbyn ei gyngor, aeth adref a lladd ei hun.

143 Marwolaeth Absalom

Paratôdd Dafydd ar gyfer y frwydr. Rhannodd ei filwyr yn dri grŵp a chynlluniodd i'w harwain i'r frwydr.

'Mae'n rhaid i ti aros yma,' medden nhw wrtho. 'Os bydd rhywbeth yn digwydd i ti, dyna'r diwedd. Gofynnwn am help os bydd angen.'

Penderfynodd Dafydd gymryd eu cyngor, ond roedd ganddo un cais arbennig. Gwnaeth yn siŵr fod pawb yn ei glywed.

'Gwnewch beth bynnag sydd raid ei wneud, ond peidiwch ag anafu Absalom!'

Bu'r ddwy ochr yn brwydro'n ffyrnig yn y goedwig. Gorchfygodd milwyr Dafydd ddynion Absalom a lladdwyd miloedd.

Yna dacth Absalom i'r golwg gan farchogaeth drwy'r goedwig; nadreddodd ei ffordd yn ddeheuig drwy'r coed, a'i wallt hir yn chwifio y tu ôl iddo. Yn sydyn, cydiodd ei wallt mewn cangen coeden dderw ac fe'i llusgwyd oddi ar ei asyn. Gadawyd ef yn hongian o'r gangen a rhedodd ei asyn yn ei flaen hebddo.

'Gwelais Absalom yn hongian oddi ar goeden,' meddai un o'r milwyr wrth Joab.

2 Samuel 18

'Pam na fyddet ti'n ei ladd yn y fan a'r lle?' gofynnodd Joab. 'Mi fuaswn i wedi dy wobrwyo di.'

Yna tyrrodd deg llanc oedd yn gofalu am arfau Joab o gwmpas Absalom, a'i daro a'i ladd.
2 Samuel 18:15

'Rhoddodd y Brenin Dafydd gyfarwyddyd pendant i ni beidio â gwneud drwg i'w fab,' meddai'r dyn. 'Fuaswn i byth yn meiddio anufuddhau i orchymyn y brenin.'

Ni wastraffodd Joab eiliad. Aeth gyda deg o'i gludwyr arfau i'r goedwig, a lladdwyd Absalom yn y fan a'r lle.

Rhedodd dau o ddynion at y Brenin Dafydd gyda'r newydd am y fuddugoliaeth. Ond rhybuddiwyd nhw i beidio â sôn gair bod Absalom wedi marw.

'Ni biau'r fuddugoliaeth!' bloeddiodd Ahimaas, y cyntaf i gyrraedd.

'Ydi Absalom yn fyw?' gofynnodd Dafydd. Ond cymerodd Ahimaas arno nad oedd yn gwybod.

'Ydi Absalom yn fyw?' gofynnodd Dafydd i'r negesydd arall.

'Hoffwn petai pob un o'th elynion wedi'u lladd yn yr un ffordd,' atebodd y negesydd.

Wylodd Dafydd yn hidl am ei fab.

'O Absalom fy mab annwyl! Trueni na fuaswn i wedi cael marw yn dy le!' llefodd.

144 Dafydd yn cadw at ei air

1 Brenhinoedd 1

Yna tyngodd y brenin a dweud, "Cyn wired â bod yr Arglwydd yn fyw, a waredodd fy mywyd o bob cyfyngder, yn ddiau fel y tyngais i ti trwy'r Arglwydd, Duw Israel, mai Solomon dy fab a deyrnasai ar fy ôl, ac eistedd ar fy ngorsedd yn fy lle, felly yn ddiau y gwnaf y dydd hwn."
1 Brenhinoedd 1:29-30

Erbyn hyn roedd y Brenin Dafydd yn hen ac yn wael ei iechyd, a doedd digwyddiadau'r genedl yn poeni fawr ddim arno. Arhosai am gyfnodau hir yn ei ystafell tra gofalai gwraig brydferth o'r enw Abisag amdano ddydd a nos.

Penderfynodd ei bedwerydd mab, Adoneia, gymryd yr awenau oddi ar ei dad a llywodraethu'r wlad.

Cafodd gefnogaeth Joab, ond arhosodd Sadoc yr offeiriad, Benaia, a Nathan y proffwyd yn driw i Dafydd.

Aeth Nathan i weld Bathseba.

'Wyt ti wedi clywed bod Adoneia wedi gwneud ei hun yn frenin?' gofynnodd Nathan. 'Mae'n well i ti rybuddio'r Brenin Dafydd. Addawodd mai Solomon fyddai'r brenin ar ei ôl.'

Aeth Bathseba i weld y Brenin Dafydd a dweud y cwbl wrtho. Cadarnhaodd Nathan y stori.

'Mi fydda i'n sicr o gadw at fy ngair,' meddai'r brenin wrth Bathseba.

'Solomon fydd y brenin. Gadewch i Benaia fynd â Solomon i Gihon ar gefn y fules fel y gellir ei orseddu'n frenin.'

Aeth Solomon i Gihon ac yno cymerodd Sadoc yr offeiriad y corn olew, a'i eneinio'n frenin.

'Byw fyddo'r Brenin Solomon am byth!' gwaeddai'r bobl. Ymunodd llawer yn yr orymdaith a dechrau canu a dawnsio. Tra oedd hyn yn digwydd roedd Adoneia'n gwledda gyda'i ffrindiau. Wrth glywed y sŵn, daethant i weld beth oedd yn digwydd.

'Mae'r Brenin Dafydd wedi gorseddu Solomon yn frenin,' meddai negesydd. 'Mae Sadoc yr offeiriad wedi'i eneinio.'

Sylweddolodd cefnogwyr Adoneia y gallen nhw fod mewn peryg am ochri gyda brenin arall. Felly dyma pawb yn mynd am adref a gadael Adoneia ar ei ben ei hun. Roedd yn ofni y byddai Solomon yn ei ladd yntau, a rhuthrodd o'r deml.

'Wnaf i ddim niwed i'm brawd os na fydd yn fy mradychu i,' addawodd y Brenin Solomon.

145 Dyddiau olaf Dafydd

1 Brenhinoedd 2:1-12

Yn ystod ei ddyddiau olaf, galwodd y Brenin Dafydd am Solomon.

'Rydw i ar fin marw. Ti fydd brenin Israel o hyn ymlaen, ond cofia ufuddhau i Dduw a chadw'r gorchmynion a roddodd Moses i ni. Os byddi'n ufudd bydd Duw yn dy gynnal ar hyd yr amser.

'Ond gwylia Joab,' rhybuddiodd Dafydd. 'Cofia ei fod yn llofrudd. Gwna'n siŵr ei fod yn cael ei gosbi.'

Gwrandawodd Solomon yn astud ar ei dad. Ymhen rhai dyddiau bu farw Dafydd a chladdwyd ef yn Jerwsalem. Bu'n teyrnasu am bedwar deg o flynyddoedd, ac yn ystod y cyfnod hwn daeth Israel yn wlad gref a chadarn.

Bu farw Dafydd, a chladdwyd ef yn Ninas Dafydd. Deugain mlynedd oedd y cyfnod y teyrnasodd Dafydd ar Israel; teyrnasodd yn Hebron am saith mlynedd ac yn Jerwsalem am dri deg a thair o flynyddoedd.
1 Brenhinoedd 2:10-11

146 Dymuniad Adoneia

Eisteddai Solomon ar orsedd Dafydd a theyrnasu fel brenin. Ond roedd Adoneia'n dal i fod yn awyddus i gael rhywfaint o rym iddo'i hun.

Aeth Adoneia i weld Bathseba gydag un dymuniad.

'Mae Solomon yn sicr o wrando arnat ti,' meddai. 'Gofynna iddo a gaf i briodi Abisag, gan fod ein tad bellach wedi marw.'

1 Brenhinoedd 2:13-46

A sicrhawyd y frenhiniaeth yn llaw Solomon.
1 Brenhinoedd 2:46b

Dywedodd Bathseba beth oedd dymuniad Adoneia, ond gwyddai Solomon ei fod eisiau llawer mwy na hynny.

'Fedra i ddim ymddiried yn Adoneia,' meddai Solomon wrth ei fam. 'Fyddwn ni ddim yn ddiogel nes y bydd wedi marw.'

Penderfynodd Solomon anfon Benaia i ladd Adoneia. Yn dilyn ei farwolaeth aeth Joab i guddio gan y gwyddai ei fod yntau mewn perygl am iddo'i gefnogi. Rhoddodd Solomon orchymyn hefyd i ladd Joab, oherwydd ei fod wedi lladd cymaint o bobl.

Daeth Benaia o hyd i Joab a'i ladd yntau hefyd.

Penderfynodd Solomon ddyrchafu Benaia yn arweinydd y fyddin yn lle Joab. Urddwyd Sadoc yn offeiriad hefyd.

Erbyn hyn, roedd Solomon yn llywodraethu fel gwir frenin Israel.

147 Rhodd Duw i Solomon

1 Brenhinoedd 3:1-15

Roedd Solomon yn caru Duw, a dilynodd gyngor ei dad trwy gadw holl orchmynion Duw.

"Felly rho i'th was galon ddeallus i farnu dy bobl, i ddirnad da a drwg; oherwydd pwy a ddichon farnu dy bobl luosog hyn?"
1 Brenhinoedd 3:9

Un noson, ac yntau wedi bod yn addoli Duw yn Gibeon, cafodd Solomon freuddwyd ryfedd. Ymddangosodd Duw iddo yn y freuddwyd.

'Gofynna am unrhyw beth,' meddai Duw, 'ac fe'i rhoddaf i ti.'

Atebodd Solomon, 'Roeddet ti'n gefn i Dafydd, fy nhad, gan roi mab iddo fyddai'n dod yn frenin ar ei ôl. Rwyt ti eisoes wedi bod yn dda gyda mi yn fy ngwneud yn frenin yn ei le. Ond dydw i ddim yn gwybod rhyw lawer. Rydw i'n ifanc a dibrofiad. Hoffwn allu gwneud penderfyniadau doeth fel y galla i fod yn deg â phawb.'

Roedd Duw yn hapus gydag ateb Solomon.

'Rwyt ti wedi gofyn am ddoethineb. Mi fuaset ti wedi gallu gofyn am arian, neu ddial ar dy elynion, neu hyd yn oed fyw am amser hir. Rhoddaf i ti yr hyn rwyt wedi gofyn amdano. Bydd pobl yn rhyfeddu atat ti. Bydd pobl yn dy gofio fel dyn doeth ond fe roddaf i ti arian a phŵer yn ogystal. Ac os byddi di'n ufudd i mi, fe gei di fyw am flynyddoedd lawer.'

Pan ddeffrodd Solomon, cofiai'r freuddwyd yn glir a'r hyn roedd Duw wedi'i addo iddo.

148 Doethineb Solomon

1 Brenhinoedd 3:16-28

Pan ddaethant â'r cleddyf gerbron y brenin, ebe'r brenin, "Rhannwch y bachgen byw yn ddau, a rhowch hanner i'r naill a hanner i'r llall."
1 Brenhinoedd 3:25

Un diwrnod, daeth dwy wraig i weld Solomon.

'Eich mawrhydi,' meddai un o'r gwragedd. 'Mae'r wraig hon a minnau'n byw yn yr un tŷ. Rhoddais enedigaeth i fab tra oedd hi yn y tŷ gyda mi. Dri diwrnod yn ddiweddarach, rhoddodd hithau enedigaeth i fab.

'Syrthiodd y ddwy ohonon ni i gysgu gyda'r ddau fabi'n gorwedd wrth ein hymyl. Ond rholiodd y wraig hon dros ei babi tra oedd hi'n cysgu a bu'r babi farw. Daeth ataf tra oeddwn yn cysgu a chyfnewid ei babi marw hi am fy mab i. Pan ddeffrais, gwyddwn yn iawn nad fy mabi i oedd yr un fu farw.'

'Dydi hynny ddim yn wir!' protestiodd y wraig arall. 'Mae fy mab i'n fyw. Dy fab di sydd wedi marw!'

'Dowch â chleddyf i mi,' gorchmynnodd Solomon. 'Rydw i am rannu'r babi'n ddwy ran er mwyn i'r ddwy ohonoch gael eich siâr.'

Gwyddai Solomon na fyddai mam y plentyn yn gadael i'w mab gael ei ladd.

'Paid â gwneud niwed iddo,' plediodd y wraig gyntaf gyda'r brenin. 'Gad iddi hi gael y babi.'

'Na, mae'r brenin yn hollol deg,' meddai'r wraig arall. 'Fel hyn, fydd yr un ohonon ni'n ei gael!'

Gwyddai Solomon ar unwaith pa un o'r ddwy wraig oedd mam y babi.

'Rhowch y babi i'r wraig gyntaf,' gorchmynnodd Solomon. 'Hi ydi mam y babi.'

Rhyfeddodd pawb wrth glywed ei ateb. Roedden nhw'n gwybod bod Duw wedi rhoi doethineb i Solomon fel y gallai farnu'n deg.

149 Doethineb ar gyfer teuluoedd

Ysgrifennodd Solomon nifer o'i ddywediadau doeth:

'Cofiwch wrando ar eich rhieni. Bydd eu cyngor yn eich helpu i fod yn dda, fel y mae dillad da yn eich gwneud yn drwsiadus.' Diarhebion 1:8-9

'Mae plentyn doeth yn cymryd sylw pan fydd ei rieni'n ei geryddu, ond dydi plentyn ffôl ddim yn cyfaddef ei fod wedi gwneud drwg.' Diarhebion 13:1

'Os ydych chi'n caru eich plant, cofiwch eu ceryddu pan fyddan nhw'n camymddwyn.' Diarhebion 13:24

'Mae dechrau cweryla yn union fel twll mewn argae. Mae'n rhaid ei gau ar unwaith neu bydd yn gorlifo.' Diarhebion 17:14

'Dim ond tristwch sy'n wynebu rhiant pan fo'i blentyn yn gwneud pethau drwg.' Diarhebion 17:21

'Cofiwch ddisgyblu'ch plant tra maen nhw'n ifanc. Fel arall, byddwch yn eu helpu i ddinistrio'u hunain.' Diarhebion 19:18

Diarhebion 20:7 'Os ydi'r tad yn onest bydd y plant hefyd yn onest.'

Diarhebion 28:24 'Mae unrhyw un sy'n dwyn oddi ar ei rieni, gan gredu nad ydi o'n gwneud drwg, yn lleidr.'

150 Doethineb ar gyfer ffrindiau

Diarhebion 15:1 'Gall ateb tyner gael gwared ar dymer ddrwg, ond gall ateb chwyrn wneud pethau'n waeth.'

Diarhebion 16:28 'Pobl annoeth sy'n hel clecs; maen nhw'n codi cynnen ac yn dinistrio cyfeillgarwch.'

Diarhebion 17:1 'Mae'n well bwyta bara a dŵr gyda ffrindiau na gwledda gyda gelynion.'

Diarhebion 17:9 'Os ydych am i bobl eich hoffi, maddeuwch iddyn nhw. Mae edliw hen ddrygioni yn gwahanu ffrindiau.'

Diarhebion 21:23 'Os ydych am gadw o drwbl, byddwch yn ofalus beth rydych yn ei ddweud.'

Diarhebion 22:24-25 'Peidiwch â gwneud ffrindiau gyda phobl wyllt eu tymer. Gallech fynd yn debyg iddyn nhw a bydd yn anodd wedyn i chi newid eich ffordd.'

Diarhebion 27:6 'Mae ffrind yn bwriadu'n dda, hyd yn oed os ydi o'n brifo'ch teimladau. Ond os ydi gelyn yn cymryd arno ei fod yn ffrind, mae gofid yn sicr o ddilyn.'

151 Doethineb ar gyfer bywyd

'Mae'n rhaid dibynnu ar Dduw. Peidiwch â dibynnu ar eich dealltwriaeth eich hun. Gofynnwch am help Duw ym mhob peth, a bydd yn eich arwain.' Diarhebion 3:5-6

'Gwnewch eich gorau dros bawb sydd mewn angen. Peidiwch â dweud eich bod yn barod i'w helpu yfory os gallwch chi eu helpu heddiw.' Diarhebion 3:27-28

'Byddwch yn ofalus sut rydych yn meddwl; mae eich bywyd wedi'i lywio gan eich meddyliau. Dywedwch y gwir bob amser; peidiwch byth â dweud celwydd.' Diarhebion 4:23-24

'Byddwch yn hael, mae hynny'n beth da. Trwy helpu eraill, byddwch chithau hefyd yn cael eich helpu.' Diarhebion 11:25

'Mae pobl ddoeth yn cilio oddi wrth ddrwg ond mae pobl annoeth yn ddifeddwl.' Diarhebion 14:16

'Os ydych am fod yn hapus, byddwch yn garedig wrth bobl dlawd. Peidiwch â chasáu na bychanu pobl eraill.' Diarhebion 14:21

'Os ydych yn gorthrymu'r tlawd, rydych yn amharchu Duw; mae caredigrwydd at y tlawd yn wasanaeth i Dduw.' Diarhebion 14:31

'Gwnewch yr hyn sy'n dda a theg; bydd hynny'n plesio Duw yn fwy na dim.' Diarhebion 21:3

'Bydd pobl ddoeth yn gweld perygl ac yn ei osgoi, ond bydd y gwirion yn ei wynebu ac wedyn yn gofidio.' Diarhebion 22:3

'Peidiwch â blino'ch hunain yn ceisio ennill cyfoeth. Gall arian ddiflannu mewn eiliad.' Diarhebion 23:4-5

'Wnewch chi byth lwyddo os ydych chi'n cuddio eich drygioni. Os syrthiwch ar eich bai bydd Duw yn dangos trugaredd a maddeuant.' Diarhebion 28:13

'Mae'n llawer gwell bod yn dlawd a gonest na bod yn gyfoethog ac anonest.' Diarhebion 28:6

152 Teml i Dduw

Yn ystod teyrnasiad Solomon, roedd pobl Israel yn byw mewn heddwch. Daeth yr amser i Solomon godi teml i Dduw.

Pan glywodd Hiram, brenin Tyrus, ffrind Dafydd, fod Solomon wedi'i orseddu'n frenin anfonodd ei weision ato, ac anfonodd Solomon neges yn ôl at Hiram.

'Dywedodd Duw wrth fy nhad, Dafydd, y byddai teml yn cael ei chodi pan fyddai'r bobl yn byw yn heddychlon gyda'i gilydd. Mae'r amser wedi dod i mi adeiladu teml i Dduw. Rydw i am i ti dorri'r coed cedrwydd gorau yn Libanus fel y gallaf ddechrau ar y gwaith. Mi dalaf i ti faint bynnag y gofynni amdano.'

1 Brenhinoedd 5–8

Roedd Brenin Tyrus yn falch o gael gwneud cytundeb; dechreuodd ei weision dorri coed cedrwydd a phin, a'u hanfon ar rafftiau i lawr yr arfordir at Solomon.

Adeiladodd Solomon y tŷ a'i orffen.
1 Brenhinoedd 6:14

Rhoddodd Duw gyfarwyddiadau pendant i Solomon sut i godi'r deml. Rhaid oedd paratoi'r cerrig yn ofalus a'u cludo o'r chwarel i Jerwsalem. Gorchuddiodd Solomon y muriau mewnol â phren wedi'i gerfio, a'u gorchuddio ag aur. Llanwodd y deml â phopeth y gofynnodd Duw amdano wedi'u cymryd o Babell y Cyfarfod.

O'r diwedd, pan ddaeth boll bobl bwysig Israel at ei gilydd, daethpwyd â Chist Duw, oedd yn dal y llechi â gorchmynion Duw arnynt, a'i rhoi yn y Cysegr Sancteiddiaf, y lle pwysicaf un yn y deml. Llanwyd y deml â goleuni llachar presenoldeb Duw.

Yna, gofynnodd Solomon i Dduw fendithio'i bobl.

153 Gweddi Solomon

Safodd Solomon o flaen yr allor yn y deml, a gweddïodd:

'O Dduw Israel, rwyt ti'n wahanol i bawb arall,' meddai. 'Does neb yn y nefoedd uwchben nac o dan y ddaear wedi dangos cymaint o gariad at ei bobl. Does neb arall yn cadw at ei addewidion fel rwyt ti.

1 Brenhinoedd 8:22–9:9

"O Arglwydd Dduw Israel, nid oes Duw fel tydi yn y nef uwchben nac ar ddaear lawr!"
1 Brenhinoedd 8:23a

'Arglwydd, rydw i wedi adeiladu'r deml hon i ti, ond rydw i'n gwybod na all hyd yn oed y nefoedd dy gynnwys di, gan dy fod yn Dduw mawr! Bydd y deml hon yn ganolfan lle gall y bobl ddod pan fyddan nhw eisiau dy help di. Wrth blygu o flaen dy allor yn y deml, neu blygu i gyfeiriad yr allor pan fyddan nhw'n bell i ffwrdd, byddi'n barod i wrando ar eu gweddïau.

'Down atat pan fyddwn yn ofni ein gelynion; down atat pan fydd sychder neu newyn. Down atat pan fyddwn wedi gwneud drwg, gan ein bod ni i gyd wedi pechu yn dy erbyn, dyn, gwraig a phlentyn fel ei gilydd. Down i ofyn am faddeuant. Gwrando arnom ni a bydd yn drugarog wrthym ni. Cadwa at dy air a roddaist i Moses a'n cyndadau, fel y byddwn yn bobl i ti, a thithau'n Dduw i ni.'

Trodd Solomon at y bobl a dechreuodd weddïo unwaith eto:

'Gofynnwn i Dduw fod gyda ni i'n bendithio a'n helpu i gadw'i orchmynion. Bryd hynny bydd holl bobloedd y byd yn gwybod mai ti ydi Duw ac nad oes yna dduw arall.'

Ymddangosodd Duw i Solomon yn fuan wedyn gan ddweud wrtho:

'Clywais dy weddi. Rydw i'n dy fendithio di a'r tŷ hwn rwyt ti wedi'i adeiladu i mi. Ond,' rhybuddiodd Duw, 'os byddi'n anufudd i mi, ac yn cefnu ar fy ngorchmynion, chaiff dy blant ddim dod yn frenhinoedd, a bydd y tŷ hwn yn cael ei ddymchwel. Bydd y bobl yn mynd heibio ac yn gwybod nad wyt ti wedi bod yn ufudd, nac wedi cadw at fy ngorchmynion, na chwaith wedi caru'r Duw ddaeth â'r bobl o'r Aifft.'

154 Ymweliad brenhines Sheba

1 Brenhinoedd 10:1-13

Pan glywodd brenhines Sheba am fri Solomon, daeth i'w brofi â chwestiynau caled.
1 Brenhinoedd 10:1

Aeth yr hanes am gyfoeth a doethineb Solomon ar led, drwy'r masnachwyr oedd yn teithio drwy wlad Israel.

Clywodd brenhines Sheba am Solomon. Paratôdd i deithio ar draws anialwch Arabia ac ar hyd glannau'r Môr Coch. Teithiai ar gamel, mewn gwely pedwar postyn hardd gyda tho arno i'w chysgodi rhag yr haul. Bu'n teithio am fisoedd, ac o'r diwedd croesodd afon Iorddonen a chyrraedd Jerwsalem.

Cafodd groeso mawr pan gyrhaeddodd y ddinas. Daeth â chamelod, mulod ac asynnod, a'r cyfan wedi'u llwytho ag anrhegion drudfawr i'r Brenin Solomon.

Gwelodd y frenhines â'i llygaid ei hun pa mor brydferth oedd palas Solomon gyda'i lenni porffor a choch drudfawr. Cerddodd o gwmpas ei winllan, y gerddi prydferth a'r llynnoedd. Gwelodd ei geffylau a'i gerbydau rhyfel, a mwynhau gwleddoedd o fwyd da a gwin blasus. Gwelodd pa mor brydferth oedd gwisgoedd ei weision, a gwrandawodd ar gerddorion yn chwarae offerynnau anghyffredin.

Gwyliai Solomon wrth iddo addoli Duw yn y deml. Gallai ateb pob cwestiwn a ofynnwyd iddo. Yn wir, roedd Solomon yn ŵr arbennig iawn. Doedd dim diwedd ar ei ddoethineb.

'Clywais lawer amdanat ti yn fy ngwlad fy hun,' meddai'r frenhines wrth Solomon, 'ond doeddwn i ddim yn gallu credu bod y straeon yn wir. Rydw i'n gwybod bellach dy fod yn haeddu'r ganmoliaeth a glywais. Fe hoffwn ddiolch i'th Dduw am dy wneud yn frenin mor fawr ac mor ddoeth.'

155 Cyfoeth a chryfder Solomon

Plannodd Solomon goed olewydd a choed sbeis a chnau o bob math. Treuliai lawer o'i amser yn astudio pryfed cop, locustiaid a morgrug. Gwyddai lawer am blanhigion, anifeiliaid, adar, ymlusgiaid a physgod.

Wrth i'w enw da ledu, daeth Solomon yn ddyn cyfoethog iawn. Deuai llawer o ymwelwyr i ofyn cwestiynau iddo ac i chwilio am gyngor, a phob un ohonyn nhw'n dod ag anrhegion iddo. Dechreuodd fasnachu gyda gwledydd eraill, a deuai llongau â phob math o bethau iddo, aur ac arian, ifori, mwncïod a pheunod.

1 Brenhinoedd 10:14–11:3

Rhagorodd y Brenin Solomon ar holl frenhinoedd y ddaear mewn cyfoeth a doethineb.
1 Brenhinoedd 10:23

Yn fuan, roedd popeth yn ei balas wedi'i wneud o aur. Roedd arian yn ddiwerth iddo gan fod ganddo gymaint o aur ymhob man. Roedd ei orsedd wedi'i gwneud o ifori, gyda breichiau aur ac addurniadau o aur, a phen llo wedi'i gerfio ar gefn ei orsedd. O boptu'r orsedd safai dau lew aur. Arweiniai chwe gris i fyny at yr orsedd, ac ar ochr pob gris safai llew aur. Doedd neb wedi gweld golygfa mor anhygoel o'r blaen.

Ond roedd gan Solomon fan gwan. Priododd â gwragedd estron, o wledydd eraill, oedd yn addoli duwiau'u gwledydd eu hunain. Doedden nhw ddim yn adnabod y gwir a'r unig Dduw. Roedd Solomon wedi anghofio holl rybuddion Duw.

156 Torri'r addewid

1 Brenhinoedd 11:4-40

A gwnaeth ddrwg yng ngolwg yr Arglwydd, heb lwyr ddilyn yr Arglwydd fel y gwnaeth ei dad Dafydd.
1 Brenhinoedd 11:6

Dros y blynyddoedd, roedd Solomon nid yn unig yn caru'i holl wragedd, ond hefyd wedi dechrau addoli eu duwiau.

Roedd Duw yn ddig gyda Solomon.

'Rhybuddiais di i beidio ag addoli delwau, fel y mae gwledydd eraill yn ei wneud, felly rwyt ti wedi torri'r addewid wnest ti i mi,' meddai Duw. 'Dydw i ddim yn barod i gymryd y deyrnas oddi arnat ar hyn o bryd, gan fy mod wedi gwneud addewid i'th dad, Dafydd. Ond byddaf yn cymryd y deyrnas oddi ar dy fab.'

Un o weithwyr prysuraf Solomon oedd gŵr ifanc o'r enw Jeroboam. Pan oedd yn cerdded ar y ffordd y tu allan i Jerwsalem daeth y proffwyd Aheia ato. Tynnodd y proffwyd ei fantell newydd a'i rhwygo'n ddeuddeg darn.

'Dos â nhw,' meddai gan roi deg darn i Jeroboam. 'Dyma ddarlun o'r hyn sy'n mynd i ddigwydd. Ar ôl i Solomon farw byddi'n dod yn frenin ar ddeg o lwythi Israel. Cofia ddilyn gorchmynion Duw, a'i wasanaethu'n dda.'

Pan glywodd Solomon beth oedd wedi digwydd, ceisiodd ladd Jeroboam. Ffodd Jeroboam i'r Aifft a bu'n cuddio yno.

157 Y DEYRNAS YN CAEL EI RHANNU

Pan fu farw Solomon, daeth Jeroboam yn ôl o'r Aifft, ac ymuno gyda'r bobl o lwythau gogledd Israel, yn Sichem.

1 Brenhinoedd 11:41–12:17

Aeth Rehoboam, mab Solomon, hefyd i Sichem gan obeithio y byddai'r bobl yn ei orseddu'n frenin. Yn hytrach, dyma nhw'n dechrau troi arno.

'Roedd dy dad, Solomon, yn ein gorfodi ni i weithio'n galed. Os wyt ti'n awyddus i ni dy godi'n frenin, mae'n rhaid i ti addo rhoi llai o waith i ni.'

Ond gwrthododd y cyngor a roes yr henuriaid, a cheisiodd gyngor y llanciau oedd yn gyfoed ag ef ac yn aelodau o'i lys.
1 Brenhinoedd 12:8

Wyddai Rehoboam ddim beth i'w wneud. Dywedodd wrth y bobl am ddod yn ôl ymhen tri diwrnod. Yn y cyfamser, aeth i ymgynghori â chyn-swyddogion ei dad.

'Yr unig beth fedri di wneud,' medden nhw wrtho, 'ydi gwneud yn ôl eu dymuniad a rhoi llai o waith iddyn nhw.'

Gwrandawodd Rehoboam ond doedd o ddim yn hoffi eu cyngor. Aeth i ofyn i'w ffrindiau am help.

'Paid â rhoi i mewn iddyn nhw!' meddai'i ffrindiau wrtho. 'Dyweda wrthyn nhw y bydd raid iddyn nhw weithio'n galetach, ac os na fyddan nhw'n barod i wrando, gwae nhw.'

Pan ddaeth y bobl yn ôl ymhen tri diwrnod, rhoddodd Rehoboam gyngor ei ffrindiau iddyn nhw. Ond nid hwn oedd y cyngor gorau.

'Dwyt ti ddim yn un ohonon ni. Nid ti ydi'n brenin ni, a dydyn ni ddim yn barod i weithio i ti na'th wasanaethu.'

Dyma gamgymeriad cyntaf Rehoboam. Aeth yn ôl i Jerwsalem, a dim ond llwyth Jwda ddilynodd ef. Penderfynodd deg llwyth gogledd Israel orseddu Jeroboam yn frenin.

Rhannwyd teyrnas Israel. Bellach nid un genedl oedd yna, ond dwy.

158 Y brenin Jeroboam yn anufuddhau

Roedd Jeroboam ar bigau'r drain. Roedd wedi adeiladu dwy ddinas yn Sichem a Phenuel, ond roedd y deml yn Jerwsalem dan reolaeth Rehoboam. Os byddai'n gadael i'r bobl ddod yn ôl i addoli Duw, efallai y bydden nhw'n penderfynu dilyn y Brenin Rehoboam. Fedrai o ddim gadael i hynny ddigwydd.

Gwnaeth Jeroboam ddau lo aur.

'Dyma eich duwiau!' meddai wrth y bobl. 'Yn awr fydd dim rhaid i chi fynd i Jerwsalem i addoli.'

1 Brenhinoedd 12:25–13:34

Gosododd Jeroboam lo aur ymhob un o'r ddwy ddinas ac aeth i'w haddoli. Dewisodd offeiriaid o blith y bobl yn hytrach nag o blith y Lefiaid. Penderfynodd ar ddyddiau gŵyl newydd.

Yna drylliwyd yr allor a chwalwyd y lludw o'r allor, yn unol â'r argoel a roddodd gŵr Duw drwy air yr Arglwydd.
1 Brenhinoedd 13:5

Un diwrnod, daeth proffwyd o Jwda i'w herio.

'Dyma rybudd i ti!' taranodd y proffwyd. 'Mae Duw wedi gweld y cyfan. Mae wedi dewis Joseia, un o ddisgynyddion y Brenin Dafydd, i gymryd dy le ac i ddileu'r holl bethau drwg rwyt ti wedi'u gwneud. Ac er mwyn i ti wybod mai geiriau Duw ydi'r rhain, bydd yr allor yn chwalu a lludw'r aberthau yn disgyn i'r ddaear.'

Trodd Jeroboam yn gas.

'Gafaelwch ynddo!' meddai gan bwyntio at y proffwyd. Ond y munud hwnnw parlyswyd llaw Jeroboam. Ni allai ei symud o gwbl.

Edrychodd Jeroboam ar yr allor yn syrthio'n ddarnau o'i flaen, a'r lludw'n tasgu dros y tir i bob cyfeiriad.

'Gofynna i Dduw fy helpu!' crefodd. 'Gad i mi allu defnyddio fy llaw eto.'

Gweddïodd y proffwyd ac adferwyd llaw Jeroboam. Ond buan iawn yr anghofiodd Jeroboam am rybudd y proffwyd. Roedd yn dal i fod yn anufudd i Dduw.

159 Rhybudd dychrynllyd

1 Brenhinoedd 14:1-20

Bydd yn gwrthod Israel, o achos y pechod a wnaeth Jeroboam, a barodd i Israel bechu.

1 Brenhinoedd 14:16

Roedd Abeia, mab Jeroboam yn wael iawn, ac ofnid ei fod ar fin marw.

'Dos at Aheia'r proffwyd yn Seilo,' meddai Jeroboam wrth ei wraig, 'a gofyn iddo beth sy'n mynd i ddigwydd i'n mab. Ond rho guddwisg amdanat rhag i'r proffwyd sylwi mai ti ydi gwraig y brenin.'

Aeth gwraig Jeroboam â bara, cacennau a mêl yn anrhegion i'r proffwyd, ac i ffwrdd â hi am Seilo.

Hen ŵr oedd Aheia a'i olwg yn pylu. Dywedodd Duw wrtho y byddai gwraig Jeroboam yn galw i'w weld ac y byddai hi'n gwisgo cuddwisg. Rhoddodd Duw neges i Aheia i'w roi iddi.

'Rydw i'n gwybod pwy wyt ti, wraig Jeroboam,' meddai Aheia. 'Mae gen i newydd drwg i ti oddi wrth Dduw. Mae'n gwybod am yr holl bethau drwg y mae dy ŵr di, y brenin, wedi'u gwneud. Bydd dy deulu i gyd yn cael eu cosbi. Bydd pethau dychrynllyd yn digwydd i chi. Ond mae Duw wedi gweld bod dy blentyn yn dda. Mae Duw am ei gymryd yn awr rhag iddo orfod wynebu pethau gwaeth. Pan fyddi'n cyrraedd adref, bydd dy fab wedi marw a bydd pawb yn drist iawn.'

Aeth gwraig Jeroboam adref, ac roedd ei mab eisoes wedi marw.

160 Rhyfel a cholli'r dydd

1 Brenhinoedd 14:21-31

Ym mhumed flwyddyn y Brenin Rehoboam, daeth Sisac brenin yr Aifft i fyny yn erbyn Jerwsalem.
1 Brenhinoedd 14:25

Yn y cyfnod hwn, roedd teyrnas Jwda yn cryfhau'n gyflym. Gwnaeth Rehoboam ei ddinasoedd yn gryfach er mwyn gallu gwrthsefyll ymosodiadau, a rhoddodd ddinas yr un i'w ddau fab i deyrnasu drostyn nhw.

Cododd Rehoboam lawer o allorau a chysegrau i dduwiau eraill, ac roedd ei bobl yn ei ddilyn. Gwnaeth yr holl bethau roedd ei gyndadau wedi'u gwneud i ddigio Duw. Doedd o ddim yn barod i ddilyn gorchmynion Duw, na charu Duw fel y gwnaeth ei daid, Dafydd.

Gadawodd Duw i Sisac, brenin yr Aifft, ymosod ar Jerwsalem. Ymosododd Sisac ar y deml a'r palas a dwyn yr holl drysorau aur roedd Solomon wedi'u gosod yno.

Bu Israel a Jwda'n brwydro yn erbyn ei gilydd. Roedd y cyfnod o heddwch rhwng y ddwy genedl wedi dod i ben.

161 Ahab, y brenin drwg

1 Brenhinoedd 16:29-34

Gwnaeth Ahab fab Omri fwy o ddrwg yng ngolwg yr Arglwydd na phawb o'i flaen.
1 Brenhinoedd 16:30

Daeth un brenin ar ôl y llall i deyrnasu dros Israel. Diorseddwyd Nadab, mab Jeroboam, gan Baasa; diorseddwyd Ela, mab Baasa, gan Simri a daeth Omri ar yr orsedd yn lle Simri. Roedd pob brenin yn waeth na'i ragflaenydd. Doedd yr un ohonyn nhw'n gwasanaethu Duw fel y gwnaeth y Brenin Dafydd. Roedden nhw i gyd yn anwybyddu gorchmynion Duw yn llwyr.

Pan ddaeth Ahab, mab Omri, yn frenin Israel, roedd y wlad mewn cyflwr gwaeth nag erioed o'r blaen. Priododd Ahab â gwraig o'r enw Jesebel, merch brenin Sidon. Roedd y Sidoniaid yn addoli Baal, duw ffrwythlondeb.

Bu Ahab yntau'n addoli'r duw Baal a chododd deml iddo.

Roedd y bobl oedd unwaith yn addoli'r Duw oedd wedi creu'r byd, bellach yn addoli delwau o waith eu dwylo eu hunain.

162 Elias yn dod â newydd drwg

1 Brenhinoedd 17:1-7

Bore a hwyr dôi cigfrain â bara a chig iddo, ac yfai o'r nant.
1 Brenhinoedd 17:6

Ym mynyddoedd Gilead, roedd dyn o'r enw Elias yn byw.

Proffwyd oedd Elias, ac yn wahanol i lawer o bobl Israel ar y pryd, roedd yn gwrando ar Dduw ac yn ceisio dilyn ei ffordd o fyw.

Dewisodd Duw y proffwyd Elias i ymweld â'r Brenin Ahab.

'Mae Duw, yr unig Dduw, wedi fy anfon yma,' meddai Elias. 'Am rai blynyddoedd, fydd yna ddim glaw na hyd yn oed wlith yn y bore. Bydd sychder mawr nes bydd Duw yn penderfynu anfon glaw unwaith eto.'

Gwylltiodd Ahab pan glywodd neges y proffwyd, ond nid arhosodd Elias yno i weld beth fyddai'n ei wneud.

'Dos o'r lle hwn, tua'r dwyrain,' meddai Duw wrth Elias. 'Byddi'n dod o hyd i bopeth y bydd arnat ei angen ger nant Cerith.'

Daeth Elias o hyd i'r nant ar ochr ddwyreiniol afon Iorddonen. Cododd loches yno, a bu'n yfed dŵr o'r nant. Anfonodd Duw gigfrain bob bore a hwyr i ddod â bara a chig iddo.

Ddydd ar ôl dydd tywynnai'r haul crasboeth a sychu'r tir. Yn y bore doedd dim gwlith ar y ddaear, ac ymhen amser sychodd y nant.

163 Digon o fara ac olew

1 Brenhinoedd 17:8-16

Roedd Duw eisoes wedi gofalu am Elias. Un diwrnod dywedodd Duw wrtho:

'Dos i Sareffta. Mae yna wraig weddw yno fydd yn rhoi digon o fwyd i ti.'

Teithiodd Elias tua Sidon, a phan gyrhaeddodd borth Sareffta gwelodd y wraig yn casglu coed tân.

'Oes modd i mi gael dŵr i'w yfed?' gofynnodd Elias. 'Ac ychydig o fara i'w fwyta?'

'Dydw i ddim wedi pobi bara,' meddai'r wraig, 'ac mae'r sychder mawr yn ein gwneud i gyd yn llwglyd. Does gen i ddim ond ychydig o olew a blawd, a dyna pam rydw i'n casglu coed i wneud tân. Byddaf yn mynd ati cyn bo hir i wneud pryd o fwyd i'm mab a minnau. Hwnnw fydd ein pryd olaf cyn marw, oherwydd does dim bwyd ar ôl.'

'Paid ag ofni,' meddai Elias. 'Dos i bobi'r bara ac os wnei di rannu ychydig ohono gyda mi, bydd Duw yn sicr o gofio amdanat. Bydd gen ti ddigon o flawd ac olew hyd nes daw'r glaw unwaith eto.'

Aeth y wraig adref a dechrau pobi bara. Rhannodd ef gydag Elias a'i mab, ac roedd digonedd o flawd ac olew ar ôl ar gyfer pryd arall.

Defnyddiodd y wraig yr olew a'r blawd i bobi, a rhannodd y bwyd gydag Elias. Unwaith eto, roedd digon ar ôl.

Aeth dyddiau lawer heibio a gwnaeth Duw yn siŵr fod digon o fwyd ar gyfer y wraig, ei mab ac Elias.

Oherwydd fel hyn y dywed Arglwydd Dduw Israel: "Nid â'r celwrn blawd yn wag na'r stên olew yn sych hyd y dydd y bydd yr Arglwydd yn rhoi glaw ar wyneb y tir."
1 Brenhinoedd 17:14

164 Elias yn achub bywyd bachgen bach

1 Brenhinoedd 17:17-24

Arhosodd Elias mewn ystafell yn nhŷ'r wraig.

Ar ôl peth amser, dechreuodd ei mab deimlo'n sâl. Eisteddodd y wraig wrth ochr ei wely gan gydio yn ei law a'i gofleidio, ond bu farw.

Roedd y wraig yn torri'i chalon.

Dywedodd y wraig wrth Elias, "Gwn yn awr dy fod yn ŵr Duw, a bod gair yr Arglwydd yn wir yn dy enau."
1 Brenhinoedd 17:24

'Pam ddoist ti?' llefodd. 'Beth ydw i wedi'i wneud i haeddu hyn? Pam mae fy mab wedi marw?'

Cariodd Elias y bachgen marw yn ei freichiau a mynd ag ef i'w ystafell ei hun. Rhoddodd y bachgen i orwedd ar y gwely a dechreuodd weddïo ar Dduw.

'Arglwydd Dduw,' meddai, 'pam wyt ti wedi gadael i hyn ddigwydd i'r wraig sydd wedi bod mor garedig gyda mi? Gad i'r bachgen yma fyw.'

Gwrandawodd Duw ar weddi Elias. Yn sydyn, dechreuodd y bachgen anadlu. Cododd Elias ef yn ofalus a'i gario at ei fam.

'Edrych! Mae dy fab yn fyw,' meddai Elias.

Cofleidiodd y wraig ei mab, a chan wenu ar Elias meddai, 'Rydw i'n gwybod yn awr dy fod yn ffrind i Dduw.'

1 Brenhinoedd 18:1-20

165 Tair blynedd o sychder

Ac aeth Ahab i gyfarfod Elias. Pan welodd Ahab ef, dywedodd wrtho, "Ai ti sydd yna, gythryblwr Israel?"
1 Brenhinoedd 18:16b-17

Ni chafwyd glaw am bron i dair blynedd.

Anfonodd y Brenin Ahab y proffwyd Obadeia i chwilio am bob ffynnon a nant drwy'r wlad er mwyn cael porthiant a diod i'r anifeiliaid. Heb fwyd, byddai'r anifeiliaid i gyd yn marw.

Yn fuan, daeth Obadeia o hyd i Elias. Gofynnodd Elias iddo ddod â'r brenin ato gan fod ganddo neges iddo oddi wrth Dduw.

'Fy Arglwydd,' meddai'r proffwyd Obadeia, 'mae'r Brenin Ahab wedi anfon ei wŷr i bob rhan o'r wlad i chwilio amdanat. Alla i ddim mynd ato a dweud fy mod wedi dod o hyd i ti. Byddi'n siŵr o ddiflannu a bydd yntau'n fy lladd!'

Ond addawodd Elias y byddai'n aros i Ahab ddod ato.

Daeth Obadeia â'r Brenin Ahab ato. Roedd y brenin yn flin iawn.

'Un da am achosi trwbwl wyt ti,' gwaeddodd Ahab arno.

'Ti ydi'r un sydd wedi achosi trwbwl yn y wlad,' meddai Elias. 'Rwyt ti wedi cefnu ar Dduw gan addoli duwiau eraill. Mae'n hen bryd i ni setlo'r mater. Galwa ar y bobl i gyd i Fynydd Carmel a thyrd â'r holl broffwydi sy'n addoli duwiau eraill hefyd.'

Galwodd y brenin ar y bobl i gyd, gan gynnwys y proffwydi oedd yn addoli Baal ac Asera. Aeth gair ar led y byddai ymryson rhyngddyn nhw a'r un gwir Dduw oedd wedi cynnal Elias drwy'r cyfnod hir o sychder.

Daeth y bobl at ei gilydd, gyda phedwar cant a hanner o broffwydi Baal, i Fynydd Carmel.

166 Ymryson ar y mynydd

Safodd Elias ar Fynydd Carmel o flaen y Brenin Ahab a'r bobl i gyd.

'Heddiw, rhaid i chi ddewis pwy i'w wasanaethu,' meddai Elias. 'Os mai'r Duw byw ydi'r gwir Dduw, yna dewiswch ef a'i ddilyn. Os mai Baal ydi Duw, yna gwasanaethwch ef a'i ddilyn. Mae'n bryd i chi benderfynu, a gwneud yr hyn sy'n iawn.

1 Brenhinoedd 18:21-29

"Yna galwch chwi ar eich duw chwi, a galwaf finnau ar yr Arglwydd, a'r duw a etyb drwy dân fydd Dduw." Atebodd yr holl bobl, "Cynllun da!"
1 Brenhinoedd 18:24-25a

'Y fi ydi'r unig broffwyd yma sy'n addoli'r unig wir Dduw,' meddai, 'tra bod pedwar cant a hanner o broffwydi'n addoli Baal. Byddwn yn paratoi aberth. Rhaid i chi ofyn i Baal anfon tân i losgi'r aberth, a byddaf innau'n gofyn i Dduw wneud yr un peth. Yna byddwn yn gweld pa un ydi'r gwir Dduw sy'n gallu anfon tân.'

Cytunodd y proffwydi. Aethant ati i baratoi bustach ar gyfer yr aberth, a thrwy'r dydd fe fuon nhw'n gweddïo ar Baal i anfon tân i losgi'r aberth.

Ond doedd dim byd yn digwydd.

'Ydi eich duw chi'n cysgu?' gofynnodd Elias. 'Ydi o ar ei wyliau, neu wedi mynd ar daith hir?'

Gweddïodd y bobl yn uwch a dechrau gweiddi nerth esgyrn eu pen, ond

doedd dim byd yn digwydd. Roedd proffwydi Baal wedi methu. Doedd dim tân ar yr allor. Nawr roedd yn bryd i Elias gael ei dro.

167 Yr unig wir Dduw

1 Brenhinoedd 18:30-45

Pan welsant, syrthiodd yr holl bobl ar eu hwyneb a dweud, "Yr Arglwydd sydd Dduw! Yr Arglwydd sydd Dduw!"
1 Brenhinoedd 18:39

Nid dim ond codi allor wnaeth Elias. Cododd ddeuddeg carreg i gynrychioli deuddeg llwyth Israel ac atgoffa'r bobl eu bod yn bobl i Dduw. Torrodd ffos ddofn o gwmpas yr allor a dechrau paratoi'r aberth. Yna, cymerodd Elias ddwy ystên o ddŵr a thywallt y dŵr dros y coed a'r aberth. Rhedai gweddill y dŵr i'r ffos o gwmpas yr allor. Roedd aberth Elias yn wlyb domen, a byddai'n anodd iawn ei losgi.

Yna camodd Elias ymlaen gan sefyll o flaen y bobl a gweddïo ar Dduw. 'Bydded i'r bobl wybod mai ti ydi Duw Israel, yr unig Dduw,' meddai.

Atebodd Duw ei weddi.

Anfonodd Duw dân i losgi'r bustach, y cerrig, y dŵr a'r ffos. Llosgwyd y cyfan. Syrthiodd y bobl ar eu gliniau ac addoli Duw. 'Yr Arglwydd sydd Dduw – ef ydi'n Duw ni!' llefodd pawb.

Gorchmynnodd Elias fod proffwydi Baal yn cael eu lladd. Edrychodd o'i gwmpas a gweld cymylau duon yn agosáu. Cododd y gwynt. Anfonodd Duw law unwaith eto i ddyfrhau'r tir.

168 Jesebel yn bygwth

Pan ddywedodd Ahab wrth y Frenhines Jesebel fod Elias wedi lladd ei phroffwydi i gyd, roedd hi'n gandryll. Dim ond un peth oedd ar ei meddwl, sef lladd Elias. Roedd Elias yn bryderus iawn, a rhedodd i ffwrdd i'r anialwch.

1 Brenhinoedd 19:1-9

Yna anfonodd Jesebel negesydd i ddweud wrth Elias, "Fel hyn y gwnelo'r duwiau i mi, a rhagor, os na fyddaf wedi gwneud dy einioes di fel einioes un ohonynt hwy erbyn yr amser hwn yfory."
1 Brenhinoedd 19:2

Pan oedd wedi blino'n lân, eisteddodd i orffwys dan bren banadl. Roedd arno ofn, a theimlai na allai wynebu bywyd.

'Gad i mi farw!' meddai wrth Dduw. 'Rydw i wedi cael digon.' Yn ei flinder mawr, syrthiodd i gysgu.

Ymhen ychydig daeth angel ato a'i gyffwrdd.

'Cod, a chymer rywbeth i'w fwyta,' meddai'r angel.

Cododd Elias ar ei draed a gweld ddŵr a bara o'i flaen. Bwytaodd y bara ac yfed y dŵr. Syrthiodd i gysgu unwaith eto.

Cyffyrddodd yr angel ynddo'r ail waith.

'Rhaid i ti fwyta ychydig mwy i baratoi dy hun ar gyfer dy daith,' meddai'r angel wrtho.

Ar ôl bwyta, cododd Elias a chychwyn ar ei daith i fynydd Duw, Mynydd Horeb.

169 Daeargryn, tân a sibrwd

Ar ôl cyrraedd Mynydd Horeb, gwelodd Elias ogof ac aeth i mewn iddi i gysgodi dros nos.

'Beth wyt ti'n wneud yma, Elias?' gofynnodd Duw iddo.

Bu Elias yn meddwl am bopeth oedd wedi digwydd iddo o'r amser pan gafodd ei alw gan Dduw i fod yn broffwyd. Roedd wedi ceisio dweud wrth y bobl am ufuddhau i Dduw, ond roedden nhw'n dal i fynnu mynd eu ffordd eu hunain.

'Rydw i wedi gwneud fy ngorau i'th wasanaethu,' meddai Elias wrth Dduw, 'ond does neb yn gwrando; does neb yn barod i'th ddilyn di. Nawr, maen nhw am fy lladd.'

1 Brenhinoedd 19:10-18

Ar ôl y ddaeargryn bu tân; nid oedd yr Arglwydd yn y tân. Ar ôl y tân, distawrwydd llethol.
1 Brenhinoedd 19:11b-12

Roedd Duw yn gwybod sut roedd Elias yn teimlo, a'i fod yn ddigalon ac yn ofnus.

'Dos i sefyll ar y mynydd,' meddai Duw wrtho, 'a gwylia fi'n mynd heibio.'

Cododd gwynt cryf yn sydyn, gan ruo drwy'r mynyddoedd a dryllio'r creigiau. Ond doedd Duw ddim yn y gwynt.

Ar ôl y gwynt, daeth daeargryn nerthol ac ysgwyd y ddaear. Ond doedd Duw ddim yn y daeargryn.

Yna daeth tân, gan losgi'n ysol. Ond doedd Duw ddim yn y tân.

Yn olaf, daeth chwa o wynt, fel sibrwd distaw.

Aeth Elias allan o'r ogof gan fynd i sefyll ar y mynydd a'i fantell wedi'i lapio'n dynn amdano.

Roedd Elias yn dal i deimlo'n ddigalon; doedd e ddim yn deall neges Duw.

'Dos yn ôl ar hyd yr un ffordd,' meddai Duw. 'Eneinia Jehu yn frenin Israel, a threfna bod Eliseus yn dy ddilyn di fel proffwyd. Bydd y rhai anufudd yn cael eu cosbi, ond bydd y rhai sydd wedi aros yn ffyddlon yn cael eu harbed.'

170 Proffwyd newydd i Dduw

Aeth Elias i chwilio am Eliseus. Roedd wrthi'n aredig yn y caeau, gyda phâr o ychen.

1 Brenhinoedd 19:19-21

Tynnodd Elias ei fantell a'i thaflu dros ysgwyddau Eliseus. Gwyddai Eliseus yn iawn beth oedd ystyr hyn: roedd yn mynd i wasanaethu Duw trwy helpu Elias a dysgu oddi wrtho.

Gadawodd yntau'r ychen a rhedeg ar ôl Elias.
1 Brenhinoedd 19:20a

Gadawodd Eliseus yr ychen yn y caeau a rhedeg ar ôl Elias.

'Gad i mi ffarwelio â'm rhieni ac yna mi ddof ar dy ôl di,' meddai.

Llosgodd Eliseus ei offer aredig a lladd a choginio ei ychen. Rhoddodd y cig i'r bobl i'w fwyta. Roedd ei hen fywyd ar ben. Bellach roedd yn barod i ddilyn Elias a gwasanaethu Duw fel proffwyd.

171 Cynllwyn y frenhines Jesebel

Heb fod ymhell o balas y Brenin Ahab, roedd Naboth yn byw; roedd yn berchen ar winllan.

1 Brenhinoedd 21

Roedd Ahab yn awyddus i gael gardd wrth ymyl ei balas, a meddyliodd y byddai gwinllan Naboth yn gwneud y tro i'r dim.

A phan glywodd Ahab fod Naboth wedi marw, aeth i lawr i winllan Naboth y Jesreeliad i'w meddiannu.
1 Brenhinoedd 21:16

'Byddai dy winllan yn gwneud gardd berffaith i mi,' meddai'r brenin wrth Naboth un diwrnod. 'Dyweda beth ydi gwerth y winllan a'i gwerthu i mi, neu mi roddaf winllan well i ti yn rhywle arall.'

Roedd gwinllan Naboth wedi bod yn y teulu ers blynyddoedd lawer. Doedd o ddim yn awyddus i'w gwerthu i unrhyw un.

Ond roedd Ahab wedi rhoi ei fryd ar y winllan. Doedd o ddim yn disgwyl i Naboth ddweud 'na'. Aeth adref i'w balas, cau drws ei ystafell, a llyncu mul.

Daeth y Frenhines Jesebel ato, wedi synnu at ei ymddygiad.

'Pam wyt ti'n gwrthod bwyta? Ti ydi'r brenin. Galli gael unrhyw beth rwyt ti'n ddymuno!'

Felly dechreuodd Jesebel gynllwynio yn erbyn Naboth er mwyn i'r brenin gael gwireddu ei ddymuniad. Gwahoddodd Naboth i wledd fawr, a thalodd i ddau ddyn ei gyhuddo o flaen pawb o ddweud celwydd ac o frad.

Gweithiodd y cynllun; ymosodwyd ar Naboth a'i ladd.

Bellach, doedd dim i rwystro'r Brenin Ahab rhag cymryd y winllan iddo'i hun. Ond anfonodd Duw neges at y brenin drwy'r proffwyd Elias.

Roedd Ahab yn cerdded o gwmpas y winllan un diwrnod pan welodd Elias. Gwyddai, ar ei union, fod ganddo newyddion drwg iddo.

'Oeddet ti'n credu y byddai Duw yn hapus dy fod wedi lladd dyn er mwyn i ti cymryd ei eiddo?' gofynnodd Elias iddo. 'Bydd raid i ti farw am wneud y fath beth i Naboth. Bydd dy frenhines hefyd yn marw am ei rhan hi yn y cynllwyn, a bydd dy deulu i gyd yn cael eu cosbi.'

Gwrandawodd Ahab yn astud ar neges Elias. Roedd yn flin ganddo am wneud rhywbeth mor ofnadwy a phenderfynodd Duw roi un cyfle arall iddo. Am rai blynyddoedd, bu heddwch yn y wlad.

172 Marwolaeth brenin drwg

Erbyn hyn roedd y Brenin Jehosaffat, brenin Jwda, wedi codi'n frenin cryf, a'r gwledydd o'i gwmpas i gyd yn ei ofni. Yn wahanol i'r Brenin Ahab, brenin Israel, roedd Jehosaffat wedi dinistrio delwau'r duwiau dieithr ac wedi dilyn ffordd Duw, fel y gwnaeth y Brenin Dafydd o'i flaen.

Un diwrnod, aeth i weld y Brenin Ahab a pharatôdd Ahab wledd fawr iddo am fod arno angen ei help.

1 Brenhinoedd 22:1-38

Aethant â'r brenin i Samaria a'i gladdu yno. 1 Brenhinoedd 22:37

'Wnei di ymuno gyda mi i ymladd yn erbyn Ramoth Gilead?' gofynnodd Ahab.

'Rydw i'n fodlon dy helpu,' atebodd Jehosaffat. 'Ond beth mae Duw'n ei ddweud? Oes yna broffwyd yma y gallwn ni ofyn am ei gyngor?'

Galwodd Ahab ar nifer o broffwydi a dywedodd pob un ohonyn nhw y byddai Duw'n eu harwain i fuddugoliaeth. Ond dywedodd Ahab fod yna un dyn, Michea, oedd bob amser yn dod â newydd drwg. Roedd Jehosaffat yn awyddus i glywed barn Michea.

'Os ewch i ryfel, byddwch yn sicr o lwyddo!' meddai Michea. Ond doedd Ahab ddim yn fodlon ymddiried ynddo.

'Dwyt ti byth yn dod â newydd da i mi,' meddai. 'Dyweda'n union beth mae Duw wedi'i ddweud wrthyt!'

'Mae Duw am i ti gael dy ddenu i frwydro ond byddi'n cael dy ladd. Mae Duw wedi dweud wrth y proffwydi i gyd am dy annog i frwydro, er mwyn i hyn ddigwydd.'

Roedd Ahab yn ddig a thaflwyd Michea i'r carchar. Roedd Ahab yn barod i ryfela, gyda help Duw neu beidio. Dywedodd wrth Jehosaffat am wisgo'i wisg frenhinol yn barod i'r frwydr. Ond gwisgodd Ahab guddwisg gan nad oedd am i'r gelyn wybod mai ef oedd y brenin.

Bwriad y gelyn oedd lladd y Brenin Ahab yn unig. Gyda help Duw daethant o hyd iddo. Trawyd ef â saethau trwy fylchau yn ei arfwisg, a chafodd ei anafu'n ddrwg. Rhoddwyd Ahab i bwyso ar ei gerbyd rhyfel ond, fel roedd yr haul yn machlud, bu'r brenin farw.

173 Cymryd Elias i'r nefoedd

Roedd cyfnod y proffwyd Elias yn dod i ben, a gwyddai Eliseus ei fod yn treulio'i ddiwrnod olaf gyda'r proffwyd oedd wedi dysgu cymaint iddo.

Cerddodd Eliseus gydag Elias o Gilgal.

2 Brenhinoedd 2:1-15

'Aros di yma!' meddai Elias wrth ei ffrind. 'Mae Duw yn fy anfon i Fethel.'

Gwrthododd Eliseus. 'Mi ddo i gyda thi i Fethel,' meddai.

Ar ôl cyrraedd Bethel daeth proffwydi'r ardal at Eliseus i siarad ag ef.

'Wyt ti'n sylweddoli bod Duw'n bwriadu cymryd Elias heddiw?' medden nhw wrtho.

'Ydw,' atebodd.

Ac fel yr oeddent yn mynd, dan siarad, dyma gerbyd tanllyd a meirch tanllyd yn eu gwahanu ill dau, ac Elias yn esgyn mewn corwynt i'r nef.
2 Brenhinoedd 2:11

Digwyddodd yr un peth wrth iddyn nhw gerdded i Jericho ac ymlaen tua afon Iorddonen.

Tynnodd Elias ei fantell, ei rholio a'i thaflu i'r dŵr. Agorodd llwybr sych yn yr afon er mwyn i'r ddau broffwyd allu cerdded yn ddiogel i'r ochr arall.

'Bydd raid i mi dy adael yn fuan. Oes yna unrhyw beth y medraf ei wneud i ti cyn i mi fynd?' gofynnodd Elias.

'Rho i mi ddwywaith gymaint o'th nerth a'th ffydd,' meddai Eliseus.

'Dim ond Duw all roi hynny,' meddai Elias. 'Pan weli fi'n gadael y ddaear, fe gei di yr hyn rwyt ti'n ei ddymuno.'

Ymddangosodd cerbydau rhyfel a cheffylau o dân yn yr awyr, gan wahanu Elias ac Eliseus oddi wrth ei gilydd. Codwyd Elias i'r awyr gan gorwynt nerthol.

Cododd Eliseus fantell Elias a'i rholio. Taflodd hi i afon Iorddonen, fel y gwnaeth Elias. Ymddangosodd llwybr o dir sych yng nghanol yr afon.

Roedd rhai o'r proffwydi wedi bod yn gwylio o hirbell.

'Mae Duw wedi rhoi nerth a ffydd Elias i Eliseus,' medden nhw wrth ei gilydd.

174 Duw yn anfon dŵr yn yr anialwch

Pan ddaeth Joram, mab Ahab, yn frenin ar ôl ei dad, gwrthododd brenin Moab anfon ŵyn a gwlân yn rhodd iddo am gadw'r heddwch yn y wlad.

2 Brenhinoedd 3

Ymunodd Joram â'r Brenin Jehosaffat a brenin Edom, ac fe aethon nhw ar draws yr anialwch i ymosod ar wlad Moab. Cyn hir, roedden nhw'n brin o ddŵr iddyn nhw eu hunain ac i'w hanifeiliaid.

Yna dywedodd Jehosaffat, "Onid oes yma broffwyd i'r Arglwydd, fel y gallwn ymofyn â'r Arglwydd drwyddo?"
2 Brenhinoedd 3:11a

'Tybed oes yna broffwyd yma, i ni gael gwybod beth mae Duw am i ni ei wneud?' gofynnodd y Brenin Jehosaffat.

'Mae Eliseus yma,' atebodd un o'i swyddogion. 'Roedd o'n arfer helpu'r proffwyd Elias.'

Aeth y tri brenin i weld Eliseus, ond doedd o ddim yn barod i siarad gyda'r Brenin Joram.

'Tyrd â thelynor yma i mi gael clywed beth sydd gan Dduw i'w ddweud. Ond cofia mod i'n gwneud hyn er mwyn y Brenin Jehosaffat,' meddai.

Siaradodd Duw ag Eliseus. Dywedodd y byddai'n anfon dŵr iddyn nhw ac yn rhoi buddugoliaeth iddynt dros bobl gwlad Moab.

Bore drannoeth, fel yr addawodd Duw, roedd dŵr yn llifo trwy wlad Edom gan lenwi'r anialwch. Roedd digonedd o ddŵr ar gyfer y bobl a'r anifeiliaid. Pan gyrhaeddodd pobl gwlad Moab gwelsant yr haul yn disgleirio ar y dŵr, a hwnnw'n goch fel gwaed. Roedden nhw dan yr argraff fod y brenhinoedd wedi lladd ei gilydd yn y frwydr. Dyma'u cyfle, felly, i ymosod ar weddill y gwersyll a dwyn eu heiddo. Ond cafodd pobl Moab eu hel i ffwrdd a'u gorchfygu. Roedden nhw wedi gorchfygu Moab, yn union fel y dywedodd y proffwyd Eliseus.

175 Dyled y weddw

Un diwrnod, daeth gwraig at Eliseus i ofyn am help. Roedd ei gŵr hi'n broffwyd, ond pan fu farw, roedd mewn dyled i bobl eraill.

'Alla i ddim talu'i ddyled,' meddai'r wraig wrth Eliseus. 'Gan na allaf roi arian iddo, mae'r dyn eisiau cymryd fy nau fab yn gaethweision.'

'Beth sydd gen ti yn dy dŷ?' gofynnodd Eliseus iddi. 'Sut y galla i dy helpu?'

'Does gen i ddim byd o gwbl,' meddai'r wraig yn dorcalonnus, 'dim ond ychydig bach o olew yr olewydden.'

'Dos at dy gymdogion,' meddai Eliseus wrthi. 'Gofynna iddyn nhw am fenthyg nifer o lestri gweigion, a dos adref at dy feibion. Clo'r drws a thywallta olew i mewn i'r llestri.'

A dyna wnaeth hi. Casglodd y llestri a llenwi pob un ag olew.

'Rho lestr arall i mi,' meddai wrth ei mab.

'Does yna'r un ar ôl,' meddai yntau wrthi. Peidiodd yr olew â llifo. Ond roedd ganddi lawer o lestri'n llawn olew.

Aeth y wraig yn ôl at Eliseus a dweud wrtho beth oedd wedi digwydd.

'Nawr dos i werthu'r olew. Byddi'n gallu talu dy ddyled, a galli di a'r meibion aros gyda'ch gilydd fel teulu.'

2 Brenhinoedd 4:1-7

Pan ddaeth a dweud yr hanes wrth ŵr Duw, dywedodd ef, "Dos, gwerth yr olew a thâl dy ddyled, a chei di a'th feibion fyw ar y gweddill."
2 Brenhinoedd 4:7

176 Rhodd o blentyn

Bob tro roedd Eliseus yn teithio trwy Sunem, byddai gwraig gyfoethog yn rhoi llety a bwyd iddo. Roedd hi a'i gŵr wedi paratoi ystafell iddo ar ben y to. Yn yr ystafell roedd gwely, bwrdd, cadair a lamp.

Un diwrnod, pan oedd Eliseus yn aros yn y tŷ, gofynnodd i'w was ddod â'r wraig ato.

2 Brenhinoedd 4:8-17

'Dywedodd wrthi, "Yr adeg hon yn nhymor y gwanwyn byddi'n cofleidio mab."
2 Brenhinoedd 4:16a

'Rwyt ti wedi bod yn garedig iawn tuag ataf i,' meddai Eliseus. 'Sut galla i ddangos fy ngwerthfawrogiad?'

Ysgydwodd y wraig ei phen; doedd arni ddim angen unrhyw beth. Ond sylwodd gwas Eliseus fod gŵr y wraig yn hen, a doedd ganddi ddim plentyn i ofalu amdani. Dywedodd wrth Eliseus efallai y byddai'r wraig yn hoffi cael plentyn.

'Yr adeg yma'r flwyddyn nesaf, byddi'n magu mab bach yn dy freichiau,' meddai Eliseus wrthi.

Teimlai'r wraig yn bryderus; doedd hi ddim am godi'i gobeithion, ond digwyddodd popeth fel y dywedodd y proffwyd. Ymhen y flwyddyn rhoddodd y wraig enedigaeth i fachgen bach.

177 Gwyrth mab y wraig o Sunem

Roedd y wraig gyfoethog o Sunem wedi gwirioni gyda'r plentyn. Roedd ei bywyd yn hollol wahanol erbyn hyn gan fod Duw wedi'i bendithio.

Wedi i'r bachgen dyfu aeth allan at ei dad adeg y cynhaeaf, ond dechreuodd gwyno gyda phoen yn ei ben. Anfonodd ei dad ef adref ym mreichiau un o'r gweision. Gofalodd ei fam yn dyner amdano, ond erbyn hanner dydd roedd ei mab wedi marw.

Cariodd y wraig gorff ei mab i fyny i ystafell Eliseus a'i osod ar y gwely. Gofynnodd i'w gŵr am asyn ac un o'i weision, ac i ffwrdd â hi i chwilio am Eliseus ar Fynydd Carmel.

2 Brenhinoedd 4:18-37

Yna galwodd Eliseus ar Gehasi a dweud, "Galw'r Sunamees." Wedi iddo'i galw, ac iddi hithau ddod, dywedodd, "Cymer dy fab."
2 Brenhinoedd 4:36-37a

Pan welodd Eliseus hi'n dod, dechreuodd bryderu. Anfonodd Gehasi y gwas ati i ofyn beth oedd yn ei phoeni.

Gwrthododd ddweud gair wrth y gwas, ond pan welodd Eliseus syrthiodd wrth ei draed a gafael ynddo.

'Pam wyt ti wedi rhoi mab i mi ac yna'n ei gymryd oddi arnaf? Buaswn wedi gallu byw yn iawn heb blant, ond alla i ddim byw gyda'r boen o golli mab roeddwn i'n ei garu.'

Rhoddodd Eliseus ei wialen i'w was a'i anfon i gartref y wraig. Dywedodd wrtho am roi'r wialen ar draws wyneb y bachgen i'w adfer. Ond doedd y wraig ddim yn fodlon symud cam nes byddai Eliseus ei hun yn mynd gyda hi.

Pan gyrhaeddodd Eliseus dŷ'r wraig daeth ei was i'w gyfarfod.

'Does yna ddim newid,' meddai'r gwas.

Felly aeth Eliseus a'r gwas i'r ystafell a gweddïodd Eliseus ar Dduw i adfer y bachgen. Anadlodd i'w geg a chynhesu'i gorff â'i gorff ei hun. Aeth allan o'r ystafell, yna daeth yn ei ôl, a gwneud yr un peth eto.

Yn sydyn, tisiodd y bachgen saith o weithiau ac agor ei lygaid. Galwodd Eliseus ar ei fam.

'Dyma dy fab,' meddai Eliseus wrthi.

178 Morwyn Naaman

Yng ngwlad Aram, cipiwyd geneth o un o bentrefi Israel a'i dal yn gaeth.

Gweithiai fel morwyn yng nghartref capten byddin, dyn o'r enw Naaman.

Dyn dewr oedd Naaman, rhyfelwr tan gamp, ond roedd ei groen wedi'i orchuddio â smotiau gwyn, marwol y gwahanglwyf.

2 Brenhinoedd 5:1-8

Pan glywodd Eliseus, gŵr Duw, fod brenin Israel wedi rhwygo'i ddillad, anfonodd at y brenin a dweud, "Pam yr wyt yn rhwygo dy ddillad? Gad iddo ddod ataf fi, er mwyn iddo wybod fod proffwyd yn Israel."
2 Brenhinoedd 5:8

'Buaswn wrth fy modd petai'r meistr yn cael gweld y proffwyd yn Samaria!' meddai'r forwyn wrth ei meistres. 'Byddai'n sicr o'i wella o'r gwahanglwyf.'

Aeth Naaman i weld brenin Aram ac ailadrodd yr hyn roedd ei forwyn wedi'i ddweud. Ysgrifennodd y brenin lythyr at Joram, brenin Israel, ac anfonodd Naaman ato gydag aur, arian ac anrhegion eraill.

'Rydw i'n anfon Naaman atat ti gyda'r llythyr hwn fel y gelli di ei wella o'r gwahanglwyf,' meddai.

Dechreuodd y brenin amau'r llythyr. Tybed ai tric oedd hyn fel y gallai Aram ddechrau brwydro yn ei erbyn? Wnaeth o ddim meddwl am Eliseus, nac ystyried y byddai Duw yn gallu'i helpu.

Clywodd Eliseus fod y Brenin Joram mewn cryn benbleth.

'Anfona'r brenin ataf,' meddai Eliseus. 'Bydd yn gwybod wedyn bod yna broffwyd sy'n gwasanaethu Duw yng ngwlad Israel.'

179 Naaman yn cael ei wella

Aeth Naaman gyda'i weision, ei geffylau a'i gerbydau rhyfel, ac aros y tu allan i gartref Eliseus. Daeth gwas allan â neges oddi wrth y proffwyd.

'Dos i afon Iorddonen ac ymolcha yno saith o weithiau,' meddai.

Teimlai Naaman yn ddig nad oedd Eliseus ei hun wedi dod allan i'w groesawu.

2 Brenhinoedd 5:9-15

A gyrrodd Eliseus neges allan ato: "Dos ac ymolchi saith waith yn yr Iorddonen, ac adferir dy gnawd yn holliach iti."
2 Brenhinoedd 5:10

'Yn sicr, mae afonydd gwell yn Namascus lle gallwn ymolchi,' meddai. 'Roeddwn i'n credu y byddai'r proffwyd yn cyffwrdd â'm croen a gweddïo ar Dduw!'

Ceisiodd un o'i weision ymresymu â Naaman.

'Syr,' meddai, 'petai'r proffwyd wedi gofyn i ti wneud rhywbeth anodd, mae'n sicr y byddet yn ei wneud. Ond paid â gwrthod gwneud y peth syml hwn.'

Gwrandawodd Naaman arno, gan fynd at lan afon Iorddonen i ymolchi. Pan ddaeth allan o'r afon y seithfed tro, roedd ei groen yn lân heb graith o gwbl arno, fel croen babi bach. Roedd wedi gwella'n llwyr.

'Rydw i'n gwybod nad oes ond un Duw yn y byd i gyd, a Duw Israel ydi hwnnw,' meddai.

180 Eneinio Jehu yn frenin

Daeth yr amser i deulu'r Brenin Ahab farw, yn union fel y dywedodd Elias y proffwyd. Doedd yr un o deulu Ahab wedi ufuddhau i Dduw na'i barchu.

Anfonodd Eliseus un o'r proffwydi ifanc ar daith i sôn am Dduw. 2 Brenhinoedd 9:1-13

'Dos â'r llestr olew yma gyda thi a dos i chwilio am Jehu, mab Jehosaffat,' meddai. 'Gofynna am gael siarad yn gyfrinachol ag o ac yna'i eneinio'n frenin Israel. Paid ag aros i egluro, tyrd yn ôl ar frys.'

... a chwythu utgorn a dweud, "Jehu sydd frenin!"
2 Brenhinoedd 9:13b

Daeth y proffwyd o hyd i Jehu a mynd ag o i'r naill du. Pan oedd y ddau gyda'i gilydd, tywalltodd Eliseus yr olew ar ben Jehu a'i eneinio.

'Mae Duw wedi dy ddewis di i fod yn frenin Israel. Mae'n rhaid i ti ladd pob un sydd ar ôl o deulu Ahab. Dyma'u cosb am fod yn anufudd.'

Yna aeth y proffwyd i ffwrdd.

'Beth oedd neges y dyn yna?' gofynnodd un o filwyr Jehu.

'Wn i ddim!' meddai. Ond pan ofynnwyd iddo'r eilwaith dywedodd wrthyn nhw, 'Mae Duw wedi fy eneinio'n frenin.'

Tynnodd y dynion eu mentyll a'u taenu ar y grisiau lle cerddai Jehu. Dyma nhw'n chwythu'r utgyrn a gweiddi: 'Jehu ydi'r brenin!'

181 Diwedd erchyll y Frenhines Jesebel

2 Brenhinoedd 9:14–10:17

"Sut y gall fod yn iawn tra bo cymaint o buteindra a hudoliaeth dy fam Jesebel yn aros?"
2 Brenhinoedd 9:22b

Roedd brenhinoedd Israel a Jwda, Joram ac Ahaseia, gyda'i gilydd yn Jesreel. Galwodd Jehu ei filwyr ato a mynd i chwilio amdanyn nhw.

Gwelodd y gwyliwr ar y tŵr Jehu'n agosáu yn ei gerbyd rhyfel.

Anfonodd Joram un o'i filwyr ar gefn ceffyl i'w gyfarch a gofyn beth oedd ei neges. Pan ddaeth y milwr ato, dywedodd Jehu wrtho am ei ddilyn. Anfonwyd milwr arall ond mynnodd Jehu fod hwnnw, hefyd, yn ei ddilyn.

'Mae'r dyn sy'n arwain y milwyr yn gyrru'i gerbyd rhyfel fel dyn gorffwyll,' meddai'r gwyliwr ar y tŵr. 'Dim ond Jehu sy'n gyrru fel yna!'

Felly daeth Joram, brenin Israel, ac Ahaseia, brenin Jwda, allan i'w gyfarfod, pob un yn ei gerbyd rhyfel.

Cyfarfu pawb yn y cae a oedd unwaith yn eiddo i Naboth. Roedd y Frenhines Jesebel wedi cynllwynio i ladd Naboth er mwyn i Ahab allu dwyn y tir oddi arno.

'Wyt wedi dod fel ffrind, neu fel gelyn?' gofynnodd y Brenin Joram.

'Sut gallaf ddod fel ffrind tra mae dy fam, y Frenhines Jesebel, yn addoli delwau a duwiau dieithr?' mynnodd Jehu.

'Brad ydi hyn!' gwaeddodd Joram wrth Ahaseia mewn panig. Anelodd Jehu saeth tuag ato a'i daro yn ei gefn ag un ergyd berffaith. Lladdwyd Joram ar unwaith. Gwnaeth Jehu yn siŵr fod y corff yn cael ei adael yng nghae Naboth i atgoffa'r bobl o'r hyn roedd Duw wedi'i ddweud pan laddwyd Naboth.

Yn y cyfamser, ffodd y Brenin Ahaseia hefyd. Dilynodd milwyr Jehu ef a'i anafu, a bu farw'n ddiweddarach yn ninas Megido.

Doedd Jehu ddim eto wedi gorffen ei waith. Roedd y Frenhines Jesebel yn dal yn Jesreel. Colurodd ei llygaid a chribo'i gwallt, yna eisteddodd wrth ffenest ei phalas i aros am Jehu.

'Beth wyt ti'n wneud yma, y llofrudd?' gofynnodd iddo.

Edrychodd Jehu o'i gwmpas i weld a oedd rhywun yn barod i'w helpu. Apeliodd at rai o swyddogion y palas.

'Taflwch hi i lawr yma!' meddai Jehu.

Taflodd y dynion hi drwy'r ffenest a disgynnodd yn farw ar y llawr.

Erbyn hyn, roedd teulu Ahab i gyd wedi marw a'u teyrnasiad ar ben. Roedd y Brenin Jehu bellach yn rhydd i deyrnasu dros Israel, yn union fel roedd Duw wedi'i fwriadu.

182 Jehu yn twyllo

2 Brenhinoedd 10:18-28

Er i Jehu ddileu Baal o Israel ...
2 Brenhinoedd 10:28

Gwyddai'r Brenin Jehu fod llawer o bobl y wlad yn dal i addoli Baal. Aeth i Samaria a galwodd y bobl ato i wledda.

'Rydych chi'n gwybod pa mor dda y gwasanaethodd Brenin Ahab y duw Baal,' meddai wrth y bobl. 'Fe gewch weld yn awr pa mor dda y byddaf i'n ei wasanaethu. Gadewch i offeiriaid Baal a phawb sy'n ei addoli ddod at ei gilydd yma i ddathlu. Bydd pwy bynnag sy'n gwrthod dod yn cael ei ladd!'

Daeth holl addolwyr Baal i'r deml. Roedd yr adeilad dan ei sang. Gwnaeth Jehu yn sicr nad oedd unrhyw un oedd yn addoli Duw yn bresennol.

Gorchmynnodd Jehu i'w filwyr ladd pawb oedd yno. Dinistriodd y golofn sanctaidd oedd y tu mewn i'r deml, a dymchwelodd yr adeilad. Fel hyn, gwnaeth yn siŵr fod drygioni teulu Ahab wedi diflannu unwaith ac am byth o wlad Israel.

183 Nain ddrwg

Bu Athaleia, y fam frenhines, yn llywodraethu Jwda am chwe blynedd. Ar ôl i'w mab farw aeth ati i ladd yr holl deulu brenhinol fel na allai neb ei herio a chymryd ei lle.

Ond llwyddwyd i achub bywyd ei hŵyr bach, Joas. Cuddiwyd ef yn y deml,

2 Brenhinoedd 11

Yna cymerodd Jehoiada y capteiniaid a'r Cariaid a'r gwarchodlu, a holl bobl y wlad, i hebrwg y brenin o dŷ'r Arglwydd, a'i ddwyn trwy borth y gwarchodlu i'r palas a'i osod ar yr orsedd frenhinol.
2 Brenhinoedd 11:19

lle na allai Athaleia byth ddod o hyd iddo. Yn y deml, gofalodd offeiriad o'r enw Jehoiada amdano a'i ddysgu am Dduw.

Yn y seithfed flwyddyn, gofynnodd Jehoiada i warchodwyr y palas a gwarchodwyr y deml ddod ato yn y dirgel, a gofynnodd am eu cefnogaeth. Rhoddodd goron ar ben Joas a chopi o gyfraith Duw yn ei law. Gwnaeth yn siŵr fod y gwarchodwyr yn ei amgylchynu, pob un â'i arfau'n barod.

'Arhoswch gyda'r brenin bob amser,' gorchmynnodd, wrth i'r gwarchodwyr arwain y brenin allan i wynebu'r bobl. Yna cyhoeddodd mai Joas oedd brenin Jwda.

Dechreuodd y dyrfa weiddi a churo'u dwylo.

'Byw fyddo'r brenin!'

Daeth Athaleia heibio i weld beth oedd yr holl sŵn, a phan welodd fod Joas yn fyw a'i fod wedi cael ei orseddu'n frenin, aeth yn gandryll.

'Brad! Brad!' llefodd.

Ond doedd neb yn gwrando. Roedd brenin newydd yn teyrnasu.

Meddai'r offeiriad, Jehoiada, wrth y gwarchodwyr, 'Ewch â hi oddi yma a lladdwch hi â chleddyf.' Aethpwyd â hi at fynedfa Porth y Meirch a'i lladd. Saith oed oedd Joas pan ddaeth yn frenin.

184 Joas yn atgyweirio'r deml

Gwnaeth Jehoiada'n siŵr fod y bobl yn sylweddoli bod newidiadau mawr ar droed yng ngwlad Jwda. Daeth y bobl yn ôl at Dduw a dechrau'i addoli unwaith yn rhagor. Roedden nhw am fod yn bobl i Dduw unwaith eto, i gael Duw yn Dduw iddyn nhw.

2 Brenhinoedd 12

Ar hyd ei oes gwnaeth Jehoas yr hyn oedd uniawn yng ngolwg yr Arglwydd, fel yr oedd yr offeiriad Jehoiada wedi ei ddysgu.
2 Brenhinoedd 12:2

Drylliwyd allorau a delwau Baal. Dinistriwyd teml Baal, fel y gwnaethpwyd yn Israel. Gwrandawodd Joas ar bopeth roedd yr offeiriad Jehoiada wedi'i ddweud am Dduw. Dywedodd wrth yr offeiriaid am gasglu arian oddi ar y bobl er mwyn gallu atgyweirio'r deml.

Daeth Jehoiada o hyd i gist fawr, torrodd dwll yn ei chaead a'i gosod wrth ochr yr allor er mwyn i bawb roi arian ynddi. Pan oedd y gist yn llawn cafodd yr arian ei gyfrif, ei doddi a'i bwyso, a'i ddefnyddio i dalu'r seiri coed, y seiri maen a'r naddwyr cerrig. Cafodd ei ddefnyddio hefyd i brynu coed a cherrig i wneud y gwaith.

Felly, dechreuodd y gwaith o atgyweirio'r deml, a cheisiodd Joas arwain y bobl yn ôl at Dduw.

185 Marwolaeth Eliseus

Gorseddwyd Jehoahas, mab Jehu, yn frenin Israel ac ar ei ôl daeth Joas, ei fab, yn frenin. Yn ystod y cyfnod hwn cymerwyd y proffwyd Eliseus yn wael iawn.

Aeth y Brenin Joas draw i'w weld. Gwyddai fod Eliseus wedi bod yn was da i Dduw, ond ei fod ef a'i bobl wedi methu gwneud hynny.

Siaradodd Eliseus o'i wely wrth y brenin, 'Dos i nôl bwa a saethau, a saetha drwy'r ffenest agored i gyfeiriad Syria,' meddai Eliseus wrtho. Ufuddhaodd y brenin iddo.

2 Brenhinoedd 13:1-20

Wedi hyn bu Eliseus farw, a chladdwyd ef.
2 Brenhinoedd 13:20a

'Ti ydi saeth yr Arglwydd,' meddai Eliseus. 'Byddi'n brwydro yn erbyn Syria ac yn gorchfygu.'

Dywedodd Eliseus wrth y brenin am daro gweddill y saethau tua'r ddaear. Gwnaeth yntau hynny dair gwaith.

'Trueni na fyddet ti wedi taro'r ddaear bum neu chwe gwaith!' meddai Eliseus 'Byddi'n dinistrio'r Syriaid deirgwaith yn unig, ond fyddi di ddim yn eu dinistrio'n llwyr.'

Bu farw Eliseus a chafodd ei gladdu.

Aeth yr amser heibio, a daeth un brenin ar ôl y llall i lywodraethu Israel, a phob un ohonyn nhw'n gwrthod ufuddhau i Dduw. Roedd dynion drwg mewn grym a dechreuodd y bobl addoli duwiau'r gwledydd o'u cwmpas.

186 Jona'n rhedeg i ffwrdd

Cododd yr Asyriaid yn genedl bwerus iawn ac yn fygythiad i bobl Dduw. Teyrnasai'r Asyriaid yn y wlad i'r gogledd o wlad Israel. Eu bwriad oedd concro'r gwledydd o'u cwmpas a chreu un wlad gref a chadarn.

Jona 1:1-3

Daeth gair yr Arglwydd at Jona fab Amitai, a dweud, "Cod, dos i Ninefe, y ddinas fawr, a llefara yn ei herbyn."
Jona 1:1-2a

Pan alwodd Duw ar Jona, un o'i broffwydi, i fynd i Ninefe i rybuddio'r bobl oherwydd eu drygioni, gwrthododd fynd. Beth oedd gan Dduw Israel i'w wneud gyda'r Asyriaid?

Penderfynodd Jona droi tua phorthladd Jopa i chwilio am long i deithio i Tarsis, cyn belled ag y gallai fynd o Ninefe.

Talodd ei dreuliau, aeth dan y dec, a syrthiodd i drymgwsg.

187 Storm enbyd

Yn fuan ar ôl i'r llong gychwyn ar ei thaith, cododd y gwynt a rhuodd storm enbyd. Hyrddiodd y tonnau dros ochrau'r llong nes ei bod bron ar ei hochr, ac roedd y morwyr yn sicr eu bod am foddi.

Dechreuodd y dynion weddïo ar eu duwiau, a thaflwyd y cargo i'r môr i ysgafnhau'r llong. Gafaelai pawb yn dynn yn ei gilydd mewn ofn a dychryn.

Jona 1:4-12

Atebodd yntau, "Cymerwch fi a'm taflu i'r môr, ac yna fe dawela'r môr ichwi; oherwydd gwn mai o'm hachos i y daeth y storm arw hon arnoch."
Jona 1:12

Sylwodd y capten fod Jona ar goll. Aeth o dan y dec i chwilio amdano.

'Deffra, a galwa ar dy Dduw!' llefodd y capten gan ysgwyd Jona. 'Sut fedri di gysgu yn y storm enbyd yma? Galwa ar dy Dduw y munud yma! Efallai y bydd yn gallu ein helpu.'

Gofynnodd y morwyr i'w gilydd, 'Bai pwy ydi'r storm yma? Gadewch inni fwrw coelbren i gael gweld ar bwy mae'r bai.'

Trodd pawb i edrych ar Jona. 'Beth wyt ti'n wneud ar fwrdd y llong? O ble wyt ti'n dod? I ble'r wyt ti'n mynd? Pa ddrwg wyt ti wedi'i wneud fel bod dy Dduw yn ein cosbi ni fel hyn?' gofynnwyd iddo. 'Pwy wyt ti?'

'Rydw i'n addoli'r Duw sydd wedi creu'r tir a môr,' meddai Jona. 'Ond rydw i wedi rhedeg i ffwrdd oddi wrtho. Fy mai i ydi hyn i gyd. Dim ond un peth fedrwch chi ei wneud: taflwch fi i'r môr.'

188 Dyn yn y môr!

Gwrandawai'r morwyr mewn arswyd. Doedden nhw ddim eisiau lladd Jona, ond doedden nhw chwaith ddim eisiau boddi.

Dyma ddechrau rhwyfo'n ôl i'r lan, ond roedd y tonnau'n rhy gryf i frwydro yn eu herbyn. Dechreuodd y morwyr weddïo ar Dduw.

'Paid â gweld bai arnon ni am daflu'r dyn yma i'r môr! Does dim dewis arall!' llefodd pawb.

Gafaelodd rhai o'r dynion yn Jona a'i daflu dros ochr y llong i'r môr.

Tawelodd y gwynt ar unwaith a llonyddodd y tonnau. Roedd y morwyr wedi'u rhyfeddu, ac aethant ar eu gliniau. Roedden nhw wedi profi pŵer a nerth Duw.

Roedd Jona, fodd bynnag, yn suddo i lawr ac i lawr, yn is ac yn is, i waelod y môr. Roedd y gwymon yn ei dagu, ac wrth i'w fywyd lifo allan ohono dechreuodd weddïo ar Dduw i'w achub. Atebodd Duw ei weddi.

Anfonodd Duw bysgodyn anferth i lyncu Jona – ac arbed ei fywyd.

Arhosodd Jona ym mol y pysgodyn am dri diwrnod a thair noson. Cafodd gyfle i feddwl am bopeth oedd wedi digwydd. Roedd wedi gwrthod gwrando ar Dduw ac wedi mynnu mynd ei ffordd ei hun. Cofiodd ei fod unwaith wedi addo gwasanaethu Duw a gwneud ei orau drosto. O'r munud hwnnw, dechreuodd addoli Duw gan addo'i wasanaethu gan mai ei Dduw ef yn unig oedd â'r pŵer i achub.

Dywedodd Duw wrth y pysgodyn mawr am chwydu Jona allan o'i geg ar dir sych.

Jona 1:13–2:10

A threfnodd yr Arglwydd i bysgodyn mawr lyncu Jona; a bu Jona ym mol y pysgodyn am dri diwrnod a thair noson.

Jona 1:17

189 Y Duw sy'n maddau

Roedd Duw wedi rhoi ail gyfle i Jona. Y tro hwn, pan ddywedodd Duw, 'Dos i Ninefe,' fe aeth.

Aeth Jona ar hyd strydoedd y ddinas gan bregethu neges Duw. Rhybuddiodd y bobl fod yn rhaid iddyn nhw ofyn am faddeuant a newid eu ffordd o fyw. Fel arall, byddai'r wlad yn cael ei dinistrio ymhen deugain niwrnod.

Jona 3:1-10

Yna daeth gair yr Arglwydd at Jona yr eildro a dweud, "Cod, dos i Ninefe, y ddinas fawr, a llefara wrthi y neges a ddywedaf fi wrthyt."
Jona 3:1-2

Doedd dim angen i Jona ddweud fwy nag unwaith. Gwrandawodd y bobl ar ei neges a chredu pob gair ohoni. Gwrandawodd y brenin, hyd yn oed, ar neges y proffwyd.

'Chaiff neb fwyta nac yfed. Mae'n rhaid i bawb wisgo sachliain a gofyn i Dduw faddau iddyn nhw. Chaiff neb wneud pethau drwg. Efallai nad ydi hi'n rhy hwyr i Dduw newid ei feddwl a maddau i'w bobl.'

Roedd Duw yn gwylio pobl Ninefe ac yn gwrando ar eu gweddïau. Gan fod Duw'n dda a thosturiol, maddeuodd iddyn nhw. Ni wnaeth unrhyw niwed i bobl Asyria.

190 Dicter Jona

Roedd Jona'n gandryll oherwydd bod Duw wedi gwrando ar weddïau pobl Asyria.

Jona 4:1-11

Gwyddwn dy fod yn Dduw graslon a thrugarog, araf i ddigio, mawr o dosturi ac yn edifar ganddo wneud drwg.
Jona 4:2b

'Gwyddwn y byddai hyn yn digwydd,' meddai'n ddig. 'Gwyddwn dy fod yn garedig ac yn barod i faddau, ac y byddet ti'n caru'r bobl, dim ond iddyn nhw newid eu ffyrdd. Dyna pam y rhedais i ffwrdd. Maen nhw'n bobl ddrwg ac yn haeddu marw. Byddai'n well gen innau petawn i wedi marw.'

Aeth Jona allan o'r ddinas a phwdu. Trefnodd Duw fod gwinwydden yn tyfu uwch ei ben i roi cysgod iddo rhag gwres yr haul. Ond ymhen diwrnod dechreuodd ryw drychfilyn ymosod ar y planhigyn, a gwywodd. Teimlai Jona yn wan dan wres crasboeth yr haul.

'Gad i mi farw!' crefodd ar Dduw.

Siaradodd Duw gyda Jona.

'Pam wyt ti mor ddig a blin? Gadewais i'r winwydden dyfu, a gadewais iddi farw. Rwyt ti'n ddig am fod y planhigyn wedi marw, er na wnest ti ddim i'w helpu i dyfu na'i warchod. Dim ond planhigyn ydi o, ac eto rwyt ti'n dal yn ddig. Ceisia ddeall sut rydw i'n teimlo tuag at filoedd o bobl sy'n byw yn ninas Ninefe. Dydyn nhw ddim yn gwybod y gwahaniaeth rhwng da a drwg, ond maen nhw'n dal i fod yn bobl i mi. Rydw i'n eu hadnabod ac yn barod i ofalu amdanyn nhw. Dydw i ddim eisiau i'r bobl yma farw, Jona. Paid â bod yn ddig am fy mod i wedi dewis eu harbed.'

191 Duw'r tlodion

Yn ystod y cyfnod pan roedd Usseia'n frenin Jwda, roedd bugail o'r enw Amos yn gofalu am y coed ffigys.

'Amos,' meddai Duw, 'mae gen i neges i'r bobl. Dos atyn nhw a siarad ar fy rhan.'

'Gwrandewch!' meddai Amos wrth ei bobl ei hun, yn Jwda. 'Mae Duw wedi bod yn eich gwylio. Dydych chi ddim yn wahanol i wledydd eraill. Er eich bod yn gwybod am gyfreithiau Duw, rydych wedi'u hanwybyddu. Rydych wedi pechu dro ar ôl tro. Byddwch yn cael eich cosbi a bydd eich prifddinas, Jerwsalem, yn cael ei llosgi i'r llawr.'

Yna siaradodd Amos wrth bobl Israel. Amos 1–9

'Mae gen i rybudd i chi! Pobl Dduw ydych chi, ac mae ganddo feddwl mawr ohonoch. Eto i gyd, rydych yn anwybyddu ei ddeddfau ac yn addoli duwiau eraill. Mae gennych ddigon o arian ac eiddo, ond daethoch yn gyfoethog trwy ormesu a lladrata oddi wrth bobl dlawd o'ch cwmpas. Newidiwch eich ffordd o fyw! Ceisiwch fyw fel mae Duw eisiau i chi fyw. Dysgwch garu'r hyn sydd yn dda, a chasáu'r hyn sydd yn ddrwg.

A dywedodd yr Arglwydd, "Wele fi'n gosod llinyn plwm yng nghanol fy mhobl Israel; nid af heibio iddynt byth eto."
Amos 7:8b

'Dyma mae Duw yn ei ddweud: "Rydych yn offrymu anrhegion i mi pan fyddwch yn fy addoli, yn canu caneuon swnllyd a chanu'ch telynau. Ond dydw i ddim yn fodlon derbyn hyn. Byddai'n well gen i petaech chi'n byw bywyd da trwy fod yn garedig a theg gyda phawb o'ch cwmpas. Gadewch i degwch lifo fel nant trwy dir sych, a gadewch i gyfiawnder lifo fel afon na fydd byth yn sychu."'

Yna rhoddodd Duw weledigaeth i Amos – mur gerllaw llinyn plwm.

'Byddaf yn gosod llinyn plwm yng nghanol fy mhobl. Byddaf yn eu barnu, ac yn gweld nad ydyn nhw fel mur a adeiladwyd yn syth a chywir; yn hytrach, maent yn gam. Yn fuan iawn, bydd y bobl yn colli'r cyfan sydd ganddynt ac yn cael eu gyrru o'u cartrefi i fyw mewn gwlad ddieithr.'

192 Y gŵr ffyddlon

Dewisodd Duw ŵr arall, Hosea, yn negesydd iddo.

Hosea 1–14

Dyma ddechrau geiriau'r Arglwydd trwy Hosea. Dywedodd yr Arglwydd wrth Hosea, "Dos, cymer iti wraig o butain, a phlant puteindra." *Hosea 1:2a*

'Bydd dy fywyd di i gyd yn ddrych i bobl Israel,' meddai Duw wrtho. 'Rydw i am i ti briodi gwraig, ond bydd hi'n gwneud i ti deimlo'n drist. Bydd yn dy adael ac yn caru dynion eraill. Fydd hi ddim yn poeni amdanat, a bydd yn anghofio'r cyfan rwyt ti wedi'i wneud iddi. Ond wnei di mo'i gadael. Byddi di'n dal i'w charu.'

Felly priododd Hosea gyda Gomer, a ganed plant iddyn nhw. Gadawodd Gomer ei gŵr am ddyn arall, a daeth yn gaethferch.

'Nawr dos i ofyn i Gomer ddod yn ôl atat ti,' meddai Duw. 'Rydw i am i ti ei phrynu'n ôl. Mae'n rhaid i ti fyw gyda hi a'i charu.'

Talodd Hosea'r pris am gael ei wraig yn ôl, ac roedd yn dal i'w charu.

'Rydw i'n caru fy mhobl yn union fel rwyt ti'n caru Gomer,' eglurodd Duw. 'Mae fy mhobl wedi fy ngwneud yn ddig ac yn drist. Maen nhw wedi anghofio amdanaf, ond dydw i ddim wedi anghofio amdanyn nhw. Mi fyddan nhw'n cael eu cosbi, ond byddaf yn dal i'w caru.'

193 Addewid o heddwch

Tua'r adeg yma, daeth y proffwyd Micha â neges oddi wrth Dduw i bobl Israel yn eu rhybuddio bod yr Asyriaid yn dod i orchfygu'r wlad.

Micha 1–7

Dywedodd wrthyt, feidrolyn, beth sydd dda, a'r hyn a gais yr Arglwydd gennyt: dim ond gwneud beth sy'n iawn, caru teyrngarwch, ac ymostwng i rodio'n ostyngedig gyda'th Dduw. *Micha 6:8*

'Rydych wedi anghofio Duw ac wedi gwrthryfela yn ei erbyn,' meddai Micha. 'Er eich bod o blaid cyfiawnder, rydych yn casáu'r pethau da ac yn gwneud pethau drwg. Mae'r amser yn dod pan fyddwch yn galw ar Dduw i'ch helpu, ond bydd yn rhy hwyr. Bydd eich delwau'n cael eu dinistrio a'u torri'n deilchion. Bydd eich gelynion yn ennill y dydd a byddwch yn ddieithriaid mewn gwlad arall.'

Ond addawodd Micha hefyd y byddai Duw, ar ôl eu cosbi, yn anfon rhywun i'w hachub o law'r gelyn.

'Meddai Duw wrth dref Bethlehem: "Er mai ti, Bethlehem, yw un o drefi lleiaf Israel, byddaf yn codi arweinydd i Israel o blith dy bobl. Byddwch yn cael eich trechu gan eich gelynion nes daw'r amser i wraig roi genedigaeth i fab. Bydd y rhai sydd wedi aros yn ufudd i Dduw yn cael eu casglu at ei gilydd. Bydd Duw yn eu harwain ac yn gofalu amdanyn nhw, yn union fel mae bugail yn gofalu am ei ddefaid; a bydd heddwch ymysg y bobl."

'Ydych chi'n gwybod beth mae Duw eisiau i chi ei wneud? Ydych chi'n gwybod sut i fodloni Duw? Mae wedi rhoi'r ateb i chi'n barod. Mae'n rhaid i chi fyw yn dda. Mae'n rhaid i chi fod yn garedig, yn wylaidd, ac yn barod i blygu o flaen Duw, eich Creawdwr.'

194 Gweledigaeth y Proffwyd Eseia

Eseia 6

Yn y flwyddyn y bu farw'r Brenin Usseia, gwelais yr Arglwydd. Yr oedd yn eistedd ar orsedd uchel, ddyrchafedig a godre'i wisg yn llenwi'r deml.
Eseia 6:1

Ar ddiwedd teyrnasiad y Brenin Usseia, siaradodd Duw â'r bobl trwy'r proffwyd Eseia. Roedd Eseia yn y deml pan welodd Duw. Gwyddai fod Duw yn galw arno i fod yn broffwyd iddo. Cofnododd Eseia yr hyn a welodd.

'Eisteddai Duw ar ei orsedd, yn uchel i fyny, ac roedd plygiadau ei wisg yn llenwi'r deml. O'i gwmpas roedd creaduriaid nefolaidd, pob un â chwech o adenydd. Roedden nhw'n gorchuddio'u hwynebau â dwy adain, gyda dwy arall yn gorchuddio'u traed, a'r ddwy arall yn hedfan.

'Roedden nhw'n galw ar ei gilydd gan ddweud, "Sanctaidd, Sanctaidd, Sanctaidd! Mae Duw yn fawr a sanctaidd!"

'Siglwyd sylfeini'r deml gan sŵn eu lleisiau, a llanwyd y deml â mwg.

'Roeddwn yn teimlo mor ddrwg, mor annheilwng, i fod ym mhresenoldeb Duw, ac o wybod fy mod i a'r bobl mor bell oddi wrtho er ein bod yn credu ein bod yn ei adnabod a'i addoli,' meddai Eseia.

'Daeth un o'r creaduriaid i lawr yn cario darn o farworyn llosg oddi ar yr allor. Cyffyrddodd â'm gwefusau gan ddweud, "Mae dy ddrygioni wedi'i ddileu a'r drwg wedi'i faddau."

'Yna clywais lais Duw. "Pwy a anfonaf?" gofynnai. "Pwy sy'n barod i fynd i ddweud wrth y bobl amdanaf?"

'Atebais innau, 'Fe af fi. Anfon fi.'

195 Y brenin sydd i ddod

Anfonodd Duw y proffwyd Eseia at y bobl gyda neges bwysig arall.

'Mae Duw wedi gweld eich holl ddrygioni, ac ni fydd unrhyw un ohonoch yn osgoi'i gosb. Mae'r amser yn prysur ddirwyn i ben. Cefnwch ar eich drygioni nawr,' meddai Eseia wrth bobl Jwda. 'Ymddiheurwch i Dduw cyn iddi fynd yn rhy hwyr.'

Eseia 1–9; 53

Canys bachgen a aned i ni, mab a roed i ni, a bydd yr awdurdod ar ei ysgwydd.
Eseia 9:6a

Doedd neb yn barod i wrando ar neges Eseia. Ond roedd ganddo newydd da hefyd. Soniodd wrthyn nhw am ryw amser yn y dyfodol pan fyddai Duw yn gwneud rhywbeth arbennig iawn.

'Bydd Duw yn cosbi'r bobl am eu bod yn amharod i wrando arno. Ond fydd o ddim yn gas am byth. Bydd Duw yn sicr o gofio am ei bobl.

'Bydd Duw yn rhoi ei Fab ei hun i'w bobl. Bydd plentyn yn cael ei eni. Daw'n frenin ar ei bobl a bydd yn rheoli mewn ffordd deg a chyfiawn. Daw â goleuni i leoedd tywyll. Daw â heddwch fydd yn para am byth.

'Gelwir ef yn "Cynghorwr Rhyfeddol," "Duw Cadarn," "Tad Bythol," a "Tywysog Heddychlon." Bydd yn cael ei eni i deulu'r Brenin Dafydd, a bydd Duw yn ei gynnal trwy gydol ei fywyd.'

196 Yr Asyriaid yn gorchfygu'r Israeliaid

2 Brenhinoedd 17:1-23

... hyd nes i'r Arglwydd yrru Israel o'i ŵydd, fel yr oedd wedi dweud trwy ei weision y proffwydi; a chaethgludwyd Israel o'u gwlad i Asyria hyd heddiw.
2 Brenhinoedd 17:23

Pan ddaeth Hosea'n frenin Israel ymosododd Salmanaser, brenin Asyria, ar Israel a gorchfygu byddin Hosea. Cafodd Hosea aros fel brenin ar yr amod fod y wlad yn talu trethi uchel i Asyria.

Gyda help brenin yr Aifft, ceisiodd Hosea gynllwynio yn erbyn Salmanaser. Gofynnodd iddo ymuno ag ef fel y gallent, gyda'i gilydd, orchfygu'r Asyriaid. Ond daeth rhai i wybod am y cynllwyn, a dylifodd byddinoedd Asyria i mewn i Israel. Arestiwyd y Brenin Hosea a'i garcharu. Gorymdeithiodd Salmanaser tua Samaria lle bu'r bobl dan warchae am dair blynedd cyn iddyn nhw gael eu concro'n llwyr.

Yn y diwedd, cludwyd pobl Israel i Asyria gan y Brenin Salmanaser. Llanwyd y wlad roedd Duw wedi'i rhoi i bobl Israel â phobl ddieithr oedd yn addoli duwiau o goed a cherrig.

Daeth rhybuddion y proffwydi'n wir. Cosbwyd pobl Dduw am eu bod wedi gwrthryfela yn ei erbyn ac wedi gwrthod gwrando arno.

197 Heseceia'n ymddiried yn Nuw

O'r diwedd yn Jwdea, daeth brenin ar yr orsedd oedd yn caru Duw ac yn barod i ddilyn ei orchmynion. Dinistriodd Heseceia holl ddelwau a lleoedd addoli'r duwiau dieithr, a'r cerfluniau, gan ei fod yn ymddiried yn Nuw i'w helpu ef a'i bobl.

2 Brenhinoedd 18–19; Eseia 36–37

Ymosododd Heseceia ar y Philistiaid a'u gorchfygu. Yn wahanol i bobl Israel, gwrthododd dalu'r trethi i'r Asyriaid, ond daeth milwyr yr Asyriaid yn fyddin gref drwy'r wlad gan goncro llawer o drefi Jwda.

Ymddiriedai Heseceia yn yr Arglwydd, Duw Israel, ac ni fu neb tebyg iddo ymhlith holl frenhinoedd Jwda, ar ei ôl nac o'i flaen.
2 Brenhinoedd 18:5

Er mwyn codi arian, penderfynodd Heseceia werthu trysorau'r deml. Ond doedd hynny ddim yn ddigon. Mynnodd Senacherib, arweinydd Asyria, gael mwy o arian.

'Ildiwch i Asyria!' gwaeddodd un o swyddogion Senacherib. 'Peidiwch â gwrando ar y Brenin Heseceia! Mae'n credu y bydd eich Duw yn eich helpu! Ond dydi'ch Duw chi yn ddim gwahanol i'r duwiau eraill yn y gwledydd o amgylch. Does ganddo ddim nerth arbennig. Fydd o ddim yn gallu eich achub.'

Gwisgodd Heseceia sachliain ac aeth i weddïo. Anfonodd negeswyr at y proffwyd Eseia i ofyn ei gyngor. Anfonodd y proffwyd neges yn ôl at Heseceia.

'Mae Duw yn dweud wrthyt am beidio â gadael i'r Asyriaid godi braw arnat ti. Mae'n rhaid i ti gredu yn Nuw. Bydd y llywodraethwr yn derbyn neges i ddweud wrtho am fynd yn ôl i'w wlad. Tra bydd yno, bydd rhywun yn ei ladd.'

Digwyddodd popeth yn union fel dywedodd Eseia.

Derbyniodd llywodraethwr Asyria neges fod ymosodiad arall wedi digwydd, ac aeth o Jerwsalem. Cyn iddo fynd, rhoddodd lythyr i Heseceia i'w rybuddio i beidio ag ymddiried yn Nuw.

Gweddïodd Heseceia ar Dduw.

'O Dduw Israel. Ti ydi creawdwr y byd i gyd. Edrycha, O Dduw, beth sy'n digwydd i ni. Arbed ni o afael yr Asyriaid er mwyn i'r byd i gyd wybod mai ti ydi'r unig Dduw sy'n bod.'

'Mae Duw wedi ateb dy weddïau,' meddai Eseia. 'Fydd yr Asyriaid ddim yn dod i mewn i'r ddinas, na hyd yn oed yn defnyddio saeth. Bydd Duw yn gofalu amdanom ni.'

Y noson honno, aeth angel i wersyll yr Asyriaid a bu farw 185,000 o filwyr. Aeth Senacherib yn ôl i'w gartref yn Ninefe, a chafodd ei lofruddio yno gan ei ddau fab.

198 Cysgod y cloc haul

Ymhen peth amser, cymerwyd Heseceia'n wael. Aeth y proffwyd Eseia ato gyda neges oddi wrth Dduw.

'Mae'r amser wedi dod i ti farw,' meddai Eseia wrtho. 'Gwna'n siŵr dy fod wedi trefnu popeth yn ofalus.'

Trodd y brenin i wynebu mur yr ystafell, a'r dagrau'n rhedeg i lawr ei wyneb.

'O Dduw, cofia amdanaf. Rydw i wedi ceisio gwneud fy ngorau bob amser.'

Pan oedd Eseia ar fin gadael y palas, cafodd neges arall gan Dduw.

'Dos yn ôl at Heseceia gyda'r neges hon. Gwelais ei ddagrau, a chlywais ei weddi. Bydd yn gwella a chaiff fyw am bymtheg mlynedd arall.'

Brysiodd Eseia yn ôl gyda'r neges, gan ddweud wrth weision y brenin am baratoi cymysgedd o ffigys ac iro'r drwg ar ei gorff.

'Sut galla i fod yn sicr?' gofynnodd Heseceia i Eseia. 'Fydd Duw yn rhoi arwydd pendant i mi?'

'Fyddet ti'n hoffi gweld y cysgod ar y cloc haul yn symud ddeg cam ymlaen, neu ddeg cam yn ôl?'

'Yn ôl,' meddai Heseceia. 'Mae o bob amser yn symud ymlaen.'

Gweddïodd Eseia, a symudodd y cysgod ddeg cam yn ôl. Dridiau'n ddiweddarach, aeth Heseceia i'r deml i addoli Duw.

Roedd Duw wedi rhoi mwy o amser i'r brenin, ac yn y cyfnod hwnnw bendithiodd Duw y brenin â chyfoeth mawr. Adeiladodd Heseceia ragor o ddinasoedd, a llwyddodd i sianelu dŵr o ffynnon Gihon i gael dŵr yfed i bobl Jerwsalem.

Pan fu farw, claddwyd Heseceia ym medd y brenhinoedd.

2 Brenhinoedd 20;
Eseia 38:1-8

Galwodd y proffwyd Eseia ar yr Arglwydd, a gwnaeth yntau i'r cysgod fynd yn ei ôl ddeg gris, lle'r arferai fynd i lawr ar risiau Ahas.
2 Brenhinoedd 20:11

199 Neges o obaith

Rhoddodd Duw neges o obaith a chysur i Eseia er mwyn codi calonnau'r bobl.

"'Dyma eiriau o gysur i'm pobl," meddai Duw. "Dyweda wrthyn nhw eu bod wedi dioddef digon, ac yn awr byddaf yn maddau iddynt."

'Mae Duw ei hun yn dod i reoli'i bobl. Bydd yn gofalu amdanyn nhw yn union fel mae'r bugail yn gofalu am ei ddefaid, a bydd yn cario'r ŵyn bach yn ofalus yn ei freichiau.

'Sut gallwn ni ddisgrifio sut un ydi Duw? Allwn ni godi'r cefnfor a'i fesur yn ein dwylo? Allwn ni roi holl bridd y ddaear mewn cwpan? Allwn ni godi'r mynydd yn ein dwylo a'i bwyso yn y glorian?'

'Ar ddechrau amser, cydiodd Duw yn yr awyr a'i daenu fel llen. Gosododd y sêr fel lleng o filwyr, a'u cyfrif i gyd.

'Ydych chi'n credu bod y Duw hwn yn gwybod am eich pryderon? Ydych

chi'n credu nad ydi o'n gofidio dim pan fyddwch yn dioddef? Onid ydych chi wedi clywed amdano? Yr Arglwydd ydi'r Duw Mawr; ef sydd wedi creu'r byd i gyd. Dydi o byth yn blino. Yn hytrach, mae'n helpu a chefnogi pob un sy'n wan. Mae pwy bynnag sy'n ymddiried yn Nuw yn dod o hyd i nerth newydd. Fe fyddan nhw'n codi ar adenydd fel eryrod, yn rhedeg heb flino ac yn cerdded heb ddiffygio.

Eseia 40

Cysurwch, cysurwch fy mhobl – dyna a ddywed eich Duw.
Eseia 40:1

200 Cariad Duw tuag at ei bobl

Dro arall, siaradodd Eseia y proffwyd am gariad Duw tuag at ei bobl.

'Gwrandewch, bobl Israel, ar yr hyn mae Duw'r Creawdwr yn ei ddweud: "Peidiwch â bod ofn. Mi fydda i'n gefn i chi. Rydw i wedi'ch galw wrth eich enw; chi ydi fy mhobl i.

'"Pan fyddwch yn mynd trwy ddyfroedd dyfnion mi fydda i gyda chi. Wna i ddim gadael i'r llifogydd eich llorio. Pan fyddwch yn cerdded trwy dân, fyddwch chi ddim yn llosgi. Fydd y fflamau ddim yn gwneud niwed i chi.

'"Y fi ydi'r Arglwydd eich Duw, Duw sanctaidd gwlad Israel, sy'n barod i'ch helpu. Rydych chi'n werthfawr i mi ac rydw i'n eich caru.

'"Dewch ataf fi bob un ohonoch sy'n sychedig. Rhoddaf ddŵr llesol i chi i'w yfed. Dewch ataf fi bawb sydd heb arian – mae gen i wledd i'w rhannu gyda chi. Pam ydych chi'n gwario arian ar bethau nad ydyn nhw'n eich digoni? Pam ydych chi'n gwario arian ar bethau fydd yn eich gadael yn newynog eto yfory?

Eseia 43; 55

Mewn llawenydd yr ewch allan, ac mewn heddwch y'ch arweinir; bydd y mynyddoedd a'r bryniau'n bloeddio canu o'ch blaen, a holl goed y maes yn curo dwylo.
Eseia 55:12

Dewch ataf i, a gwrandewch arnaf. Dewch ataf i, ac fe roddaf fywyd newydd i chi."'

201 Cynllun Duw i helpu ei bobl

Dywedodd Eseia wrth y bobl am y plentyn roedd Duw wedi'i addo iddyn nhw.

'Bydd y plentyn hwn yn cael ei wrthod gan ei bobl. Bydd yn wynebu dioddefaint a phoen. Ond bydd ei boen ef yn boen i ni; bydd yn dioddef yn ein lle. Bydd yn marw oherwydd ein bod ni wedi gwneud drwg – nid am ei fod ef ei hun yn ddrwg. Bydd yn derbyn y gosb roedden ni'n ei haeddu, er mwyn i ni gael maddeuant.

Eseia 53

'Rydyn ni i gyd fel defaid ar goll. Mae pob un ohonon ni'n crwydro oddi ar y llwybrau cywir ac yn mynd ein ffordd ein hunain. Bydd ef yn dod fel oen sy'n cael ei arwain i'r lladd-dy, neu fel dafad yn aros i'w chneifio. Caiff ei ddal a'i ddedfrydu i farwolaeth. Bydd yn cael ei ladd er ei fod yn gwbl ddieuog.

Rydym ni i gyd wedi crwydro fel defaid, pob un yn troi i'w ffordd ei hun; a rhoes yr Arglwydd arno ef ein beiau ni i gyd.
Eseia 53:6

'Dymuniad Duw ydi iddo ddioddef yn ein lle ni. Bydd yn wynebu marwolaeth yn fodlon yn ein lle. Ar ôl ei holl ddioddefaint, bydd yn gwybod ei fod wedi gwneud rhywbeth gwerth chweil. Bydd ei farwolaeth yn achub llawer.'

202 Cosb Manasse, brenin Jwda

Ar ôl marwolaeth Heseceia, daeth ei fab Manasse yn frenin. Yn hytrach nag addoli Duw, dechreuodd addoli'r haul, y lleuad a'r sêr. Aberthodd ei fab ei hun i dduwiau dieithr, a bu'n ymhél ag ysbrydion a dewiniaid. Cododd allorau i'r duwiau yn y deml yn Jerwsalem. Yn waeth na dim, dechreuodd ladd llawer o bobl ddiniwed.

Gwrthododd wrando ar y proffwydi roedd Duw yn eu hanfon ato. Pan ddaeth byddinoedd Asyria i ymosod ar Jwda, cipiwyd Manasse a'i garcharu. Cafodd ei drin yn greulon a'i fychanu. Rhoddwyd bachyn yn ei drwyn, a'i glymu â chadwyni pres, ac aed ag ef i Fabilon.

Dim ond ar ôl iddo ddioddef cymaint y cofiodd Manasse am yr holl flynyddoedd y bu'n anufudd i Dduw.

'Rydw i wedi bod yn ffŵl! Mae'n ddrwg gen i am yr hyn rydw i wedi'i wneud,' llefodd ar Dduw. Gofynnodd i Dduw faddau iddo.

Clywodd Duw weddi Manasse a gadawodd iddo ddod yn ôl i Jerwsalem.

2 Brenhinoedd 21:1-22,
2 Cronicl 33:1-23

Yn ei gyfyngder gweddïodd Manasse ar yr Arglwydd ei Dduw, a'i ddarostwng ei hun o flaen Duw ei hynafiaid.
2 Cronicl 33:12

Dymchwelodd yr allorau a'r delwau roedd wedi'u codi a dweud wrth y bobl y byddai'n rhaid iddyn nhw droi'n ôl at Dduw a byw yn ôl ei orchmynion.

Gwrandawodd rhai ar ei neges, ond roedd eraill, gan gynnwys ei fab ei hun, Amon, ddaeth yn frenin ar ei ôl, yn dal i bechu. Roedd y bobl yn gwrthod Duw ac yn gwrthod ufuddhau i'w orchmynion.

203 Tristwch y Brenin Joseia

Yn dilyn cynllwyn a drefnwyd gan ei swyddogion ei hun, llofruddiwyd Amon. Daeth ei fab Joseia, oedd yn wyth oed ar y pryd, yn frenin yn ei le.

Roedd Joseia'n awyddus iawn i addoli Duw, fel y gwnaeth y Brenin Dafydd o'i flaen. Trefnodd i gael atgyweirio'r deml er mwyn denu'r bobl yn ôl i addoli Duw.

Yn ystod y gwaith atgyweirio, daeth y prif offeiriad, Hilceia, o hyd i hen sgrôl nad oedd neb wedi'i darllen ers blynyddoedd. Yn y sgrôl roedd hanes Duw yn gwneud cytundeb gyda'i bobl, a'r broffwydoliaeth y byddai'n dinistrio dinas Jerwsalem oherwydd anufudd-dod y bobl.

Pan glywodd Joseia y cyfreithiau a ysgrifennwyd ar y sgrôl, dechreuodd grio a rhwygo'i ddillad.

'Gweddïwch ar Dduw,' meddai. 'Mae'n rhaid i ni wybod beth mae Duw eisiau i ni ei wneud. Rydyn ni wedi torri'i orchmynion, ac mae'n rhaid ei fod yn ddig gyda ni.'

2 Brenhinoedd 22–23

Pan glywodd y brenin gynnwys llyfr y gyfraith, rhwygodd ei ddillad.
2 Brenhinoedd 22:11

Brysiodd Hilceia i chwilio am y broffwydes Hulda.

'Bydd Duw yn dinistrio dinas Jerwsalem,' meddai'r broffwydes. 'Mae'r bobl wedi cefnu arno a throi at dduwiau eraill. Ond mae Duw hefyd wedi gweld tristwch y brenin. Bydd Duw yn dinistrio Jwda, ond nid yn ystod teyrnasiad y Brenin Joseia.'

Galwodd Joseia ar y bobl i'r deml. Darllenwyd y sgrôl er mwyn i bawb glywed y geiriau.

'Rydw i'n addo gwasanaethu Duw ar hyd fy oes,' meddai Joseia. 'Rydyn ninnau hefyd yn addo,' ategodd y bobl i gyd.

Penderfynodd Joseia ddinistrio'r holl ddelwau a'r allorau i dduwiau dieithr drwy'r wlad i gyd. Ar ôl cwblhau'r gwaith arweiniodd y bobl i ddathlu Gŵyl y Bara Croyw, i'w hatgoffa o hanes Duw yn arwain ei bobl o'r Aifft.

Roedd Joseia'n gwasanaethu Duw â'i holl galon, ei holl feddwl a'i holl nerth, ac ufuddhaodd i'w orchmynion.

204 Negesydd arbennig Duw

Jeremeia 1

"Cyn i mi dy lunio yn y y groth, fe'th adnabûm; a chyn dy eni, fe'th gysegrais; rhoddais di'n broffwyd i'r cenhedloedd."
Jeremeia 1:5

Anodd iawn oedd anghofio drygioni'r Brenin Manasse. Bu heddwch yn ystod teyrnasiad Joseia, ond nid yn ystod cyfnod yr rhai a'i dilynodd. Ar ôl deuddeng mlynedd o deyrnasiad Joseia, siaradodd Duw â mab i offeiriad, bachgen yn ei arddegau o'r enw Jeremeia.

'Cyn i ti gael dy greu yng nghroth dy fam, roeddwn yn gwybod amdanat, Jeremeia. Cyn i ti gael dy eni dewisais di i fod yn negesydd i mi.'

Ni allai Jeremeia gredu geiriau Duw.

'Ond dim ond bachgen ifanc ydw i,' atebodd Jeremeia. 'Dydw i ddim yn gwybod sut i'th wasanaethu a bod yn broffwyd i ti!'

'Mi ddyweda i wrthyt beth i'w ddweud,' meddai Duw. 'Paid â bod ofn. Mi fydda i gyda thi bob cam o'r daith.'

Teimlodd Jeremeia law yn cyffwrdd â'i wefusau.

'Rydw i wedi rhoi fy ngeiriau yn dy geg,' meddai Duw. 'Dos i siarad ar fy rhan.'

Yn sydyn, gwelodd Jeremeia olygfa'n ffurfio o flaen ei lygaid. Gwelodd grochan yn llawn o hylif berwedig. Gogwyddai'r crochan tua'r de, ac roedd yr hylif berwedig yn barod i arllwys allan ohono.

'Mae pobl Jwda wedi bod yn anufudd. Maen nhw wedi addoli delwau ac wedi gwrthod fy neddfau. Yn fuan, fe ddaw gelyn o'r gogledd a dinistrio'r bobl,' meddai Duw.

'Dos, Jeremeia, a dweud wrth y bobl beth wyt ti wedi'i weld. Maen nhw'n sicr o droi arnat ti a gwrthod gwrando ar dy neges. Ond cofia, Jeremeia, y bydda i gyda thi bob amser.'

205 Pobl wrthryfelgar

Aeth Jeremeia i weld pobl Jerwsalem i adrodd wrthynt beth oedd Duw wedi'i ddweud.

'Rwy'n cofio eich arwain allan o'r Aifft,' meddai Duw. 'Chi oedd fy mhobl bryd hynny a minnau oedd eich Duw. Roeddech yn fy ngharu ac yn barod i'm dilyn. Gwarchodais chi rhag y gelynion, a buoch yn ffyddlon i mi.

'Beth sydd wedi mynd o'i le? Pam yr anghofiodd eich cyndadau am y berthynas oedd rhyngon ni? Beth wnaeth iddyn nhw gefnu arnaf ac addoli delwau diwerth? Pan oedden nhw mewn peryg roeddwn yno i'w helpu. Dim ond gofyn oedd raid, ac roeddwn yn barod i'w helpu. Ond roedd yn well ganddyn nhw dduwiau wedi'u cerfio o goed a cherrig. Roedden nhw'n dewis duwiau wedi'u gwneud â llaw yn hytrach na Duw oedd wedi eu creu nhw a chreu'r byd i gyd. Nawr, rydych yn wynebu perygl mawr. Ble mae'ch duwiau chi erbyn hyn? Galwch arnyn nhw i'ch helpu!

Jeremeia 2–17

Oherwydd fel hyn y dywed yr Arglwydd wrth bobl Jwda a Jerwsalem: "Braenarwch i chwi fraenar, a pheidiwch â hau mewn drain."
Jeremeia 4:3

'Ond dydi hi ddim yn rhy hwyr i edifarhau. Dydi hi ddim yn rhy hwyr i ddod yn ôl ataf i ac ail-greu'r berthynas oedd rhyngon ni. Rhaid gweithredu'n awr, bobl Jwda! Wylwch am y pethau drwg a wnaethoch; dangoswch eich bod yn edifar. Trowch oddi wrth eich arferion drwg, a'm caru i unwaith eto.

'Buan iawn y daw'r amser pan fydd yn rhy hwyr i droi'n ôl. Mae'r gelyn yn y gogledd yn barod i ymosod arnoch chi. Mae ei gerbydau rhyfel yn barod. Mae ei geffylau'n gyflymach nag eryrod. Fe fyddan nhw'n eich targedu a'ch dinistrio'n llwyr. Mae eu bwâu a'u cleddyfau'n barod. Maen nhw'n greulon ac yn ddidostur. Newidiwch eich ffyrdd o fyw ar unwaith. Chi eich hunain sydd wedi pentyrru trychineb ar ôl trychineb ar eich pennau, ond dydi hi ddim yn rhy hwyr i droi'n ôl ataf.'

Wylodd Jeremeia ddagrau dros ei bobl. Aeth at y bobl dro ar ôl tro i'w rhybuddio o'r hyn oedd yn mynd i ddigwydd iddyn nhw, a'r gosb fawr oedd yn eu hwynebu. Dywedodd y byddai Duw'n gwrando ond iddyn nhw droi'n ôl ato. Dechreuodd y bobl chwerthin ar ei ben. Doedden nhw ddim yn fodlon credu ei eiriau.

206 Clai'r crochenydd

Dywedodd Duw wrth Jeremeia am fynd i dŷ'r crochenydd.

Gwyliodd y crochenydd yn gweithio wrth y dröell. Gafaelodd mewn darn o glai a'i rolio â'i ddwylo gwlyb, gan dylino'r clai i ffurfio llestr pridd. Yn sydyn, gwrthododd y dröell â throi. Doedd y crochenydd ddim yn hapus gyda siâp y llestr, felly cododd y clai a'i daflu'n ôl ar y dröell. Dechreuodd unwaith eto gan ailgynllunio'r llestr pridd i wneud rhywbeth gwell.

'Rydw i'n debyg i'r crochenydd,' meddai Duw, 'a'm pobl i ydi'r clai. Os ydyn nhw'n gwrthod bod yn genedl i mi, fel roeddwn i wedi cynllunio, oherwydd eu bod yn anufudd a chwerylgar, byddaf yn ailddechrau. Byddaf yn eu hailgynllunio i greu rhywbeth defnyddiol a pherffaith. Bydd pobl Jwda yn dioddef, a bydd eu dioddefaint yn eu mowldio'n bobl i mi.'

Jeremeia 18:1–20:2

A difwynwyd yn llaw'r crochenydd y llestr pridd yr oedd yn ei lunio, a gwnaeth ef yr eildro yn llestr gwahanol, fel y gwelai'n dda.
Jeremeia 18:4

Yna dywedodd Duw wrth Jeremeia am brynu llestr pridd a mynd gyda'r offeiriaid a'r henuriaid i Ddyffryn Ben-hinnom. Yno, rhybuddiodd hwy am y pethau ofnadwy oedd yn mynd i ddigwydd iddyn nhw.

'Mae pobl Dduw wedi llenwi'r lle hwn â gwaed pobl ddiniwed,' meddai Jeremeia.

'Bydd Duw'n eu cosbi, a'r dyffryn hwn yn cael ei alw'n Ddyffryn y Lladdfa. Bydd y gelyn yn dod ac yn dinistrio'r ddinas a bydd y bobl yn dioddef mor ofnadwy neu dechrau bwyta'i gilydd.'

Drylliodd Jeremeia'r llestr pridd yng ngŵydd yr offeiriaid a'r henuriaid.

'Dyma,' meddai Jeremeia, 'fydd yn digwydd i'r bobl. Byddant yn cael eu torri'n deilchion nes bod dim modd rhoi'r darnau yn ôl at ei gilydd.'

Ond doedd y bobl ddim yn barod i wrando ar Jeremeia. Gwylltiodd Pasur yr offeiriad pan glywodd ei neges. Trefnodd i Jeremeia gael ei guro a'i glymu â chadwynau wrth borth y deml yn Jerwsalem.

207 Jeremeia'n prynu cae

Jeremeia 32

"A daeth Hanamel, fy nghefnder, ataf i gyntedd y gwarchodlu, yn ôl gair yr Arglwydd, a dweud wrthyf, "Pryn, yn awr, fy maes yn Anathoth, yn nhir Benjamin, oherwydd gennyt ti mae'r hawl i etifeddu a'r hawl i brynu; pryn ef iti." Gwyddwn wrth hyn mai gair yr Arglwydd ydoedd. Yna prynais y maes.
Jeremeia 32:8-9a

Roedd y Babiloniaid wrthi'n ymosod ar ddinas Jerwsalem pan ddywedodd Duw wrth Jeremeia am brynu cae oddi ar ei gefnder, Hanamel.

Pan ymwelodd Hanamel â Jeremeia, prynodd y cae, arwyddwyd y gweithredoedd a'u selio, a thalwyd yr arian. Ond doedd Jeremeia ddim yn deall. Pam prynu cae a Duw wedi dweud y byddai'n dinistrio'r cwbl?

'Arglwydd Dduw,' meddai Jeremeia. 'Rydw i'n gwybod bod pob dim yn bosibl i ti, ond pam oeddet ti'n awyddus i mi brynu'r cae?'

'Mae'n arwydd o'r hyn sy'n mynd i ddigwydd,' meddai Duw. 'Bydd y gelyn yn dinistrio Jerwsalem oherwydd bod fy mhobl yn gwrthod gwrando arnaf. Ond rhyw ddydd, bydd rhai ohonyn nhw'n dod yn ôl. Fe fyddan nhw'n dod i fyw yma ac yn dechrau prynu a gwerthu tiroedd unwaith eto. Dyma fy addewid am y dyfodol. Byddaf yn gofalu am fy mhobl. Byddaf yn rhoi'r pethau gorau iddyn nhw, a byddaf yn Dduw iddyn nhw.'

208 Y geiriau yn y tân

Yn ystod teyrnasiad Jehoiacim, brenin Jwda, dechreuodd negeseuon y proffwydi ddod yn wir. Roedd ymosodiadau Nebuchadnesar, brenin Babilon, ar Jwda yn waeth nag erioed. Ond eto, doedd neb yn cymryd Jeremeia o ddifri.

'Pryna sgrôl,' meddai Duw wrth Jeremeia, 'ac ysgrifenna arni bob dim rydw i wedi'i ddweud wrthyt ti. Wrth glywed y geiriau, efallai y bydd y bobl yn dechrau sylweddoli beth sy'n mynd i ddigwydd. Bryd hynny fe fyddan nhw'n gweld pa mor ddrwg maen nhw wedi bod, a gallaf innau faddau iddynt.'

Ysgrifennodd Baruch eiriau Jeremeia ar y sgrôl.

'Dos â'r sgrôl i'r deml,' meddai Jeremeia. 'Cha i ddim mynd ar gyfyl y lle. Dos yno ar ddiwrnod arbennig pan fydd llawer o bobl o gwmpas, a darllena'n uchel bopeth rwyt ti wedi'i ysgrifennu.'

Aeth Baruch i'r deml a darllen y geiriau ar y sgrôl. Gwrandawai'r bobl yn astud ar bopeth roedd Duw wedi'i ddweud wrth Jeremeia. Pan glywodd Jehudi am y sgrôl, gorchmynnodd i Baruch ei darllen iddo ef a'r swyddogion eraill.

Roedd y dynion i gyd wedi cael braw. Sylweddolodd pawb fod yn rhaid cymryd y rhybudd hwn o ddifri.

JEREMEIA 36

'Mae'n rhaid i ni ddweud wrth y brenin,' medden nhw. 'Ond mae'n rhaid i ti, Jeremeia, fynd i guddio.'

Eisteddai'r Brenin Jehoiacim o flaen tanllwyth o dân, gan ei bod hi'n oer, wrth i Jehudi agor y sgrôl a darllen y geiriau arni.

Ar ôl i Jehudi ddarllen ychydig o linellau dywedodd y brenin wrtho am beidio â darllen dim rhagor. Gafaelodd y brenin mewn cyllell a rhwygo'r sgrôl yn ddarnau, a'u taflu i'r tân. Fel roedd Jehudi yn darllen, dinistriai'r brenin y sgrôl. Erbyn y diwedd, roedd y sgrôl wedi'i llosgi'n llwyr yn fflamau'r tân.

Pan fyddai Jehudi wedi darllen tair neu bedair colofn, torrai'r brenin hwy â chyllell yr ysgrifennydd, a'u taflu i'w llosgi yn y rhwyll dân, nes difa'r sgrôl gyfan yn y tân.
Jeremeia 36:23

Anfonodd y brenin ei weision i chwilio am Jeremeia a Baruch. Doedd y brenin ddim yn barod i wrando ar rybudd Duw, ond mynnai fod yn rhaid cosbi'r ddau ohonynt.

'Rydw i am i ti ddechrau o'r dechrau unwaith eto,' meddai Duw wrth Jeremeia. 'Ysgrifenna sgrôl arall. Byddaf yn cosbi Jehoiacim am ei fod yn gwrthod gwrando arnaf.'

209 Y Babiloniaid yn cymryd carcharorion

Doedd dim byd allai rwystro'r Babiloniaid rhag ymosod ar Jwda. Cipiwyd y swyddogion, yr adeiladwyr a'r crefftwyr. Yn y diwedd, daliwyd y Brenin Jehoiacim, ei rwymo mewn cadwynau, a mynd ag ef i Fabilon. Ymosododd y Brenin Nebuchadnesar ar y palas a dwyn llawer o drysorau'r deml.

Yna, yn y gwanwyn, daeth y Babiloniaid yn eu holau. Rheibiwyd y deml a dwyn gweddill y trysorau. Daliwyd y Brenin Jehoiachin ac aethpwyd ag ef i Fabilon ynghyd â deng mil o bobl eraill. Ymhlith y bobl hynny roedd gŵr o'r enw Eseciel.

Jeremeia 24, Eseciel 1:1-2

Fel hyn y dywed yr Arglwydd, Duw Israel: "Fel y ffigys da hyn yr ystyriaf y rhai a gaethgludwyd o Jwda, ac a yrrais o'r lle hwn er eu lles i wlad y Caldeaid." *Jeremeia 24:5*

Tra oedden nhw'n garcharorion yng ngwlad Babilon, cofiodd y bobl am rybuddion y proffwydi. Pam na fuasen nhw wedi gwrando? Roedden nhw'n edifar eu bod wedi gwrthod ufuddhau i Dduw. Ond roedd y bobl oedd wedi cael eu gadael ar ôl yn ddiogel yn Jerwsalem yn credu eu bod wedi osgoi cosb Duw.

Penderfynodd Nebuchadnesar orseddu Sedeceia yn frenin Jwda.

Roedd Jeremeia ymhlith y rhai a adawyd ar öl yn Jerwsalem. Un diwrnod, roedd yn agos at y deml.

'Edrycha ar y ddwy fasgedaid yma o ffigys,' meddai Duw wrtho. 'Beth weli di?'

'Mae un basgedaid yn llawn o ffigys da, aeddfed, yn barod i'w bwyta,' meddai. 'Mae'r lleill, yn y fasged arall, yn bwdr. Dydyn nhw'n dda i ddim.'

'Meddylia di am y ffigys yna,' meddai Duw. 'Mae'r bobl sydd wedi'u carcharu yng ngwlad Babilon fel y ffigys da, aeddfed. Byddaf yn gofalu amdanyn nhw nes daw'r amser iddyn nhw fynd yn ôl. Ond mae'r ffigys pwdr yn debyg i'r Brenin Sedeceia a'r bobl sydd ar ôl yn Jerwsalem. Maen nhw mor ddrwg fel nad ydyn nhw'n werth eu cadw.'

210 Jeremeia yn y carchar

Y tu allan i waliau Jerwsalem, cododd y Brenin Nebuchadnesar furiau i warchod y ddinas. Ddydd ar ôl dydd, mis ar ôl mis, gwersyllai'r milwyr y tu allan i'r ddinas. Yn y ddinas ei hun roedd bwyd yn brin. Gofynnodd y Brenin Sedeceia i Jeremeia weddïo ar Dduw i ofyn am ei help.

'Bydd pobl Babilon yn cilio pan welan nhw bobl yr Aifft yn dod i'ch helpu,' meddai Duw. 'Ond wnaiff hynny ddim para'n hir. Fe fyddan nhw'n dod yn ôl, yn dal y bobl ac yn llosgi'r ddinas. Dim ond y rhai sy'n barod i ildio fydd yn ddiogel.'

Gan wybod bod y gelyn wedi cilio am ychydig, aeth Jeremeia i chwilio am y cae roedd Duw wedi dweud wrtho am ei brynu.

'Pam wyt ti'n gadael y ddinas?' gofynnodd un o'r milwyr iddo. 'Bradwr wyt ti! Rwyt ti'n mynd i ymuno â'r Babiloniaid!'

Llusgwyd Jeremeia yn ei ôl a chafodd ei guro a'i garcharu mewn cell dan y ddaear. Roedd yn dal yno pan anfonodd y Brenin Sedeceia amdano i weld a oedd gan Dduw unrhyw neges iddo.

JEREMEIA 37:1–38:5

Yna rhoes y Brenin Sedeceia orchymyn, a rhoddwyd Jeremia yng ngofal llys y gwylwyr, a rhoddwyd iddo ddogn dyddiol o un dorth o fara o Stryd y Pobyddion, nes darfod yr holl fara yn y ddinas.
Jeremeia 37:21

'Mae Duw wedi dweud y byddwch yn cael eich trosglwyddo i ddwylo'r Babiloniaid,' meddai Jeremeia wrtho. 'Ond pam ydw i'n y carchar? Paid â'm hanfon yn ôl yno, bydd hynny'n ddigon amdanaf.'

Carcharwyd Jeremeia yng nghyntedd y palas, a thra oedd yno daliai ati i ddweud wrth bawb beth oedd neges Duw.

'Os ildiwch i'r Babiloniaid, byddwch yn ddiogel! Os arhoswch yma, fe fyddwch yn marw o newyn neu o ryw afiechyd. Mae Duw wedi rhoi dinas Jerwsalem i'r Babiloniaid – mae'n cosbi ei bobl am eu bod wedi troi oddi wrtho ac yn addoli duwiau dieithr.'

'Rhowch daw ar y dyn yna,' meddai'r swyddogion wrth y brenin. 'Mae'n codi ofn a braw ar y milwyr! Sut y gallan nhw frwydro ac yntau'n dweud nad oes ganddyn nhw ddim gobaith o gwbl?'

Dywedodd Sedeceia wrthyn nhw am fynd i ffwrdd.

'Gwnewch fel y mynnoch gyda'r dyn,' meddai.

211 Yng ngwaelod y ffynnon

Lluchiwyd Jeremeia i mewn i'r ffynnon. Er nad oedd dŵr ynddi, suddodd i mewn i'r mwd yn y gwaelod. Wrth iddo eistedd yno yn y tywyllwch, ofnai ei fod yn mynd i farw.

Jeremeia 38:6-13

A chymerasant Jeremeia, a'i fwrw i bydew Malcheia, mab y brenin, yng nghyntedd y gwylwyr; gollyngasant Jeremeia i lawr wrth raffau. Nid oedd dŵr yn y pydew, dim ond llaid, a suddodd Jeremeia yn y llaid.
Jeremeia 38:6

Clywodd Ebedmelech, un o swyddogion y brenin, beth oedd wedi digwydd i'r proffwyd.

'Eich mawrhydi,' meddai. 'Bydd Jeremeia'n siŵr o farw os caiff ei adael yng ngwaelod y ffynnon.'

Teimlai'r Brenin Sedeceia'n flinedig.

'Tynnwch o allan cyn iddo farw,' meddai.

Aeth Ebedmelech i chwilio am raff, darnau o hen garpiau, a chriw o ddynion i'w helpu. Dywedodd wrth y proffwyd am roi'r hen garpiau o dan ei geseiliau rhag i'r rhaff ei anafu. Yn araf, codwyd Jeremeia o dywyllwch y ffynnon i olau dydd.

212 Cwymp Jerwsalem

'Dyweda bopeth rwyt ti'n wybod!' meddai'r Brenin Sedeceia. 'Beth sy'n mynd i ddigwydd i mi?'

'Rydw i wedi dweud wrthyt dro ar ôl tro,' meddai Jeremeia, 'ond dwyt ti ddim yn gwrando. Os nad wyt ti'n barod i ildio i'r Babiloniaid, byddi di a'th deulu'n sicr o farw.'

'Ond mae arna i ofn!' llefai Sedeceia. 'Beth wnân nhw i mi os byddaf yn ildio?'

'Os byddi'n ufuddhau i Dduw, byddi'n sicr o fyw,' meddai Jeremeia.

Ond gwrthododd Sedeceia wrando ar Jeremeia. Daeth y Babiloniaid yno unwaith eto ac ymosod ar Jerwsalem. Roedd y bobl yn marw o newyn. Ceisiodd Sedeceia a'i filwyr ddianc o'r ddinas yn ystod y nos, trwy'r ardd frenhinol. Rhedodd y Babiloniaid ar ei ôl a'i ddal. Lladdwyd ei feibion o flaen ei lygaid, lladdwyd ei swyddogion a dallwyd y brenin. Cafodd ei roi mewn cadwyni a'i gludo i Fabilon, ac yno y bu mewn carchar am weddill ei fywyd.

Ymosododd y Babiloniaid ar y deml yn Jerwsalem, a dwyn popeth o werth. Cyneuwyd tanau ar hyd a lled y ddinas, a dinistriwyd y muriau i gyd. Rhoddwyd y bobl mewn cadwyni a'u cludo i Fabilon. Dim ond ychydig o bobl dlawd a adawyd ar ôl i weithio yn y caeau.

Jeremeia 38:14–40:6

Aeth Jeremeia i Mispa at Gedaleia fab Ahicam, ac aros gydag ef ymhlith y bobl oedd wedi eu gadael yn y wlad.
Jeremeia 40:6

Roedd un o gapteiniaid byddin Babilon wedi gweld Jeremeia yn ei gadwynau.

'Mae hyn i gyd wedi digwydd yn union fel y dywedaist, am fod y bobl wedi cefnu ar dy Dduw,' meddai'r capten. 'Gollyngaf di'n rhydd. Cei ddod gyda mi i Fabilon, neu fe gei ddewis aros yma.'

Gwyddai Jeremeia fod Duw wedi cadw at ei air a'i fod wedi ei gadw'n ddiogel. Penderfynodd aros gyda'r bobl oedd ar ôl yn Jerwsalem, yn ei wlad ei hun.

213 Y caethion ym Mabilon

Doedd y caethion a gludwyd i Fabilon ddim wedi cael eu trin yn wael. Gofynnodd y Brenin Nebuchadnesar i'w brif swyddog ddewis rhai o'r dynion ifanc gorau i gael eu dysgu a'u hyfforddi i weithio iddo yn ei balas.

Ymhlith y rhai a ddewiswyd roedd pedwar gŵr ifanc o'r palas brenhinol yn Jwda: Daniel, Hananeia, Misael ac Asareia. Rhoddwyd enwau newydd iddyn nhw, sef Beltesassar, Sadrach, Mesach ac Abednego. Roedden nhw hyd yn oed yn cael bwyta ar yr un bwrdd â'r brenin. Tair blynedd oedd cyfnod yr hyfforddiant.

Daniel 1

Ar ôl i'r brenin siarad â hwy, ni chafwyd neb yn eu mysg fel Daniel, Hananeia, Misael ac Asareia; felly daethant hwy yn weision i'r brenin.
Daniel 1:19

Teimlai Daniel yn ddiflas. Er ei fod yn gaeth mewn gwlad ddieithr, doedd o ddim yn awyddus i fwyta bwydydd oedd yn cael eu gwahardd gan Dduw. Gofynnodd i brif swyddog y brenin a gâi yfed dim ond dŵr a bwyta dim byd ond llysiau.

'Na, mae'r brenin wedi penderfynu beth fyddwch chi'n fwyta er mwyn eich gwneud yn gryf ac iach,' meddai. 'Mi fydda i'n colli fy swydd a 'mywyd os byddwch chi'n gwrthod gwrando ac yn mynd yn sâl!'

Siaradodd Daniel ag un o'r gwarchodwyr.

'Wnawn ni ddim mynd yn sâl. Beth am roi cynnig arni? Rhowch ddŵr a llysiau yn unig i ni. Os byddwn ni'n teimlo'n wan ymhen deg diwrnod, byddwn yn barod i fwyta beth bynnag gaiff ei roi o'n blaenau.'

Cytunodd y gwarchodwr, ac ymhen deg diwrnod edrychai Daniel a'i ffrindiau'n iach fel cneuen. Gadawyd iddyn nhw fwyta bwyd o'u dewis eu hunain. Roedd Duw yn gefn iddyn nhw, a rhoddodd sgiliau arbennig iddynt. Nhw oedd y gorau ymhlith y caethion. Rhoddodd Duw, hefyd, y gallu i Daniel ddehongli breuddwydion a gweledigaethau.

Ar ôl i'r pedwar gwblhau eu hyfforddiant, cyflwynwyd nhw i'r Brenin Nebuchadnesar. Roedd wedi rhyfeddu at eu doethineb a'u deall

214 Breuddwyd Nebuchadnesar

Doedd y Brenin Nebuchadnesar ddim yn cysgu'n dda iawn. Roedd yn cael breuddwydion oedd yn ei boeni.

Galwodd y seryddion a'r gwŷr doeth ato, a dweud y cyfan wrthyn nhw.

'Dywedwch wrtha i beth ydi ystyr y breuddwydion,' meddai, 'er mwyn i mi allu cysgu'n dawel unwaith eto.'

'Disgrifia dy freuddwyd, ac fe rown ni esboniad i ti,' meddai'r gwŷr doeth.

Gwylltiodd y brenin.

'Na! Mi rof wobr i bwy bynnag fydd yn gallu egluro'r freuddwyd; fel arall, byddwch i gyd yn cael eich lladd.'

'Mae'n amhosib,' meddai'r gwŷr doeth. 'Does neb yn gallu egluro beth yn union ydi ystyr breuddwydion.'

Daniel 2:1-23

Anfonodd y Brenin Nebuchadnesar nhw i gyd i ffwrdd i gael eu lladd.

Pan ddaeth swyddog y brenin i chwilio am Daniel a'i ffrindiau i ddweud wrthyn nhw am lofruddio'r gwŷr doeth, gofynnodd Daniel beth oedd wedi gwylltio'r brenin i'r fath raddau. Aeth at y Brenin Nebuchadnesar i ofyn am ragor o amser i geisio egluro ystyr ei freuddwydion.

Datguddiwyd y dirgelwch i Daniel mewn gweledigaeth nos. Bendithiodd Daniel Dduw'r nefoedd.
Daniel 2:19

'Gweddïwch,' crefodd Daniel ar ei ffrindiau. 'Mae'n rhaid inni ofyn i Dduw egluro'r breuddwydion i ni, neu byddwn i gyd yn cael ein lladd fel y gwŷr doeth.'

Aeth y pedwar ar eu gliniau a dechrau gweddïo ar Dduw. Yn ystod oriau'r nos, cafodd Daniel ateb i'w weddi ac esboniad ar freuddwyd y brenin.

'O Dduw, diolch i ti,' gweddïodd Daniel. 'Mae doethineb a nerth yn perthyn i ti. Rwyt ti'n rhoi atebion i'r rhai doeth ac yn egluro pethau anodd a thywyll. Rwyt ti wedi ateb fy ngweddi a rhoi doethineb i mi. Rwyt ti wedi egluro breuddwyd y brenin i mi.'

215 Dangos y Dirgelwch

Daniel 2:24-49

Dywedodd y brenin wrth Daniel, "Yn wir, Duw y duwiau ac Arglwydd y brenhinoedd yw eich Duw chwi, a datguddiwr dirgelion; oherwydd medraist ddatrys y dirgelwch hwn."
Daniel 2:47

Y diwrnod canlynol, aeth Daniel i weld y brenin.

'Fedri di egluro fy mreuddwyd?' gofynnodd Nebuchadnesar.

'Eich mawrhydi,' meddai Daniel, 'does yr un dyn doeth sy'n gallu egluro breuddwydion. Ond mae yna Dduw yn y nefoedd sy'n gallu egluro breuddwydion, ac mae wedi dangos i ti beth sy'n mynd i ddigwydd yn y dyfodol.

'Yn dy freuddwyd gwelaist ddelw fawr. Roedd pen y ddelw wedi'i gwneud o aur, ei bron a'i breichiau o arian, ei bol a'i chluniau o bres, ei choesau o haearn a'i thraed o haearn a chlai.'

'Yna, o'r mynydd, naddwyd carreg. Syrthiodd y garreg a malurio'r ddelw, fel bod yr aur, yr arian, yr haearn, y pres a'r clai i gyd yn ddarnau mân. Chwythodd y gwynt y cyfan i ffwrdd, ond gwnaed y graig yn fynydd cymaint â'r ddaear.'

'Dyma'r ystyr,' meddai Daniel. 'Mae Duw wedi rhoi popeth i ti. Mae'n rhoi nerth a phŵer dros bopeth o'th gwmpas. Ti ydi pen aur y ddelw. Ar dy ôl di fe ddaw gwledydd pwerus eraill, ond ymhen amser fe fyddan nhw i gyd yn syrthio.

'Y graig a wnaed yn fynydd, oedd yn gryfach na phopeth arall, ydi'r deyrnas y bydd Duw'n ei chreu. Bydd teyrnas Dduw yn gryfach na'r gwledydd i gyd, a bydd yn para am byth. Fydd yna ddim diwedd ar ei deyrnas.'

Syrthiodd Nebuchadnesar ar ei liniau o flaen Daniel.

'Dy Dduw di ydi'r unig Dduw,' meddai. 'Y fo ydi brenin yr holl frenhinoedd!'

Rhoddodd y Brenin Nebuchadnesar roddion gwerthfawr i Daniel a'i wneud yn arweinydd dros wlad Babilon a thros y gwŷr doeth i gyd.

Tra oedd Daniel yn byw yn y palas, rhoddodd swyddi pwysig i'w ffrindiau, Sadrach, Mesach ac Abednego.

216 Y DDELW AUR

DANIEL 3:1-7

Gwnaeth y Brenin Nebuchadnesar ddelw aur drigain cufydd o uchder a chwe chufydd o led.
Daniel 3:1a

Cododd y Brenin Nebuchadnesar ddelw fawr o aur pur. Gosododd y ddelw ar lecyn gwastad ym Mabilon; roedd y ddelw aur mor dal a llydan fel y gellid ei gweld am filltiroedd.

Galwodd y brenin ar bawb oedd mewn swyddi pwysig i sefyll wrth ymyl y ddelw aur.

Cododd negesydd ar ei draed a gwneud datganiad.

'Mae'r brenin wedi gorchymyn i'r bobl i gyd, pa bynnag iaith maen nhw'n siarad, i blygu ac addoli'r ddelw aur. Cyn gynted ag y byddwch chi'n clywed sŵn cerddoriaeth, mae'n rhaid i chi benlinio ac addoli. Fe fydd unrhyw un sy'n gwrthod gwneud hyn yn cael ei daflu i ffwrnais dân.'

Seiniodd y gerddoriaeth. Penliniodd pawb ac addoli o flaen y ddelw aur, pawb heblaw am Sadrach, Mesach ac Abednego.

217 Y FFWRNAIS DÂN

Dynion â'u bryd ar godi twrw oedd seryddion y brenin.

'Eich mawrhydi,' medden nhw wrth y brenin, 'rwyt ti wedi gorchymyn i bawb benlinio ac addoli'r ddelw aur sydd ar wastadedd Babilon. Ond mae rhai dynion, dynion rwyt ti wedi rhoi swyddi uchel iddyn nhw, yn gwrthod ufuddhau a phlygu i addoli'r duwiau. Mae tri Iddew – Sadrach, Mesach ac Abednego – yn gwrthod addoli'r ddelw aur.'

Gwylltiodd y brenin ac anfonodd am y tri gŵr, oedd yn ffrindiau i Daniel.

'Rydw i'n deall eich bod yn gwrthod ufuddhau i mi,' meddai'r brenin, 'ond mi rof un cyfle arall i chi. Plygwch ac addolwch y ddelw aur neu byddaf yn eich taflu i'r ffwrnais dân. Fydd yr un Duw yn gallu'ch achub o'r tân hwnnw!'

'O Frenin Nebuchadnesar,' meddai'r tri ffrind, 'rwyt ti'n berson arbennig, ond mae ein Duw ni yn fwy arbennig fyth. Os cawn ein taflu i'r ffwrnais dân, bydd ein Duw ni yn sicr o'n hachub. Ond beth bynnag fydd yn digwydd inni,

Daniel 3:8-30

byddwn yn dal i'w addoli. Dydyn ni ddim yn fodlon plygu ac addoli'r ddelw aur!'

Yn ei wylltineb, gorchmynnodd y brenin ei weision i godi tymheredd y ffwrnais i'r entrychion. Rhwymwyd y tri dyn a'u taflu i mewn i'r ffwrnais, yn eu dillad.

Gwyliai'r brenin bob symudiad, a rhythodd mewn rhyfeddod.

'Cafodd tri dyn eu rhwymo a'u taflu i mewn i'r ffwrnais,' meddai. 'Eto, mae pedwar dyn yn cerdded o gwmpas yn y ffwrnais. Allan â nhw'r funud yma!'

Camodd y tri dyn allan o'r ffwrnais. Doedd yr un ohonyn nhw wedi cael anafiadau, a doedd eu dillad ddim wedi'u llosgi yn y tân. Doedd dim arogl mwg arnyn nhw hyd yn oed!

'Mae eich Duw chi'n Dduw mawr!' meddai Nebuchadnesar. 'Anfonodd angel i achub eich bywydau am eich bod yn barod i farw yn hytrach na phlygu i addoli'r ddelw aur.'

Rhoddodd Nebuchadnesar orchymyn arall.

'Does neb, o unrhyw iaith, i ddweud gair yn erbyn Duw Sadrach, Mesach ac Abednego. Y fo'n unig sydd â'r gallu i achub ei bobl.'

"Ond," meddai yntau, "rwy'n gweld pedwar o ddynion yn cerdded yn rhydd ynghanol y tân, heb niwed, a'r pedwerydd yn debyg i un o feibion y duwiau."
Daniel 3:25

218 Gwallgofrwydd y brenin

Cafodd Nebuchadnesar freuddwyd arall a galwodd ar ei gynghorwyr. Fel o'r blaen, doedd neb ond Daniel yn gallu'i helpu.

'Breuddwydiais fy mod yn gweld coeden yn tyfu'n uchel nes ei bod yn cyffwrdd yr awyr. Roedd pawb drwy'r byd i gyd yn gweld y goeden. Dail gwyrdd oedd arni, a digonedd o ffrwythau i fwydo pawb. Roedd hi'n goeden mor gadarn fel bod holl greaduriaid y ddaear yn cysgodi oddi tani, a'r holl adar yn clwydo yn ei changhennau.

Daniel 4

"Ac yn awr yr wyf fi, Nebuchadnesar, yn moli, yn mawrhau ac yn clodfori Brenin y Nefoedd, sydd â'i weithredoedd yn gywir a'i ffyrdd yn gyfiawn, ac yn gallu darostwng y balch."
Daniel 4:37

'Ond tra oeddwn i'n edrych ar y goeden daeth angel heibio. Dywedodd fod yn rhaid i'r goeden gael ei thorri i lawr, rhaid torri'i changhennau, tynnu'r dail a gwasgaru'r ffrwythau. Diflannodd yr anifeiliaid oedd yn cysgodi oddi tani a hedfanodd yr adar i ffwrdd. Ond roedd bôn y goeden wedi'i chlymu â chadwynau ac yn wlyb o wlith.'

Gwyddai Daniel ar ei union beth oedd ystyr y freuddwyd, ond roedd arno ofn dweud wrth y brenin. Dywedodd y Brenin Nebuchadnesar wrtho am siarad yn blaen, a pheidio â chelu dim oddi wrtho.

'O Frenin, mae'r freuddwyd yn hunllef,' meddai Daniel. 'Byddai'n well gen i petai hi'n sôn am rywun arall. Ti ydi'r goeden sydd wedi tyfu'n uchel, fel bod yr holl wledydd o gwmpas yn gwybod dy fod yn ddyn cadarn a nerthol.

'Mae Duw wedi gweld y cyfan, ond mae am i ti wybod nad wyt ti'n ddim o'i gymharu ag o. Mae'n eiddgar i ti newid dy ffordd o fyw a gwneud yr hyn sy'n iawn. Mae am i ti fod yn garedig wrth y rhai y buost yn gas gyda nhw. Os na wnei di hyn, bydd Duw'n drysu dy feddwl a bydd raid i ti fyw gyda'r anifeiliaid a bwyta'u porthiant.'

Digwyddodd popeth yn union fel y dywedodd Daniel. Aeth Nebuchadnesar trwy gyfnod o wallgofrwydd. Ond ar ei ddiwedd daeth i ddeall bod Duw yn wir yn Dduw y byd i gyd. Dechreuodd addoli Duw, a deall bod Duw yn hoffi caredigrwydd a chyfiawnder ac yn casáu drygioni a chreulondeb.

219 Yr ysgrifen ar y mur

Ar ôl marwolaeth Nebuchadnesar, anghofiwyd am Daniel a'i ffrindiau. Ymhen blynyddoedd wedyn daeth brenin newydd ar yr orsedd – y Brenin Belsassar – ac aeth ati i baratoi gwledd fawr.

Gwahoddwyd pobl bwysig Babilon i'r wledd, a gorchmynnodd Belsassar fod

y gwin i'w yfed o'r llestri aur ac arian roedd Nebuchadnesar wedi'u dwyn o'r deml yn Jerwsalem. Dechreuodd y gwesteion fwyta ac yfed. Cododd pawb eu llestri yfed gan weiddi,

'Addolwn ein duwiau o aur ac arian, o bres a haearn, o bren a charreg!'

Yn sydyn, ymddangosodd bysedd llaw ddynol a dechrau symud ar y mur. Syllodd pawb mewn rhyfeddod, ac edrych ar y brenin. Trodd ei wyneb yn welw, dechreuodd ei ddwylo grynu a disgynnodd i'r llawr.

Ysgrifennodd y llaw y geiriau hyn: 'Mene, Mene, Tecel, Parsin.'

'Anfonwch am rywun sy'n deall ystyr y geiriau,' meddai'r brenin mewn llais gwan. 'Caiff ei wneud yr ail berson mwyaf pwerus yn y wlad.'

Ni allai'r un o'r dewiniaid na'r gwŷr doeth ddweud beth oedd ystyr y geiriau ar y mur.

Cofiodd y Fam Frenhines fod Daniel wedi helpu'r brenin i ddeall ystyr ei freuddwydion, ac anfonwyd amdano.

'Os gelli di ddweud beth ydi ystyr y geiriau ar y mur, rhoddaf wobr i ti,' meddai Belsassar.

'Dydw i ddim eisiau gwobr o unrhyw fath,' meddai Daniel. 'Duw sydd wedi anfon y llaw i ysgrifennu ar y mur i ddangos dyn mor ddrwg wyt ti. Mae wedi gweld nad wyt ti'n deilwng i fod yn frenin. Bydd dy deyrnasiad yn dod i ben. Daw'r Mediaid a'r Persiaid yma a chipio'r deyrnas.'

Gwyddai Belsassar fod Daniel yn dweud y gwir ond, erbyn hynny, roedd

DANIEL 5

Fel hyn y mae'r ysgrifen yn darllen: 'Mene, Mene, Tecel, Wparsin.' A dyma'r dehongliad. 'Mene': rhifodd Duw flynyddoedd dy deyrnasiad, a daeth ag ef i ben. 'Tecel': pwyswyd di yn y glorian, a'th gael yn brin. 'Peres': rhannwyd dy deyrnas, a'i rhoi i'r Mediaid a'r Persiaid.

Daniel 5:25-28

hi'n rhy hwyr. Y noson honno, ymosododd byddin Persia ar Babilon a lladdwyd y Brenin Belsassar.

220 Cynllwyn yn erbyn Daniel

Pan ddaeth Dareius y Mediad yn llywodraethwr, gwelodd fod Daniel yn ŵr dawnus a phrofiadol a chafodd ei ddyrchafu'n un o'i dri phrif ymgynghorwr.

Daniel 6:1-9

Yna dywedodd y dynion hyn, "Ni fedrwn gael unrhyw achos yn erbyn y Daniel hwn os na chawn rywbeth ynglŷn â chyfraith ei Dduw." *Daniel 6:5*

Gweithiodd Daniel yn galed, ac roedd Dareius wedi'i blesio cymaint gyda'i waith fel ei fod yn awyddus i roi swydd gyfrifol iddo. Ond roedd y swyddogion eraill yn genfigennus ohono, ac yn ceisio chwilio am reswm – unrhyw beth – i wneud iddo golli'i swydd.

'Mae'n dasg cwbl amhosibl,' meddai'r swyddogion wrth ei gilydd. 'Yr unig ffordd o gael gwared â Daniel ydi dweud neu wneud rhywbeth yn erbyn ei Dduw.'

Buon nhw'n cynllwynio yn ei erbyn, ac ar ôl meddwl am syniad, i ffwrdd â nhw i weld Darcius.

'O frenin Dareius, bydded i ti fyw am byth!' medden nhw wrtho. 'Mae'n rhaid i ti roi gorchymyn i'r bobl i ddweud nad oes neb i weddïo ar unrhyw un heblaw arnat ti am dri deg o ddyddiau. Ond os bydd unrhyw un yn anufudd rhaid ei daflu i ffau'r llewod!'

Roedd Dareius yn hoff o'r syniad. Arwyddodd y brenin y gorchymyn a daeth yn gyfraith gwlad. Ni ellir newid deddf y Mediaid a'r Persiaid.

221 Daniel a'r llewod

Pan glywodd Daniel am y gorchymyn, aeth yn ôl ei arfer i fyny'r grisiau i'w ystafell oedd â'i ffenestri'n wynebu tua Jerwsalem. Yno penliniodd deirgwaith y dydd i weddïo ar Dduw a gofyn am ei help.

Gwyliai'r swyddogion Daniel yn ofalus. Roedd eu cynllun wedi llwyddo.

'Eich mawrhydi,' medden nhw, 'ydyn ni'n iawn wrth gredu bod pwy bynnag sy'n anwybyddu dy orchymyn di yn cael ei daflu i ffau'r llewod?'

'Dyna'r drefn. Fedrwn ni ddim newid geiriau'r gorchymyn,' cytunodd y Brenin Dareius.

'Ond mae Daniel, sy'n ŵr amlwg yn dy deyrnas, yn anwybyddu'r gorchymyn. Dydi o ddim yn gweddïo arnat ti. Mae'n gweddïo deirgwaith y dydd ar ei Dduw.'

Teimlai Dareius yn drist iawn. Gwyddai fod y dynion wedi cynllwynio yn ei erbyn, ac ni allai wneud dim i achub bywyd Daniel. Doedd ganddo ddim dewis. Gorchmynnodd fod Daniel i'w daflu i ffau'r llewod.

'Bydded i dy Dduw dy achub,' meddai wrth Daniel.

Daniel 6:10-28

Y noson honno, bu Dareius yn troi a throsi'n anesmwyth yn ei wely. Ar doriad gwawr aeth ar ei union i ffau'r llewod.

'Daniel!' gwaeddodd. 'Wyt ti'n fyw? Ydi Duw wedi dy achub di o grafangau'r llewod?'

'Ydi, Eich Mawrhydi!' gwaeddodd Daniel o'r ffau. 'Mae Duw wedi fy achub! Anfonodd angel i gau cegau'r llewod llwglyd. Rydw i'n berffaith iach.'

Anfonodd fy Nuw ei angel, a chau safn y llewod fel na wnaethant niwed i mi, am fy mod yn ddieuog yn ei olwg; ni wneuthum niwed i tithau chwaith, O frenin."
Daniel 6:22

'Rhyddhewch Daniel o'r ffau,' meddai'r brenin, 'a chosbwch y dynion oedd am wneud drwg iddo.'

Rhoddodd Dareius orchymyn arall.

'Mae'n rhaid i bawb yn fy nheyrnas ofni a pharchu'r Duw mae Daniel yn ei addoli. Hwn ydi'r Duw Byw. Bydd ei deyrnas fyw am byth. Hwn ydi'r Duw sy'n arbed ac yn achub, ac yn gwneud arwyddion a rhyfeddodau. Ganddo ef mae'r pŵer i achub, hyd yn oed o gegau'r llewod.'

Bu Daniel yn ffyddlon i Dduw am weddill ei fywyd.

222 Gweledigaeth o Dduw

Offeiriad oedd Eseciel. Pan ymosododd Nebuchadnesar ar Jerwsalem, cafodd Eseciel ei gipio fel gwystl a setlodd gyda llawer o Israeliaid eraill ar lan afon Chebar ym Mabilon.

Un diwrnod, siaradodd Duw gydag Eseciel. Teimlodd Eseciel wynt nerthol yn dod o'r gogledd, a chwmwl mawr a thân yn tasgu o'i gwmpas. O ganol y tân cododd ffurf pedwar creadur gan hyrddio drwy'r awyr ar gyflymder mawr.

Gwelodd Eseciel y pedwar creadur yn symud tua'r llawr, pob un ohonyn nhw ag olwyn risial yn llawn llygaid. Symudai pob un yn ôl a blaen fel fflachiadau mellten. Roedd sŵn eu hadenydd fel sŵn byddin yn gorymdeithio neu fel sŵn dŵr yn pistyllio.

Wrth i Eseciel wylio, clywodd lais yn galw. Pan orffwysodd y creaduriaid eu hadenydd, gwelai Eseciel siâp dyn uwchben gorseddfainc o las saffir. Disgleiriai fel goleuni llachar, a llewyrchai fel lliwiau'r enfys ar ddiwrnod glawog.

Syrthiodd Eseciel ar ei wyneb ar y llawr. Gwyddai mai gweledigaeth o Dduw yn ei holl ogoniant oedd hon.

Eseciel 1:1–3:4

Yna dywedodd wrthyf, "Fab dyn, bwyta'r hyn sydd o'th flaen; bwyta'r sgrôl hon, a dos a llefara wrth dŷ Israel."
Eseciel 3:1

'Saf ar dy draed i mi gael siarad â thi,' meddai'r llais.

Yna, daeth Ysbryd Duw a chodi Eseciel ar ei draed. 'Rydw i'n dy ddewis di'n negesydd i fynd at fy mhobl wrthryfelgar, pobl Jerwsalem. Paid ag ofni, ond mae'n rhaid i ti roi'r neges iddyn nhw er na fyddan nhw'n barod i wrando arnat. Yn awr, agora dy geg a bwyta'r hyn a roddaf o'th flaen di.'

Agorodd Eseciel ei geg a rhoddodd Duw sgrôl iddo i'w bwyta, a nifer o eiriau wedi'u hysgrifennu arni. Roedd y sgrôl yn blasu cyn felysed â mêl.

'Dos yn awr i siarad gyda'r bobl, ac mi fydda i'n dy helpu, hyd yn oed pan na fyddan nhw'n barod i wrando arnat ti,' meddai Duw.

223 Ufudd-dod Eseciel

Siaradodd Duw drwy'r proffwyd Eseciel. Dechreuodd yntau gyflwyno'i neges o flaen y bobl, a gwyddai'r bobl ar eu hunion beth oedd neges Duw.

Tynnodd Eseciel lun o ddinas Jerwsalem ar fricsen glai. Yna gwnaeth fyddinoedd a pheiriannau hyrddio a dechreuodd actio beth fyddai'n digwydd mewn ymosodiad. Dechreuodd fwyta dim ond gwenith a haidd, ffa a phys, miled a cheirch. Yfodd ychydig o ddŵr, ac o fewn ychydig amser, roedd yn denau a gwan.

Roedd y bobl yn deall bod Jerwsalem dan warchae eu gelynion.

Eilliodd Eseciel ei wallt a'i farf a rhannu'r gwallt yn dri phentwr. Cymerodd draean ohono a'i losgi y tu mewn i fodel o ddinas Jerwsalem. Cymerodd draean arall gan ei dorri'n fân â'i gleddyf o gwmpas y model o'r ddinas. Cymerodd y gweddill, heblaw ambell gudyn, a'i wasgaru i'r gwynt. Cymerodd yr ychydig gudynnau oedd ar ôl a'u cuddio y tu mewn i'w glogyn.

Roedd neges Duw yn gwbl glir. Byddai rhai o'r bobl yn cael eu llosgi neu eu lladd yn Jerwsalem, a byddai eraill yn cael eu cludo o'u gwlad a'u gwasgaru. Ond byddai ychydig yn cael byw gan ddod yn ôl, rhyw ddydd, i'w cartrefi yn Jerwsalem.

Eseciel 4–5

Ac y mae wedi gwrthryfela'n waeth yn erbyn fy marnau a'm deddfau na'r cenhedloedd a'r gwledydd o'i hamgylch, oherwydd y mae'r bobl wedi gwrthod fy marnau, ac nid ydynt yn dilyn fy neddfau.

Eseciel 5:6

224 Esgyrn sychion

Am flynyddoedd lawer, bu Eseciel yn siarad gyda'r bobl trwy ddigwyddiadau yn ei fywyd ei hun. Yna, pan oedd pobl Dduw ym Mabilon bron â thorri eu calonnau, derbyniodd Eseciel neges arall.

Cafodd Eseciel ei arwain gan Ysbryd Duw i ganol dyffryn lle roedd esgyrn dynol wedi'u gwasgaru ym mhob man, yn sych a difywyd. Wrth iddo gerdded rhwng yr esgyrn, gofynnodd Duw iddo a oedd yn credu y gallai'r esgyrn ddod yn fyw unwaith eto.

'Arglwydd, dim ond ti sy'n gwybod yr ateb,' meddai Eseciel.

'Siarada â'r esgyrn hyn!' meddai Duw.

Felly siaradodd Eseciel â nhw, gan ddefnyddio'r geiriau roddodd Duw iddo.

'Esgyrn sychion, gwrandewch ar air Duw! Mae Duw'n dweud y bydd yn dod â chi at eich gilydd a'ch gorchuddio â chroen. Bydd yn rhoi anadl i chi, a byddwch yn anadlu unwaith eto. Yna byddwch yn gwybod mai ef ydi Duw.'

Clywyd sŵn clecian yn atseinio drwy'r dyffryn, ac o un i un daeth yr esgyrn

at ei gilydd i ffurfio sgerbwd. Yna'n araf daeth cyhyrau a gewynnau i'w dal at ei gilydd, ac yna cafwyd croen i'w gorchuddio.

Eseciel 37:1-14

Dywedodd wrthyf, "Proffwyda wrth yr esgyrn hyn a dywed wrthynt, 'Esgyrn sychion, clywch air yr Arglwydd'." Eseciel 37:4

'Dyweda wrth y gwynt am roi anadl yn y cyrff hyn!' meddai Duw.

Siaradodd Eseciel â'r gwynt, a dechreuodd ysgyfaint pob corff difywyd lenwi ag aer ac anadlu. Cododd pob un ar ei draed, ac ymhen dim roedd byddin fawr yn y dyffryn.

'Dyma rydw i am ei wneud i'r bobl,' meddai Duw wrth Eseciel. 'Byddaf yn anadlu bywyd newydd iddyn nhw. Af â nhw'n ôl i wlad Israel, y wlad yr addewais iddyn nhw. Bydd pawb yn gwybod, wedyn, mai fi ydi Duw.'

225 Dychwelyd i Jerwsalem

Ar ôl i'r Persiaid orchfygu'r Babiloniaid bu'r alltudion o Israel yn byw dan gyfraith brenin Persia. Daeth yr amser i weld addewidion Duw yn cael eu gwireddu. Roedd y negeseuon a roddodd i'r bobl trwy Eseia, Jeremeia ac Eseciel ar fin dod yn wir.

Rhoddodd Cyrus, brenin Persia, orchymyn i'r Iddewon.

'Rydw i'n gwybod bod Duw, Duw y nefoedd, wedi galw arnaf i deyrnasu dros nifer o wledydd a chenhedloedd. Mae wedi gofyn i mi ailadeiladu'r deml yn Jerwsalem. Pwy bynnag sy'n dymuno mynd yn ôl i Jerwsalem i helpu gyda'r

gwaith, mae'n rhydd i fynd. Ond bydd y rhai sydd am aros yma'n gallu helpu mewn ffyrdd eraill trwy roi rhoddion o aur, arian neu dda byw.'

Roedd pobl Dduw wedi'u rhyfeddu. Ar ôl yr holl flynyddoedd o ddioddef, a byw mewn gwlad ddieithr, roedden nhw'n cael mynd yn ôl adref o'r diwedd ac yn cael cyfle i ailadeiladu'r deml yn Jerwsalem.

Dechreuodd y bobl baratoi, a chasglwyd aur ac arian. Roedd y criw cyntaf o bobl gyffrous, dan arweiniad Sorobabel, yn barod i gychwyn ar eu taith yn ôl i'w gwlad.

ESRA 1–2

Yn y flwyddyn gyntaf i Cyrus brenin Persia, er mwyn cyflawni gair yr Arglwydd a ddaeth trwy Jeremeia, cynhyrfodd yr Arglwydd ysbryd Cyrus, a chyhoeddodd ddatganiad trwy ei holl deyrnas.
Esra 1:1

'Rhoddaf yn ôl i chi bopeth a ddygodd Nebuchadnesar o'r deml,' meddai'r Brenin Cyrus. 'Nid ni piau nhw.'

Felly cymerodd pobl Dduw nid yn unig y trysorau a roddwyd iddyn nhw, ond hefyd 5,400 darn o aur ac arian – mewn dysglau a chawgiau a phlatiau – a mynd â nhw'n ôl i'r ddinas.

Teithiodd mintai o dros bum deg o filoedd o bobl i Jerwsalem gyda'u ceffylau, asynnod, camelod a mulod.

226 Dechrau Ailadeiladu

Pan gyrhaeddodd pobl Dduw eu gwlad, aethant yn ôl i'r llefydd oedd wedi bod yn gartrefi iddyn nhw. Buon nhw yno am ychydig fisoedd cyn cyfarfod â'i gilydd yn Jerwsalem.

Dechreuwyd ailadeiladu'r deml, a dechreuodd Jesua a Sorobabel ailgodi'r allor. Ar ôl iddyn nhw orffen yr allor offrymwyd aberthau i Dduw. Roedden nhw'n dathlu'r gwyliau fel roedden nhw'n arfer ei wneud cyn i'r gelyn eu cipio, er eu bod yn amheus o'r bobl oedd yn byw o'u hamgylch. Roedden nhw'n addoli Duw hyd yn oed cyn i sylfeini'r deml gael eu gosod.

Archebwyd coed o wlad y Sidoniaid a'r Tyriaid, fel y gwnaeth Solomon o'u blaenau. Talwyd i'r seiri coed a'r seiri meini i ddechrau gweithio ar y sylfeini, a phan oedd y gwaith wedi'i orffen, daeth pawb at ei gilydd i ddiolch i Dduw a'i foli.

ESRA 3–6

... llwyddodd henuriaid yr Iddewon gyda'r adeiladu, a'i orffen yn ôl gorchymyn Duw Israel a gorchymyn Cyrus a Dareius ac Artaxerxes brenin Persia.
Esra 6:14b

'Mae Duw yn dda!' medden nhw dan ganu. 'Mae ei gariad a'i ddaioni'n ddiddiwedd!'

Ond doedd pobl Samaria, a rhai eraill oedd yn byw yng ngwlad Jwda, ddim yn hapus. Yn ystod y blynyddoedd dilynol aethant ati i ddweud celwydd ac ysgrifennu llythyrau celwyddog am bobl Jerwsalem at y brenhinoedd oedd yn teyrnasu ar y pryd. Ar ôl i'r Brenin Cyrus farw roedden nhw'n cwestiynu a oedd gan yr Iddewon hawl i fod yno o gwbl, a rhoddwyd terfyn ar yr adeiladu.

Siaradodd Duw drwy'r proffwydi Haggai a Sechareia i geisio calonogi'r bobl.

'Daliwch ati i adeiladu. Dyma ddymuniad Duw. Peidiwch ag anobeithio, a bydd Duw yn eich bendithio. Bydd Jerwsalem unwaith eto'n ddinas lle bydd Duw yn cael ei addoli,' medden nhw.

Roedd Dareius, brenin Persia, yn eu cefnogi yn erbyn eu gelynion.

'Daliwch ati i ailadeiladu,' gorchmynnodd y Brenin Dareius. Rhybuddiodd eu gelynion i beidio ag ymyrryd. Felly aeth y bobl ati i orffen ailadeiladu'r deml yn Jerwsalem.

227 Esther yn dod yn frenhines

Ar ôl i'r Brenin Ahasferus deyrnasu am dair blynedd, paratôdd wledd fawr yn Susan, y brifddinas, a gwahoddwyd pobl bwysig iddi. Pan oedd pawb yn llawen ac yn mwynhau eu hunain, galwodd Ahasferus ar ei wraig, Fasti, er mwyn dangos i'r gwesteion pa mor brydferth oedd hi. Ond gwrthododd hi fynd ato.

Roedd Ahasferus yn ddig bod ei wraig wedi'i sarhau o flaen ei westeion. Roedd mor ddig fel y penderfynodd nad oedd am weld ei wraig byth eto, ac anfonodd air i bob gwlad yn ei deyrnas i ddweud ei fod yn chwilio am wraig newydd. Gorchmynnodd fod yn rhaid i'r merched mwyaf prydferth yn ei deyrnas dreulio blwyddyn yn cael eu coluro a'u prydferthu, yna byddai'n dewis un ohonyn nhw'n frenhines.

Esther 1:1–2:18

Carodd y brenin Esther yn fwy na'r holl wragedd, a dangosodd fwy o ffafr a charedigrwydd tuag ati hi na thuag at yr un o'r gwyryfon eraill.
Esther 2:17a

Un o'r rhai a ddewiswyd oedd Esther, merch brydferth iawn. Roedd yn perthyn i un o'r teuluoedd a gipiwyd o Jerwsalem i Fabilon. Ar ôl i'w rhieni farw, gofalai ei hewythr Mordecai amdani.

'Paid â dweud dy fod yn Iddewes,' meddai Mordecai wrthi pan oedd yn mynd i mewn i'r palas.

Pan welodd Ahasferus Esther am y tro cyntaf, syrthiodd mewn cariad â hi ar unwaith a'i dewis yn frenhines.

228 Cynllwyn yn erbyn y Brenin Ahasferus

Gweithiai Mordecai fel swyddog yn y palas. Un diwrnod, clywodd fod dau o swyddogion y Brenin Ahasferus yn cynllwynio i ladd y brenin.

Dywedodd Mordecai'r hanes wrth Esther, ac aeth hithau'n syth at y brenin. Llofruddiwyd y ddau swyddog a chadwyd manylion am y digwyddiad yn llyfr cofnodion y brenin.

Ymhen peth amser, penderfynodd y Brenin Ahasferus roi swydd gyfrifol i ddyn o'r enw Haman, dyn roedd pawb yn y palas yn ei adnabod. Gorchymynnodd y brenin y dylai pawb blygu o'i flaen a dangos parch tuag ato. Cytunodd pawb ond un, sef Mordecai, ewythr Esther.

Gofynnwyd iddo pam nad oedd yn barod i blygu i Haman, a cheisiwyd ei berswadio, ond doedd dim yn tycio. Doedd Mordecai, ac yntau'n Iddew, yn un o bobl Dduw, ddim yn barod i blygu.

Pan sylweddolodd Haman beth oedd yn digwydd, aeth yn ddig. Roedd yn casáu Mordecai. Roedd am dalu'r pwyth yn ôl, nid i Mordecai'n unig, ond i'r holl Iddewon gan ei fod yn gwybod eu bod i gyd yn caru Duw. Aeth at y brenin gyda'i gynllwyn.

'Eich mawrhydi,' meddai Haman, 'mae yna bobl ar hyd ac ar led dy deyrnas sy'n gwrthod ufuddhau i'th orchmynion. Beth am i ti roi gorchymyn fod yn rhaid lladd pob un ohonyn nhw? Byddaf i'n bersonol yn barod i wobrwyo'r dynion fydd yn gweithredu'r gorchmynion.'

'Cadwa dy arian,' meddai'r brenin. 'Ond gwna fel y mynni gyda'r bobl yma.'

Cytunwyd ar y mater. Trefnwyd dyddiad i ladd pob Iddew, yn ŵr, gwraig a phlentyn. Rhoddwyd y gorchymyn yn y brifddinas, Susan. Edrychai'r bobl mewn rhyfeddod. Sut y gallai peth mor ddychrynllyd ddigwydd?

Esther 2:19–3:15

Wedi clywed i ba genedl yr oedd Mordecai yn perthyn, nid oedd yn fodlon ymosod ar Mordecai yn unig, ond yr oedd yn awyddus i ddifa cenedl Mordecai, sef yr holl Iddewon yn nheyrnas Ahasferus.
Esther 3:6

229 Esther yn gweddïo am arweiniad

Pan glywodd Mordecai am orchymyn y brenin, rhwygodd ei ddillad a gwisgodd wisg o sachliain. Yn wir, roedd yr Iddewon drwy'r holl wlad yn gwneud yr un peth.

Anfonodd Mordecai neges at Esther i geisio'i pherswadio i newid meddwl ei gŵr, y brenin.

'Alla i ddim mynd at y brenin heb iddo anfon amdanaf yn gyntaf,' atebodd Esther. 'Bydd pwy bynnag sy'n torri'r rheol hon yn cael ei ladd.'

Anfonodd Mordecai neges yn ôl ati.

'Fydd hyd yn oed ei frenhines ddim yn osgoi'r gorchymyn. Efallai fod Duw wedi dy wneud yn frenhines Persia er mwyn i ti achub dy bobl.'

'Gweddïa ac ymprydia drosta i,' atebodd Esther. 'Fe wnaf innau'n union yr un peth. Yna af at y brenin, hyd yn oed os byddaf farw o achos hynny.'

Esther 4–5

Atebodd Esther, "Os gwêl y brenin yn dda, hoffwn iddo ef a Haman ddod i'r wledd a baratoais iddo heddiw." *Esther 5:4*

Y diwrnod canlynol, aeth Esther i weld y brenin. Pan welodd hi roedd yn falch o'i gweld ac yn ddigon parod i siarad â hi.

'Beth alla i wneud i ti, y Frenhines Esther?' gofynnodd iddi. 'Gofynna am unrhyw beth – rhoddaf hanner fy nheyrnas i ti.'

Roedd Esther yn aros am yr adeg iawn i siarad.

'Rydw i wedi paratoi gwledd i ti a Haman. Ddoi di, os gweli di'n dda?' meddai.

Cytunodd y brenin. Roedd Haman wrth ei fodd pan dderbyniodd y gwahoddiad. Ond pan gerddodd heibio Mordecai, a hwnnw'n gwrthod moesymgrymu, gwylltiodd Haman yn gandryll.

'Adeilada grocbren a gofynna i'r brenin grogi Mordecai yfory!' chwarddodd ei ffrindiau. Gorchmynnodd Haman i'r grocbren gael ei godi. Teimlai'n hapusach o lawer.

230 Duw yn ateb gweddi

Y noson honno bu'r Brenin Ahasferus yn troi a throsi yn ei wely.

'Darllena hanes fy nheyrnasiad fel brenin i mi,' meddai wrth un o'i weision.

Darllenodd y dyn yr hanes. Pan ddaeth at y rhan lle roedd Mordecai wedi clustfeinio ar y cynllwyn yn erbyn y brenin, a'r dynion yn cael eu lladd, gofynnodd y brenin gwestiwn i'w was.

'Sut y cafodd Mordecai ei wobrwyo?'

'Chafodd o ddim byd,' meddai'r swyddog. 'Does dim sôn am hynny yma.'

'Pwy sydd yn y llys ar hyn o bryd?' gofynnodd Ahasferus.

Dim ond Haman oedd yno. Roedd wedi cyrraedd yn gynnar er mwyn gofyn i'r brenin gytuno i grogi Mordecai.

ESTHER 6

Felly cymerodd Haman y wisg a'r ceffyl; gwisgodd Mordecai a'i arwain ar gefn y ceffyl trwy sgwâr y ddinas, a chyhoeddi o'i flaen: "Dyma sy'n digwydd i'r dyn y mae'r brenin yn dymuno'i anrhydeddu."
Esther 6:11

'Beth wyt ti'n feddwl fuasai'n wobr deilwng i rywun mae'r brenin yn awyddus i'w anrhydeddu?' gofynnodd Ahasferus i Haman.

Gwenodd Haman, gan feddwl fod y brenin yn bwriadu ei anrhydeddu ef.

'Beth am ei wisgo yn nillad y brenin,' meddai Haman, 'a gadael iddo farchogaeth ar un o geffylau'r brenin drwy'r strydoedd. Cyhoedda mewn llais uchel er mwyn i bawb gael clywed: "Fel hyn mae'r brenin yn gwobrwyo'r dyn sydd wedi'i blesio."'

'Ardderchog,' meddai'r brenin. 'Gwnewch hynny i Mordecai ar unwaith.'

Teimlai Haman yn sâl. Aeth o'r palas a dilyn cyfarwyddiadau'r brenin, ond cyn gynted ag y gallai rhedodd adref i ddweud wrth ei wraig a'i ffrindiau beth oedd wedi digwydd.

'Ond mae hyn yn dy roi di mewn sefyllfa beryglus iawn,' medden nhw wrtho. 'Fedri di ddim cynllwynio yn erbyn rhywun mae'r brenin wedi'i anrhydeddu!'

Cyn y gallai Haman feddwl am gynllun arall, daeth gweision y brenin heibio a mynd â fo i wledd Esther.

231 Marwolaeth ar y crocbren

'Wel, fy mrenhines annwyl,' meddai Ahasferus wrth Esther. 'Beth fyddet ti'n hoffi ei gael gen i? Gofynna am beth bynnag wyt ti eisiau, a byddaf yn barod i'w roi i ti.'

'Eich mawrhydi,' meddai Esther. 'Wnei di achub fy mywyd i, a bywydau fy mhobl? Oherwydd mae yna ddyn wedi cynllwynio i'n lladd ni i gyd. Petaen ni ddim ond yn cael ein gwerthu fel caethweision fuaswn i'n dweud dim, ond mae ein bywydau ni i gyd mewn peryg.'

'Pwy ydi'r dyn? Pwy sydd eisiau dinistrio dy bobl?' gofynnodd y brenin.

'Y dyn hwn, Haman!' meddai Esther gan bwyntio ato.

Dychrynodd Haman am ei fywyd. Rhythodd y brenin a'r frenhines arno'n chwyrn. Rhuthrodd Ahasferus allan o'r palas yn ei wylltineb. Llediodd Haman gydag Esther a gofyn am drugaredd, ond roedd y Brenin Ahasferus eisoes wedi penderfynu.

'Mae Haman wedi adeiladu crocbren i grogi Mordecai,' meddai un o'r gweision.

ESTHER 7–9

'Ewch â fo allan. Crogwch Haman ar ei grocbren ei hun!' meddai'r brenin. 'Ewch â fo o 'ngolwg i!' Llusgwyd Haman allan o'r ystafell.

Felly crogwyd Haman ar y crocbren a baratôdd ar gyfer Mordecai.
Esther 7:10a

Siaradodd y brenin ag Esther.

'Mae'n rhaid i ti ddeall,' meddai, 'alla i ddim newid y gyfraith. Ond fe allaf helpu'r Iddewon i ymladd yn erbyn eu gelynion ac amddiffyn eu hunain.'

Trosglwyddwyd i Mordecai yr holl awdurdod oedd unwaith yn perthyn i Haman. Rhoddodd y brenin fodrwy ar ei fys, yn arwydd o awdurdod, a choron ar ei ben. Gadawodd Mordecai'r palas yn gwisgo dillad glas a gwyn a mantell borffor.

Roedd yr Iddewon yn ddiogel. Bob blwyddyn ar ôl hynny roedden nhw'n dod at ei gilydd i ddathlu bod y Frenhines Esther wedi'u harbed.

232 Amynedd Job

Unwaith roedd yna ddyn o'r enw Job. Roedd ganddo deulu mawr a hapus, a llawer o weision yn gofalu amdanyn nhw. Dyn cefnog oedd Job, gyda channoedd o ddefaid a chamelod, gwartheg a mulod.

Roedd hefyd yn ddyn da, yn caru Duw ac yn barod i ufuddhau iddo a byw bywyd gonest.

Un diwrnod daeth Satan i bresenoldeb Duw. Gelyn Duw oedd Satan.

'Lle wyt ti wedi bod?' gofynnodd Duw iddo.

'Yn crwydro'r ddaear,' atebodd Satan. 'Mynd yma a thraw.'

'Wyt ti wedi gweld Job yn ddiweddar?' gofynnodd Duw. 'Mae Job yn ddyn arbennig iawn. Mae'n ddyn da, cydwybodol.'

'Wrth gwrs ei fod o'n ddyn da,' gwgodd Satan. 'Rwyt ti wedi ei gwneud yn hawdd iddo fod yn dda. Hawdd iawn ydi byw bywyd da pan mae gen ti bopeth. Ond petai popeth sydd ganddo'n cael ei gymryd oddi arno, y tebyg ydi na fyddai'n dy garu wedyn. Mae'n sicr y byddai cynddrwg ag unrhyw ddyn arall.'

'Gawn ni weld,' meddai Duw. 'Fe gei di gymryd y cwbl mae Job yn ei garu oddi arno, ond paid â gwneud niwed iddo.'

Job 1:1–2:10

Yr oedd gŵr yng ngwlad Us o'r enw Job, gŵr cywir ac uniawn, yn ofni Duw ac yn cefnu ar ddrwg.
Job 1:1

Dechreuodd Satan ar ei waith. Anfonodd fellt o'r awyr i losgi defaid a gweision Job. Daeth ysbeilwyr heibio a dwyn ei gamelod, a chododd corwynt gan ddymchwel to'r tŷ a lladd ei blant.

Wylodd Job yn ei dristwch, yna penliniodd ac addoli Duw.

'Pan ges i fy ngeni doedd gen i ddim byd, a fedra i fynd â dim gyda mi pan fydda i farw. Duw sydd wedi rhoi'r cwbl sydd gen i, ac mae wedi cymryd y cwbl oddi arnaf. Molwch enw Duw!'

Daeth Satan unwaith eto i sgwrsio gyda Duw.

'Does ganddo ddim byd erbyn hyn, ond mae'n dal yn ddyn iach a chryf. Buan iawn y byddai'n dy felltithio petai'n gorfod dioddef poen!' meddai Satan.

'Gawn ni weld,' meddai Duw. 'Fe gei di gymryd ei iechyd a'i nerth oddi arno, ond paid â gadael iddo farw.'

Trefnodd Satan i Job ddioddef salwch, a gorchuddiwyd ei gorff â doluriau.

'Melltithia Duw!' meddai'i wraig wrtho. 'Fedri di ddim mynd ymlaen fel hyn, yn dal i garu Duw.'

'Na,' atebodd Job. 'Roedden ni'n ddigon hapus i dderbyn y pethau da a roddodd Duw i ni; mae'n rhaid i ni fod yn barod, hefyd, i dderbyn y pethau drwg.'

233 Duw yn ateb Job

Pan glywodd tri ffrind Job beth oedd wedi digwydd iddo, fe aethon nhw draw i'w weld. Roedden nhw'n teimlo trueni drosto. Doedden nhw erioed wedi'i weld yn y fath gyflwr.

Job 2:11–42:16

Bendithiodd yr Arglwydd ddiwedd oes Job yn fwy na'i dechrau.
Job 42:12a

'Pam ges i fy ngeni o gwbl?' gofynnodd Job ymhen rhai dyddiau. 'Mae'r pethau gwaethaf allai ddigwydd i mi wedi digwydd yn awr!'

'Efallai fod Duw yn dy gosbi am ryw ddrwg rwyt wedi'i wneud,' meddai'r ffrind cyntaf. 'Dos ar dy liniau a chyfaddef y cyfan, a bydd Duw yn dy wella.'

'Ond alla i ddim meddwl am unrhyw ddrwg,' meddai Job.

'Dyna'r rheswm, felly,' meddai'r ail ffrind. 'Dwyt ti ddim yn barod i syrthio ar dy fai!'

'Mi ofynna i i Dduw beth ydw i wedi wneud o'i le,' atebodd Job.

'Mae dy ddrwg mor fawr, bydd Duw am i ti ddioddef llawer mwy,' meddai'r trydydd ffrind.

'Dydych chi ddim yn helpu i godi fy nghalon o gwbl!' meddai Job.

Daliodd ati i weddïo ar Dduw, gan obeithio y byddai Duw yn ei ateb. Yna siaradodd Duw gyda Job.

'Wyt ti eisiau gwybod pam wyt ti'n dioddef, Job? Mi hoffwn i ofyn rhai cwestiynau i ti.

'Lle'r oeddet ti pan oeddwn i'n creu'r ddaear? Wyt ti erioed wedi galw ar yr haul i godi, neu wedi gosod y sêr yn eu lle? Wyt ti wedi rhoi nerth i'r ceffyl, neu harddu'i wegil â mwng? Wyt ti wedi dysgu'r hebog i hedfan, neu ddweud wrth yr eryr ymhle i nythu? Rwyt ti wedi gofyn cwestiynau i mi, ond wyt ti'n credu y gelli di ddeall yr atebion?'

Deallodd Job ar unwaith mor fawr ac ardderchog oedd Duw. Doedd arno ddim angen gwybod pam roedd wedi dioddef. Gwyddai y gallai ddibynnu ar Dduw beth bynnag fyddai'n digwydd iddo.

'Mae'n ddrwg gen i,' meddai Job. 'Mae yna bethau sy'n rhy rhyfeddol i mi eu deall.'

'Mae dy ffrindiau i gyd wedi dy gamarwain,' meddai Duw. 'Doeddet ti ddim yn dioddef am dy fod wedi gwneud drwg. Mae'n rhaid iddyn nhw ofyn i ti am faddeuant.'

Maddeuodd Job i'w ffrindiau. Bu Duw yn gefn iddo a'i fendithio, a chafodd fyw bywyd hir a hapus.

234 Esra'n dod yn ôl i Jerwsalem

Aethai chwe deg o flynyddoedd heibio er pan aeth y criw cyntaf o bobl yn ôl i Jerwsalem i ailadeiladu'r deml. Daeth criw arall ar eu holau gydag Esra'r offeiriad yn eu harwain.

Rhoddodd Artaxerxes, brenin Persia, ganiatâd i Esra fynd yn ei ôl.

'Rwy'n rhoi caniatâd i ti fynd yn ôl i Jerwsalem, ynghyd ag unrhyw un arall sy'n dymuno mynd. Dos â chopi o gyfraith Duw, a bydd fy swyddogion ariannol yn rhoi beth bynnag sydd ei angen arnat ti. Mae'n rhaid i ti ddysgu'r bobl am gyfreithiau Duw ac adrodd yn ôl i mi,' ysgrifennodd.

Roedd Esra wedi rhyfeddu. Galwodd ar y bobl i baratoi ar gyfer y daith.

'Dywedais wrth y brenin y bydd Duw yn ein gwarchod ar ein taith,' meddai. 'Rhaid i ni ymprydio a gweddïo cyn cychwyn, a gofyn i Dduw ein helpu.'

Esra 7:1–10:1

Bu'r daith i Jerwsalem yn un ddigon hwylus, a chyn pen dim roedden nhw wedi cyfarfod â'r bobl oedd wedi cyrraedd yno o'u blaenau. Daeth rhai o'r arweinwyr at Esra gan deimlo braidd yn annifyr.

... a chyrhaeddodd Jerwsalem yn y pumed mis yn seithfed flwyddyn y brenin.
Esra 7:8

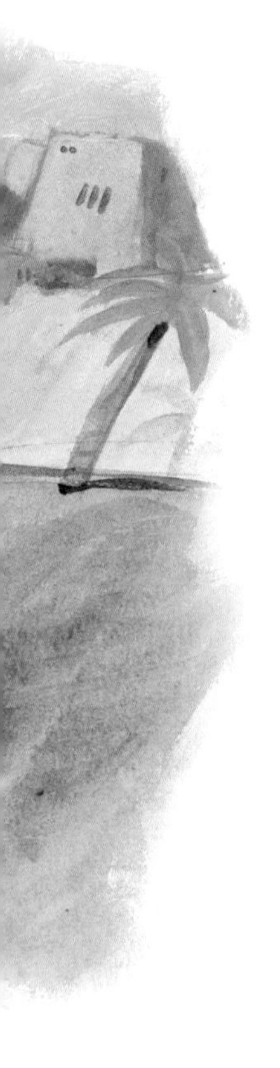

'Ers i ni ddod yn ôl, mae rhai o'n gwŷr wedi priodi gwragedd nad ydyn nhw'n credu yn Nuw,' medden nhw.

'Beth?' meddai Esra gan rwygo'i ddillad. Syrthiodd ar ei liniau. 'Mae Duw wedi gwneud cymaint inni ac wedi'n harwain yn ôl.' Wylodd Esra a gweddïodd ar i Dduw faddau i'r bobl.

'O Dduw, mae'n wir ddrwg gen i,' gweddïodd. 'Dy bobl di ydyn ni ac fe ddylen ni ddeall beth ydi dy orchmynion. Ond dydyn ni byth yn dysgu! Rydyn ni'n dal i wneud yr un hen gamgymeriadau dro ar ôl tro. Wnei di faddau i ni?'

Clywodd rhai o'r bobl weddi Esra, a sylweddoli mai ef oedd yn iawn. Daeth llawer o bobl ato, yn wŷr, gwragedd a phlant, a dechrau gweddïo gydag o.

'Rydyn ni i gyd wedi gwneud drwg,' medden nhw. 'Wnei di faddau i ni, O Dduw, a dangos i ni sut i ufuddhau i ti?'

235 Gweddi Nehemeia

Nehemeia 1:1–2:8

Yna gweddïais ar Dduw'r nefoedd a dweud wrth y brenin, "Os gwêl y brenin yn dda, ac os yw dy was yn gymeradwy gennyt, anfon fi i Jwda, i'r ddinas lle y claddwyd fy hynafiaid, i'w hailadeiladu." *Nehemeia 2:4b-5*

Roedd Nehemeia'n dal yn alltud, yn gweithio fel trulliad i'r Brenin Artaxerxes.

Un diwrnod, clywodd gan ei frawd Hanani nad oedd muriau Jerwsalem wedi cael eu hailgodi. Dechreuodd wylo, ac ni allai fwyta dim.

'Arglwydd, os gweli di'n dda, wnei di wrando ar fy ngweddi?' meddai. 'Rydw i'n gwybod ein bod ni, dy bobl, wedi bod yn anufudd i ti. Mae'n ddrwg gen i am yr holl bethau drwg rydyn ni wedi'u gwneud. Cawsom ein cymryd o'n gwlad am ein bod yn anufudd i ti. Ond addewaist y byddai'r rhai ufudd yn cael mynd yn ôl i Jerwsalem. Os gweli di'n dda, wnei di adael i mi fynd yno i helpu i ailadeiladu'r muriau?'

Aeth pedwar mis heibio. Yna un diwrnod, pan oedd Nehemeia yn gwasanaethu'r brenin, sylwodd Artaxerxes fod rhywbeth o'i le.

'Pam wyt ti'n edrych mor drist, Nehemeia?' gofynnodd Artaxerxes.

Sylweddolodd Nehemeia fod Duw yn ateb ei weddi

'Mae angen ailgodi'r muriau lle mae fy nghyndadau wedi'u claddu. Mae hyn yn fy mhoeni,' meddai. 'Os gweli di'n dda, wnei di adael i mi fynd yn ôl i Jerwsalem?'

'Ond pa bryd ddoi di'n ôl?' gofynnodd y brenin. 'Am faint fyddi di i ffwrdd?'

Gwelai Nehemeia fod y brenin yn barod i adael iddo fynd, a bod Duw o'i blaid. Trefnodd yr amser a rhoddodd wybod i'r brenin.

'Ac os wyt ti'n fodlon i mi fynd, wnei di, os gweli di'n dda, drefnu i'm gwarchod ar y daith a rhoi deunyddiau i mi ailadeiladu muriau'r ddinas?'

Atebodd Duw weddi Nehemeia. Cytunodd Artaxerxes i wneud popeth y gofynnodd amdano.

236 Ailgodi muriau'r ddinas

Nehemeia 2:11–4:23, 6:1-16

Yna dywedais wrthynt, "Yr ydych yn gweld y trybini yr ydym ynddo; y mae Jerwsalem yn adfeilion a'i phyrth wedi eu llosgi â thân; dewch, adeiladwn fur Jerwsalem rhag inni fod yn waradwydd mwyach."
Nehemeia 2:17

Cyrhaeddodd Nehemeia yn ddiogel yn ninas Jerusalem. Yn nhywyllwch y nos, gan nad oedd am i neb ei weld, dechreuodd archwilio muriau'r ddinas. Doedd dim ar ôl ond pentyrrau o rwbel a cherrig blith draphlith, ac roedd y clwydi wedi'u llosgi.

Y bore wedyn aeth i weld swyddogion y ddinas i drafod ei gynlluniau. Soniodd hefyd fod y Brenin Artaxerxes wedi rhoi caniatâd iddo ailgodi'r muriau.

Dechreuwyd ar y gwaith heb oedi dim. Daeth y gweithwyr at ei gilydd a ffurfio'n griwiau i weithio ar wahanol rannau o'r muriau. Ond doedd pawb ddim yn hapus. Doedd Tobeia a Sanbalat ddim yn awyddus i weld pobl Dduw yn llwyddo. Ar y dechrau roedden nhw'n gwneud hwyl am ben y gweithwyr.

'Petai llwynog yn cerdded ar ben y mur yna, byddai'r cerrig yn sicr o syrthio dan bwysau'r anifail!' meddent. Yna aethant ati i godi byddin i ymladd yn eu herbyn.

Daliai Nehemeia i weddïo ar Dduw gan ofyn am ei help. Dywedodd wrth y gweithwyr am fynd ag arfau i'w hamddiffyn eu hunain tra oedden nhw'n gweithio, os byddai angen. Pan oedd Sanbalat a Tobeia'n cynllwynio i'w ladd, daliai Nehemeia i weddïo ar Dduw.

Pan oedd y muriau'n gyflawn eto, a'r clwydi yn eu lle, daeth y bobl i gyd at ei gilydd. Codwyd muriau Jerwsalem mewn pum deg dau o ddyddiau. Roedd hyn yn oed eu gelynion yn gwybod bod Duw wedi eu helpu, ac roedden nhw'n bryderus iawn.

237 Nehemeia a'r tlodion

Nehemeia 5

Fy Nuw, cofia er daioni i mi y cwbl a wneuthum i'r bobl yma.
Nehemeia 5:19

Roedd rhai o'r bobl a ddaeth yn ôl bellach yn bobl gyfoethog iawn ac roedd rhai eraill yn dlawd. Dechreuodd y bobl gyfoethog roi benthyg arian i'r tlodion. Ond pan na allai'r tlodion dalu'u dyledion, cymerodd y cyfoethogion eu tiroedd oddi arnynt. Daeth y bobl dlawd at Nehemeia a dweud wrtho sut roedd y bobl gyfoethog yn eu trin.

'Unwaith mae ein tiroedd wedi mynd, does ganddon ni ddim modd o wneud arian,' meddai'r bobl wrth Nehemeia. 'Rydyn ni'n cael ein gorfodi i werthu'n plant fel caethweision.'

Pan glywodd Nehemeia hyn, teimlai'n ddig iawn a galwodd y bobl ato.

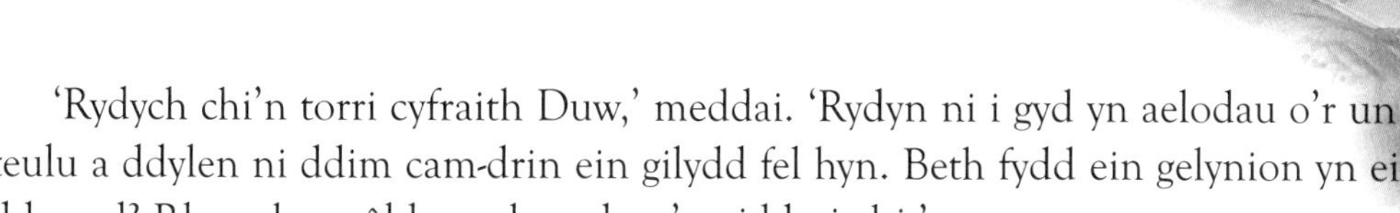

'Rydych chi'n torri cyfraith Duw,' meddai. 'Rydyn ni i gyd yn aelodau o'r un teulu a ddylen ni ddim cam-drin ein gilydd fel hyn. Beth fydd ein gelynion yn ei ddweud? Rhowch yn ôl bopeth nad yw'n eiddo i chi.'

Gwrandawodd y bobl ar Nehemeia. Ef oedd yn iawn. Ef oedd eu harweinydd, ac felly rhaid oedd gwrando arno a'i barchu. Gweithiai yr un mor galed â phawb arall, a byddai bob amser yn defnyddio'i awdurdod er lles y bobl.

238 Esra'n darllen cyfraith Duw i'r bobl

Nehemeia 8–9

Pan oedd y gwaith o godi'r muriau ar ben, gofynnodd Nehemeia i bawb ddod ato.

Dringodd Esra ar ben platfform pren uchel yn y sgwâr o flaen Porth y Dŵr â nifer o sgroliau yn ei ddwylo. Athro da oedd Esra, a gwyddai bob gair o gyfraith Duw.

Darllenwyd o lyfr cyfraith Dduw yn feunyddiol o'r dydd cyntaf hyd yr olaf.
Nehemeia 8:18a

Darllenodd y sgroliau i'r bobl, a gwrandawai pawb yn astud arno. Deallodd y bobl pa mor anufudd oedden nhw wedi bod, a dechreuodd rhai wylo.

'Peidiwch ag wylo,' meddai Nehemeia. 'Mae heddiw'n ddiwrnod arbennig. Mae'n rhaid i ni fod yn ddiolchgar ein bod wedi clywed cyfraith Duw yn cael ei darllen i ni, a'n bod wedi deall geiriau'r gyfraith. Ewch i gael rhywbeth i'w fwyta ac yfed, a rhannwch y bwyd ymhlith eich gilydd.'

Ddydd ar ôl dydd gwrandawai'r bobl ar Esra'n darllen cyfraith Duw. Roedden nhw'n cofio fel roedd Duw wedi gofalu am ei bobl ar gychwyn eu taith o'r Aifft. Gwelsant pa mor anufudd roedden nhw wedi bod.

'Rydyn ni'n ymddiheuro am bopeth wnaeth ein cyndadau i'th ddigio,' medden nhw wrth Dduw.

'Rydym ni'n ymddiheuro am ein holl ddrygioni,' meddai'r bobl.

239 Canu caneuon newydd

Pan ddaeth yr amser i gysegru muriau Jerwsalem i Dduw, daeth y bobl at ei gilydd gyda'u telynau. Penderfynodd Nehemeia rannu'r cantorion yn ddau gôr. Roedd pob côr i orymdeithio o gwmpas y muriau i wahanol gyfeiriadau gyda'r bobl yn dilyn.

Ym Mabilon roedd y bobl yn rhy drist i ganu, ond erbyn hyn roedden nhw'n barod i ganu caneuon newydd.

NEHEMEIA 12:27-47, SALMAU 146–147

Molaf yr Arglwydd tra byddaf byw, canaf fawl i'm Duw tra byddaf.
Salm 146:2

'Molaf Dduw. Molaf Dduw tra byddaf byw;
Byddaf yn canu i Dduw tra byddaf byw!
Hapus ydi pawb sy'n ymddiried yn Nuw,
Crëwr y nefoedd a'r ddaear,
y moroedd a phopeth sy'n byw ynddynt.
Hapus ydi'r rhai sy'n gwybod y bydd Duw yn eu helpu.
Mae Duw yn gofalu am y rhai sy'n cael eu sathru dan draed,
Mae'n rhoi bwyd i'r newynog.
Mae'n rhyddhau caethion a rhoi golwg i'r deillion.
Mae'n gofalu am y rhai sydd mewn gwledydd dieithr
a'r rhai sydd wedi colli rhieni, gwragedd neu wŷr.
Mae Duw yn teyrnasu am byth! Molwch yr Arglwydd!'

Daeth y bobl at ei gilydd i'r deml. Dechreuodd pob dyn, dynes a phlentyn ganu mawl i Dduw. Roedd pawb yn hapus ac yn llawen. Gwyddai pawb fod Duw wedi cadw at ei addewid:

'O mor dda ydi canu mawl i Dduw!
Duw sy'n adeiladu Jerwsalem;
Mae'n casglu'r rhai sydd ar wasgar ac yn eu harwain yn ôl i'w gwlad.
Mae'n iacháu'r rhai sydd yn dorcalonnus a rhwymo'u doluriau.
Duw sy'n penderfynu niferoedd y sêr
a'u galw fesul un wrth eu henwau.
Mae ein Duw ni yn Dduw cryf a chadarn;
does dim terfyn ar ei wybodaeth.
Canwch i'r Arglwydd gân o ddiolch!
Canwch i'r Arglwydd gyda'r delyn.
Mae Duw yn caru pawb sy'n troi ato am help,
yn enwedig y rhai sy'n ymddiried ynddo.
Molwch Dduw! Molwch Dduw!'

Ymhen amser, fel roedd wedi cytuno, aeth Nehemeia yn ei ôl i weithio i'r Brenin Artaxerxes.

240 Paratoi'r ffordd

Ar ôl i Nehemeia adael pobl Dduw yn Jerwsalem, dechreuodd bawb feddwl am eu dyfodol. Am gyfnod fe fuon nhw'n hel atgofion am eu bywyd mewn gwlad arall, sut roedden nhw'n casáu pob munud ac yn dyheu am gael mynd yn ôl adref.

Ond aeth yr amser heibio. Weithiau roedd bywyd yn anodd. Doedd pethau ddim mor hawdd â'r disgwyl.

'Mae'r bobl sydd wedi cefnu ar Dduw yn byw'n hapus,' medden nhw wrth ei gilydd. 'Weithiau does dim pwrpas mewn dilyn gorchmynion Duw. Mae addoli Duw drwy'r amser yn ddiflas!'

MALACHI 1–4

"Wele fi'n anfon fy nghennad i baratoi fy ffordd o'm blaen."
Malachi 3:1a

Daeth Malachi â neges oddi wrth Dduw i'r bobl.

'"Rydw i'n eich caru, yn union fel rydw i wedi eich caru o'r dechrau. Cofiwch sut mae plentyn yn ufuddhau i'w dad. Meddyliwch sut mae gwas yn parchu'i feistr. Y fi ydi'ch tad; y fi ydi'ch meistr."

'Mae'r offeiriaid wedi cefnu arnoch chi,' meddai Malachi. 'Maen nhw wedi rhoi'r gorau i ufuddhau i orchmynion Duw. Rydych chi wedi dechrau priodi gwragedd o blith pobl sy'n addoli duwiau'r coed a'r cerrig. Dydych chi ddim yn cadw'r Saboth fel diwrnod arbennig i orffwyso. Dydych chi ddim yn ymddiried yn Nuw i ofalu amdanoch.'

'Mae'r amser yn dod pan fydd Duw ei hun yn dod atoch! Chwiliwch am ei negesydd fydd yn paratoi'r ffordd iddo. Bydd yn dod i farnu ei bobl, a'n hachub. Bydd fel y tân sy'n puro aur ac arian; yn dileu pethau amhur sy'n difetha ac yn gwneud drwg. Bydd y bobl sy'n ei wasanaethu yn hapus iawn pan ddaw'r dydd hwnnw!'

Aeth Nehemeia yn ôl i Jerwsalem unwaith eto i geisio rhybuddio'r bobl ynghylch neges Malachi. Ar ôl marwolaeth Malachi, ni welwyd proffwyd yn y wlad am bedwar can mlynedd.

241 Yr angel yn y deml

Offeiriad oedd Sachareias yn byw gyda'i wraig, Elisabeth, yn Jwdea. Roedd y ddau wedi caru ac addoli Duw ar hyd eu bywydau. Ond doedd Duw ddim wedi rhoi plant iddyn nhw.

Yn awr, roedd Sachareias wedi cael ei ddewis i losgi'r arogldarth yn y deml, rhywbeth nad oedd yn digwydd yn aml gan fod yr offeiriad yn cael ei ddewis trwy fwrw coelbren. Y tu allan i'r deml, yn haul y bore, roedd pobl yn gweddïo. Tu mewn i'r deml, a hithau'n oer a distaw, cyneuodd Sachareias yr arogldarth.

Yn sydyn, sylweddololodd nad oedd ar ei ben ei hun; roedd angel yn sefyll ar ochr dde yr allor.

Luc 1:5-25

Ond dywedodd yr angel wrtho, "Paid ag ofni, Sachareias, oherwydd y mae dy ddeisyfiad wedi ei wrando; bydd dy wraig Elisabeth yn esgor ar fab i ti, a gelwi ef Ioan."
Lux 1:13

'Paid â bod ofn,' meddai'r angel wrth Sachareias, i'w gysuro. 'Mae Duw wedi gwrando arnat ti'n gweddïo. Bydd Elisabeth yn cael mab o'r enw Ioan, a bydd Ysbryd Duw'n ei gynnal mewn ffordd arbennig. Bydd yn helpu'r bobl i ddeall neges Duw er mwyn iddyn nhw fod yn barod ar ei gyfer.'

'Ydi hyn yn wir?' gofynnodd Sachareias. 'Mae Elisabeth erbyn hyn yn rhy hen i gael plant.'

'Gabriel ydi fy enw i,' meddai'r angel, 'ac mae Duw wedi fy anfon i yma. Gan dy fod yn amau fy neges, fyddi di ddim yn gallu siarad nes bydd popeth a ddywedais wedi dod yn wir.'

Roedd Sachareias wedi bod yn y deml yn hirach nag arfer. Dechreuodd y bobl tu allan boeni amdano. Pan ddaeth allan ceisiodd ddweud wrthyn nhw beth oedd neges yr angel. Ond ni allai ddweud gair, dim ond chwifio'i ddwylo yn yr awyr. Doedd neb yn ei ddeall, ond roedden nhw'n gwybod ei fod wedi cael neges arbennig oddi wrth Dduw.

Ymhen ychydig amser wedyn, sylweddololodd Elisabeth ei bod yn disgwyl babi.

242 Gabriel yn ymweld unwaith eto

Roedd gan yr angel Gabriel neges annisgwyl arall.

Aeth i weld Mair, oedd yn byw yn Nasareth yng Ngalilea. Merch ifanc iawn oedd Mair ond roedd hi wedi dyweddïo gyda Joseff, saer o'r ardal.

'Mair,' meddai'r angel. 'Mae Duw yn dy garu di!'

Dychrynodd Mair drwyddi. Doedd hi ddim yn gwybod beth i'w ddweud.

'Paid â bod ofn, Mair!' meddai Gabriel. 'Byddi di'n rhoi genedigaeth i fachgen bach a'i alw'n Iesu. Bydd yn cael ei adnabod fel Mab Duw a bydd yn tyfu i fod yn frenin fydd yn teyrnasu am byth!'

Luc 1:26-38

Dywedodd Mair, "Dyma lawforwyn yr Arglwydd; bydded i mi yn ôl dy air di." Ac aeth yr angel i ffwrdd oddi wrthi.
Luc 1:38

'Ond dydw i ddim wedi priodi,' meddai Mair. 'Sut fedra i gael babi?'

'Bydd Ysbryd Duw yn gofalu am bopeth, gan fod Duw yn gallu gwneud unrhyw beth. Mae aelod arall o'th deulu, Elisabeth, yn disgwyl babi ers chwe mis. Dywedodd pawb ei bod hi'n rhy hen i gael plant ond, gyda Duw, does dim byd yn amhosibl,' meddai'r angel.

'Mi wna i unrhyw beth mae Duw yn ei ofyn,' meddai Mair. 'Rydw i'n barod i'w wasanaethu.'

Yna gadawodd Gabriel hi.

243 Dau fabi arbennig

Meddyliodd Mair yn hir am neges yr angel Gabriel. Os oedd Elisabeth yn disgwyl babi, efallai y dylai hi alw i'w gweld er mwyn cael sgwrs. Roedd Elisabeth yn byw yn y bryniau. Paratôdd Mair ar gyfer ei thaith, a mynd i aros gydag Elisabeth.

Luc 1:39-56

A llefodd â llais uchel, "Bendigedig wyt ti ymhlith gwragedd, a bendigedig yw ffrwyth dy groth."
Luc 1:42

Pan gyrhaeddodd Mair dŷ Sachareias, cafodd groeso mawr gan Elisabeth. Dechreuodd y babi symud ym mol Elisabeth wrth iddi groesawu Mair.

'Mae Duw wedi dy fendithio,' meddai Elisabeth wrthi. 'Bydd yn sicr o fendithio'r babi hefyd. Rwyt ti wedi bod yn fodlon gwneud yr hyn mae Duw yn gofyn i ti ei wneud – ac fe gei dy wobrwyo. Ond pam ydw i mor ffodus â'th gael di yma i aros?'

'Mae Duw yn fendigedig!' meddai Mair. 'Dim ond geneth ifanc ydw i, ac eto mae Duw wedi fy newis i fod yn berson arbennig, i fod yn fam i'w fab. Mae wedi bod yn dda gyda'r bobl sy'n barod i wrando arno a'i ddilyn. Bu'n dda wrth Abraham, Isaac a Jacob ac mae'n dda wrthyn ni yn awr. Mae Duw yn barod i ddefnyddio pobl nad oes ganddyn nhw fawr ddim i'w gynnig – ac mae'n eu gwneud yn bobl arbennig. Ond does ganddo ddim llawer i'w ddweud wrth bobl sy'n credu eu bod nhw'n rhy dda a phwysig i dderbyn help. Mae Duw yn dda.'

Arhosodd Mair am dri mis yng nghartref Elisabeth yn y bryniau, cyn mynd yn ôl adref i Nasareth.

244 Sachareias yn ailddechrau siarad

Roedd naw mis wedi mynd heibio er pan welodd Sachareias yr angel Gabriel yn y deml. Roedd Elisabeth ar fin rhoi genedigaeth i'w babi. Bachgen bach gafodd hi, yn union fel y dywedodd yr angel. Roedd hi wedi gwirioni, ac roedd ei ffrindiau a'i chymdogion hefyd yn rhannu'i llawenydd.

Luc 1:57-79

Am Elisabeth, cyflawnwyd yr amser iddi esgor, a ganwyd iddi fab. Clywodd ei chymdogion a'i pherthnasau am drugaredd fawr yr Arglwydd iddi, ac yr oeddent yn llawenychu gyda hi.
Luc 1:57-58

Ar ôl wyth niwrnod, cafodd y bachgen ei enwaedu. Roedden nhw am ei alw'n Sachareias ar ôl ei dad, ond mynnodd Elisabeth ei alw'n Ioan.

'Beth mae Sachareias yn ddweud?' gofynnodd y bobl. Gofynnodd yntau am lechen i ysgrifennu arni. Doedd o ddim wedi gallu dweud gair er pan fu'n siarad â'r angel.

Ysgrifennodd, 'Ei enw ydi Ioan.'

Yn syth ar ôl iddo orffen ysgrifennu, dechreuodd Sechareias siarad unwaith eto. Roedd ei eiriau cyntaf yn canmol Duw am roi mab arbennig iddo.

Roedd pawb wedi'u syfrdanu. Doedden nhw ddim yn gallu peidio â siarad am y pethau rhyfedd oedd wedi digwydd.

'Dydi Duw ddim wedi anghofio'i bobl,' meddai Sachareias. 'Mae'n mynd i anfon ei Fab ei hun i'n helpu. Ac mae wedi dewis fy mhlentyn i, Ioan, i ddweud wrth y bobl amdano a'u harwain yn ôl at Dduw.'

245 Joseff, y saer

Mathew 1:18-25

Roedd Mair wrth ei bodd yn gwneud ei gorau dros Dduw. Ond teimlai Joseff braidd yn drist.

Roedd yn sylweddoli nad y fo oedd tad y babi, ond roedd ganddo feddwl y byd o Mair. Doedd Joseff ddim am iddi fagu'r plentyn ar ei phen ei hun. Doedd o chwaith ddim am i'r bobl fod yn gas wrthi hi. Ond a ddylai ei phriodi, fel roedd wedi addo?

Yna, un noson, cafodd Joseff freuddwyd ryfedd a gwelodd angel yn sefyll wrth ei ochr.

'Paid â phoeni am briodi Mair. Mae Ysbryd Duw wedi gwneud i'r babi dyfu y tu mewn iddi. Bydd yn rhoi genedigaeth i fachgen bach, ac mae'n rhaid i ti ei alw'n Iesu gan y bydd yn dangos i'r bobl sut i fyw.'

Doedd ar Joseff ddim angen mwy o anogaeth i briodi Mair. Gwnaeth yn union fel y dywedodd yr angel wrtho.

Fel hyn y bu genedigaeth Iesu Grist. Pan oedd Mair ei fam wedi ei dyweddïo i Joseff, cyn iddynt ddod at ei gilydd, fe gafwyd ei bod hi'n feichiog o'r Ysbryd Glân.

Mathew 1:18

246 Cyfri'r bobl

Aeth y misoedd heibio'n gyflym a daeth yr amser i Mair eni ei babi. Doedd hyn ddim yn mynd i ddigwydd yn Nasareth, ond ym Methlehem.

Luc 2:1-5

Roedd yn amser cyfri'r bobl oedd yn byw yn y wlad er mwyn iddyn nhw dalu trethi. Gorchmynnodd Cesar Awgwstws, yr Ymerawdwr Rhufeinig, fod pob un i fynd i ddinas eu cyndadau i gael eu cyfri. Golygai hyn fod yn rhaid i Joseff a Mair fynd i Fethlehem, am fod Joseff yn perthyn i deulu'r brenin Dafydd.

Yn y dyddiau hynny aeth gorchymyn allan oddi wrth Cesar Awgwstws i gofrestru'r holl Ymerodraeth.
Luc 2:1

Cychwynnodd Mair a Joseff ar y daith tua'r de, i bentref Bethlehem yn Jwdea. Roedd y ffyrdd yn llawn o bobl yn teithio, a phawb yn dilyn gorchymyn Cesar Awgwstws.

247 Y geni ym Methlehem

Luc 2:6-7

Roedd Bethlehem yn orlawn o bobl.

Pan oeddent yno, cyflawnwyd yr amser iddi esgor, ac esgorodd ar ei mab cyntafanedig; a rhwymodd ef mewn dillad baban a'i osod mewn preseb, am nad oedd lle iddynt yn y gwesty.
Luc 2:6-7

Roedd dynion, merched a phlant wedi dod yno i gael eu cyfri. Erbyn i Mair a Joseff gyrraedd roedd hi'n anodd iawn cael lle i aros.

Roedd Mair druan wedi blino'n lân. Dechreuodd deimlo poenau oedd yn arwydd fod y babi yn mynd i gael ei eni'n fuan.

Aeth Joseff o dŷ i dŷ i chwilio am le i aros gan fod y gwestai i gyd yn llawn. O'r diwedd fe gawson nhw le i aros yng nghanol yr anifeiliaid mewn stabl.

Y noson honno, rhoddodd Mair enedigaeth i fachgen bach, ei phlentyn cyntaf. Lapiodd ddarnau o gadachau amdano, a gwneud gwely cyffyrddus iddo ym mhreseb yr anifeiliaid, gan nad oedd lle yn unman arall.

248 Y bugeiliaid yn clywed y newyddion da

Tra oedd Mair yn magu'r Iesu, roedd bugeiliaid ar y bryniau uwchben Bethlehem, yn gofalu am eu defaid.

Yn sydyn, newidiodd eu fflamau bach yn olau llachar wrth i angel ymddangos yn awyr y nos. Roedd y bugeiliaid yn crynu mewn ofn.

'Peidiwch ag ofni,' meddai'r angel. 'Mae gen i newyddion da i chi! Heno, ym Methlehem, mae babi wedi'i eni sy'n mynd i achub y byd. Mae wedi'i rwymo mewn cadachau ac yn gorwedd mewn preseb.'

Luc 2:8-20

Dychwelodd y bugeiliaid gan ogoneddu a moli Duw am yr holl bethau a glywsant ac a welsant, yn union fel y llefarwyd wrthynt.
Luc 2:20

Yn sydyn, ymddangosodd cannoedd o angylion yn canu a moli Duw.

'Gogoniant i Dduw yn y nefoedd!' meddai'r angylion. 'A heddwch ar y ddaear.'

Cyn pen dim roedd y bugeiliaid ar eu ffordd. Rhuthrodd pob un i lawr y bryniau, yn benderfynol o weld y babi a oedd wedi'i eni y noson honno.

Fe ddaethon nhw o hyd i'r lle roedd Mair a Joseff yn aros, ac roedd yn amlwg mai hwn oedd y babi y soniodd yr angel amdano.

Fe aethon nhw o'r stabl i ddweud wrth bawb am yr hyn roedden nhw wedi'i weld a'i glywed fel na allai unrhyw un amau pwy oedd y babi. Edrychai Mair ar Iesu yn cysgu, a daliai i feddwl am yr hyn a glywodd y noson honno.

249 Dyfodiad mab Duw

Luc 2:21-40

"Oherwydd y mae fy llygaid wedi gweld dy iachawdwriaeth, a ddarperaist yng ngŵydd yr holl bobloedd."
Luc 2:30-31

Pan oedd Iesu ychydig dros fis oed, aeth Mair a Joseff ag ef i'r deml yn Jerwsalem. Aethant yno i ddiolch i Dduw fod Iesu wedi'i eni'n ddiogel, ac i aberthu dwy golomen.

Ar eu ffordd i mewn i'r deml, gwelsant hen ŵr o'r enw Simeon. Roedd wedi bod yn disgwyl am y diwrnod y byddai Duw'n anfon y Meseia – sef yr un oedd yn mynd i gynnal ac arwain y bobl. Roedd Simeon yn gwybod bod Duw wedi addo y byddai'n cael gweld y Meseia cyn iddo farw.

Pan welodd Simeon Mair a Joseff, a'r babi bach ym mreichiau Mair, sylweddolodd fod y diwrnod hwnnw wedi cyrraedd. Cymerodd Iesu yn ei freichiau a diolch i Dduw amdano.

'Arglwydd, rydw i'n fodlon marw'n dawel yn awr, gan fy mod wedi gweld y Meseia roeddet ti wedi'i addo i'r bobl. Bydd y plentyn hwn yn dangos i holl bobl y ddaear yn union sut un wyt ti, ac yn gwireddu dymuniad y genedl Iddewig.'

Gwrandawodd Mair a Joseff yn astud ar ei eiriau, ond cyn iddyn nhw gael eu gwynt atynt daeth gwraig oedrannus i siarad gyda nhw. Roedd Anna'n broffwydes ac wedi byw yn y deml yn gweddïo ac yn addoli Duw ar hyd ei hoes. Pan welodd y babi, gwyddai'n iawn mai hwn oedd yr un oedd Duw wedi ei ddewis i arwain ei bobl. Diolchodd i Dduw amdano.

Aberthwyd y ddwy golomen gan Mair a Joseff. Yna dechreuodd y ddau feddwl o ddifri am yr hyn a ddywedwyd am eu mab bach.

250 Y doethion o'r dwyrain

Mathew 2:1-8

Daeth seryddion o'r dwyrain i Jerwsalem a holi, "Ble mae'r hwn a anwyd yn frenin yr Iddewon? Oherwydd gwelsom ei seren ef ar ei chyfodiad, a daethom i'w addoli."
Mathew 2:1b-2

Pan gafodd Iesu'i eni, roedd dynion doeth o'r dwyrain wrthi'n astudio awyr y nos. Gwelsant seren newydd, ddieithr, a dyma nhw'n dechrau meddwl beth oedd ystyr hyn.

Cychwynnodd y dynion doeth ar daith, gan ddilyn y seren newydd, gan eu bod yn credu ei bod yn arwydd fod brenin newydd wedi'i eni.

Ar ôl iddyn nhw gyrraedd Jerwsalem, dyma'r seren yn aros uwchben palas y Brenin Herod Fawr.

'Ble mae'r babi sydd wedi'i eni i fod yn frenin y bobl?' gofynnodd y dynion doeth. 'Rydyn ni wedi teithio o bell i'w weld a'i groesawu.'

Roedd Herod Fawr wedi gwylltio. Ef oedd yr unig frenin! Ar unwaith galwodd y prif offeiriaid ac athrawon y gyfraith at ei gilydd i holi am y babi newydd. Dywedwyd wrtho fod yr hen lawysgrifau'n dangos y byddai'r brenin newydd yn cael ei eni ym Methlehem.

Siaradodd Herod gyda'r dynion doeth o'r dwyrain, a'u holi'n fanwl pa bryd roedden nhw wedi gweld y seren am y tro cyntaf. Byddai hyn yn rhoi syniad gwell iddo o oedran y plentyn.

Yna anfonodd nhw i Fethlehem.

'Os dowch chi o hyd i'r brenin newydd,' meddai'n gyfrwys, 'gadewch i mi wybod. Mi fuaswn i wrth fy modd yn cael ei weld.'

251 Aur, thus a myrr

Mathew 2:9-12

Ymlaen yr aeth y dynion doeth ar eu taith tua Bethlehem, lle arhosodd y seren uwchben un o'r tai. Fe aethon nhw i mewn, a dyna lle roedd Mair a'r plentyn bach.

Gwyddai'r dynion doeth eu bod wedi cyrraedd y lle iawn a dyma nhw'n plygu ar eu gliniau o flaen Iesu, y brenin newydd. Rhoddodd y tri anrhegion iddo – aur, thus a myrr.

Ar ôl aros dros nos yn yr ardal, cychwynnodd y dynion doeth ar eu taith yn ôl tua'r dwyrain. Cawsant freuddwyd nad oedd hi'n ddiogel i fynd yn ôl i balas Herod Fawr, felly teithiodd y tri yn ôl i'w gwlad eu hunain ar hyd ffordd arall.

Daethant i'r tŷ a gweld y plentyn gyda Mair ei fam; syrthiasant i lawr a'i addoli, ac wedi agor eu trysorau offrymasant iddo anrhegion, aur a thus a myrr.
Mathew 2:11

252 Y daith i'r Aifft

Ar ôl i'r dynion doeth fynd yn ôl i'w gwlad eu hunain, cafodd Joseff hefyd freuddwyd ryfedd. Yn ystod y freuddwyd, cafodd rybudd gan yr angel.

'Deffra,' meddai'r angel. 'Mae Herod yn cynllwynio i ladd Iesu. Mae'n rhaid i ti a Mair a'r plentyn ffoi i'r Aifft!'

Tra oedd hi'n dal yn dywyll, cychwynnodd Joseff, Mair a'r plentyn ar eu taith.

Mathew 2:13-18

Wedi iddynt ymadael, dyma angel yr Arglwydd yn ymddangos i Joseff mewn breuddwyd, ac yn dweud, "Cod, a chymer y plentyn a'i fam gyda thi, a ffo i'r Aifft, ac aros yno hyd nes y dywedaf wrthyt, oherwydd y mae Herod yn mynd i chwilio am y plentyn er mwyn ei ladd."
Mathew 2:13

Yn y cyfamser, roedd Herod yn aros i'r dynion doeth o'r dwyrain ddod yn ôl ato. Aeth diwrnod heibio. Dau ddiwrnod. Erbyn hynny, roedd yn sylweddoli ei fod wedi cael ei dwyllo. Gwylltiodd yn gacwn. Dyn creulon iawn oedd Herod. Meddyliodd am ffordd o ladd Iesu. Yn dilyn y sgwrs a gafodd gyda'r dynion doeth roedd gan Herod syniad pryd y ganwyd Iesu, ac felly rhoddodd orchymyn i ladd pob bachgen o dan ddwyflwydd oed yn yr ardal.

Ond doedd gan Herod ddim syniad fod Iesu'n ddiogel yn yr Aifft. Arhosodd y teulu yno nes y bu farw'r brenin.

Pan oedd Iesu'n fachgen bach, cafodd Joseff neges mewn breuddwyd un noson i ddweud ei bod hi'n ddiogel i'r teulu fynd yn ôl adref. Teithiodd Joseff a'r teulu i Nasareth, ac yno y magwyd Iesu. Tyfodd yn fachgen cryf, iach a doeth.

253 Ar goll yn Jerwsalem

Yn ardal Galilea roedd Iesu'n gweithio gyda'i dad Joseff i ddysgu bod yn saer.

Bob blwyddyn byddai'r teulu'n mynd i Jerwsalem i ddathlu Gŵyl y Pasg. Pan oedd Iesu'n ddeuddeg oed, trefnodd Mair a Joseff i fynd ar eu taith fel arfer. Teithiodd Iesu, ei rieni a'u ffrindiau o Nasareth i Jerwsalem. Yna, pan oedd yr ŵyl yn dirwyn i ben, cychwynnwyd am adref.

Luc 2:41-52

Meddai ef wrthynt, "Pam y buoch yn chwilio amdanaf? Onid oeddech yn gwybod mai yn nhŷ fy Nhad y mae'n rhaid i mi fod?"
Luc 2:49

Ar ôl iddyn nhw fod yn cerdded am gryn amser, sylweddolodd Mair a Joseff fod Iesu ar goll. Ar y dechrau, roedd y ddau yn meddwl ei fod yn cerdded gyda'i ffrindiau neu aelodau eraill o'r teulu. Ond daeth yn amlwg nad oedd golwg o Iesu yn unman. Ble yn y byd oedd o?

Aeth Mair a Joseff yn ôl i Jerwsalem; roedd y lle'n ferw o bobl, a hawdd fyddai mynd ar goll yno. Buon nhw'n holi'r gwerthwyr yn y farchnad, a'r plant ar y strydoedd, ond doedd dim sôn amdano. Ar ôl tri diwrnod o chwilio dyfal, roedd Mair wedi anobeithio'n llwyr. Aeth y ddau i'r deml.

A dyna lle roedd mab Mair, yng nghanol arbenigwyr ac athrawon y gyfraith, yn gofyn cwestiynau ac yn gwrando arnyn nhw'n trafod. Arhosodd Mair i wrando arno'n siarad a gwelodd fod yr athrawon yn synnu at ei atebion.

Ond doedd Mair ddim yn gallu cuddio'i phryder.

'Lle rwyt ti wedi bod?' gofynnodd Mair iddo. 'Mae dy dad a minnau bron wedi drysu! Rydyn ni wedi bod yn chwilio amdanat ti ym mhob man.'

'Rydw i wedi bod yma drwy'r amser, yn nhŷ fy Nhad,' meddai Iesu. 'Wnaethoch chi ddim meddwl dod yma i chwilio?'

Aeth Iesu adref yn ufudd gyda'i rieni. Ond roedd Mair yn dal i feddwl am y pethau arbennig oedd wedi digwydd i'w mab.

254 Ioan Fedyddiwr

Nid Iesu oedd yr unig fachgen oedd wedi tyfu'n ddyn. Roedd mab Elisabeth, sef Ioan, hefyd yn oedolyn erbyn hyn ac wedi mynd i fyw ar ei ben ei hun i'r anialwch.

Pan oedd yn barod, dechreuodd Ioan wneud gwaith Duw. Dywedodd wrth y bobl sut roedd Duw am iddyn nhw fyw. Doedd o ddim wedi'i wisgo'n drwsiadus – yn wir, roedd golwg eithaf gwyllt arno. Roedd yn gwisgo dillad o flew camel, ac yn bwyta bwydydd od. Ond roedd y bobl yn barod iawn i wrando arno. Roedden nhw'n gwybod ei fod yn dweud y gwir. Roedden nhw hefyd yn gwybod bod Duw yn siarad drwyddo, a bod yn rhaid iddyn nhw ddilyn ei gyfarwyddiadau.

Luc 3:1-18

Aeth ef drwy'r holl wlad oddi amgylch yr Iorddonen gan gyhoeddi bedydd edifeirwch yn foddion maddeuant pechodau. *Luc 3:3*

'Peidiwch â mynd yn groes i'r hyn mae Duw yn ei ddweud,' meddai Ioan. 'Byddwch yn ufudd. Mae'n rhaid i chi gael eich bedyddio, a dangos eich bod yn edifar, a bydd Duw yn barod i faddau i chi.'

Daeth pobl at afon Iorddonen ac yno, yn nyfroedd yr afon, roedd Ioan yn eu bedyddio.

'Dydi dweud bod Abraham yn dad i chi ddim yn ddigon,' meddai. 'Mae'n rhaid i chi ddangos eich bod yn caru Duw. Os oes gennych ddwy wisg, rhowch un ohonyn nhw i rywun mewn angen. Os oes gennych ddigon o fwyd, rhannwch ychydig gyda'r rhai sydd heb ddim. Os ydych chi'n gasglwr trethi, byddwch yn onest ac yn deg a pheidiwch â thwyllo neb. Os ydych chi'n filwr, peidiwch â niweidio neb.'

'Pwy ydi'r dyn yma?' sibrydai'r bobl. 'Ai hwn ydi Ioan, Negesydd Duw?'

Clywodd Ioan y geiriau hyn.

'Rydw i'n eich bedyddio chi â dŵr,' meddai. 'Ond yn fuan fe ddaw rhywun fydd yn eich bedyddio chi ag Ysbryd Duw ei hun.'

255 Bedyddio Iesu

Un diwrnod, daeth Iesu i lawr at yr Iorddonen. Erbyn hyn, roedd o tua deg ar hugain oed ac wedi bod yn gweithio fel saer am flynyddoedd.

Mathew 3:13-17

A dyma lais o'r nefoedd yn dweud, "Hwn yw fy Mab, yr Anwylyd; ynddo ef yr wyf yn ymhyfrydu." *Mathew 3:17*

Pan glywodd Ioan yn galw ar y bobl i ddod i gael eu bedyddio, aeth Iesu i fyny ato.

Roedd Ioan yn gwybod yn iawn pwy oedd Iesu. Roedd yn gwybod hefyd nad oedd yn ddigon da i'w fedyddio.

Ond llwyddodd Iesu i berswadio Ioan i'w fedyddio, gan ddweud mai dyna oedd dymuniad Duw. Pan ddaeth Iesu allan o'r dŵr ar ôl ei fedyddio, syrthiodd Ysbryd Duw arno fel colomen a glanio ar ei ysgwydd. Daeth llais o'r nef yn dweud:

'Dyma fy Mab, ac rwy'n ei garu'n fawr iawn. Rhaid i chi wrando arno.'

256 Iesu'n cael ei brofi

Ar ôl iddo gael ei fedyddio, arweiniwyd Iesu gan yr Ysbryd i'r anialwch. Bu yno am ddeugain dydd a deugain nos, ac ar ddiwedd y cyfnod roedd yn wan a bron â llwgu.

Daeth gelyn Duw, y diafol, at Iesu i geisio'i brofi.

'Mae'n rhaid i ti gael bwyd,' meddai. 'Os wyt ti wir yn fab i Dduw, beth am i ti droi'r garreg yma'n fara?'

'Mae bywyd yn golygu llawer mwy na bwyd,' meddai Iesu gan adrodd cyfraith Duw.

Yna arweiniodd y gelyn Iesu i le uchel iawn gan ddangos holl wledydd y byd iddo.

'Edrych,' sibrydodd y diafol. 'Fe gei di'r cyfan oll, dim ond i ti blygu a'm haddoli i.'

Meddai Iesu wrtho, 'Mae Duw yn dweud wrthyn ni am ei addoli ef yn unig.'

Yna aeth y diafol â Iesu i Jerwsalem. Gan sefyll ar dŵr uchaf y deml, dywedodd:

Luc 4:1-13

Yna atebodd Iesu ef, "Y mae'r Ysgrythur yn dweud: 'Paid â gosod yr Arglwydd dy Dduw ar ei brawf.'"
Luc 4:12

'Paid â bod ofn, mae Duw wedi addo anfon ei angylion i'th amddiffyn. Tafla dy hun oddi ar y tŵr er mwyn i ni weld nerth Duw!'

Dywedodd Iesu wrtho, 'Mae cyfraith Duw yn dweud na ddylen ni fynd yn groes i ddymuniad Duw.'

Ceisiodd y gelyn ei orau i'w berswadio i dorri cyfraith Duw, ond doedd Iesu ddim am ildio. Aeth y gelyn i ffwrdd a gadael Iesu ar ei ben ei hun.

257 Y PEDWAR PYSGOTWR

Aeth Iesu'n ôl i Galilea gan deithio o gwmpas y pentrefi'n dweud wrth y bobl sut y gallen nhw gael eu hachub.

'Peidiwch â gwneud pethau drwg. Mae'n rhaid i chi fyw fel mae Duw eisiau i chi fyw. Dysgwch garu Duw, a charu'r bobl o'ch cwmpas, yn union fel rydych chi'n caru eich hunain.'

MARC 1:14-20

Dywedodd Iesu wrthynt, "Dewch ar fy ôl i, ac fe'ch gwnaf yn bysgotwyr dynion." Marc 1:17

Bu Iesu'n gwylio Simon Pedr ac Andreas ei frawd yn taflu'u rhwydau i ganol Môr Galilea.

'Dowch gyda mi,' meddai Iesu wrth y ddau frawd. 'Fe gewch chi ddal pobl i Dduw yn hytrach na dal pysgod!'

Rhoddodd Simon Pedr ac Andreas eu rhwydau i lawr ar unwaith a dilyn Iesu.

Wrth iddyn nhw gerdded ar lan y llyn, fe welson nhw Iago, a'i frawd Ioan, yn trwsio'u rhwydau. Roedd Sebedeus, eu tad, yn y cwch gyda nhw.

'Dowch gyda mi!' meddai Iesu

Neidiodd Iago ac Ioan allan o'r cwch a'i ddilyn.

Y pedwar pysgotwr yma oedd disgyblion cyntaf Iesu. Aeth Iesu gyda nhw i'w cartrefi yng Nghapernaum, ac yno y dechreuodd ddysgu'r bobl yn y synagog. Daeth tyrfa o bobl i wrando arno ac i gael eu hiacháu.

258 Y GWIN GORAU

Un diwrnod, roedd priodas ym mhentref Cana. Cafodd Mair, mam Iesu, wahoddiad i'r briodas, ac aeth Iesu a rhai o'i ddisgyblion yno hefyd.

Wrth i bawb ddathlu a mwynhau eu hunain, sylwodd neb nad oedd digon o win ar gyfer y gwesteion. Aeth Mair at Iesu a dweud wrtho bod angen mwy o win.

IOAN 2:1-11

Gwnaeth Iesu hyn, y cyntaf o'i arwyddion, yng Nghana Galilea.
Ioan 2:11a

'Dydi fy amser i ddim wedi cyrraedd eto,' meddai.

Roedd Mair yn gwybod bod ei mab yn ddyn arbennig, ac y byddai'n barod i helpu mewn rhyw ffordd.

'Gwnewch beth bynnag mae'n ddweud,' sibrydodd Mair wrth y gweision.

'Llenwch y chwe llestr cerrig yma â dŵr,' meddai Iesu. Llestri mawr ar gyfer golchi oedd y rhain, a phob un yn dal sawl litr o ddŵr.

Llanwodd y gweision y llestri â dŵr a gofynnodd Iesu iddyn nhw arllwys ychydig ohono a'i gynnig i feistr y wledd. Er eu bod yn bryderus, tywalltodd y gweision y dŵr. Wrth iddyn nhw ei dywallt, trodd y dŵr yn win.

Blasodd meistr y wledd y gwin, ac aeth yn syth at y priodfab.

'Mae hwn yn win ardderchog,' meddai. 'Fel arfer maen nhw'n cadw'r gwin

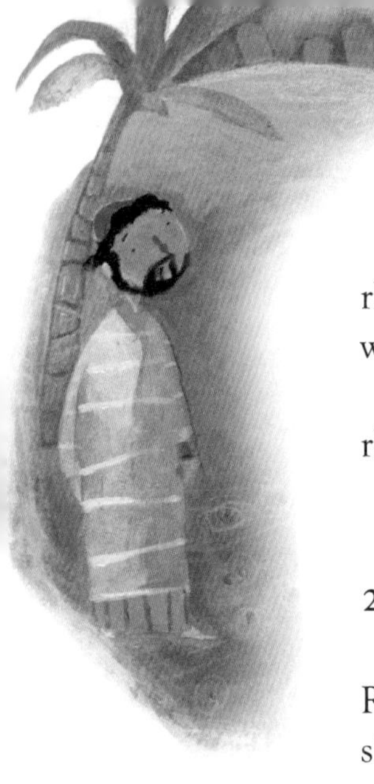

rhad tan y diwedd. Erbyn hynny does neb yn sylwi ar ei flas. Ond rydych chi wedi cadw'r gwin gorau tan y diwedd.'

Gwelodd y disgyblion beth oedd wedi digwydd ac roedden nhw wedi'u rhyfeddu. Roedden nhw'n dechrau sylweddoli bod Iesu'n ddyn arbennig iawn.

259 Y newydd da

Roedd llawer o bobl yng Ngalilea wedi gweld Iesu'n iacháu'r cleifion ac yn siarad am sut roedd Duw yn caru pawb a gofalu amdanyn nhw.

Daeth yr amser iddo ymweld â'r synagog yn ei bentref ei hun yn Nasareth. Aeth yno yn ôl ei arfer ar y Saboth, gan sefyll ar ei draed, yn barod i ddarllen o'r Ysgrythurau. Rhoddwyd sgrôl iddo yn cynnwys geiriau'r proffwyd Eseia.

'Mae ysbryd Duw wedi disgyn arnaf,' darllenodd Iesu. 'Mae wedi fy newis i rannu'r newydd da i'r bobl dlawd, ac i ryddhau pawb sy'n gaeth; i roi eu golwg yn ôl i'r rhai dall, i helpu'r rhai sy'n dioddef, ac i ddweud wrth bawb bod Duw o'u plaid.' Rholiodd Iesu'r sgrôl ac eistedd. 'Ysgrifennwyd y geiriau yna gannoedd o flynyddoedd yn ôl. Heddiw, yma, mae'r cyfan wedi dod yn wir,' meddai.

Luc 4:14-30

A'i eiriau cyntaf wrthynt oedd: "Heddiw yn eich clyw chwi y mae'r Ysgrythur hon wedi ei chyflawni."
Luc 4:21

Syllodd pawb arno, a dechrau sibrwd ymhlith ei gilydd.

'Mab Joseff ydi o,' medden nhw. 'Tydi hwn yn neb arbennig.'

'Rydw i'n gwybod beth sy'n mynd drwy'ch meddyliau,' atebodd Iesu. 'Ac am na fedrwch chi gredu fy mod yn fab i Dduw, fyddwch chi ddim yn gweld gwyrthiau'n digwydd yma.'

Roedd pobl Nasareth yn ddig iawn. Doedden nhw ddim yn awyddus iddo aros yn eu plith, a chafodd ei erlid o'r dref.

260 Y dyn ar y fatras

Ond roedd pethau'n wahanol iawn yng Nghapernaum. Daeth tyrfa o bobl at Iesu i wrando arno'n siarad am Dduw. Roedden nhw'n awchu i glywed ei neges.

Roedd pedwar o ddynion yn eiddgar iawn i weld Iesu. Roedden nhw'n cario'u ffrind ar fatras, ac am i Iesu ei iacháu gan nad oedd ef yn gallu cerdded.

Pan ddaethon nhw at y tŷ lle roedd Iesu'n siarad, roedd tyrfa fawr o bobl ym mhob man.

Tu allan i'r tŷ roedd grisiau yn codi i'r to. Dringodd y dynion i fyny'r grisiau, yn benderfynol o ofyn i Iesu helpu'u ffrind. Ar ôl tyllu trwy'r mwd a'r canghennau oedd yn gorchuddio'r to, a chreu twll enfawr, gollyngwyd y dyn ar ei fatras i lawr yn araf deg nes cyrraedd y llawr yn ymyl traed Iesu a'r dyrfa.

Marc 2:1-12

Gwelodd Iesu fod y dynion yn ffyddiog y byddai'n gallu eu helpu. Siaradodd â'r dyn cloff.

'Dos,' meddai, 'mae Duw wedi maddau popeth i ti.'

Roedd y bobl grefyddol, y Phariseaid, wedi'u syfrdanu. Duw yn unig oedd yn gallu maddau i bobl am wneud pethau drwg. Efallai fod gan Iesu bethau digon diddorol i'w dweud – ond roedd hyn yn ormod! Roedd Iesu'n deall yn iawn beth oedd yn mynd drwy'u meddyliau.

'Beth sydd hawsaf,' gofynnodd, 'maddau pechodau'r dyn neu ei helpu i gerdded? Does dim byd yn amhosib i Dduw.' Edrychodd eto ar y dyn cloff ac meddai wrtho, 'Cod ar dy draed, gafaela yn dy fatras, a dos adref.'

Prun sydd hawsaf, ai dweud wrth y claf, "Maddeuwyd dy bechodau", ai ynteu dweud, "Cod a chymer dy fatras a cherdda?"
Marc 2:9

Cododd y dyn ar ei draed. Roedd ei ffrindiau wrth eu bodd, ond edrychodd y dyrfa'n gegrwth. Diolchodd pawb i Dduw am y wyrth.

261 Mathew yn ymuno â Iesu

Gwelodd Iesu Mathew am y tro cyntaf wrth iddo ddysgu'r tyrfaoedd oedd yn ei ddilyn ar lan llyn Galilea.

Casglwr trethi oedd Mathew, a phob dydd byddai'n casglu trethi ar ran y Rhufeiniaid.

'Tyrd, dilyn fi,' meddai Iesu wrtho.

Marc 2:13-17

Cododd Mathew ar ei union gan adael ei waith. Ymunodd â'r gweddill oedd yn dilyn Iesu, a cherdded gyda nhw.

Clywodd Iesu a dywedodd wrthynt, "Nid ar y cryfion, ond ar y cleifion, y mae angen meddyg: i alw pechaduriaid, nid rhai cyfiawn, yr wyf fi wedi dod."
Marc 2:17

Yn hwyrach y diwrnod hwnnw, gwahoddwyd Iesu i gartref Mathew i gael pryd o fwyd gydag ef a'i ffrindiau.

Pan glywodd y bobl grefyddol fod Iesu wedi cael croeso ar aelwyd Mathew, roedden nhw wedi cael braw.

'Pam mae o'n cymysgu gyda phobl ddrwg fel hyn?' gofynnwyd i'w ddisgyblion.

Ond clywodd Iesu nhw, ac meddai,

'Does ar y bobl iach ddim angen meddyg. Rydw i yma i helpu'r bobl sydd â'r mwyaf o angen gwrando ar neges Duw.'

262 Byw bywyd yn ôl dymuniad Duw

Roedd y bobl oedd wedi clywed Iesu'n dysgu yn fwy na pharod i ddweud wrth bobl eraill amdano. Yn fuan roedd pobl yn dilyn Iesu i bob man.

Un diwrnod, pan oedd yn cerdded ar y bryniau uwchlaw Llyn Galilea, eisteddodd i lawr a dechrau siarad gyda'r bobl am sut roedd Duw am iddyn nhw fyw eu bywydau.

'Y bobl hapus ydi'r rhai sydd ddim yn meddwl gormod ohonyn nhw'u hunain, ac sy'n gwybod bod arnyn nhw angen help a maddeuant Duw bob dydd.' Yna dywedodd, 'Os ydych chi'n barod i wrando ar Dduw, byddwch yn debyg i halen sy'n cael ei roi mewn bwyd i roi blas arno; neu byddwch fel cannwyll yn disgleirio mewn lle tywyll, gan roi golau er mwyn i bawb allu gweld.'

Yna dechreuodd Iesu sôn am gyfraith Duw. Roedd y bobl grefyddol, y Phariseaid, yn gwybod popeth am y gyfraith, ond dechreuodd Iesu sôn am y gyfraith mewn ffordd gwbl wahanol.

Mathew 5:1-12

'Os oes rhywun yn gwneud drwg i chi, peidiwch â tharo'n ôl,' meddai. 'Yn hytrach, byddwch yn garedig gyda'r rhai sy'n gwneud drwg i chi. Ewch allan o'ch ffordd i helpu pawb. Mae cyfraith Duw yn dweud bod yn rhaid i ni garu pawb, nid ein ffrindiau a'n teuluoedd yn unig, ond ein gelynion hefyd. Mae'n hawdd caru'r rhai sy'n ein caru ni, ond mae Duw eisiau i ni fod yn wahanol. Mae Duw'n berffaith. Mae'n rhaid i ninnau hefyd geisio bod yn debyg i Dduw.'

Gwyn eu byd y rhai a erlidiwyd yn achos cyfiawnder, oherwydd eiddynt hwy yw teyrnas nefoedd.
Mathew 5:10

263 Sut i weddïo

Aeth Iesu ymlaen i ddysgu'r disgyblion sut i siarad â Duw mewn gweddi.

'Byddwch yn ofalus,' meddai. 'Peidiwch â defnyddio geiriau gwag dim ond er mwyn gwneud argraff ar bobl eraill. Gwnewch yn siŵr fod eich gweddïau'n sgyrsiau onest rhyngoch chi a Duw. Mae Duw yn gweld popeth. Mae'n gwybod beth fydd cynnwys eich sgwrs, hyd yn oed cyn i chi ddechrau siarad. Felly siaradwch â Duw mewn ffordd syml a distaw, heb dynnu sylw atoch chi'ch hun.'

Yna rhoddodd Iesu batrwm o weddi i'w ffrindiau:

Mathew 6:5-15

"Ond pan fyddi di'n gweddïo, dos i mewn i'th ystafell, ac wedi cau dy ddrws gweddïa ar dy Dad sydd yn y dirgel, a bydd dy Dad sydd yn gweld yn y dirgel yn dy wobrwyo."
Mathew 6:6

'Ein Tad sydd yn y nefoedd,
sancteiddier dy enw;
deled dy deyrnas;
gwneler dy ewyllys,
ar y ddaear fel yn y nef.
Dyro i ni heddiw ein bara beunyddiol,
a maddau i ni ein troseddau,
fel yr ydym ni wedi maddau i'r
rhai a droseddodd yn ein herbyn;
a phaid â'n dwyn i brawf,
ond gwared ni rhag yr un drwg.

'Dechreuwch siarad â Duw yn union fel petaech chi'n siarad â'ch tad yn y nefoedd,' eglurodd Iesu. 'Mae Duw'n sanctaidd, felly gofynnwch i enw Duw gael ei gadw'n sanctaidd a gofynnwch am gael gweld teyrnas Duw yn fuan. Gofynnwch i Dduw am y pethau mae arnoch eu hangen heddiw – bara, er enghraifft. Yna gofynnwch iddo faddau i chi, ac ar yr un pryd, rhaid i chi hefyd ddysgu maddau i'r rhai sydd wedi gwneud drwg i chi. A chofiwch ofyn am help Duw i'ch cadw rhag gwneud pethau drwg.'

264 Peidiwch â phoeni

Edrychodd Iesu ar y bobl o'i gwmpas. Roedd rhai ohonyn nhw'n dlawd, eraill yn drist ac ofnus, ac eraill yn gloff ac yn ddall.

Mathew 6:25-34

Peidiwch felly â phryderu am yfory, oherwydd bydd gan yfory ei bryder ei hun. Digon i'r diwrnod ei drafferth ei hun.
Mathew 6:34

'Peidiwch â phoeni am bethau bob dydd,' meddai Iesu. 'Peidiwch â phoeni am beth i'w fwyta neu yfed, neu ba ddillad i'w gwisgo. Edrychwch o'ch cwmpas ar yr adar. Does ganddyn nhw ddim ffordd o gadw bwyd. Maen nhw'n dibynnu'n llwyr ar Dduw i'w bwydo. Er bod Duw'n gofalu am yr adar, mae'n gofalu mwy amdanoch chi. Wnewch chi ddim byw'n hirach trwy boeni am bethau bob dydd.

'Os ydych chi'n poeni am ddillad, edrychwch ar y lilïau sy'n tyfu yn y caeau. Dydyn nhw ddim yn gweithio na dilladu eu hunain, ond maen nhw'n hynod o brydferth. Wrth roi Duw yn gyntaf, bydd yn gwneud yn siŵr bod popeth fyddwch ei angen ar gael i chi – a llawer mwy.'

265 Stori'r ddau dŷ

Mathew 7:24-27

Wrth i'r bobl wrando ar eiriau Iesu, roedden nhw'n rhannu'n ddau grŵp. Roedd rhai'n awyddus iawn i glywed mwy, ac am wybod sut i ufuddhau i Dduw. Roedd eraill yn amheus, a hyd yn oed yn ddig wrth wrando arno'n dysgu. Roedd ei ddull o ddysgu mor wahanol i ffordd y bobl grefyddol, y Phariseaid. Felly, dyma Iesu'n dweud stori wrthyn nhw.

'Os byddwch yn gwrando ac yn gwneud popeth rwy'n ei ddweud wrthoch

"Pob un felly sy'n gwrando ar y geiriau hyn o'r eiddof ac yn eu gwneud, fe'i cyffelybir i un call a adeiladodd ei dŷ ar y graig."
Mathew 7:24

chi, yna byddwch yn debyg i ddyn doeth a adeiladodd dŷ ar y graig. Cyn iddo ddechrau adeiladu, gwnaeth yn siŵr fod y tŷ wedi'i osod ar sylfeini cadarn. Pan ddechreuodd y glaw guro, a'r gwynt hyrddio o'i gwmpas, wnaeth y tŷ ddim syrthio. Arhosodd y tŷ'n solet a chadarn.

'Ond os na fyddwch chi'n cymryd sylw, ac yn gwrthod gwrando, byddwch yn debyg i ddyn ffôl a gododd ei dŷ ar dywod. Pan oedd y gwynt yn hyrddio, a'r glaw yn pistyllio, syrthiodd y tŷ am nad oedd y sylfeini'n ddigon cadarn. Dymchwelodd y muriau, y to a'r drws a chollwyd popeth.

'Peidiwch â bod fel y dyn ffôl, yn edifar pan fydd yn rhy hwyr i newid pethau. Byddwch fel y dyn doeth; gwrandewch yn ofalus ac ewch ati i ddilyn fy nghyfarwyddiadau.'

266 Iesu a'r swyddog Rhufeinig

Mathew 8:5-13

Pan glywodd Iesu hyn, fe ryfeddodd, a dywedodd wrth y rhai oedd yn ei ddilyn, "Yn wir, rwy'n dweud wrthych, ni chefais gan neb yn Israel ffydd mor fawr."
Mathew 8:10

Arhosodd y dorf gyda Iesu wrth iddo gerdded yn ôl i Gapernaum. Ond symudodd pawb yn ôl wrth i ganwriad Rhufeinig ruthro tuag ato.

Roedd yn amlwg fod y canwriad yn bryderus iawn.

'Os gweli di'n dda, wnei di fy helpu?' gofynnodd. 'Mae un o'm gweision yn wael iawn. Mae o mewn poen ac yn methu symud.'

'Wyt ti eisiau i mi ddod draw i'w weld?' gofynnodd Iesu. 'Yna fe wna i ei wella.'

Ond torrodd y canwriad ar ei draws.

'Arglwydd, dydw i ddim yn haeddu dy gael di ar fy aelwyd. Dim ond i ti ddweud y bydd fy ngwas yn cael ei wella, bydd hynny'n ddigon i mi. Canwriad ydw i, ac rydw i'n gwybod yn iawn beth ydi awdurdod a phŵer. Mae'r rhai sy'n uwch na mi'n disgwyl i mi ufuddhau iddyn nhw, ac mae'r rhai dan fy awdurdod yn barod i ufuddhau i mi.'

Roedd Iesu wedi rhyfeddu at ffydd y canwriad.

'Dydw i ddim wedi cyfarfod ag unrhyw un yma â chymaint o ffydd,' meddai Iesu wrtho. 'Dos adref, ac fe weli fod dy was wedi gwella.'

Aeth y canwriad adref. Roedd ei was wedi gwella, yn union fel y dywedodd Iesu.

267 Unig fab y wraig weddw

Yn fuan wedyn, aeth Iesu a'i ddisgyblion ar daith i dref Nain, oedd rhyw ugain milltir i ffwrdd, ac roedd tyrfa fawr wedi'i ddilyn yno.

Wrth iddyn nhw gyrraedd porth y dref daeth tyrfa arall i'w cyfarfod, ar eu ffordd i'r fynwent ar ochr y bryn.

Luc 7:11-17

Yna aeth ymlaen a chyffwrdd â'r elor. Safodd y cludwyr, ac meddai ef, "Fy machgen, rwy'n dweud wrthyt, cod." Cododd y marw ar ei eistedd a dechrau siarad, a rhoes Iesu ef i'w fam.
Luc 7:14-15

Gwyliodd Iesu nhw'n mynd heibio, a gweld eu bod nhw'n cario corff bachgen ifanc i'w gladdu. Roedd mam y bachgen ifanc yn wylo'n hidl; hwn oedd ei hunig fab, ac roedd ei gŵr eisoes wedi marw. Roedd hi bellach ar ei phen ei hun.

Tosturiodd Iesu wrthi, ac aeth ati i'w chysuro.

'Paid â thorri dy galon,' meddai Iesu.

Aeth i fyny at yr elor lle roedd corff y bachgen ifanc yn gorwedd, a chyffyrddodd ynddo. Safodd y dynion oedd yn cario'r elor yn eu hunfan.

'Fy machgen,' meddai Iesu wrth y bachgen oedd yn gorwedd ar yr elor, yn oer a llonydd, 'cod ar dy eistedd.'

Ar unwaith, cododd y bachgen ar ei eistedd a dechrau siarad. Rhoddodd Iesu'r bachgen yng ngofal ei fam, a dechreuodd hithau wylo dagrau o lawenydd.

Roedd y dyrfa wedi rhyfeddu, ac yn hapus iawn. Prin bod neb yn gallu credu'r hyn welson nhw. Roedd rhai yn eu plith yn cofio am ddigwyddiad tebyg ganrifoedd yn ôl. Bryd hynny roedd y proffwyd Elias wedi codi bachgen o farw'n fyw, a'i roi yn ôl i'w fam.

'Clod i Dduw! Unwaith eto, mae Duw wedi anfon proffwyd i helpu'i bobl,' medden nhw wrth ei gilydd.

Ar ôl y digwyddiad yma, aeth yr hanes am yr hyn roedd Iesu wedi'i wneud ar hyd a lled y wlad.

268 Y FFERMWR YN HAU'R HAD

MARC 4:1-20

"A dyma'r rheini a dderbyniodd yr had ar dir da: y maent hwy'n clywed y gair ac yn ei groesawu, ac yn dwyn ffrwyth hyd ddeg ar hugain a hyd drigain a hyd ganwaith cymaint." Marc 4:20

Teithiai Iesu o bentref i bentref, ac o dref i dref, yn dweud wrth bawb cymaint oedd Duw yn eu caru, ac yn gwella'r bobl sâl.

Pan aeth yn ei ôl i lannau Llyn Galilea, eisteddodd mewn cwch ar y dŵr gan ddechrau siarad â'r tyrfaoedd oedd yn sefyll ar y lan. Dysgodd Iesu'r bobl trwy ddamhegion, sef storïau am bethau cyffredin bob dydd gyda neges arbennig iddynt.

'Aeth ffermwr allan i hau had,' meddai. 'Tra oedd yn cerdded ar hyd y llwybr, cymerodd lond llaw o had a'i wasgaru o ochr i ochr.

'Syrthiodd ychydig o'r had ar hyd y llwybr, ond daeth yr adar a llowcio'r cwbl.

'Syrthiodd rhai o'r hadau ar dir caregog. Tyfodd yr had yn eithaf cyflym, ond wnaeth hynny ddim para'n hir. Doedd dim digon o le i'r gwreiddiau ymestyn i lawr i'r pridd, a phan gododd yr haul crebachodd y planhigion a marw.

'Syrthiodd rhai o'r hadau yng nghanol y drain. Tagodd y drain y planhigion ifanc, ac ni chafwyd unrhyw ffrwyth.

'Ond syrthiodd hadau eraill ar dir da, ffrwythlon. Tyfodd yr hadau'n gryf ac iach, a chafwyd cnwd da.

'Gwrandewch yn ofalus ar y stori a cheisiwch ddeall yr ystyr.'

Yn nes ymlaen, pan oedd y disgyblion ar eu pennau eu hunain gyda Iesu, gofynnwyd iddo beth oedd ystyr stori'r ffermwr a'r had.

'Mae'r ffermwr sy'n hau'r had yn debyg i Dduw yn plannu'i neges yn y rhai sy'n barod i wrando arno,' meddai Iesu.

'Mae rhai pobl sy'n clywed y neges yn union fel yr had ar y llwybr. Maen nhw'n clywed neges Duw, ond yn fuan iawn maen nhw'n anghofio'r cwbl.

'Mae rhai pobl fel yr had ar y tir caregog. Maen nhw'n ceisio ufuddhau, ond yn fuan iawn, pan mae pethau'n mynd o chwith, neu rywun yn gweld bai arnyn nhw, maen nhw'n anghofio'r cwbl am Dduw.

'Mae rhai pobl fel yr had sy'n syrthio i ganol y drain. Maen nhw'n awyddus i ufuddhau i Dduw ond mae pethau eraill, fel arian a phryderon, yn mynd â'u bryd ac maen nhw'n anghofio am Dduw.

'Ond mae rhai fel yr had sy'n syrthio ar y tir da. Maen nhw'n clywed y gair ac yn tyfu'n blanhigion cryf a chadarn, gan fyw bywydau da mae Duw yn gallu'u defnyddio. Dydyn nhw ddim yn cael eu sigo gan bryderon a gofidiau, ac maen nhw'n barod i sôn wrth eraill am eu ffydd yn Nuw.'

269 Cyfrinachau teyrnas Duw

Mathew 13:44-46

"Y mae teyrnas nefoedd yn debyg i drysor wedi ei guddio mewn maes; pan ddaeth rhywun o hyd iddo, fe'i cuddiodd, ac yn ei lawenydd y mae'n mynd ac yn gwerthu'r cwbl sydd ganddo, ac yn prynu'r maes hwnnw."
Mathew 13:44

Dywedodd Iesu storïau eraill er mwyn egluro sut le ydi teyrnas Dduw.

'Dychmygwch fod trysor wedi'i guddio mewn cae. Un diwrnod, ar ddamwain, mae dyn yn dod o hyd i'r trysor. Mae'n ei gladdu'n ôl yn y cae, ac yn mynd adref. Mae'n gwerthu'i gartref, ei ddodrefn a'i lestri – hyd yn oed ei ful bach – er mwyn cael arian i brynu'r cae. Ar ôl iddo brynu'r cae, y dyn biau'r trysor. Hwn ydi'r peth mwyaf gwerthfawr yn y byd.'

Gwrandawai'r bobl yn astud ar neges Iesu. Roedd rhai'n deall. Dweud oedd Iesu bod teyrnas Dduw'n fwy gwerthfawr na dim yn y byd. Roedd yn werth gwneud unrhyw beth er mwyn bod yn rhan ohoni.

Dywedodd stori arall wrthyn nhw.

'Mae teyrnas Dduw'n debyg i ddyn sy'n prynu a gwerthu perlau gwerthfawr. Un diwrnod mae'n dod ar draws perl sy'n fwy gwerthfawr na dim a welodd

erioed. Beth mae'r dyn yn ei wneud? Mae'n mynd adref a gwerthu popeth sydd ganddo er mwyn prynu'r un perl gwerthfawr hwnnw iddo'i hun.'

270 Y storm ar lyn Galilea

Marc 4:35-41

"Pwy ynteu yw hwn? Y mae hyd yn oed y gwynt a'r môr yn ufuddhau iddo." Marc 4:41b

Roedd hi'n dechrau nosi, a Iesu wedi hen flino erbyn hyn ar ôl bod yn dysgu'r torfeydd drwy'r dydd.

'Dowch i ni groesi i ochr arall y llyn,' meddai Iesu wrth ei ffrindiau. Aeth pawb ati i baratoi'r cwch a chychwyn ar y daith.

Aeth Iesu i gefn y cwch a gorwedd i lawr, gan roi gobennydd o dan ei ben. Yn fuan iawn, roedd yn cysgu'n drwm.

Dawnsiai'r cwch i fyny ac i lawr, yn ôl a blaen, yn hamddenol ar wyneb y llyn. Wrth groesi Llyn Galilea, roedd y disgyblion yn meddwl am bopeth oedd wedi digwydd yn ystod y dydd. Ond mewn amrantiad, fel oedd yn digwydd yn aml ar Lyn Galilea, trodd y gwynt ei gyfeiriad a chwipiwyd y tonnau i mewn i'r cwch nes gwneud iddo siglo'n ddidrugaredd o ochr i ochr.

Gafaelai'r dynion yn dynn yn yr hwylbren tra oedd y cwch yn cael ei daflu i fyny ac i lawr. Roedd hyd yn oed y pysgotwyr profiadol yn gwybod eu bod mewn perygl mawr. Roedden nhw'n sicr eu bod ar fin boddi. Ond roedd Iesu'n dal i gysgu'n drwm.

'Meistr, helpa ni! Gwna rywbeth! Dwyt ti'n malio dim amdanon ni!' gwaeddai'r dynion.

Cododd Iesu. Siaradodd wrth y gwynt a'r môr.

'Byddwch dawel!' meddai. Gostegodd y gwynt a llonyddodd y môr.

Trodd Iesu at ei ffrindiau ofnus ac meddai, 'Pam ydych chi'n ofni? Pam nad ydych chi'n gallu ymddiried ynof i?'

Roedd ffrindiau Iesu wedi'u rhyfeddu. Doedd ganddyn nhw ddim syniad fod ganddo gymaint o nerth a gallu.

'Pwy ydi hwn?' medden nhw wrth ei gilydd. 'Mae hyd yn oed y gwynt a'r tonnau'n gwrando arno.'

271 Ymweld eto â Chapernaum

Pan gyrhaeddodd Iesu yng Nghapernaum, daeth tyrfaoedd allan i'w groesawu.

Ond rhedodd Jairus, arweinydd y synagog, ato ar frys. Roedd pawb yn adnabod Jairus. Gwyliai pawb wrth iddo benlinio o flaen Iesu.

'Helpa fi, os gweli di'n dda. Mae fy merch fach yn marw. Dim ond deuddeg oed ydi hi. Ddoi di draw i'w helpu hi?'

Luc 8:40-56

Dechreuodd Iesu ddilyn Jairus drwy'r dyrfa tuag at ei gartref.

Ar ei ffordd, arhosodd Iesu a gofyn, 'Pwy sydd wedi cyffwrdd ynof fi?'

Gan nad oedd neb yn barod i gyfaddef, cafodd Pedr air gyda Iesu.

'Meistr,' meddai, 'mae 'na dyrfa fawr o bobl o gwmpas. Gallai unrhyw un o'r dyrfa fod wedi cyffwrdd ynot ti.'

Ac meddai ef wrthi, "Fy merch, dy ffydd sydd wedi dy iacháu di; dos mewn tangnefedd."
Luc 8:48

Ond roedd Iesu'n gwybod bod rhywun yn y dyrfa'n gofyn am help.

'Mi wnes i deimlo nerth yn llifo allan ohonof,' meddai Iesu. 'Mae pwy bynnag sydd wedi cyffwrdd ynof fi wedi gwella.'

Daeth gwraig grynedig ato o ganol y dorf gan wybod na allai guddio oddi wrtho.

'Y fi wnaeth. Mi wnes i afael yn dy glogyn,' meddai gan blygu ar ei gliniau o'i flaen. 'Rydw i wedi dioddef ers blynyddoedd lawer. Doedd yr un meddyg yn gallu fy helpu. Doeddwn i ddim eisiau dy boeni, ond gwyddwn petawn i'n

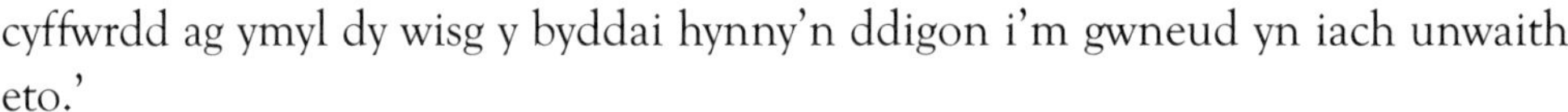

cyffwrdd ag ymyl dy wisg y byddai hynny'n ddigon i'm gwneud yn iach unwaith eto.'

Siaradodd Iesu yn annwyl gyda'r wraig.

'Does dim rhaid i ti ofni. Rwyt ti'n iawn. Mae dy ffydd wedi dy wella.'

Fel roedd Iesu'n siarad gyda'r wraig, rhedodd rhywun trwy'r dyrfa. Roedd wedi dod â newyddion o dŷ Jairus.

'Syr,' meddai. 'Mae'n rhy hwyr. Paid â gwastraffu amser Iesu. Mae dy ferch wedi marw.'

Edrychodd Iesu ar Jairus, a llanwodd ei lygaid â dagrau.

'Paid â gadael i hyn dy ddychryn. Dal ati i gredu; mi fydd dy ferch yn iawn,' meddai Iesu.

Pan gyrhaeddodd Iesu y tu allan i gartref Jairus, roedd y galarwyr yn wylo y tu allan ar y stryd.

'Peidiwch â wylo,' meddai Iesu. 'Dydi'r ferch ddim wedi marw. Dim ond cysgu mae hi.'

Aeth Iesu i mewn i'r tŷ gyda rhieni'r ferch. Aeth Pedr, Iago ac Ioan ar eu holau. Gafaelodd Iesu yn llaw'r ferch fach.

'Fy ngeneth, cod ar dy draed,' meddai.

Agorodd y ferch ei llygaid a dechrau anadlu. Cododd ar ei heistedd.

'Mae hi'n llwglyd,' meddai Iesu. 'Rhowch fwyd iddi.'

Ni allai Jairus a'i wraig gredu beth oedd wedi digwydd, ond dywedodd Iesu wrthyn nhw am beidio â sôn gair wrth unrhyw un.

272 Ymweliad dirgel

Clywodd llawer o bobl am y pethau rhyfeddol roedd Iesu'n eu dweud a'u gwneud.

Un o'r rhain oedd Nicodemus, un o'r bobl grefyddol ac aelod pwysig o lys yr Iddewon, y Sanhedrin. Roedd yn awyddus iawn i glywed beth oedd gan Iesu i'w ddweud. Ond roedd hefyd yn poeni beth fyddai pobl eraill yn feddwl ohono. Gwyddai fod gan Iesu elynion ymhlith yr arweinwyr crefyddol.

Daeth Nicodemus at Iesu ar ôl iddi nosi.

'Athro,' meddai'n gwrtais, 'rwyt ti'n gallu gwneud pethau anhygoel ac mae'n amlwg fod Duw gyda thi.'

Edrychodd Iesu arno. Gwelai fod Nicodemus yn awyddus i wybod mwy am Dduw.

'Er mwyn gweld teyrnas Dduw mae'n rhaid dechrau o'r newydd,' meddai Iesu. 'Mae'n rhaid i ti gael dy eni eto.'

'Ond mae hynny'n amhosibl!' meddai Nicodemus. 'Does neb yn gallu cael ei eni o'r newydd!'

Meddai Iesu, 'Fydd dy fam ddim yn gallu rhoi genedigaeth i ti, ond fe all Duw roi cychwyn newydd i ti, bywyd newydd gyda Duw, trwy nerth ei Ysbryd.'

'Sut alla i wneud hynny?' gofynnodd Nicodemus.

'Mae'n rhaid i ti gredu bod Duw wedi anfon ei Fab i'r byd. Mae Duw'n caru pawb mae wedi'i greu. Ond mae pobl yn caru tywyllwch yn fwy na goleuni ac yn ceisio cuddio'r pethau drwg maen nhw wedi eu gwneud. Mae arnyn nhw ofn y bydd y goleuni'n dangos eu gweithredoedd drwg. Mae Duw wedi anfon ei Fab i'r byd er mwyn maddau i bawb sy'n gwneud pethau drwg; cyn gynted ag y byddan nhw'n cael maddeuant, fe gân nhw fywyd am byth. Dim ond iddyn nhw dderbyn Mab Duw a gwrando ar ei neges bydd Duw'n maddau iddyn nhw.

'Fydd unrhyw un sy'n credu ym Mab Duw byth yn marw ond yn hytrach yn byw am byth!'

IOAN 3:1-21

Atebodd Iesu ef: "Yn wir, yn wir, rwy'n dweud wrthyt, oni chaiff rhywun ei eni o'r newydd ni all weld teyrnas Dduw."
Ioan 3:3

273 Y WRAIG Â PHUM GŴR

Teithiodd Iesu unwaith trwy bentref Sychar yn Samaria, ar ei ffordd yn ôl i Galilea.

Aeth ei ffrindiau i'r pentref i brynu bwyd ac eisteddodd yntau wrth ymyl ffynnon – y ffynnon y bu Jacob yn yfed ohoni flynyddoedd lawer yn ôl. Roedd hi'n hanner dydd, a'r haul yn grasboeth. Teimlai Iesu'n flinedig a sychedig.

Daeth gwraig o Samaria heibio. Fel arfer, yr adeg yma o'r dydd, byddai'r bobl yn chwilio am gysgod rhag yr haul, ond roedd hi wedi dod â'i phiser i godi dŵr o'r ffynnon.

'Tybed allet ti godi dŵr i mi gael diod?' gofynnodd Iesu iddi.

Edrychodd y wraig arno.

'Iddew wyt ti, yntê? A minnau'n dod o Samaria. Oeddet ti ddim yn gwybod bod yr Iddewon a'r Samariaid yn elynion? Sut y gelli di ofyn i elyn am ddiod o ddŵr?'

Ioan 4:1-42

Daeth llawer o'r Samariaid o'r dref honno i gredu yn Iesu drwy air y wraig a dystiodd: "Dywedodd wrthyf bopeth yr wyf wedi ei wneud."
Ioan 4:39

'Petaeit ti'n gwybod pwy ydw i, ti fyddai'n gofyn i mi am ddiod o ddŵr,' meddai Iesu wrthi. 'Nid o'r ffynnon hon y byddwn i'n rhoi dŵr i ti, ond byddwn yn rhoi dŵr i ti oddi wrth Dduw. Fuaset ti ddim yn sychedig wedyn.'

'Rho'r dŵr hwnnw i mi!' atebodd y wraig. 'Buasai'n fwy hwylus o lawer i mi.'

'Dos i ddweud wrth dy ŵr beth ddywedais i, a thyrd yn ôl,' meddai Iesu.

'Does gen i ddim gŵr,' atebodd y wraig.

'Mae hynny'n wir,' meddai Iesu. 'Rwyt ti wedi priodi bump o weithiau ac erbyn hyn rwyt ti'n byw gyda dyn sydd ddim yn ŵr i ti.'

Rhyfeddodd y wraig wrth glywed hyn. Sut roedd Iesu'n gwybod cymaint amdani hi a'i theulu? Gadawodd ei phiser wrth y ffynnon a rhedeg adref.

'Dowch ar unwaith!' meddai wrth cymaint â phosibl o bobl. 'Dowch gyda mi i weld gŵr arbennig iawn. Mae'n gwybod popeth amdanaf i. Tybed ai hwn ydi'r un mae Duw wedi'i addo i ni?'

274 Gwaith Ioan yn dirwyn i ben

Roedd Duw wedi dewis Ioan i baratoi'r ffordd ar gyfer Iesu, a dysgu'r bobl mai Iesu oedd yr un yr oedd Duw wedi'i addo iddyn nhw.

Ond neges anodd iawn ei deall oedd neges Ioan. Fe wnaeth lawer o elynion wrth siarad yn blaen a dweud wrth y bobl am beidio â gwneud pethau oedd yn mynd yn groes i orchmynion Duw.

Llwyddodd i godi gwrychyn Herodias, gwraig y brenin Herod Antipas, mab Herod Fawr. Cyn iddi briodi gyda Herod, hi oedd gwraig ei frawd, Philip, ac roedd hwnnw'n dal yn fyw. Roedd hynny yn erbyn y gyfraith Iddewig.

Carcharwyd Ioan gan Herod Antipas, ond roedd arno ofn ei gosbi ymhellach; roedd yn gwybod bod Ioan yn ddyn i Dduw ac y buasai hynny'n sicr o achosi cynnwrf ymhlith y bobl.

Yna, ar ddydd ei ben-blwydd, cynhaliodd Herod barti mawr a dechreuodd merch brydferth Herodias ddawnsio o'i flaen. Gan ei fod wedi'i swyno gymaint dywedodd Herod wrthi y câi unrhyw beth a ddymunai ganddo.

Aeth y ferch at ei mam i ofyn beth y dylai ofyn amdano, a theimlodd Herod yn edifar yn syth. Gofynnodd y ferch am ben Ioan Fedyddiwr ar blât.

Gwyddai Herod fod pawb yn y parti wedi clywed ei addewid iddi ac na allai wrthod ei chais. Dienyddiwyd Ioan, a chariwyd ei ben ar blât a'i roi o flaen merch Herodias.

Roedd gwaith Ioan wedi dod i ben. Claddwyd ei gorff gan rai o'i ffrindiau, ac aeth rhai i ddweud wrth Iesu beth oedd wedi digwydd.

Roedd Iesu'n drist iawn pan glywodd am farwolaeth Ioan. Roedd eisiau bod ar ei ben ei hun, i hel meddyliau, i alaru ac i weddïo. Ond lle bynnag yr âi, roedd tyrfaoedd yn ei ddilyn.

Marc 6:14-29

A phan glywodd ei ddisgyblion, daethant, a mynd â'i gorff ymaith a'i ddodi mewn bedd.
Marc 6:29

275 Pum torth a dau bysgodyn bach

Aeth Iesu yn y cwch ar draws llyn Galilea a cherdded i'r bryniau ar yr ochr arall. Pan gyrhaeddodd, gwelodd fod tyrfa wedi cyrraedd yno o'i flaen. Bu wrthi'n dysgu ac yn iacháu'r bobl tan yn hwyr y dydd.

Yna dechreuodd Iesu gyfri'r bobl; roedd yno fwy na phum mil o ddynion, yn ogystal â merched a phlant. Trodd Iesu at Philip, dyn o Fethsaida, a dweud:

'Wyt ti'n gwybod ble gawn ni ddigon o fara i fwydo'r holl bobl?'

'Mi fyddai'n costio gormod o lawer i brynu bara i bawb!' oedd ateb Philip.

Gwelodd Andreas, un arall o ffrindiau Iesu, fachgen yn y dyrfa oedd â phum torth haidd a dau bysgodyn yn ei fag bwyd. Daeth â'r bachgen at Iesu.

IOAN 6:1-15

'Mae gan y bachgen yma ychydig o fwyd,' meddai, 'ond fydd o ddim yn ddigon i fwydo'r rhain i gyd!'

"Y mae bachgen yma a phum torth haidd a dau bysgodyn ganddo, ond beth yw hynny rhwng cynifer?"
Ioan 6:9

Cymerodd Iesu y bara a'r pysgod.

'Dywedwch wrth y bobl am eistedd i lawr,' meddai wrth ei ffrindiau.

Eisteddodd y bobl ar y glaswellt, a gwylio Iesu wrth iddo godi'r bwyd a gofyn i Dduw ei fendithio. Torrodd y bara a'r pysgod yn ddarnau bach a'u rhannu i'w ffrindiau, ac yna aeth y ffrindiau ati i rannu'r bwyd rhwng y bobl.

Rhannwyd y bara a'r pysgod ymysg y dyrfa, a chafodd pawb ddigon i'w fwyta. Yna, ar ôl i bawb orffen, aeth ffrindiau Iesu o gwmpas i godi'r gweddill oedd ar ôl. Casglwyd deuddeg basgedaid o weddillion.

Cafodd mwy na phum mil o bobl ddigon i'w fwyta y diwrnod hwnnw.

276 Cerdded ar y dŵr

Gyda'r nos, ffarweliodd Iesu â'r dyrfa a dweud wrth ei ffrindiau am rwyfo'r cwch yn ôl hebddo.

Aeth Iesu ar ei ben ei hun i'r bryniau i weddïo ar Dduw. Roedd arno angen

treulio amser yn siarad gyda Duw, ei Dad.

Ioan 6:16-24

Yna, wedi iddynt rwyfo am ryw bum neu chwe chilomedr, dyma hwy'n gweld Iesu yn cerdded ar y môr ac yn nesu at y cwch, a daeth ofn arnynt.
Ioan 6:19

Noson wyntog iawn oedd hi, a rhwyfai'r disgyblion yn galed yn erbyn y gwynt cryf. Cyn i'r wawr dorri, dyma nhw'n gweld rhywun yn sefyll ar y dŵr. Doedden nhw ddim wedi sylweddoli mai Iesu oedd yno ac roedden nhw wedi dychryn.

'Peidiwch ag ofni,' meddai Iesu, gan gerdded yn araf tuag atyn nhw ar wyneb y dŵr. 'Y fi sydd yma.'

Roedd Pedr yn adnabod ei lais.

'Os mai ti sydd yna, Iesu,' gwaeddodd Pedr, 'dyweda wrtha i am gerdded tuag atat ti ar y dŵr.'

'Tyrd yn dy flaen,' meddai Iesu.

Yn y tywyllwch, camodd Pedr yn betrusgar o'r cwch, a'r tonnau gwyllt yn tasgu o'i gwmpas. Wrth iddo gerdded at Iesu, cododd y gwynt. Dychrynodd Pedr.

'Arglwydd, helpa fi!' gwaeddodd ar Iesu wrth deimlo'i hun yn suddo.

Plygodd Iesu ymlaen a gafael yn dynn yn llaw Pedr.

'Pam na wnest ti ymddiried ynof fi?' gofynnodd, wrth helpu Pedr i mewn i'r cwch. Gostegodd y gwynt a thawelodd y môr.

Penliniodd y disgyblion eraill o flaen Iesu, wedi'u rhyfeddu.

'Yn wir, Mab Duw wyt ti,' medden nhw wrtho.

277 Y dyn byddar

Pan oedd Iesu ar daith drwy ardal y deg dinas, y Decapolis, daeth criw o bobl i'w gyfarfod. Fe ddaethon nhw â dyn mud a byddar ato.

'Os gweli di'n dda, wnei di helpu'r dyn yma?' meddai un ohonyn nhw. 'Gwna fo'n iach unwaith eto.'

Marc 7:31-37

Yr oeddent yn synnu'n fawr dros ben, gan ddweud, "Da y gwnaeth ef bob peth; y mae'n gwneud hyd yn oed i fyddariaid glywed ac i fudion lefaru."
Marc 7:37

Aeth Iesu â'r dyn i'r neilltu er mwyn cael bod ar ei ben ei hun gydag ef. Rhoddodd ei fysedd yng nghlustiau'r dyn byddar a rhoi peth o'i boer ei hun ar dafod y dyn. Gweddïodd dros y dyn gan ofyn am help Duw.

'Agora,' meddai Iesu yn ei iaith ei hun.

Gallai'r dyn glywed! Gallai'r dyn siarad! Yn sydyn, doedd dim taw arno! Roedd ei ffrindiau a'r dyrfa wedi gwirioni.

Dywedodd Iesu wrth y dyrfa am beidio â sôn gair wrth neb, ond doedd neb yn barod i wrando. Dyna oedd unig sgwrs pawb, yr hanes am Iesu yn gwella'r dyn ac yntau wedyn yn gallu siarad a chlywed.

278 Ar y mynydd

Un diwrnod, aeth Iesu a'i ffrindiau agosaf, Pedr, Iago ac Ioan, am dro i fyny'r mynydd.

Tra oedden nhw yno, digwyddodd rhywbeth rhyfedd iawn. Wrth i'r tri ffrind edrych ar Iesu, dechreuodd ei wyneb a'i ddillad ddisgleirio fel yr haul. Yna ymddangosodd dau ddyn arall, a sefyll wrth ochr Iesu gan ddechrau sgwrsio. Roedden nhw'n adnabod y dynion; Moses ac Elias oedden nhw.

Mathew 17:1-9

A gweddnewidiwyd ef yn eu gŵydd hwy, a disgleiriodd ei wyneb fel yr haul.
Mathew 17:2a

Fedrai Pedr ddim aros yn ddistaw.

'Beth am i ni godi tair pabell, un i bob un ohonoch chi?' meddai. Ond cyn iddo orffen siarad daeth cwmwl disglair a'u gorchuddio, ac yna daeth llais o'r nefoedd.

'Dyma fy Mab,' meddai'r llais. 'Rydw i'n ei garu. Rydw i'n fodlon iawn gyda'i waith. Gwrandewch ar ei neges.'

Pan glywodd ffrindiau Iesu lais Duw roedden nhw wedi arswydo. Syrthiodd pob un i'r llawr.

Tra oedden nhw'n gorwedd yno, daeth Iesu draw a chyffwrdd â nhw.

'Peidiwch â bod ofn,' meddai, 'a pheidiwch â sôn gair am hyn wrth neb nes y byddwch yn gweld mab Duw wedi cyfodi o farw.'

Pan edrychodd y disgyblion o'u cwmpas, dim ond Iesu oedd yno. Roedd y ddau ddyn arall wedi diflannu.

279 Samariad Caredig

Un diwrnod, daeth dyn at Iesu i wrando arno'n ateb cwestiynau ar gyfraith Duw. Roedd wedi clywed bod rhai'n dilyn Iesu am ei fod yn dweud pethau gwahanol i'r bobl grefyddol eraill.

'Athro,' meddai. 'Beth sydd raid i mi ei wneud i gael byw am byth?'

'Beth mae cyfraith Duw'n ei ddweud?' gofynnodd Iesu iddo.

'Caru Duw â'th holl galon, a charu dy gymydog yn union fel rwyt ti'n dy garu di dy hun,' atebodd y dyn.

Luc 10:25-37

"Prun o'r tri hyn, dybi di, fu'n gymydog i'r dyn a syrthiodd i blith lladron?" Meddai ef, "Yr un a gymerodd drugaredd arno." Ac meddai Iesu wrtho, "Dos, a gwna dithau yr un modd."
Luc 10:36-37

'Felly, rwyt ti'n gwybod yr ateb,' meddai Iesu. 'Gwna di hyn ac fe fyddi fyw gyda Duw am byth.'

'Ond pwy ydi fy nghymydog?' gofynnodd y dyn.

'Mi adrodda i stori wrthyt ti,' meddai Iesu. 'Unwaith, roedd dyn yn cerdded ar ffordd unig a pheryglus o Jerwsalem i Jericho. Daeth lladron heibio ac ymosod arno gan ddwyn ei arian a'i ddillad a'i adael yno'n hanner marw ar ochr y ffordd.

'Yn nes ymlaen, daeth offeiriad heibio. Gwelodd y dyn ar ochr y ffordd ond penderfynodd beidio â'i helpu. Aeth heibio iddo ar yr ochr arall.

'Ymhen amser wedyn, daeth Lefiad heibio. Gwelodd yntau'r dyn oedd wedi'i glwyfo, ond arhosodd o ddim.

'Yn olaf, daeth Samariaid, un o elynion yr Iddewon, heibio. Pan welodd y dyn ar ochr y ffordd arhosodd yno i'w helpu. Rhoddodd gadachau ar ei friwiau, ei godi ar ei asyn, a mynd â fo i westy cyfagos. Rhoddodd ychydig o arian i'r gwesteiwr i ofalu amdano nes y byddai'r dyn yn gwella. "Pan ddof i'n ôl, mi rof ragor o arian i ti," dywedodd.'

Yna gofynnodd Iesu i'r dyn oedd wedi gwrando ar y stori:

'Pa un o'r rhain oedd yn gymydog da i'r dyn oedd wedi'i anafu?'

'Hwnnw roddodd help iddo,' meddai'r dyn.

'Mae'n rhaid i tithau wneud yn union yr un fath,' meddai Iesu.

280 Mair a Martha

Aeth Iesu a'i ddisgyblion drwy bentref Bethania ar eu ffordd i Jerwsalem. Fe gawson nhw groeso mawr gan wraig o'r enw Martha, a gwahoddodd hi nhw i'w chartref i gael pryd o fwyd.

Bu Martha wrthi'n ddiwyd yn y gegin yn paratoi ar eu cyfer. Rhaid oedd

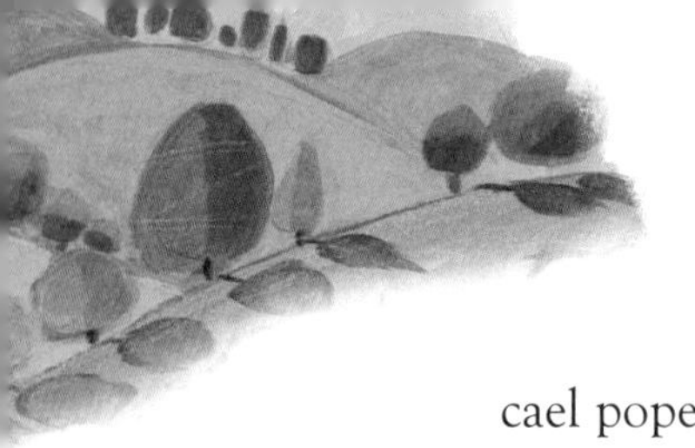

cael popeth yn barod i'r ymwelwyr. Eisteddodd ei chwaer, Mair, ar y llawr yn yr ystafell drws nesaf yn gwrando ar Iesu.

Luc 10:38-42

Atebodd yr Arglwydd hi, "Martha, Martha, yr wyt yn pryderu ac yn trafferthu am lawer o bethau, ond un peth sy'n angenrheidiol. Y mae Mair wedi dewis y rhan orau, ac nis dygir oddi arni."
Luc 10:41-42

Pan welodd Martha nad oedd Mair yn gwneud dim i'w helpu, dechreuodd rwgnach.

'Arglwydd,' meddai wrth Iesu, 'dydi hon yn gwneud dim ond eistedd yn gwrando tra ydw i'n gwneud y gwaith paratoi i gyd. Dyweda wrthi am fy helpu!'

Edrychodd Iesu ar Martha.

'Martha,' meddai, 'mae yna rywbeth i'w wneud bob amser, ond weithiau mae'n well aros a gwrando, a threulio ychydig o amser gyda phobl. Dyna mae Mair wedi'i wneud yn awr. Gad iddi aros i wrando.'

281 Y bugail da

Ioan 10:1-21

Myfi yw'r bugail da. Y mae'r bugail da yn rhoi ei einioes dros y defaid.
Ioan 10:11

Dechreuodd y Phariseaid ac athrawon y gyfraith weld bai ar Iesu am ei fod yn treulio gormod o amser gyda'r bobl gyffredin a oedd, yn eu barn nhw, yn bobl ddrwg.

'Petai gen ti gant o ddefaid,' meddai Iesu, 'a bod un ddafad yn mynd ar goll, beth fyddet ti'n wneud? Gadael iddi farw a bodloni bod y naw deg naw yn ddiogel yn y gorlan? Na, fe fyddet ti'n mynd i chwilio am y ddafad sydd ar goll. Fe fyddet ti'n chwilio'n ddyfal amdani nes dod o hyd iddi. Yna byddet ti wedi gwirioni mwy gyda'r un oedd wedi bod ar goll na gyda'r defaid eraill i gyd. Felly mae hi gyda Duw. Mae ganddo feddwl y byd o'r defaid i gyd, a fydd o byth yn

hapus nes bod pob dafad yn ddiogel yn y gorlan.

'Rydw i'n debyg iawn i'r bugail da,' meddai Iesu. 'Rydw i'n adnabod fy nefaid wrth eu henwau, ac mae gen i feddwl y byd ohonyn nhw i gyd. Maen nhw'n adnabod fy llais, ac mi fyddaf yn eu harwain at borfa dda. Byddaf yn rhoi popeth mae'r defaid ei angen, a llawer mwy.

'Fel y bugail da, rydw i'n caru'r defaid i gyd, a dydw i ddim eisiau i neb wneud niwed iddyn nhw. Pan fydd rhywun nad ydi o'n fugail go iawn yn gwarchod y defaid, mae'n rhedeg i ffwrdd os daw blaidd i ymosod ar y defaid. Dydi'r bugail hwnnw'n malio dim amdanyn nhw. Ond rydw i'n barod i farw dros fy nefaid i.

'Y fi ydi'r bugail da. Rydw i'n adnabod fy nefaid, ac mae'r defaid yn fy adnabod i. Mae gen i ddefaid eraill nad ydyn nhw'n perthyn i'r un gorlan. Rhyw ddiwrnod bydd un praidd yn cael eu harwain gan un bugail. Rydw i'n fodlon rhoi fy mywyd dros y defaid i gyd.'

'Am beth mae o'n siarad?' gofynnodd rhai o'r bobl. 'Ydi o'n dechrau drysu?'

Ond roedd eraill yn gwneud ymdrech i ddeall ei neges.

'All dyn wedi drysu helpu rhywun dall i weld a rhywun byddar i glywed?'

282 Y TAD CARIADUS

Dyma stori arall am gariad Duw.

'Unwaith, roedd tad a chanddo ddau o feibion. Dywedodd y mab ieuengaf, "Gad i mi gael yr hyn y byddaf yn ei etifeddu pan fyddi di'n marw. Rydw i am deithio a mwynhau fy hun yn awr." Felly rhannodd y tad ei eiddo i gyd rhwng ei ddau fab.

'Cymerodd y mab ieuengaf yr arian ac aeth i ffwrdd i wlad bell. Gwariodd ei arian i gyd yn cael amser da ac yn gwneud llawer o ffrindiau, ond cyn pen dim, roedd wedi gwario'r cwbl. Luc 15:11-24

"Oherwydd yr oedd hwn, fy mab, wedi marw, a daeth yn fyw eto; yr oedd ar goll, a chafwyd hyd iddo." Yna dechreusant wledda yn llawen.
Luc 15:24

'Daeth newyn mawr dros y wlad. Doedd dim byd i'w fwyta. Bu'n rhaid i'r mab ieuengaf gymryd yr unig waith oedd ar gael, sef bwydo moch. Ar brydiau, roedd arno gymaint o eisiau bwyd nes bod yn rhaid iddo fwyta bwyd y moch. Sylweddolodd y mab pa mor wirion roedd o wedi bod.

'"Mae gweision fy nhad yn cael mwy o fwyd nag ydw i'n gael yma. Rydw i am fynd yn ôl adref a dweud wrth fy nhad mod i wedi gwneud peth gwirion. Mi ofynna i iddo a ga i weithio fel gwas ar y fferm."

'Ond tra oedd y mab i ffwrdd, roedd y tad yn dal i chwilio amdano ac yn

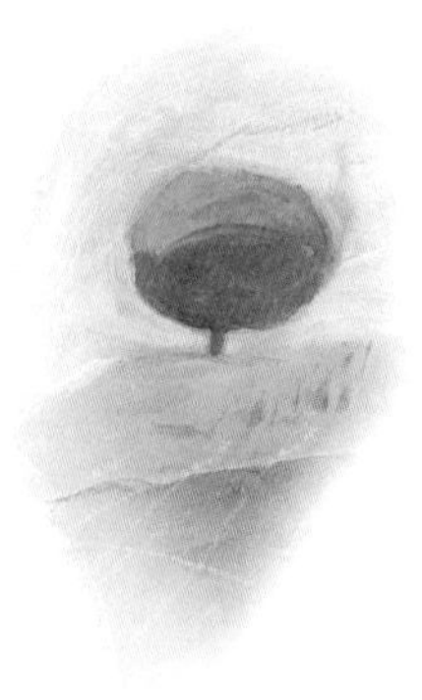

gobeithio y byddai'n dod yn ôl adref. Un diwrnod, gwelodd y mab yn dod o bell, a rhedodd i'w gyfarfod gan roi ei freichiau amdano a'i gusanu.

'"Mae'n ddrwg iawn gen i mod i wedi dy siomi a chodi cywilydd arnat ti,' meddai'r mab. "Mae'n wir ddrwg gen i. Dydw i ddim yn haeddu cael fy nerbyn yn ôl yn fab i ti. Ga i gyfle i weithio fel un o'r gweision eraill ar y fferm?"

Ond ysgydwodd y tad ei ben.

'"Tyrd â'r dillad gorau i'm mab,' galwodd y tad ar un o'i weision. "Rho sandalau newydd iddo, a modrwy ar ei fys. Dos i baratoi'r wledd orau ar ei gyfer. Roeddwn i'n meddwl bod fy mab wedi marw. Roedd ar goll, ond nawr mae o'n fyw. Dowch i ni gael parti mawr i ddathlu ei fod wedi dod adref yn ddiogel!"'

283 Y dyn oedd â phopeth ganddo

Un diwrnod, pan oedd Iesu yn dysgu'r bobl, gwaeddodd rhywun o blith y dyrfa:

'Athro, dyweda wrth fy mrawd am rannu'i etifeddiaeth gyda mi!'

'Dydw i ddim yma i setlo ffrae deuluol,' atebodd Iesu, 'ond mae'n rhaid i mi eich rhybuddio i beidio â bod yn farus. Gwnewch yn siŵr nad ydi'ch bywyd yn dibynnu ar eich eiddo. Mae bywyd yn fwy gwerthfawr o lawer na hynny.

Luc 12:13-21

A dywedodd wrthynt, "Gofalwch ymgadw rhag trachwant o bob math, oherwydd, er cymaint ei gyfoeth, nid yw bywyd neb yn dibynnu ar ei feddiannau."
Luc 12:15

'Gadewch i mi adrodd stori wrthych chi, stori am ffermwr cyfoethog. Cafodd gynhaeaf ardderchog a llwyddo i gasglu cymaint o gnwd fel nad oedd ganddo le yn yr ysguboriau. Penderfynodd dynnu'r hen ysguboriau i lawr ac adeiladu rhai newydd, mwy o faint. Yn yr ysguboriau newydd fe allai storio'r cnydau i gyd ac yna eistedd yn ôl a mwynhau bywyd. Fe allai fyw yn hapus am weddill ei oes, heb boeni am ddim.

'Ond y noson honno, dywedodd Duw wrtho, "Heno fydd dy noson olaf ar y ddaear. Mae dy amser wedi dod i farw. Er dy fod wedi storio llawer o gnydau yn yr ysguboriau, bydd raid i ti adael y cwbl ar ôl."

'Pa werth oedd yr holl arian i'r ffermwr ar ôl iddo farw?' gofynnodd Iesu ar ôl iddo adrodd y stori. 'Dim oll. Dyma sy'n digwydd pan mae pobl yn byw bywydau hunanol, gan feddwl am ddim heblaw eu heiddo. Mae'n rhaid i chi fyw eich bywydau'n meddwl am bobl eraill a'u hanghenion nhw. Bydd Duw yn gofalu amdanoch, a gallwch gadw trysor yn y nefoedd; lle na all gwyfyn ei fwyta na lleidr ei ddwyn.

284 Y GWAHANGLEIFION

Wrth deithio ar hyd ffin Samaria a Galilea, gwelodd Iesu ddeg o ddynion yn sefyll gyda'i gilydd. Roedden nhw'n edrych yn dlodaidd ac wedi gorchuddio'u hwynebau a rhannau o'u cyrff. Roedd Iesu'n gwybod eu bod yn dioddef o afiechyd ar y croen, y gwahanglwyf, a dyna pam roedden nhw'n cefnu ar bawb.

LUC 17:11-19

Dyma nhw'n galw ar Iesu o bell.

'Iesu, os gweli di'n dda, wnei di'n iacháu ni?'

Roedd Iesu'n sylweddoli eu bod wedi gorfod dioddef yn ofnadwy ac roedd yn awyddus iawn i'w hiacháu.

Atebodd Iesu, "Oni lanhawyd y deg? Ble mae'r naw?"
Luc 17:17

'Ewch at yr offeiriad,' meddai wrthyn nhw, 'a dangoswch eich clwyfau iddo.'

Trodd y deg dyn oddi wrtho, a mynd yn eu blaenau, ond wrth iddyn nhw gerdded i ffwrdd dyma nhw'n sylwi bod eu croen yn iach. Roedd y gwahanglwyf wedi diflannu!

Aeth un o'r dynion, oedd yn dod o Samaria, yn ôl at Iesu. Penliniodd o'i flaen a diolchodd iddo gan foli Duw.

'Diolch, Meistr! Diolch yn fawr iawn,' meddai.

Edrychodd Iesu ar y dyn oedd ar ei liniau o'i flaen, yna ar y naw dyn arall oedd yn dal i gerdded oddi wrtho.

'A oedd yna ddeg dyn angen help?' gofynnodd Iesu. 'Dim ond un ddaeth yn ôl i ddiolch. Dos adref. Rwyt ti wedi gwella am dy fod yn credu yn Nuw.'

285 Bywyd ar ôl marwolaeth

Ioan 11:1-44

Ac wedi dweud hyn, gwaeddodd â llais uchel, "Lasarus, tyrd allan."
Ioan 11:43

Roedd gan Mair a Martha frawd o'r enw Lasarus, ac roedd yntau'n ffrind agos i Iesu. Pan oedd Lasarus yn wael, anfonodd ei ddwy chwaer neges at Iesu yn gofyn am help.

Er fod Iesu'n bell i ffwrdd pan glywodd y neges, gwyddai'n iawn beth i'w wneud. Yn hytrach na mynd yn syth i weld y chwiorydd, dywedodd wrth y rhai o'i gwmpas y byddai bwriadau Duw'n dod yn fwy amlwg pe byddai'n aros ychydig cyn mynd atyn nhw. Felly, ar ôl dau ddiwrnod, dywedodd wrth ei ddisgyblion ei fod am fynd i Fethania.

'Ond y tro diwethaf i ti fynd yno, bu bron iddyn nhw dy ladd di! Efallai y byddai'n well i ti gadw draw,' meddai un o'r disgyblion.

Dywedodd Iesu fod amser penodol i wneud pob peth. Hwn oedd yr adeg iawn i fynd i helpu Lasarus.

'Mae ein ffrind wedi marw; mae'n rhaid i ni adfer ei fywyd,' meddai.

Edrychodd Thomas ar y disgyblion eraill.

'Dewch,' meddai Thomas, 'gadewch i ninnau fynd i farw gydag o os oes raid.'

Pan gyrhaeddodd Iesu dŷ ei ffrind, roedd Lasarus wedi marw ac wedi'i gladdu ers pedwar diwrnod. Roedd ffrindiau Lasarus wedi dod at ei gilydd i alaru, ac i wylo'n hidl gyda'i chwiorydd.

'Petait ti wedi dod yma ynghynt, Arglwydd, byddai Lasarus yn dal yn fyw!' llefodd Martha wrth groesawu Iesu. 'Ond hyd yn oed nawr mi fydd Duw yn rhoi i ti beth bynnag rwyt ti'n ofyn amdano.'

'Daw Lasarus yn fyw unwaith eto,' meddai Iesu. 'Y fi ydi'r atgyfodiad

a'r bywyd. Os wyt ti'n credu hyn ynof i byddi fyw am byth. Wyt ti'n credu, Martha?'

'Wrth gwrs fy mod i,' meddai hithau gan redeg i chwilio am ei chwaer.

Pan welodd Mair Iesu, penliniodd wrth ei draed a dechrau wylo. Roedd Iesu'n gwybod pa mor drist oedd hi, a dechreuodd yntau wylo hefyd. Yna dyma'r tri yn mynd i'r fan lle claddwyd Lasarus.

'Agorwch y bedd!' gorchmynnodd Iesu.

'Ond mae Lasarus wedi marw ers dyddiau!' atebodd Martha.

'Rhaid i ti ymddiried ynof fi, Martha,' meddai Iesu. Gweddïodd Iesu cyn galw enw Lasarus.

Cerddodd Lasarus o'r bedd wedi'i lapio yn ei gadachau claddu.

'Tynnwch y dillad claddu oddi amdano ac ewch ag o adref,' meddai Iesu.

Roedd Mair a Martha wrth eu boddau'n cael eu brawd yn ôl yn fyw. Ar ôl gweld beth oedd wedi digwydd i Lasarus, daeth llawer o'u ffrindiau i gredu yn Iesu.

286 Saith deg saith o weithiau

Daeth Pedr at Iesu i ofyn sut oedd modd maddau i bobl eraill.

'Faint o weithiau ddylwn i faddau i rywun am wneud drwg i mi?' gofynnodd. 'Ydi saith o weithiau'n ddigon?'

'Nac ydi,' meddai Iesu. 'Nid saith, ond saith deg wedi'i luosi â saith. Mae'n rhaid i ti fod yn barod i faddau bob amser.'

Mathew 18:21-35

Yna daeth Pedr a gofyn iddo, "Arglwydd, pa sawl gwaith y mae fy nghyfaill i bechu yn fy erbyn a minnau i faddau iddo? Ai hyd seithwaith?"
Mathew 18:21

Adroddodd Iesu stori i egluro.

'Dychmygwch fod yna frenin sy'n awyddus i setlo cyfrifon ei weision. Daw'r dyn cyntaf ato ac mae arno ddeng mil o bunnau, ond all o ddim talu'r un geiniog yn ôl. Mae'r brenin yn barod i werthu'r dyn, ei wraig, ei blant a'i eiddo i gyd i dalu ei ddyledion. Ond mae'r dyn yn erfyn am gael mwy o amser i dalu'r ddyled. Mae'r brenin yn garedig iawn wrtho, gan ddweud nad oes raid iddo dalu unrhyw beth yn ôl. Mae'r ddyled wedi'i dileu.

'Mae'r gwas yn gadael ar ei union, yn methu â chredu ei lwc – nes iddo ddod ar draws dyn sydd mewn dyled o ddeg punt iddo. Mae'n gafael yng ngwddf y dyn gan weiddi yn ei wyneb.

'"Rho'r arian sy'n ddyledus i mi y funud yma!" meddai.

'Mae'r dyn yn erfyn arno am fod yn amyneddgar – mae arno angen mwy o amser i dalu. Ond wnaiff y gwas ddim gwrando arno. Mae'r dyn yn cael ei daflu i'r carchar nes y bydd yn gallu talu'i ddyledion.

'Tydi'r gweision eraill ddim yn hapus o gwbl. Maen nhw'n credu bod y gwas wedi ymddwyn yn annheg, felly maen nhw'n dweud wrth y brenin.

'Mae'r brenin yn galw'r gwas ato.

'"Rwyt ti wedi gwneud rhywbeth ofnadwy,' meddai'r brenin. 'Mi wnes i faddau i ti a dileu dy holl ddyled ar ôl i ti erfyn arna i. Pam na fyddet ti'n dangos yr un caredigrwydd tuag at y dyn oedd arno swm bach iawn o arian i ti? Nawr mae'n rhaid i tithau fynd i'r carchar, ac aros yno nes y gelli dalu'r arian yn ôl i mi."

'Dyma,' meddai Iesu, 'pam bod raid i chi faddau o ddifrif i'r rhai sydd wedi gwneud drwg i chi. Mae arnoch chi angen maddeuant Duw am yr holl ddrwg rydych chi wedi'i wneud.'

287 Y gweddïau y mae Duw yn eu clywed

Luc 18:9-14

Rwy'n dweud wrthych, dyma'r un a aeth adref wedi ei gyfiawnhau, nid y llall; oherwydd darostyngir pob un sy'n ei ddyrchafu ei hun, a dyrchefir pob un sy'n ei ddarostwng ei hun.
Luc 18:14

Dywedodd Iesu stori arall er mwyn dysgu'r bobl sut i weddïo.

'Aeth dau ddyn i'r deml i weddïo. Pharisead, dyn crefyddol iawn, oedd un; casglwr trethi oedd y llall.

'"Diolch i ti, O Dduw am fy ngwneud i'n ddyn da,' meddai'r Pharisead mewn llais uchel. "Dydw i ddim yn dwyn nac yn torri'r gyfraith. Rydw i'n dipyn gwell dyn na hwn sy'n sefyll wrth fy ochr, y casglwr trethi mae pawb yn ei gasáu. Rydw i'n rhoi un rhan o ddeg o'm holl eiddo i ti ac yn gweddïo ar stumog wag ddwywaith yr wythnos er mwyn dangos i ti pa mor dda ydw i."

'Roedd y Pharisead yn fodlon iawn arno'i hun. Ond plygodd y casglwr trethi ei ben a dechrau mwmian ei weddi mewn cywilydd. "O Dduw, maddau i mi os gweli di'n dda, a bydd yn garedig wrtha i. Dyn drwg ydw i, a dydw i ddim yn haeddu unrhyw beth gen ti."

'Clywodd Duw weddi'r ddau ddyn,' meddai Iesu, 'ond dim ond gweddïau'r casglwr trethi oedd yn dderbyniol ganddo.'

288 Iesu'n bendithio'r plant

Nid pobl ddall neu fyddar yn unig oedd yn dod at Iesu; doedd pob un ohonyn nhw ddim angen eu hiacháu. Byddai rhai'n dod at Iesu dim ond er mwyn derbyn ei fendith.

Pan ddaeth rhieni â'u babanod a'u plant at Iesu i'w bendithio, ceisiodd y disgyblion eu rhwystro a'u hanfon i ffwrdd.

Luc 18:15-17

"Yn wir, rwy'n dweud wrthych, pwy bynnag nad yw'n derbyn teyrnas Dduw yn null plentyn, nid â byth i mewn iddi."
Luc 18:17

'Mae Iesu'n rhy brysur,' medden nhw. 'Ewch â'r plant adref.'

Plygodd Iesu i lawr at y plant bach a gwenu.

'Tyrd yma,' meddai wrth un o'r plant. 'Dowch yma, bob un ohonoch chi.'

Meddai Iesu wrth ei ddisgyblion:

'Mae teyrnas Dduw yn perthyn i blant yn ogystal â phobl mewn oed. Dysgwch oddi wrth y plant. Maen nhw'n barod i 'nerbyn i a 'ngharu heb ofyn dim. All neb berthyn i deyrnas Dduw heb ddysgu'n gyntaf sut mae derbyn a charu fel plentyn bach.'

289 Y gŵr ifanc cyfoethog

Daeth dyn ifanc cyfoethog at Iesu, gan benlinio o'i flaen.

'Athro da, os gweli di'n dda wnei di ddweud wrtha i – sut galla i fyw am byth?'

'Mae'n rhaid i ti gadw gorchmynion Duw,' atebodd Iesu.

'Rydw i wedi cadw'r gorchmynion i gyd er pan oeddwn i'n fachgen,' atebodd y dyn ifanc.

Marc 10:17-25

Y mae'n haws i gamel fynd trwy grau nodwydd nag i rywun cyfoethog fynd i mewn i deyrnas Dduw.
Marc 10:25

Gwenodd Iesu yn garedig ar y dyn. Gwelodd ar ei union beth oedd ei broblem.

'Mae 'na un peth arall y gelli di ei wneud,' meddai Iesu. 'Beth am i ti werthu popeth sydd gen ti, a rhoi'r arian i gyd i'r bobl dlawd? Yna, dilyna fi.'

Edrychai'r gŵr ifanc yn drist. Cododd ar ei draed a cherdded i ffwrdd. Roedd yn gyfoethog iawn, ond doedd o ddim yn gallu gwneud yr hyn roedd Iesu wedi'i ofyn iddo. Roedd ei gyfoeth yn golygu mwy iddo na Duw.

Edrychodd Iesu ar ei ffrindiau.

'Mae'n anodd iawn i ŵr cyfoethog fynd i mewn i'r deyrnas – mae'n haws i gamel fynd trwy grau nodwydd.'

Mathew 20:1-16

290 Y meistr hael

Felly bydd y rhai olaf yn flaenaf a'r rhai blaenaf yn olaf.
Mathew 20:16

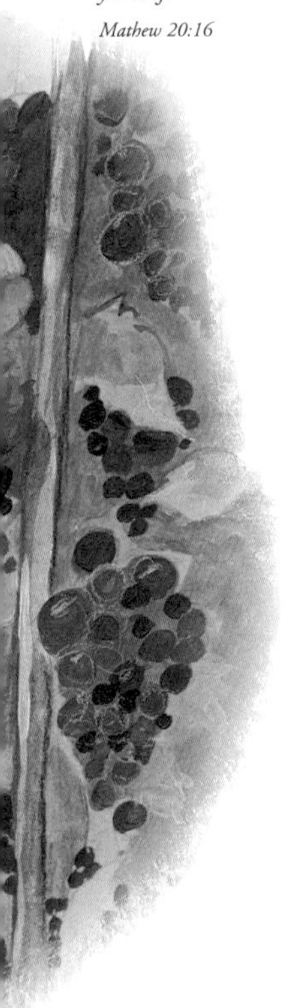

Dywedodd Iesu stori wrth ei ffrindiau i egluro ystyr teyrnas Dduw.

'Unwaith, roedd dyn yn berchen gwinllan. Roedd yn tyfu rhesi ar resi o winwydd yn y caeau ac roedd digon o waith i'w wneud. Felly, aeth y perchennog i'r farchnad yn gynnar yn y bore i gyflogi gweithwyr.

'Cytunodd i dalu un darn o arian yr un iddyn nhw fel cyflog diwrnod, a daeth y dynion i weithio iddo.

'Am naw o'r gloch y bore aeth y perchennog i'r farchnad unwaith eto. Gwelodd fod rhagor o ddynion yn chwilio am waith, a chytunodd ar gyflog teg iddyn nhw hefyd.

'Aeth yno eto am hanner dydd a chyflogi mwy fyth o weithwyr. Gwnaeth yr un peth eto am dri o'r gloch, ac am bump o'r gloch. Bob tro, roedd digon o ddynion yn chwilio am waith a chyflogodd ragor o weithwyr.

'Ar ddiwedd y dydd, daeth y gweithwyr at y perchennog i dderbyn eu cyflog. Dywedodd yntau wrth ei was am ddechrau talu i'r dynion oedd wedi'u cyflogi olaf, ac i orffen gyda'r rhai oedd i dderbyn cyflog am weithio drwy'r dydd.

'Cafodd pob un o'r gweithwyr un darn arian yr un, a chafodd y rhai fu'n gweithio am ddim ond ychydig oriau yr un faint o arian â'r rhai fu'n gweithio drwy'r dydd.

'"Dydi hyn ddim yn deg!" meddai un o'r dynion fu'n gweithio drwy'r dydd. "Rydw i wedi gweithio o fore gwyn tan nos yng ngwres yr haul tanbaid. Dim am amser byr y mae rhai wedi gweithio!" Dechreuodd eraill gwyno hefyd. Roedden nhw mor anhapus nes mynd i weld y perchennog.

'"Ond beth ydi'ch problem chi?' gofynnodd yntau. 'Rydw i wedi bod yn hollol deg. Rydw i wedi eich talu yn ôl yr hyn a gytunwyd. Rydych wedi derbyn y cyflog a gytunwyd rhyngon ni. Yr unig wahaniaeth ydi eich bod wedi gweld fy haelioni tuag at y dynion eraill. Y fi ydi perchennog y winllan, ac mae gen i hawl i roi cyflog teg i bob un sy'n gweithio i mi. Yn sicr i chi, mae gen i hawl i rannu'r cyfan sydd gen i ym mha ffordd bynnag rydw i'n ddymuno."

'Dyma ffordd Duw,' meddai Iesu. 'Mae'n hollol deg, ac mae'n hael. Bydd y rhai olaf hefyd yn cael eu gwobr.'

291 Bartimeus ddall

Eisteddai Bartimeus ar ochr y ffordd yn cardota pan gerddodd Iesu a'i ffrindiau heibio ar y ffordd i Jericho. Roedd Bartimeus yn ddall, ond gallai glywed sŵn y dorf yn dilyn Iesu. Gwyddai fod rhywbeth anghyffredin yn digwydd.

'Pwy sy'n mynd heibio?' gwaeddai, yn uwch na sŵn y dorf. 'Beth sy'n digwydd?'

'Iesu sydd yma,' meddai rhywun wrtho. 'Mae'r athro o Nasareth yma gyda ni yn Jericho.'

Roedd Bartimeus yn gwybod llawer am yr athro o Nasareth. Gwyddai ei fod wedi gwella dyn cloff, ac wedi helpu dyn byddar i glywed.

Marc 10:46-52

Ac meddai'r dyn dall wrtho, "Rabbwni, y mae arnaf eisiau cael fy ngolwg yn ôl." Dywedodd Iesu wrtho, "Dos, y mae dy ffydd wedi dy iacháu di."
Marc 10:51b-52a

'Iesu, Fab Dafydd, helpa fi!' gwaeddodd Bartimeus. 'Iesu, wnei di fy helpu?'

'Bydd ddistaw,' meddai un o'r dorf wrtho.

'Paid â gweiddi,' meddai un arall.

Ond daliai Bartimeus i weiddi, hyd yn oed yn uwch nag o'r blaen.

'Iesu, Fab Dafydd, helpa fi!'

Clywodd Iesu Bartimeus yn gweiddi a safodd yn ei unfan.

'Gofynnwch iddo ddod yma,' meddai Iesu.

'Mae popeth yn iawn,' meddai un o'r dyrfa. 'Mae Iesu wedi dy glywed yn galw arno. Mae'n gofyn amdanat ti.'

Taflodd Bartimeus ei glogyn i ffwrdd a neidiodd ar ei draed. Teimlodd ei ffordd drwy'r dyrfa, yna safodd o flaen Iesu.

'Sut galla i dy helpu?' gofynnodd Iesu.

'Athro, rydw i eisiau cael fy ngolwg yn ôl,' meddai Bartimeus.

'Fe gei di weld unwaith eto,' atebodd Iesu. 'Dos, roeddet ti'n credu y byddwn i'n gallu dy wella. Fe gei di beth bynnag rwyt ti'n gofyn amdano.'

Doedd Bartimeus ddim yn ddall mwyach! Roedd yn gallu gweld! Aeth o ddim yn ôl i gardota ar ochr y ffordd; yn lle hynny, ymunodd â'r dyrfa oedd yn dilyn Iesu.

292 Y casglwr trethi yn dringo'r goeden

Luc 19:1-10

Daeth Mab y Dyn i geisio ac i achub y colledig.
Luc 19:10

Ymhellach ymlaen i fyny'r ffordd, daeth rhagor o bobl i wrando ar Iesu. Sacheus, y casglwr trethi, oedd un ohonyn nhw.

Doedd Sacheus ddim yn ddyn tal iawn, ac am ei fod yn twyllo pobl wrth gasglu trethi doedd o ddim yn boblogaidd chwaith. Roedd yn awyddus iawn i weld Iesu, ond gan ei fod yn fyr a neb yn fodlon iddo wthio i'r blaen, doedd dim modd iddo weld unrhyw beth dros bennau'r dyrfa.

Yn y pellter gwelodd goeden sycamorwydden a'i changhennau'n plygu dros y ffordd. Yna cafodd syniad. Rhedodd yn ei flaen a dringo'r goeden er mwyn gallu gweld Iesu'n dod i lawr y ffordd.

Pan gyrhaeddodd Iesu at y goeden, safodd ac edrych i fyny.

'Sacheus!' meddai Iesu. 'Tyrd i lawr ar dy union! Rydw i am ddod i'th dŷ di heddiw.'

Roedd Sacheus wedi'i syfrdanu. Rhuthrodd i lawr y goeden, ar frys gwyllt.

'Mae croeso i ti ddod i aros gyda mi, Iesu!' meddai'n llawen.

Ond roedd rhai yn y dyrfa'n ddig iawn.

'Pam aros gyda'r twyllwr yna? Pam siarad gydag o, hyd yn oed?' medden nhw wrth ei gilydd.

Roedd Sacheus yn gwybod beth oedd barn y bobl amdano, ac roedd yn awyddus iawn i newid ei ffordd o fyw.

'Iesu!' meddai mewn llais uchel. 'Rydw i am roi hanner fy eiddo'n rhodd i'r tlodion. Ac os ydw i wedi twyllo unrhyw un, mi fydda i'n talu'n ôl iddyn nhw bedair gwaith y swm.'

Gwenodd Iesu ar Sacheus.

'Mae heddiw'n ddiwrnod arbennig iawn!' dywedodd. 'Dyma pam rydw i yma – i achub pobl sydd wedi anghofio sut i fyw yn ôl ewyllys Duw.'

293 Diwedd y byd

Mathew 25:1-12

Yn ddiweddarach dyma'r genethod eraill yn dod ac yn dweud, "Syr, syr, agor y drws i ni." Atebodd yntau, "Yn wir, rwy'n dweud wrthych, nid wyf yn eich adnabod."
Mathew 25:11-12

Byddai Iesu'n siarad gyda'r disgyblion am sut i garu Duw a charu pobl eraill. Ond o dro i dro byddai'n sôn wrth ei ffrindiau beth oedd yn mynd i ddigwydd yn y dyfodol, pan fyddai Duw'n anfon ei angylion i'r ddaear i gasglu'r holl bobl at ei gilydd.

'Does neb yn gwybod pa bryd fydd hyn yn digwydd,' meddai Iesu. 'Dim ond Duw ei hun sy'n gwybod. Bydd pobl yn dal i weithio, yn priodi ac yn rhoi genedigaeth. Pan fydd hyn yn digwydd bydd un person yn cael ei gymryd ac un arall yn cael ei adael ar ôl. Gwnewch yn siŵr eich bod yn un o'r rhai sy'n caru Duw. Cofiwch fod yn barod ar gyfer y diwrnod hwnnw.

'Gadewch i mi adrodd stori am ddeg o forynion priodas,' meddai Iesu. 'Roedd gan bob un ohonyn nhw lamp olew er mwyn croesawu'r priodfab i'r tŷ yn ystod oriau'r nos. Roedd pump o'r morynion wedi paratoi eu lampau'n barod, gyda digon o olew wrth gefn. Ond roedd y pump arall yn esgeulus, heb baratoi'n ddigonol.

'Aeth oriau heibio a doedd dim sôn am y priodfab. Erbyn hyn roedd y morynion i gyd wedi blino ac wedi syrthio i gysgu.

'Yna, yng nghanol y nos, clywyd sŵn. "Mae'r priodfab yn dod! Deffrwch!" gwaeddodd rhywun.

'Gafaelodd y morynion yn eu lampau. Roedd y morynion oedd wedi dod ag olew wrth gefn wedi goleuo'u lampau. Roedd lampau'r gweddill wedi diffodd, a bu'n rhaid iddyn nhw fynd i chwilio am ragor o olew.

'Tra oedden nhw'n dal i chwilio am olew, cyrhaeddodd y priodfab. Cerddodd pump o'r morynion, gan ddal eu lampau'n uchel, i mewn i'r wledd briodas a chaewyd y drws.

'Pan gyrhaeddodd y pump arall roedd hi'n rhy hwyr, a chawson nhw ddim mynd i mewn i'r wledd briodas.'

294 Y FARN OLAF

MATHEW 25:31-46

A bydd y Brenin yn eu hateb, "Yn wir, rwy'n dweud wrthych, yn gymaint ag ichwi ei wneud i un o'r lleiaf o'r rhain, fy nghymrodyr, i mi y gwnaethoch."
Mathew 25:40

Dywedodd Iesu wrth ei ddisgyblion beth fyddai'n digwydd ar ddiwedd y byd. Rhoddodd ddisgrifiad byw iddyn nhw.

'Bydd y brenin yn eistedd ar ei orsedd, a'i angylion o'i gwmpas. Bydd yn rhannu pobl y ddaear yn ddau grŵp.

'"Dewch i fwynhau'r pethau da rydw i wedi'u paratoi ar eich cyfer." Dyna fydd y brenin yn ei ddweud wrth un grŵp. "Rydych wedi byw fel mae Duw eisiau i chi fyw. Pan oeddwn yn llwglyd, rhoesoch fwyd i mi. Pan oeddwn yn sychedig, rhoesoch ddiod i mi. Cefais groeso yn eich cartrefi er nad oeddech yn f'adnabod. Rhoesoch ddillad i mi pan nad oedd gen i gerpyn. Buoch yn edrych ar fy ôl pan oeddwn yn wael, a daethoch i'r carchar i ymweld â mi hyd yn oed."

'Yna bydd y bobl hynny'n dweud wrth y brenin: "Ond pa bryd y gwnaethon ni'r pethau hyn? Pa bryd oeddet ti'n llwglyd ac yn sychedig? Pa bryd wnaethon ni roi bwyd a diod i ti? Pa bryd wnaethon ni roi dillad i ti a'th wahodd i'n cartrefi? A gofalu amdanat ti pan oeddet ti'n wael, ac ymweld â thi yn y carchar?"

'Yna bydd y brenin yn ateb, "Bob tro roeddech chi'n helpu pobl mewn angen, roeddech yn fy helpu i."

'Bydd y brenin yn troi at y grŵp arall a'u hanfon i ffwrdd. "Wnaethoch chi ddim rhoi bwyd i mi pan oeddwn yn llwgu, na diod pan oeddwn yn sychedig. Caewyd y drws yn glep arnaf. Gwelsoch fy mod angen dillad ond chefais i'r un cerpyn, a phan oeddwn yn wael ac yn y carchar roeddech yn rhy brysur i ddod i'm gweld."

'"Ond pa bryd wnaethon ni'r pethau hyn?" Dyna fydd aelodau'r grŵp arall yn ei ofyn. "Pa bryd wnaethon ni dy weld mewn angen – yn llwglyd, yn

sychedig, heb gartref na dillad, yn wael neu yn y carchar?"

'Ac fe fydd y brenin yn ateb, "Pan welsoch chi rywun mewn angen, mi wnaethoch chi gerdded heibio a gwrthod rhoi help llaw."'

295 Persawr drudfawr

Ioan 12:1-8

"Y mae'r tlodion gyda chwi bob amser, ond nid wyf fi gyda chwi bob amser."
Ioan 12:8

Rai dyddiau cyn y Pasg, rhoddodd Lasarus wahoddiad i Iesu i'w gartref ym Methania.

Eisteddodd Lasarus a ffrindiau Iesu, wrth y bwrdd tra oedd Martha'n gweini arnyn nhw. Aeth Mair ati i olchi traed Iesu, ond yn hytrach na defnyddio dŵr, fel y byddai'n ei wneud gyda gwesteion eraill, tywalltodd bersawr drudfawr drostynt. Ar ôl hynny, sychodd draed Iesu â'i gwallt hir.

Llanwyd y tŷ gan arogl hyfryd y persawr. Gwelodd Jwdas Iscariot hyn a gwylltiodd.

'Dyna wastraff!' meddai. 'Gellid yn hawdd fod wedi gwerthu'r persawr a rhoi'r arian i'r tlodion.'

Doedd Jwdas ddim yn bod yn hollol onest. Ef oedd yn gofalu am yr arian oedd yn cael ei roi i gynnal Iesu a'i ffrindiau, ac yn aml byddai'n dwyn peth o'r arian a'i wario. Pan welodd ymateb Jwdas, roedd Iesu'n drist.

'Gad lonydd i Mair,' meddai Iesu. 'Mae'r hyn wnaeth hi wedi fy mharatoi ar gyfer fy nghladdu. Bydd rhai sydd angen eich help gyda chi bob amser, ond fydda i ddim gyda chi yn hir iawn eto.'

296 Iesu'n mynd i Jerwsalem

Aeth Iesu a'i ffrindiau ymlaen i Jerwsalem, gan deithio trwy Bethphage ar Fynydd yr Olewydd. Gofynnodd Iesu i ddau o'i ddisgyblion fynd o'u blaenau i nôl asyn ifanc fyddai'n disgwyl amdanyn nhw.

Luc 19:29-38

'Os bydd rhywun yn holi, dywedwch fod arna i ei angen, a chewch chi ddim problem,' meddai.

Gan ddweud, "Bendigedig yw'r un sy'n dod yn frenin yn enw'r Arglwydd; yn y nef, tangnefedd, a gogoniant yn y goruchaf."
Luc 19:38

Gwnaeth y ddau ffrind yn union fel y dywedodd Iesu. Fe ddaethon nhw o hyd i'r asyn ifanc a dod ag o at Iesu. Rhoddwyd mantell dros gefn yr anifail, nad oedd erioed wedi cael ei farchogaeth. Eisteddodd Iesu ar yr anifail a dechrau marchogaeth tua Jerwsalem.

Roedd tyrfa fawr yn sefyll ar ochrau'r ffordd. Taenodd rhai eu dillad ar y ddaear er mwyn i'r asyn gerdded drostyn nhw. Torrodd rhai ganghennau palmwydd mawr a'u gwasgaru ar y ffordd. Roedd eraill yn chwifio'r canghennau yn yr awyr.

'Hosanna!' gwaeddai'r dorf. 'Duw gadwo'r brenin!'

Ymhlith y dyrfa roedd criw o Phariseaid yn gwylio, a dyma nhw'n troi ar Iesu.

'Beth ydi'r lol yma?' medden nhw wrtho. 'Rho daw ar y bobl yma.'

Ond roedd Iesu'n gwybod mai hwn fyddai'r tro olaf iddo gael y fath groeso. Byddai'r dyrfa nesaf yn gweiddi rhywbeth gwahanol iawn.

297 Ogof lladron

Ar ôl cyrraedd y ddinas, aeth Iesu i'r deml. Gwelodd y cyfnewidwyr arian a'r gwerthwyr colomennod yn brysur yn gwneud elw iddyn nhw'u hunain, a theimlai'n ddig iawn tuag atyn nhw.

Gafaelodd yn y byrddau fesul un, a'u troi ben i waered. Tasgodd y darnau arian i bob cyfeiriad.

'Tŷ i Dduw ydi hwn!' meddai. 'Lle arbennig i bobl weddïo ac addoli Duw. Ond rydych chi wedi'i wneud yn lle anonest, yn ogof i ladron a phobl ddrwg!'

Luc 19:45-48

Gan ddweud wrthynt, "Y mae'n ysgrifenedig: 'A bydd fy nhŷ i yn dŷ gweddi, ond gwnaethoch chwi ef yn ogof lladron'."
Luc 19:46

Bob dydd, byddai Iesu'n dysgu yn y deml a'r tyrfaoedd yn ei ddilyn gan wrando ar bob gair. Deuai eraill ato i gael eu hiacháu: pobl ddall, pobl fyddar, cloffion a phobl yn dioddef o wahanol afiechydon. Roedd pawb oedd ag angen Iesu'n dod i'w weld, ac roedd yntau'n eu gwella.

Roedd yr offeiriaid a'r Phariseaid yn gwylio pob symudiad. Roedden nhw'n casáu popeth roedd o'n ddweud, a phopeth roedd o'n wneud. Roedden nhw'n casáu Iesu. Ond gan fod y bobl yn ei garu a'i ddilyn, doedden nhw'n gallu gwneud dim i'w rwystro.

Roedd plant ifanc yn dawnsio o gwmpas y deml dan ganu:

'Hosanna! Bendigedig yw Iesu! Mae Duw wedi dod i'n hachub!'

298 Y gorchymyn mwyaf un

Marc 12:28-34

Roedd y Phariseaid a phobl grefyddol eraill, y Sadwceaid, yn holi Iesu er mwyn ceisio gweld bai arno.

'Dweda wrthyn ni – pa orchymyn ydi'r un pwysicaf?' gofynnodd un ohonyn nhw i Iesu.

'Dyma'r gorchymyn pwysicaf un,' meddai Iesu. 'Ein Duw ni ydi'r unig Dduw. Mae'n rhaid caru'r Arglwydd eich Duw â'ch holl galon, eich holl enaid, eich holl feddwl a'ch holl nerth. A'r ail orchymyn pwysicaf ydi caru ein cymydog yn union fel rydyn ni'n caru ein hunain.'

Atebodd Iesu, "Y cyntaf yw, 'Gwrando, O Israel, yr Arglwydd ein Duw yw'r unig Arglwydd, a châr yr Arglwydd dy Dduw â'th holl galon ac â'th holl enaid ac â'th holl feddwl ac â'th holl nerth."
Marc 12:29-30

'Rwyt ti'n iawn,' meddai un o athrawon y gyfraith. 'Mae gwneud hyn yn bwysicach o lawer nag aberthu i Dduw.'

Edrychodd Iesu ar y dyn. Roedd wedi ei fodloni gyda'i ateb, ac meddai wrtho,

'Os wyt ti wedi deall hynny, rwyt ti'n agos i deyrnas Dduw.'

Ar ôl clywed hyn, doedd neb arall yn barod i ofyn cwestiwn iddo.

299 Y rhodd fwyaf

Luc 21:1-4

Oherwydd cyfrannodd y rhain i gyd o'r mwy na digon sydd ganddynt, ond rhoddodd hon o'i phrinder y cwbl oedd ganddi i fyw arno.
Luc 21:4

Pan oedd Iesu yn y deml, gwelodd ddynion cyfoethog yn rhoi arian yn y blwch casglu. Wrth iddo wylio, daeth gwraig weddw dlawd heibio a rhoi dwy geiniog gopr i mewn ynddo. Trodd Iesu at y bobl oedd o'i gwmpas a dweud:

'Mae'r wraig yna wedi rhoi mwy na neb arall. Er bod y dynion wedi rhoi llawer o arian yn y blwch, eto i gyd cyfran fechan o'u cyfoeth oedd hyn. Roedden nhw'n gallu fforddio rhoi, a wnaeth o ddim costio llawer iddyn nhw. Ond rhoddodd y wraig weddw dlawd y cwbl oedd ganddi i Dduw.'

300 Y cynllwyn i ladd Iesu

Mathew 26:3-5, 14-16

Talasant iddo ddeg ar hugain o ddarnau arian; ac o'r pryd hwnnw dechreuodd geisio cyfle i'w fradychu ef.
Mathew 26:15b-16

Daeth y prif offeiriaid a'r henuriaid at ei gilydd mewn lle dirgel.

'Mae'n rhaid i ni wneud rhywbeth,' medden nhw. 'Mae'n rhaid i ni chwilio am ffordd i gael gwared â Iesu.'

'Ond mae'r bobl o'i blaid,' meddai un arall. 'Mi fydd Gŵyl y Bara Croyw ymhen dau ddiwrnod a bydd Jerwsalem yn rhy brysur. Os byddwn ni'n trefnu i arestio Iesu y funud yma byddwn yn sicr o godi nyth cacwn.'

Yn y cyfamser, roedd Jwdas Iscariot hefyd yn cynllwynio. Aeth i chwilio am rai o'r prif offeiriaid. 'Faint rowch chi i mi am fradychu Iesu?' gofynnodd.

'Tri deg darn o arian,' medden nhw wrtho. Dyma'r cyfle roedden nhw'n chwilio amdano – rhywun fyddai'n barod i'w helpu i ddal Iesu pan fyddai ar ei ben ei hun.

Cymerodd Jwdas yr arian. Yn awr, y cyfan roedd angen iddo'i wneud oedd aros am yr amser iawn.

301 Paratoi gwledd y Pasg

Luc 22:7-13

Aethant ymaith, a chael fel yr oedd ef wedi dweud wrthynt, a pharatoesant wledd y Pasg.
Luc 22:13

Roedd pobl Jerwsalem wrthi'n brysur yn paratoi ar gyfer gwledd y Pasg. Gofynnodd Iesu i Pedr ac Ioan fynd o'i flaen i baratoi ar eu cyfer.

'Pan fyddwch yn mynd i mewn i'r ddinas, fe welwch ddyn yn cario ystên o ddŵr. Dilynwch ef ac ewch i mewn i'r tŷ lle byddwn ni'n dathlu gyda'n gilydd. Chwiliwch am y perchennog a gofyn iddo pa ystafell sydd wedi'i pharatoi ar gyfer yr Athro a'i ffrindiau. Bydd yn dangos ystafell wedi'i dodrefnu i fyny'r grisiau. Ar ôl cyrraedd yno, dechreuwch gael popeth yn barod.'

Aeth y ddau i mewn i'r ddinas a dilyn y dyn oedd yn cario ystên o ddŵr. Aethon nhw i mewn i'r tŷ, ac aeth y perchennog â nhw i fyny'r grisiau.

Roedd popeth yn union fel roedd Iesu wedi'i ddweud. Yna dechreuodd Pedr ac Ioan baratoi ar gyfer y wledd arbennig.

302 Iesu, y gwas

Y noson cyn Gŵyl y Pasg, daeth Iesu a'i ffrindiau gyda'i gilydd i swpera yn yr ystafell i fyny'r grisiau. Roedd Iesu'n gwybod bod ei amser gyda'i ffrindiau'n dirwyn i ben. Roedd cymaint o bethau yr hoffai eu dysgu iddynt.

Ioan 13:1-17

Lapiodd Iesu y lliain am ei ganol, a thywallt dŵr i badell. Yna dechreuodd olchi traed ei ddisgyblion. Fel arfer, gwas fyddai'n golchi'r llwch oddi ar draed y gwesteion cyn iddyn nhw gael pryd o fwyd. Roedd Iesu'n sylweddoli pa mor ryfedd roedd hyn yn ymddangos i'w ffrindiau.

"Arglwydd," meddai Simon Pedr wrtho, "nid fy nhraed yn unig, ond golch fy nwylo a'm pen hefyd."
Ioan 13:9

'Chei di ddim golchi fy nhraed i,' meddai Pedr, wrth i Iesu baratoi ar gyfer gwneud hynny.

'Pedr, os na cha i olchi dy draed, yna dwyt ti ddim yn ffrind i mi,' meddai Iesu.

'Yna paid â golchi fy nhraed yn unig, golcha fy nwylo a'm pen hefyd,' meddai Pedr.

'Does dim angen hynny,' meddai Iesu. 'Dim ond dy draed sy'n fudr.' Dechreuodd feddwl am Jwdas. 'Ond dydi hynny ddim yn wir am bawb sydd yma,' ychwanegodd.

Ar ôl gorffen, aeth Iesu'n ôl at y bwrdd i eistedd gyda'i ffrindiau.

'Ydych chi'n deall beth rydw i newydd ei wneud?' gofynnodd Iesu iddyn nhw. 'Y fi ydi eich athro, ond rydw i wedi gwneud gwaith gwas. Rydw i eisiau i chi drin eich gilydd â'r un cariad a pharch. Dilynwch fy esiampl.'

303 Y bradychwr

Yn ystod y pryd bwyd, sylwodd ei ffrindiau fod Iesu'n ddistaw – yn wir roedd yn edrych yn drist iawn. Yna siaradodd.

'Mae un ohonoch chi yma'n mynd i 'mradychu i,' dywedodd.

Edrychodd ei ffrindiau arno mewn dychryn, cyn troi i edrych ar ei gilydd mewn syndod.

'Gofyn iddo pwy ydi o,' sibrydodd Pedr wrth Ioan, oedd yn eistedd wrth ochr Iesu.

'Pwy, Arglwydd?' sibrydodd Ioan.

'Gwlychaf y bara hwn a'i roi iddo,' meddai Iesu wrth Ioan. Yna rhoddodd y bara i Jwdas.

Ioan 13:21-30,
Mathew 26:26-28

"Cymerwch, bwytewch; hwn yw fy nghorff."
Mathew 26:26b

'Dos,' meddai wrtho, 'a gwna yr hyn mae'n rhaid i ti ei wneud.'

Cymerodd Jwdas y bara, codi ar ei draed a mynd allan i'r nos.

Cododd Iesu'r dorth o fara a diolch i Dduw amdani. Torrodd y bara'n ddarnau bach a'u rhannu ymhlith ei ffrindiau.

'Bwytewch hwn,' meddai. 'Hwn ydi fy nghorff, rydw i'n ei roi i chi. Cofiwch amdanaf pan fyddwch yn bwyta bara gyda'ch gilydd.' Yna cododd gwpan o win coch. 'Yfwch hwn. Y gwin hwn ydi fy ngwaed, sy'n cael ei dywallt dros bob un ohonoch er mwyn maddau eich pechodau.'

Bu ffrindiau Iesu'n bwyta'r bara ac yn yfed y gwin, ond doedden nhw ddim yn deall yn iawn beth oedd ystyr hyn tan ar ôl i Iesu farw.

304 Ei ffrindiau'n cysgu

Ar ôl gadael yr ystafell swper, aeth Iesu a'i ddisgyblion i ardd gyfagos lle bu'n gweddïo ar Dduw.

'Mi fydd pob un ohonoch chi'n fy ngadael i heno,' meddai Iesu wrthyn nhw. 'Ond ar ôl i Dduw fy nghodi o farw, fe af o'ch blaen i Galilea. Gwelaf chi yno.'

'Wna i byth dy adael di, hyd yn oed os bydd y gweddill yn gwneud hynny,' meddai Pedr wrth Iesu.

Marc 14:26-42

"Y mae'r ysbryd yn barod ond y cnawd yn wan."
Marc 14:38b

'Pedr,' meddai Iesu yn drist, 'cyn i'r ceiliog ganu ar doriad gwawr, mi fyddi di wedi gwadu dair gwaith dy fod ti'n fy adnabod i.'

'Mi fuasai'n well gen i farw na gwneud hynny,' meddai Pedr yn ddewr, a chytunodd ei ffrindiau â phob gair.

Ar ôl cyrraedd gardd Gethsemane, dywedodd Iesu wrthyn nhw am aros tra byddai e'n mynd i weddïo. Gofynnodd i Pedr, Iago ac Ioan fynd hefyd ac aros, ond aeth Iesu ymlaen ychydig ar ei ben ei hun i weddïo. Roedden nhw'n gallu gweld ei fod yn edrych yn drist iawn.

'Fy Nhad,' meddai Iesu, 'paid â gadael i mi wynebu'r holl ddioddefaint a phoen sydd o'm blaen i! Dos â'r cyfan i ffwrdd os galli. Ond helpa fi i wneud beth wyt ti eisiau – nid beth ydw i eisiau.'

Cododd a cherdded yn ôl at ei ffrindiau, ond roedden nhw i gyd yn cysgu'n sownd.

'Fedrwch chi ddim hyd yn oed cadw yn effro am un awr?' gofynnodd. 'Rydw i'n gwybod eich bod yn awyddus i helpu, ond rydych chi'n wan a blinedig.'

Aeth Iesu i weddïo unwaith eto.

'Fy Nhad,' meddai, 'os oes raid i mi fynd drwy'r holl boen, yna rydw i'n barod i ufuddhau i ti.'

Pan ddaeth yn ôl at ei ffrindiau am yr eildro, roedden nhw'n dal i gysgu. Gweddïodd Iesu am y trydydd tro ar ei ben ei hun yn yr ardd, a phan aeth yn ôl at ei ddisgyblion, roedden nhw'n dal i gysgu. Doedden nhw ddim yn gallu cadw'u llygaid ar agor.

'Deffrwch!' meddai Iesu. 'Mae'r amser wedi dod. Dyma'r dyn sydd wedi fy mradychu i.'

305 Iesu'n cael ei arestio

Daeth sŵn torf o bobl i dorri ar dawelwch yr ardd dywyll. O'r pellter daeth criw o ddynion yn cario ffyn a chleddyfau. Jwdas Iscariot oedd yn eu harwain.

Cerddodd Jwdas yn syth at Iesu a'i gusanu ar ei foch, yn union fel petai'n dal i fod yn ffrind gorau iddo.

Luc 22:47-54

Hwn oedd yr arwydd ar gyfer y dorf. Rhuthrodd y dynion at Iesu a'i gau i mewn fel na allai symud.

Meddai Iesu wrtho, "Jwdas, ai â chusan yr wyt yn bradychu Mab y Dyn?" *Luc 22:48*

Dychrynodd ei ffrindiau. Cododd un ohonyn nhw'i gleddyf a thorri clust dde gwas yr archoffeiriaid.

'Rho'r gleddyf i lawr!' meddai Iesu gan gyffwrdd yng nghlust y gwas a'i rhoi yn ôl yn ei lle. 'Does dim rhaid defnyddio trais. Pe bai arna i angen help, byddai Duw wedi anfon ei angylion i'm hachub! Pam ydych chi ddynion yn defnyddio grym beth bynnag? Pam na fuasech wedi fy nal yn ystod y dydd, pan oeddwn i'n dysgu'r bobl yn y deml?'

Gafaelwyd ynddo a mynd ag ef i dŷ'r archoffeiriad, Caiaffas. Rhedodd ei ffrindiau i ffwrdd gan ei adael ar ei ben ei hun. Dim ond Pedr a'i dilynodd, a hynny o bell.

306 Bore drannoeth

Eisteddai tyrfa o gwmpas y tân yng nghyntedd cartref yr archoffeiriad. Sleifiodd Pedr i'w canol yn y tywyllwch ac eistedd yn eu plith.

Yn y tŷ, roedd athrawon y gyfraith a'r henuriaid yn aros am Iesu. Fe fuon nhw wrthi'n trafod ymhlith ei gilydd sut y gallen nhw ei ddedfrydu i farwolaeth. Rhaid oedd ei gyhuddo o weithred ddrwg – ond anodd iawn oedd dod o hyd i unrhyw beth yn ei erbyn. Yn y diwedd, gofynnodd Caiaffas iddo ai ef oedd y Crist, Mab Duw, yr un roedd y bobl wedi bod yn disgwyl amdano, a'r un roedd y proffwydi wedi sôn amdano ar hyd y blynyddoedd.

'Ie, y fi ydi hwnnw,' meddai Iesu, 'ac yn fuan iawn byddaf yn eistedd ar law dde Duw.'

Mathew 26:57-75

'Dyna ni! Cabledd!' meddai Caiaffas. Roedden nhw wedi cael rheswm digonol i ofyn i'r Rhufeiniaid ei ddedfrydu i farwolaeth.

Ac ar unwaith fe ganodd y ceiliog. Cofiodd Pedr y gair a lefarodd Iesu, "Cyn i'r ceiliog ganu, fe'm gwedi i deirgwaith." Aeth allan ac wylo'n chwerw. *Mathew 26:74b-75*

Y tu allan, yn y cyntedd, roedd un o'r morynion wedi bod yn gwylio Pedr yng ngolau'r tân.

'Rydw i'n dy adnabod di!' meddai wrth Pedr. 'Rwyt ti'n un o ffrindiau Iesu.'

'Na, dydw i ddim,' meddai Pedr a safodd ar ei draed. 'Dydw i ddim yn adnabod y dyn hyd yn oed!'

Ymhen ychydig sylwodd dyn arall ar Pedr.

'Rydw i'n siŵr i mi dy weld gyda Iesu,' meddai.

'Rydych chi'n anghywir. Dydw i ddim yn un o'i ffrindiau,' atebodd Pedr yn chwyrn.

Ychydig cyn y wawr dorri, dywedodd dyn arall wrth Pedr,

'Rwyt tithau'n dod o Galilea! Rydw i'n adnabod dy acen di! Mae'n rhaid dy fod ti'n adnabod Iesu!'

'Does gen i ddim syniad am beth wyt ti'n sôn!' gwylltiodd Pedr.

Y munud hwnnw, canodd y ceiliog. Torrodd y wawr, a chofiodd Pedr eiriau Iesu.

Brasgamodd i ffwrdd a wylo'n hidl oherwydd yr hyn roedd wedi'i wneud.

307 Rhyddhau llofrudd

Edrychodd Pontius Pilat, y rhaglaw Rhufeinig, i fyw llygaid Iesu. Safai o'i flaen, a'i ben i lawr.

'Wyt ti'n deall bod y prif offeiriad eisiau i ti farw?' meddai Pilat wrth Iesu. 'Oes gen ti rywbeth i'w ddweud?'

Safodd Iesu'n ddistaw. Roedd Pilat ar bigau'r drain. Gallai weld nad oedd Iesu wedi gwneud unrhyw ddrwg, ond gwyddai fod y prif offeiriad a'r arweinwyr am ei waed. Penderfynodd ofyn barn y dyrfa oedd yn sefyll tu allan i'w balas, yn disgwyl yn eiddgar am ei benderfyniad.

Mathew 27:11-26

Pan welodd Pilat nad oedd dim yn tycio ond yn hytrach bod cynnwrf yn codi, cymerodd ddŵr, a golchodd ei ddwylo o flaen y dyrfa, a dweud, "Yr wyf fi'n ddieuog o waed y dyn hwn; chwi fydd yn gyfrifol."
Mathew 27:24

'Mae'n arferiad gollwng un carcharor yn rhydd adeg Gŵyl y Bara Croyw,' meddai wrth y dyrfa. 'Ydych chi eisiau i mi ryddhau Barabbas neu Iesu'r Meseia, Mab Duw?'

Roedd yr offeiriaid a'r henaduriaid wedi gwneud yn siŵr bod eu cefnogwyr nhw yn y dyrfa.

'Barabbas!' gwaeddodd pawb. 'Gollynga Barabbas yn rhydd!'

‘Ond beth wna i gyda Iesu?’ gofynnodd Pilat. ‘Dydi o ddim wedi gwneud unrhyw ddrwg. Ydych chi’n fodlon i mi ei chwipio a’i ollwng yn rhydd?’

‘Croeshoelia fo!’ rhuai’r dynion yn y dyrfa.

‘Ond pam?’ gofynnodd Pilat. ‘Dydi o ddim wedi gwneud unrhyw beth o’i le.’

‘Croeshoelia fo!’ rhuai’r dorf yn uwch fyth. Edrychodd Pilat ar eu hwynebau creulon wrth iddyn nhw weiddi’n groch a chodi’u dyrnau. Ysgydwodd ei ben yn drist, a galwodd am ddŵr i olchi’i ddwylo yng ngŵydd y dyrfa.

‘Dydw i ddim yn gyfrifol am farwolaeth y dyn hwn,’ meddai.

Ond gorchmynnodd Pilat i’w filwyr fynd â Iesu i’w groeshoelio, a chafodd Barabbas, y llofrudd, ei ollwng yn rhydd.

308 Brenin yr Iddewon

Cymerodd y milwyr Rhufeinig ddillad Iesu oddi arno, a’i wisgo yng ngwisg ysgarlad milwr Rhufeinig. Plethwyd brigau o ddrain gyda’i gilydd i ffurfio coron, a’i gwthio’n galed am ei ben fel bod gwaed yn llifo i lawr ei wyneb. Rhoddwyd gwialen yn ei law dde, yna penliniodd y milwyr o’i flaen a’i wawdio.

Mathew 27:27-32

Ac wedi iddynt ei watwar, tynasant y clogyn oddi amdano a’i wisgo ef â’i ddillad ei hun, a mynd ag ef ymaith i’w groeshoelio. *Mathew 27:31*

‘Edrychwch! Dyma frenin yr Iddewon!’ medden nhw gan grechwenu a phoeri yn ei wyneb. Yna cymerodd un y wialen o’i law a’i defnyddio i’w guro’n ddidrugaredd.

Ar ôl iddyn nhw ddiflasu gwneud hwyl am ei ben, rhoddwyd ei ddillad yn ôl iddo ac arweiniodd y milwyr Iesu i gael ei groeshoelio.

Roedd Iesu’n gleisiau drosto, ac yn gwaedu; roedd wedi blino’n lân ar ôl cael ei guro. Wrth iddo geisio cario’r groes bren y byddai’n cael ei groeshoelio arni, baglodd a syrthio.

‘Ti! Tyrd yma!’ meddai un o’r milwyr wrth un o’r dyrfa. ‘Helpa fo i gario’r groes.’

Cododd Simon o Gyrene groes Iesu a’i rhoi ar ei ysgwyddau ei hun. Dilynodd Iesu i Le’r Benglog, y tu allan i furiau’r ddinas.

309 Lle'r benglog

Roedd pobl wedi casglu bob ochr i’r ffordd. Roedd rhai yn gweiddi nerth eu pennau; rhai’n drist, ac eraill yn wylo wrth iddyn nhw wylio Iesu’n cael ei arwain i Golgotha, Lle’r Benglog.

Arweiniwyd dau arall i gael eu croeshoelio y diwrnod hwnnw; lladron oedd

Luc 23:32-43,
Ioan 19:25-30

Atebodd yntau, "Yn wir, rwy'n dweud wrthyt, heddiw byddi gyda mi ym Mharadwys."
Luc 23:43

y ddau. Hoeliwyd Iesu ar y groes, yna codwyd hi rhwng y ddau leidr.

'Maddau iddyn nhw, O Dad!' meddai Iesu. 'Dydyn nhw ddim yn gwybod beth maen nhw'n ei wneud!'

Safai'r dyrfa i'w wylio ac aros. Roedd y milwyr yn dal i wawdio Iesu.

'Rwyt ti wedi achub pobl eraill, ond fedri di ddim dy achub di dy hun!' medden nhw. Bu rhai o'r milwyr yn taflu dis i weld pwy fyddai'n cael ei fantell, a bu'r gweddill yn brysur yn paratoi arwydd i'w roi ar y groes.

'Hwn ydi Brenin yr Iddewon,' oedd y geiriau ar yr arwydd.

Trodd un o'r lladron oedd yn cael ei groeshoelio at Iesu a dweud:

'Os mai ti ydi Mab Duw, pam na wnei di achub y tri ohonon ni?'

'Bydd ddistaw!' meddai'r lleidr arall wrtho. 'Rydyn ni'n haeddu cael ein croeshoelio, ond wnaeth y dyn hwn ddim o'i le.' Yna trodd at Iesu ac meddai, 'Cofia fi.'

Meddai Iesu wrtho, 'Heddiw, fe fyddi di gyda mi ym mharadwys.'

Wrth droed y groes safai Ioan, un o'i ffrindiau gorau. Yno hefyd roedd criw o ferched, a Mair mam Iesu yn eu plith.

'Wraig annwyl,' meddai Iesu wrth Mair, 'hwn, Ioan, fydd dy fab di o hyn ymlaen.' Ac meddai wrth Ioan, 'Gofala am y wraig hon fel petai hi'n fam i ti.'

Am hanner dydd duodd yr awyr. Am dri o'r gloch y prynhawn gwaeddodd

Iesu'n uchel,

'Gorffennwyd!' Tynnodd Iesu ei anadl olaf.

310 Dilynwyr cudd

Aelod o'r Sanhedrin, llys yr Iddewon, oedd Joseff o Arimathea. Fel Nicodemus, roedd yntau'n un o ddilynwyr cudd Iesu, a doedd yr un o'r ddau wedi bod yn rhan o'r cynllwyn i ladd Iesu.

Mathew 27:57-61,
Marc 15:44,
Ioan 19:39

Pan aeth yn hwyr, daeth dyn cyfoethog o Arimathea o'r enw Joseff, a oedd yntau wedi dod yn ddisgybl i Iesu. Aeth hwn at Pilat a gofyn am gorff Iesu; yna gorchmynnodd Pilat ei roi iddo.
Mathew 27:57-58

Gan ei bod bron yn Saboth, aeth Joseff i ofyn caniatâd Pilat i dynnu corff Iesu oddi ar y groes a'i gladdu mewn bedd.

Pan glywodd Pilat fod Iesu eisoes wedi marw, cafodd dipyn o fraw a bu'n rhaid iddo ymgynghori â'r milwyr. Yna, gyda chaniatâd Pilat, aeth Joseff a Nicodemus i dynnu'i gorff oddi ar y groes. Roedd briwiau ar ei gorff, ei ddwylo, ei draed a'i ochr, lle roedd y milwr wedi'i drywanu er mwyn gwneud yn siŵr ei fod wedi marw.

Lapiwyd corff Iesu mewn lliain claddu, ynghyd â myrr ac alwys yn gymysg, ac yna rhoddwyd ef yn y bedd newydd roedd Joseff wedi'i baratoi ar gyfer ei gladdedigaeth ei hun. Rholiwyd maen mawr ar draws agoriad y bedd i'w selio.

Roedd Mair Magdalen a'i ffrind yn eistedd gerllaw, gan wylio pob symudiad yn ofalus.

311 Y bedd gwag

Roedd Mair yn awyddus i eneinio corff Iesu â pherlysiau. Doedd ganddi ddim hawl i wneud hynny ar y nos Wener na'r dydd Sadwrn, gan ei bod yn Saboth.

Felly aeth at y bedd yn gynnar iawn fore Sul, cyn i'r haul godi.

Pan gyrhaeddodd yr ardd, gwelodd fod y maen mawr oedd ar draws agoriad y bedd wedi'i rolio i ffwrdd. Roedd y bedd yn wag.

Yn ei dychryn, rhedodd Mair i chwilio am Pedr ac Ioan.

'Mae rhywun wedi dwyn corff Iesu!' wylodd. 'Does gen i ddim syniad lle mae ei gorff!'

Rhag ofn bod rhyw gamgymeriad wedi digwydd, rhedodd Pedr ac Ioan at y bedd. Gwelsant y llieiniau yno, wedi'u plygu, ond doedd dim golwg o Iesu. Roedd y bedd yn wag. Rhedodd y ddau adref, gan adael Mair ar ei phen ei hun yn yr ardd.

Roedd hi'n dal i wylo pan aeth yn ôl i edrych yn y bedd unwaith eto. Edrychodd i mewn yn betrusgar a gweld dau angel yn eistedd yr union fan lle dylai corff Iesu fod.

'Pam wyt ti'n wylo?' gofynnodd un o'r angylion.

'Mae rhywun wedi dwyn fy meistr,' ochneidiodd Mair. 'Does gen i ddim syniad yn y byd lle mae ei gorff.'

Clywodd sŵn y tu ôl iddi, a throdd i edrych. Tybiai mai'r garddwr oedd yn sefyll yno.

'Am bwy wyt ti'n chwilio?' gofynnodd y dyn.

'Os gweli di'n dda, dyweda wrtha i lle maen nhw wedi rhoi corff Iesu.'

Atebodd y dyn gydag un gair yn unig.

'Mair!' meddai.

Gwyddai Mair ar ei hunion pwy oedd y dyn – Iesu!

'Athro!' meddai, wrth ei bodd yn ei weld unwaith eto.

'Paid â chyffwrdd ynof,' meddai'n dawel wrth Mair. 'Dos i ddweud wrth fy ffrindiau eraill beth wyt ti wedi'i weld.'

Rhedodd Mair nerth ei thraed yr holl ffordd.

'Rydw i wedi gweld Iesu!' meddai. 'Tydi o ddim wedi marw bellach! Mae'n fyw!'

IOAN 20:1-18

Ac aeth Mair Magdalen i gyhoeddi'r newydd i'r disgyblion. "Yr wyf wedi gweld yr Arglwydd," meddai.

Ioan 20:18a

312 Y DAITH I EMAUS

Gyda'r nos y diwrnod hwnnw, roedd dau o ffrindiau Iesu'n teithio adref o Jerwsalem i bentref Emaus. Roedden nhw'n trafod popeth a ddigwyddodd yn ystod y dyddiau diwethaf.

Wrth gerdded, daeth teithiwr arall atyn nhw a dechrau cydgerdded. 'Am beth ydych chi'n sôn?' gofynnodd.

Edrychodd Cleopas braidd yn ddryslyd ar y dyn dieithr.

'Mae'n rhaid dy fod wedi clywed beth ddigwyddodd?' meddai. 'Siarad oedden ni am Iesu o Nasareth. Dyn da, dyn arbennig iawn. Roedden ni'n credu mai ef oedd Mab Duw. Ond, dridiau'n ôl, penderfynodd yr archoffeiriaid a'r henuriaid ei groeshoelio. Heddiw, fe glywson ni fod ei fedd yn wag – maen nhw'n dweud ei fod wedi codi o farw'n fyw!'

Dechreuodd y dyn dieithr egluro beth oedd yr hen broffwydi wedi'i ddweud am Fab Duw, yn enwedig yr hanes fod yn rhaid iddo ddioddef a marw.

LUC 24:13-35

Roedd yn dechrau nosi erbyn iddyn nhw gyrraedd Emaus.

Meddent wrth ei gilydd, "Onid oedd ein calonnau ar dân ynom wrth iddo siarad â ni ar y ffordd, pan oedd yn egluro'r Ysgrythurau inni?" *Luc 24:32*

'Tyrd,' meddai Cleopas wrth y dyn dieithr. 'Aros yma gyda ni i gael pryd o fwyd.'

Ar ôl iddyn nhw eistedd wrth y bwrdd, cymerodd y dyn dieithr y bara gan ddiolch i Dduw amdano ac yna'i dorri.

Yn sydyn, sylweddolodd y ddau ffrind pwy oedd y dyn dieithr. Roedden nhw wedi cydgerdded a sgwrsio gyda Iesu! Ond yn sydyn, diflannodd Iesu o'u golwg. Roedd y ddau wedi'u syfrdanu. Gadawsant bopeth, a rhuthro'n ôl i Jerwsalem i ddweud wrth eu ffrindiau bod Iesu'n fyw.

313 Y TU ÔL I DDRYSAU CAEËDIG

Pan gyrhaeddon nhw Jerwsalem gyda'r newyddion, roedd ffrindiau eraill Iesu wedi dod at ei gilydd y tu ôl i ddrysau caeëdig i sgwrsio am Iesu.

'Mae Iesu'n fyw!' medden nhw. 'Mae o wedi ymddangos heddiw, ac wedi siarad â Pedr!'

'Rydyn ninnau hefyd wedi'i weld!' meddai Cleopas. 'Bu'n cerddded gyda ni ar y ffordd adref i Emaus. Soniodd y byddai'n rhaid iddo ddioddef a marw cyn codi o'r bedd. Wnaethon ni mo'i adnabod i ddechrau, ond wrth iddo dorri'r bara dyna ni'n sylweddoli mai Iesu oedd o!'

LUC 24:36-49

"Ac yn awr yr wyf fi'n anfon arnoch yr hyn a addawodd fy Nhad." *Luc 24:49a*

Ar amrantiad, ymddangosodd Iesu gyda nhw yn yr ystafell.

'Tangnefedd i chi,' meddai.

Ar y dechrau, roedd pawb wedi cael braw o'i weld, ond estynnodd Iesu ei ddwylo i ddangos y briwiau lle roedd yr hoelion wedi bod.

'Iesu wyt ti!' llefodd y disgyblion. 'Rwyt ti'n fyw!'

Yna, am ei fod bron â llwgu, rhoddwyd pysgod wedi'u coginio iddo a dechreuodd fwyta yn eu gŵydd.

Atgoffodd Iesu ei ffrindiau o'r gwaith oedd o'u blaenau.

'Gan ddechrau yn Jerwsalem,' meddai, 'dywedwch wrth y bobl fy mod wedi marw ac wedi codi o'r bedd eto. Dywedwch wrthyn nhw am newid eu ffordd nhw o fyw a dilyn ffordd Duw. Yna ewch allan i'r byd i gyd i ddweud wrth bawb mai ffordd Duw ydi'r ffordd orau.'

314 Thomas yn amau ei ffrindiau

Ioan 20:24-28

Doedd Thomas ddim yno pan ymddangosodd Iesu i'w ddisgyblion.

'Dydw i ddim yn credu'r peth!' meddai Thomas. 'Fedra i ddim credu bod Iesu'n fyw; rhaid i mi ei weld â'm llygaid fy hun, a chyffwrdd â'r briwiau ar ei gorff.'

Ymhen wythnos, roedd Thomas a'r gweddill gyda'i gilydd. Fel o'r blaen, roedd y drysau wedi'u cloi rhag ofn i elynion Iesu ymosod arnyn nhw. Ac yn sydyn, fel o'r blaen, ymddangosodd Iesu a sefyll yn eu plith.

'Tangnefedd i chi,' meddai. Trodd i edrych ar Thomas. 'Thomas, edrycha ar fy nwylo. Cyffyrdda ynddyn nhw. Edrycha ar y briwiau ar fy ochr lle torrwyd fy nghroen â chleddyf. Rho dy fys yno hefyd. Paid ag amau, Thomas, a chreda ynof fi!'

Syrthiodd Thomas ar ei liniau o flaen Iesu. Nid ysbryd oedd hwn, yn sicr. Iesu oedd o, ac roedd yn fyw!

'Fy Arglwydd a'm Duw,' meddai.

A dyma Iesu'n dod, er bod y drysau wedi eu cloi, ac yn sefyll yn y canol a dweud, "Tangnefedd i chwi!" Yna meddai wrth Thomas, "Estyn dy fys yma. Edrych ar fy nwylo. Estyn dy law a'i rhoi yn fy ystlys. A phaid â bod yn anghredadun, bydd yn gredadun." Atebodd Thomas ef, "Fy Arglwydd a'm Duw!"

Ioan 20:26b-28

315 Pysgota ar Lyn Galilea

Ioan 21:1-12

Am rai wythnosau ar ôl i Iesu farw, roedd y disgyblion yn teimlo'n anniddig iawn. Un noson penderfynodd Pedr fynd i bysgota ar Lyn Galilea, ac aeth

Ar ôl hyn, amlygodd Iesu ei hun unwaith eto i'w ddisgyblion, ar lan Môr Tiberias.

Ioan 21:1

rhai o'i ffrindiau hefyd. Roedd Pedr yn dal i feddwl am y noson honno pan ddywedodd nad oedd yn adnabod Iesu.

Fe fuon nhw'n pysgota drwy'r nos heb ddal dim. Ar doriad gwawr, penderfynwyd troi'r cwch tua'r lan.

Safai dyn ar y lan yn eu gwylio.

'Ydych chi wedi dal rhywbeth?' gofynnodd.

'Dim byd!' oedd yr ateb.

'Taflwch y rhwyd ar ochr dde y cwch,' meddai'r dyn.

Rhoddodd y pysgotwyr gynnig arni, a'r munud hwnnw tynhaodd y rhwyd wrth lenwi â physgod.

Edrychodd Pedr ar y dyn oedd yn sefyll ar y lan.

'Iesu ydi o!' gwaeddodd Ioan yn llawen. Neidiodd i'r dŵr a nofio i'r lan.

Ar y lan, roedd Iesu wedi cynnau tân ac roedd ganddo fara. 'Dewch â rhai o'r pysgod rydych wedi'u dal,' meddai.

Llusgodd ei ffrindiau y rhwyd yn llawn o bysgod i'r lan, ac eistedd ar y traeth gyda Iesu.

'Dewch,' meddai Iesu, 'beth am i ni gael brecwast gyda'n gilydd.'

316 Gwaith i Pedr

Ar ôl brecwast, aeth Iesu â Pedr i'r naill ochr i sgwrsio gydag o ar ei ben ei hun.

'Simon Pedr,' meddai Iesu wrtho, 'wyt ti'n fy ngharu i o ddifri?'

'Rwyt ti'n gwybod fy mod i,' atebodd Pedr.

'Yna gofala am fy ŵyn,' atebodd Iesu.

Ymhen rhai munudau, gofynnodd Iesu'r ail dro.

'Pedr, wyt ti wirioneddol yn fy ngharu i? Dywed y gwir!'

'Wrth gwrs,' meddai Pedr, 'rwyt ti'n gwybod yn iawn mod i'n dy garu di.'

'Yna gofala am fy nefaid,' meddai Iesu.

Ymhen ychydig, gofynnodd Iesu'r drydedd waith.

'Pedr, wyt ti'n fy ngharu i?'

Teimlai Pedr yn drist wrth gofio'r noson honno pan ddywedodd nad oedd o'n adnabod Iesu. Ond roedd yn caru Iesu â'i holl galon.

'Rwyt ti'n gwybod y cwbl,' meddai wrth Iesu. 'Rwyt ti'n gwybod mod i'n dy garu di.'

'Mae gen i waith arbennig i ti ei wneud,' meddai Iesu. 'Pan fydda i wedi mynd i ffwrdd, rydw i am i ti, Pedr, ofalu am fy mhobl.'

IOAN 21:15-17

Wedyn gofynnodd iddo yr ail waith, "Simon fab Ioan, a wyt ti'n fy ngharu i?" "Ydwyf, Arglwydd," meddai Pedr wrtho, "fe wyddost ti fy mod yn dy garu di." Meddai Iesu wrtho, "Bugeilia fy nefaid."
Ioan 21:16

317 Iesu'n mynd at Dduw

Ar ôl i Iesu godi o farw'n fyw, ymddangosodd i'w ffrindiau'n aml ac mewn gwahanol lefydd. Dysgodd Iesu fwy a mwy iddyn nhw am Dduw. Doedd dim dwywaith mai ef oedd yr Iesu roedden nhw'n ei adnabod cyn iddo farw ar y groes. Roedden nhw'n gwybod ei fod yn fyw.

'Arhoswch yn Jerwsalem,' meddai wrthyn nhw. 'Arhoswch yno oherwydd byddaf yn anfon yr Ysbryd Glân i'ch helpu. Yna ewch i bob rhan o'r byd i sôn wrth bawb amdanaf. Dysgwch nhw am bopeth rydw i wedi'i wneud a'i ddweud. Rydw i'n addo y byddaf i gyda chi bob amser i'ch helpu.'

Roedd yr apostolion wedi clywed Iesu yn sôn droeon am yr Ysbryd Glân, ac fel y byddai'n dod atyn nhw ar ôl iddo eu gadael.

Chwech wythnos ar ôl i Iesu godi o farw'n fyw, roedd ei ffrindiau gydag o ar Fynydd yr Olewydd.

'Pan ddaw'r Ysbryd Glân, bydd yn rhoi nerth a bywyd newydd i chi,' meddai Iesu. 'Bryd hynny, bydd y byd i gyd yn clywed amdanaf gan y byddwch chi'n dweud wrth bawb. Chi fydd fy negeswyr.'

Daeth cwmwl heibio a gorchuddio Iesu. Edrychai fel petai'n cael ei godi i fyny i'r entrychion tra oedden nhw'n sefyll a syllu.

Diflannodd Iesu o'u golwg.

'Am beth ydych chi'n chwilio?' gofynnodd dau angel oedd yn sefyll yn eu plith. 'Mae Iesu wedi mynd at Dduw, ond daw yn ei ôl ryw ddydd.'

ACTAU 1:1-11

"Bydd yr Iesu hwn, sydd wedi ei gymryd i fyny oddi wrthych i'r nef, yn dod yn yr un modd ag y gwelsoch ef yn mynd i'r nef."
Actau 1:11b

318 Y disgybl newydd

Aeth yr un a disgybl ar ddeg yn eu holau i Jerwsalem. Roedden nhw'n arfer cydweddïo gyda phobl eraill oedd yn credu yn Iesu. Galwyd pawb at ei gilydd, ac roedd tua cant dau ddeg o bobl yno.

'Ffrindiau,' meddai Pedr wrthyn nhw. 'Rydyn ni wedi colli un aelod o'r criw. Bu Jwdas gyda ni o'r cychwyn; cafodd ei ddewis gan Iesu i ddysgu a gweithio gyda ni. Ond ef oedd yn gyfrifol am arwain yr awdurdodau at Iesu. Mae o wedi marw erbyn hyn.'

Actau 1:12-26

Bwriasant goelbrennau arnynt, a syrthiodd y coelbren ar Mathias, a chafodd ef ei restru gyda'r un apostol ar ddeg.
Actau 1:26

Gwyddai pawb fod Jwdas wedi sylweddoli ei fod wedi gwneud peth ofnadwy trwy fradychu Iesu i'r awdurdodau. Cymerodd ei fywyd ei hun yn y cae a brynwyd â'r deg darn ar hugain o arian a dderbyniodd am ei frad.

'Mae'n rhaid i ni ddewis olynydd i Jwdas. Bydd yn rhaid i'r person hwnnw fod yn dyst i bopeth rydyn ni wedi'i weld, ac wedi bod gyda ni o'r cychwyn.'

Awgrymwyd dau enw. Gweddïodd pawb, gan ofyn i Dduw eu helpu i ddewis y person iawn. Dewiswyd Mathias fel y deuddegfed dyn, oedd yn galw'u hunain yn apostolion erbyn hyn yn hytrach na ffrindiau. Nid dim ond rhai oedd yn dilyn ac yn cael eu dysgu gan eu meistr oedd y rhain; roedden nhw wedi cael eu hanfon gydag awdurdod i siarad a gweithio yn enw Iesu.

319 Nerth yr Ysbryd Glân

Roedd Jerwsalem, y brifddinas, yn orlawn o bobl o bob rhan o'r byd. Roedden nhw yno ar gyfer gŵyl y Pentecost.

Roedd y credinwyr yn eistedd gyda'i gilydd mewn un ystafell pan, yn sydyn, daeth sŵn fel gwynt nerthol gan chwythu drwy'r ystafell a'i llenwi. Ymddangosodd fflamau o dân fel petaen nhw'n llosgi yn yr awyr, gan gyffwrdd â phob un oedd yno. Wrth i'r Ysbryd Glân gyffwrdd y bobl, dechreuodd pawb siarad mewn ieithoedd gwahanol.

Tyrrai pobl o bob cwr i weld beth oedd yn digwydd yn y tŷ.

'Beth sy'n digwydd?' gofynnodd un ohonyn nhw. 'Rydw i'n deall yn iawn beth mae'r bobl yma'n ei ddweud. Maen nhw'n siarad yn fy iaith i am Dduw. Sut mae hynny'n bosibl?'

'Wedi meddwi maen nhw!' crechwenai eraill.

'Na, dydyn ni ddim,' meddai Pedr, gan gamu ymlaen i siarad â'r bobl. 'Dim ond naw o'r gloch y bore ydi hi!' Safodd Pedr ar ei draed i egluro beth oedd yn digwydd.

Yn gyntaf, atgoffodd Pedr nhw o'r hyn roedd y proffwydi wedi'i ddweud am Iesu, amser maith yn ôl. Soniodd am Iesu, mab Duw, yr un oedd wedi'i ddewis gan Dduw, y Meseia. Pan soniodd Pedr sut cafodd Iesu ei ddal, ei guro ac yna'i ladd, roedd y bobl yn teimlo'n drist iawn.

'Beth fedrwn ni wneud?' gofynnodd rhai ohonyn nhw.

ACTAU 2:1-47

'Mae'n rhaid i chi roi'r gorau i'ch arferion drwg a chael eich bedyddio,' meddai Pedr. 'Os gwnewch chi hyn, bydd Duw yn maddau i chi ac fe fyddwch yn derbyn yr Ysbryd Glân fel y gwnaethon ni.'

Y diwrnod hwnnw, daeth tair mil o bobl yn ddilynwyr newydd i Iesu. Bu'r apostolion wrthi'n brysur yn gwella pobl yn enw Iesu ac yn cyfarfod â ffrindiau eraill Iesu i addoli Duw, i weddïo ac i rannu'r hyn oedd ganddyn nhw gyda'i gilydd.

A llanwyd hwy oll â'r Ysbryd Glân, a dechreusant lefaru â thafodau dieithr, fel yr oedd yr Ysbryd yn rhoi lleferydd iddynt.
Actau 2:4

320 Y DYN CLOFF WRTH BORTH Y DEML

Un prynhawn, wrth i Pedr ac Ioan fynd i'r deml i weddïo, daethon nhw ar draws dyn yn cardota wrth y Porth Prydferth. Estynnodd ei ddwylo allan.

'Oes gennych chi rywbeth yn sbâr i'w roi i mi?' gofynnodd yn obeithiol.

Arhosodd Pedr i edrych arno. Doedd y dyn ddim wedi cerdded ers deugain mlynedd. Bob dydd, byddai ei ffrindiau'n ei gario at y Porth yn y gobaith o gael digon o arian i brynu bwyd iddo'i hun.

'Does gen i ddim aur nac arian,' meddai Pedr wrtho, gan afael yn nwylo'r dyn. 'Ond mae gen i rywbeth gwell i'w roi i ti. Yn enw Iesu, cod ar dy draed a cherdded.'

ACTAU 3:1-10

Dywedodd Pedr, "Arian ac aur nid oes gennyf; ond yr hyn sydd gennyf, hynny yr wyf yn ei roi iti; yn enw Iesu Grist o Nasareth, cod a cherdda."
Actau 3:6

Cododd y dyn ar ei draed gyda help llaw gan Pedr. Symudodd yn simsan i ddechrau, ond llwyddodd i gymryd cam neu ddau cyn dechrau neidio'n hapus.

'Diolch i Dduw,' meddai. 'Rydw i wedi fy iacháu! Rydw i'n gallu cerdded!'

Aeth Pedr ac Ioan ymlaen i'r deml, dan wenu, ond doedd y dyn cloff ddim yn barod iddyn nhw fynd hebddo.

Rhythai'r bobl arno mewn rhyfeddod.

'Ai hwn oedd yn arfer cardota wrth borth y deml?' medden nhw wrth ei gilydd. 'Sut yn y byd mae e'n gallu cerdded?' Roedd pawb wedi rhyfeddu.

321 PEDR AC IOAN YN Y CARCHAR

Rhoddodd Pedr yr ateb roedd ar y bobl ei angen: ffydd yn Iesu oedd wedi'u galluogi nhw i wella'r dyn cloff. Dywedodd hefyd mai hwn oedd yr un Iesu roedden nhw wedi'i groeshoelio; roedd wedi codi o farw'n fyw, a bellach roedd yn disgwyl yn y nefoedd, yn aros am nefoedd newydd a daear newydd.

Gwrandawai'r bobl yn astud ar Pedr – nes daeth gwarchodwyr y deml a rhai o'r Sadwceaid heibio i weld beth oedd yn digwydd. Cyn gynted ag y clywson nhw fod Pedr yn dweud wrth bawb fod Iesu wedi'i godi o farw, rhoddwyd taw arno. Taflwyd Pedr ac Ioan i'r carchar. Dysgai'r Sadwceaid nad oedd pobl yn codi o farw'n fyw!

Ond daeth llawer iawn o bobl oedd yno i gredu yr hyn oedd Pedr yn ei ddysgu, gan ymuno â'r holl rai oedd yn galw'u hunain yn Gristnogion.

Actau 4:1-31

Fore trannoeth, safai Pedr ac Ioan o flaen y prif offeiriad a'r bobl bwysig eraill.

Ac nid oes iachawdwriaeth yn neb arall, oblegid nid oes enw arall dan y nef, wedi ei roi i'r ddynolryw, y mae'n rhaid i ni gael ein hachub drwyddo.
Actau 4:12

'Sut wnaethoch chi hyn?' mynnodd y dynion gael gwybod. 'Dywedwch yn union sut cafodd y dyn cloff ei wella.'

Rhoddodd Ysbryd Duw help i Pedr ateb y cwestiwn.

'Cafodd ei wella yn enw Iesu,' meddai. 'Iesu oedd y dyn a groeshoeliwyd gennych chi, a chododd Duw ef o'r bedd yn fyw. Mae Duw wedi rhoi Iesu, Ei Fab, i ni er mwyn i ni gael ein hachub.'

Doedd y prif offeiriad na'r bobl bwysig eraill ddim yn deall beth oedd wedi digwydd – doedden nhw ddim yn gallu derbyn bod y dyn wedi'i wella, na bod Pedr, y pysgotwr di-ddysg, yn gallu siarad â'r fath awdurdod. Doedd dim modd eu darbwyllo bod Pedr yn dweud y gwir.

Doedd ganddyn nhw ddim digon o reswm i gadw'r ddau yn y carchar, felly cawsant eu rhyddhau, a'u rhybuddio i beidio â sôn gair am Iesu.

'Does gynnon ni ddim dewis!' atebodd Pedr ac Ioan. 'Beth fuasech chi'n wneud? Ufuddhau i Dduw neu ufuddhau i'r bobl?'

Pan aeth Pedr ac Ioan yn ôl at eu ffrindiau, gweddïodd pawb gyda'i gilydd gan ofyn i Dduw eu helpu i siarad am Iesu, beth bynnag fyddai'n digwydd. Yna fe gawson nhw eu llenwi â'r Ysbryd Glân, ac fe aethon nhw allan i sôn wrth bawb am Iesu.

322 Cyngor gan Gamaliel

Lle bynnag roedd yr apostolion yn mynd, roedd pobl yn dod â'u ffrindiau ac aelodau o'u teuluoedd allan i'w cyfarfod. Roedd y strydoedd yn llawn o bobl oedd yn sâl, yn gorwedd ar fatiau neu welyau. Clywodd pobl o'r pentrefi cyfagos beth oedd wedi digwydd yn Jerwsalem, a daethpwyd â nifer fawr o bobl oedd angen help atyn nhw.

Ddydd ar ôl dydd, sylwai'r prif offeiriad a'r Sadwceaid faint o bobl oedd yn cael eu gwella; roedden nhw'n gweld hefyd faint o faint o ddilynwyr newydd oedd yna, ac roedden nhw'n teimlo'n ddig iawn. Arestiwyd yr apostolion unwaith eto a'u taflu i mewn i'r carchar cyhoeddus.

Yn ystod y nos, daeth angel i'r carchar, agorodd y drysau ac arwain y dynion allan o'r carchar.

'Ewch i'r deml,' meddai'r angel wrthyn nhw. 'Dywedwch wrth bawb am y bywyd newydd mae Duw wedi'i roi i chi.'

Y bore wedyn, daeth y prif offeiriad a'r offeiriaid eraill at ei gilydd i benderfynu beth i'w wneud â'r carcharorion. Ond pan anfonwyd am y ddau, dywedwyd wrthynt eu bod wedi diflannu.

ACTAU 5:12-42

Atebodd Pedr a'r apostolion, "Rhaid ufuddhau i Dduw yn hytrach nag i ddynion." *Actau 5:29*

'Mae drysau'r carchar yn dal wedi'u cloi, ac mae'r gwarchodwyr yno, ond mae'r dynion a arestiwyd wedi diflannu!'

Daeth dyn o'r deml atyn nhw.

'Rydw i wedi gweld eich carcharorion,' meddai. 'Dydyn nhw ddim yn cuddio; maen nhw'n dysgu'r bobl yn y deml.'

Rhoddwyd gorchymyn i un o warchodwyr y deml fynd i chwilio amdanyn nhw a dod â nhw'n ôl heb achosi trafferth.

'Roedden ni wedi dweud yn ddigon plaen nad oeddech i sôn gair am Iesu byth eto,' meddai'r prif offeiriad wrthyn nhw. 'Nid yn unig rydych wedi bod yn anufudd, ond rydych yn rhoi'r bai arnon ni am ladd Iesu.'

'Ufuddhau i Dduw wnaethon ni,' meddai Pedr. 'Mae Duw wedi maddau i ni am wneud drwg. Mae'n rhaid i ni rannu'r newydd da gyda phawb.'

Roedd aelodau'r llys mor ddig fel eu bod yn barod i ladd yr apostolion. Safodd un dyn, Gamaliel, ar ei draed, a gofyn i'r milwyr fynd â'r apostolion allan o'r ystafell er mwyn iddo gael siarad yn gyfrinachol â'r aelodau.

'Gadewch lonydd i'r dynion hyn,' meddai. 'O dro i dro bydd rhywun yn codi i arwain y bobl. Ymhen ychydig amser mae'r bobl yn hen anghofio amdanyn nhw, a'u dilynwyr yn cilio. Efallai y bydd pethau yr un fath y tro hwn. Ond os ydi o'n dod oddi wrth Dduw, does dim y gallwn ni ei wneud i'w atal.'

Penderfynodd y llys wrando ar eiriau Gamaliel. Ar ôl cael eu chwipio, rhyddhawyd yr apostolion a'u rhybuddio i beidio â sôn gair am Iesu. Ond unwaith eto, pan gawsant eu traed yn rhydd, dechreuodd yr apostolion ddysgu'r bobl am Iesu.

323 LLADD STEFFAN

Gan fod nifer y credinwyr yn cynyddu, roedd yn rhaid i'r apostolion gael mwy o help i wneud yn siŵr nad oedd neb mewn angen. Dewiswyd saith o ddynion da a doeth – roedd Steffan yn eu plith.

Roedd gan Steffan ddoniau arbennig, a llwyddodd i wella llawer iawn o bobl. Un diwrnod, dechreuodd rhai o elynion Steffan, oedd yn genfigennus o'i

ddoethineb a'i nerth, droi yn ei erbyn a'i gyhuddo o siarad yn erbyn Duw.

Roedd Steffan yn gwybod bod dweud pethau celwyddog am Dduw yn beth drwg iawn i'w wneud. Gwrandawodd yn dawel ar yr hyn oedd gan aelodau Llys yr Iddewon i'w ddweud yn ei erbyn. Roedd ei wyneb yn ddisglair fel wyneb angel.

Pan ddaeth cyfle i Steffan amddiffyn ei hun gerbron y Llys, soniodd am gynllun Duw i helpu ei bobl, o gyfnod Abraham hyd yr amser hwnnw. Roedd geiriau olaf Steffan yn ddigon i wylltio a chynddeiriogi aelodau'r Llys.

'Pobl pengaled ydych chi, yn union fel eich cyndadau! Mae Duw ar hyd yr oesoedd wedi ceisio siarad â chi, ond rydych wedi'i wrthod. Anfonodd Duw ei Fab ei Hun atoch, ond fe wnaethoch chi ei ladd. A dyma chi'n awr yn gwrthod rhodd yr Ysbryd Glân!'

Gafaelodd y dynion yn Steffan, a'i arwain allan o'r ddinas. Tynnodd y dynion eu clogau a'u taenu wrth draed dyn o'r enw Saul. Taflwyd cerrig at Steffan gan wneud iddo syrthio ar ei liniau.

'Arglwydd Iesu,' meddai, 'maddau iddyn nhw am y pechod hwn a derbyn fy ysbryd!' Wedi dweud hyn, bu Steffan farw.

Gwyliodd Saul y cyfan â diddordeb mawr. Roedd yn hapus na fyddai Steffan byth yn fygythiad eto.

ACTAU 6:1 – 7:60

Yna penliniodd [Steffan], a gwaeddodd â llais uchel, "Arglwydd, paid â dal y pechod hwn yn eu herbyn." Ac wedi dweud hynny, fe hunodd.

Actau 7:60

324 Saul, y gelyn

Aeth ffrindiau Steffan i gasglu ei gorff i'w gladdu, a theimlai pob un ohonyn nhw dristwch a hiraeth mawr ar ei ôl.

Actau 8:1-8

Ond doedd dim amser i alaru. Y diwrnod hwnnw, dechreuodd Saul a'r awdurdodau ymosod ar y Cristnogion. Aeth Saul o dŷ i dŷ gan lusgo dynion, merched a phlant oedd yn credu yn Iesu o'u cartrefi, a'u rhoi dan glo yn y carchar.

Am y rhai a wasgarwyd, teithiasant gan bregethu'r gair.
Actau 8:4

Gwasgarwyd y credinwyr i bob cyfeiriad. Aeth rhai i guddio; symudodd rhai eraill o Jerwsalem. Ond ble bynnag roedden nhw'n mynd, roedden nhw'n dal i sôn wrth bawb am Iesu.

Aeth Philip, un arall o'r saith a ddewiswyd i helpu'r apostolion, i Samaria. Dechreuodd sôn am Iesu wrth bawb oedd yn barod i wrando arno, a daeth llawer i'w glywed yn siarad. Daeth pobl wael a phobl wedi'u parlysu ato i gael eu hiacháu, a bedyddiwyd llawer mwy yn enw Iesu.

325 Angel yn anfon Philip

Roedd Philip dal i fod yn Samaria pan ddaeth angel ato.

'Bydd yn barod i fynd ar daith i'r de ar hyd ffordd yr anialwch i Gasa,' meddai'r angel wrtho.

Wrth iddo deithio ar hyd y ffordd, aeth dyn yn eistedd mewn cerbyd heibio iddo. Trysorydd y frenhines Candace, brenhines Ethiopia, oedd y dyn. Roedd

wedi bod yn addoli Duw yn Jerwsalem ac roedd wrthi'n darllen geiriau'r proffwyd Eseia.

Cafodd Philip ei annog gan yr Ysbryd Glân i fynd at ei gerbyd a cherdded wrth ei ochr. Roedd yr Ethiopiad yn edrych braidd yn ddryslyd.

'Hoffet ti i mi dy helpu?' gofynnodd Philip.

'Mae'n rhaid i mi gael rhywun i egluro'r geiriau i mi,' atebodd y dyn. Yna gwahoddodd Philip i fynd i mewn i'r cerbyd ato.

'"Fel dafad ar ei ffordd i'r lladdfa, neu fel oen bach yn mynd i gael ei gneifio, bu'n dawel heb gwyno," darllenodd yn uchel. '"Cafodd ei gamdrin, a daeth ei fywyd i ben cyn ei amser." Am bwy mae'r proffwyd yn sôn?' gofynnodd y dyn.

Felly dywedodd Philip wrtho. Eglurodd fod y proffwyd Eseia yn gwybod y byddai Duw'n anfon ei Fab i'r byd i achub y bobl, ac y byddai'r Mab yn marw yn lle'r rhai oedd wedi gwneud drwg.

'Mae'n siarad am Iesu, fu farw ar y groes er mwyn i bawb sy'n credu ynddo gael maddeuant!' meddai Philip.

Yn awr roedd y trysorydd yn deall y neges ac yn credu; roedd am gael ei fedyddio.

'Mae afon yma,' meddai wrth Philip. 'Wnei di fy medyddio i?'

Aeth y ddau i mewn i ddŵr yr afon a chafodd y dyn ei fedyddio gan Philip. Yna aeth ymlaen ar ei daith yn llawen, ond welodd o mo Philip byth eto.

Actau 8:26-40

Yna agorodd Philip ei enau, a chan ddechrau o'r rhan hon o'r Ysgrythur traethodd y newydd da am Iesu iddo.
Actau 8:35

326 Saul, y dyn gwahanol

Roedd Saul yn dal i ymosod ar y Cristnogion, er mwyn eu rhwystro rhag dysgu am Iesu. Roedd yn eu casáu ac yn benderfynol o'u dinistrio i gyd.

'Rydw i am fynd i Ddamascus,' meddai wrth y prif offeiriad. 'Mae'n rhaid i mi gael llythyrau i ddangos i awdurdodau'r synagogau pwy ydw i, er mwyn i mi allu arestio unrhyw Gristnogion sydd yno.'

Cychwynnodd Saul ar ei daith gyda rhai o'i ffrindiau. Pan welodd y ddinas yn y pellter, yn sydyn daeth golau llachar o'r awyr a'i ddallu. Syrthiodd Saul i'r llawr a chlywodd lais yn galw arno.

'Saul, Saul, pam wyt ti'n brwydro yn fy erbyn i?'

'Pwy wyt ti?' gofynnodd Saul.

'Iesu ydw i, yr un rwyt ti'n brwydro yn ei erbyn,' meddai'r llais. 'Cod ar dy draed a dos i mewn i ddinas Damascus. Cei wybod yno beth i'w wneud nesaf.'

Cododd Saul ar ei draed yn sigledig ond doedd o ddim yn gallu gweld.

Actau 9:1-9

Syrthiodd ar lawr, a chlywodd lais yn dweud wrtho, "Saul, Saul, pam yr wyt yn fy erlid i?" Actau 9:4

Roedd ei ffrindiau yr un mor ddryslyd – roedden nhw hefyd wedi clywed y llais, ond heb weld unrhyw un. Gafaelodd rhai yn nwylo Saul a'i arwain i mewn i ddinas Damascus. Bu'n ddall am dridiau. Wnaeth o ddim bwyta o gwbl yn ystod y cyfnod hwnnw, dim ond gweddïo ar Dduw.

327 Bywyd newydd

Actau 9:10-19

Ond dywedodd yr Arglwydd wrtho [Ananias], "Dos di; llestr dewis i mi yw hwn, i ddwyn fy enw gerbron y Cenhedloedd a'u brenhinoedd, a cherbron plant Israel." Actau 9:15

Siaradodd Iesu gydag un o'r Cristnogion yn Namascus, dyn o'r enw Ananias.

'Ananias, dos draw i'r Stryd Union a galw yn nhŷ Jwdas. Mae yna ddyn o'r enw Saul o Darsus yno. Mae'n ddall ac yn gweddïo. Mewn gweledigaeth, mae wedi dy weld di'n cyffwrdd ynddo ac adfer ei olwg.'

'Ond rydw i wedi clywed llawer am y dyn hwn! Mae'n casáu pob Cristion ac wedi dod yma i'n lladd ni i gyd!' meddai Ananias.

'Mi wn i hynny, ond rydw i wedi'i ddewis i ddioddef er fy mwyn,' meddai Iesu. 'Bydd yn sôn amdanaf wrth fy mhobl, y Cenedl-ddynion, y dieithriaid, a hyd yn oed wrth y brenhinoedd.'

Felly aeth Ananias i chwilio am Saul a rhoi ei ddwylo arno.

'Frawd,' meddai Ananias. 'Mae Iesu ei hun wedi fy anfon i yma i roi dy olwg yn ôl i ti; byddi hefyd yn cael dy lenwi â'r Ysbryd Glân.'

Roedd Saul yn gallu gweld unwaith eto! Cafodd ei fedyddio, a dechreuodd fwyta. Yna arhosodd gyda'r credinwyr am rai dyddiau.

328 Ffoi dros nos

Aeth Saul i'r synagog i bregethu.

'Iesu ydi Mab Duw,' meddai. 'Iesu ydi'r Meseia!'

Roedd y bobl yn rhyfeddu wrth ei glywed yn sôn am Iesu.

'Onid dyma'r dyn oedd yn lladd dilynwyr Iesu yn Jerwsalem?' medden nhw wrth ei gilydd. 'Roedden ni'n credu ei fod wedi dod yma i wneud yr un peth, ond yn awr mae'n siarad fel un ohonyn nhw!'

Yn fuan, roedd yr Iddewon yn cynllwynio i ladd Saul. Rhoddwyd gwarchodwyr i wylio pob porth rhag iddo ddianc. Ond roedd gan Saul ffrindiau.

Un noson, cafodd ei ollwng mewn basged trwy dwll ym mur y ddinas.

Aeth yn ôl i Jerwsalem i chwilio am ddilynwyr Iesu er mwyn ymuno â nhw. Ond roedden nhw'n amheus ohono – ychydig amser yn ôl, roedd Saul wedi

carcharu a llofruddio llawer o'u ffrindiau!

Siaradodd Barnabas o'i blaid. Aeth ag ef at yr apostolion ac egluro beth oedd wedi digwydd i Saul ar y ffordd i Ddamascus, ac fel roedd wedi dechrau pregethu a dysgu am Iesu yn synagogau'r ddinas.

'Rydw i wedi gweld Iesu drosof fy hun,' meddai Saul wrthyn nhw, 'ac mae Iesu wedi siarad gyda mi.'

Aeth Saul i mewn i Jerwsalem. Gan ei fod yn siarad Groeg, dechreuodd bregethu i'r Iddewon oedd yn deall yr iaith honno ond roedd rhai ohonyn nhw hefyd am ei ladd.

Yna penderfynodd yr apostolion mai gwell fyddai iddo ddianc o'r ddinas. Cafodd ei anfon i Gesarea, ac yna i'w dref enedigol, Tarsus.

Actau 9:20-30

Ond cymerodd ei ddisgyblion ef yn y nos a'i ollwng i lawr y mur, gan ei ostwng mewn basged.
Actau 9:25

329 Aeneas a Tabitha

Yn y cyfamser, teithiodd Pedr i nifer o wahanol lefydd gan ddysgu a chalonogi Cristnogion.

Un tro, aeth i Lyda, tua phum milltir ar hugain i'r gogledd-orllewin o Jerwsalem, lle daeth ar draws dyn o'r enw Aeneas oedd wedi'i barlysu ers wyth mlynedd.

'Rydw i'n dy iacháu di yn enw Iesu Grist,' meddai Pedr wrtho. 'Cod oddi ar dy wely a ffwrdd â thi.'

Roedd Aeneas yn gallu cerdded eto! Gwelodd llawer o bobl yn Lyda pa mor ryfeddol oedd gallu Duw i wella pobl, a daeth llawer i gredu ynddo.

Cyrhaeddodd y newydd am Pedr i Jopa, ar lan y môr. Roedd Cristnogion Jopa'n drist iawn oherwydd bod eu ffrind, Tabitha, newydd farw. Roedd hi wedi bod yn ffrind da i bawb oedd yn dlawd ac mewn angen. Felly gofynnodd y credinwyr i Pedr ymweld â nhw.

Cerddodd Pedr i Jopa, taith o ddeuddeg milltir, ac aeth yn syth i'r ystafell lle roedd corff Tabitha'n gorwedd. Roedd ei ffrindiau i gyd yno'n wylo ac yn siarad ymysg ei gilydd. Gwelodd Pedr y dillad prydferth roedd Tabitha wedi'u gwneud pan oedd hi'n fyw. Anfonodd Pedr bawb allan o'r ystafell, a gweddïodd yn ddistaw am ychydig. Yna trodd at y corff ac meddai,

ACTAU 9:32-43

Ond trodd Pedr bawb allan, a phenliniodd a gweddïo, a chan droi at y corff meddai, "Tabitha, cod." Agorodd hithau ei llygaid, a phan welodd Pedr, cododd ar ei heistedd.
Actau 9:40

'Tabitha, cod ar dy draed!'

Agorodd Tabitha ei llygaid, a phan welodd Pedr cododd ar ei heistedd. Galwodd Pedr ar ei ffrindiau i ddod yn ôl i mewn i'r ystafell. Gwelodd pa mor hapus oedden nhw i gyd fod Tabitha'n fyw unwaith eto.

Clywodd pawb yr hanes, a daeth mwy a mwy o bobl yn Gristnogion o'r herwydd. Arhosodd Pedr yn Jopa gyda dyn o'r enw Simon, oedd yn gwneud lledr o grwyn anifeiliaid.

330 Angel yng Nghesarea

Roedd pencadlys y fyddin Rufeinig oedd wedi goresgyn Jwdea tua 30 milltir i'r gogledd o Jopa yn ninas Cesarea. Roedd Cornelius yn ganwriad Rhufeinig yn y gatrawd Eidalaidd yno.

Roedd Cornelius yn caru Duw ac yn gweddïo arno'n gyson. Dyn caredig oedd Cornelius, bob amser yn barod i helpu'r tlodion, ond doedd o'n gwybod fawr ddim am Iesu.

Un prynhawn, roedd Cornelius yn gweddïo yn ôl ei arfer am dri o'r gloch, pan ddaeth angel ato a'i alw wrth ei enw.

ACTAU 10:1-8

"Ac yn awr, anfon ddynion i Jopa i gyrchu dyn o'r enw Simon, a gyfenwir Pedr. Y mae hwn yn lletya gyda rhyw farcer o'r enw Simon, sydd â'i dŷ wrth y môr."
Actau 10:5-6

'Beth wyt ti eisiau gen i?' gofynnodd Cornelius i'r angel.

'Mae Duw wedi gwrando ar dy weddïau, ac wedi sylwi pa mor hael wyt ti gyda phobl mewn angen,' atebodd yr angel. 'Mae Duw'n awyddus i ti wahodd dyn o'r enw Pedr i ddod draw yma. Bydd yn rhaid i ti anfon rhywun i gartref Simon ar lan y môr yn Jopa i ddod o hyd iddo.'

Ar ôl i'r angel fynd, galwodd Cornelius ar ddau o'i weision ac un o'i filwyr, oedd hefyd yn credu yn Nuw. Dywedodd wrthyn nhw beth oedd wedi digwydd ac anfonodd y tri i Jopa i chwilio am Pedr.

331 Neges ar ben y to

Tra oedd y dynion yn teithio i Jopa, roedd Pedr yn gweddïo ar ben to tŷ Simon. Roedd yn llwglyd, a dechreuwyd paratoi bwyd ar ei gyfer. Yna gwelodd Pedr rywbeth tebyg i liain mawr yn cael ei ollwng o'r awyr gerfydd ei bedair cornel. Roedd y lliain yn llawn o wahanol greaduriaid – rhai'n ddiogel i'w bwyta, ond rhai hefyd oedd yn cael eu hystyried yn aflan, yn ôl cyfraith yr Iddewon.

'Dyma fwyd i ti, Pedr. Cymer yr hyn sydd ei angen arnat ti, ei baratoi a'i fwyta,' meddai llais Duw.

'Ond fedra i ddim!' meddai Pedr. 'Mae rhai o'r creaduriaid hyn yn aflan ac yn waharddedig.'

Actau 10:9-23

"Yr hyn y mae Duw wedi ei lanhau, paid ti â'i alw'n halogedig."
Actau 10:15b

'Paid ti â galw'r creaduriaid yn aflan o hyn allan. Rydw i wedi eu gwneud yn lân,' dywedodd Duw. Yn y weledigaeth, aeth y lliain i fyny ac i lawr deirgwaith cyn diflannu.

Chafodd Pedr fawr o gyfle i feddwl beth oedd ystyr y weledigaeth gan fod rhywun wedi galw i'w weld.

'Mae tri dyn yn sefyll wrth y porth ac yn chwilio amdanat,' meddai'r Ysbryd Glân wrtho. 'Y fi sydd wedi'u hanfon nhw. Paid â bod ofn mynd atyn nhw.'

Aeth Pedr i lawr y grisiau i gwrdd â'r tri oedd newydd gyrraedd ac yn sefyll wrth y porth.

'Pedr ydw i; pam ydych chi yma?' gofynnodd.

Pan eglurodd y dynion fod angel wedi ymddangos i Cornelius, gwahoddodd Pedr nhw i aros dros nos. Roedd Pedr yn dechrau deall neges y weledigaeth.

332 Duw yn bendithio'r holl bobl

Teithiodd Pedr i Gesarea y diwrnod canlynol gyda rhai o'r credinwyr eraill. Pan gyrhaeddon nhw gartref Cornelius, daeth yn amlwg fod Cornelius wedi gwahodd ei deulu a'i ffrindiau i gyd i wrando ar neges Pedr.

'Fe wyddoch fod cyfraith yr Iddewon yn gwahardd pobl rhag dod i dŷ Cenedl-ddyn. Rydw i yma am fod Duw wedi dangos i mi nad oes ganddo ffefrynnau; mae Duw'n derbyn pawb sy'n dod ato, a phawb sydd eisiau gwneud daioni; does dim gwahaniaeth o ble maen nhw'n dod na beth ydi'u cefndir nhw.' Yna dywedodd Pedr bopeth a wyddai am Iesu wrthyn nhw.

Actau 10:24-48

"A all unrhyw un wrthod y dŵr i fedyddio'r rhain, a hwythau wedi derbyn yr Ysbryd Glân fel ninnau?"
Actau 10:47

Tra oedd Pedr yn siarad, bendithiodd Ysbryd Duw bawb oedd yn gwrando. Credai Cornelius a'i ffrindiau fod Iesu wedi marw a'i godi gan Dduw er mwyn maddau eu pechodau; dechreuodd addoli Duw a siarad mewn ieithoedd dieithr. Felly trefnodd Pedr i fedyddio pob un ohonyn nhw.

Roedd y credinwyr oedd gyda Pedr wedi'u rhyfeddu. Gwelsant fod geiriau Pedr wedi dod yn wir – roedd gwahoddiad Duw yn agored i bawb, pwy bynnag oedden nhw.

333 Marwolaeth a charchar

Dechreuodd y Brenin Herod erlid y credinwyr. Yn gyntaf, arestiwyd nhw; yna lladdwyd Iago, brawd Ioan, oedd wedi bod yn un o ddilynwyr cyntaf Iesu; ac wedyn carcharwyd Pedr.

Y noson cyn achos Pedr yn y llys, roedd milwyr y tu allan i'w gell a dau filwr yn sefyll bob ochr i Pedr, ac yntau wedi'i rwymo â chadwynau. Roedd ei holl ffrindiau yn Jerwsalem yn gweddïo drosto.

Yna, pan oedd Pedr yn cysgu, llanwyd y gell â golau llachar a chafodd ei ddeffro gan angel. Syrthiodd y cadwyni oddi ar ei arddyrnau, ac agorwyd pyrth y carchar wrth i'r angel arwain Pedr heibio'r milwyr.

Ar ôl iddyn nhw gyrraedd y stryd, diflannodd yr angel a chredai Pedr yn sicr mai breuddwyd oedd y cyfan. Aeth i'r tŷ lle roedd ei ffrindiau i gyd yn gweddïo. Curodd ar y drws a daeth Rhoda, y forwyn fach, i ateb. Roedd hi wedi adnabod ei lais. Rhedodd hithau i mewn i'r tŷ a dweud wrth bawb fod Pedr yn sefyll wrth y drws. Ar y dechrau doedd neb yn ei chredu, ond daliai Pedr i guro. Pan agorwyd y drws, a'i weld yn sefyll yno, cafodd pawb eu syfrdanu. Roedd Duw wedi ateb eu gweddïau.

Actau 12:1-19

Dywedodd Pedr wrthyn nhw am esbonio wrth bawb arall beth oedd wedi digwydd, ac aeth i ffwrdd rhag ofn i Herod ei ddal a'i ladd. Roedd Herod yn gynddeiriog pan glywodd fod Pedr wedi dianc, a phenderfynodd ladd y milwyr oedd i fod i'w warchod. Ond doedd neb yn gallu esbonio'n iawn beth oedd wedi digwydd.

Felly yr oedd Pedr dan warchodaeth yn y carchar. Ond yr oedd yr eglwys yn gweddïo'n daer ar Dduw ar ei ran.
Actau 12:5

334 Y daith i Ynys Cyprus

Roedd nifer fawr o Gristnogion yn byw yn Antioch, Syria. Ar ôl marwolaeth Steffan, roedd llawer o'r dilynwyr wedi ffoi yno i osgoi erledigaeth, a bu'n gyfle da i sôn wrth bobl Antioch am Iesu.

Anfonwyd Barnabas yno i'w cefnogi, a daeth â Saul ato o Darsus.

Yna, un diwrnod, clywodd dilynwyr Iesu fod yr Ysbryd Glân wedi dweud wrth Saul a Barnabas am fynd â'r neges am Iesu i Ynys Cyprus, ym Môr y Canoldir. Aeth Ioan Marc gyda nhw.

Actau 13:1-12

Fe fuon nhw'n teithio o gwmpas yr ynys yn dysgu yn y synagogau. Ar ôl cyrraedd Paphos, fe ddaethon nhw ar draws dewin o'r enw Elymas, oedd yn gweithio i Serguis Pawlws, y rhaglaw Rhufeinig. Anfonodd y rhaglaw neges at Saul a Barnabas i ddweud ei fod yn awyddus i glywed mwy am Dduw, ond doedd Elymas y dewin ddim yn hapus.

'Paid â gwrando arnyn nhw!' meddai wrth y rhaglaw.

Edrychodd Saul, oedd erbyn hyn yn cael ei alw'n Paul, i fyw llygaid Elymas.

'Rwyt ti'n llawn twyll ac ystryw,' meddai Paul. 'Gelyn wyt ti i Dduw.

Tra oeddent hwy'n offrymu addoliad i'r Arglwydd ac yn ymprydio, dywedodd yr Ysbryd Glân, "Neilltuwch yn awr i mi Barnabas a Saul, i'r gwaith yr wyf wedi eu galw iddo."
Actau 13:2

Er mwyn dy rwystro rhag ymyrryd yng ngwaith Duw, mi fyddi di'n colli dy olwg.'

Trawyd Elymas yn ddall yr eiliad honno. Ni allai symud cam heb i rywun ei arwain. Gwelodd Serguis Pawlws beth oedd wedi digwydd, a rhyfeddodd. Dechreuodd gredu yn nerth Iesu.

335 Ymosodiad creulon

Actau 13:13, 14:8-20

Pan welodd y tyrfaoedd yr hyn yr oedd Paul wedi ei wneud, gwaeddasant yn iaith Lycaonia: "Y duwiau a ddaeth i lawr atom ar lun dynion."
Actau 14:11

Aeth Ioan Marc yn ôl i Jerwsalem, a hwyliodd Paul a Barnabas i Galatia.

Yn Lystra, eisteddai dyn yn gwrando ar Paul yn sôn am Iesu. Doedd y dyn erioed wedi gallu cerdded, ond dechreuodd gredu y byddai Iesu'n gallu ei wella. Gwelodd Paul fod ganddo ffydd.

'Cod ar dy draed a cherdda,' meddai Paul, gan edrych yn syth ato.

Daeth bonllef o blith y dorf pan welwyd y dyn yn codi ac yn dechrau cerdded.

'Dyma Zeus a Hermes! Mae'r duwiau yn ein plith!' gwaeddai'r dorf. Yna daeth un o'r offeiriaid Groegaidd allan o'r deml yn cario torchau, gan ddechrau paratoi aberthau ar gyfer Paul a Barnabas.

'Stopiwch ar unwaith!' meddai Paul. 'Rydyn ni yma i'ch rhybuddio i beidio ag addoli pethau diwerth; yn hytrach, rhaid i chi addoli Duw, sydd wedi creu'r

nefoedd a'r ddaear. Negeswyr Duw ydym ni, bodau dynol, yn union fel chi!'

Ond roedd y dyrfa'n gwrthod gwrando nes daeth rhai Iddewon atynt. Llwyddon nhw i ddarbwyllo'r dyrfa bod Paul a Barnabas yn bwriadu eu camarwain. Ymhen dim, roedd y dyrfa'n gynddeiriog. Yn sydyn, dechreuodd rhai daflu cerrig at Paul nes iddo lewygu'n swp ar y llawr. Gan gredu ei fod wedi marw, llusgodd y dynion ef allan o'r ddinas.

Daeth ffrindiau Paul ato i'w helpu. Aeth yn ei ôl i'r ddinas, ond aeth Barnabas ac yntau o Lystra y diwrnod canlynol.

336 Y cyngor yn Jerwsalem

Gyda chynifer o bobl yn dod i gredu yn Iesu, dechreuodd rhai ddadlau sut y dylid ei ddilyn. Dadleuai Paul a Barnabas gyda rhai yn Antioch oedd yn credu bod yn rhaid i'r dilynwyr newydd gael eu henwaedu, fel roedd Moses wedi'i ddysgu.

Gan fod hwn yn fater mor bwysig, anfonwyd Paul i Jerwsalem i drafod gyda'r arweinwyr yno.

'Mae'r Ysbryd Glân yn gwybod beth sy'n digwydd y tu mewn i bob un ohonon ni,' meddai Paul. 'Daeth at y Cenedl-ddynion a'u bendithio, yn union fel y daeth aton ni ac at y credinwyr Iddewig eraill. Rydyn ni i gyd wedi'n hachub trwy gariad Duw yn unig, nid trwy arferion Iddewig.'

Ymhen amser, penderfynodd yr arweinwyr yn Jerwsalem beth yn union y dylid ei ddysgu i bawb. Paratowyd llythyr i Paul a Barnabas ei roi i'r dilynwyr yn Antioch.

'Mae Paul a Barnabas yn dod atoch gyda'n cariad a'n cyngor doeth. Maen nhw eisoes wedi mentro'u bywydau wrth sôn am Iesu,' meddai'r llythyr. 'Yn awr, rydyn ni wedi penderfynu nad oes angen enwaedu pan fo Cenedl-ddynion yn dod yn ddilynwyr Iesu. Credwn fod rheolau eraill mwy pwysig, fel peidio â bwyta bwydydd sydd wedi'u haberthu i ddelwau, a byw'n ffyddlon fel gŵr a gwraig.'

Actau 15:1-39

Bu cymaint cynnen rhyngddynt [Paul a Barnabas] nes iddynt ymwahanu.
Actau 15:39a

Cymerodd Paul a Barnabas y llythyr ac arhosodd y ddau yn Antioch am gyfnod, yn dysgu am Iesu.

Pan ddaeth yr amser i symud ymlaen, roedd Barnabas yn eiddgar i fynd â Ioan Marc gyda nhw, ond doedd Paul ddim yn cytuno. Penderfynodd y ddau weithio mewn llefydd gwahanol. Aeth Barnabas a Ioan Marc i Ynys Cyprus, ac aeth Paul a Silas i Syria a Chilicia.

337 Yn rhydd i garu

Ysgrifennodd Paul lythyr at y Cristnogion yn Galatia, yn dweud sut y dylen nhw addoli Duw:

'Rydych yn blant i Dduw oherwydd eich ffydd. Does yna ddim gwahaniaeth rhwng Iddew sy'n credu a Chenedl-ddyn sy'n credu; rhwng gwas sy'n credu a dyn rhydd sy'n credu; rhwng gwryw sy'n credu a benyw sy'n credu. Unwaith rydych chi'n Gristion, yna rydych i gyd yr un fath. Rydych chi i gyd yn ddisgynyddion i Abraham; ac fe fyddwch i gyd yn derbyn y bendithion mae Duw wedi'u haddo. Mae Duw wedi anfon yr Ysbryd Glân i chi fel prawf o hynny – mae'r Ysbryd yn dweud yn glir mai Duw ydi'r Tad sy'n eich caru.

Galatiaid 3:26-29, 5:13, 22

Nid oes rhagor rhwng Iddewon a Groegiaid, rhwng caeth a rhydd, rhwng gwryw a benyw, oherwydd un person ydych chwi oll yng Nghrist Iesu.
Galatiaid 3:28

'Felly rydych chi i gyd yn rhydd – yn rhydd i garu a gwasanaethu Duw fel pobl gydradd. Dydi bod yn rhydd ddim yn golygu eich bod yn gallu camymddwyn, ond yn hytrach dylech garu eich gilydd fel mae Iesu wedi dangos i chi sut i garu eraill. Peidiwch â mynd yn gaeth i'ch natur ddrwg, ond gadewch i'ch bywyd gael ei reoli gan yr Ysbryd Glân. Bydd yn creu cariad, llawenydd, tangnefedd, amynedd, caredigrwydd, daioni, ffyddlondeb, gwyleidd-dra a hunan-ddisgyblaeth.'

338 Paul yn bedyddio Lydia

Yn Lystra, cyfarfu Paul a Silas â Timotheus, mab i Gristion Iddewig o ochr ei fam, a'i dad yn Roegwr. Gofynnodd Paul i Timotheus ymuno â nhw.

Ble bynnag roedden nhw'n mynd, eu gwaith oedd cefnogi pawb oedd yn credu. Roedden nhw'n sôn wrth bawb am Iesu, a daeth mwy a mwy yn ddilynwyr iddo. Yn fuan, ymunodd meddyg o'r enw Luc gyda nhw.

Yn ystod yr adeg yma, cafodd Paul weledigaeth lle roedd dyn o Facedonia yn gofyn am help. Penderfynodd ffrindiau Iesu fynd yno yn ystod rhan nesaf eu taith.

Fe arhoson nhw yn Philipi am rai dyddiau. Ar y Saboth, fe aethon nhw allan o'r ddinas at lan yr afon lle roedd yr Iddewon yn cyfarfod i weddïo. Eisteddodd Paul a dechrau siarad am Iesu gyda rhai o'r gwragedd oedd wedi ymgasglu yno.

Gwraig fusnes oedd Lydia, yn gwerthu defnydd porffor drud. Roedd hi eisoes yn addoli Duw, ond wrth iddi wrando'n astud ar Paul yn sôn am Iesu, roedd hi'n deall ac yn credu bod Iesu'n fab Duw.

Actau 16:1-15

Ar ôl iddi hi a'i theulu gael eu bedyddio, gwahoddodd Paul a'i ffrindiau i aros gyda hi yn ei chartref.

Ymddangosodd gweledigaeth i Paul un noson – gŵr o Facedonia yn sefyll ac yn ymbil arno a dweud, "Tyrd drosodd i Facedonia, a chymorth ni."
Actau 16:9

339 Dweud ffortiwn

Daeth Paul ar draws caethferch yn Philipi oedd yn ennill arian i'w meistri trwy ddweud ffortiwn.

Ble bynnag y byddai Paul a'i ffrindiau'n mynd, roedd y ferch yn sicr o'u dilyn.

'Gweision i Dduw ydi'r dynion hyn,' meddai wrth bawb oedd yn barod i wrando arni. 'Mi fedran nhw ddweud wrthych chi sut i gael eich achub!'

Gwyddai Paul fod ysbryd drwg yn y ferch, ac roedd yn awyddus i'w helpu.

'Yn enw Iesu, tyrd allan ohoni!' gorchmynnodd.

Actau 16:16-24

Iachawyd y ferch ar unwaith; roedd y pwerau drwg i gyd wedi mynd allan ohoni. Sylweddolodd ei meistri beth oedd wedi digwydd, ac roedden nhw'n gandryll. Doedd hi'n dda i ddim iddyn nhw yn awr!

Ac wedi rhoi curfa dost iddynt [Paul a Silas] bwriasant hwy i garchar, gan rybuddio ceidwad y carchar i'w cadw'n ddiogel.
Actau 16:23

Cafodd Paul a Silas eu dal gan feistri'r eneth, ac aed â nhw i'r farchnadfa lle cawsant eu cyhuddo o godi helynt. Cefnogodd y dyrfa nhw a phenderfynodd yr awdurdodau y dylid eu chwipio, eu carcharu a'u gwarchod yn ofalus.

Gofalodd ceidwad y carchar fod y ddau wedi'u rhwymo'n dynn. Doedd dim modd iddyn nhw ddianc.

340 Daeargryn nerthol

Actau 16:25-40

Dywedasant hwythau, "Cred yn yr Arglwydd Iesu, ac fe gei dy achub, ti a'th deulu."
Actau 16:31

Roedd hi'n nos, a'r carcharorion i gyd yn y tywyllwch. Ond doedd Paul a Silas ddim yn ofnus, ac roedd y ddau yn gwbl effro. Gweddïo oedden nhw, a chanu caneuon o fawl i Dduw, tra gwrandawai'r carcharorion eraill arnyn nhw.

Yn sydyn, hyrddiwyd pob drws yn y carchar yn agored a datodwyd cadwynau'r carcharorion. Siglwyd y carchar i'w sylfeini gan ddaeargryn nerthol.

Roedd ceidwad y carchar wedi bod yn cysgu. Pan gafodd ei ddeffro gan y daeargryn nerthol, gwelodd ddrysau'r carchar yn agored. Y peth cyntaf ddaeth i'w feddwl oedd fod y carcharorion i gyd wedi dianc. Yn ei ddychryn, tynnodd ei gleddyf allan gan fwriadu ei ladd ei hun.

'Mae popeth yn iawn! Rydyn ni i gyd yma!' gwaeddodd Paul arno. 'Does neb wedi dianc!'

Chwiliodd y ceidwad am oleuadau er mwyn iddo allu gweld beth oedd wedi digwydd.

'Sut y galla i gael fy achub?' gofynnodd.

'Cred yn Iesu,' meddai Paul, 'a byddi a'th deulu'n cael eich achub.' Yna aeth Paul a Silas ymlaen i sôn am farwolaeth ac atgyfodiad Iesu, a sut y gellid maddau pechodau pob crediniwr.

Aeth ceidwad y carchar ati i olchi briwiau'r carcharorion, a gofynnodd am gael ei fedyddio. Yna aeth â Paul a Silas i'w gartref a pharatoi pryd o fwyd i'r ddau.

Yn y bore cafodd y ceidwad neges yn dweud wrtho am ryddhau Paul a Silas, ond roedd Paul yn ddig. Dywedodd wrth y swyddogion mai dinasyddion Rhufeinig oedden nhw, a doedd ganddyn nhw ddim hawl i'w trin yn anghyfiawn.

Gan nad oedd yr ynadon wedi deall mai dinasyddion Rhufeinig oedd y ddau, roedden nhw'n teimlo braidd yn ofnus. Cafodd Paul a Silas eu rhyddhau, gyda'r ynadon yn gobeithio na fyddai rhagor o helynt yn y ddinas. Yna aeth Paul a Silas i aros i dŷ Lydia i gyfarfod ffrindiau cyn gadael Philipi.

341 Y Duw nad oes neb yn ei adnabod

Pan ddechreuodd Paul siarad am Iesu yn Thesalonica, cododd terfysg ymhlith rhai o'r Iddewon. Dechreuodd ei ffrindiau annog Paul i fynd ymlaen ar ei ben ei hun hyd nes y bydden nhw'n gallu ei ddilyn.

Tra oedd yn aros am ei ffrindiau, aeth Paul am dro ar hyd strydoedd Athen, dinas oedd yn llawn o adeiladau prydferth, ond roedd yn awyddus iawn i weld faint o ddelwau roedd y Groegiaid yn eu haddoli.

Yn y synagog, siaradodd Paul â'r Iddewon, ac yn y farchnad siaradodd â'r Cenedl-ddynion. Yna aeth i wynebu cyngor yr Areopagus, lle byddai'r Atheniaid yn trafod y syniadau diweddaraf.

'Dyweda wrthon ni beth yw dy syniadau di,' meddai aelodau'r cyngor wrtho. 'Maen nhw'n newydd i ni. Dydyn ni ddim wedi clywed am y pethau hyn o'r blaen.'

Roedd Paul wrth ei fodd yn cael cyfle i egluro'i neges.

'Ddynion Athen,' meddai. 'Gallaf weld eich bod yn bobl grefyddol iawn. Wrth i mi gerdded o gwmpas y ddinas gwelais lawer o ddelwau. Gwelais hyd yn oed allor i dduw nad oedd neb yn ei adnabod.

'Rydych chi'n addoli duw nad ydych yn ei adnabod, ond gallaf i ddweud wrthych chi pwy ydi'r Duw hwn, gan fy mod yn ei adnabod ac yn ei addoli.

'Does ar y Duw sydd wedi creu'r byd a phopeth sydd ynddo ddim angen temlau i fyw ynddyn nhw, a does dim angen i ni roi unrhyw beth iddo. Yn hytrach, y Duw hwn sy'n rhoi bywyd i ni a phopeth arall. Duw a'n creodd ni er mwyn i ni ddod o hyd iddo, a rhoddodd ei Fab, Iesu, a gododd o farw'n fyw, er mwyn maddau ein pechodau ni.'

Actau 17:1-10, 16-34

"Oherwydd wrth fynd o gwmpas ac edrych ar eich pethau cysegredig, cefais yn eu plith allor ac arni'n ysgrifenedig, 'I Dduw nid adwaenir'. Yr hyn, ynteu, yr ydych chwi'n ei addoli heb ei adnabod, dyna'r hyn yr wyf fi'n ei gyhoeddi i chwi."
Actau 17:23

Gwrandawai'r bobl yn astud. Roedd rhai'n awyddus i Paul ddod yn ôl i ddweud rhagor wrthyn nhw; roedd eraill yn ei wawdio gan gredu bod y cyfan yn ffwlbri; ond roedd rhai – Dionysius a Damaris yn eu plith – yn credu ei neges, ac fe ddaethon nhw'n ddilynwyr i Iesu.

342 Gwneuthurwyr pebyll

Actau 18:1-8, 18-26

Yna aeth i lawr i Antiochia, ac wedi treulio peth amser yno, aeth ymaith, a theithio o le i le trwy wlad Galatia a Phrygia, gan gadarnhau'r holl ddisgyblion.
Actau 18:22b-23

Teithiodd Paul o Athen i Gorinth a daeth ar draws gwneuthurwr pebyll o'r enw Acwila, a'i wraig Priscila. Roedden nhw ymhlith yr Iddewon a orchmynnwyd i adael Rhufain ar orchymyn Clawdius yr Ymerawdwr. Arhosodd Paul a gweithio gyda nhw am gyfnod, gan dorri a gwnïo deunydd o flew gafr i wneud pebyll.

O wythnos i wythnos, byddai Paul yn mynd i'r synagog i bregethu ac egluro mai Iesu oedd yr un roedden nhw wedi bod yn disgwyl amdano, ond prin oedd y bobl oedd yn barod i wrando. Yn wir, roedd y rhan fwyaf yn ddig tuag at Paul. Felly treuliodd Paul y rhan fwyaf o'i amser yng Nghorinth gyda'r Cenedl-ddynion oedd wedi dod yn gredinwyr a chael eu bedyddio.

Pan adawodd Paul Corinth am Effesus, aeth Priscila ac Acwila yn gwmni iddo. Gadawodd nhw yno a hwyliodd yntau ymlaen i Antioch.

Yna rhoddodd Priscila ac Acwila groeso i Apolos, Iddew o Alexandria, i'w cartref. Crediniwr oedd Apolos, yn pregethu yn y synagogau, ond cafodd Apolos ragor o wybodaeth am Iesu gan Priscila ac Acwila gan eu bod nhw wedi treulio amser yng nghwmni Paul.

343 Paul yn mynd i Effesus

Pan aeth Paul yn ôl i Effesus, daeth ar draws deuddeg o gredinwyr nad oedd wedi clywed gair am yr Ysbryd Glân er eu bod wedi cael eu bedyddio. Dechreuodd Paul eu dysgu am Iesu, a phan roddodd ei ddwylo arnyn nhw fe gawson nhw eu llenwi â'r Ysbryd Glân.

Yn ystod y ddwy flynedd nesaf, bu Paul yn dysgu yn y synagogau, yn darllen yr Ysgrythurau ac yn siarad ar y strydoedd er mwyn i gynifer o bobl â phosibl ddod i wybod am Iesu. Roedd Duw'n gweithio trwy Paul, a chafodd llawer o bobl wael eu iacháu dim ond wrth gyffwrdd deunyddiau roedd Paul wedi'u cyffwrdd. Teimlai'r credinwyr nerth Duw yn eu newid a'u gwneud yn fwy tebyg i Iesu.

Yna un diwrnod galwodd Demetrius, y gof arian, y crefftwyr arian at ei gilydd. Eu gwaith oedd creu crefftau i helpu'r bobl addoli'r dduwies Artemis.

'Gallai'r dyn yma, Paul, wneud drwg i'n busnes,' meddai Demetrius. 'Mae'n mynd o gwmpas y ddinas yn dweud wrth bobl nad oes y fath beth â duwiau o waith dynion, ac mae llawer o bobl Effesus a thu hwnt yn ei gredu. Fe allwn ni golli ein gwaith, a bydd y dduwies Artemis yn cael ei hanghofio am byth.'

'Clod i Artemis!' llafarganodd y crefftwyr wrth gerdded drwy'r ddinas. Yn fuan, cododd cynnwrf yn y ddinas; daliwyd dau o ffrindiau Paul a'u llusgo i'r theatr. Ymhen amser, daeth clerc y ddinas draw i dawelu'r dorf.

ACTAU 19:1–20:1

'Bobl Effesus!' gwaeddodd. 'Mae ein dinas ni yn enwog fel cartref i'r dduwies Artemis. Ond dydi'r dynion hyn ddim wedi gwneud unrhyw ddrwg. Bydd yn rhaid i Demetrius fynd drwy'r llysoedd os oes ganddo unrhyw gŵyn. Rhaid i chi ryddhau'r dynion yma cyn i rywbeth ofnadwy ddigwydd – bydd pawb yn edifar bryd hynny.'

Gan mor rhyfeddol oedd y gwyrthiau yr oedd Duw'n eu gwneud trwy ddwylo Paul ...
Actau 19:11

Gwasgarodd y dyrfa a rhyddhawyd ffrindiau Paul. Ond penderfynodd Paul ei bod yn amser iddo symud ymlaen.

344 Rhannau o un corff

Pan oedd Paul yn byw yn Effesus, ysgrifennodd lythyr at y Cristnogion yng Nghorinth.

Clywodd fod rhai o'r Cristnogion newydd yn eiddigeddus o'i gilydd, a'u bod

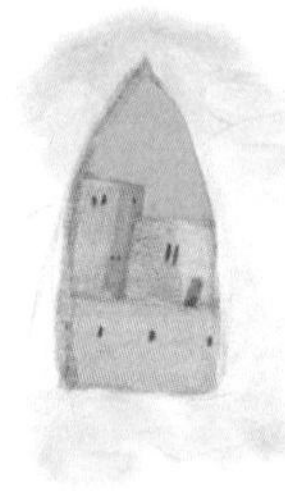

byth a hefyd yn cweryla. Roedd Paul yn eiddgar i ddangos iddyn nhw pa mor bwysig oedd gofalu am ei gilydd a dysgu cydweithio mewn heddwch:

'Mae Iesu'n union fel un corff sydd wedi'i wneud o wahanol rannau. Rydyn ni i gyd wedi'n bedyddio ac felly rydyn ni'n rhan o'r un corff hwnnw, trwy'r Ysbryd Glân.

'Mae gan bob un rhan o'r corff ei waith arbennig; mae pob rhan yn bwysig. Os ydi pob rhan yn gweithio, ac yn gwneud ei waith yn dda, yna bydd y corff i gyd yn gweithio'n dda. Ond os oes un rhan o'r corff yn methu yna bydd y corff i gyd yn dioddef.

1 Corinthiaid 12:12-26

'Dydi o'n dda i ddim os ydi'r droed yn dweud nad ydi hi'n rhan o'r corff am nad ydi hi'n llaw; neu'r glust yn penderfynu nad ydi hi'n rhan o'r corff am nad ydi hi'n llygad. Pe bai'r corff i gyd yn llygad, fyddai o ddim yn clywed, a phe bai'r corff i gyd yn glust, fyddai o ddim yn gallu arogli.'

Ond fel y mae, llawer yw'r aelodau, ond un yw'r corff.
1 Corinthiaid 12:20

'Felly, yn yr un ffordd, does yr un rhan o'r corff yn gallu penderfynu nad ydi rhan arall yn bwysig, neu ddim yn perthyn i'r corff. All y llygad ddim dweud wrth y llaw nad oes ei hangen; na'r pen ddweud wrth y traed nad oes eu hangen.

'Mae pob un ohonoch chi'n rhan o gorff Crist. Mae Duw wedi rhoi gwahanol ddoniau i bob un ohonoch i'w defnyddio er lles pawb. Mae arnom ni angen ein gilydd. Rydyn ni'n dioddef gyda'n gilydd ac yn hapus gyda'n gilydd. Mae Duw wedi ein rhoi i'n gilydd, er mwyn i ni allu gwneud ei waith.'

345 Ystyr cariad

Yn yr un llythyr at y Cristnogion yng Nghorinth, ceisiodd Paul egluro sut oedd Duw eisiau iddyn nhw ymddwyn er mwyn i eraill wybod eu bod yn ei garu:

'Efallai fy mod i'n gallu siarad gwahanol ieithoedd; efallai fy mod hyd yn oed yn siarad iaith angylion; ond os na fedraf garu pobl, yna sŵn gwag ydi'r cyfan!'

1 Corinthiaid 13:1-8

'Efallai fy mod i'n gallu proffwydo'r dyfodol ac egluro pethau mae eraill yn ei chael yn anodd i'w hegluro; efallai fy mod i'n deall pethau nad ydi pobl eraill yn eu deall, a bod gen i ddigon o ffydd i symud mynyddoedd – ond os nad oes gen i gariad mae'r cwbl yn ofer.

Nid yw cariad yn darfod byth.
1 Corinthiaid 13:8a

'Mae cariad yn amyneddgar a charedig. Dydi cariad ddim yn genfigennus nac yn dangos ei hun, na chwaith yn llawn ohono'i hun. Dydi cariad ddim yn anghwrtais. Dydi o byth yn hunanol, byth yn gwylltio nac yn ddig. Dydi cariad ddim yn gwarafun dim i neb. Mae cariad yn hael, yn garedig ac yn barod i faddau. Dydi cariad ddim yn fodlon ar unrhyw beth heblaw'r gwir. Mae cariad bob amser yn gwarchod, bob amser yn gobeithio ac yn dal ati. Dydi cariad byth yn darfod.'

346 Paul yn dioddef

Pan oedd Paul ym Macedonia, ysgrifennodd lythyr arall at y Cristnogion yng Nghorinth:

'Mi hoffwn i sôn am rai pethau rydw i wedi'u gwneud. Gadewch i mi ymffrostio ychydig bach yn yr hyn sydd wedi digwydd i mi er pan glywais Iesu'n galw arnaf.

'Gweithiais yn galetach nag unrhyw un, cefais fy ngharcharu'n aml a chefais fy chwipio'n ddidrugaredd. Droeon, roeddwn ar fin marw. Ar bum achlysur cefais fy chwipio'n ddidrugaredd gan yr Iddewon, a thair gwaith fe'm curwyd â phastynnau gan y Rhufeiniaid. Unwaith taflwyd cerrig ataf a thair gwaith bûm mewn llongddrylliad. Rydw i wedi teithio o le i le heb allu gorffwyso na byw bywyd cyffredin, bob dydd. Rydw i wedi bod mewn perygl o lifogydd a pheryglon dan law lladron, rydw i wedi byw mewn ofn, nid oddi wrth fy mhobl fy hun yn unig ond oddi wrth yr Iddewon a'r Cenedl-ddynion. Roedd peryglon yn fy wynebu yn y dinasoedd, yn y wlad ac ar y môr. Ar brydiau, roedd yn anodd i mi ymddiried yn unrhyw un. Gweithiais mor galed fel nad oeddwn i'n gwybod a oeddwn yn fyw neu'n farw. Droeon rydw i wedi mynd heb gwsg, bwyd na diod, a gwn yn iawn beth ydi bod yn newynog a sychedig. Rydw i'n gwybod, hefyd, beth ydi oerfel, bod heb do uwch fy mhen, a heb ddigon o ddillad.

2 Corinthiaid 11:23–12:10

Ond dywedodd wrthyf, "Digon i ti fy ngras i; mewn gwendid y daw fy nerth i'w anterth."
2 Corinthiaid 12:9a

'I'm rhwystro rhag bod yn ddyn balch, roeddwn yn dioddef poen yn gyson. Pan ofynnais i Dduw ddileu'r boen, fe ddywedodd wrthyf i fod ei gariad yn ddigon i'm cynnal. Pan fyddaf mewn gwendid byddaf yn gofyn am ei nerth, a bydd hynny'n ddigon i mi.

'Felly, pa anawsterau neu rwystrau bynnag fydd yn fy wynebu, pa mor wan bynnag y byddaf yn teimlo, gallaf deimlo'n hapus; rydw i'n gwybod, pan fyddaf yn y cyflwr hwnnw, y bydd Duw yn fy ngwneud yn gryf.'

347 Cariad Duw

Roedd Paul yng Nghorinth pan ysgrifennodd lythyr hir at y Cristnogion newydd yn Rhufain:

Rhufeiniaid 8:18-38

Ond yn y pethau hyn i gyd y mae gennym fuddugoliaeth lwyr trwy'r hwn a'n carodd ni.
Rhufeiniaid 8:37

'Rydw i'n credu na fydd yr hyn rydyn ni'n ei ddioddef nawr yn ddim i'w gymharu â'r pethau da sy'n ein hwynebu yn y dyfodol. Mae pob rhan o gread Duw yn disgwyl am y dydd hwnnw pan fydd Duw yn gwneud pob dim yn berffaith. Rydyn ninnau hefyd yn edrych ymlaen at y diwrnod hwnnw pan fyddwn yn cael ein trawsffurfio a'n gwneud yn berffaith.

'Rydyn ni i gyd yn gwybod bod Duw yn gwneud ei orau dros bawb sy'n ei garu. Os ydi Duw o'n plaid ni, pwy all ymladd yn ein herbyn? Pwy all ddod rhyngon ni a Duw? Tybed a all drwg ddod rhyngom ni a Duw? All caledi neu orthrymder, newyn neu dlodi, perygl neu farwolaeth ddod rhyngom? Na! Mae Iesu'n ein caru, a does yna ddim byd all ein gwahanu oddi wrth gariad: dim bywyd na marwolaeth, dim perygl na therfysg, dim angylion na diafoliaid. Ni all dim sydd wedi ei greu ein gwahanu ni oddi wrth gariad Duw. Beth bynnag fydd yn digwydd i ni, bydd Iesu'n dal i'n caru.'

348 Gwyrth yn Nhroas

Daliai Paul i deithio o gwmpas, gan newid ei gynlluniau o bryd i'w gilydd pan fyddai rhywun yn ei rybuddio am ryw berygl.

Yna, tra oedd yn aros am gyfnod byr yn Nhroas, aeth Paul un noson i weld nifer o'r credinwyr oedd wedi dod at ei gilydd am bryd o fwyd. Ar ôl bwyta, siaradodd Paul hyd oriau mân y bore yn sôn am Iesu. Gwyddai fod ganddo lawer i'w ddweud wrthyn nhw.

Eisteddai dyn ifanc o'r enw Eutychus ar y silff ffenestr, yn gwrando ar Paul. Defnyddiwyd lampau olew i oleuo'r ystafell, a daliodd Paul ymlaen i sôn am Iesu. O gwmpas hanner nos teimlai Eutychus yn gysglyd a syrthiodd allan drwy'r ffenestr. Bu farw ar unwaith.

Rhedodd Paul i lawr y grisiau a gafael ynddo:

'Mae popeth yn iawn!' meddai wrth y credinwyr eraill. 'Mae Eutychus yn fyw!'

Roedd ffrindiau'r gŵr ifanc wrth eu boddau fod Paul wedi achub ei fywyd. Aeth Paul yn ôl i fyny'r grisiau i gael rhywbeth i'w fwyta, cyn parhau i siarad am Iesu hyd doriad gwawr.

ACTAU 20:1-12

Ac yr oedd dyn ifanc o'r enw Eutychus yn eistedd wrth y ffenestr. Yr oedd hwn yn mynd yn fwy a mwy cysglyd, wrth i Paul ddal i ymhelaethu. Pan drechwyd ef yn llwyr gan gwsg, syrthiodd o'r trydydd llawr, a chodwyd ef yn gorff marw.

Actau 20:9

349 Perygl yn Jerwsalem

Gwyddai Paul ei bod hi'n bryd iddo fynd yn ôl i Jerwsalem, ond roedd yn sylweddoli y byddai hynny'n beryglus. Roedd yr Ysbryd Glân wedi'i rybuddio y byddai carchar a chyfnod caled o'i flaen.

Ar ôl treulio peth amser ar y môr, glaniodd Paul yng Nghesarea ac arhosodd yno am rai dyddiau gyda Philip, yr efengylydd, a'i deulu. Tra oedd yno, daeth Cristion o'r enw Agabus i weld Paul. Roedd gan Agabus ddawn i broffwydo. Cymerodd wregys Paul a'i rwymo o gwmpas ei ddwylo a'i draed ei hun fel na allai symud.

'Dyma, yn ôl yr Ysbryd, sy'n mynd i ddigwydd i berchennog y gwregys hwn pan fydd yn mynd i Jerwsalem,' proffwydodd Agabus. 'Bydd yr Iddewon yn ei rwymo a'i roi yn nwylo'r Cenedl-ddynion.'

Actau 21:1-15

Yna atebodd Paul, "Beth yr ydych yn ei wneud, yn wylo ac yn torri fy nghalon? Oherwydd yr wyf fi'n barod, nid yn unig i gael fy rhwymo, ond hyd yn oed i farw, yn Jerwsalem, er mwyn enw'r Arglwydd Iesu."
Actau 21:13

Roedd ffrindiau Paul i gyd yn poeni amdano. Erfyniodd pob un arno i beidio â mynd i Jerwsalem ar ôl clywed geiriau Agabus. Ond doedd Paul ddim yn fodlon gwrando.

'Peidiwch ag wylo drosof fi,' meddai. 'Rydw i'n barod i farw dros Iesu yn Jerwsalem, os mai dyna sydd o'm blaen i.'

Roedd y credinwyr yn gwybod nad oedd gobaith iddyn nhw ei rwystro. Roedd Paul yn benderfynol o fynd.

'Rhaid gwneud ewyllys Duw,' medden nhw.

Yna aethant ati i baratoi i adael iddo fynd i Jerwsalem.

350 Cynnwrf yn y dinas

Ar ôl cyrraedd Jerwsalem, dywedodd Paul wrth ei ffrindiau am y miloedd o bobl oedd wedi dod yn gredinwyr yn y gwahanol ddinasoedd. Ar y cychwyn roedden nhw'n addoli Duw ac yn falch iawn o weld Paul. Ond cafodd ei rybuddio y byddai'r newyddion da yn siŵr o achosi problemau iddo.

Roedden nhw'n iawn. Pan gerddodd Paul i mewn i'r deml roedd llygaid pawb arno.

'Edrychwch!' gwaeddodd criw o ddynion. 'Hwn ydi'r dyn sy'n dweud wrth bawb am gefnu ar ein ffordd ni o fyw fel Iddewon.'

Rhuthrodd pobl i mewn i'r deml o bob cyfeiriad. Cafodd Paul ei ddal a'i lusgo allan o'r deml, a dechreuodd rhai ymosod arno'n ddidrugaredd. Roedd cymaint o gynnwrf fel y bu'n rhaid anfon milwyr Rhufeinig i dawelu'r dorf. Pan ruthrodd y milwyr i ganol y dyrfa, dyma'r dynion oedd yn ei guro'n sefyll yn ôl.

Actau 21:17–22:22

Dywedodd Paul, "Iddew wyf fi, o Darsus yn Cilicia, dinesydd o ddinas nid di-nod."
Actau 21:39a

'Arestiwch y dyn yma,' gorchmynnodd capten y milwyr, 'a'i rwymo mewn cadwynau.' Gofynnodd i'r dyrfa beth oedd Paul wedi'i wneud.

Dechreuodd y dyrfa weiddi ar draws ei gilydd, ond doedd capten y milwyr ddim yn gallu gwneud pen na chynffon o'u geiriau.

'Ewch ag ef i'r barics!' gorchmynnodd y capten. Trodd y dyrfa'n ffyrnig, ac yn y diwedd bu'n rhaid i'r milwyr gario Paul uwchben pennau'r bobl.

Cyn iddo gael ei gymryd i'r barics, gofynnodd Paul i'r capten a fyddai modd iddo gael un cyfle i siarad â'r dyrfa. Trodd at y bobl ac egluro sut roedd Duw wedi gwneud dyn newydd ohono; roedd Duw wedi rhoi gwaith arbennig iddo, sef cyflwyno'i neges i'r Cenedl-ddynion. Roedd hyn yn ormod i'r dorf – aeth y lle'n wenfflam.

'Mae'n rhaid cael gwared ar y dyn hwn!' gwaeddai'r dorf yn groch. 'Lladdwch ef!'

351 Cynllwyn i ladd Paul

Cafodd Paul ei gludo i ffwrdd. Rhoddwyd gorchymyn i'w chwipio â'r fflangell – teclyn creulon i arteithio pobl. Ond pan oedden nhw wrthi'n ei baratoi, gofynnodd Paul a oedd hi'n gyfreithlon i chwipio dinesydd Rhufeinig nad oedd wedi'i gyhuddo o unrhyw drosedd.

Rhoddodd y canwriad y gorau iddi ar unwaith, a dywedodd wrth ei bennaeth fod Paul yn ddinesydd Rhufeinig. Pan ofynnwyd iddo a oedd hyn yn wir, cafodd ei rhyddhau.

Yn fuan wedyn, daeth cynllwyn i'r fei. Roedd deugain o Iddewon wedi cyfarfod yn y dirgel ac wedi tyngu llw na fydden nhw'n bwyta nac yfed nes y byddai Paul wedi'i ladd.

'Paratowch ddau gant o filwyr, saith deg o wŷr meirch, a dau gant o bicellwyr,' gorchmynnodd y capten. 'Bydd y dyn hwn yn cael ei gludo'n ddiogel ar gefn ceffyl i Gesarea heno!'

Anfonodd y capten air at y Rhaglaw Ffelix yn egluro beth oedd wedi digwydd. Gofynnodd iddo benderfynu ar achos Paul pan fyddai ei gyhuddwyr yn cyrraedd yno.

Actau 22:23-30, 23:12-30

Ar hyn, ciliodd y rhai oedd ar fin ei holi oddi wrtho. Daeth ofn ar y capten hefyd pan ddeallodd mai dinesydd Rhufeinig ydoedd, ac yntau wedi ei rwymo ef.
Actau 22:29

352 Yr achos yn erbyn Paul

Bum niwrnod yn ddiweddarach, daeth Ananias yr archoffeiriad i Gesarea, gyda rhai o'r henuriaid a chyfreithiwr o'r enw Tertulus.

'Mae'r dyn yma'n codi helynt,' meddai Tertulus wrth Ffelix. 'Os byddi di'n ei holi, bydd yn sicr o sôn am bopeth sydd wedi digwydd iddo.'

Rhoddodd Ffelix gyfle i Paul amddiffyn ei hun.

'Dim ond am ddeuddeg diwrnod y bûm i yn Jerwsalem cyn i mi gael fy ngharcharu,' meddai Paul. 'Dydw i ddim yn euog o unrhyw beth. Wnes i ddim creu cynnwrf na therfysg. Doeddwn i ddim yn rhan o'r dyrfa oedd yn codi helynt. Ond rydw i'n Gristion, yn un o ddilynwyr "Y Ffordd", sef Iesu. Rydw i'n sylweddoli fy mod wedi tramgwyddo yn erbyn rhai pobl gan fy mod i'n credu mewn bywyd ar ôl marw.'

Roedd Ffelix wedi clywed am 'Y Ffordd', a gohiriodd yr achos. Cadwodd Paul dan warchodaeth gan wneud yn siŵr bod ei ffrindiau'n cael ei weld a'i gadw'n gyffyrddus. Daeth Ffelix a'i wraig Drwsila i'w gyfarfod i wrando arno'n siarad am Iesu.

ACTAU 24:1–25:12

Yna, wedi iddo drafod y mater â'i gynghorwyr, atebodd Ffestus: "At Gesar yr wyt wedi apelio; at Gesar y cei fynd."
Actau 25:12

Arhosodd Ffelix. Gobeithiai gael cil-dwrn gan Paul er mwyn iddo'i ollwng yn rhydd, ond ar ôl dwy flynedd roedd Paul yn dal yn y carchar.

Bryd hynny, penodwyd rhaglaw newydd. Pan gyrhaeddodd Porcius Ffestus, y rhaglaw newydd, roedd gelynion Paul yn fwy na pharod iddo benderfynu ar ddyddiad newydd i gynnal yr achos yn Jerwsalem, er mwyn iddyn nhw drefnu lladd Paul ar y ffordd yno.

Gwrthododd Ffestus. Yn hytrach, aeth gyda'r henuriaid Iddewig i Gesarea a chynhaliwyd achos newydd yn erbyn Paul. Unwaith eto, anodd iawn oedd profi unrhyw beth yn ei erbyn.

'Dydw i ddim wedi torri cyfraith yr Iddewon; dydw i ddim wedi torri cyfraith Cesar,' mynnai Paul. 'Rydw i'n ddinesydd Rhufeinig, ac felly mae gen i hawl apelio i Gesar.'

Trafododd Ffestus gyda'r cyngor.

Meddai Ffestus wrtho, 'Rwyt ti wedi apelio i Gesar. Rydyn ni wedi gwastraffu digon o amser. Yn awr, Paul, bydd raid i ti fynd i Rufain.'

353 Y LLONGDDRYLLIAD

O'r diwedd, roedd Paul ar ei ffordd i Rufain.

Gofalodd canwriad o'r enw Jwlius am Paul a rhai carcharorion eraill, a dyma godi angor am yr Eidal. Roedd y llong yn hwylio o borthladd i borthladd, ond codai'r gwynt yn eu herbyn gan fod stormydd yr hydref ar eu gwarthaf.

Ar ôl cyrraedd ynys Creta, ceisiodd Paul rybuddio Jwlius o'r peryglon a wynebai'r teithwyr, ond doedd Jwlius ddim yn barod i wrando gair ac ymlaen yr aethon nhw ar eu taith.

Yn sydyn, cododd corwynt cryf. Brwydrodd y morwyr yn galed i gadw'r

llong dan reolaeth, ond gwnaed cymaint o ddifrod iddi fel bod yn rhaid taflu peth o'r cargo i'r môr. Roedd y cymylau trwchus yn ei gwneud hi'n anodd i'r morwyr lywio'r llong gan nad oedd modd gweld y sêr a'r planedau i'w harwain. Roedd y llong yn cael ei hyrddio'n ôl a blaen gan y gwynt nerthol a'r tonnau gwyllt.

Ddydd ar ôl dydd rhuai'r storm. Doedd neb yn gallu bwyta. Roedd pawb yn sicr eu bod yn mynd i farw – pawb heblaw am Paul.

ACTAU 27:1–28:1

Un noson, daeth angel ato a dweud wrtho am beidio ag ofni.

'Mae'n rhaid i ti fynd i Rufain a sefyll gerbron Cesar. Bydd Duw yn dy gadw di a phawb sy'n teithio gyda thi yn fyw ac iach,' meddai'r angel.

Felly dywedodd Paul wrth y teithwyr y byddai'r llong yn cael ei dryllio, ond y byddai pob un ohonyn nhw'n cael eu hachub. Anogodd pawb i fwyta er mwyn cael rhywfaint o egni.

A dweud, "Paid ag ofni, Paul; y mae'n rhaid i ti sefyll gerbron Cesar, a dyma Dduw o'i ras wedi rhoi i ti fywydau pawb o'r rhai sy'n morio gyda thi."
Actau 27:24

Roedd dau gant saith deg a chwech o bobl ar fwrdd y llong. Pan dorrodd y wawr, gwelsant dir yn agos, ond chwalwyd y llong yn ddarnau gan rym y tonnau. Roedd y milwyr yn awyddus i ladd y carcharorion rhag ofn iddyn nhw ddianc, ond rhwystrwyd nhw gan Jwlius. Llwyddodd pob un ohonyn nhw i gyrraedd y lan; rhai'n nofio ac eraill yn gafael yn dynn mewn darnau o'r llong.

Roedden nhw wedi glanio ar Ynys Melita.

354 Gwyrthiau ar ynys Melita

Dechreuodd lawio'n drwm, ac roedd hi'n oer. Rhuthrodd trigolion yr ynys i'r traeth a chynnau coelcerth. Cafodd bawb oedd ar y llong help i gyrraedd y lan yn ddiogel.

Fel roedd Paul yn casglu coed i roi ar y tân, llithrodd gwiber allan a glynu yn ei law. Sibrydodd y brodorion wrth ei gilydd,

'Mae'r dyn hwn wedi dianc yn ddiogel o'r môr dim ond i gael ei frathu gan neidr wenwynig! Mae'n amlwg ei fod yn llofrudd!'

Ond ysgydwodd Paul y neidr i ffwrdd ac ni chafodd unrhyw niwed. Edrychai'r brodorion arno, yn disgwyl iddo fod yn sâl neu hyd yn oed farw.

'Dydi'r dyn yma ddim yn llofrudd,' medden nhw wrth ei gilydd. 'Efallai ei fod yn dduw.'

Actau 28:2-11

Gŵr o'r enw Poplius oedd prif swyddog Ynys Melita. Gwahoddodd bawb oedd ar fwrdd y llong i'w gartref, ac fe fuon nhw yno am dri diwrnod.

Dangosodd y brodorion garedigrwydd anghyffredin tuag atom. Cyneuasant goelcerth, a'n croesawu ni bawb at y tân, oherwydd yr oedd yn dechrau glawio, ac yn oer. *Actau 28:2*

Yn ystod yr amser hwn, clafychodd tad Poplius; roedd yn dioddef o dwymyn a disentri. Aeth Paul ato a gweddïo, a iachawyd y dyn. Ar ôl hynny, daeth llawer o'r ynyswyr at Paul i gael eu gwella.

Pan giliodd y storm, roedd hi'n bryd ailgychwyn ar eu taith unwaith eto, a bu'r ynyswyr yn garedig a hael iawn wrth bawb. Hwyliwyd i Rufain, ar long o Alexandria.

355 Carcharor yn Rhufain

Cyrhaeddodd Paul yr Eidal yn ddiogel. Rhoddwyd caniatâd iddo letya ar ei ben ei hun gyda milwyr yn ei warchod.

Yn gyntaf, galwodd ato arweinwyr yr Iddewon oedd yn byw yn y ddinas. Eglurodd pam roedd wedi ei anfon atyn nhw a cheisiodd, unwaith eto, ddweud wrthyn nhw mai Iesu oedd yr un roedden nhw wedi bod yn disgwyl amdano. Dechreuodd rhai ohonyn nhw gredu, ond gwrthodai eraill wrando arno.

Actau 28:16-31

Roedd Paul yn gwybod yn awr fod yn rhaid iddo rannu'i neges â'r Cenedl-ddynion yn Rhufain. Am ddwy flynedd bu'n croesawu pobl i'w lety a'u dysgu am Iesu. Daeth llawer i gredu, a chael eu bedyddio. Bu wrthi'n ddiwyd hefyd yn ysgrifennu llythyrau at y Cristnogion roedd wedi cyfarfod â nhw dros y blynyddoedd, er mwyn eu helpu yn y ffyrdd Gristnogol ac egluro rhai pethau iddyn nhw nad oedden nhw'n eu deall.

Arhosodd Paul ddwy flynedd gyfan yno ar ei gost ei hun, a byddai'n derbyn pawb a ddôi i mewn ato.
Actau 28:30

356 Arfwisg Duw

Pan oedd Paul yn garcharor yn Rhufain, ysgrifennodd lythyr at y Cristnogion yn Effesus:

'Gan eich bod yn blant i Dduw, mae'n rhaid i chi fod yn debyg iddo. Rydw i am i chi fyw eich bywyd yn llawn o gariad, heb gasineb at unrhyw un. Dyna wnaeth Iesu; fe roddodd ei fywyd dros bawb am ei fod yn ein caru ni.

Effesiaid 5:1-2; 6:10-17

'Peidiwch ag ofni sefyll yn gadarn yn erbyn y drwg. Byddwch yn gryf, a chofio y bydd Duw yn gofalu amdanoch ac yn rhoi nerth i chi bob amser. Gwisgwch amdanoch arfwisg Duw i chi fod yn ddiogel; gwisgwch wregys y gwir am eich gwasg; gorchuddiwch eich calon â gorchudd y gwir, rhowch esgidiau am eich traed i gario'r neges am Iesu, a chariwch darian ffydd i'ch gwarchod rhag pob ymosodiad; gwisgwch helm yr iachawdwriaeth a brynodd Iesu trwy ei fywyd, a defnyddiwch air Duw fel cleddyf.'

Gwisgwch amdanoch holl arfogaeth Duw, er mwyn ichwi fedru sefyll yn gadarn yn erbyn cynllwynion y diafol.
Effesiaid 6:11

357 Ffrindiau Duw

Un diwrnod, daeth caethwas o'r enw Onesimus at Paul yn ei dŷ yn Rhufain. Roedd Onesimus wedi rhedeg i ffwrdd oddi wrth ei feistr, ond pan glywodd beth oedd gan Paul i'w ddweud am Iesu, daeth yn Gristion a bu'n help mawr i Paul yn ei waith.

Aeth Onesimus gyda Tychius a mynd â llythyr oddi wrth Paul a'i ffrind, Timotheus, at y Cristnogion yng Ngholosae:

'Iesu ydi Duw sydd wedi dod i'r byd mewn gwisg o gnawd. Roedd yn bod cyn i unrhyw beth gael ei greu, ac ef yn awr ydi pen yr eglwys. Oherwydd aberth

Colosiaid 1:15-23

Hwn yw delw'r Duw anweledig, cyntafanedig yr holl greadigaeth.
Colosiaid 1:15

Iesu pan fu farw ar y groes, mae Duw yn gallu maddau pechod a chael heddwch gyda'i bobl.

'Ar un adeg roeddech yn bell oddi wrth Dduw; chi oedd ei elynion oherwydd y pethau drwg yr oeddech yn eu meddwl, eu dweud a'u gwneud. Yn awr, am fod Iesu wedi marw ar y groes, mae Duw wedi eich gwneud yn ffrindiau iddo.'

358 Y caethwas Onesimus

Roedd Onesimus yn dal yn eiddo i'w feistr Philemon, oedd yn arweinydd eglwys yng Ngholosae. Tra oedd Onesimus yn y carchar, daeth yn ffrind da i Paul, ond gwyddai Paul na allai aros yn Rhufain. Ysgrifennodd Paul lythyr i Onesimus fynd yn ôl at Philemon:

Philemon 1-22

Apelio yr wyf atat ar ran fy mhlentyn, Onesimus, un y deuthum yn dad iddo yn y carchar.
Philemon 10

'Fy ffrind annwyl Philemon. Rydw i wedi clywed cymaint am dy gariad at Dduw ac at bobl eraill. Yn awr rydw i'n mynd i ofyn i ti wneud rhywbeth i mi – rhywbeth y byddet ti am ei wneud beth bynnag. Mi wn na wnaeth Onesimus y peth iawn yn troi'i gefn arnat ti, felly rydw i'n ei anfon yn ôl. Tra bu ef i ffwrdd mae wedi dod yn Gristion, felly nid gwas ydi o erbyn hyn ond brawd i ti. Buaswn wrth fy modd petai'n cael aros yma i weithio gyda mi, ond mae'n rhaid i mi gael dy ganiatâd yn gyntaf.

'Wnei di ei dderbyn yn ôl, yn union fel petait yn fy nerbyn i dy dŷ? Os oes arno unrhyw beth i ti, mi dalaf yn ôl i ti. Gan obeithio y caf dy weld yn fuan. Cofia baratoi'r ystafell ar fy nghyfer!'

359 Byw fel Iesu

Derbyniodd y Cristnogion yn Philipi, hefyd, lythyr oddi wrth Paul pan oedd yn Rhufain:

'Beth ydi ystyr bywyd? I mi, mae'n golygu byw a gwasanaethu Iesu, sef gwneud yr hyn mae Duw eisiau i mi ei wneud. Ond, os byddaf farw, mae hynny hefyd yn beth rhagorol gan y byddaf gyda Iesu am byth. Mae'n anodd iawn dewis pa un ydi'r gorau: byw neu farw!

'Gwnewch yn siŵr eich bod yn byw bywyd sy'n plesio Duw, a thrwy hynny ddangos i bobl eraill eich bod yn perthyn iddo. Peidiwch â bod yn hunanol nac yn llawn ohonoch chi'ch hunain, ond byddwch yn wylaidd a meddwl bod pobl eraill yn well na chi. Rhowch bobl eraill yn gyntaf. Meddyliwch sut roedd Iesu'n

trin pobl, a cheisiwch fod fel Iesu.

'Mab Duw oedd Iesu; roedd natur Duw ynddo, eto doedd o ddim yn ymddwyn fel petai'n well nac yn uwch na neb arall. Yn hytrach daeth i'r byd fel dyn, a byw bywyd gwas. Gadawodd iddo'i hun gael ei fradychu a'i fychanu, ei guro ac yna'i groeshoelio, yn union fel dyn drwg. Gwnaeth Iesu hyn am nad oedd ganddo feddwl uchel ohono'i hun, ond ufuddhaodd i Dduw a rhoi eraill yn gyntaf. Felly mae Duw wedi'i wobrwyo ac wedi rhoi'r lle uchaf iddo yn y nefoedd ac ar y ddaear. Rhyw ddiwrnod, pan fydd y bobl yn clywed enw Iesu, bydd y byd i gyd yn penlinio o'i flaen a'i alw'n Arglwydd.

PHILIPIAID 1:21-27; 2:3-11; 3:10-14

Oherwydd, i mi, Crist yw byw, ac elw yw marw.
Philipiaid 1:21

'Felly, dim ond un peth sy'n bwysig i mi, a hynny ydi adnabod Iesu, a bod yn rhan o'i ddioddefaint. Hyd yn oed os bydd hynny'n golygu marw, yna wedyn byddaf yn gwybod beth ydi atgyfodiad a bywyd newydd gyda Duw am byth. Dyma fy nod mewn bywyd: dilyn Iesu hyd y diwedd.'

360 Diwedd Amser

Nid Paul yn unig oedd yn ysgrifennu llythyrau i gefnogi Cristnogion eraill. Ysgrifennodd Pedr ddau lythyr hefyd:

1 PEDR 4:12-16; 5:6-7; 2 PEDR 3:8-14

'Mae rhai ohonoch chi'n dioddef ac yn mynd trwy gyfnod caled am eich bod yn ddilynwyr i Iesu. Byddwch yn hapus am eich bod yn rhan o ddioddefaint Iesu, ond cofiwch ddweud wrth Dduw am eich holl broblemau oherwydd bydd yn barod i'ch helpu.

Bwriwch eich holl bryder arno ef, oherwydd y mae gofal ganddo amdanoch.
1 Pedr 5:7

'Bydd yr amser yn dod pan fydd pawb yn gwybod mai Duw ydi'r brenin. Ond cofiwch fod Duw tu hwnt i amser. Mae un diwrnod i Dduw fel mil o flynyddoedd. Efallai y bydd yn digwydd yfory, neu ar ôl i chi farw. Mae Duw yn

amyneddgar, ac mae'n awyddus i bawb edifarhau a dod i'w adnabod. Dydi Duw ddim eisiau i neb farw cyn iddo'n gyntaf wybod am ei gariad.

'Pan ddaw y dydd hwnnw, fe ddaw fel y lleidr yn y nos. Bydd y ddaear yn cael ei dinistrio. Fydd yna ddim rhybudd. Mae'n rhaid i ni felly fyw ein bywydau fel na fydd unrhyw gywilydd arnon ni pan fydd yn digwydd. Mae'n rhaid i ni fod yn barod i Dduw ddod yn ei ogoniant, a phryd hynny gallwn edrych ymlaen at weld nefoedd newydd a daear newydd.'

361 Iesu, y prif offeiriad

Anfonwyd llythyr hir arall i helpu'r Iddewon oedd yn Gristnogion:

'Mae gair Duw yn fyw ac yn nerthol, yn fwy miniog na chleddyf, ac yn ein galluogi i weld y gwahaniaeth rhwng da a drwg. Fedrwn ni ddim cuddio dim rhag Duw. Ond does dim rhaid i ni fod ag ofn gan fod gennym brif offeiriad arbennig, Iesu, mab Duw sy'n ein deall ac yn deall ein gwendidau er na wnaeth o ddim pechu o gwbl. Gallwn ddod at Dduw gan wybod y bydd yn tosturio wrthym ni a'n helpu pan fyddwn ei angen.

Hebreaid 4:12-16; 11; 12:1-4

Yn awr, y mae ffydd yn warant o bethau y gobeithir amdanynt, ac yn sicrwydd o bethau na ellir eu gweld.
Hebreaid 11:1

'Mae Duw yn ein caru am fod gennym ffydd ynddo. Ffydd ydi bod yn sicr o'r pethau rydyn ni'n gobeithio ynddyn nhw, yn sicr o bethau na fedrwn eu gweld. Rydyn ni'n perthyn i nifer fawr o bobl eraill oedd â ffydd yn Nuw – yn eu plith Abel, Enoc, Noa, Abraham, Isaac, Jacob a Joseff; Moses a'r bobl oedd gyda Josua, gan gynnwys Rahab; yr holl broffwydi ffyddlon a brenhinoedd gwlad Israel. Felly, gyda nhw, mae'n rhaid i ni gychwyn ar y daith mae Duw wedi'i pharatoi ar ein cyfer, gan gael gwared ar bob dim sy'n rhwystr i ni ac edrych ar Iesu, sydd wedi dioddef llawer er ein mwyn. Byddwch yn gryf a chadarn, a pheidiwch â digalonni.'

362 Caru ein gilydd

Ysgrifennodd Ioan, un o ffrindiau agosaf Iesu, o leiaf dri llythyr at y Cristnogion yn yr eglwysi newydd:

'Goleuni ydi Duw, a does dim tywyllwch yn perthyn iddo. Mae'n rhaid i ni fyw yn y goleuni hwnnw; er mwyn gwneud hynny, mae'n rhaid i ni gyffesu ein drygioni a pheidio â'i guddio neu gymryd arnom nad ydyn ni wedi gwneud drwg. Os ydyn ni'n barod i gyfaddef ein drygioni, bydd Duw yn sicr o faddau i ni.

'Mae caru Duw yn golygu caru pobl eraill. Ddylen ni ddim casáu unrhyw un. Os ydyn ni'n casáu rhywun, yna rydyn ni'n pechu ac mae angen i ni gyffesu'r pechod hwnnw. Mae cariad Duw mor fawr fel ein bod yn cael ein galw'n blant iddo. Dewch i ni fyw fel plant i Dduw, a charu pob aelod o'i deulu.

1 Ioan 1:5-10; 2:9; 3:11-18; 4:21

'Gallwn weld beth ydi gwir gariad trwy edrych ar fywyd Iesu. Rhoddodd ef ei fywyd troson ni i gyd. Mae'n rhaid i ni fod yn barod i wneud hynny dros rywun arall. Os oes gennym ni ddigon i'w fwyta a'i yfed, a chartref clyd, a ninnau'n gwybod fod pobl yn newynu neu mewn angen ac yn eu hanwybyddu, yna sut y gallwn ddweud fod cariad Duw ynom ni? Peidiwch â siarad am gariad Duw yn unig! Dangoswch gariad Duw trwy rannu'r hyn sydd gennych â phobl eraill.

Os dywedwn ein bod yn ddibechod, yr ydym yn ein twyllo ein hunain, ac nid yw'r gwirionedd ynom.
1 Ioan 1:8

'Rydyn ni'n caru pobl eraill am fod Duw yn gyntaf wedi'n caru ni. Cariad ydi Duw. Mae'n rhaid i ni ddangos y cariad hwnnw i bawb ledled y byd trwy eu caru nhw.'

363 Gweledigaeth Ioan

Pan oedd Ioan yn hen ŵr, cafodd ei anfon i fyw ar ei ben ei hun ar Ynys Patmos.

Un diwrnod, dywedodd yr Ysbryd Glân bethau rhyfedd wrtho a'i gymell i'w hysgrifennu ar sgrôl, a'u hanfon at y Cristnogion oedd yn byw yn Effesus, Smyrna, Pergamus, Thyatira, Sardis, Philadelffia a Laodicea.

Datguddiad 1:9-18

"Paid ag ofni; myfi yw'r cyntaf a'r olaf, a'r Un byw; bûm farw, ac wele, yr wyf yn fyw byth bythoedd."
Datguddiad 1:17b-18a

Edrychodd Ioan o'i gwmpas er mwyn gweld pwy oedd yn siarad gydag o. Rhyfeddodd wrth weld mai Iesu oedd yno, ddim fel ag yr oedd pan oedd yn gweithio gydag o yng Ngalilea, ond yn disgleirio fel yr haul, Duw yn ei holl ogoniant.

Roedd yr olygfa mor arswydus fel bod Ioan wedi syrthio ar ei liniau wrth draed Iesu. Yna cyffyrddodd Iesu â'i ben yn dyner a dechrau siarad:

'Paid ag ofni, Ioan,' meddai. 'Y fi ydi'r cyntaf a'r olaf, yr un byw. Bûm farw, ond edrych, rydw i'n fyw ac mi fyddaf fyw am byth.'

364 Dangos Duw

Ysgrifennodd Ioan y cwbl a ddywedodd Iesu wrtho er mwyn ei adrodd wrth y bobl yn y saith eglwys. Yna edrychodd i fyny a gweld drws yn agor i mewn i'r nefoedd.

'Tyrd yma!' meddai'r llais wrth Ioan. 'Rydw i am ddangos i ti beth fydd yn digwydd yn y dyfodol.'

Teimlai Ioan nad oedd ei draed yn cyffwrdd y ddaear, ac eto roedd popeth yn gwbl glir iddo.

Datguddiad 4

"Sanct, Sanct, Sanct yw'r Arglwydd Dduw hollalluog, yr hwn oedd a'r hwn sydd a'r hwn sydd i ddod!"
Datguddiad 4:8b

Gwelodd orsedd ogoneddus, ac o'i chwmpas roedd enfys emrallt. Ar yr orsedd eisteddai rhywun a edrychai fel petai'n disgleirio o emau gwerthfawr. O'i gwmpas roedd pedair gorsedd ar hugain, ac ar bob un eisteddai rhywun wedi'i wisgo mewn gwyn, a choron aur ar ei ben.

Gorsedd Duw oedd yr orsedd yn y canol ac ohoni deuai fflachiadau o oleuadau a sŵn fel taranau. O flaen yr orsedd roedd môr o wydr, tebyg iawn i risial.

O gwmpas yr orsedd roedd pedwar creadur rhyfedd, yn llygaid i gyd o'r tu blaen a'r tu ôl. Edrychai'r creadur cyntaf yn debyg i lew, yr ail yn debyg i lo, y trydydd yn debyg i ddyn a'r pedwerydd yn debyg i eryr yn hedfan. Roedd gan bob un o'r creaduriaid chwe adain yr un.

'Sanctaidd, Sanctaidd, Sanctaidd ydi Duw, yr hwn oedd, yr hwn sydd, a'r hwn sydd i ddod,' oedd eu cân drwy'r amser.

Syrthiodd y pedwar henadur ar hugain ar eu gliniau o flaen Duw a'i addoli.

'Ti sy'n deilwng i dderbyn ein haddoliad. Ti sydd wedi creu'r cyfan, ac mae popeth sy'n fyw ac yn anadlu yn bod oherwydd dy fod ti wedi eu creu,' medden nhw.

365 Nefoedd newydd a daear newydd

Gwelodd Ioan gannoedd ar gannoedd o bobl o bob rhan o'r byd wedi'u gwisgo mewn dillad gwyn ac yn cario canghennau o goed palmwydd. Dyna lle roedden nhw'n sefyll o flaen gorsedd Duw; o gwmpas yr orsedd roedd angylion a'r pedwar creadur rhyfedd, a phob un ohonyn nhw'n addoli Duw.

Daeth un o'r dynion o'r gorseddau a dweud:

Datguddiad 7:9-17; 21; 22

'Dyma'r bobl sydd wedi dioddef,' meddai wrth Ioan. 'Maen nhw wedi cael eu hachub oherwydd y gwaed a gollwyd gan Iesu, Oen Duw.'

Yna gwelais nef newydd a daear newydd; oherwydd yr oedd y nef gyntaf a'r ddaear gyntaf wedi mynd heibio, ac nid oedd môr mwyach.
Datguddiad 21:1

Yna, sylweddolodd Ioan fod y ddaear wedi diflannu a bod yna nefoedd newydd a daear newydd. Gwelodd ddinas newydd brydferth.

'Yn awr bydd Duw yn byw gyda'i bobl. O hyn ymlaen fydd dim poen na marwolaeth, dim tristwch na wylo. Bydd Duw yn sychu'r dagrau i gyd,' meddai Duw. 'O hyn ymlaen, byddaf yn gwneud popeth yn newydd. Fi ydi'r cyntaf a'r olaf, y dechrau a'r diwedd. Pob un sy'n dod ataf, bydd yn yfed ac ni fydd byth yn sychedig. Byddaf i'n Dduw iddo a bydd yntau'n blentyn i mi.'

Yna dangosodd angel y ddinas newydd, brydferth i Ioan, lle llifai dŵr y bywyd yn un afon befriog, o dan y fan lle tyfai coeden y bywyd. Roedd ffrwyth y goeden yn dod â rhyddid a iachâd i bawb o bob gwlad.

Gwelai Ioan fod gorsedd Duw yn mynd i barhau yn y ddinas am byth, ac y byddai pobl Dduw yn aros yn ei gwmni am byth. Ni fyddai tywyllwch na nos o hynny ymlaen, oherwydd mai Duw ei hun fyddai'r golau iddyn nhw.

Yna siaradodd Iesu, 'Rydw i'n dod yn fuan! Y fi ydi'r cyntaf a'r olaf, y dechrau a'r diwedd. Bydd pob un sy'n dod ataf fi yn derbyn maddeuant, a bydd y rhai sy'n derbyn maddeuant yn hapus, yn byw yn y ddinas ac yn mwynhau bywyd am byth. Bydd pob un sy'n dymuno hynny yn cael yfed o ddŵr y bywyd.

'Yn wir, rydw i'n dod yn fuan!'

GWYDDONIADUR

Cynnwys

318 BWYD

320 FFERMIO

322 PLANHIGION AC ANIFEILIAID

324 TEULUOEDD

326 DILLAD

328 BYWYD BOB DYDD

330 CARTREFI A THAI

332 TREFI A DINASOEDD

334 CREFYDD

338 GWAITH

340 MASNACH A THEITHIO

342 GWAREIDDIADAU

345 ARFAU A RHYFELWYR

Roedd pobl y Beibl yn byw mewn cyfnod a lle gwahanol i ran fwyaf o bobl yr unfed ganrif ar hugain. Bydd yr adran hon yn eich helpu i ddeall eu traddodiadau, eu harferion a'u credoau – hynny yw, y ffordd yr oeddent yn byw eu bywydau a'r hyn oedd yn bwysig ganddynt. Mae'n egluro'n syml sut a pham yr oeddent yn gwneud yr hyn a ddisgrifir yn nhudalennau'r Beibl.

Darllenwch yr adran ar ei hyd er mwyn cael syniad o gefndir y straeon a'r digwyddiadau, neu trowch at y ffeithiau hyn wrth i chi ddarllen y straeon unigol. Mae'r prif nodiadau yn egluro syniadau cyffredinol, tra bod enghreifftiau penodol ohonynt a lle maent i'w gweld yn y Beibl ar ymylon y tudalennau.

BWYD

Daeth yr Israeliaid i hoffi cennin, wynwyn, garlleg, cucumerau a melonau pan oeddent yn byw yn yr Aifft.
Numeri 11:5

Pan ddaeth tri o ddynion dieithr i weld Abraham, gwnaeth bryd o fwyd da iddynt.
Genesis 18:1-8

Dywedodd Iesu stori am fab a ddaeth yn ôl adref; trefnodd ei dad wledd i ddathlu.
Luc 15:11-24

BARA
Bara oedd yr elfen bwysicaf yn neiet y bobl. Roedd wedi'i wneud yn bennaf o wenith. Roedd pobl dlawd yn bwyta torthau o haidd, a dim ond mewn cyfnodau o newyn y câi miled ei ddefnyddio i wneud bara.

BRECWAST
Pryd syml oedd hwn – bara gydag olifau, caws neu ffrwyth.

CAWL FFACBYS
Ar ddiwedd diwrnod o waith, byddai'r teulu cyffredin yn cyd-eistedd i fwyta cawl llysiau neu ffacbys wedi'i flasu â pherlysiau a sbeisys. Roedd pawb yn bwyta o'r un potyn ac yn defnyddio darn o fara i godi'r bwyd.

CAWS
Gwnaed y caws o laeth dafad.

CIG
Gan amlaf, cedwid cig ar gyfer gwleddoedd neu achlysuron arbennig eraill, ac nid oedd yn cael ei fwyta bob dydd. Roedd cig oen a chig gafr ar gael yn hawdd, yn ogystal ag adar hela a chig carw. Byddai cig yn cael ei ferwi fel rheol, heblaw am y cig oen ar gyfer Gŵyl y Bara Croyw.

CIWCYMBR
Pan oedd yr Israeliaid yn gaethweision yn yr Aifft, byddent yn bwyta ciwcymbr. Wrth grwydro yn yr anialwch, roeddent yn awchu am y llysieuyn Eifftaidd hwn i dorri'u syched.

CORBYS
Roedd corbys – ffa, ffacbys a gwygbys – yn rhoi protin, ac fe'u defnyddid i dewhau stiwiau a chawl.

DŴR
Roedd dŵr oedd yn cael ei gasglu o ffynnon yn addas i'w ddefnyddio ar gyfer coginio, ond nid i'w yfed.

FFIGYS
Roedd coeden ffigys yn aml yn tyfu ar dalcen tŷ. Bwytawyd ffigys un ai yn ffres neu mewn cacennau wedi'u gwasgu. Defnyddid ffigys hefyd fel meddyginiaeth.

FFRWYTHAU A CHNAU
Roedd llawer o ffigys, datys, pomgranadau, mwyar Mair, cnau almon a chnau pistasio'n cael eu bwyta.

GRAWNWIN
Defnyddid y mwyafrif o rawnwin i wneud gwin, ond sychid rhai yn yr haul i wneud rhesinau. Byddai rhai'n cael eu berwi i greu 'mêl grawnwin', sef hylif trwchus a ddefnyddid i felysu bwyd.

GWIN
Gwnaed y gwin o rawnwin, sy'n tyfu'n dda mewn hinsawdd poeth. Dyma'r ddiod fwyaf cyffredin – gan nad oedd yn difetha mewn tywydd poeth, yn wahanol i laeth – ac roedd gwin yn fwy diogel i'w yfed na dŵr.

GWLEDD
Cynhelid gwledd yn aml i ddiolch, ac ar achlysuron arbennig fel priodas a geni babi newydd.

GŴYL Y BARA CROYW
Bwytâi'r bobl fara croyw (bara wedi'i bobi heb furum), cig oen wedi'i rostio, perlysiau

chwerw (i'w hatgoffa o'u dioddefaint) a saws arbennig bob blwyddyn ar ŵyl y Bara Croyw, gyda gwin i'w yfed.

LLAETH
Byddai defaid a geifr yn cael eu godro, ond llaeth gafr a gâi ei yfed amlaf, a'i droi'n iogwrt a chaws.

LLO PASGEDIG
Byddai'n arferiad croesawu dieithriaid oedd yn teithio drwy bentref, a chynnig bwyd a diod a llety iddynt. Byddai'r llo pasgedig yn cael ei baratoi ar gyfer rhywun arbennig.

LLYSIAU
Tyfid malws, suran a marchysgall er mwyn coginio a bwyta'u dail gwyrdd. Byddai llysiau eraill – fel nionod, cennin a chiwcymbr – yn cael eu bwyta'n amrwd neu wedi'u coginio.

MÊL
Cynhyrchid llawer o fêl gan wenyn gwyllt a nythai mewn coed gweigion a thyllau mewn creigiau. Roedd yn ychwanegiad braf i'r deiet arferol, gan nad oedd unrhyw siwgr i'w gael.

OLIFAU
Bwyteid rhai olifau'n ffres neu wedi'u piclo, ond byddai'r mwyafrif yn cael eu defnyddio i wneud olew olewydd.

PYSGOD
Roedd pysgota'n ddiwydiant mawr yng Ngalilea, ond nid yn unman arall yn y rhanbarth. Roedd yna sôn bod pedwar math ar hugain o bysgod gwahanol yn Llyn Galilea. Byddai pysgod na fyddai'n cael eu bwyta'n ffres na'u hallforio yn cael eu cadw trwy eu halltu neu eu sychu.

SBEISYS
Byddai masnachwyr yn dod ag eitemau egsotig, megis perlysiau a sbeisys nad oedd yn tyfu'n naturiol yng ngwledydd y Beibl. Defnyddid cwmin, dil, sinamon a mintys i roi blas ar fwyd a gwin; defnyddid casia, ysbignardd ac elwydd fel eli croen a cholur; defnyddid thus mewn addoliad; a myrr fel eli wrth gladdu.

Rhoddwyd swp o ffigys ar y cornwyd oedd ar groen y Brenin Heseceia, i'w iachau.
Eseia 38:21

Rhoddodd Iesu fwyd i fwy na 5,000 o bobl pan roddodd bachgen ei ginio o bum torth fechan a dau bysgodyn bychan iddo i'w rannu.
Ioan 6:1-13

Roedd Ioan Fedyddiwr yn bwyta locustiaid a mêl gwyllt.
Marc 1:4-6

Gwelodd Samson wenyn yn gwneud mêl mewn sgerbwd llew.
Barnwyr 14;8-10

Gwerthodd Esau ei enedigaeth-fraint am fowlen o gawl ffacbys.
Genesis 25:27-34

Cafodd Iesu swper gyda'i ddisgyblion ychydig cyn iddo farw.
Mathew 26:17-29

Cafodd Pedr weledigaeth o fwyd 'aflan', pan ddywedodd Duw wrtho na ddylai unrhyw beth a wnaed yn lân gan Dduw gael ei ystyried yn aflan wedyn.
Actau 10:10-16

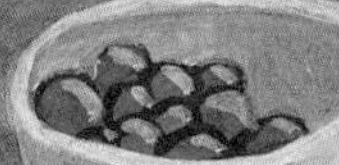

FFERMIO

Thus a myrr oedd dau o'r anrhegion a ddygodd y Seryddion ar ôl i Iesu gael ei eni.
Mathew 2:11

Pan oedd y gwin wedi darfod mewn gwledd briodas trodd Iesu ddŵr yn win.
Ioan 2:1-11

Roedd Eliseus yn aredig cae ag ychen pan alwyd ef i fod yn broffwyd.
1 Brenhinoedd 19:19

Cuddiodd Rahab ysbiwyr yr Israeliaid dan blanhigion llin oedd yn sychu ar do ei thŷ.
Josua 2:6

Roedd Ruth yn lloffa'r grawn oedd ar ôl yng nghaeau Boas.
Ruth 2

Rhoddwyd brawd bach Miriam mewn basged a wnaed o lafrwyn o lannau afon Neil.
Exodus 2

Soniodd Iesu amdano'i hun fel bugail i'w ddilynwyr.
Ioan 10:14-16

AREDIG

Byddai'r ffermwr yn aredig y cae er mwyn gwthio'r hedyn i mewn i'r pridd. Gwnaed yr aradr o bren gydag ochr fetel i dorri, a byddai'n cael ei dynnu un ai gan ych sengl neu ddau ychen wedi'u huno gyda'i gilydd.

BUGEILIAID

Byddai'r dynion hyn yn arwain eu praidd o un ardal bori i un arall. Rhoddai'r bugail enw ar bob un o'i ddefaid, a'u hamddiffyn rhag ymosodiadau gan anifeiliaid gwyllt. Byddai'n cario ffon oddeutu dau fetr o hyd â phen crwm iddi, a byddai'n ei defnyddio i arwain y defaid neu eu tynnu o fannau peryglus.

COED OLEWYDD

Roedd coed olewydd fel rheol yn tyfu mewn celli neu berllan. Câi'r olifau eu cynaeafu yn yr hydref, a hynny drwy ysgwyd y canghennau neu eu taro â pholyn hir fel bod y ffrwythau'n disgyn i'r ddaear.

DEFAID

Roedd gan y mwyafrif o deuluoedd ddefaid, a byddai gwlân yn cael ei nyddu i greu brethyn. Byddai cnu dafad yn cael ei wisgo am ei fod yn gynnes, a defnyddid cyrn defaid i storio olew olewydd.

DEGWM

Byddai Israeliaid yn rhoi degwm, sef degfed ran o'r holl fwyd y byddent yn ei gynhyrchu, i Dduw.

DRAIN AC YSGALL

Yr unig blanhigion a dyfai mewn mannau sych oedd llwyni drain ac ysgall, ac roedd mwy na chant o fathau gwahanol o ysgall.

DYRNU

Wedi i'r cnwd gael ei dorri neu ei ddyrnu yn y cae, byddai'n cael ei glymu'n ysgubau a'i gludo ar droliau i'r llawr dyrnu. Byddai'r ysgubau'n cael eu gwasgaru ar hyd y llawr ac yna'u curo â ffyn neu eu sathru gan ychen er mwyn gwahanu'r grawn oddi wrth y coesyn.

GEIFR

Roedd y rhan fwyaf o deuluoedd yn cadw geifr, a hynny er mwyn eu llaeth a'u cig. Defnyddid eu blew a'u crwyn i wneud pebyll a chostreli croen. Yng nghyfnod yr Hen Destament, mesurid cyfoeth dyn yn ôl y nifer o ddefaid neu eifr oedd ganddo.

GWARTHEG

Defnyddid ychen ar y fferm fel anifeiliaid gweithio yn hytrach nag fel bwyd. Byddent yn tynnu'r aradr neu lwythi trymion eraill.

GWASG OLIFAU

Byddai olifau'n cael eu gosod ym masn y wasg olifau a'u gwasgu drwy rolio carreg gron drostynt. Byddai'r olew yn llifo allan o agoriad yn y gwaelod, a defnyddid yr olew ar gyfer coginio a goleuo.

GWENITH

Tyfid gwenith yn yr ardaloedd ffrwythlon ar y tir gwastad ger yr arfordir ac yn Nyffryn yr Iorddonen. Roedd hadau'n cael eu gwasgaru ar ôl i law mis Hydref feddalu'r ddaear, ac yna fe fyddai'r cynaeafu'n digwydd yng ngwanwyn y flwyddyn ganlynol er mwyn cael blawd i

ṿneud bara. Roedd bara
ı wnaed o wenith yn cael
ɨi gynnig i Dduw gan
'r offeiriaid.

GWINWYDD
Er mwyn iddynt roi cnwd
la o rawnwin, roedd
 gwinwydd yn cael eu
ocio yn y gwanwyn.
Byddai'r cynaeafu – oedd
n dechrau'n hwyr yn y
wanwyn ac yn parhau
rwy'r haf – yn gorfod
ael ei wneud yn gyflym,
yn i'r ffrwyth bydru. Yn
ml, byddai'r teulu cyfan
n helpu gyda'r gwaith,
c weithiau'n byw mewn
loches fechan yn
 winllan yn ystod
 cynhaeaf.

HAIDD
Tyfid haidd ar y tir
bryniog yng nghanol y
ẉlad, lle roedd y pridd
n denau a charegog.
Defnyddid blawd a
ẉnaed o haidd i greu
orthau haidd.

HAU
Ar ddechrau'r flwyddyn
fermio, byddai'r ffermwr
n cerdded i fyny ac i
awr y caeau yn cario
bag o hadau, ac yn eu
ẉasgaru dros y tir.

LLIN
Byddai'r planhigyn llin yn tyfu hyd at fetr o uchder, ac roedd iddo flodau glas hardd a hadau sgleiniog. Câi ei gynaeafu ym mis Mawrth neu Ebrill, trwy ei dorri ar lefel daear, ac yna byddai'r ffibrau'n cael eu mwydo mewn dŵr. Câi'r llin ei adael allan i sychu yn yr haul, yn aml ar doeau gwastad y tai. Byddai'r ffibrau'n cael eu gwahanu'n edafedd ar gyfer eu nyddu'n lliain i wneud dillad. Defnyddid y llin hefyd i greu llinyn, rhwydi, hwyliau a phabwyr ar gyfer lampau olew.

LLOFFA
Yn ôl y gyfraith, roedd yn rhaid i'r Israeliaid adael peth o'u cnydau grawn, olifau a grawnwin i bobl dlawd eu casglu, neu eu lloffa, ar ôl i'r cynaeafwyr orffen eu gwaith.

MILED
Roedd y blawd a wnaed o rawn miled yn cynhyrchu'r math salaf o fara.

NITHIO
Ar ôl dyrnu, teflid y grawn i'r awyr gan ddefnyddio fforch nithio, sef ffon hir bren â fforch bren ar ei phen. Byddai'r gwynt yn chwythu'r mân us ysgafn i ffwrdd, tra bod y grawn trymach yn disgyn ar y llawr dyrnu i'w gasglu a'i storio.

PAPURFRWYNEN
Corsen ydy papurfrwynen a geir mewn ardaloedd corsiog, yn enwedig gerllaw afon Neil. Byddai'n tyfu hyd at dri metr o uchder gyda phennau o flodau gwyrddaidd. Byddai coesau tairochrog y gorsen yn cael eu torri'n stribedi a'r ddwy haen yn cael eu curo gyda'i gilydd i gynhyrchu papur.

PYSGOTA
Gwnaed hyn gyda'r nos neu'n gynnar yn y bore, pan oedd y pysgod yn tueddu i fod yn nes at wyneb y dŵr. Byddai pysgotwyr yn taflu rhwydi allan o'u cychod, neu'n sefyll yn y dŵr gyda rhwydi mawr i ddenu pysgod llai oedd yn bwydo yn y dŵr cynhesach gerllaw'r lan.

Defnyddiodd Iesu chwyn neu efrau yn ddarluniau i ddangos pobl nad oedd yn cymryd sylw o Dduw o gwbl.
Mathew 7:16-20

Noa oedd y person cyntaf i dyfu gwinwydd ar ôl y Dilyw.
Genesis 9:20

Roedd Gideon yn dyrnu gwenith mewn gwinwryf pan oedd yn cuddio rhag ei elynion.
Barnwyr 6

Roedd pobl y Beibl yn gwbl ddibynnol ar Dduw am gynaeafau da.
Salm 67

PLANHIGION AC ANIFEILIAID

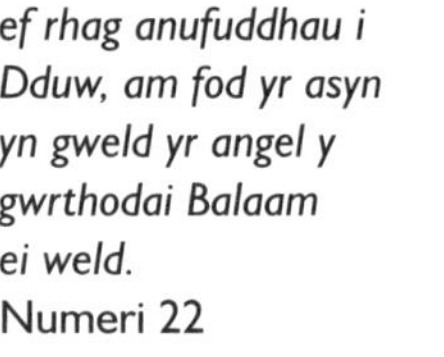

Rhwystrodd asyn Balaam ef rhag anufuddhau i Dduw, am fod yr asyn yn gweld yr angel y gwrthodai Balaam ei weld.
Numeri 22

Daeth brenhines Sheba at Solomon gyda rhes hir o gamelod oedd wedi eu llwytho ag anrhegion iddo.
1 Brenhinoedd 10

Roedd gan Job 7,000 o ddefaid, a chai ei gyfrif yn ddyn cyfoethog iawn.
Job 1:1

Dringodd Sacheus sycamorwydden er mwyn gweld Iesu.
Luc 19:1-10

ADAR
Roedd adar y to, gwenoliaid a gwenoliaid duon yn adar bychain cyffredin, gyda'r storc, y garan a'r estrys ymysg yr adar mwy o faint.

ADAR HELA
Yn ogystal â chadw colomennod i'w bwyta, byddai pobl yn hela adar fel petrisen y graig a'r sofliar.

ADAR MUDOL
Mae nifer o adar yn hedfan dros Israel yn ystod y gwanwyn wrth iddynt deithio o'r Affrig i'w tiroedd bridio dros yr haf yn Ewrop. Yn yr hydref, maent yn mynd yn ôl adref. Mae'r adar hyn yn cynnwys y garan, y storc, gwenoliaid a soflieir.

ADAR YSGLYFAETHUS
Byddai bugeiliaid yn amddiffyn eu hŵyn newydd rhag ymosodiad gan adar fel y barcud, eryr, hebog, gwalch, boda a thylluan. Roedd y rhain i gyd yn 'aflan', ac nid oedd pobl yn eu bwyta. Câi cigfrain hefyd eu hystyried yn aflan.

ANIFEILIAID GWYLLT
Roedd yn rhaid i bob bugail gadw'i ddefaid a'i eifr yn ddiogel rhag ymosodiadau gan anifeiliaid fel y llew, llewpard, arth, llwynog, siacal, hiêna, blaidd a chŵn gwyllt.

BLODAU
Roedd bryniau Galilea'n ferw o flodau gwyllt, gan gynnwys croeso haf glas, anemonïau, syclamenau, saffrwm, eurflodau melyn, llygaid y dydd gwynion, y pabi a blodau croeso'r gwanwyn.

CAMELOD AC ASYNNOD
Roedd y rhan fwyaf o bobl yn berchen ar asyn er mwyn eu helpu i gludo llwythi trymion neu i droi olwyn garreg i falu ŷd: roedd asyn yn gryf ac yn rhad i'w fwydo. Weithiau byddai pobl yn berchen ar ful, sef croes rhwng ceffyl ac asyn. Roedd ych yn gryfach fyth. Byddai camelod yn ddefnyddiol ar gyfer teithiau ar draws tir poeth a sych.

CEFFYLAU
Dim ond brenhinoedd a chadlywyddion byddinoedd fyddai'n marchogaeth ceffylau.

CEIRW A GAFREWIGOD
Byddai'r hydd brith, y carw coch a'r iwrch, y gafrewig a'r orycs yn cae[l] eu hela am eu cig.

CNOFILOD
Roedd llygod mawr, llygod, gerbilod, jerboaid a llygod y dŵr yn gyffredin, yn ogystal â'r llygoden dyrchol ddall.

COED AR LANNAU AFONYDD
Byddai nifer o goed yn tyf[u] gerllaw nentydd, afonydd ac mewn gwerddonau, gan gynnwys helyg a phoplys. Roedd gan y grugwydden ganghennau pluog arbennig a thaseli o flodau pinc a gwyn. Roedd arogl hyfryd i'r boplysen falmaidd.

COED FFRWYTHAU
Byddai'r balmwydden datys a choed olewydd, pomgranad, ffigys a sycamorwydden, i gyd yn darparu elfennau hanfodol o ddiet yr Israeliaid. Tyfid coed almon er mwyn bwyta'r cnau, ond hefyd er mwy[n] gwneud olew.

COLOMENNOD
Aderyn gwyllt oedd colomen-y-graig, yn byw mewn tyllau a silffoedd

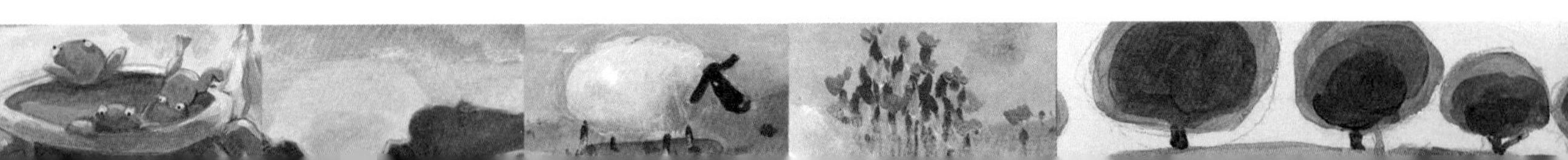

'n yr anialwch, ond yng ıghyfnod y Beibl roedd y lurtur yn cael ei ffermio. Roedd colomennod yn lân', yn ôl cyfreithiau ›wyd Iddewig, ac felly e fyddent yn cael eu ›wyta a'u defnyddio fel ıberth. Byddai hyd yn ›ed y teuluoedd tlotaf 'n gallu fforddio dwy golomen ar gyfer aberth liolchgarwch yn y deml 'n Jerwsalem.

CONIFFERAU
Defnyddid coed ›inwydd, pin, cedrwydd, cypreswydd a meryw ar gyfer adeiladu. Roedd Libanus, yn y gogledd, 'n enwog am ei choed cedrwydd. Roedd coed cypreswydd yn arbennig › ddefnyddiol ar gyfer ıdeiladu llongau, a lefnyddid coed cedrwydd 'm mhrosiectau ıdeiladu ysblennydd y Brenin Solomon.

CWNINGEN Y CREIGIAU
Anifail gwyllt cwbl ldiniwed, tua maint cwningen, oedd cwningen y creigiau; roedd ganddi glustiau ›ychain a dim cynffon.

DEFAID A GEIFR
Cedwid y rhain ar gyfer eu cig ac er mwyn aberthu, a chaent eu godro i gynhyrchu caws ac iogwrt. Y rhai mwyaf cyffredin oedd y defaid cynffon-tew oedd yn storio braster yn eu cynffonnau ar gyfer cyfnodau pan fyddai bwyd yn brin. Byddai'r ibecs neu'r afr wyllt yn byw ar y bryniau creigiog.

GWINWYDD
Byddai'r llwyni llusgo hyn yn cael eu plannu mewn rhesi ar lethrau bryniau heulog, a hwn oedd un o'r cnydau pwysicaf o ran ffrwythau.

IEIR
Roedd dofednod wedi'u pesgi, a gwyddau o bosibl, ar gael yng nghyfnod Solomon. Erbyn cyfnod yr Iesu, roedd pobl yn cadw ieir er mwyn y cig a'r wyau.

MORFIL GWYN
Mae'r Hen Destament yn disgrifio'r pysgodyn mawr a bwystfilod y môr a nofiai yn 'y Môr Mawr' (Môr y Canoldir).

PERLYSIAU
Defnyddid y rhain i roi blas ar fwydydd, neu mewn meddyginiaethau; roeddent yn cynnwys alwys, coriander, cwmin, dil, garlleg, isop, arianllys, mintys a mwstard.

PRYFED
Gallai pla o locustiaid ddifetha cnwd cyfan o wenith mewn eiliadau. Byddai'r gwenyn yn darparu'r unig felysydd oedd ar gael. Roedd gwyfynod a chwain hefyd yn gyffredin.

PYSGOD DŴR CROYW
Roedd Llyn Galilea yn enwog am ei bysgod, gan gynnwys y tilapia, y brithyll a'r draenogyn.

YMLUSGIAID
Roedd madfallod a gecoaid diniwed i'w gweld ym mhobman. Byddai'r madfall yn helpu i gael gwared ar bryfed o dai, trwy eu bwyta. Roedd yn rhaid i bobl ochel rhag nadroedd, sgorpionau a phryfed.

Anfonodd Duw fanna a soflieir i'r Israeliaid i'w bwyta yn yr anialwch.
Exodus 16:1-18

Lladdodd Dafydd eirth a llewod er mwyn gwarchod ei ddefaid.
1 Samuel 17:34-35

TEULUOEDD

Lapiodd Mair y baban Iesu mewn 'cadachau' tynn, yn ôl arfer yr oes.
Luc 2:4-7

Roedd gan Jacob ddeuddeg o feibion, ond gwnaeth un ar ddeg ohonynt yn genfigennus trwy wneud Joseff yn ffefryn.
Genesis 37:1-4

Cafodd Iesu ei enwaedu pan oedd yn wyth niwrnod oed, fel pob bachgen bach Iddewig.
Luc 2:21

Iachaodd Iesu unig ferch Jairus, arweinydd y synagog.
Luc 8:40-56

Daeth rhieni â'u plant bach at Iesu er mwyn iddo roi ei ddwylo arnynt a gweddïo drostynt.
Mathew 19:13-14

Roedd Lasarus wedi marw, ac wedi bod mewn bedd am bedwar diwrnod, ond daeth Iesu ag ef yn ôl yn fyw.
Ioan 11:1-44

Roedd Ruth a Naomi yn weddwon; ac er mwyn darparu ar gyfer eu teulu, priododd Ruth â Boas, oedd yn perthyn i Naomi.
Ruth 4:9-10

Cododd Iesu fab y wraig weddw yn Nain yn ôl yn fyw.
Luc 17:11-17

ADDYSG

Doedd dim ysgolion yng nghyfnod yr Hen Destament. Byddai bechgyn yn dysgu crefft eu tadau gartref, a merched yn dysgu gan eu mamau.

BABANOD

Byddai croen babi newydd fel arfer yn cael ei rwbio â halen, yna câi'r plentyn ei lapio'n dynn mewn cadachau – rhyw fath o fandais llydan. Credid y byddai hyn yn helpu coesau a breichiau'r plentyn i dyfu'n syth.

CLADDU

Gan fod y tir mor greigiog a chaled, roedd yn arferiad i osod cyrff meirw ar silff mewn ogof, gan selio'r agoriad yn dynn. Byddai ogofâu claddu'n eiddo i deuluoedd fel rheol. Yn ddiweddarach, pan fyddai dim ond esgyrn ar ôl, byddent yn cael eu gosod mewn blwch carreg bychan a elwid yn 'esgyrndy' er mwyn gwneud lle yn yr ogof ar gyfer rhagor o gyrff. Roedd mannau claddu'n llefydd 'aflan' i Iddewon llym. Byddai beddrodau'n cael eu peintio'n wyn er mwyn i bobl allu eu hosgoi.

DYNION

Y tad oedd yn gyfrifol am y teulu. Roedd yn rhaid cadw cyfreithiau yn y cartref gan nad oedd y fath beth â llywodraeth leol na chenedlaethol.

DYWEDDÏAD

Byddai rhieni'n trefnu priodas, gyda dyweddïad yn gyntaf. Cytundeb cyfreithiol oedd hwn, lle byddai tad y gŵr yn talu rhywfaint o arian i dad y briodferch, a byddai tad y briodferch yn rhoi anrheg neu 'waddol' i'w ferch neu i'w gŵr newydd.

ENWAEDIAD

Byddai bechgyn yn cael eu henwaedu ar yr wythfed diwrnod ar ôl eu geni, fel arwydd eu bod yn perthyn i bobl Dduw. Roedd hyn yn golygu torri blaengroen y baban.

FFYDD

Byddai teuluoedd yn rhannu eu straeon am ffydd yn ystod prydau bwyd a gwyliau crefyddol. Ystyrid bod doethineb – sef byw yn ôl ewyllys Duw – yn bwysicach na gwybodaeth.

GENEDIGAETH

Ymddengys fod bydwragedd yn bresennol i helpu gwragedd beichiog gyda genedigaethau anodd ond, er hynny, byddai'r fam weithiau'n marw wrth roi genedigaeth.

GORDDERCH

Yng nghyfnod yr Hen Destament, roedd cael teulu mor bwysig fel ei bod yn arferiad cyffredin i ddyn gymryd ail wraig neu ordderch os na allai'r wraig gyntaf roi plant iddo. Gallai'r wraig hefyd roi ei chaethferch i'w gŵr er mwyn sicrhau bod unrhyw blentyn a anwyd i'r ddau yn rhan o'i deulu.

GWEDDWON A PHLANT AMDDIFAID

Roedd pob teulu i fod i ofalu am aelodau oedd yn sâl neu rai oedd wedi colli eu partneriaid. Byddai gweddwon a phobl anabl yn gorfod dibynnu ar eu teuluoedd i'w bwydo a'u cartrefu, neu byddai'n rhaid iddynt fynd allan i gardota.

GWLEDD BRIODAS
Câi'r gymuned gyfan ei gwahodd i'r wledd ac roedd yn gyfle gwych i ganu a dawnsio, bwyta ac yfed.

ECHYD
Roedd cadw cyfraith Dduw yn rhan bwysig o gadw'n iach. Byddai Israeliaid yn gorffwys am un diwrnod yr wythnos; roedd glendid dyddiol yn bwysig iawn; roedd yna fwydydd nad oeddent yn ddiogel i'w bwyta mewn hinsawdd boeth, megis porc; roedd yn rhaid i ddŵr fod yn bur; câi dynion eu henwaedu er mwyn atal haint; ni châi dyn briodi aelod o'i deulu ei hun.

MERCHED
Roedd merch yn eiddo i'w gŵr. Byddai merched yn cerdded y tu ôl i ddynion, nid wrth eu hochrau. Doedd merched ddim yn cael dysgu yn y synagogau. Roeddent yn gweithio'n galed yn y cartref, yn gofalu am y teulu.

PLANT
Roedd cael plant yn bwysig iawn er mwyn sicrhau bod busnes y teulu'n parhau, ac i gynnal rhieni yn eu henaint. Byddai llawer o blant yn marw cyn iddynt gyrraedd eu pumed pen-blwydd, ac felly roedd rhieni'n cael teuluoedd mawr. Roedd cael plant yn golygu cael eich bendithio gan Dduw; ac roedd bod yn ddi-blant yn golygu gwarth ac anhapusrwydd.

PRIODAS
Er bod gan ddynion hawl i briodi mwy nag un wraig yng nghyfnod yr Hen Destament, erbyn cyfnod y Testament Newydd, fel rheol, un cymar fyddai gan Iddewon a Christnogion. Roedd bod yn ddibriod yn anghyffredin iawn.

TIR
Roedd pob teulu i fod yn berchen ar ddarn o dir neu eiddo. Pan fyddai'r tad yn marw, y mab hynaf fyddai'n dod yn benteulu. Golygai hyn fod gan y teulu bob amser le i fyw a gweithio ynddo.

TYFU I FYNY
Pan fyddai bachgen tua tair ar ddeg oed, byddai'n cael ei 'bar mitsfa', neu seremoni dod-i-oed. Byddai wedyn yn 'fab i'r gyfraith' ac yn cael ei drin fel oedolyn.

YSGARIAD
Gallai dyn ysgaru ei wraig, ond ni allai gwraig ysgaru ei gŵr. Nid oedd disgwyl i hyn ddigwydd yn aml, dim ond os byddai gwraig wedi mynd i ffwrdd gyda dyn arall. Ond erbyn cyfnod yr Iesu, camddefnyddid y gyfraith ac fe allai gŵr ysgaru ei wraig am losgi ei bryd bwyd.

Yn un o straeon Iesu, gofynnodd y mab ieuengaf am ei etifeddiaeth cyn i'w dad farw.
Luc 15:11-32

Roedd Iesu'n chwyldroadol yn ei ddydd am ei fod yn gadael i wragedd fel Mair a Martha fod yn ddisgyblion a chyfeillion iddo.
Ioan 11:5

Pan oedd ar y groes, cyflwynodd Iesu ei fam i ofal ei ddisgybl, Ioan, a dywedodd wrth ei fam feddwl am Ioan fel ei mab.
Ioan 19:25-27

DILLAD

Joseff oedd hoff fab Jacob, a chafodd Joseff got arbennig â lleyws hir iddi gan ei dad.
Genesis 37:3

Cynigiodd Samson dri deg darn o frethyn a thri deg siwt i'w dri deg cyfaill os gallent hwy ddatrys y pos iddo.
Barnwyr 14:1-13

Cysgodd Ruth dan y dillad wrth draed Boas, i ddangos ei bod eisiau bod yn wraig iddo.
Ruth 3:1-13

Gwnaeth mam Samuel got newydd i'w mab bob blwyddyn pan oedd ef yn helpu yn y Deml.
1 Samuel 2:18-19

Roedd Lydia, un o ddilynwyr Paul, yn fasnachwr brethyn porffor.
Actau 16:14

CLOGYN

Roedd clogyn o wlân cynnes yn hanfodol ar ddyddiau oer, a byddai hefyd yn cael ei ddefnyddio fel gorchudd gwely yn ystod y nos. Gallai'r clogyn fod yn ddilledyn siâp blanced i'w lapio o amgylch y corff gyda thyllau ar gyfer y breichiau, neu'n debyg i ŵn nos gyda llewys llydan.

COLUR

O amgylch eu llygaid, gwisgai merched golur llygad tywyll a oedd wedi'i wneud o bowdr lliw wedi'i gymysgu â dŵr, olew neu gwm. Roedd eu minlliw wedi'i wneud o bryfed wedi'u malu'n fân. Roeddent yn defnyddio powdr ar gyfer yr wyneb, ac yn peintio'r ewinedd ar eu bysedd ac ar fodiau eu traed.

DEFNYDDIAU

Roedd brethyn a wnaed o flew camel yn arw ond yn ysgafn. Roedd brethyn blew gafr yn frown neu'n ddu ac yn drymach o ran pwysau – perffaith ar gyfer clogynnau bugeiliaid. Câi dillad gwlân eu gwehyddu o wlân defaid; câi'r gwlân ei olchi sawl gwaith er mwyn cael gwared â'r saim cyn ei nyddu'n edafedd lliw hufennog, tywyll neu frith. Weithiau, byddai patrwm syml i'r brethyn, neu streipiau wedi'u gwehyddu i mewn iddo. Defnyddid y lliain a wnaed o lin ar gyfer dillad offeiriaid, dillad pobl gyfoethog neu ar achlysuron arbennig. Defnyddid lledr ar gyfer sandalau a dillad.

DILLAD

Byddai gan bawb heblaw am bobl dlawd iawn ddillad ar gyfer pob dydd, a set arall o ddillad ar gyfer y Saboth. Fe allai steil y dillad fod yr un fath, ond byddai'r defnyddiau'n wahanol. Roedd dillad y Saboth wedi'u gwneud o ddefnydd gwell a drutach, ac fel rheol yn wyn.

DILLAD ISAF

Gwisgai'r dynion liain lwynau syml. Byddai pysgotwyr, megis Pedr, Andreas, Iago ac Ioan, yn tynnu'u tiwnigau pan oeddent yn gwneud gwaith poeth a chaled.

DILLAD NOS

Pan fyddai pobl yn gorwedd i gysgu, byddent yn tynnu'r haen uchaf o ddillad a'u gwregys gan gysgu yn eu tiwnig, a defnyddio'u clogyn fel blanced.

DILLAD PRIODAS

Disgwylid i bawb wisgo'n drwsiadus ar gyfer priodas, a byddai teulu cefnog weithiau hyd yn oed yn darparu dillad priodas ar gyfer y gwahoddedigion tlotaf. Byddai'r briodferch yn gwisgo gorchudd dros ei hwyneb, yn plethu'i gwallt â cherrig gwerthfawr, ac yn gwisgo ffrog briodas laes mewn lliwiau llachar.

FFRÂM WAU

Byddai'r mwyafrif o bobl yn gwneud eu dillad eu hunain gartref, gan wehyddu ar ffrâm wau syml. Câi gwahanol rannau'r defnydd eu gwnïo at ei gilydd â llaw, er bod rhai'n cael eu gwehyddu'n un darn heb wnïad.

GEMWAITH

Gwisgai ferched glustdlysau, modrwyon trwyn, mwclisau a thlysau crog, yn ogystal â breichledau ar eu iarddyrnau a'u bigyrnau, a choronig addurnedig neu fandiau pen. Gwnaed cribau gwallt a thlysau o ifori. Câi gemwaith ei wneud o aur, arian neu fetelau gwerthfawr, neu o gerrig sgleiniog.

GORCHUDD PEN
Roedd darn syml o frethyn a orchuddiai'r pen a'r gwddw, ac a gedwid yn ei le gan rwymyn o frethyn, yn amddiffyniad pwysig rhag yr haul tanbaid. Weithiau, byddai dynion yn gwisgo math o dwrban. Byddai merched bob amser yn gwisgo gorchudd pen yn gyhoeddus, fel symbol o wyleidd-dra.

LLIAIN
Byddai'r bobl gyfoethog yn gwisgo dillad meddal wedi'u gwneud o liain. Torrid coesau'r planhigyn llin, eu sychu, eu golchi, a'u sychu eto, cyn troelli'r ffibrau'n edau o liw llwydwyn.

LLIFYNNAU
Y prif lifynnau oedd coch, glas a phorffor, a deuai o blanhigion neu bysgod cregyn. Byddai pobl yn defnyddio basn garreg fawr ar gyfer lliwio.

PERSAWR
Mae'n debygol bod merched Israelaidd yn defnyddio persawr wedi'i wneud o sbeisys yn gymysg ag olew olewydd neu sudd o goed.

SACHLIAIN
Pan fyddai rhywun yn marw, byddai pobl yn rhwygo'u dillad neu'n gwisgo tiwnig sachliain syml a wnaed o flew camel neu afr – roedd y defnydd yn arw iawn ac yn crafu'r croen.

SANDALAU
Ni fyddai pobl dlawd yn gwisgo esgidiau. Byddai pobl eraill yn gwisgo sandalau agored a wnaed o ledr, wedi'u clymu â chareiau neu strap. Byddai pawb yn tynnu'u sandalau cyn mynd i mewn i gartref rhywun neu i le o addoliad.

SIÔL
Gwisgai merched siôl wedi'i brodweithio, neu siôl â thaseli, dros diwnig hir gan glymu'r siôl o amgylch eu pen.

TIWNIG
Gwisgai dynion a merched diwnigau syml a llac, sef darn o frethyn â thwll yn ei ganol ar gyfer y pen. Roedd tiwnigau dynion yn cyrraedd at eu pengliniau ac wedi'u gwneud o ddefnydd lliwgar; roedd tiwnigau merched yn cyrraedd at eu fferau ac yn aml yn las eu lliw. Weithiau roedd brodwaith yn addurno gwar tiwnigau'r merched.

Pan gyfarfu gwas Abraham â Rebeca, rhoddodd iddi fodrwy aur a breichledau.
Genesis 24:22-31

Gwisgodd Ioan Fedyddiwr ddillad a wnaed o flew camel.
Mathew 3:4

Roedd y crys a wisgai Iesu pan aed ag ef i'w groeshoelio yn ddi-wniad.
Ioan 19:23

Roedd Tabitha, neu Dorcas, yn helpu'r tlodion ac yn gwneud dillad i wragedd gweddwon.
Actau 9:36-39

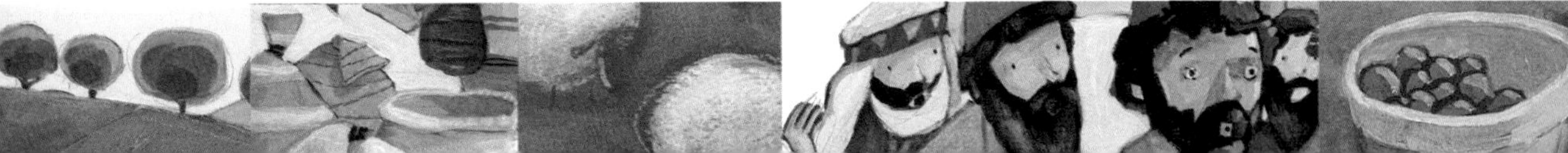

BYWYD BOB DYDD

Rhoddodd Duw'r Deg Gorchymyn i'r Israeliaid yn rheolau i'w bywyd.
Exodus 20:1-17

Sylweddolodd Joseff a Mair bod Iesu, y bachgen deuddeg oed, ar goll pan oeddent ar eu ffordd adref o ŵyl y Pasg yn Jerwsalem.
Luc 2:41-52

Roedd Martha'n brysur yn gwneud gwaith tŷ pan ddaeth Iesu i aros yn nhŷ Mair, Martha a Lasarus.
Luc 10:38-42

ADLONIANT

Defnyddid nifer o offerynnau cerddorol i ddiddanu pobl mewn achlysuron arbennig, fel priodasau a dathliadau. Byddai pobl yn dawnsio a chanu i gyfeiliant pibau, telynau bychain a thambwrinau, ac roedd adrodd straeon hefyd yn adloniant difyr.

ANIFEILIAID ANWES

Yr unig anifail anwes a enwir yn y Beibl yng nghyd-destun yr Israeliaid yw oen. Byddai ŵyn ar adegau'n cael eu magu yn y cartref am fod y ddafad wedi marw. Fe fyddent yn cysgu gyda'r plant, a hyd yn oed yn bwyta oddi ar yr un llestri.

CARIO DŴR

Byddai merched o bob oed yn casglu dŵr o'r ffynnon leol yn gynnar yn y bore. Câi'r dŵr ei arllwys i botiau mawr a byddai'r merched yn eu cario ar y pen neu ar yr ysgwydd.

CASGLU TANWYDD

Byddai plant iau yn helpu eu mamau drwy gasglu brigau a thail fyddai'n cael eu llosgi i dwymo'r popty neu ar gyfer tân agored.

COGINIO

Byddai merched yn coginio dros dân agored neu mewn popty bychan a chanddo dân ynddo neu oddi tano. Gan amlaf, byddai'r rhan fwyaf o gigoedd a llysiau'n cael eu stiwio mewn dŵr; weithiau byddent yn cael eu potsio mewn olew. Ar achlysuron arbennig, câi cig ei rostio ar 'gigwain', sef ffrâm bren dros dân agored.

CREFYDD

Y cartref oedd y man cyntaf a'r man pwysicaf ar gyfer dysgu plant. Fe fyddent yn dysgu'r Ysgrythurau Iddewig a chyfraith Dduw. Roedd y Deg Gorchymyn yn sail i fywyd bob dydd pawb.

CWSG

Ar ddiwedd y dydd, byddai pawb yn cyfarfod i fwyta, ac yn mynd i gysgu yng ngolau lamp olew fechan.

GÊMAU

Byddai plant y pentrefi'n chwarae gêmau gyda'i gilydd y tu allan i'r cartref – chwarae cuddio, sgots, chwarae mwgwd y dall, a thynnu rhaff. Mae archeolegwyr wedi dod o hyd i weddillion teganau plant – anifeiliaid clai, cylchau, rhuglenni, topiau troelli – a gêmau bwrdd, megis gwyddbwyll neu ddrafftiau.

GOFAL PLANT

Byddai merched yn gofalu am fabanod a phlant ifanc iawn tra oeddent yn gweithio yn y cartref neu o'i amgylch. Câi babanod eu clymu ar gefnau'r mamau er mwyn galluogi'r merched i barhau â'u gwaith.

GOLCHI

Byddai'r merched yn golchi dillad yn y nant neu'r afon leol drwy eu taro ar y creigiau a'u sgwrio â sebon a wnaed o olew olewydd a lludw. Yna, gadewid y dillad i sychu ar y creigiau yn yr haul.

GWAITH DYNION

Byddai'r teulu'n dechrau gweithio yn fuan wedi iddi wawrio. Roedd llawer o ddynion yn gweithio ym maes cynhyrchu bwyd; yn ddiweddarach, roedd yna grefftwyr yn gweithio o gartref mewn gwahanol fathau o fasnach. Byddai bechgyn yn gweithio gyda'u tadau, yn aml yn gofalu am yr anifeiliaid neu'n trin y gwinwydd.

GWAITH MERCHED
Byddai merched yn paratoi bwyd ac yn gwneud dillad, yn godro'r geifr a throi'r llaeth yn iogwrt neu'n gaws. Hefyd fe fyddent yn troelli, gwehyddu a lliwio gwlân i wneud dillad yn y cartref. Byddai'r merched ifanc yn helpu eu mamau.

GWAITH TŶ
Byddai'r merched yn 'sgubo'r lloriau ac yn cadw'r tŷ yn daclus, ond prin oedd yr eiddo yn y tai.

GWYLIAU
Roedd yna dair Gŵyl bob blwyddyn pan fyddai'n rhaid i bobl ymweld â Jerwsalem: y Pasg, Gŵyl yr Wythnosau (y Pentecost) a Gŵyl y Tabernaclau (Diolchgarwch). Byddai trigolion pentrefi cyfan yn teithio i Jerwsalem, gan wersylla bob nos ar hyd y ffordd.

POBI
Byddai'n rhaid i ferched bobi bara bob dydd. Yn gyntaf, roedd yn rhaid malu'r grawn yn flawd bras, yna byddai'n cael ei dylino'n does cyn ei bobi.

SABOTH
Roedd pawb yn cadw cyfraith Dduw ac yn gorffwyso ar y 'seithfed dydd'. Doedd neb yn gweithio ar y Saboth, a dim ond y gwaith tŷ hanfodol oedd yn cael ei wneud.

SIOPA
Byddai stondinau'n cael eu gosod ger porth y dref neu'r pentref, gyda phobl a werthai'r un math o nwyddau yn cael eu gosod wrth ymyl ei gilydd. Cyn bod arian cochion yn dod yn gyffredin, telid am yr eitemau trwy drafod a chyfnewid gwahanol nwyddau am rai eraill.

YSGOL
Roedd nifer o'r Cenedl-ddynion (pobl nad oeddynt yn Iddewon) Cristnogol cyntaf yn dod o gefndir Groegaidd o ran iaith, lle'r oedd y system addysg yn bur wahanol. Roedd dylanwad y diwylliant Groegaidd yn drwm ar y pynciau a ddysgid i'r bechgyn – gwyddoniaeth, athroniaeth, chwaraeon, yn ogystal â mathemateg a llenyddiaeth.

YSGOLION Y SYNAGOG
Mae'n debygol iawn fod yr ysgolion hyn, i fechgyn yn unig, wedi cychwyn yn ystod y cyfnod rhwng y ddau Destament (rhwng 400cc a chyfnod yr Iesu) ac fe'u cynhelid yn y Synagogau (man addoli'r Iddew). Fe fyddai'r rabi, yr arweinydd crefyddol lleol, yn rhoi gwersi ar ddarllen, ysgrifennu, rhifo sylfaenol a'r gyfraith grefyddol.

Rhannodd y credinwyr eu heiddo, a gwerthu tir neu dai er mwyn i'r apostolion ddefnyddio'r arian ar gyfer y rhai mewn angen.
Actau 4:32-37

Roedd Rebeca'n dod i nôl dŵr o'r ffynnon pan welodd gwas Abraham hi a deall bod Duw wedi ei dewis yn wraig i Isaac.
Genesis 24:15-21

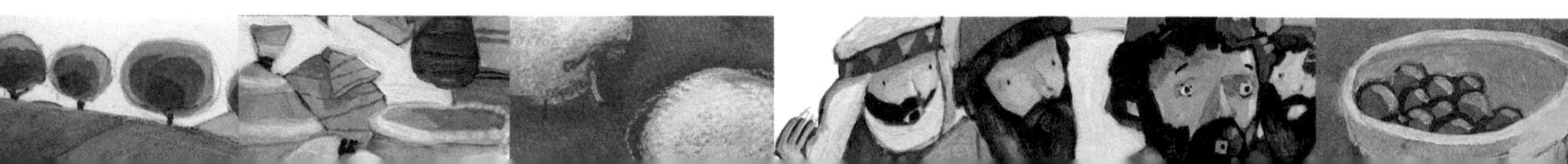

CARTREFI A THAI

Dywedodd Iesu stori am ddau ddyn a adeiladodd dai, un ar graig gadarn a'r llall ar dywod.
Mathew 7:24-27

Roedd Bathseba yn ymolchi pan welodd y Brenin Dafydd hi o ben to ei balas.
2 Samuel 11:1-15

Cyn y Pasg, roedd rhaid i'r Israeliaid roi gwaed oen ar ochrau ac ar ben fframiau drysau eu tai.
Exodus 12:1-11

Cuddiodd Rahab ysbiwyr yr Israeliaid dan y planhigion llin ar do ei thŷ.
Josua 2:6

ANIFEILIAID
Cedwid anifeiliaid fel geifr yn yr iard y tu allan a dod â hwy i mewn i'r ystafell yn y nos.

BADDONAU
Defnyddid powlen fawr ddofn i ymolchi ynddi, ac mae'n debyg mai'r math hwn o faddon a ddefnyddiodd Bathseba.

CADEIRIAU A BYRDDAU
Yn y dyddiau cynnar byddai pobl yn eistedd ar fatiau ar y llawr yn hytrach nag ar gadeiriau, a phan oeddent yn byw mewn pebyll, defnyddid darn crwn o ledr fel bwrdd. Roedd modrwyau o'i amgylch fel y gellid ei godi â llinyn a'i ddefnyddio fel bag i gario gwahanol bethau. Yng nghyfnod y Testament Newydd, roedd y byrddau'n rhai isel gan amlaf, a byddai pobl yn eistedd o'u cwmpas ar glustogau i fwyta yn ystod y dydd neu weithiau'n cysgu arnynt yn ystod y nos.

CARTREFI
Yng nghyfnod y Beibl, yn y cartref y byddai pobl yn cael eu geni, yn priodi ac yn marw. Byddai sawl cenhedlaeth yn byw gyda'i gilydd, ac nid oedd llawer o breifatrwydd.

CYFLENWAD DŴR
Cesglid y dŵr glaw a'i storio mewn seston – tanc storio tanddaearol i ddal dŵr – a naddwyd o'r graig a'i wneud yn ddiddos â phlaster. Byddai'n rhaid i'r merched gasglu'r dŵr o'r seston bob dydd gan ddefnyddio bwcedi i godi'r dŵr.

DEUNYDDIAU ADEILADU
Adeiladwyd y tai cynharaf o frics wedi'u gwneud o fwd. Erbyn cyfnod y Testament Newydd, byddai'r bobl gyfoethog yn adeiladu tai o gerrig. Roedd gan y cyfoethogion dai mwy o faint, gydag ystafelloedd wedi'u hadeiladu o amgylch cwrt canolog lle gellid tyfu llwyni a blodau.

DRYSAU
Fel rheol, cedwid drws y tŷ ar agor yn ystod y dydd fel arwydd o groeso.

GOLEUO
Lamp glai oedd yn goleuo'r tŷ, a honno wedi'i gosod mewn cilfach yn y wal. Llenwid y lamp ag olew olewydd, a'i thanio â wic a wnaed o lin. Weithiau, byddai'r lamp wedi'i gosod ar stand efydd.

GRISIAU
Byddai grisiau y tu allan i'r tŷ yn arwain at y to, a gâi ei ddefnyddio ar gyfer golchi a sychu.

GWELYAU
Defnyddid mat o gnu defaid i gysgu arno ar lawr, gyda chlogyn a wisgid yn ystod y dydd fel gorchudd. Byddai'r matiau'n cael eu rholio o'r neilltu yn ystod y dydd pan na fyddai eu hangen. Weithiau, caed

matresi yn lle matiau, a byddent yn cael eu rholio a'u cadw mewn cilfachau yn y waliau yn ystod y dydd. Byddai gan bobl fwy cyfoethog soffas wedi'u gorchuddio â chotwm, gwlân neu frethyn sidan, a'r rheiny'n troi'n welyau ar gyfer y nos.

GWRES

Llosgid brigau, glaswellt sych, llwyni drain a thail anifeiliaid i wneud tân er mwyn cael gwres ac i goginio. Cynheuid y tanau yn yr awyr agored neu mewn gofod gwag y tu mewn i'r tŷ, a hynny trwy rwbio brigau â'i gilydd neu greu gwreichion â fflint.

LLORIAU

Mewn tŷ syml, y llawr oedd y ddaear, a hwnnw wedi'i lyfnhau a'i guro'n galed er mwyn gallu ei 'sgubo. Yn ddiweddarach, byddai lloriau tai'r cyfoethogion wedi'u gwneud o slabiau carreg. Roedd rhai Iddewon hyd yn oed yn efelychu arddull y Rhufeiniaid oedd wedi'u goresgyn, gan greu lloriau mosaig a pheintio golygfeydd ar waliau eu tai.

PEBYLL

Yn y dyddiau cynnar, byddai pobl Israel yn byw mewn pebyll a wnaed o flew geifr o liw brown tywyll neu ddu, wedi'i wehyddu'n stribedi ar wŷdd y teulu. Byddai'r stribedi hyn yn cael eu gwnïo gyda'i gilydd cyn ychwanegu dolenni lledr ar gyfer y rhaffau. Roedd pebyll fel arfer oddeutu pum metr o hyd a thri metr o led. Y tu mewn i'r babell, fel arfer, ceid un ystafell i ferched ac un ystafell i ddynion, a llen rhwng y ddwy.

STORIO

Defnyddid basgedi a bagiau crwyn geifr i gadw pethau. Defnyddid powlenni a llestri crochenwaith i baratoi bwyd. Mae'n debyg y byddai silff yn y cartref ar gyfer dal potiau coginio, ond mewn pebyll a thai syml byddai'r rhan fwyaf o bethau'n cael eu hongian o'r to.

TAI

Pan ymgartrefodd y bobl yng Ngwlad Canaan, aethant ati i gymryd meddiant o'r trefi a adeiladwyd gan y Cananeaid. Yno, roedd y tai yn fychan ac yn agos at ei gilydd. Ymhen ychydig, dechreuodd yr Israeliaid adeiladu tai mwy o faint iddynt eu hunain.

TOEON

Roedd y toeon yn wastad, ac wedi'u gwneud o foncyffion mawr a osodwyd o un wal i'r llall gyda thrawstiau llai yn eu croesi. Uwchben y rhain roedd haen o frigau, glaswellt neu redyn, a'r cyfan wedi'i orchuddio â haen drwchus o fwd gwlyb; câi hwnnw ei wasgu i lawr yn dynn â rholiwr carreg mawr. Er bod y to'n gadarn i gerdded arno, gellid torri i mewn iddo pe byddai angen.

YSTAFELLOEDD

Yng nghyfnod yr Hen Destament, un ystafell yn unig fyddai yn y rhan fwyaf o dai, ac yno byddai'r teulu'n coginio, bwyta a chysgu. Prin oedd y ffenestri, ac felly roedd y tai yn dywyll ond yn lled oer.

Gwnaeth gwraig gyfoethog yn Sunem ystafell ar do ei thŷ, i Eliseus gael lle i aros.
2 Brenhinoedd 4:8-10

Tra oedd Pedr yn Jopa, aeth i ben to gwastad y tŷ i weddïo.
Actau 10:9

Torrodd pedwar dyn dwll mewn to er mwyn i Iesu allu iachau eu ffrind oedd wedi ei barlysu.
Marc 2:1-12

Wrth wrando ar Paul, aeth Eutychus i gysgu a syrthio trwy ffenestr o drydydd llawr adeilad.
Actau 20:9

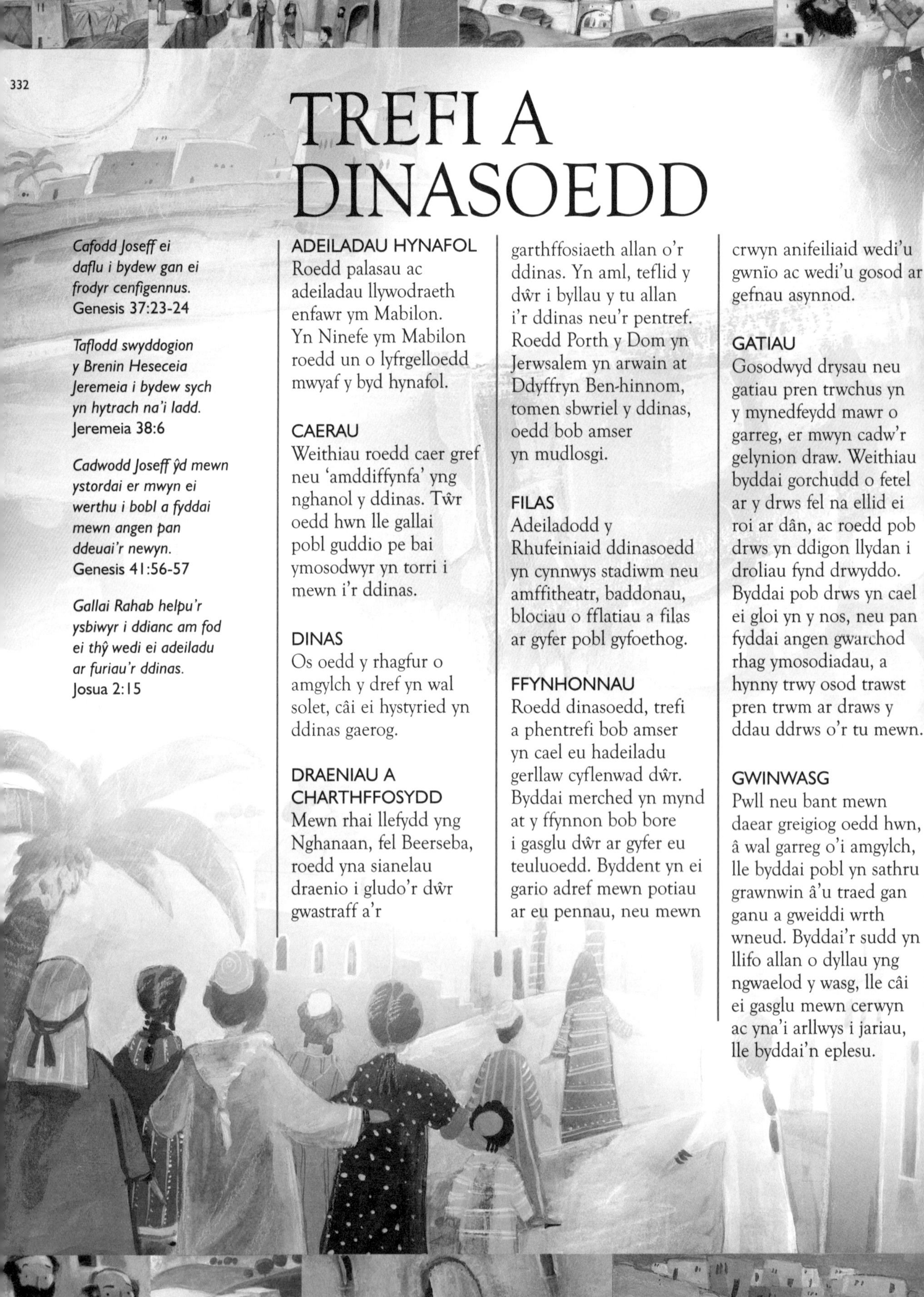

TREFI A DINASOEDD

Cafodd Joseff ei daflu i bydew gan ei frodyr cenfigennus.
Genesis 37:23-24

Taflodd swyddogion y Brenin Heseceia Jeremeia i bydew sych yn hytrach na'i ladd.
Jeremeia 38:6

Cadwodd Joseff ŷd mewn ystordai er mwyn ei werthu i bobl a fyddai mewn angen pan ddeuai'r newyn.
Genesis 41:56-57

Gallai Rahab helpu'r ysbiwyr i ddianc am fod ei thŷ wedi ei adeiladu ar furiau'r ddinas.
Josua 2:15

ADEILADAU HYNAFOL

Roedd palasau ac adeiladau llywodraeth enfawr ym Mabilon. Yn Ninefe ym Mabilon roedd un o lyfrgelloedd mwyaf y byd hynafol.

CAERAU

Weithiau roedd caer gref neu 'amddiffynfa' yng nghanol y ddinas. Tŵr oedd hwn lle gallai pobl guddio pe bai ymosodwyr yn torri i mewn i'r ddinas.

DINAS

Os oedd y rhagfur o amgylch y dref yn wal solet, câi ei hystyried yn ddinas gaerog.

DRAENIAU A CHARTHFFOSYDD

Mewn rhai llefydd yng Nghanaan, fel Beerseba, roedd yna sianelau draenio i gludo'r dŵr gwastraff a'r garthffosiaeth allan o'r ddinas. Yn aml, teflid y dŵr i byllau y tu allan i'r ddinas neu'r pentref. Roedd Porth y Dom yn Jerwsalem yn arwain at Ddyffryn Ben-hinnom, tomen sbwriel y ddinas, oedd bob amser yn mudlosgi.

FILAS

Adeiladodd y Rhufeiniaid ddinasoedd yn cynnwys stadiwm neu amffitheatr, baddonau, blociau o fflatiau a filas ar gyfer pobl gyfoethog.

FFYNHONNAU

Roedd dinasoedd, trefi a phentrefi bob amser yn cael eu hadeiladu gerllaw cyflenwad dŵr. Byddai merched yn mynd at y ffynnon bob bore i gasglu dŵr ar gyfer eu teuluoedd. Byddent yn ei gario adref mewn potiau ar eu pennau, neu mewn crwyn anifeiliaid wedi'u gwnïo ac wedi'u gosod ar gefnau asynnod.

GATIAU

Gosodwyd drysau neu gatiau pren trwchus yn y mynedfeydd mawr o garreg, er mwyn cadw'r gelynion draw. Weithiau byddai gorchudd o fetel ar y drws fel na ellid ei roi ar dân, ac roedd pob drws yn ddigon llydan i droliau fynd drwyddo. Byddai pob drws yn cael ei gloi yn y nos, neu pan fyddai angen gwarchod rhag ymosodiadau, a hynny trwy osod trawst pren trwm ar draws y ddau ddrws o'r tu mewn.

GWINWASG

Pwll neu bant mewn daear greigiog oedd hwn, â wal garreg o'i amgylch, lle byddai pobl yn sathru grawnwin â'u traed gan ganu a gweiddi wrth wneud. Byddai'r sudd yn llifo allan o dyllau yng ngwaelod y wasg, lle câi ei gasglu mewn cerwyn ac yna'i arllwys i jariau, lle byddai'n eplesu.

MARCHNADOEDD

Yn y rhan fwyaf o'r trefi a'r dinasoedd, cynhelid marchnad lle byddai pobl yn prynu ac yn gwerthu gwahanol nwyddau. Mae'n debyg fod yna wahanol 'ardaloedd', lle byddai masnachwyr penodol yn gweithio neu'n gwerthu eu nwyddau. Roedd gan Jerwsalem sawl giât: Porth y Pysgod, Porth y Defaid a Thŵr y Ffwrneisiau, lle gwneid y bara, mae'n fwyaf tebyg.

PENTREFI

Clwstwr o dai oedd pob pentref, a adeiladwyd yn aml gyda'r waliau gwag yn ffurfio amddiffyniad. Caed mynediad trwy un bwlch neu giât. Pe bai ardal dan fygythiad, byddai pentrefwyr yn llochesu yn y dref neu'r ddinas agosaf.

STORFEYDD GRAWN

Mewn pentrefi a threfi bychain byddai pobl yn rhannu ystorfa rawn, yn ogystal ag ardal ddyrnu ar gyfer torri'r ŷd o'r gwellt.

STRYDOEDD

Y strydoedd oedd y gofod rhwng y tai, ac fel rheol roeddent yn gul iawn. Gan amlaf, mwd wedi'i wasgu fyddai dan draed, ac arweiniai'r strydoedd i aliau culach a roddai fynedfa i gefn y tai. Yng nghyfnod y Rhufeiniaid a'r Groegwyr, roedd y strydoedd wedi'u palmantu.

TRAPHONT DDŴR

Erbyn cyfnod y Testament Newydd, roedd y Rhufeiniaid wedi adeiladu traphontydd dŵr anferth i gario dŵr ar draws y wlad. Roedd un gerllaw Cesarea, dinas a ailadeiladwyd gan Herod Fawr yn y ganrif gyntaf OC. Roedd y draphont ddŵr yn naw cilomedr o hyd ac yn cludo dŵr i'r ddinas o Fynydd Carmel.

TREF

Os oedd rhagfur amddiffynnol o amgylch pentref, câi ei ystyried yn dref. Roedd yna siâp afreolaidd i'r dref, ond fe'i cynlluniwyd fel bod unrhyw un oedd yn nesáu yn gorfod dringo i fyny ati.

TWNELI

Roedd yn rhaid i ddinas gael cyflenwad da o ddŵr, nad oedd modd ei dorri gan ymosodwyr. Yn Jerwsalem, roedd dŵr yn mynd i mewn i Bwll Siloam o nant y tu allan i waliau'r ddinas.

TYRAU

Byddai gan ddinasoedd caerog dyrau hanner-cylch neu betryal wedi'u hadeiladu ychydig bellter oddi wrth ei gilydd, er mwyn cryfhau'r waliau. Roedd y rhain yn edrych dros borth y ddinas, a gallai milwyr saethu saethau o'r tyrau pe bai ymosodiad ar y ddinas. Yn ystod cyfnod o heddwch, roedd y cysgod a deflid gan y tyrau a'r waliau'n gwneud y porth yn lle da ar gyfer cynnal cyfarfod neu siarad yn gyhoeddus.

WALIAU MURGELL

Ar y dechrau, byddai waliau'n cael eu hadeiladu o gerrig, yna'n ddiweddarach caent eu hadeiladu o friciau. Wal furgell oedd lle ceid dwy wal dros fetr o drwch wedi'u hadeiladu gyda ffos oddeutu tri metr o led rhwng y ddwy. Weithiau byddai waliau croes yn cysylltu'r ddwy wal, a châi tai eu hadeiladu yn y bwlch.

Aed â Saul i dŷ ar Stryd Union yn Namascus wedi iddo glywed Iesu'n siarad ag ef ar y ffordd.
Actau 9:1-11

Gofalodd Nehemeia fod mur a phyrth Jerwsalem, oedd wedi eu difrodi, yn cael eu hailadeiladu.
Nehemeia 2:11–3:32

Er mwyn iddo ddianc rhag yr Iddewon a oedd yn cynllwynio'n ei erbyn, cafodd Saul ei ollwng dros fur y ddinas mewn basged fawr.
Actau 9:23-25

Cloddiodd y Brenin Heseceia dwnnel hir er mwyn i ddŵr lifo i Bwll Siloam o afon fechan y tu allan i Jerwsalem.
2 Cronicl 32:30

Siaradodd Iesu â gwraig oedd yn tynnu dŵr o ffynnon am ddŵr y bywyd tragwyddol y gallai ef ei gynnig iddi.
Ioan 4:4-15

Roedd Gideon yn dyrnu gwenith mewn gwinwryf er mwyn cuddio rhag y Midianiaid.
Barnwyr 6:11

CREFYDD

Ar ôl y dilyw, adeiladodd Noa allor i'r Arglwydd.
Genesis 8:20-22

Anfonodd Paul gyfarchion at Prisca ac Acwila, a'r eglwys oedd yn cyfarfod yn eu tŷ.
Rhufeiniaid 16:3-5

Neilltuodd Duw'r Saboth yn ddydd i orffwys ac yn amser i addoli.
Exodus 20:8-11

Roedd ffrindiau Iesu'n paratoi gwledd y Pasg cyn i Iesu gael ei fradychu a'i arestio.
Luc 22:7-23

Daeth yr Ysbryd Glân ar y Pentecost.
Actau 2:1-12

ABERTHAU

Roedd aberthu anifeiliaid yn rhan bwysig o grefydd yr Israeliaid. Cyflwynent eu geifr, eu hychen a'u defaid gorau, yn ogystal â cholomennod, i Dduw mewn seremoni arbennig yn y deml, fel modd o ddiolch i Dduw, neu i ymddiheuro a derbyn maddeuant Duw am eu pechodau.

ALLOR

Yn nyddiau'r Hen Destament roedd allor wedi'i gwneud o gerrig a chanddi bedair cornel – gelwid pwyntiau uchaf y corneli'n 'gyrn'. Ar y cyrn, taenid gwaed anifail a aberthwyd.

ARCH Y CYFAMOD NEU GIST DUW

Hwn oedd y blwch oedd yn dal y llechau cerrig yr ysgrifennwyd y Deg Gorchymyn arnynt, potyn o fanna, a gwialen Aaron. Roedd dau ffigur ceriwbaidd ar ei ben, a modrwyau ar y pedair cornel, fel y gellid ei gario ar bolion heb i unrhyw un ei gyffwrdd.

AROGLDARTH

Gwnaed hwn o thus, gwm planhigyn Persiaidd a dau gynhwysyn gwahanol a roddai'r persawr i'r arogldarth. Roedd yn gysegredig, ac fe'i defnyddid ar yr allor mewn addoliad yn unig.

CERDDORIAETH

Yn y dyddiau cynnar, merched oedd y cerddorion gan eu bod yn canu, siantio ac yn dawnsio i ddathlu buddugoliaeth mewn brwydr. Chwaraeai Miriam y tambwrîn, ac arweiniodd yr Israeliaid mewn dawns a chân pan helpodd Duw yr Israeliaid i groesi'r Môr Coch. Cyn iddo fod yn Frenin, canodd Dafydd y delyn ar gyfer y Brenin Saul. Yn ddiweddarach, nid oedd hyn yn cael ei ganiatáu yn y deml.

CYFAMOD

Gwnaeth Duw gyfamod neu gytundeb gydag Abraham yn gyntaf, yna gyda Jacob, yna gyda Moses. Yn wahanol i grefyddau'r cenhedloedd o'u cwmpas, roedd gan yr Israeliaid berthynas agos â Duw.

CYFRAITH

Roedd yn bwysig i bobl wybod cyfraith Duw, fel y gallent fyw mewn ffordd oedd yn ei blesio. Mae'r gair 'cyfraith' yn cyfeirio at storïau am Dduw a'i bobl yn yr Hen Destament, yn ogystal ag at gyfreithiau gwirioneddol, fel y Deg Gorchymyn.

DEGYMU

Roedd y Phariseaid yn llym iawn ynglŷn â rhoi degfed rhan o'u heiddo i Dduw, hyd yn oed y perlysiau yn eu gerddi. Gelwid hyn yn ddegymu.

DYDD Y CYMOD

Byddai'r offeiriaid fel arfer yn cynnig aberthau i Dduw ar ran y bobl ond, yn yr ŵyl hon, byddai'r uwch-offeiriad yn cynnal seremonïau arbennig i ddileu pechodau'r bobl, a glanhau'r deml.

(YR) EGLWYS FORE

Roedd dilynwyr cyntaf Iesu yn cyfarfod yn y deml yn Jerwsalem i weddïo ac addoli Duw, ond wrth i'r newyddion da am Iesu ledaenu o dref i dref ac o ranbarth i ranbarth, dechreuodd pobl gyfarfod yn eu tai. Nid yw'r gair 'eglwys' yn golygu adeilad ond, yn hytrach, criw o gredinwyr

LEFIAID
O lwyth y Lefi, roedd y Lefiaid yn helpu'r offeiriaid ac yn gweithio fel porthorion a cherddorion.

OFFEIRIAID
Disgynyddion Aaron oedd y rhain, a byddent yn cynnig aberthau a gweddïau ar ran y bobl. Roedd ganddynt ddillad arbennig ac roedd yn rhaid iddynt gynnal defodau'r deml. Rhaid oedd iddynt ddysgu'r bobl am Dduw, a byw bywydau da. Roedd gan yr uwch-offeiriad gyfrifoldebau arbennig.

PASG
Hon oedd un o'r tair prif ŵyl oedd yn dathlu sut y daeth Duw â'i bobl allan o gaethiwed yn yr Aifft. Byddent yn ail-greu digwyddiadau'r noson gyntaf honno ac yn bwyta'r wledd wedi'u gwisgo fel pe baent yn mynd ar daith. Erbyn cyfnod yr Iesu, byddai'r rhan fwyaf o Iddewon yn mynd i'r deml yn Jerwsalem adeg y Pasg.

PECHOD
Mae Duw yn berffaith ac yn sanctaidd. Creodd fyd ac ynddo gyfreithiau, a gwnaeth i bobl fyw o fewn y cyfreithiau hynny fel y gallent fod yn ddiogel yn ei fyd. Wrth ddewis torri'r cyfreithiau ac anufuddhau, roedd y bobl yn pechu ac yn difetha'r berthynas oedd ganddynt gyda Duw. Canlyniad y pechod hwnnw yw anhrefn a marwolaeth.

PENTECOST
Gelwir hon hefyd yn Ŵyl yr Wythnosau, sef gŵyl ddiolchgarwch ar gyfer dechrau'r cynhaeaf, 50 diwrnod ar ôl y Pasg. Byddai'r Israeliaid yn cynnig eu cnydau cyntaf i Dduw.

PROFFWYDI
Roedd proffwydi, a ddewiswyd gan Dduw, yn bobl dda a sanctaidd. Byddai neges y proffwydi'n aml yn atgoffa pobl i droi oddi wrth eilunod ac yn ôl at Dduw, neu i roi'r gorau i dwyllo a dweud celwydd, ac i drin pobl eraill yn deg. Yn aml, roedd proffwydi'r Hen Destament yn amhoblogaidd ac yn gorfod wynebu perygl a gwrthwynebiad.

PRYD Y CYSEGRIAD
Yn ystod yr 'Hanukka' neu ŵyl y Cysegriad, byddai pob cartref yn cynnau cannwyll am gyfnod o wyth niwrnod, i gofio'r amser pan daflwyd y Groegwyr allan o'r deml a'i hailgysegru i Dduw. Roeddent wedi dod o hyd i fflasg fechan a dim ond digon o olew ynddi i oleuo'r canwyllbrennau am un diwrnod. Yn wyrthiol, parhaodd yr olew am wyth niwrnod.

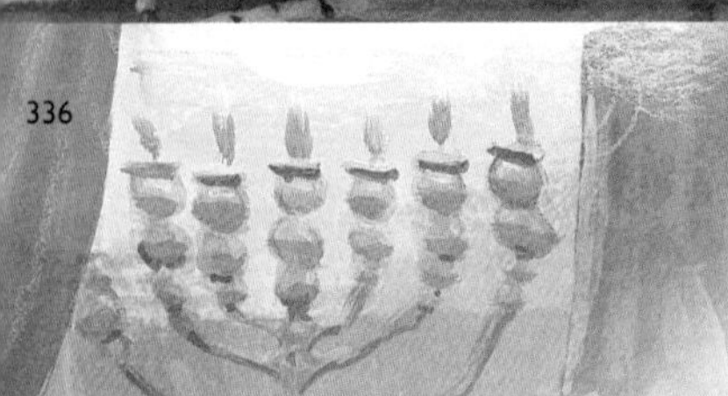

PWRIM NEU ŴYL Y GYFEDDACH
Yn yr ŵyl hon, byddai'r Iddewon yn cofio'r amser pan achubodd Esther y bobl Iddewig rhag marwolaeth dan frenin Persia, Artaxerxes.

PHARISEAID
A hwythau'n ddynion sanctaidd yn astudio cyfraith Duw ac yn dilyn rheolau cymhleth ynghylch sut i fyw, roedd y Phariseaid yn gwrthwynebu'r Iesu ac yn gyfrifol, yn y diwedd, am gynllwynio'i gwymp. Roeddent yn llym iawn ynglŷn â gweddïo, ymprydio a rhoddion, ac yn beirniadu'r rhai nad oedd yn cyrraedd eu safonau uchel hwy. Credent fod Iesu'n anghywir ac roeddent am gael gwared ohono.

SABOTH
Yn stori'r creu, gorffwysodd Duw ar y seithfed dydd. Dywedai'r pedwerydd gorchymyn wrth bobl y dylent fel teulu cyfan orffwys o'u gwaith. Erbyn cyfnod yr Iesu, hwn oedd y diwrnod y byddai pobl yn gwisgo'u dillad gorau, yn mynychu'r synagogau ac yn mynd adref i fwynhau pryd bwyd da, teuluol. Ond roedd rheolau eraill wedi datblygu o amgylch cadw'r Saboth, a oedd yn ei atal rhag bod yn ddiwrnod hapus a'i newid i fod yn ddiwrnod o reolau anodd.

SADWCEAID
Roedd y grŵp hwn – a ddeuai o deuluoedd cyfoethog ac iddynt bŵer a dylanwad yn Jerwsalem – yn ffrindiau i'r Rhufeiniaid. Nid oeddent yn hoffi'r Iesu; yn eu barn hwy, roedd yn codi helynt. Nid oeddent yn credu yn yr atgyfodiad nac mewn bywyd ar ôl marwolaeth.

SALMAU
Pan ddaeth Dafydd yn frenin, ysgrifennodd nifer o Salmau a threfnodd gôr a cherddorfa yn y deml.

SYNAGOG
Yn ystod cyfnod yr alltudiaeth, nid oedd pobl Dduw yn gallu addoli yn y deml, felly dechreuwyd cydgyfarfod i glywed cyfraith Dduw ac i weddïo mewn adeiladau syml, sef synagogau. Wedi'r alltudiaeth, roedd synagog ym mhob tref a phentref a ddatblygodd i fod yn ganolbwynt bywyd pentrefol. Byddai'r rabi neu'r athro yn dysgu'r cyfreithiau Iddewig i'r holl ddynion a'r bechgyn, a darllenwyd yr Ysgrythurau. Addysgwyd bechgyn yno yn ystod yr wythnos.

TABERNACL
Yn ystod cyfnod Moses, cynhelid addoliad mewn pabell a elwid yn dabernacl. Roedd llenni lliw porffor, coch a glas yn y babell, a gorchudd croen anifail yn ffurfio to. Roedd yn atgoffa'r bobl bod Duw gyda hwy bob amser. Yn yr iard, byddai pobl yn ymgynnull i glywed cyfraith Dduw, i gynnig aberthau, i adrodd gweddïau, ac i foli Duw mewn geiriau a chân. Y tu mewn i'r babell – lle na allai neb ond yr offeiriaid fynd – roedd allor lle llosgid arogldarthau, stand lamp euraidd a bwrdd â bara arbennig arno. Dim ond yr uwch-offeiriaid fyddai'n cael mynediad i'r babell fewnol, sef y 'Cysegr Sancteiddiaf', unwaith y flwyddyn. Yma y cedwid arch y cyfamod.

TABERNACLAU
Yn yr ŵyl hon yn ystod tymor yr hydref, diolchai pobl i Dduw am y cynhaeaf. Roedd yn draddodiad i greu llochesi o ddail palmwydd, a chysgu y tu allan oddi tanynt, fel atgof o sut y byddai pobl Dduw yn cysgu mewn pebyll yn yr anialwch.

TEML HEROD
Cwynai'r Brenin Herod fod Teml Sorobabel wedi'i hadeiladu fel caer a'i bod yn fyrrach na Theml Solomon o tua 90 troedfedd, oherwydd dyfarniad a wnaed gan Dareius, y brenin Persiaidd. Cychwynnodd y gwaith o ailadeiladu'r deml gan ddefnyddio carreg wen, fel ei bod yn ymddangos yn llawer uwch nag adeiladau eraill Jerwsalem. Bu Iesu ei hun yn addoli yn y deml, ond proffwydodd y byddai'n cael ei dinistrio, a dyna ddigwyddodd yn 70 OC. Roedd wal yn amgylchynu'r ardal gyfan ac mae rhan fechan ohoni yno hyd heddiw, sef 'Mur yr Wylofain'.

TEML SOLOMON
Adeiladwyd teml Solomon ar gynllun y tabernacl, ond cafodd ei hadeiladu o garreg

c ychwanegwyd nifer
 gyrtiau ati. Roedd
n adeilad ysblennydd
e gallai pobl addoli
)uw. Yn y waliau roedd
aneli o goed cedrwydd
vedi'u cerfio, ac wedi'u
inio ag aur. Byddai
obl yn dod i'r cwrt i
ddoli Duw ac aberthu.
)inistriwyd y deml
on gan fyddinoedd
Nebuchadnesar adeg
wymp Jerwsalem
n 586 CC.

'EML SOROBABEL

ıiladeiladwyd Teml
olomon o dan
rweiniad Esra a
orobabel ar ôl i'r
lltudion ddod yn ôl
'u caethiwed. Rai
anrifoedd yn
diweddarach, fe'i
alogwyd hi gan
ntiochus Epiphanes,
 chafodd ei hysbeilio
an y Rhufeiniaid a'i
adael yn adfail.

UTGORN

Dim ond dau nodyn a ganai'r offeryn hwn, a wnaed o gorn hwrdd a'i big yn troi tuag at i fyny.

UWCH-OFFEIRIAD

Aaron oedd yr uwch-offeiriad cyntaf. Byddai'n gwisgo dillad arbennig, gan gynnwys dwyfronneg wedi'i haddurno â deuddeg carreg werthfawr wahanol, ac ef oedd yr unig un a gâi fynediad i'r 'Cysegr Sancteiddiaf' ar Ddydd y Cymod.

YSGRIFENYDDION

Erbyn cyfnod Iesu, roedd ysgrifenyddion nid yn unig yn copïo neu'n ysgrifennu llyfrau a llythyrau, ond hefyd yn dysgu'r gyfraith i bobl. Erbyn y cyfnod hwn roedd yna nifer o gyfreithiau cymhleth Iddewig, nad ydynt yn yr Hen Destament heddiw.

Daeth Cain â rhywfaint o'i gnydau yn aberth i Dduw, a daeth Abel â rhywfaint o'i ddefaid.
Genesis 4:3-4

Roedd y proffwyd Amos yn rhybuddio na fyddai Duw'n derbyn offrwm y bobl oni fyddent hefyd yn byw'n dda ac yn caru cyfiawnder.
Amos 5:21-24

Dywedodd y proffwyd Micha mai'r hyn a ddymunai Duw, yn fwy nag unrhyw aberth, oedd bod pobl yn byw yn gyfiawn, ac yn caru cyfiawnder ac yn cerdded yn ostyngedig gyda Duw.
Micha 6:6-8

GWAITH

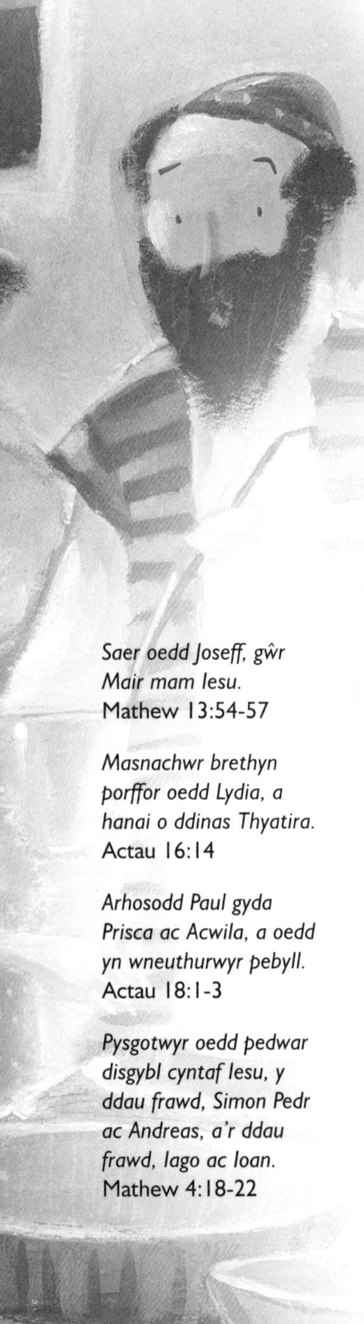

Saer oedd Joseff, gŵr Mair mam Iesu.
Mathew 13:54-57

Masnachwr brethyn porffor oedd Lydia, a hanai o ddinas Thyatira.
Actau 16:14

Arhosodd Paul gyda Prisca ac Acwila, a oedd yn wneuthurwyr pebyll.
Actau 18:1-3

Pysgotwyr oedd pedwar disgybl cyntaf Iesu, y ddau frawd, Simon Pedr ac Andreas, a'r ddau frawd, Iago ac Ioan.
Mathew 4:18-22

BUGEILIAID

Gwaith unig oedd gan y bugeiliaid, allan ar y bryniau, yn gofalu am ddefaid a geifr a'u harwain i borfeydd newydd. Byddai'r bugail yn defnyddio'i ffon er mwyn amddiffyn ei braidd rhag anifeiliaid gwyllt a'u hachub o fannau peryglus. Gwisgai glogyn o groen camel a byddai'n cario corn o olew ar gyfer trin unrhyw friwiau ar y defaid. Byddai hefyd yn defnyddio ffon dafl pe byddai unrhyw fygythiad i'w anifeiliaid.

CAETHWEISION

Bu'r Israeliaid yn gaethweision yn yr Aifft hyd nes i Dduw eu rhyddhau. Roedd y Brenin Solomon yn trin ei bobl ei hun fel caethweision, gan eu gorfodi i weithio oriau hir ar ei brosiectau adeiladu. Yn ddiweddarach, roedd gan y Rhufeiniaid system gaethwasiaeth gymhleth. Roedd rhai caethweision yn cael bywyd caled iawn, ond roedd eraill yn weision i bobl gyfoethog ac yn athrawon, neu'n weision sifil, yn helpu i weinyddu'r Ymerodraeth Rufeinig. Roedd y caethweision yn eiddo i'w meistri yn ôl y gyfraith. Dywedodd Paul wrth gaethweision Cristnogol y dylent weithio'n galed fel pe baent yn gweini ar Dduw – ond dywedodd hefyd wrth berchnogion caethweision y dylent fod yn deg a charedig.

CROCHENWYR

Byddai'r crochenydd lleol yn siapio'r clai ar yr olwyn a'i grasu yn yr odyn, sef popty poeth â thân ynddo neu oddi tano. Roedd potiau a ddefnyddid o ddydd i ddydd yn rhai plaen, ond roedd potiau arbennig wedi'u gwneud o glai addurnedig lliwgar, neu'n botiau ac iddynt batrwm wedi'i ysgythru i'r clai gydag offer siapio neu raff wedi'i phlethu. Defnyddid y dull hwn i wneud llestri bob-dydd o glai – platiau, bowlenni, cwpanau a photiau.

FFERMWYR

Pobl y tir oedd yr Israeliaid, ac roedd bron pawb yn rhan o fyd ffermio mewn rhyw ffordd. Byddent yn hau hadau, yn aredig ac yn cynaeafu cnydau. Roeddent yn gorfod wynebu glaw annibynadwy, sychder a phlâu, gan ymddiried yn Nuw y byddai'n darparu popeth roedd arnynt eu hangen.

GWEITHWYR BRETHYN

Byddai'r rhan fwyaf o deuluoedd yn troelli a gwehyddu gwlân i wneud dillad. Erbyn diwedd cyfnod yr Hen Destament, roedd rhai pobl hefyd yn gwehyddu brethyn neu'n gwneud dillad i'w gwerthu yn y farchnad leol.

GWEITHWYR LLEDR

Roedd creu lledr o groen camel, geifr, defaid a gwartheg yn waith budr a drewllyd. Byddai'n rhaid tynnu'r blew a'r braster o'r croen gan ddefnyddio calch neu wrin, yna byddai'r crwyn yn cael eu mwydo mewn dŵr gyda dail, olew a rhisgl. Byddai'n rhaid i grwynwyr weithio ar gyrion y dref, yn erbyn cyfeiriad y prif wynt, fel na fyddai'r drewdod yn effeithio ar y dref. Roedd pob math o nwyddau'n cael eu gwneud o ledr, yn cynnwys pebyll, sandalau, beltiau, costreli o groen a photeli, bwcedi a harneisiau anifeiliaid.

GWEITHWYR METEL

Roedd aur ac arian yn cael eu cloddio mewn gwledydd cyfagos a'u siapio neu eu curo'n ddalennau tenau i greu 'dail' a'u defnyddio i addurno Arch y Cyfamod a'r deml. Byddai'r uwch-offeiriad yn gwisgo cadwynau o aur pur â cherrig gwerthfawr wedi'u hysgythru a'u mowntio mewn gosodiadau aur. Gwnaed efydd drwy ychwanegu tun at gopr, ei boethi mewn ffwrnais, ac yna'i arllwys i fowldiau. Defnyddid efydd ar gyfer offer, arfau, lampau, potiau a phadellau, a hyd yn oed drychau. Cloddid mwyn haearn o'r ddaear, ei doddi mewn ffwrnais a'i guro i siâp tra oedd yn boeth. Roedd haearn yn gryfach nag efydd, ac yn dda ar gyfer gwneud cleddyfau, cyllyll, erydr a gwahanol fathau o offer.

LLIFYNNAU

Roedd llawer o ddillad o liw hufen, llwydfelyn, brown, llwyd neu ddu, yn ôl lliw gwlân y ddafad. Roedd lliwio gwlân yn golygu defnyddio cafnau gyda llifyn. Deuai'r lliw coch o bryfed cochbryf; melyn o almonau; glas o groen pomgranadau; porffor, y lliw drutaf, o gregyn pysgod cragen borffor ym Môr y Canoldir. Dim ond pobl gyfoethog iawn allai fforddio dillad porffor.

PYSGOTWYR

Llyn Galilea oedd canolbwynt y diwydiant pysgota. Byddai pysgod yn cael eu dal â gwialen a llinell, gwaywffon neu rwyd gastio. Gollyngid y rhwyd, oedd â phwysau o'i hamgylch, dros haig o bysgod fyddai wedyn yn gaeth oddi tani ac yna byddai'r pysgotwyr yn tynnu'r rhwyd i'r lan neu i'r cwch.

SEIRI COED

Adeiladwyd tai cyffredin o goed lleol a briciau mwd wedi'u crasu yn yr haul. Byddai llawer o bobl yn adeiladu eu cartref eu hunain, gyda help gan saer coed y pentref. Byddai'r seiri coed yn gwneud uniadau'r to, drysau, fframiau drysau a chaeadau ffenestri ar gyfer tai pentrefi, yn ogystal â dodrefn syml. Byddent hefyd yn gwneud offer ac erydr i ffermwyr, uniad i ychen, a cherti.

SEIRI MAEN

Byddai saer maen crefftus yn ffurfio blociau cerrig gyda'i offer, ond y crefftwyr gorau oedd y Phoeniciaid. Roedd codi'r deml yn Jerwsalem yn waith aruthrol o fawr, gyda cherfiadau cymhleth ar y gwaith cerrig – pomgranadau neu winwydd. Roedd yna adeiladau mawr eraill, yn cynnwys cartrefi swyddogol ac adeilad Rhufeinig mawr, Caer Antwn.

Gwyliodd Jeremeia grochenydd yn gweithio ar y droell i ffurfio ac ail-fowldio'r clai yn botiau.
Jeremeia 18:1-12

Dywedodd Iesu stori am weithwyr mewn gwinllan.
Mathew 20:1-16

Dywedodd Paul wrth gaethweision weithio'n galed i'w meistri, fel petaent yn gweithio i Dduw.
Colosiaid 3:22 – 4:1

Gofynnodd Paul i Philemon faddau i Onesimus wedi i hwnnw redeg i ffwrdd oddi wrth ei feistr.
Philemon 10-19

Dynion dawnus a fu'n helpu i wneud Pabell y Cyfarfod oedd Besalel ac Aholïab.
Exodus 31:1-6

MASNACH A THEITHIO

AROS DROS NOS

Yng nghyfnod y Testament Newydd, ychydig iawn o westai oedd i'w cael ac, yn aml, roeddent yn llefydd annymunol iawn. Byddai teithwyr fel rheol yn gwersylla yn eu pebyll eu hunain, ac yn cario'r holl fwyd y byddent ei angen ar gyfer y daith. Cyflwynodd y Rhufeiniaid arosfannau go iawn, lle gellid newid ceffylau a phrynu bwyd.

ASYNNOD

Byddai asynnod a mulod yn cario nwyddau, tra bod eu perchnogion yn cerdded wrth eu hymyl.

CAMELOD

Gallai camelod deithio pellteroedd maith, ac nid oedd arnynt angen dŵr am sawl diwrnod ar y tro. Gallai 'trên' o gamelod fod yn gannoedd o anifeiliaid o hyd. Cludwyd nwyddau mewn bagiau mawr ar gefnau'r camelod.

CEFFYLAU

Gallai ceffylau deithio oddeutu 40 cilometr mewn diwrnod, ond dim ond negeswyr a brenhinoedd fyddai'n eu marchogaeth. Defnyddid ceffylau i dynnu cerbydau rhyfel brenhinoedd ac arweinwyr y fyddin.

CENHEDLOEDD OEDD YN MASNACHU

Masnachwyr mawr cyfnod yr Hen Destament oedd Babilon yn y dwyrain a Thyrus ar arfordir Môr y Canoldir. Yn nyddiau'r Testament Newydd, roedd yr Ymerodraeth Rufeinig wedi trawsffurfio cyfleoedd masnachu trwy gyfrwng ei rhwydwaith ffyrdd a llwybrau morol gwych.

CERDDED

Byddai'r rhai nad oedd ganddynt asynnod yn cario'u nwyddau i'r farchnad ac yn ôl ar droed.

CYCHOD

Er bod teithio ar gwch yn gyffredin ar Lyn Galilea, y llyn anferth oedd o fewn y wlad, nid oedd gan yr Israeliaid borthladdoedd naturiol ar arfordir Môr y Canoldir, ac roeddent yn casáu'r môr.

FFYRDD

Yn gyntaf, dechreuodd y Persiaid raglen adeiladu ffyrdd, ac yna adeiladodd y Rhufeiniaid rwydwaith o ffyrdd wedi'u palmantu ar draws eu hymerodraeth. Roedd hyn yn ei gwneud yn llawer haws a chyflymach i deithio. Er hynny, teithiodd Paul a'i ffrindiau bellteroedd mawr ar draws yr Ymerodraeth Rufeinig ar droed, i adrodd y newyddion da am Iesu. Byddai pobl fel rheol yn teithio mewn grwpiau mawr rhag ofn y byddai rhywrai'n ymosod arnynt neu'n dwyn oddi arnynt.

LLONGAU

Roedd y llongau cargo Rhufeinig mwyaf tua 70 metr o hyd, ac yn cael eu gyrru gan hwyliau a rhwyfau. Nid oedd offer ar gael i helpu'r morwyr ddod o hyd i'w llwybr ar draws y môr, felly byddai'r mwyafrif o longau'n hwylio'n agos at y lan ac yn aros mewn porthladd bob nos. Byddai morwyr yn mordwyo drwy astudio'r sêr ar nosweithiau clir. Roedd stormydd yn gyffredin

Ffurfiodd y Brenin Solomon lynges o longau masnach ar lannau'r Môr Coch.
1 Brenhinoedd 9:26-28

Teithiodd brenhines Sheba i Jerwsalem gyda rhes o gamelod a oedd yn cario aur, gemau a pheraroglau.
1 Brenhinoedd 10:1-13

Rhoddodd Solomon olew coeth yn rhodd i Frenin Hiram.
1 Brenhinoedd 5:11

Yr oedd y Brenin Solomon yn mewnforio llawer o bethau o wledydd tramor.
1 Brenhinoedd 10:14-29

ar Fôr y Canoldir, yn enwedig rhwng misoedd Tachwedd a Mawrth. Bu Paul mewn llongddrylliad oddi ar arfordir Melita yn stormydd yr hydref yn ystod ei daith i Rufain.

LLWYBRAU
I ddechrau, byddai teithwyr yn dilyn y llwybrau a grëwyd gan ffermwyr wrth iddynt symud eu praidd o un tir pori i un arall. Crëwyd llwybrau eraill gan fasnachwyr neu fyddinoedd wrth iddynt deithio ar draws y wlad, un ai er mwyn ymosod neu er mwyn rheoli.

MASNACHWYR LLEOL
Gwerthid cynnyrch ffermio cyffredin, fel gwenith, gwin, grawnwin a ffigys, yn ogystal â chrochenwaith a brethyn, yn y farchnad leol.

NEGESWYR
Byddent yn cerdded, rhedeg neu farchogaeth o le i le yn cario negeseuon oddi wrth eu harweinwyr i'w cynorthwywyr. Yn nyddiau'r eglwys fore, defnyddiodd Paul negeswyr i fynd â'i lythyrau i eglwysi mewn nifer o lefydd gwahanol.

ALLFORIO NWYDDAU
Yng nghyfnod y brenhinoedd, nwyddau amaethyddol fyddai'n cael eu hallforio o Israel: gwenith, olew olewydd, ffrwythau, cnau, mêl, sbeisys, gwlân a brethyn o wlân. Ni fu Israel na Jwda erioed ymysg y prif genhedloedd masnachu.

MEWNFORIO NWYDDAU
Er mwyn adeiladu'r deml, mewnforiodd Solomon goed cedrwydd, ceffylau a cherbydau rhyfel, tun, plwm, aur, arian, copr, ifori a cherrig gwerthfawr, myrr, thus, mwncïod a pheunod! Erbyn cyfnod y Rhufeiniaid, ymestynnwyd hyn i gynnwys cotwm a sidan, gwin Groegaidd, afalau a chaws, gwydrau, basgedi a chaethweision.

YCHEN
Ychen fyddai'n tynnu certi ar deithiau lleol.

Dywedodd Iesu stori am deithiwr yr ymosododd lladron arno.
Luc 10:25-37

Rhybuddiodd Duw fasnachwyr rhag defnyddio pwysau a mesuriadau anonest
Micha 6:9-12

Ar ei daith i Rufain bu Paul mewn llongddrylliad oddi ar ynys Melita.
Actau 27:27 – 28:1

GWAREIDDIADAU

Enwir Selec, yr Ammoniad, ymhlith 30 gŵr nerthol Dafydd.
2 Samuel 23:37

Anfonwyd Jona i rybuddio'r Asyriaid yn Ninefe bod barn Duw ar eu drygioni.
Jona 1

Taflwyd Sadrach, Mesach ac Abednego i ffwrnais o dân poeth gan y Babiloniaid, ond daethant ohoni'n ddiogel.
Daniel 3

AMALECIAID
Disgynyddion i Esau oedd yr Amaleciaid – llwyth nomadig fu'n ymladd yn erbyn pobl Dduw o gyfnod Moses hyd at gyfnod y Brenin Dafydd. Erbyn teyrnasiad y Brenin Heseceia, nid oedd llawer ohonynt ar ôl.

AMMONIAID
Roedd yr Ammoniaid yn ddisgynyddion i un o feibion Lot; roeddent yn byw i'r dwyrain o'r afon Jabboc ac wedi codi caerau bychain i amgylchynu eu tiriogaeth. O dan y Brenin Dafydd cipiwyd eu prifddinas, Rabba, gan yr Israeliaid, ond daeth rhai o'r Ammoniaid yn ffrindiau i Dafydd.

AMORIAID
Roedd yr Amoriaid yn ddisgynyddion i Canaan, ŵyr Noa, ac yn elynion i Israel. Cananeaid oeddent, yn byw yn y tir mynyddig ar ddwy lan Afon Iorddonen. Trechu dau o frenhinoedd yr Amoriaid, sef Sihon ac Og, oedd y cam cyntaf tuag at feddiannu Gwlad yr Addewid.

ASYRIAID
Roedd Ymerodraeth Asyria yn ymerodraeth enfawr a chyfoethog mewn gwlad ffrwythlon. Ei phrif ddinasoedd oedd Asyria a Ninefe. Roedd ganddi fyddin ymosodol a losgai ddinasoedd cyfan a'u trigolion, gan gynnwys y plant, a thorri pennau a dwylo. Yn 722 CC syrthiodd Samaria, y deyrnas ogleddol, i'r Asyriaid, a chipiwyd cynifer â 27,000 o bobl fel carcharorion rhyfel. Cipiwyd Ninefe gan y Babiloniaid yn 612 CC.

BABILONIAID
Daeth y Babiloniaid i rym drwy orchfygu'r Asyriaid; dinistriwyd Jerwsalem ganddynt yn 586 CC, ac aethpwyd â holl bobl Dduw i alltudiaeth ym Mabilon. Roeddent yn gwneud arfau a cherfluniau o gopr ac efydd, a gemwaith o arian, aur a cherrig gwerthfawr. Roedd y Babiloniaid yn adnabyddus yn bennaf am eu system ysgrifennu, a ledaenodd ledled y Dwyrain Agos.

CANANEAID
Y Cananeaid a ddyfeisiodd yr wyddor rhwng 2000 a 1600 CC. Roeddent yn masnachu coed cedrwydd, olew olewydd a gwin gyda'r Aifft, Creta a Groeg yn gyfnewid am bapur ysgrifennu, crochenwaith a mwynau metel. Roeddent yn addoli duwiau a wnaed o bren, metel a charreg ac yn ymarfer dewiniaeth. Weithiau, byddent yn aberthu plant mewn ymgais i blesio'u duwiau. Y prif dduwiau oedd Baal, duw'r storm, ac Astaroth, duw ffrwythlondeb.

EDOMIAID
Roedd yr Edomiaid yn byw yn y de rhwng y Môr Marw a Gwlff Aqaba. Roeddent yn fwynwyr copr, ffermwyr a masnachwyr, ond yn elyniaethus tuag at yr Israeliaid.

EIFFTIAID
Daeth yr Eifftiaid yn wareiddiad mawr a ddatblygodd yn nyffryn Afon Neil dros 5,000 o flynyddoedd yn ôl. Am 3,000 o flynyddoedd, caent eu rheoli gan frenhinoedd a elwid

'n Pharoaid – cleddid hwy mewn pyramidiau, sef beddau cerrig wedi'u peintio. Roedd yr Eifftiaid yn credu'n gryf mewn bywyd ar ôl marwolaeth, yn diogelu cyrff y brenhinoedd gyda pheisys, ac yn eu claddu gyda'r holl bethau y credent y byddai arnynt eu hangen. Roeddent yn addoli amrywiaeth o dduwiau a duwiesau, gan gynnwys Re, duw'r haul, ac yn adeiladu temlau iddynt lle byddai offeiriaid yn gweini arnynt.

GIBEONIAID
Roedd Gibeon yn ddinas bwysig pan feddiannwyd Canaan gan yr Israeliaid. Ar ôl i Jericho ac Ai gael eu trechu, ceisiodd y Gibeoniaid dwyllo Josua i wneud cytundeb â hwy.

GROEGWYR
Roedd gwlad Groeg yn gyfoethog a phŵerus yn y bumed ganrif CC ac yn gartref i nifer o feddylwyr mawr, megis Plato a Socrates. Adeiladodd y Groegwyr nifer o demlau hardd ac roeddent yn bobl grefyddol iawn oedd hefyd yn caru celf a phrydferthwch, chwaraeon a llenyddiaeth. Roeddent wrth eu bodd yn trafod syniadau, ac roedd eu rhyddid yn bwysig iawn iddynt. Collasant hyn i'r Rhufeiniaid, a ddinistriodd Corinth ac yn ddiweddarach, Athen, yn y ganrif cyn geni Iesu. Erbyn cyfnod Iesu, roedd y tir a adnabu'r Israeliaid fel eu cartref wedi'i feddiannu gan y Groegwyr.

HEFIAID
Preswylwyr cynnar Syria a Phalestina oedd yr Hefiaid; roeddent yn byw ym mryniau Libanus o leiaf hyd at gyfnod y Brenin Dafydd. Bu'r Hefiaid yn gweithio yn Jerwsalem ar rai o adeiladau'r Brenin Solomon.

HETHIAID
Roedd yr Hethiaid yn ddisgynyddion i Canaan, ŵyr Noa. Daeth yr Ymerodraeth Hethaidd i ben tua 1200 CC, ond roedd trigolion nifer o ddinas-wladwriaethau'n cael eu hystyried yn Hethiaid am gryn amser wedi hynny. Roedd Abraham yn byw ymysg yr Hethiaid, a phrynodd gae oddi arnynt fel tir claddu i'w deulu. Wedi i deyrnasiad y Brenin Solomon ddod i ben, nid oes sôn am yr Hethiaid eto yn y Beibl.

JEBUSIAID
Disgynyddion i Canaan, ŵyr Noa, oedd y Jebusiaid; roeddent yn byw yn y bryniau o amgylch Jerwsalem. Jebus oedd yr enw a roddwyd ar Jerwsalem, y brif ddinas yn eu gwlad. Collasant reolaeth o'r ddinas pan gipiodd yr Israeliaid y ddinas a'i llosgi.

Taflodd y Babiloniaid Daniel i ffau'r llewod am ei fod yn gwrthod addoli neb ond Duw.
Daniel 6

Cafodd y Cananeaid eu gorchfygu pan ymunodd Debora a Bara â'i gilydd i ymladd.
Barnwyr 4

Cafodd Moses ei eni yn yr Aifft, a chafodd ei arbed rhag marw gan Dywysoges Eifftaidd.
Exodus 2

Anfonodd Duw ddeg pla ar yr Aifft, am nad oedd Pharo'n fodlon i ryddhau'r Israeliaid o'u caethwasiaeth.
Exodus 7:14 – 11:10

Helpodd y Gibeoniaid Nehemeia i ailadeiladu muriau Jerwsalem.
Nehemeia 3:7

Dywedodd Paul wrth y Groegiaid yn Athen mai'r Duw a wnaeth y nefoedd a'r ddaear oedd eu 'duw nid adwaenir' hwy.
Actau 17:16-34

MIDIANIAID
Roedd y Midianiaid – disgynyddion i Midian, un o feibion Abraham – yn byw yn yr anialwch i'r de ac i'r dwyrain o Balestina. Priododd Moses wraig o wlad Midian.

MOABIAID
Roedd y Moabiaid, fel yr Ammoniaid, yn ddisgynyddion i un o feibion Lot. Roeddent yn byw yn yr ucheldiroedd i'r dwyrain o'r Môr Marw ac Afon Iorddonen. Addolai'r Moabiaid nifer o dduwiau, ac roedd aberthau dynol yn rhan o'u haddoliad.

PERESIAID
Roedd y Peresiaid yn un o'r grwpiau o bobl a drechwyd gan yr Israeliaid er mwyn iddynt allu meddiannu Gwlad yr Addewid. Ymddengys eu bod hwy, ynghyd â'r Jebusiaid, yn byw yn y bryniau.

PHILISTIAID
A hwythau'n cael eu galw yn 'bobl y môr', roedd y Philistiaid wedi croesi Môr y Canoldir i setlo yng Nghanaan. Roeddent yn bobl ffyrnig ac ymosodol, ac wedi rhyfela yn erbyn yr Israeliaid am gannoedd o flynyddoedd. Gallent drin haearn a metel yn grefftus, felly roedd eu harfau hwy yn well na rhai pawb arall.

PHOENICIAID
Roedd y Phoeniciaid yn forwyr da, ac yn byw o amgylch Tyrus a Sidon yn y gogledd. Cyflogodd y Brenin Solomon forwyr a chychod Phoenicaidd pan oedd eu hangen.

RHUFEINIAID
Roedd yr Ymerodraeth Rufeinig yn enfawr, a Rhufain yn ganolbwynt iddi. Roedd y Rhufeiniaid yn bobl drefnus a weithiai'n galed; byddent yn adeiladu ffyrdd, amffitheatrau, filas, baddonau cyhoeddus ac adeiladau ledled yr ymerodraeth. Addolai'r Rhufeiniaid nifer o dduwiau neu ddelwau, gan gynnwys rhai a gymerwyd o ddiwylliannau eraill. Adeiladwyd temlau mewn gwahanol rannau o'r ymerodraeth, gyda rhai ohonynt wedi'u cysegru i ymerawdwyr Rhufeinig, a oedd hefyd yn cael eu haddoli fel duwiau.

Gwerthwyd Joseff gan ei frodyr i grŵp o fasnachwyr o Midian oedd ar eu ffordd i'r Aifft.
Genesis 37:12-28

Gorchfygodd Gideon y Midianiaid gyda dim ond 300 o ddynion.
Barnwyr 7

Nid oedd y Philistiaid yn gadael i'r Israeliaid gael gofaint am nad oeddent eisiau iddynt wneud arfau.
1 Samuel 13:19

Ymladdodd Dafydd, y bugail ifanc, yn erbyn Goliath, pencampwr y Philistiaid.
1 Samuel 17

Ym Methlehem y cafodd Iesu ei eni, am fod y Rhufeiniaid wedi trefnu cyfrifiad ar y pryd.
Luc 2

Casglwr trethi i'r Rhufeiniaid oedd Sacheus.
Luc 19:1-10

Ar ôl iddo weld y croeshoeliad, credai swyddog Rhufeinig mai Mab Duw oedd Iesu.
Mathew 27:54

ARFAU A RHYFELWYR

ARFAU RHUFEINIG
Ymladdai milwyr Rhufeinig â gwaywffon drom a chleddyf byr, deufin.

ARFWISG RUFEINIG
Math o 'siaced' fetel oedd arfwisg corff milwr Rhufeinig; cariai'r milwr darian bren â gorchudd metel, neu 'fogail' dros yr handlen.

BWYELL
Yn yr Oes Efydd Ganol, defnyddid bwyeill 'pig hwyaden' hir, tenau, fel arfau.

CLEDDYF CRYMAN
Defnyddid llawer o'r cleddyf cryman ledled yr Aifft a Chanaan, ac fe'i cynlluniwyd i dorri drwy arfwisg y corff. Mae'n debyg mai dyma'r math o gleddyf fyddai gan Josua a'r Israeliaid wrth ymosod.

FFON DAFL A CHERRIG
Roedd yr arf hynafol, cyntefig hwn yn taro'r union le ac yn angheuol. Roedd cwdyn bychan o ledr neu frethyn yn cael ei chwyrlïo o gwmpas, gan saethu 'ergydion' – carreg lefn, gron neu 'fwled' clai o siâp arbennig – o un pen agored.

GWAYWFFYN
Bu'r saethyddion brenhinol, neu'r 'Anfarwolion' – a oedd wedi'u harfogi â bwâu, saethau a gwaywffyn hirion – o gymorth mawr i'r Brenin Dareius 1 (521–485 CC) wrth iddo ehangu'i ymerodraeth.

LLENGFILWYR RHUFEINIG
Prif luoedd arfog yr Ymerodraeth Rufeinig oedd y gwŷr traed, neu'r llengfilwyr. Gan deithio hyd at 32km y dydd ar droed, byddai llengfilwr yn cario pecyn yn pwyso oddeutu 40kg yn cynnwys offer, clogyn gwlanog, potel ddŵr lledr, digon o fwyd am dridiau, torrwr tywyrch er mwyn gallu adeiladu rhagfuriau, a matog i dyllu ffosydd.

PELI CERRIG
Saethid peli o gerrig, oedd yn pwyso rhwng 10kg a 30kg, dros bellteroedd maith allan o gatapyltiau a pheiriannau rhyfel eraill. Roeddent yn arfau effeithiol a brawychus, a ddefnyddiwyd mewn sawl gwarchae ar drefi caerog; roeddent yn rhan o arfogaeth yr Asyriaid pan orchfygasant Israel a Jwda yn yr wythfed ganrif CC.

PEN SAETHAU
Defnyddid pen saethau efydd yn eang nes i arfau haearn eu disodli. Credir mai'r Philistiaid ddaeth â haearn i Ganaan tua 1200 CC, er bod y Philistiaid yn gwybod sut i weithio gyda haearn oddeutu 1040 CC – roeddent yn cadw'r wybodaeth yn gyfrinachol gan eu bod yn rhyfela yn erbyn yr Israeliaid.

Collwyd cerbydau a cheffylau a marchogion Pharo pan lifodd y môr drostynt.
Exodus 14:26-28

Arweiniodd Debora a Barac Israel i fuddugoliaeth dros fyddin Sisera pan wnaeth yr Arglwydd i filwyr a marchogion Sisera ffoi o'u blaen.
Barnwyr 4:14-16

Gosododd y Babiloniaid warchae ar Jerwsalem trwy godi cloddiau yn erbyn muriau'r ddinas, ac wedi iddynt orchfygu'r trigolion, dymchwelodd byddin y Babiloniaid y muriau.
2 Brenhinoedd 25:1-21

Lladdodd Dafydd Goliath, arwr y Philistiaid, â charreg o ffon dafl.
1 Samuel 17

Proffwydodd Eseia y byddai'r holl genhedloedd yn troi eu cleddyfau'n geibiau a'u gwawyffyn yn grymanau.
Eseia 2:3-4

Cyfeiria'r rhifau at rifau'r straeon.

Rhannau Adnabyddus

Creu 1
Y Cwymp 3
Cain ac Abel 5
Arch Noa 6
Y dilyw 7
Tŵr Babel 9
Gwlad yr Addewid 11
Cyfamod Duw gydag Abraham 13
Geni Isaac 18
Aberthu Isaac 19
Rebeca 20, 21
Esau a Jacob 22
Bendith Isaac 23
Breuddwyd Jacob 24
Jacob yn ymgodymu gyda Duw 27
Hoff fab Jacob 30
Gwerthu Joseff fel caethwas 31
Joseff yn dehongli breuddwydion 32
Breuddwydion Pharo 33
Newyn yng Nghanaan 34
Aduniad teulu Jacob 39
Jacob yn marw yn yr Aifft 40
Caethweision yn yr Aifft 41
Cuddio'r baban Moses 42
Y berth ar dân 44
Plâu yn yr Aifft 47
Y pla olaf 48
Pharo yn rhyddhau'r bobl 49
Croesi'r Môr Coch 50
Y deg gorchymyn 56
Y llo aur 58
Ysbiwyr yn y wlad 64
Deugain mlynedd yn yr anialwch 65
Moses yn taro'r graig 66
Asyn Balaam 70
Joshua 73
Rahab a'r ysbiwyr 74
Croesi afon Iorddonen 75
Buddugoliaeth yn Jericho 76
Deuddeg llwyth Israel 82
Debora a Barac 88
Gideon a'r cnu dafad 92
Byddin fechan Gideon 93
Pos Samson 99
Delila yn bradychu Samson 101
Samson yn gorchfygu ei elynion 102
Ruth a Boas 105
Ŵyr Naomi 106
Tristwch Hanna 107
Duw yn siarad gyda Samuel 109
Brenin cyntaf Israel 114
Dafydd a Goliath 120
Saul, y brenin cenfigennus 121
Dafydd yn achub bywyd Saul 124
Dafydd yn dawnsio 133
Dafydd a Bathseba 137
Doethineb Solomon 148
Ymweliad brenhines Sheba 154
Elias a phroffwydi Baal 166
Daeargryn, tân a sibrwd 169
Eliseus 170
Gwinllan Naboth 171
Naaman yn cael ei iacháu 179
Jona yn rhedeg i ffwrdd 186
Jona a'r pysgodyn mawr 188
Caeth ym Mabilon 213
Breuddwyd Nebuchadnesar 214
Y ffwrn dân 217
Ysgrifen ar y mur 219
Daniel yn ffau'r llewod 221
Dyffryn yr esgyrn sychion 224
Yr alltud yn dychwelyd i Jerwsalem 225
Dechrau ailadeiladu 226
Esther yn frenhines 227
Amynedd Job 232
Rhagweld geni Ioan 241
Yr angel Gabriel yn ymweld â Mair 242
Joseff, y saer 245
Y Cyfrifiad Rhufeinig 246
Geni Iesu ym Methlehem 247
Bugeiliaid yn clywed y newyddion 248
Dynion doeth o'r dwyrain 250
Aur, thus a myrr 251
Ffoi i'r Aifft 252
Ioan Fedyddiwr 254
Iesu'n cael ei fedyddio 255
Iesu'n cael ei demtio yn yr anialwch 256

Y pedwar pysgotwr 257
Priodas yng Nghana 258
Y Gwynfydau 262
Gweddi'r Arglwydd 263
Iesu a'r swyddog Rhufeinig 266
Unig fab y wraig weddw 267
Cyfrinachau teyrnas Dduw 269
Storm ar y môr 270
Y wraig ger y ffynnon 273
Marwolaeth Ioan 274
Bwydo'r pum mil 275
Cerdded ar y dŵr 276
Mair a Martha 280
Y bugail da 281
Iesu'n codi Lasarus o farw'n fyw 285
Iesu'n bendithio'r plant 288
Y gŵr ifanc cyfoethog 289
Bartimeus ddall 291
Sacheus 292
Ffiol o bersawr 295
Iesu'n mynd i mewn i Jerwsalem 296
Glanhau'r deml 297
Y gorchymyn pwysicaf 298
Y cynllwyn i ladd Iesu 300
Y swper olaf 301
Iesu'n golchi traed y disgyblion 302
Jiwdas Iscariot 303
Yng Nghethsemane 304
Pedr yn gwadu 306
Rhyddhau Barabbas 307
Brenin yr Iddewon 308
Iesu'n marw 309
Y bedd gwag 311
Y ffordd i Emaus 312
Thomas yn amau 314
Pysgota ar Lyn Galilea 315
Gwaith Pedr 316
Esgyniad Iesu 317
Nerth yr Ysbryd Glân 319
Y gŵr ger y Porth Prydferth 320
Pedr ac Ioan yn y carchar 321
Steffan yn marw 323
Saul, y gelyn 324
Philip a'r gŵr o Ethiopia 325
Tröedigaeth Saul 326
Gweledigaeth Pedr 331
Y cyngor yn Jerwsalem 336
Llongddrylliad Paul 353
Arfogaeth Duw 356
Gweledigaeth Ioan 363
Nefoedd newydd a daear newydd 365

Pobl Adnabyddus Y Beibl

Aaron 45-47, 49, 54, 58-59, 62-67, 73, 84
Abednego 213, 215-217
Abel 5, 361
Abigail 125
Abraham 10-22, 24, 29, 40, 44-45, 60-61, 73, 82, 84, 243, 254, 323, 337, 361
Absalom 141-143
Achan 77
Acwila 342
Adda 2-5
Aeneas 329
Agabus 349
Ahab 161-162, 165-166, 168, 171-172, 174, 180-182
Ahasferus 227-231
Amos 191
Ananias 327
Andreas 257, 275
Anna 249
Apolos 342
Artaxerxes 234-236, 239
Balaam 70-71
Barabbas 307
Barac 88-89
Barnabas 328, 334-336
Bartimeus 291
Baruc 208
Bathseba 137-139, 144, 146
Boas 104-106
Cain 5

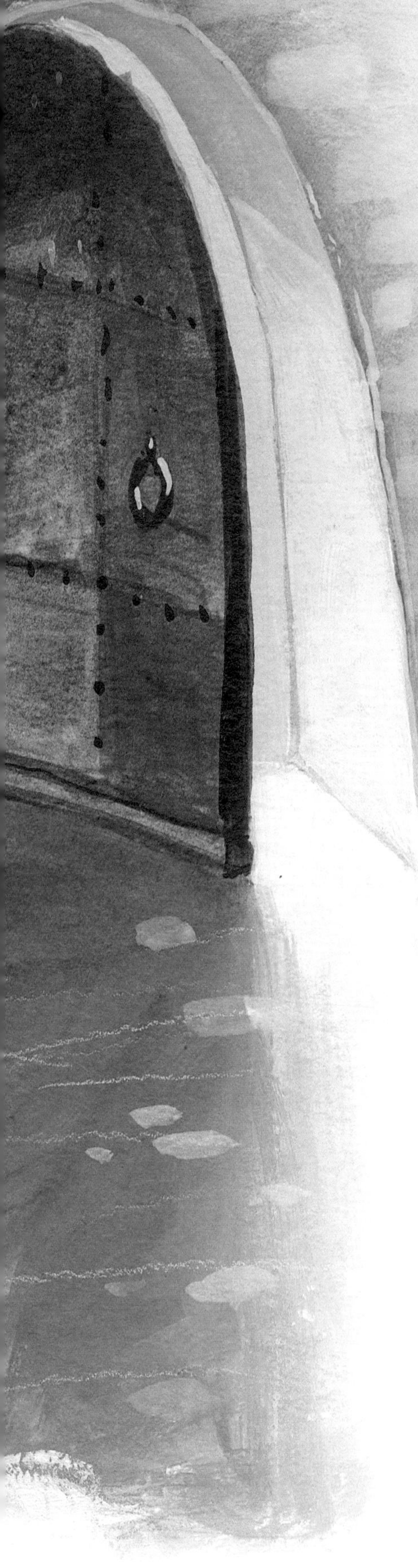

Caleb 64, 83, 86
Corneliws 330-332
Dafydd 117-147, 152, 156, 158, 160-161, 172, 195, 203, 246
Daniel 213-215, 217-221
Dareius 220-221
Debora 88-89
Delila 101
Demetrius 343
Efa 2-5
Ehud 87-88
Eli 107-110, 112, 113
Elias 162-171, 173, 174, 180, 278
Elisabeth 241-244, 254
Eliseus 169-170, 173-180, 185, 267
Esau 22-23, 28, 84
Eseciel 209, 222-225
Eseia 194-195, 197-201, 225, 259, 325
Esra 234, 238
Esther 227-231
Eutychus 348
Ffelix 351-352
Ffestus 352
Gabriel 241-242, 244
Gamaliel 322
Gideon 91-95
Goliath 120-121, 123
Haggai 226
Hanna 107-108
Heseceia 197-198, 202
Hosea 192
Iago 257, 271, 278, 304, 333
Iesu 243, 248-317
Ioan 257, 271, 278, 301, 303-304, 309, 311, 320-321, 333, 362-365
Ioan Fedyddiwr 243-244, 254-255, 274
Ioan Marc 334-335
Isaac 15, 18-24, 29, 40, 44, 45, 60, 73, 82, 84, 243, 361
Jacob 22-30, 34-36, 39-40, 44-45, 60
Jael 89
Jairus 271
Jefftha 97-98
Jehosaffat 172, 174, 180
Jehu 169, 180-182, 185
Jeremeia 204-212, 225, 318

Jesebel 161, 168, 171, 181
Joas 183-184
Job 232-233
Jona 186-190
Jonathan 116, 121-122, 127, 136
Joseff 26, 30-41, 82, 84, 361
Joseff o Arimathea 310
Joseff tad Iesu 242, 245-249, 252-253, 259
Joseia 158, 203-204
Josua 54, 59, 60, 64, 73-84, 361
Jwdas Iscariot 295, 300, 302-303, 305, 318
Lasarus 285, 295
Lot 10-12, 16-17
Luc 338
Lydia 338, 340
Mair Magdalen 310-311
Mair mam Iesu 242-243, 245-249, 251-253, 258, 309
Manasse 202, 204
Martha a Mair 280, 285, 295
Mathew 261
Mathias 318
Mesach 213, 215-217
Micha 193
Miriam 42, 51, 63, 66, 73
Mordecai 227-231
Moses 42-69, 72-73, 75, 83-84, 145, 153, 278, 336, 361
Naaman 178-179
Naomi 103-106
Nathan 134, 139, 140, 144
Nebuchadnesar 208-210, 213-219, 222, 225
Nehemeia 235-240
Nicodemus 272, 310
Noa 6-9, 361
Onesimus 357-358
Othniel 86

Philemon 358
Philip 275, 324-325
Pontius Pilat 307, 310
Poplius 354
Priscila 342
Rachel 25-26, 29, 35
Rahab 74, 361
Rebeca 20-23
Ruth 103-106
Sacheus 292
Sadrach 213, 215-217
Samson 98-102
Samuel 107-110, 112-117, 125, 127
Saul 114-118, 120-128, 133, 136, 139
Saul/Paul 323-324, 326-328, 334-360
Sechareia 241, 243, 244
Sedeceia 209-212
Senacherib 197
Silas 336, 338-340
Simeon 249
Simon Pedr 257, 271, 276, 278, 286, 301-306, 311, 313, 315-316, 318-322, 329-333, 360
Sisera 88-89
Solomon 139, 144-148, 152-157, 160, 226
Steffan 323-324, 334
Tabitha 329
Thomas 285, 314
Timotheus 338, 357
Ureia 137-138

Damhegion Iesu

Y ddau dŷ 265
Yr heuwr 268
Y trysor a'r perl 269
Y Samariad trugarog 279
Y ddafad golledig 281
Y bugail da 281
Y mab afradlon 282
Y gŵr cyfoethog 283
Y Pharisead a'r casglwr trethi 287
Y gweithwyr yn y winllan 290
Y morynion doeth a chall 293
Y defaid a'r geifr 294

Gwyrthiau Iesu

Troi'r dŵr yn win 258
Gwella'r dyn o'r parlys 260
Gwella gwas y canwriad 266
Iacháu mab y wraig weddw 267
Tawelu'r storm 270
Gwella merch Jairus 271
Bwydo pum mil o bobl 275
Cerdded ar y dŵr 276
Gwella'r dyn byddar 277
Y gweddnewidiad 278
Gwella deg gŵr o'r gwahanglwyf 284
Codi Lasarus o farw'n fyw 285
Gwella'r cardotyn dall 291
Gwella clust gwas yr arch-offeiriad 305

Dysgeidiaeth Iesu

Addoliad 297
Balchder 287
Barn 294
Bywyd ar ôl marwolaeth 285
Bywyd 273
Caredigrwydd 262, 279
Cariad 257, 262, 298, 309
Cyfoeth 283, 289
Diolchgarwch 284
Diwedd y byd 293, 294
Ffydd 266, 271
Gofalu am eraill 279, 283, 292, 298, 302, 309
Gostyngeiddrwydd 287, 302
Gweddi 263, 287
Haelioni 290, 299
Hapusrwydd 262
Maddeuant 262, 272, 282, 286, 309
Plant 288
Pryder 264, 270, 276
Teyrnas Dduw 269, 272, 288, 290
Trachwant 283, 292
Y gorchymyn pwysicaf 298
Yr Ysgrythyrau 259